MOI, MONA LISA

Jeanne Kalogridis

MOI, MONA LISA

Roman

Traduit de l'anglais (Etats-Unis)
par Danièle Mazingarbe

PRESSES
DE LA CITÉ

Titre original : *I, Mona Lisa*

ISBN 978-2-258-06944-2

A George, pour toujours

Des choses qui se sont passées il y a longtemps paraissent parfois très proches du présent, et beaucoup de choses qui se sont produites récemment semblent aussi loin que les temps révolus de la jeunesse.

Léonard de Vinci
Codex Atlanticus, fol. 29 v-a

Prologue

Lisa

Juin 1490

Mon nom est Lisa di Antonio Gherardini ; les gens qui me connaissent m'appellent simplement Madonna Lisa, et ceux des classes inférieures, Mona Lisa.

Mon portrait a été peint sur bois, avec de l'huile de lin bouillie et des pigments extraits de la terre, ou des pierres semi-précieuses pilées, appliqués à l'aide de pinceaux faits de plumes d'oiseaux ou de soyeuse fourrure d'animaux.

J'ai vu le tableau. Il ne me ressemble pas. J'y reconnais davantage les visages de ma mère et de mon père. Je crois entendre leur voix. Je ressens leur amour et leur tristesse, et je revois, encore et encore, le crime qui les unit tous les deux, le crime qui les unit à moi.

Car mon histoire ne commence pas par ma naissance, mais par un meurtre, commis l'année précédant ma venue au monde.

J'en eus la révélation lors d'un entretien avec un astrologue, deux semaines avant mon anniversaire, le 15 du mois de juin. En me donnant à choisir un cadeau, ma mère pensait sans doute que j'allais vouloir une nouvelle robe, car nulle part ailleurs que dans ma Florence natale ne régna avec autant de passion le goût de l'habillement ostentatoire. Mon père était l'un des marchands de laine les plus riches de la ville, et ses relations me permettaient d'avoir accès à un choix illimité de soies, de brocarts, de velours et de pelleteries.

Mais je ne voulais pas d'une robe. Lors du récent mariage de mon oncle Lauro et de sa jeune épouse, Giovanna Maria, ma grand-mère avait remarqué, avec amertume, lors de la cérémonie :

« Leur bonheur ne durera pas. Elle est Sagittaire ascendant Taureau ; Lauro, Bélier. Ils s'affronteront sans cesse.

— Mère, lui avait dit ma propre mère avec douceur, d'un ton de reproche.

— Si Antonio et vous aviez prêté attention à ces éléments... »

Le regard sévère de sa fille l'avait interrompue.

Sa remarque m'intriguait. Mes parents s'aimaient, mais ne semblaient pas heureux. D'ailleurs, eux non plus n'avaient jamais fait allusion à mon horoscope.

Quand j'interrogeai ma mère à ce sujet, je découvris avec étonnement que mon thème astral n'avait jamais été établi. Les familles florentines aisées consultaient pourtant fréquemment des astrologues en cas de problème majeur ; quant au thème des nouveau-nés, il était systématiquement étudié.

Etant enfant unique, dépositaire des espoirs de ma famille, je connaissais l'étendue de mes pouvoirs : je ne me privai pas de me plaindre et de plaider ma cause, jusqu'à ce que ma mère finisse par céder.

Si j'avais su ce qui allait s'ensuivre, je n'aurais pas insisté autant.

Ma mère ne pouvant pas sortir en toute sécurité, nous mandâmes l'astrologue à notre palais.

Postée à une fenêtre du couloir près de ma chambre, je regardai son carrosse doré, à la portière ornée d'un blason, entrer dans la cour derrière la maison. Deux serviteurs élégamment vêtus l'aidèrent à descendre. Il portait un *farsetto* en velours matelassé violet, habit près du corps que certains hommes préfèrent à la tunique, sous une cape en brocart sans manches d'un ton plus foncé. L'homme semblait maigre, la poitrine creuse. Son maintien et ses mouvements empreints de majesté contrastaient avec sa silhouette.

Zalumma, l'esclave de ma mère, s'avança à sa rencontre. Ce jour-là, elle avait revêtu les atours d'une dame d'honneur. Zalumma était toute dévouée à ma mère, dont la gentillesse suscitait la loyauté, et qui traitait son esclave comme une compagne bien-aimée. Circassienne, venue des hauts plateaux de l'Orient mystérieux, elle avait la beauté de son peuple : aussi grande qu'un homme, des cheveux et des sourcils noirs, une peau très blanche. Ses boucles serrées ne devaient rien au fer, mais à la volonté de Dieu, et suscitaient l'envie de toutes les Florentines. Parfois, elle murmurait par-devers elle des mots étranges, venus de sa langue maternelle qui ne ressemblait à aucune autre : elle l'appelait *adyghabza*.

Après une révérence, elle conduisit l'homme à l'intérieur de la maison, auprès de ma mère. Elle s'était montrée nerveuse ce matin-là, probablement parce que l'astrologue jouissait d'un prestige considérable en ville ; il avait même été consulté par Sa Sainteté quand le devin appointé du pape était tombé malade. Je devais rester à l'écart ; ce premier entretien était purement une question d'affaires, et je risquais de les distraire.

Je sortis de ma chambre et m'avançai doucement sur le palier jusqu'en haut des marches, dans l'espoir d'entendre ce qui se passait deux étages plus bas. En vain : les murs en pierre étaient épais, et ma mère avait refermé la porte de la salle de réception. Je ne perçus pas le moindre bruit.

L'entretien fut de courte durée. Ouvrant la porte, ma mère appela Zalumma ; j'entendis son pas rapide sur le sol de marbre, puis une voix d'homme.

Je retournai promptement à la fenêtre de ma chambre pour surveiller le carrosse de l'astrologue.

Zalumma l'accompagna hors de la maison puis, après avoir regardé autour d'elle, lui tendit un petit objet qui ressemblait à une bourse. Il commença par le refuser, mais devant son insistance, il l'empocha avant de monter dans sa voiture, qui s'ébranla.

Je supposai qu'elle l'avait payé pour établir son propre horoscope, bien qu'il me semblât étonnant qu'il fasse une telle chose pour une esclave. A moins que ma mère ait simplement oublié de régler la consultation.

En revenant vers la maison, Zalumma leva les yeux et croisa mon regard. Je reculai précipitamment, troublée d'avoir été surprise en flagrant délit d'espionnage.

Mais alors qu'elle ne se privait jamais de me taquiner lorsque j'avais fait une bêtise, elle n'y fit même pas allusion.

Trois jours plus tard, l'astrologue revint. De la fenêtre du second étage, je le vis de nouveau descendre de son carrosse, accueilli par Zalumma. Je ne me tenais plus d'impatience, car mère m'avait promis de m'appeler, le moment venu. Elle voulait sans doute avoir le temps d'adoucir d'éventuelles révélations négatives, de leur donner des perspectives plus riantes.

L'astrologue n'avait pas craint cette fois d'afficher sa richesse : il arborait une tunique de soie jaune damassée, bordée de martre. Sur le seuil de la maison, il s'arrêta pour échanger quelques mots en aparté avec Zalumma. Elle mit sa main devant sa bouche, comme choquée par ses propos. Il lui posa une question : elle secoua la tête et appuya la main sur son bras, sans doute pour exiger quelque chose de sa part. Il lui tendit un rouleau de documents, puis, l'air agacé, entra dans notre palais. D'un geste nerveux, elle enfouit le rouleau dans une poche cachée entre les plis de sa jupe avant de le suivre.

Perplexe, je retournai en haut de l'escalier ; j'avais hâte qu'on m'appelle.

Moins d'un quart d'heure plus tard, je sursautai en entendant une porte s'ouvrir en bas, avec une telle force qu'elle cogna contre le mur. Je courus à la fenêtre : l'astrologue se dirigeait, seul, vers son carrosse.

Je relevai mes jupes et dévalai les marches, sans croiser ni Zalumma, ni ma mère. Hors d'haleine, j'atteignis le véhicule à l'instant même où l'homme donnait à son cocher le signal du départ.

Je posai la main sur la porte en bois verni.

— Arrêtez, je vous en prie, dis-je.

Il fit signe au cocher de retenir les chevaux et me considéra d'un air tout à la fois ennuyé et compatissant.

— Ainsi, vous êtes la fille.

— Oui.

Il me scruta attentivement.

— Je ne veux pas être complice d'un mensonge. Comprenez-vous ?

— Non.

— Je vois.

Il s'arrêta un instant pour choisir ses mots.

— D'après votre mère, Madonna Lucrezia, c'est vous qui avez demandé mes services. Est-ce vrai ?

— C'est exact.

Je rougis, craignant que mon aveu ne le courrouce encore davantage.

— Dans ce cas, vous êtes en droit de connaître au moins une partie de la vérité – car on ne vous la dira jamais entièrement dans cette maison.

Son air agacé s'effaça, et sa voix devint grave.

— Votre thème astral est hors du commun – certains le qualifieraient même de perturbant. J'exerce mon art avec le plus grand sérieux et utilise mon intuition à bon escient : tous deux m'indiquent que vous vous trouvez prise dans un cycle de violence, de sang et de duplicité. Ce que d'autres ont commencé, vous devrez l'achever.

J'eus un mouvement de recul. Quand je retrouvai ma voix, je protestai :

— Je ne veux en rien être mêlée à ce genre de chose.

— Vous êtes le feu, par quatre fois, dit-il. Vous avez un tempérament brûlant, une fournaise où devra se forger l'épée de justice. Dans vos astres, j'ai vu un acte de violence, qui est à la fois votre passé et votre avenir.

— Mais je ne pourrais jamais faire de mal à quelqu'un !

— Dieu l'a ordonné. Il a Ses raisons pour conduire votre destin.

J'aurais voulu en savoir plus, mais l'astrologue héla son cocher et les deux magnifiques chevaux noirs les emmenèrent.

Troublée, je retournai en direction de la maison. Zalumma m'observait par la fenêtre du dernier étage.

Le temps de regagner ma chambre, elle était déjà partie. Une demi-heure après, ma mère me fit appeler.

Elle n'avait pas bougé de la grande salle où elle avait reçu l'astrologue. Elle sourit à mon entrée ; apparemment, elle ne savait pas que je l'avais vu. Elle tenait une liasse de documents.

— Viens t'asseoir près de moi, dit-elle gaiement. Je vais tout te dire sur tes astres. Ton thème aurait dû être établi depuis longtemps, aussi ai-je décidé que tu aurais malgré tout une nouvelle robe. Ton père t'emmènera dès aujourd'hui en ville pour choisir le tissu ; mais tu ne dois rien lui dire de tout cela. Il risque de nous juger dispendieuses.

Je m'assis, le dos bien droit, les mains croisées sur les genoux.

— Regarde.

Ma mère posa les documents devant elle et désigna l'écriture élégante de l'astrologue.

— Tu es Gémeaux, bien sûr - l'air. Ascendant Poissons - l'eau. Ta lune est en Bélier - le feu. Et ton thème comporte de nombreux aspects de terre, ce qui te rend extrêmement équilibrée. Tout cela augure d'un excellent avenir.

En l'écoutant, je sentis la colère me gagner. Elle avait passé la dernière demi-heure à se calmer et à enjoliver cette version mensongère. L'astrologue avait raison ; je ne découvrirais pas la vérité ici.

— Tu auras une longue vie, bien remplie, la fortune et de nombreux enfants, poursuivit ma mère. Tu ne devras pas te faire de souci quant à l'homme que tu épouseras, car tu as de si bons aspects partout que...

Je lui coupai la parole.

— Non, dis-je. Je suis quatre fois feu. Ma vie sera marquée par la trahison et le sang.

Ma mère se leva brusquement ; les papiers glissèrent de ses genoux et s'éparpillèrent sur le sol.

— Zalumma ! cria-t-elle, les yeux animés d'une fureur que je ne lui connaissais pas. Elle t'a raconté ?

— J'ai parlé moi-même à l'astrologue.

Elle se calma, et son visage devint indéchiffrable.

— Qu'a-t-il dit encore ? demanda-t-elle prudemment.

— Seulement ce que je viens de vous répéter.

— Rien d'autre ?

— Rien d'autre.

A bout de forces, elle se laissa tomber dans son fauteuil.

Dans ma colère, je ne songeais pas que ma douce mère avait simplement voulu m'épargner de terribles nouvelles. Je me levai d'un bond.

— Tout ce que vous m'avez dit n'était que mensonge. Sur quoi m'avez-vous menti encore ?

Il était cruel de ma part de parler ainsi. Elle me regarda, abasourdie. Mais je fis demi-tour et la laissai là, assise, la main pressée contre son cœur.

Ma mère et Zalumma avaient dû se disputer violemment. Alors qu'elles avaient toujours entretenu les meilleurs rapports, après la visite de l'astrologue ma mère prit ses distances avec son esclave, refusant de la regarder en face et lui parlant de manière laconique. De son côté, Zalumma se montra renfrognée, n'ouvrant plus la bouche. Plusieurs semaines s'écoulèrent avant qu'elles redeviennent amies.

Ma mère ne fit plus aucune allusion à mon thème astral. J'eus souvent envie de demander à Zalumma de trouver les papiers que l'astrologue lui avait remis, espérant connaître la vérité sur mon destin. Mais chaque fois un sentiment de peur me retint.

J'en savais déjà suffisamment.

Près de deux années passèrent avant que j'apprenne à quel crime j'allais être inexorablement liée.

Première partie

1

26 avril 1478

Debout devant l'autel de l'austère cathédrale de Santa Maria del Fiore, Bernardo Bandini Baroncelli s'efforçait en vain d'empêcher ses mains de trembler. Il ne parvenait pas non plus à cacher à Dieu la noirceur de son cœur. Il joignit les mains comme pour prier, et les posa contre ses lèvres : d'une voix tremblante, il implora le ciel que la sombre aventure dans laquelle il était entraîné réussisse, et qu'il en soit pardonné.

— Je suis un homme bon, dit-il à l'intention du Tout-Puissant. J'ai toujours essayé de faire le bien. Comment ai-je pu me retrouver mêlé à cette affaire ?

Il gardait les yeux fixés sur l'autel de bois foncé orné d'or, comme s'il attendait une réponse. La lumière du matin entrait à flots par les vitraux de la coupole, et les rayons chargés de particules de poussière se reflétaient sur le mobilier doré, conférant aux lieux une atmosphère d'éden. Dieu régnait dans cet endroit, mais Baroncelli, obnubilé par sa propre méchanceté, ne pouvait sentir sa présence.

— Que Dieu pardonne le misérable pécheur que je suis, murmura-t-il, joignant sa voix à celle des centaines de fidèles réunis dans l'église de Santa Maria del Fiore.

Ce sanctuaire, dont le lys était l'emblème, était l'un des plus grands au monde, construit en forme de croix latine. Au centre se dressait le chef-d'œuvre de l'architecte Brunelleschi : *il Duomo*. Sidérant par son volume, le dôme immense n'avait aucun support apparent. Visible depuis chaque endroit de la ville, la coupole de brique orange dominait l'horizon, symbolisant, comme le lys, la ville de Florence. Le jour où Baroncelli l'avait découverte, il avait pensé qu'avec une telle hauteur elle devait atteindre les portes du ciel.

Ce matin-là, il avait des préoccupations infiniment plus terre à terre. Le plan lui avait semblé infaillible en raison de sa simplicité, mais à présent, à la lumière du jour, il éprouvait une terrible sensation de mauvais augure et de remords. Le remords était d'ailleurs un sentiment qu'il avait toujours connu : issu d'une famille éminente, parmi les plus riches de la ville, il avait dilapidé sa fortune et, à un âge avancé, se retrouvait criblé de dettes. Ayant été banquier toute sa vie, il ne savait rien faire d'autre. Les seules possibilités qui lui restaient étaient de gagner Naples avec femme et enfants pour solliciter l'aide d'un de ses riches cousins – ce que son épouse, Giovanna, qui avait son franc-parler, n'aurait jamais accepté – ou d'offrir ses services à l'une des deux plus prestigieuses familles de banquiers florentins : les Médicis ou les Pazzi.

Les Médicis, dont la famille était la plus puissante, l'avaient rejeté, ce pour quoi il leur en voulait encore. Leurs rivaux, les Pazzi, l'avaient accueilli en leur sein, ce qui lui valait de se trouver ce jour-là au premier rang, à côté de son employeur, Francesco de Pazzi. Avec son oncle, le chevalier Iacopo, Francesco s'occupait des affaires de sa famille à l'étranger. Petit, avec un nez et un menton pointus, des yeux dissimulés sous d'impressionnants sourcils, il ressemblait à un affreux nain à côté de Baroncelli, qui était grand et digne. Avec le temps, celui-ci avait fini par en vouloir davantage à Francesco qu'aux Médicis, car l'homme était sujet à des accès de colère au cours desquels il ne se privait pas de lui rappeler sa banqueroute en termes cinglants.

Soucieux de pouvoir nourrir sa famille, Baroncelli devait garder le sourire lorsque les Pazzi – le sieur Iacopo et le jeune Francesco – l'insultaient et le traitaient comme un domestique, alors qu'en réalité il venait d'une famille tout aussi prestigieuse que la leur, sinon plus. Quand l'éventualité du complot se présenta, Baroncelli se trouva devant un choix : risquer sa vie en allant tout révéler aux Médicis ou devenir, contraint et forcé, le complice des Pazzi, dans l'espoir d'obtenir un poste dans le nouveau gouvernement.

Tandis qu'il demandait à Dieu de lui pardonner, il sentit le souffle chaud d'un conspirateur sur son épaule droite. L'homme, qui priait juste derrière lui, portait la robe de bure des pénitents.

A sa gauche, Francesco s'agitait. Il scruta la droite, au-delà de son employé. Baroncelli suivit son regard : il fixait Laurent de Médicis, qui, à vingt-neuf ans, dirigeait Florence de facto. La ville était gouvernée par la Seigneurie, composée d'un conseil de huit prieurs et du chef de gouvernement, le gonfalonier de justice, tous choisis parmi les familles nobles de Florence. Théoriquement, tout était fait pour que les décisions se prennent de façon équitable, mais dans les faits, la majorité se montrait loyale envers Laurent, et le gonfalonier était sous son contrôle.

Si Francesco de Pazzi était laid, Laurent l'était plus encore. Plus grand que la moyenne, doté d'une silhouette athlétique, il était affligé d'un visage des plus repoussants. Son nez long et pointu, à l'extrémité retroussée et déviée d'un côté, et à l'arête aplatie au milieu, lui donnait une voix étrangement nasale. Une mâchoire inférieure notablement prognathe complétait un profil dérangeant, qu'encadrait une longue mèche de cheveux sombres.

Laurent, debout, attendait que la messe commence, flanqué d'un côté par son ami et collaborateur Francesco Nori, de l'autre par l'archevêque de Pise, Francesco Salviati. En dépit de sa physionomie, il frappait par la grande dignité qui se dégageait de lui et par la noblesse de son allure. Ses yeux noirs légèrement exorbités trahissaient une rouerie hors du commun. Même entouré d'ennemis, Laurent paraissait sûr de lui. Malgré ce qu'on aurait pu croire, Salviati, un parent des Pazzi, ne comptait pas parmi ses proches ; le frère aîné des Médicis avait fortement intrigué auprès du pape Sixte pour que Salviati ne soit pas nommé archevêque de Pise, lui préférant un sympathisant des Médicis. Mais le pape fit la sourde oreille à la demande de Laurent puis, insulte suprême, mit fin à une tradition qui perdurait depuis des générations en remplaçant les Médicis par un Pazzi comme banquier de la papauté.

Pourtant, ce jour-là, Laurent avait reçu avec tous les

honneurs le cardinal Riario de San Giorgio, neveu du pape, âgé de dix-sept ans. Après la messe dans l'immense dôme, Laurent emmènerait le jeune cardinal pour un festin au palais Médicis, qui serait suivi par une visite de la célèbre collection d'œuvres d'art des Médicis. En attendant, il se tenait debout près de Riario et de Salviati, hochant la tête lorsqu'ils lui faisaient part d'une réflexion à voix basse.

Ils sourient alors qu'ils aiguisent leurs couteaux, pensa Baroncelli.

Habillé sans ostentation d'une simple tunique en soie gris-bleu, Laurent ne paraissait pas avoir remarqué, derrière lui, deux prêtres en robe noire. Le précepteur des Pazzi était un jeune homme que Baroncelli connaissait sous le nom de Stefano ; un autre homme, un peu plus âgé, Antonio da Volterra, se tenait à ses côtés. Baroncelli avait croisé son regard quand ils étaient entrés dans l'église, mais il avait promptement détourné les yeux : dans ceux du prêtre, on lisait la même fureur contenue que dans ceux du pénitent. Da Volterra, qui avait assisté à toutes leurs réunions secrètes, avait dénoncé avec véhémence l'« amour de toutes choses païennes » des Médicis, prétendant que la famille avait « ruiné cette ville » avec son art décadent.

Comme tous les autres conspirateurs, Baroncelli savait que le festin et la visite n'auraient jamais lieu. Les événements qui allaient se produire changeraient à jamais la face politique de Florence.

Derrière lui, le pénitent encapuchonné changea de position et poussa un soupir que seul Baroncelli pouvait interpréter. Ses mots furent étouffés par le capuchon qui dissimulait son visage. Baroncelli n'avait pas été favorable à la présence de cet homme lors de l'assassinat : rien ne prouvait qu'on puisse lui faire confiance. Mieux valait un minimum de témoins. Mais Francesco, comme à son habitude, n'avait pas tenu compte de son avis.

— Où est Julien ? murmura le pénitent.

Julien de Médicis, le frère cadet, était aussi charmant que Laurent était laid, si beau même, disait-on, qu'hommes et femmes se pâmaient sur le passage de l'enfant chéri de Florence. Il fallait que les deux frères soient présents dans la grande cathédrale, sinon toute l'opération devrait être annulée.

Baroncelli se tourna à moitié vers son complice encagoulé mais ne dit rien. Il n'aimait pas le pénitent ; l'homme avait mené cette opération avec une ferveur religieuse si contagieuse que même le mondain Francesco n'était pas loin de croire que, ce jour-là, ils allaient accomplir la volonté de Dieu.

Baroncelli savait pertinemment que Dieu n'avait rien à voir dans cette affaire : il s'agissait d'un acte suscité par la jalousie et l'ambition.

— Que se passe-t-il ? Qu'a-t-il dit ? chuchota Francesco de Pazzi de son côté.

— Où est Julien ? demanda Baroncelli en se baissant pour parler à l'oreille de l'homme qui l'employait.

La figure de fouine de Francesco prit une expression accablée. Baroncelli comprenait son désarroi. La messe allait bientôt commencer à présent que Laurent et son invité, le cardinal, avaient pris place ; si Julien n'arrivait pas très vite, ce serait une catastrophe. Il y avait trop de risques, l'enjeu était trop important, trop de gens étaient impliqués dans le complot et susceptibles de parler. En ce moment même, messire Iacopo attendait le signal de la cloche de l'église avec une armée de cinquante mercenaires pérugins. Quand la cloche retentirait, il prendrait le contrôle du palais du gouvernement et soulèverait le peuple contre Laurent.

Le pénitent s'avança jusqu'à se trouver presque au niveau de Baroncelli ; il leva alors les yeux vers l'immense coupole dressée juste au-dessus du grand autel. Le capuchon de sa robe de bure glissa légèrement en arrière, révélant son visage de profil. Ses traits étaient empreints d'une telle expression de haine et de dégoût que Baroncelli eut un mouvement de recul.

Puis, peu à peu, l'amertume que reflétaient ses yeux s'apaisa pour laisser place à une extase béate, comme s'il voyait Dieu en personne, et non plus le marbre poli du dôme. Francesco, qui l'avait observé, ne le quittait plus des yeux : on eût dit un oracle sur le point de faire des révélations.

Ce qu'il fit, en effet.

— Il n'a pas encore quitté son lit.

Puis, reprenant ses esprits, l'homme rabattit son capuchon pour dissimuler son visage.

— Il faut que nous allions tout de suite au palais Médicis ! chuchota Francesco en saisissant le coude de Baroncelli.

Tout sourire, il le guida vers la gauche, s'éloignant de Laurent de Médicis qui semblait distrait ; ils passèrent devant un groupe de notables florentins qui occupaient le premier rang des fidèles. Pour ne pas attirer l'attention de Laurent, ils n'empruntèrent pas la porte nord qui ouvrait sur la Via de Servi.

Plutôt que de prendre ce risque, ils s'avancèrent le long de l'allée qui longeait l'interminable sanctuaire, passant devant des colonnes en grès brun, aussi larges que quatre hommes réunis, reliées entre elles par de hautes arches blanches encadrant des vitraux. Réussissant à garder l'air aimable, Francesco salua d'un signe de tête les gens de sa connaissance assis dans les premiers rangs. Baroncelli, passablement étourdi, s'efforça de l'imiter, mais l'autre le pressait tant qu'il pouvait à peine reprendre son souffle.

Des centaines de visages, des centaines de corps. Vide, la cathédrale aurait semblé infiniment vaste ; pleine comme elle l'était en ce cinquième dimanche après Pâques, elle paraissait bondée, étriquée et étouffante. Chaque visage se retournant pour regarder Baroncelli lui parut empreint de soupçons.

Le premier groupe de fidèles qu'ils croisèrent était constitué de riches Florentins, femmes brillant de mille feux et hommes croulant sous le poids de l'or et des joyaux, vêtus de velours et de brocart bordé de fourrure. L'eau de romarin et de lavande des hommes se mêlait au parfum des femmes, l'huile essentielle de rose, plus volatile, toutes ces senteurs dominant l'odeur de fumée et d'encens en provenance de l'autel.

Les pantoufles en velours de Francesco bruissaient à peine sur le marbre ; son visage se durcit quand il eut dépassé les rangs occupés par l'aristocratie. L'odeur de lavande s'accentua lorsque les deux hommes passèrent devant des rangées d'hommes et femmes vêtus de soie et de beau drap de laine, rehaussé parfois d'un reflet d'or ou d'argent, ou même d'un diamant. L'air fermé, Francesco adressa un ou deux signes de tête à des hommes d'affaires de moindre rang. Baroncelli s'efforçait de respirer ; tous ces visages – comme autant de témoins – déclenchaient en lui un sentiment de panique.

Mais son compagnon ne ralentit pas. Au niveau des commerçants de la classe moyenne, les forgerons et les boulangers, les artistes et leurs apprentis, l'odeur des herbes parfumées céda la place à celle de la transpiration, et les fines étoffes à des tissages grossiers.

Debout, au fond, les pauvres occupaient les derniers rangs, cardeurs de laine incapables de retenir leur toux et teinturiers aux mains tachées. Leurs vêtements étaient faits de lambeaux de laine et de lin chiffonnés, embaumant la sueur et la crasse. Machinalement, Francesco et Baroncelli mirent la main devant leur nez.

Enfin, ils franchirent les portes monumentales. Baroncelli prit une profonde inspiration.

— Ce n'est pas le moment de faiblir, dit Francesco.

Il l'entraîna dans la rue, ignorant les mains tendues des mendiants assis sur les marches de l'église.

Laissant sur leur gauche la haute tour du campanile, ils se frayèrent un chemin à travers la grande place, passèrent devant le baptistère octogonal Saint-Jean, qui paraissait écrasé par le Dôme. La tentation de courir était grande, mais trop périlleuse. Néanmoins, la vitesse à laquelle ils marchaient était telle que Baroncelli avait du mal à reprendre son souffle, malgré des jambes notablement plus longues que celles de son chef. Le soleil leur parut accablant après l'obscurité qui régnait dans le Dôme. La journée était magnifique, une vraie journée de printemps sans nuage, ce qui n'empêcha pas Baroncelli de lui trouver quelque chose de menaçant.

Au nord, ils empruntèrent la Via Larga, parfois appelée la « rue des Médicis ». On ne pouvait fouler ses pavés usés sans ressentir l'emprise que Laurent exerçait sur la ville. Cette large rue était bordée par les palais de ses partisans : celui de Michelozzo, architecte de la famille, celui d'Angelo Poliziano, poète et protégé de Laurent. A distance se trouvaient l'église et le couvent San Marco. Cosme, le grand-père de Laurent, avait reconstruit l'édifice qui tombait en ruine et fondé la célèbre bibliothèque du couvent ; en échange, les moines dominicains le révéraient et tenaient à sa disposition une cellule pour les moments où il se sentait d'humeur contemplative.

Cosme avait acheté les jardins proches du monastère ; Laurent les avait transformés en un jardin de sculptures, mettant ainsi à la disposition de jeunes architectes et artistes un lieu de formation des plus somptueux.

Baroncelli et son complice s'approchaient de l'intersection avec la Via de Gori, à l'endroit où la coupole de la plus ancienne cathédrale de Florence, San Lorenzo, occupe l'horizon à l'ouest. Alors qu'elle était également en ruine, Cosme, avec l'aide de Michelozzo et de Brunelleschi, lui avait rendu sa grandeur. Sa dépouille y reposait désormais, sous une pierre tombale en marbre devant le grand autel.

Enfin, les deux hommes arrivèrent à leur destination : le palais Médicis, dont la masse rectangulaire était sombre et sévère comme une forteresse. L'architecte Michelozzo avait reçu des instructions précises pour que le bâtiment ne soit en aucune manière ostentatoire : les gens de la ville ne devaient pas soupçonner les Médicis de se juger au-dessus des simples citoyens. En dépit de ces recommandations, et malgré l'apparence modeste de la construction, il en émanait une impression de splendeur assez remarquable pour que rois et princes puissent y être reçus ; Charles VII de France avait dîné dans la grande salle.

Baroncelli fut frappé par la ressemblance de la construction avec son occupant. Le rez-de-chaussée était bâti en pierre taillée grossièrement, le premier étage en briques régulières, et le second en pierre parfaitement lisse, le tout surplombé d'une corniche saillante. L'image que Laurent présentait au monde était tout aussi policée mais son caractère était obstiné, son âme implacable, prête à tout pour garder le contrôle de la ville.

Il leur avait fallu à peine quatre minutes pour arriver au palais des Médicis, à l'intersection de la Via Larga et de la Via Gori. Ces quatre minutes lui avaient paru des heures ; pourtant Baroncelli ne se souvenait même pas du trajet qu'ils venaient d'effectuer.

Au sud de l'édifice, à l'angle le plus proche du Dôme, se trouvait la loggia abritée des éléments dont les grandes arcades offraient un refuge aux passants. A cet endroit, les citoyens de Florence pouvaient se retrouver pour converser, parfois même avec Laurent ou Julien ; maintes affaires avaient été négociées sous cet auvent de pierre.

Ce dimanche matin-là, la plupart des gens étaient à la messe ; seuls deux hommes s'attardaient à cet endroit, s'entretenant à voix basse. L'un d'eux, qui portait le tabard de laine des marchands, à moins qu'il ne fût l'un des banquiers des Médicis, se retourna pour jeter à Baroncelli un regard hostile ; celui-ci baissa la tête, de peur d'être reconnu et que l'on puisse témoigner contre lui.

Quelques pas encore et les deux conspirateurs s'arrêtèrent devant les portes en cuivre massives qui protégeaient l'entrée principale du palais sur la Via Larga. Francesco frappa vigoureusement sur le métal ; après quelques instants, un serviteur apparut et les introduisit dans la magnifique cour.

Commença alors le supplice de l'attente, le temps qu'on aille chercher Julien. N'eût-il été à ce point paralysé par la peur que Baroncelli aurait certainement apprécié les lieux. Quatre colonnes en pierre imposantes marquaient les coins de la cour, reliées par d'élégantes arcades et surmontées d'une frise ornée de médaillons à thèmes païens alternant avec les armoiries des Médicis.

Les sept célèbres *palle*, ou boules, étaient disposées en ce qui ressemblait fort à une couronne. Selon Laurent, les *palle* représentaient des bosses relevées sur le bouclier d'un des chevaliers de Charlemagne, le preux Averado, après son combat victorieux contre un géant terrifiant. Charlemagne avait été tellement impressionné qu'il avait autorisé Averado à dessiner ses propres armoiries à partir de son bouclier cabossé. Les Médicis se prétendaient les descendants de ce courageux chevalier, et la famille arborait ces armoiries depuis des siècles. Ainsi, *« Palle ! Palle ! Palle ! »* était devenu le cri de ralliement aux Médicis. On disait de Cosme l'Aîné qu'il était allé jusqu'à marquer au fer les parties intimes des moines avec ses *palle*.

Baroncelli laissa son regard errer d'un médaillon à l'autre. L'un représentait Athéna défendant la cité d'Athènes, un autre, un Icare ailé s'élevant vers le ciel.

Puis il baissa les yeux vers la sculpture qui se dressait au centre de la cour, le *David* en bronze de Donatello. Baroncelli l'avait toujours trouvé efféminé, avec ses longues boucles sortant de son chapeau de pâtre, son corps lisse aux courbes dépourvues de la moindre musculature et cette pose digne d'une adolescente, le coude plié, la main posée sur la hanche.

Pourtant, ce jour-là, la statue lui fit une tout autre impression. Il remarqua la froideur du regard que David posait sur la tête de Goliath qu'il venait d'abattre ; il remarqua le tranchant de l'épée qu'il brandissait.

Quel sera mon rôle aujourd'hui ? pensa-t-il. Serai-je David ou Goliath ?

Pazzi faisait les cent pas, les mains serrées derrière le dos ; ses petits yeux restaient obstinément fixés sur le sol de marbre. Si Julien n'arrive pas très vite, se dit Baroncelli, Francesco va se mettre à parler tout seul.

Mais Julien ne se montrait pas. Le serviteur, un avenant jeune homme parfaitement rodé aux us et coutumes des Médicis, revint avec un air faussement compatissant.

— Pardonnez-moi, messieurs. Je suis au regret de vous dire que mon maître ne se sent pas bien et ne peut recevoir de visite.

Francesco prit immédiatement un air jovial.

— Je comprends ! Mais il faut que tu expliques au seigneur Julien qu'il s'agit d'une affaire de la plus grande urgence.

Il baissa la voix comme s'il lui confiait un secret.

— Aujourd'hui, le déjeuner est donné en l'honneur du jeune cardinal Riario, vois-tu, et l'absence de sieur Julien le déçoit profondément. Le cardinal se trouve au Dôme en ce moment, avec sieur Laurent qui s'inquiète de ton maître. La messe a été retardée pour cette raison, et si sieur Julien ne vient pas, je crains que le cardinal n'en soit très offensé. Nous voulons éviter qu'il en fasse part à son oncle, le pape, dès son retour à Rome…

Le serviteur prit un air soucieux et acquiesça. Mais Baroncelli sentit qu'il n'était pas encore persuadé de la nécessité de déranger son maître.

— Nous sommes ici à la demande de sieur Laurent, renchérit Francesco. Il souhaite que son frère vienne rapidement, car nous attendons tous…

Le jeune homme haussa le menton pour indiquer qu'il comprenait l'urgence de la situation.

— Bien sûr. Je vais transmettre vos propos à mon maître.

Quand le serviteur se fut éloigné, Baroncelli regarda son compagnon avec admiration, émerveillé par son aptitude à la duplicité.

Bientôt, des pas résonnèrent dans l'escalier en marbre donnant dans la cour, et Julien de Médicis apparut.

Comparés à ceux de son frère, ses traits étaient d'une perfection remarquable. Son nez, bien que saillant, était droit et joliment arrondi au bout, son menton carré, ses grands yeux mordorés bordés de longs cils que lui enviaient toutes les femmes. Ses lèvres bien ourlées découvraient une denture parfaite, et son épaisse chevelure bouclée rejetée en arrière, avec une raie au milieu, mettait en valeur son beau visage.

A vingt-quatre ans, la vie souriait à Julien, qui, outre son physique séduisant, était doté d'un heureux caractère ainsi que d'une voix remarquable. Son ouverture aux autres lui permettait de ne jamais mettre quiconque mal à l'aise, lui gagnant l'affection de la plupart des citoyens de Florence. Sans être un animal politique aussi brillant que son frère, il savait d'instinct mettre ses qualités en valeur pour obtenir le soutien populaire. En cas de disparition de Laurent, Julien pourrait aisément reprendre les rênes du pouvoir.

Ces dernières semaines, Baroncelli s'était efforcé d'éprouver du mépris pour lui, mais il n'y était pas parvenu.

La faible lumière du matin qui avait commencé à éclairer la base des colonnes leur révéla un Julien en bien piteux état : vêtu en hâte, les cheveux emmêlés, les yeux injectés de sang. Pour la première fois depuis que Baroncelli le connaissait, il ne souriait pas. Il se déplaçait lentement, comme sous le poids d'une armure. Icare, pensa Baroncelli. Il s'est envolé trop haut et est retombé sur terre après s'être brûlé les ailes.

— Bonjour, messieurs, dit Julien d'une voix enrouée. J'apprends que le cardinal Riario a pris offense de mon absence à la messe.

Baroncelli sentit son cœur se serrer. Julien ressemblait à un animal résigné.

Il sait. Mais non, il ne peut pas savoir. Et pourtant... il sait...

— Nous sommes désolés de troubler votre repos, dit Francesco de Pazzi, joignant les mains en signe d'excuse. Nous sommes venus à la demande de sieur Laurent...

— Je comprends, répondit Julien avec un soupir. Dieu m'est témoin que nous devons tout faire pour satisfaire Laurent.

En disant cela, il avait retrouvé sa manière d'être habituelle.

— J'espère seulement, ajouta-t-il avec sincérité, qu'il n'est pas trop tard pour convaincre le cardinal de ma très haute estime à son égard.

— Oui, reprit Baroncelli, espérons qu'il n'est pas trop tard. La messe a déjà commencé.

— Alors, allons-y, dit Julien.

Il leur fit signe de retourner vers l'entrée. Quand il leva le bras, Baroncelli s'aperçut qu'il ne portait pas d'épée.

Tous trois sortirent dans le soleil éblouissant du matin. L'homme qui leur avait jeté un regard mauvais depuis la loggia aperçut alors Julien.

— Sieur Julien, cria-t-il, laissez-moi vous parler ; c'est de la plus haute importance !

Julien parut le reconnaître.

— Le cardinal, insista Francesco, avant de s'adresser lui-même à l'homme : Gentilhomme, sieur Julien a un rendez-vous urgent pour lequel il est déjà en retard. Il vous supplie de le comprendre.

Sur ces paroles, il prit Julien par le bras et l'entraîna le long de la Via Larga.

Baroncelli suivit. Malgré sa peur, ses mains ne tremblaient plus, son cœur avait retrouvé un rythme normal, il respirait tranquillement. Francesco et lui plaisantaient et riaient comme deux amis de joyeuse humeur, sans pouvoir vraiment égayer Julien qui marchait loin derrière eux. Les deux conspirateurs se mirent bientôt à le tirer et à le pousser, comme s'il s'agissait d'un jeu.

— Nous ne devons pas faire attendre le cardinal, répéta Baroncelli à plusieurs reprises.

— Dites-moi, mon bon Julien, dit Francesco en le prenant

par la manche, pourquoi soupirez-vous tant ? Se peut-il que votre cœur ait été volé par une jeune drôlesse ?

Julien baissa les yeux et secoua la tête pour signifier qu'il ne souhaitait pas aborder le sujet. Francesco n'insista pas. Mais il ne ralentit pas non plus ; quelques minutes après, ils arrivaient à l'entrée du Dôme.

Baroncelli s'arrêta, pris de remords : Julien avait tant de peine à se mouvoir ! Il prit le jeune Médicis dans ses bras et le serra contre lui.

— Cher ami, dit-il, cela me trouble de vous voir si malheureux. Que faut-il faire pour que vous retrouviez votre bonne humeur ?

Julien se força à sourire, eut un petit mouvement de la tête.

— Rien, mon bon Bernardo. Rien.

Puis il suivit Francesco à l'intérieur de la cathédrale.

Baroncelli s'était libéré d'un doute : Julien ne portait pas de cuirasse sous sa tunique.

2

En cette matinée de fin avril, Julien se trouvait confronté à une terrible décision : de qui allait-il choisir de briser le cœur, entre les deux personnes qu'il aimait le plus au monde ? Celui de Laurent, son frère bien-aimé, ou celui d'une femme ?

Malgré son jeune âge, Julien avait eu de nombreuses maîtresses. L'une d'elles, Simonetta Cattaneo, épouse de Marco Vespucci, avait été considérée comme la plus belle femme de Florence jusqu'à sa mort, deux ans auparavant. Avec sa silhouette élancée, les opulentes boucles blondes qui lui descendaient jusqu'aux reins, elle était si ravissante qu'on l'avait portée jusqu'à sa tombe le visage découvert. Par considération pour son mari et sa famille, Julien était resté à distance, mais il avait pleuré comme eux.

Pourtant, jamais il n'avait été fidèle. Il avait eu d'autres aventures, appréciant également de temps à autre la compagnie de prostituées.

A présent, pour la première fois de sa vie, Julien ne désirait plus qu'une seule femme : Anna. Plus que sa grande beauté, c'était son intelligence qui l'avait séduit, son amour de la vie et sa générosité. Il avait appris à la connaître au fil du temps, au travers de leurs conversations quand ils se rencontraient dans des banquets et des soirées. Elle n'avait jamais joué de son charme avec lui ; elle avait même tout fait pour le décourager. Mais aucune des nombreuses jeunes aristocrates florentines qui minaudaient autour de lui ne pouvait rivaliser avec Anna. Simonetta elle-même était insipide en comparaison d'Anna, qui avait l'âme tout à la fois d'un poète et d'une sainte.

Sa bonté avait amené Julien à considérer avec répugnance sa

vie antérieure. Il avait renoncé à toutes les autres femmes, et n'avait plus recherché que la compagnie d'Anna. Auprès d'elle, il avait voulu se repentir de ses turpitudes passées : son pardon lui importait plus que celui de Dieu.

Cela lui avait paru tenir du miracle quand, enfin, elle lui avait fait part de ses sentiments : Dieu les avait créés l'un pour l'autre, et Sa plaisanterie la plus cruelle était de l'avoir déjà donnée à un autre homme.

Malgré l'amour passionné qu'Anna lui vouait, son désir de pureté et de décence était encore plus grand. Elle appartenait à un autre, qu'elle refusait de trahir. Elle avait avoué à Julien les sentiments qu'elle lui portait, mais quand il s'était retrouvé seul avec elle dans la maison de son frère, pendant le carnaval, et l'avait suppliée d'être sienne, elle l'avait repoussé. « Le devoir, avait-elle dit. Le sens de la responsabilité. » Il avait cru entendre son frère, qui l'avait toujours incité à épouser une femme susceptible de contribuer au prestige de la famille.

Julien, habitué à obtenir ce qu'il désirait, avait essayé de négocier. Il l'avait priée de venir le voir en privé – pour écouter ce qu'il avait à lui dire, seulement. Elle avait hésité, puis accepté. Ils ne s'étaient retrouvés qu'une seule fois, au rez-de-chaussée du palais Médicis. Il avait pu la prendre dans ses bras, l'embrasser, mais rien de plus. Lorsqu'il l'avait implorée de quitter Florence, de partir avec lui, elle avait refusé.

« Il sait, avait-elle dit d'une voix angoissée. Comprenez-vous ? Il sait, et je ne veux plus lui faire de mal. »

Julien était un homme déterminé. Sa décision était prise : ni Dieu ni les conventions ne pouvaient plus le faire changer d'avis. Pour Anna, il était prêt à renoncer à l'éventualité d'une union respectable ; pour elle, il était prêt à subir la censure de l'Eglise, à affronter l'excommunication et la perspective de la damnation.

Il lui avait donc opposé un argument de poids : elle devait partir avec lui pour Rome, où ils habiteraient une villa appartenant à sa famille. Les Médicis avaient des contacts avec la papauté ; il lui obtiendrait une annulation. Il l'épouserait. Il lui donnerait des enfants.

Visiblement déchirée, elle avait mis ses mains devant sa

bouche. Ses yeux exprimaient la souffrance, en même temps qu'un semblant d'espoir.

« Je ne sais pas, je ne sais pas », avait-elle dit.

Il l'avait laissée aller retrouver son mari, pour prendre sa décision.

Le jour suivant, il était allé voir Laurent.

Il s'était éveillé tôt et n'avait pu se rendormir. Le soleil n'était pas encore levé, mais la lumière brillait dans l'antichambre de son frère. Laurent était assis à son bureau, la joue appuyée sur son poing, maugréant à la lecture d'une lettre qu'il tenait près de la lampe.

En d'autres temps, Laurent aurait levé les yeux, souri et salué son frère ; ce jour-là, il parut mal à l'aise. Il ne dit rien, regarda Julien brièvement, puis reporta son attention sur la lettre, dont le contenu semblait être la cause de sa mauvaise humeur.

Laurent pouvait se montrer affreusement obstiné, par trop soucieux des apparences, froidement calculateur en politique, et parfois dictatorial quant à la conduite de Julien et ses fréquentations. Mais il pouvait également être très indulgent, généreux et sensible aux désirs de son frère cadet. Bien que Julien n'eût jamais souhaité le pouvoir, Laurent l'avait toujours tenu informé de ses affaires, commentant pour lui les implications politiques des cérémonies officielles. Il aimait profondément son frère et aurait volontiers partagé la direction des affaires de la ville avec lui si Julien y avait prêté le moindre intérêt.

Laurent avait souffert de devoir, très jeune, à la mort de son père, assumer le pouvoir. Il en avait le talent, mais Julien voyait combien il lui en coûtait. Neuf ans après, la tension se lisait sur son visage, son front était ridé, ses yeux cernés.

Il aimait le pouvoir et se réjouissait d'avoir étendu l'influence de la famille : la banque Médicis avait des succursales à Rome, à Bruges et dans la plupart des grandes villes européennes. Mais le rôle de *gran maestro* qu'on voulait toujours lui faire jouer l'épuisait.

« Dans cette ville, personne ne veut se marier sans ma bénédiction », se plaignait-il parfois.

Ce qui était vrai. Au cours de la semaine, une congrégation établie dans la campagne toscane lui avait écrit pour lui demander conseil : les pères avaient approuvé la réalisation d'une sculpture représentant un saint, pour laquelle deux sculpteurs étaient en concurrence. Le grand Laurent serait-il assez aimable pour donner son avis ? De telles missives arrivaient par sacs entiers chaque jour, et Laurent se levait à l'aube pour y répondre de sa propre main. Il veillait sur Florence comme un père sur son enfant, consacrait tout son temps à œuvrer à la prospérité de la ville ainsi qu'aux intérêts de sa famille.

Mais il savait pertinemment qu'il n'était pas aimé, sinon pour les faveurs qu'il accordait. Seul Julien, son frère adoré, l'aimait pour lui-même. Seul Julien essayait de lui faire oublier ses responsabilités ; lui seul savait le faire rire. C'est pourquoi Laurent lui était passionnément attaché.

Et Julien avait fini par craindre les conséquences de cet amour.

Sans quitter du regard son frère absorbé dans sa lecture, il se redressa, s'éclaircit la gorge.

« Je pars pour Rome », annonça-t-il d'une voix forte.

Laurent leva les yeux.

« Pour le plaisir ou pour quelque affaire me concernant ?

— Je pars avec une femme. »

Laurent poussa un soupir, et son visage se détendit.

« Dans ce cas, amuse-toi bien, et pense à moi qui souffre ici.

— Je pars avec Madonna Anna », dit Julien.

A ce nom, Laurent tourna brusquement la tête.

« Tu plaisantes », dit-il d'un ton léger.

En regardant Julien, il prit un air incrédule.

« Tu plaisantes *certainement.* »

Puis sa voix devint presque inaudible.

« C'est de la folie… Julien, elle vient d'une bonne famille. Et elle est *mariée.* »

Julien ne broncha pas.

« Je l'aime. Je ne peux pas me passer d'elle. Je lui ai demandé de venir vivre à Rome avec moi. »

Laurent écarquilla les yeux ; la lettre tomba à terre, mais il ne la ramassa pas.

« Julien… nos cœurs peuvent parfois nous fourvoyer. Je comprends, tu es sous l'empire de l'émotion. Mais cela passera. Donne-toi deux semaines pour réfléchir. »

Le ton paternel de Laurent, cette fin de non-recevoir suffirent au contraire à renforcer la détermination de Julien.

« J'ai déjà prévu le carrosse et le cocher, répondit-il, et envoyé un message aux serviteurs pour préparer la maison. Nous allons chercher à obtenir une annulation. Je ne dis pas cela à la légère. Je veux épouser Anna, avoir des enfants avec elle. »

Laurent se redressa, regarda son frère intensément pour le jauger : il était sincère.

« Une annulation ? dit-il avec amertume. Grâce à notre bon ami le pape Sixte, sans doute ? Lui qui rêve de nous voir bannis d'Italie ! »

Il recula son siège, se leva et tendit la main vers son frère.

« C'est un pur fantasme, Julien. Je sais que c'est une femme merveilleuse, mais… Elle est mariée depuis plusieurs années. Même si je réussissais à obtenir une annulation, cela ferait scandale à Florence. Le peuple ne l'accepterait jamais. »

La main de Laurent s'approcha de son épaule : Julien la repoussa, refusant tout geste de conciliation.

« Je me moque de l'opinion. Nous resterons à Rome s'il le faut.

— Sixte n'accordera pas l'annulation, dit Laurent d'un ton las. Renonce à tes idées utopiques. Si tu ne peux pas vivre sans elle, prends-la pour maîtresse – mais discrètement, pour l'amour de Dieu.

— Comment peux-tu parler d'elle ainsi ? explosa Julien. Tu connais Anna : jamais elle n'accepterait une telle situation. Et si cela n'est pas possible, je n'accepterai aucune autre femme. Tu peux tout de suite renoncer à me trouver une épouse. Si je ne peux pas me marier avec elle… »

Tout en parlant, il sentit qu'il n'aurait pas gain de cause. Laurent avait un regard furieux, presque fou, qui lui rappela que son frère était capable du pire. Cela le glaça.

« Que feras-tu ? Tu refuseras d'en épouser une autre ? »

Laurent secoua la tête avec véhémence ; sa voix s'éleva d'un ton.

« Tu as un devoir envers ta famille. Tu crois pouvoir aller à Rome sur un coup de tête, transmettre notre sang à une portée de bâtards ? Tu veux risquer l'excommunication ? C'est ce qui vous arrivera, à tous les deux ! Sixte n'est pas enclin à se monter généreux envers nous. »

Julien resta silencieux ; les joues et le cou lui brûlaient. Il s'attendait à la réaction de son frère, mais espérait pouvoir le fléchir.

« As-tu la moindre idée de ce qui arrivera à Anna ? continua Laurent en pointant un doigt accusateur. De la façon dont les gens la traiteront ? C'est une femme de bien, une femme convenable. Tu veux vraiment détruire sa réputation ? Une fois à Rome, tu t'en lasseras. Tu voudras revenir à Florence. Et elle, que lui restera-t-il ? »

Furieux, Julien fut sur le point de dire à Laurent qu'il avait épousé une harpie et que lui, Julien, préférait mourir plutôt que de vivre une telle vie sans amour, qu'il ne s'abaisserait jamais à donner des enfants à une femme qu'il détestait. Mais il préféra se taire ; il était suffisamment malheureux. Inutile de faire également souffrir Laurent.

Celui-ci prit un air dégoûté.

« Tu ne le feras pas. Tu retrouveras la raison. »

Julien le regarda un long moment.

« Je t'aime, Laurent, dit-il doucement. Mais je pars. »

Il fit demi-tour en direction de la porte.

« Si tu pars avec elle, menaça Laurent, je ne suis plus ton frère. Ce ne sont pas des paroles en l'air, Julien : tu ne me reverras jamais. »

Julien se retourna pour regarder Laurent, et il prit peur. Son frère aîné et lui ne parlaient jamais à la légère de choses importantes – et ni l'un ni l'autre ne changeait d'avis après avoir pris une décision.

« Je t'en supplie, ne me force pas à choisir. »

Laurent avait la mâchoire serrée, le regard froid.

« Il le faudra. »

Plus tard, dans la soirée, Julien avait attendu Anna dans l'appartement du rez-de-chaussée. Il avait passé la journée entière à réfléchir à ce que Laurent lui avait dit, au fait que la réputation de la jeune femme serait définitivement compromise si elle l'accompagnait à Rome. Pour la première fois, il avait accepté d'envisager ce que serait la vie d'Anna si le pape lui refusait une annulation.

Elle vivrait dans la honte, contrainte de renoncer à sa famille, à ses amis et à sa ville natale. Ses enfants seraient traités de bâtards et se verraient refuser l'héritage des Médicis.

Il avait été égoïste. Il n'avait pensé qu'à lui-même en proposant cette solution à Anna, en envisageant l'annulation, dans l'espoir qu'elle accepterait de le suivre. Et il n'avait même pas, jusqu'alors, voulu envisager qu'elle refuserait son offre.

Pourtant, cela aurait pu lui éviter un choix qui le torturait.

Quand il avait ouvert la porte et que son visage était apparu dans la lumière du crépuscule, il avait compris que son choix était fait depuis longtemps, depuis qu'il avait donné son cœur à Anna. Ses yeux, sa peau, son visage et tout son corps irradiaient de bonheur. Ses gestes étaient redevenus vifs et légers. Sa façon de pencher la tête sur le côté pour le regarder, le sourire sur ses lèvres, la grâce avec laquelle elle avait soulevé ses jupes pour se précipiter vers lui, tout en elle indiquait qu'elle avait pris sa décision.

Il l'avait enlacée : tout était encore possible. A cet instant, Julien avait compris qu'il ne saurait rien lui refuser, et que ni l'un ni l'autre ne pouvait arrêter la roue qui était en mouvement. Il avait failli se mettre à pleurer, non de joie, mais de tristesse pour Laurent.

Ils avaient passé ensemble un peu moins d'une heure ; ils avaient peu parlé – seulement pour convenir d'une heure et d'un lieu. Cela suffisait.

Quand elle était repartie, emportant avec elle la lumière et la certitude qu'elle lui avait communiquées, il avait regagné sa propre chambre, demandant qu'on lui apporte du vin. Il l'avait bu assis sur son lit. Avec une précision troublante, un incident survenu dans sa jeunesse lui était alors revenu.

A l'âge de six ans, il était allé pique-niquer sur les rives de l'Arno avec Laurent et deux de ses sœurs, Nannina et Bianca. Accompagnés par une esclave circassienne, ils avaient traversé en carrosse le Ponte Vecchio, un pont construit mille ans auparavant par les Romains. Nannina, en âge d'être mariée, avait été captivée par les boutiques d'orfèvres qui bordaient l'ouvrage d'art.

Laurent paraissait nerveux et sombre. Il venait de commencer à prendre des responsabilités dans les affaires des Médicis, recevant, depuis un an déjà, des demandes de mécénat. Et son père, Piero, l'avait envoyé à Milan et à Rome pour traiter des questions politiques. C'était un garçon sans charme, avec des yeux écartés, une mâchoire proéminente, des cheveux soigneusement coupés au carré sur un front bas ; mais son regard intelligent et sensible le rendait étrangement attirant.

Ils gagnèrent le quartier de Santo Spirito, qui avait des airs de campagne avec ses grands arbres, sa vaste prairie descendant jusqu'à la rivière tranquille. La servante posa une nappe en lin sur l'herbe, déballa la nourriture. C'était la fin du printemps ; il faisait chaud, avec quelques nuages paresseux. Il avait plu la veille. L'Arno prenait des reflets d'argent quand le soleil se montrait, et devenait couleur de plomb quand il disparaissait.

L'humeur maussade de Laurent avait attristé Julien. Leur père avait tort de vouloir en faire un adulte avant l'heure. Pour le faire rire, il avait couru jusqu'à la berge malgré les cris de l'esclave et s'était jeté, tout habillé, dans l'eau.

Son stratagème réussit : au grand dam de Nannina, de Bianca et de l'esclave, Laurent le suivit aussitôt dans l'eau en riant, vêtu de sa tunique et de sa cape, ses pantoufles aux pieds. C'était un bon nageur ; il s'éloigna rapidement de la rive, puis plongea sous l'eau.

Malgré son jeune âge, Julien voulut le suivre, mais n'y parvint pas. Il regarda Laurent surgir de l'eau, prendre une grande bouffée d'air, et disparaître à nouveau sous la surface grise. Ne le voyant pas réapparaître, Julien continua à nager en surface, s'attendant à tout moment que son frère lui saisisse la jambe sous l'eau.

Les secondes s'écoulèrent. Prenant peur, Julien commença à appeler Laurent. Sur la berge, les femmes, incapables d'entrer dans l'eau avec leurs lourdes jupes, se mirent à crier.

Compte tenu de son jeune âge, Julien n'avait jamais osé plonger sous l'eau : pour l'amour de son frère, il prit une profonde inspiration, et s'enfonça dans l'onde. Le silence le surprit ; il ouvrit les yeux pour regarder dans la direction de Laurent.

La rivière était boueuse à cause des pluies de la veille ; les yeux de Julien le piquèrent. Il ne distingua rien d'autre qu'une grande forme sombre à distance, dans la profondeur des eaux. Cela ne semblait pas être une forme humaine mais, ne voyant rien d'autre, il préféra s'en approcher. Il remonta à la surface, reprit de l'air, puis se força à replonger.

C'était un arbre tombé dans la rivière, de la taille de trois hommes.

Ses poumons le brûlaient, mais le sentiment que Laurent n'était pas loin le poussa à continuer. Dans un ultime élan, il atteignit les branches, toucha de la paume la surface lisse du tronc.

Tout à coup, la tête lui tourna, il entendit un sifflement dans ses oreilles ; il ferma les yeux et ouvrit la bouche, cherchant de l'air, mais au lieu de cela il avala l'eau fétide de l'Arno. Il la rejeta aussitôt, puis un réflexe le poussa à recommencer.

Julien était en train de se noyer.

Malgré son jeune âge, il comprit qu'il était sur le point de mourir. Cette révélation le poussa à ouvrir les yeux, afin d'emporter au ciel une dernière vision de la terre.

A cet instant, un rayon de soleil transperça la rivière, faisant scintiller la vase en suspension dans l'eau, et éclairant l'endroit qui se trouvait devant lui.

Laurent était là, à portée de main, les yeux grands ouverts, en train de se noyer. Sa tunique et son manteau s'étaient pris dans une branche, et il s'était entortillé dedans en voulant se libérer.

Les deux frères auraient dû mourir ce jour-là. Mais Julien pria, avec l'innocence d'un enfant : Mon Dieu, aidez-moi à sauver mon frère.

Et, chose incroyable, il réussit à décrocher les vêtements de la branche.

Et, chose plus incroyable encore, Laurent, enfin libéré, saisit les mains de Julien, et remonta avec lui à la surface.

Ensuite, Julien ne se souvenait plus très bien. Il se revit vomissant sur l'herbe de la berge pendant que l'esclave lui frappait dans le dos, il revit Laurent, mouillé et tremblant, enveloppé dans les nappes du pique-nique ; quelqu'un criait : « Frère, parle-moi ! » Puis il se remémora Laurent dans le carrosse, sur le chemin du retour, furieux, au bord des larmes : « Ne prends plus jamais de risques pour moi ! Tu as failli mourir ! Père ne m'aurait jamais pardonné... ! » Il ne l'avait pas dit, mais Julien l'avait bien compris : Laurent non plus ne se le serait jamais pardonné.

Perdu dans ses souvenirs, Julien avait machinalement bu son vin. Il aurait volontiers donné sa vie pour sauver celle de Laurent – comme Laurent se serait sacrifié pour son jeune frère.

Comment Dieu pouvait-il se moquer de lui aussi cruellement, en lui donnant l'amour d'Anna, et en exigeant en contrepartie qu'il blesse celui qu'il aimait le plus au monde ?

Il était resté assis à réfléchir pendant des heures. La nuit était devenue de plus en plus noire, puis avait lentement tourné au gris à l'approche de l'aube. Au matin, il partirait pour Rome. Il n'avait pas bougé jusqu'à l'arrivée de ces deux intrus, Francesco de Pazzi et Bernardo Baroncelli. Il ne comprenait pas pourquoi le cardinal tenait tellement à sa présence à la messe ; mais si Laurent lui avait demandé de venir, il devait s'y rendre.

Peut-être avait-il changé d'avis ? Peut-être, sa colère calmée, accepterait-il de transiger ?

Alors Julien se ressaisit, et, comme un bon frère, obtempéra.

3

Baroncelli hésita à la porte de la cathédrale. Il pouvait encore échapper au destin ; il pouvait encore, avant qu'il soit trop tard, courir jusqu'à sa propriété, enfourcher son cheval et gagner un royaume où ni conspirateurs ni victimes n'auraient la moindre influence. Les Pazzi étaient puissants, tenaces, capables de tout mettre en œuvre pour le retrouver – mais ils n'avaient pas autant de relations que les Médicis.

Marchant devant, Francesco s'était retourné et avait jeté à Baroncelli un regard meurtrier. Julien, toujours plongé dans sa tristesse, n'y prêta pas attention. Flanqué d'un Baroncelli incertain, il suivit Francesco à l'intérieur de la cathédrale. En entrant, Baroncelli eut l'impression d'avoir basculé dans la folie.

A l'intérieur, l'air plein de fumée sentait l'encens et la transpiration. L'immense sanctuaire était plongé dans la pénombre, sauf l'autel, qui brillait dans la lumière du matin diffusée par les grands vitraux en arc de cercle de la coupole.

Francesco emprunta une nouvelle fois le passage le plus discret, du côté nord, pour gagner l'autel, suivi de près par Julien, puis par Baroncelli. Ce dernier aurait pu retrouver son chemin les yeux fermés, en se laissant guider par les odeurs : la puanteur des ouvriers, le parfum de lavande des commerçants, les senteurs de rose des riches.

Le prêtre achevait son homélie. Baroncelli sentit son pouls s'accélérer ; ils étaient arrivés juste à temps pour l'Eucharistie.

Après une marche interminable le long de l'allée, ses compagnons et lui arrivèrent au premier rang. Tout en murmurant des excuses, ils regagnèrent leurs places. S'ensuivit alors un moment de confusion. Baroncelli voulut passer devant Julien pour se placer à sa droite, comme le plan le prévoyait. Julien, ne comprenant pas son intention, se rapprocha de Francesco, lequel chuchota quelque chose à l'oreille du jeune homme. Julien acquiesça, et laissa passer Baroncelli ; en même temps, il effleura l'épaule du pénitent derrière lui.

Le souffle coupé, Francesco de Pazzi et Baroncelli le regardèrent : allait-il se retourner pour s'excuser, risquant ainsi de reconnaître l'homme ? Mais le jeune Médicis paraissait absorbé dans sa tristesse.

Quant à son aîné, il s'était baissé pour écouter le banquier de la famille, Francesco Nori, qui lui chuchotait quelque chose à l'oreille, et ne les avait pas remarqués.

Tous les éléments étaient maintenant en place, comme par miracle. Baroncelli n'avait plus qu'à faire semblant d'écouter la fin du sermon, tout en retenant sa main de glisser tout de suite vers son fourreau.

Les mots du prêtre lui parurent dénués du moindre sens.

— Le pardon, entonna le prélat. La charité. Aime tes ennemis ; prie pour ceux qui te persécutent.

Baroncelli se demanda pourquoi il disait cela. Laurent de Médicis avait lui-même choisi le prêtre qui officiait ce jour-là. Etait-il au courant du complot ? Ces mots, apparemment anodins, étaient-ils le signal de tout arrêter ?

Baroncelli regarda Francesco de Pazzi : si celui-ci avait décelé un message secret, il n'en montra rien ; ses yeux restaient braqués sur l'autel, emplis de peur et de haine. Un muscle de sa mâchoire se contractait nerveusement.

Le sermon prit fin.

Les étapes de la messe se succédèrent avec rapidité. Après le Credo, le prêtre chanta le *Dominus vobiscum* et l'*Oremus*. Il consacra l'hostie.

Baroncelli sentit sa respiration se bloquer. La cérémonie ralentit soudain ; son cœur battait la chamade.

L'assistant du prêtre s'approcha de l'autel pour verser le vin dans le calice en or ; un autre assistant ajouta un peu d'eau d'une carafe en cristal.

Enfin, le prêtre prit le calice. Il l'éleva avec précaution vers le ciel, en offrande à une grande sculpture en bois au-dessus de l'autel, représentant un Christ en croix au visage douloureux. Un rayon de soleil se refléta sur le métal doré.

Puis le prêtre reprit, d'une voix de stentor aux accents vaguement accusateurs :

— *Offerimus tibi Domine…*

Baroncelli se tourna vers le jeune Médicis à côté de lui. Julien, l'air grave, gardait les yeux fermés, le poing droit serré, appuyé contre sa bouche de la main gauche. Sa tête était baissée, comme s'il se préparait à mourir.

Tout cela est ridicule, pensa-t-il. Il n'avait rien contre cet homme ; il avait même pour lui une certaine affection. Julien n'avait jamais demandé à être un Médicis. Leur différend était d'ordre purement politique, et ne justifiait en rien ce qu'il était sur le point de faire.

Francesco de Pazzi lui assena un grand coup de coude : le message était clair.

Le signal a été donné ! Le signal a été donné !

Baroncelli poussa un soupir et tira son couteau du fourreau.

4

Quelques instants auparavant, Laurent de Médicis conversait à voix basse avec le cardinal Raffaele Riario. Le prêtre n'avait pas encore terminé son sermon, mais les plus éminents personnages de Florence n'hésitaient pas à traiter leurs affaires, personnelles comme professionnelles, sotto voce, pendant la messe. L'occasion était trop propice pour qu'ils n'en profitent pas, et les prêtres s'y étaient résignés depuis longtemps.

Avec sa silhouette efflanquée, Riario ne paraissait pas ses dix-sept ans. Etudiant en droit à l'université de Pise, il devait son admission davantage à sa parenté avec le pape qu'à son intelligence.

Sixte l'appelait « neveu », euphémisme fréquemment utilisé par les papes et cardinaux pour désigner leurs bâtards. Le pape était un homme extrêmement intelligent, mais il avait apparemment engendré cet enfant avec une femme dont les attraits ne résidaient ni dans sa beauté, ni dans ses capacités intellectuelles.

Néanmoins, Laurent se devait de distraire le jeune cardinal pendant son séjour à Florence. Riario avait demandé à rencontrer les frères Médicis, à visiter leur propriété et leur collection d'art ; Laurent ne pouvait pas le lui refuser. C'était le neveu du pape, ou celui qu'on désignait comme tel, et malgré l'humiliation qu'avait infligée Sixte à Laurent en l'obligeant à se taire lorsque les Pazzi avaient remplacé les Médicis comme banquiers de la papauté, cette visite représentait peut-être une ouverture. Peut-être le pape désirait-il faire amende honorable en envoyant en émissaire cette jeune créature décharnée en robe écarlate.

Laurent était impatient de regagner le palais familial pour vérifier cette hypothèse ; si Sixte ne faisait que profiter de sa générosité, cette visite l'irriterait au plus haut point, l'insultant encore davantage.

Il avait fait préparer un somptueux festin qui serait servi après la messe, en l'honneur du cardinal. S'il s'avérait que le jeune Raffaele était venu uniquement pour voir les œuvres d'art des Médicis, il pourrait au moins dire à son oncle que Laurent l'avait traité avec les honneurs. Il utiliserait cette visite à son avantage afin d'entamer des négociations en vue de reprendre les coffres de la papauté à la banque Pazzi.

Laurent se montrait donc un hôte des plus aimables, malgré la présence de l'archevêque de Pise, Francesco Salviati, de l'autre côté de Riario, et son sourire hypocrite. Laurent s'était longtemps opposé à sa nomination. Etant sous le contrôle de Florence, Pise aurait dû avoir un archevêque de la famille des Médicis, alors que Salviati était apparenté aux Pazzi, déjà trop en faveur auprès du pape. Les Médicis et les Pazzi échangeaient des accolades amicales en public, mais en affaires comme en politique, ils s'opposaient farouchement. Dans une lettre pleine de ferveur, Laurent avait expliqué à Sixte pourquoi la nomination d'un archevêque apparenté aux Pazzi serait un désastre pour la papauté comme pour les intérêts des Médicis.

Sixte n'avait pas daigné répondre, et avait retiré aux Médicis leur charge de banquiers.

La requête papale de traiter Riario et Salviati comme des invités d'honneur aurait pu être considérée comme un affront aux Médicis : Laurent, diplomate dans l'âme, les avait accueillis avec tous les honneurs dus à leur rang, insistant même pour que son ami et directeur de la banque Médicis, Francesco Nori, n'en paraisse pas le moins du monde offensé. Nori, qui se tenait à présent au côté de Laurent, lui était entièrement dévoué. En apprenant que les Pazzi avaient été nommés banquiers du pape aux dépens des Médicis, Nori n'avait pas décoléré. Laurent avait dû le calmer ; lui-même s'était efforcé de maîtriser son courroux, préférant ne plus faire allusion à cette affaire et consacrer son énergie à regagner les faveurs de Sixte.

Pendant tout le service, il échangea donc force civilités avec le jeune cardinal, souriant de loin aux Pazzi venus en nombre pour l'occasion. La plupart avaient pris place de l'autre côté de la cathédrale, sauf Guillermo de Pazzi, qui suivait l'archevêque comme son ombre. Laurent aimait sincèrement Guillermo, qu'il connaissait depuis l'âge de seize ans. Il l'avait accompagné à Naples auprès du prince héritier Federigo et il l'avait traité comme son fils, ce que Laurent n'avait jamais oublié. Puis Guillermo avait épousé sa sœur aînée Bianca, cette union resserrant encore ses liens avec les Médicis.

Au début du sermon, le jeune cardinal le regarda avec un étrange sourire.

— Votre frère... où est votre frère ? chuchota-t-il. J'étais certain qu'il viendrait à la messe. J'espérais tellement le connaître...

La question surprit Laurent. Julien avait vaguement promis qu'il viendrait à la messe pour faire la connaissance du cardinal Riario, mais Laurent n'avait pas pris la promesse au sérieux. Coureur de jupons notoire, il était connu pour ses défections aux soirées, aux réceptions diplomatiques. Quand il souhaitait sa présence, Laurent devait insister expressément, ce qu'il n'avait pas fait pour cette messe. Son frère avait d'ailleurs prévenu qu'il n'assisterait pas au déjeuner.

La veille, il était resté stupéfait quand Julien lui avait fait part de son intention de partir pour Rome avec une femme mariée. Il n'avait jusqu'alors montré aucun attachement à ses maîtresses, et n'avait jamais proféré de telles stupidités, pas plus qu'il n'avait parlé de mariage. Il était entendu que, le moment venu, Laurent lui choisirait une épouse et que Julien se soumettrait à ce choix.

Mais Julien s'était montré inflexible sur l'annulation qu'il souhaitait pour cette femme, ce que Laurent ne pourrait jamais obtenir si la présence du cardinal Riario n'était pas une manifestation de la bonne volonté du pape.

Il tremblait pour son frère cadet. Julien faisait trop confiance aux autres, ne voyait que leurs bons côtés, incapable de reconnaître ses ennemis, ceux qui le détestaient simplement parce qu'il était né Médicis. Comment lui faire comprendre qu'ils se serviraient de sa liaison avec Anna pour précipiter sa perte ?

Julien, le cher enfant, ne pensait qu'à l'amour. Laurent n'avait pas aimé se montrer cruel envers lui, et il ne pouvait lui en vouloir d'avoir une vision noble du sexe faible. Parfois il aspirait à la liberté dont jouissait son plus jeune frère. Surtout ce jour-là : il aurait préféré se prélasser entre les bras d'une belle femme et laisser Julien s'occuper du neveu du pape. Mais pourquoi celui-ci le regardait-il encore, soucieux de connaître les intentions de son frère ?

Laurent ne pouvait dire au cardinal que Julien n'avait jamais eu l'intention de venir à la messe. Il préféra mentir.

— Mon frère a dû être retenu, dit-il. Il devrait certainement bientôt arriver ; je sais à quel point il souhaite faire la connaissance de Votre Eminence.

Riario battit des paupières ; ses lèvres enfantines esquissèrent un sourire.

Peut-être l'intérêt du jeune Raffaele pour Julien dépassait-il le cadre diplomatique. La beauté du jeune Médicis était légendaire, et il avait suscité maintes passions, aussi bien de la part d'hommes que de femmes.

Guillermo de Pazzi se pencha devant l'archevêque et donna au cardinal une légère tape sur l'épaule.

— N'ayez crainte, Votre Eminence. Il viendra. Les Médicis traitent toujours bien leurs invités.

Laurent lui sourit ; Guillermo évita son regard et lui adressa un petit signe d'acquiescement. Cela lui parut curieux, mais il fut aussitôt distrait par Francesco Nori.

— Maître, chuchota celui-ci, votre frère vient d'arriver.

— Seul ?

Nori jeta un coup d'œil vers sa gauche, sur le côté nord de la sacristie.

— Il est avec Francesco de Pazzi et Bernardo Baroncelli. Cela ne me dit rien qui vaille.

Laurent fronça les sourcils : cela ne lui plaisait pas non plus. Il avait déjà salué Francesco et Baroncelli en entrant dans la cathédrale. Pourtant, son sens de la diplomatie reprit le dessus. Il inclina la tête en direction de Raffaele Riario.

— Voyez, Votre Eminence, mon frère est enfin arrivé, dit-il à voix basse.

Le cardinal Riario se pencha en avant, regarda vers la gauche, et aperçut Julien. Il adressa à Laurent un pâle sourire puis, tournant brusquement la tête, reporta son attention sur l'autel, où le prêtre consacrait l'hostie.

Le jeune homme lui parut si nerveux que Laurent en éprouva une certaine inquiétude. Florence bruissait toujours de nombreuses rumeurs dont il ignorait la plupart ; mais Nori avait récemment prévenu Laurent qu'il était en danger, qu'une attaque contre lui se tramait. Comme d'habitude, il avait été incapable de lui fournir d'autres détails.

« Ridicule, avait rétorqué Laurent. Il y aura toujours des rumeurs, mais nous sommes les Médicis. Le pape peut nous insulter, mais il n'oserait jamais lever la main contre nous. »

Subitement, le doute l'envahit. Sous sa cape, il chercha le pommeau de son sabre, et s'en saisit.

Quelques secondes plus tard, un cri parvint de l'endroit vers lequel Riario s'était tourné : une voix d'homme pleine de ferveur, des mots incompréhensibles. L'instant d'après, les cloches du campanile de Giotto retentirent.

Les rumeurs de Nori étaient bel et bien fondées.

Les hommes des deux premières travées rompirent les rangs, et l'assistance se mit à bouger d'une façon désordonnée. A l'arrière, une femme se mit à hurler. Salviati disparut ; le jeune cardinal se précipita en direction de l'autel et s'agenouilla, secoué par les sanglots. Guillermo de Pazzi, terrifié, se tordait les mains de désespoir.

— Je ne suis pas un traître ! gémit-il. Je ne savais rien ! Rien ! Laurent, je jure devant Dieu que je suis innocent !

Laurent ne vit pas la main venue de derrière se poser sur son épaule mais, en la sentant, il réagit à la vitesse de l'éclair. Avec l'agilité et la force acquises au cours de nombreuses années de pratique de l'escrime, il se jeta en avant pour se libérer de l'emprise de l'ennemi, tira son épée et se retourna.

A cet instant, une lame acérée l'effleura juste derrière l'oreille droite ; il sentit un liquide chaud couler le long de son cou jusqu'à son épaule. Mais il ne faiblit pas, levant son épée pour parer d'autres attaques.

Deux prêtres lui faisaient face : l'un, tremblant derrière un petit bouclier et tenant maladroitement une épée, regardait la foule qui se bousculait derrière lui en direction des portes de la cathédrale. Il fut toutefois contraint de reporter son attention sur le garde du corps de Laurent, Marco, un athlète qui compensait ses carences dans le maniement de l'épée par sa force et sa détermination.

Le deuxième prêtre, qui fixait Laurent d'un regard halluciné, leva son arme une nouvelle fois.

Laurent para les coups à plusieurs reprises. Pâle, les traits tirés, les joues couvertes d'une barbe naissante, le prêtre avait un regard dément, une bouche tordue par la fureur. Laurent sentit qu'il ne pourrait résister longtemps à ses assauts furieux. L'acier résonnait contre l'acier, et le vacarme se répercutait dans la cathédrale, presque vide maintenant.

Les deux combattants s'affrontèrent, lames jointes et gardes rapprochées, avec une férocité qui fit trembler la main de Laurent. La haine qu'il lut dans le regard de son adversaire lui coupa le souffle.

Comme aucun ne parvenait à prendre l'ascendant sur l'autre, il demanda d'une voix forte :

— Pourquoi me détestes-tu autant ?

Sa question était sincère : il avait toujours voulu le meilleur pour Florence et ses citoyens. Il ne comprenait pas le ressentiment de certains à la simple mention du nom des Médicis.

— Pour Dieu, répondit le prêtre.

Son visage était à quelques centimètres de son adversaire. La sueur coulait sur son front pâle ; Laurent sentit son souffle chaud sur sa joue. Avec son long nez aristocratique, le prêtre devait appartenir à une honorable famille.

— Pour l'amour de Dieu !

Et il retira son arme avec tant de force que Laurent trébucha en avant, manquant de peu la lame.

5

Quelques instants plus tôt, tandis qu'il dégainait son long poignard et le brandissait au-dessus de sa tête, Baroncelli se souvint d'avoir répété une dizaine de phrases pour cet instant ; aucune ne lui vint aux lèvres, et ce qu'il cria finalement lui sembla ridicule :

— Voilà, traître !

Les cloches de l'église commençaient à sonner quand Julien leva les yeux vers lui. Il parut surpris à la vue de son arme.

Cédant enfin à la folie, Baroncelli n'hésita pas. Il abaissa la lame.

Laurent trébucha et tomba vers son adversaire. A cet instant, il comprit qu'il ne pourrait jamais relever son épée assez vite pour parer le prochain coup, et poussa un cri de rage.

Mais avant que le prêtre aux yeux fous ne puisse l'atteindre une nouvelle fois, Francesco Nori s'interposa avec son épée. Plusieurs de ses partisans cernaient à présent les meurtriers. Laurent aperçut Angelo Poliziano, l'architecte Michelozzo, un vieil homme corpulent, Verrochio, le sculpteur de la famille, Antonio Ridolfo, un de leurs associés, le mondain Sigismondo della Stuffa. Ils l'éloignèrent de son adversaire et voulurent l'entraîner vers l'autel.

Il résista.

— Julien ! cria-t-il. Frère, où es-tu ?

— Nous allons le mettre à l'abri. A présent, partez ! ordonna Nori en désignant l'autel.

Affolés, les officiants avaient laissé tomber le calice ; la nappe était tachée de vin.

Laurent hésita.

— Allez ! cria Nori de nouveau. Ils viennent par ici. Prenez de l'avance, et rejoignez la sacristie côté nord !

Laurent n'avait pas la moindre idée de qui « ils » étaient, mais il s'exécuta. Tenant toujours son épée, il enjamba la balustrade séparant le reste de l'église de la structure octogonale en bois sculpté qui abritait le chœur. Des enfants au visage angélique couraient en tous sens en poussant des cris, semblables, dans leur robe blanche, à des oiseaux effarouchés.

Escorté par ses défenseurs, Laurent se fraya un chemin à travers le chœur en émoi, s'avança en titubant jusqu'au grand autel. La fumée âcre de l'encens se mêlait à l'odeur du vin ; deux grands candélabres massifs brillaient de mille feux. Le prêtre et ses assistants faisaient cercle autour de Riario qui sanglotait. Aveuglé par la lumière des chandeliers, Laurent les distingua avec difficulté. Pris de vertige, il passa la main derrière son cou et la retira pleine de sang.

Il n'était pas question de s'évanouir. Il ne pouvait pas se permettre un moment de faiblesse tant que son frère n'était pas sain et sauf.

Tandis que Laurent se hâtait vers le nord en direction de l'autel, Francesco de Pazzi et Bernardo Baroncelli se dirigeaient vers le sud, par le sanctuaire, sans se rendre compte qu'ils passaient près de leur cible.

Laurent s'arrêta en pleine course pour les observer. Derrière lui, plusieurs de ses partisans, surpris, allèrent buter contre ceux qui les précédaient.

Baroncelli marchait en tête, brandissant un poignard et poussant des cris inintelligibles. Francesco boitait lourdement ; sa cuisse était ensanglantée et sa tunique maculée de sang.

Laurent scruta l'endroit où se trouvait son frère, mais les gens qui l'entouraient lui bouchaient la vue.

— Julien ! cria-t-il de toutes ses forces, espérant couvrir le vacarme. Julien… ! Où es-tu ? Frère, réponds-moi !

La foule se rassembla autour de lui.

— Tout va bien, dit quelqu'un d'un ton lénifiant qui ne contribua pas à le rassurer.

Tout ne pouvait pas aller bien, puisque Julien n'était pas là. Du jour de la mort de son père, Laurent n'avait cessé de prodiguer à son frère un amour fraternel en même temps que paternel.

— Julien ! cria de nouveau Laurent. Julien... !

— Il n'est pas là, répondit une voix assourdie.

Pensant que son frère avait voulu venir le retrouver, Laurent se dirigea vers l'endroit où ses amis se battaient encore contre les meurtriers. Le prêtre de petite taille, armé d'un bouclier, s'était enfui, mais le fou était resté et semblait perdre du terrain contre Marco. Julien n'était pas là non plus.

Découragé, Laurent s'apprêtait à faire demi-tour quand il aperçut du coin de l'œil l'éclair d'une lame. Il regarda derrière lui : avec une sauvagerie dont Laurent ne l'aurait pas cru capable, Baroncelli enfonça son arme dans le ventre de Francesco Nori. Les yeux de la victime s'agrandirent, ses lèvres formèrent un O de stupéfaction ; se détachant du poignard de Baroncelli, il tomba en arrière.

Laurent laissa échapper un gémissement. Le prenant par les épaules, Poliziano et della Stuffa l'emmenèrent de force vers les grandes portes de la sacristie.

— Allez chercher Francesco, supplia-t-il. Que quelqu'un transporte Francesco. Il est encore vivant, j'en suis certain !

Il voulut de nouveau se retourner pour appeler son frère, mais ses partisans ne lui permirent pas de ralentir leur marche forcée en direction de la sacristie. Laurent ressentit une douleur dans la poitrine, si violente qu'il crut que son cœur éclatait.

Il avait blessé Julien dans un moment où il était particulièrement vulnérable, et quand son frère lui avait dit : « Je t'aime, Laurent... Je t'en supplie, ne me force pas à choisir », il s'était montré cruel, avait refusé de l'aider, alors que c'était la seule chose qu'il lui devait.

Comment faire comprendre aux autres qu'il ne pouvait pas abandonner son frère cadet ? Comment expliquer la responsabilité dont il se sentait investi envers Julien, lui qui avait perdu son père si jeune, et qui s'était toujours tourné vers Laurent quand il avait besoin d'un conseil ? Comment expliquer la promesse faite à son père sur son lit de mort ? Ils étaient tous trop préoccupés par la sécurité d'*il Magnifico*, qu'ils considéraient comme l'homme le plus important de Florence – mais ils se trompaient.

Laurent fut poussé derrière les lourdes portes de la sacristie. Elles se refermèrent bruyamment après que quelqu'un eut ramené Nori, blessé.

La pièce aveugle manquait d'air ; on y sentait l'odeur du vin de messe et de la poussière amassée sur les vêtements des prêtres. Laurent scruta les visages de ceux qui l'avaient mis en sécurité : l'homme qui était pour lui le plus important de Florence n'était pas parmi eux.

L'image du grand couteau recourbé de Baroncelli et le sang inondant la cuisse et la tunique de Francesco de Pazzi lui traversèrent alors l'esprit ; il se précipita vers les portes, déterminé à retourner sauver son frère. Mais della Stuffa le devança et se plaça devant la sortie. Le vieux Michelozzo en fit autant, puis Antonio Ridolfo ; les trois hommes pesaient maintenant de tout leur poids contre les portes. Ils avaient le regard grave et semblaient détenir une information que Laurent préférait ignorer.

Il tambourina frénétiquement sur le cuivre glacé jusqu'à ce que ses poings se mettent à saigner. Le savant Angelo Poliziano tenta d'enrouler une bande de tissu déchirée de sa cape autour de son cou blessé : Laurent le repoussa, mais Poliziano insista jusqu'à ce que la blessure fût pansée.

— Mon frère ! continuait-il à crier, d'une voix de plus en plus aiguë. Je dois aller le chercher ! Mon frère ! Où est mon frère ?

Quelques minutes plus tôt, Julien avait regardé Baroncelli avec stupéfaction, quand il avait levé son poignard et l'avait pointé vers le cœur du plus jeune des frères Médicis.

Tout se passa trop rapidement pour que Julien ait le temps d'avoir peur. Il recula d'instinct, et le corps qu'il rencontra s'appuya si fermement contre lui qu'il ne put douter qu'il était mêlé à la conspiration. Il aperçut l'homme derrière lui, habillé dans une robe de pénitent, puis le souffle lui manqua quand il sentit l'acier glacé pénétrer dans son dos, juste en dessous des côtes.

La blessure était fatale. Les assassins le cernaient, il allait mourir.

Mais ce qui l'angoissait le plus était de se savoir pris au piège et de ne pas pouvoir prévenir Laurent. Son frère risquait d'être la prochaine cible.

— Laurent ! s'écria-t-il tandis que le couteau de Baroncelli s'abattait sur lui, reflétant la multitude de petites flammes des chandeliers se trouvant sur l'autel.

Son cri fut couvert par l'exclamation sibylline de Baroncelli.

— Voilà, traître !

Le coup atteignit Julien entre les deux côtes supérieures. Il perçut un craquement sourd venant des os, puis un second spasme de douleur, encore plus violent que le précédent, lui coupa le souffle.

Tout près du sien, le visage glabre de Baroncelli luisait de transpiration. Il poussa un grognement en retirant la lame. Julien chercha désespérément à reprendre son souffle, à crier de nouveau le nom de Laurent ; un murmure sortit de sa bouche.

Et à cet instant, tandis qu'il regardait l'arme avec laquelle Baroncelli s'apprêtait à frapper de nouveau, il fut transporté dans un autre lieu, un autre temps : vers l'Arno, un jour d'autrefois, à la fin du printemps.

Il appela son frère, mais personne ne répondit ; Laurent avait disparu dans l'eau boueuse. Les yeux de Julien lui piquaient. Il manquait de force et de souffle, mais il savait ce qu'il devait faire.

Mon Dieu, pria-t-il avec la sincérité d'un enfant, laissez-moi secourir mon frère.

Avec le peu d'énergie qui lui restait, il recula contre le pénitent, lequel trébucha sur le bas de sa robe et tomba en se prenant dans son vêtement.

Julien pouvait fuir, échapper à ses agresseurs, mais il n'ignorait pas qu'ils visaient surtout son frère.

Le temps se mit à ralentir, comme ce jour-là dans l'Arno. Malgré la torpeur qui l'envahissait, Julien résolut de faire obstacle aux attaquants : faute de pouvoir crier pour prévenir son frère, il pouvait au moins les gêner.

Il entendit la voix de son frère. « Julien ! Mon frère, parle-moi ! »

Il ne savait d'où venait la voix, si c'était un écho de sa jeunesse, la voix d'un garçon de onze ans qui appelait depuis la berge d'une rivière. Il voulut dire à Laurent de s'échapper, mais ne réussit pas à parler. Il fit un effort pour respirer, et un liquide chaud le suffoqua.

Baroncelli voulut passer, mais Julien se plaça sur son chemin. Francesco de Pazzi poussa son complice de côté. La vue du sang l'avait mis hors de lui ; ses petits yeux noirs brillaient, son corps nerveux tremblait de haine. Levant une dague à la longue lame presque aussi fine qu'un stylet, il voulut, lui aussi, dépasser la victime de Baroncelli, mais Julien l'en empêcha.

Il ouvrit la bouche. Un râle angoissé en sortit. Il aurait voulu crier : « Vous ne vous approcherez jamais de mon frère. Je mourrai d'abord, mais vous n'atteindrez jamais Laurent. »

Francesco grogna quelque chose d'inintelligible, puis frappa. Julien leva le bras pour se protéger ; la dague transperça sa paume et son avant-bras. En comparaison de la douleur qui étreignait sa poitrine et son dos, ces nouvelles blessures lui firent l'effet d'une piqûre d'insecte. S'avançant vers Francesco et Baroncelli, il les obligea à reculer, laissant à Laurent le temps de s'enfuir.

Francesco, petit homme violent, fut alors pris d'un accès de rage, déversant toute la haine que sa famille avait accumulée contre les Médicis.

— Vous êtes tous des fils de p... ! Votre père a trahi la confiance de mon père ! se mit-il à hurler, ponctuant chaque phrase d'un coup de dague.

Julien sentit la brûlure dans son épaule, dans la partie supérieure du bras. Il le laissa retomber, inerte, sur son flanc ensanglanté.

— Ton frère a tout fait pour nous empêcher de faire partie de la Seigneurie !

Il fut atteint une nouvelle fois à la poitrine, puis au cou, et à plusieurs reprises au ventre. Francesco, devenu fou, le frappait à coups répétés, au point d'être couvert de sang comme sa victime, et avec une telle sauvagerie qu'il se blessa lui-même à la cuisse. Il se mit à hurler en voyant son sang se mêler à celui de son ennemi. Sa fureur redoubla sous l'effet de la douleur ; il continua à frapper de plus belle.

— Ils ont dit du mal de nous à Sa Sainteté ! Ils ont insulté notre famille ! Ils ont volé la ville !

Julien perdait pied. Tant de calomnies proférées contre son frère l'auraient courroucé en d'autres temps, mais plus rien ne pouvait l'atteindre désormais.

Le sang se mêlait à l'eau dans la cathédrale ; il distinguait à peine la silhouette mouvante de ses attaquants, avec en arrière-plan des corps qui se bousculaient. Baroncelli et Francesco criaient tous les deux. Julien voyait leurs bouches grandes ouvertes, il apercevait le miroitement de l'acier brandi, sali par les eaux boueuses de l'Arno, mais il n'entendait rien. Dans la rivière, tout était silencieux.

Un rayon de soleil filtra par la porte qui s'ouvrait au nord sur la Via de Servi. Il s'avança dans cette direction, à la recherche de Laurent, mais le courant puissant le tirait vers le fond. Il peinait à marcher dans l'eau tourbillonnante.

Hors d'atteinte, Anna aux cheveux d'ébène sanglotait, se tordant les mains, pleurant les enfants qu'ils auraient pu avoir ; son amour le retint un instant. Sa dernière pensée alla vers Laurent, Laurent qui aurait le cœur brisé quand il le trouverait. C'était le plus grand regret de Julien.

— Frère.

Les lèvres de Julien esquissèrent le mot tandis qu'il tombait à genoux.

Laurent était assis sur la berge de l'Arno, serrant une couverture autour de ses épaules. Il était trempé et grelottait, mais il était vivant.

Soulagé, Julien laissa échapper un soupir qui expulsa l'air qui lui restait dans les poumons, et s'abîma dans la profondeur des eaux noires.

6

26 avril 1478
Aux prieurs de Milan

Mes très illustres seigneurs,

Mon frère Julien a été assassiné, et mon gouvernement court un grave danger. Le temps est maintenant venu, mes seigneurs, de venir en aide à votre serviteur Laurent. Envoyez sans tarder le plus de soldats possible, afin qu'ils puissent défendre mon Etat, comme ils l'ont toujours fait.

Votre serviteur,
Laurent de Médicis

7

28 décembre 1479

A genoux dans une petite charrette à cheval, Bernardo Baroncelli allait vers sa mort.

Devant lui, sur l'immense place de la Seigneurie, se dressait le sévère palais, siège du gouvernement de Florence et de sa justice. Surplombée de remparts, la forteresse formait un rectangle imposant, presque dépourvu de fenêtres, avec dans un angle la tour d'un campanile. Une heure seulement avant d'embarquer dans la charrette, Baroncelli avait entendu le timbre grave et lugubre de sa cloche, conviant le peuple au spectacle.

Dans la lumière glauque du matin, la façade en pierre du palais ressortait en gris pâle sur le fond des nuages qui s'amoncelaient. Devant le bâtiment, dominant une foule bigarrée où se mêlaient riches et pauvres, se dressait un échafaudage rudimentaire, avec la potence.

Il faisait un froid glacial ; l'haleine de Baroncelli restait en suspension dans l'air. Il ne pouvait pas refermer le haut de son manteau : ses mains étaient attachées dans son dos.

C'est dans cet équipage, tressautant à chaque pavé saillant, qu'il arriva à la place, où un millier de personnes s'étaient rassemblées pour assister à sa fin.

En lisière de la foule, un jeune garçon, un *fanciullo*, aperçut la charrette et, de sa voix de fausset, entonna le cri de ralliement des Médicis :

— *Palle ! Palle ! Palle !*

L'hystérie gagna l'assistance, qui reprit en chœur :

— *Palle ! Palle ! Palle !*

Quelqu'un lança une pierre en direction de Baroncelli, mais elle manqua sa cible et retomba bruyamment sur les pavés à côté de la charrette brinquebalante. Des insultes fusèrent. La Seigneurie avait posté des gardes à cheval aux endroits stratégiques pour prévenir une émeute ; Baroncelli était escorté par d'autres cavaliers en armes.

Il fallait à tout prix éviter qu'il soit lynché par la foule avant d'être exécuté dans les règles. On lui avait raconté comment les autres conspirateurs, les mercenaires de Pérouse enrôlés par les Pazzi, avaient été poussés du haut de la tour du palais de la Seigneurie, et comment, tombés au milieu de la foule rassemblée en contrebas, ils avaient été mis en pièces avec des couteaux et des pelles.

Même le vieux Iacopo de Pazzi, qui toujours été éminemment respecté, n'avait pu échapper à la colère des Florentins. Au son de la cloche du campanile de Giotto, il était monté sur son cheval et avait essayé de rallier les citoyens au cri de *« Popolo e libertà ! »*, le cri de ralliement de ceux qui voulaient renverser le gouvernement au pouvoir, les Médicis en l'occurrence.

Le peuple avait répondu : *« Palle ! Palle ! Palle ! »*

Malgré son forfait, on lui avait accordé une sépulture décente après son exécution, où il avait été enterré la corde au cou. Mais il n'y était pas resté longtemps : avec l'atmosphère de haine et de sauvagerie régnant dans la ville, la Seigneurie avait jugé préférable de transporter son corps en dehors des murs de la cité pour lui donner une tombe anonyme.

Francesco de Pazzi et les autres avaient été promptement exécutés ; Guillermo avait été épargné, grâce aux suppliques de Bianca de Médicis.

Parmi les conspirateurs de premier plan, seul Baroncelli avait réussi à s'échapper en se cachant dans le campanile du Dôme, dont l'air vibrait encore du son des cloches. Quand la voie s'était trouvée libre, il s'était enfui à cheval vers l'est et, sans en avertir sa famille, avait gagné Senigallia, sur la côte. De là, il avait pris un bateau pour Constantinople. Le roi Ferrante et la famille napolitaine de Baroncelli lui avaient envoyé suffisamment d'argent pour qu'il puisse vivre une vie de débauche dans cette ville exotique. Des esclaves qu'il avait achetées, il avait fait ses maîtresses ; il s'était vautré dans la débauche, espérant effacer de sa mémoire les meurtres qu'il avait commis.

Ses nuits étaient hantées par la vision de Julien au moment précis où il avait aperçu la lame étincelante. Les boucles noires du jeune homme étaient ébouriffées, ses yeux candides emplis d'étonnement à l'apparition soudaine de la mort.

Aurait-il été préférable pour Florence que les Médicis soient remplacés par Iacopo et Francesco de Pazzi ? Baroncelli avait disposé d'un peu plus d'une année pour réfléchir à cette question. Laurent était prudent, il avait la tête sur les épaules ; d'un tempérament sanguin, Francesco agissait impulsivement. Il serait vite devenu un tyran, tandis qu'*il Magnifico* savait s'attirer les faveurs du peuple. La foule rassemblée sur cette place en était la preuve. Francesco aurait été trop arrogant pour s'en préoccuper.

Mais par-dessus tout, Laurent était persévérant. Constantinople avait bientôt été à sa portée. Quand ses agents avaient localisé Baroncelli, Laurent avait dépêché au sultan un émissaire chargé d'or et de bijoux : son sort avait été promptement scellé.

Les criminels étaient habituellement pendus en dehors de l'enceinte de la ville, puis enterrés à la hâte dans un terrain non consacré. Baroncelli serait placé dans une fosse avec eux mais, en raison de la gravité de son crime, il avait été décidé que son exécution aurait lieu sur la plus grande place de Florence.

Quand la petite charrette passa devant la foule en direction de l'échafaud, le condamné laissa échapper un gémissement. L'angoisse le saisit, pire qu'une douleur physique ; il passa du froid le plus glacial à une chaleur insupportable, avec l'impression de se noyer. Il crut qu'il allait s'évanouir mais, malheureusement, ne perdit pas connaissance.

— Courage, *signore*, lui dit le *nero*. Dieu vous accompagne.

Son *nero*, son « consolateur », marchait à côté de la charrette. C'était un citoyen de Florence du nom de Lauro, membre laïque de la Compagnia Santa Maria della Croce, connue également sous le nom de Compagnia de Neri – la Congrégation des Noirs –, appelée ainsi car ses membres portaient tous une robe et un capuchon noirs. Le but de la congrégation était d'apporter réconfort et miséricorde aux gens dans le besoin – y compris aux âmes angoissées condamnées à mourir.

Lauro ne l'avait pas quitté depuis son arrivée à Florence, veillant à ce qu'il soit traité correctement, qu'on lui donne des vêtements et de la nourriture et qu'il puisse écrire à ses proches (Giovanna n'avait jamais répondu à sa lettre lui demandant de venir le voir). Il l'avait patiemment écouté exprimer ses regrets en pleurant, était resté dans sa cellule pour prier avec lui. Le « consolateur » avait imploré la Vierge, le Christ, Dieu et saint Jean, le patron de Florence, pour qu'ils le réconfortent, lui accordent leur pardon et permettent à son âme d'aller au purgatoire, puis au ciel.

Baroncelli ne s'était pas joint à lui dans la prière, jugeant que Dieu le prendrait comme un affront.

A présent, le « consolateur » au capuchon noir marchait à ses côtés, récitant à haute voix un psaume, un hymne ou une prière, et ses paroles formaient une vapeur blanche dans l'air ; mais le brouhaha qui montait de la foule empêchait Baroncelli de l'entendre. Une seule phrase résonnait dans ses oreilles, au rythme de son cœur.

— *Palle ! Palle ! Palle !*

La charrette s'arrêta devant les marches menant à l'échafaud. Le « consolateur » prit Baroncelli sous le coude, mais, ses deux bras étant attachés, il l'aida tant bien que mal à prendre pied sur le sol pavé. Terrorisé, Baroncelli qui tremblait de tous ses membres se laissa tomber à genoux ; le « consolateur » s'agenouilla à côté de lui et lui chuchota à l'oreille :

— N'ayez pas peur. Votre âme montera directement au ciel. S'il en est un qui n'a pas besoin de pardon, c'est bien vous ; ce que vous avez fait était l'œuvre de Dieu, et non un crime. Nombre d'entre nous estiment que vous êtes un héros, mon frère. Vous avez fait le premier pas, vous avez voulu délivrer Florence d'un grand mal.

La voix de Baroncelli tremblait à tel point qu'il entendit à peine ses propres paroles.

— De Laurent ?

— De la débauche. Du paganisme. De la glorification d'un art profane.

Baroncelli le regarda en claquant des dents.

— Si vous et d'autres en êtes persuadés, pourquoi n'êtes-vous pas venu à mon secours ? Sauvez-moi !

— Nous n'osons pas encore nous déclarer. Il s'en faut de beaucoup que Florence, que l'Italie, que le monde ne soient prêts à nous reconnaître.

— Vous êtes fou, chuchota Baroncelli.

Le « consolateur » sourit.

— Nous sommes fous au nom de Dieu.

Il aida Baroncelli à se relever ; furieux, celui-ci s'écarta et monta en chancelant les marches en bois.

En haut de l'échafaud l'attendait le bourreau, un homme jeune et mince, le visage caché sous un masque.

— Devant Dieu, dit-il, je vous demande pardon pour l'acte que j'ai juré de commettre.

Baroncelli avait la bouche si sèche qu'il éprouva du mal à parler.

— Je vous pardonne, répondit-il d'une voix étonnamment calme.

Le bourreau laissa échapper un soupir de soulagement ; peut-être d'autres condamnés s'étaient-ils montrés plus résolus à lui laisser du sang sur les mains. Il guida Baroncelli jusqu'à un point précis de l'échafaud, près de la corde.

— Ici, dit-il d'une voix douce, tirant une écharpe en tissu blanc de sous sa cape.

Juste avant qu'il ne lui bande les yeux, Baroncelli parcourut la foule du regard. Giovanna était au premier rang, avec les enfants. Malgré la distance, il lui sembla qu'elle pleurait.

Il ne vit pas Laurent de Médicis : celui-ci devait le regarder depuis un balcon ou une fenêtre, ou de l'intérieur même du palais de la Seigneurie.

En bas, au pied de l'échafaud, le « consolateur » arborait un visage serein, étonnamment satisfait. Baroncelli eut alors une ultime révélation : Francesco de Pazzi, sieur Iacopo, l'archevêque Salviati et lui-même, tous avaient été dupés, leurs petites ambitions mises au service d'un dessein plus grand, dont la révélation le remplit d'effroi autant que sa mort imminente.

Le bourreau attacha le bandeau sur ses yeux, puis guida la corde par-dessus son menton et l'ajusta autour de son cou.

Juste avant que la trappe ne s'ouvre, Baroncelli prononça deux mots que lui seul pouvait comprendre :

— Voilà, traître.

8

Dès que le corps de Baroncelli eut cessé de se contracter, un jeune artiste, aux premiers rangs de la foule, se mit au travail. Le cadavre allait rester pendu sur la place jusqu'à ce que la décomposition le fasse tomber de sa corde. Mais l'artiste ne pouvait attendre ; il lui fallait saisir l'image du condamné tant qu'un semblant de vie subsistait. D'ailleurs, de jeunes voyous, des *giovani*, s'amuseraient bientôt à lui jeter des pierres, et la pluie imminente allait le faire gonfler.

Il commença à dessiner sur un papier posé sur une planche de peuplier. Il avait soigneusement taillé sa plume d'oie, car la moindre irrégularité irritait ses longs doigts : la pointe était fine, pointue, et il la trempait régulièrement dans une fiole d'encre noire accrochée à sa ceinture. Il n'était pas possible de travailler correctement avec des gants : ses mains nues étaient endolories par le froid, mais il refusait d'y prêter attention. De même, il ne se laisserait pas aller à la tristesse, même si la vue de Baroncelli lui évoquait des souvenirs douloureux. Il préférait se concentrer sur son sujet.

Malgré les efforts que les hommes et les femmes faisaient pour cacher leurs véritables sentiments, leur visage, leur attitude, leur voix finissaient toujours par trahir la vérité. Le remords se lisait sur les traits de Baroncelli : ses yeux étaient baissés, comme s'ils contemplaient l'enfer, sa tête inclinée, les commissures de ses lèvres minces tirées vers le bas par la culpabilité. Il offrait le spectacle d'un homme accablé par le dégoût de lui-même.

L'artiste s'efforça de ne pas céder à sa haine, bien qu'il eût de bonnes raisons de détester cet homme. La haine allait à l'encontre de ses principes, aussi n'en tint-il pas plus compte que de ses doigts endoloris et de ses souvenirs, et continua-t-il à travailler. Il considérait également que tuer était immoral, même dans le cas d'un assassin comme Baroncelli.

Comme à son habitude, il inscrivit quelques notes sur la feuille pour se remémorer les couleurs et les matières, car il était fort probable que l'esquisse devienne un tableau. Il écrivait de droite à gauche, comme si les lettres de l'écriture conventionnelle se reflétaient dans un miroir. Des années auparavant, quand il étudiait dans l'atelier d'Andrea Verrochio, les autres artistes l'avaient accusé de vouloir préserver ses secrets : lorsqu'il leur montrait ses esquisses, ils ne pouvaient déchiffrer ses notes. En fait, cette façon d'écrire lui était venue tout naturellement, et l'avantage qu'il en retirait n'était qu'accessoire.

Petit calot beige. Pourpoint en serge noire doublé d'un maillot de corps en laine, cape bleue doublée de renard, col en velours, avec des piqûres rouge et noir. Bernardo Bandini Baroncelli, chausses noires.

Dans son agonie, Baroncelli avait perdu ses pantoufles ; il était pieds nus.

L'artiste fronça les sourcils en écrivant le nom de Baroncelli : autodidacte, il s'efforçait toujours de laisser de côté son dialecte de Vinci, et l'orthographe le préoccupait. Qu'importait ! Laurent de Médicis, *il Magnifico*, attachait de l'importance à l'image, pas aux mots.

Au bas de la page, il traça une petite esquisse de la tête de Baroncelli sous un angle qui montrait davantage ses traits empreints de tristesse. Satisfait de son travail, il s'attela alors à sa véritable tâche, qui consistait à scruter les visages dans la foule. Les gens des premiers rangs, nobles et marchands prospères, commençaient à partir en silence, l'air sombre. Le *populo minuto*, les pauvres et les nécessiteux, restaient pour se divertir en lançant des injures et des pierres en direction du cadavre.

L'artiste s'efforça de passer en revue le plus grand nombre de physionomies possible. A cela, il y avait deux raisons : la première, évidente, était son goût prononcé pour les traits humains. Ceux qui le connaissaient ne se seraient guère étonnés de sa curiosité.

La seconde, moins avouable, résultait d'une entrevue avec Laurent de Médicis. Il cherchait un certain visage, croisé l'espace d'un instant vingt mois auparavant. Malgré son talent de physionomiste, sa mémoire refusait de le lui restituer, mais il était déterminé à réussir. Cette fois, il ne laisserait pas ses sentiments prendre le dessus.

— Léonard !

Surpris d'entendre son nom, il sursauta et reboucha machinalement son encrier.

Un vieil ami du temps de l'atelier de Verrochio s'approcha de lui.

— Sandro, dit Léonard. Tu ressembles à un seigneur prieur.

Sandro Botticelli sourit. A trente-cinq ans, plus âgé que Léonard, il était au sommet de sa carrière. Elégamment vêtu d'un manteau écarlate bordé de fourrure, il portait une coiffure de velours noir sur ses cheveux dorés, lesquels étaient coupés plus courts que la mode, au menton. Tout comme Léonard, il était rasé de près. Des paupières lourdes dissimulaient à moitié ses yeux verts, laissant filtrer le regard insolent qu'on lui avait toujours connu. En dépit de cela, Léonard l'appréciait beaucoup : très talentueux, il avait aussi un grand cœur. L'année précédente, Sandro avait reçu plusieurs commandes importantes de la part des Médicis et des Tornabuoni, dont un immense tableau, *Le Printemps*, cadeau de mariage de Laurent à son cousin.

Sandro regarda l'esquisse.

— Bien. A ce que je vois, on dirait que tu veux me prendre mon travail.

Il faisait allusion à une peinture murale récente qu'il avait réalisée sur une façade proche du palais de la Seigneurie, et qu'on commençait à distinguer derrière l'échafaud à présent que la foule se dispersait. Laurent lui en avait fait la commande peu après la mort de Julien : il s'agissait de représenter tous les Pazzi qui avaient été exécutés, au bout de leur corde. Ces images, grandeur nature, devaient inspirer la terreur, et elles y réussirent. On y voyait Francesco de Pazzi, entièrement nu, sa cuisse blessée couverte de sang, et Salviati dans sa robe d'archevêque. Les deux hommes étaient représentés face au spectateur, ce qui était efficace bien que peu fidèle aux faits. Comme Botticelli, Léonard s'était trouvé sur la place de la Seigneurie quand Francesco, tout juste tiré de son lit, avait été pendu, au vu de tous, à la plus haute fenêtre du palais. Quelques instants plus tard, Salviati avait suivi ; au moment de sa mort, il s'était tourné vers son complice et lui avait mordu l'épaule, sans que l'on sache si cela était dû à un spasme ou à une ultime manifestation de rage. Un spectacle si troublant que Léonard, sous le coup de l'émotion, en avait oublié de consigner l'événement dans son carnet. Les portraits des autres condamnés, y compris sieur Iacopo, étaient presque terminés, mais il y manquait un assassin : Baroncelli. Botticelli avait probablement aussi pris des notes dans l'intention de terminer la fresque. Mais à la vue de l'esquisse de Léonard, il haussa les épaules.

— Qu'importe, dit-il avec désinvolture. Avoir les moyens de m'habiller comme un seigneur prieur devrait me suffire. Je peux certainement laisser un indigent dans ton genre finir la tâche. D'autres œuvres plus importantes m'attendent.

Léonard, vêtu d'une tunique d'artisan usée qui lui arrivait aux genoux et d'un manteau de laine gris terne, mit son esquisse sous son bras et s'inclina avec révérence.

— Vous êtes trop bon, monseigneur.

Puis il se redressa.

— Partez maintenant. Vous êtes un peintre commissionné, et moi un véritable artiste, qui doit se dépêcher de travailler avant la pluie.

Ils se quittèrent avec le sourire, après avoir échangé une brève accolade ; Léonard se remit à étudier la foule. Il était toujours content de revoir Sandro, mais regrettait d'avoir été interrompu. L'enjeu était trop important. Il plongea machinalement la main dans un sac pendu à sa ceinture, y prit un médaillon en or de la taille d'un florin. Sur l'endroit figurait l'inscription « DEUIL PUBLIC ». Au revers, Baroncelli brandissait son long couteau sous les yeux étonnés de Julien. Derrière lui se tenait Francesco de Pazzi, sa dague prête à frapper. Léonard avait fourni l'esquisse de la scène, qu'il avait réalisée avec la plus grande précision, bien que, pour émouvoir la personne qui aurait le médaillon entre les mains, il ait dû représenter Julien face à Baroncelli. Verrochio avait ensuite réalisé le moule à partir du dessin de Léonard.

Deux jours après l'attentat, Léonard avait dépêché une lettre à Laurent de Médicis : « Seigneur Laurent, j'ai besoin de vous parler en privé : il s'agit d'un sujet de la plus haute importance. »

Il n'avait pas eu de réponse. Laurent, terrassé par le chagrin, se cachait dans le palais Médicis, qui était devenu une forteresse entourée d'hommes en armes. Il ne recevait plus aucune visite ; des lettres sollicitant un avis ou une faveur s'entassaient sans réponse.

Au bout d'une semaine, Léonard emprunta un florin en or et se rendit au bastion des Médicis. Il soudoya un des gardiens pour qu'il remette immédiatement une deuxième lettre pendant qu'il attendait dans la loggia, à regarder la pluie battre les pavés.

Seigneur Laurent,

Je ne viens solliciter aucune faveur ni parler affaires. Je détiens des informations cruciales concernant la mort de votre frère, que seules vos oreilles peuvent entendre.

Quelques minutes plus tard, il était admis dans le palais, après une fouille au corps pour vérifier s'il portait une arme, ce qui était ridicule : il n'en avait jamais possédé et ne savait même pas s'en servir.

Pâle et sans force, vêtu d'une simple tunique noire, Laurent, le cou toujours bandé, le reçut dans son bureau, au milieu d'œuvres d'art d'une rare beauté. Il leva vers lui des yeux emplis de chagrin, avant de manifester son intérêt pour ce que l'artiste avait à dire.

Le matin du 26 avril, dans la cathédrale Santa Maria del Fiore, Léonard se tenait à quelques rangées de l'autel. Il voulait poser à Laurent des questions concernant une commande qui lui avait été confiée, ainsi qu'à son ancien professeur, Andrea Verrochio, pour sculpter un buste de Julien, et espérait rencontrer *il Magnifico* après la messe. Il n'allait à l'église que pour traiter des affaires ; la nature lui inspirait davantage d'étonnement qu'une cathédrale bâtie par l'homme. En très bons termes avec les Médicis, il avait souvent séjourné, au cours de ces dernières années, et parfois pendant plusieurs mois, dans la demeure de Laurent, comme beaucoup d'artistes employés par sa famille.

Ce matin-là, à la grande surprise de Léonard, Julien était arrivé au Dôme en retard, les cheveux ébouriffés, escorté par Francesco de Pazzi et son second.

Léonard appréciait autant la beauté des hommes que celle des femmes, les trouvant également dignes de son amour, mais il avait choisi une vie solitaire. Un artiste ne pouvait laisser les tourments de la passion perturber son travail. Il se méfiait par-dessus tout des femmes, car les exigences d'une femme et de ses enfants rendraient ses études impossibles, que ce soit dans le domaine de l'art ou dans celui du monde et de ses habitants. Il ne voulait pas gâcher son talent, comme son maître Verrochio, accepter n'importe quelle commande pour nourrir sa famille, comme la création de masques pour le carnaval ou la dorure des pantoufles d'une femme. Il n'avait jamais le temps d'expérimenter toutes les techniques qui l'intéressaient, d'observer, de se perfectionner.

Sieur Antonio, son grand-père, avait été le premier à lui expliquer cette conception de la vie. Il vouait un amour profond à son petit-fils, bien qu'il fût l'enfant bâtard d'une servante. Il avait été le seul à reconnaître très tôt son talent, et lui avait donné du papier et des fusains.

Un jour, Léonard, alors âgé de sept ans, était assis dans l'herbe froide avec un stylet à pointe d'argent et un panneau de bois, occupé à étudier le mouvement des feuilles des oliviers dans le vent. Sieur Antonio, toujours actif, le dos droit et l'œil vif malgré ses quatre-vingt-huit ans, s'était arrêté pour regarder avec lui les arbres scintillants.

« Ne te soucie pas des conventions, mon garçon, lui avait-il dit brusquement. Même si je n'avais pas la moitié de ton talent, je dessinais bien ; j'aspirais, comme toi, à comprendre la nature. Mais j'ai écouté mon père. Au lieu de venir vivre à la ferme, je me suis retrouvé auprès de lui, à apprendre le métier de notaire. C'est ce que nous sommes : une famille de notaires. Mon père m'a formé, et j'en ai formé un, ton père. Qu'avons-nous donné au monde ? Des contrats et des lettres de change, des signatures en bas de documents voués à tomber en poussière.

« Je ne renonçais pas complètement à mes rêves ; tout en apprenant mon métier, je dessinais en secret. J'observais les oiseaux et les rivières, me demandant comment tout cela fonctionnait. Puis je rencontrai ta grand-mère, Lucia, et tombai amoureux. C'est la pire chose qui pouvait m'arriver, car j'abandonnai l'art et la science pour l'épouser. Des enfants naquirent ; il ne me resta plus de temps pour regarder les arbres. Lucia trouva mes dessins et les jeta au feu.

« Mais Dieu t'a envoyé à nous, avec ton intelligence extraordinaire, tes yeux et tes mains. Tu as le devoir de t'en servir. Promets-moi que tu ne commettras pas la même erreur que moi ; promets-moi que tu ne laisseras jamais ton cœur te détourner de ta mission. »

Le petit Léonard avait promis.

Devenu un protégé des Médicis et un de leurs intimes, il avait été attiré, physiquement et sentimentalement, par le frère cadet de Laurent. Julien était extrêmement attachant, pas seulement pour son physique remarquable – Léonard était lui-même beaucoup plus séduisant, « beau », même, aux yeux de ses amis – mais aussi pour son infinie bonté.

De cela, le peintre n'avait parlé à personne. Il ne voulait pas gêner Julien ni scandaliser Laurent, son hôte et son mécène.

Quand le jeune Médicis était arrivé au Dôme, Léonard, qui se trouvait deux rangs derrière lui, le plus près possible de Laurent, n'avait pu s'empêcher de le dévisager. La lassitude évidente de Julien ne lui avait inspiré ni compassion ni attirance, rien qu'une bouffée de jalousie.

Le soir précédent, l'artiste était sorti avec l'intention de parler à Laurent de la commande.

Il avait emprunté la Via de Gori, en passant devant l'église

San Lorenzo. Le palais des Médicis se trouvait juste devant lui, à sa gauche, et il prit la rue qui y menait.

La nuit tombait. A l'ouest se dressaient la tour élancée du palais de la Seigneurie ainsi que la coupole du Dôme, qui se découpait sur un incroyable ciel de corail incandescent, tournant au lavande puis au gris. Etant donné l'heure, la rue était presque vide, et Léonard s'arrêta pour contempler la beauté des lieux. Il regarda s'approcher un carrosse et admira la silhouette des chevaux, leur corps d'un noir profond sur le ciel éclairé par le soleil couchant qui gommait tous les détails. C'était son heure favorite ; la lumière déclinante donnait aux formes et aux couleurs une douceur, un mystère que le soleil brûlant de midi annihilait.

Il se perdit dans la contemplation des ombres sur la robe des chevaux, sur leurs muscles qui affleuraient. Il admira la noblesse de leurs têtes : quand ils arrivèrent à proximité, il dut faire un effort pour reprendre ses esprits et s'écarter de leur chemin. Il traversa devant eux et se retrouva sur le côté sud du palais, en direction de la Via Larga, toute proche.

Non loin devant lui, le cocher arrêta brusquement la voiture ; la portière s'ouvrit, laissant descendre une jeune femme. Dans le crépuscule, la blancheur de sa peau tournait au gris pâle, ses yeux étaient d'un noir opaque. Avec sa robe et son voile fanés, sa façon de garder la tête baissée, ce devait être la domestique d'une famille fortunée. Son pas était décidé, elle jetait de tous côtés des regards furtifs. Elle se hâta vers l'entrée latérale du palais et frappa avec insistance.

Quelques instants après, la porte s'ouvrit en grinçant bruyamment. La servante retourna vers le carrosse, fit signe à quelqu'un qui se trouvait à l'intérieur.

Une deuxième femme sortit promptement du carrosse, puis se dirigea d'un pas gracieux vers la porte ouverte.

Léonard laissa échapper son nom. C'était une amie des Médicis qu'on voyait fréquemment au palais ; il lui avait parlé à plusieurs occasions. Malgré la pénombre, il avait reconnu sa façon de se mouvoir, son port, la manière dont elle tourna la tête pour le regarder.

Il fit un pas vers elle et vit enfin son visage.

Elle avait un long nez droit, des narines larges, un front

haut ; son menton pointu était compensé par des joues délicatement arrondies, tout comme ses épaules, tournées en direction du palais.

Elle avait toujours été belle, mais la lumière tamisée adoucissait ses traits, leur donnant une qualité singulière. Elle paraissait se fondre dans l'obscurité, sans qu'on sache où commençait ni où finissait l'ombre. Son visage lumineux, son décolleté, ses mains semblaient flotter, se détachant sur le fond sombre de sa robe et de ses cheveux. Il lui trouva un rayonnement tout particulier, une expression mystérieuse sur le visage, un sourire complice.

En cet instant, ce n'était plus une simple femme : elle était d'essence divine.

Il lui tendit la main, s'attendant presque à passer à travers elle, comme s'il s'était agi d'un fantôme.

Elle recula et il perçut, malgré la pénombre, la peur dans son regard, l'étonnement ; elle ne s'attendait pas à être découverte. S'il avait eu une plume, il aurait effacé la ride profonde entre ses sourcils pour lui redonner son air de mystère.

Il murmura de nouveau son nom, attendant une réponse, mais son regard s'était tourné en direction de la porte ouverte et d'un autre visage familier, celui de Julien. Son corps était dissimulé dans l'ombre ; il ne vit pas Léonard, seulement elle.

Quand elle l'aperçut, elle s'avança plus rapidement, irrésistiblement attirée par lui.

A cet instant, l'artiste comprit et se détourna ; l'amertume l'envahit quand la porte se referma sur eux.

Plutôt que d'aller voir Laurent ce soir-là, il regagna son petit logement, où il chercha en vain le sommeil. Sur le plafond au-dessus de lui, les traits lumineux d'une femme émergeaient de l'obscurité.

Le lendemain, au Dôme, tandis qu'il regardait Julien, Léonard ne parvenait pas à effacer de sa mémoire la soirée de la veille. Il se remémorait le regard que Julien et la femme avait échangé, l'instant où il avait compris qu'ils s'aimaient ; il se maudit de s'être laissé aller à un sentiment aussi stupide que la jalousie.

Il était plongé dans ses pensées quand un brusque mouvement devant lui attira son attention. Un homme en robe s'avançait ; presque au même moment, Julien se retourna pour regarder derrière lui et poussa un gémissement.

Puis on entendit le cri rauque de Baroncelli. Léonard, sidéré, avait vu la lame brandie. Instantanément, les fidèles, apeurés, se dispersèrent, entraînant avec eux l'artiste. Il tenta de leur résister pour rester auprès de Julien, espérant le protéger d'une nouvelle attaque, mais la marée l'emporta.

Dans la bousculade, Léonard n'avait pas vu le couteau de Baroncelli pénétrer dans la chair de Julien. Mais il avait été témoin des coups d'une brutalité incroyable portés par Francesco – la dague s'abattant à plusieurs reprises sur le corps du jeune homme comme, plus tard, juste retour des choses, l'archevêque Salviati planterait ses dents dans l'épaule du même Francesco de Pazzi.

Comprenant ce qui se passait, Léonard poussa un cri horrifié en direction des attaquants. La foule s'était dispersée, et personne ne le séparait plus des assassins. Il se précipita vers eux tandis que Francesco, hurlant toujours, s'éloignait. Il était trop tard pour mettre Julien à l'abri, pour protéger cet être si bon et si innocent.

Léonard s'agenouilla auprès de l'homme à terre. Il gisait, à demi recroquevillé sur le côté, ses lèvres remuaient comme s'il voulait parler, mais une écume sanglante couvrait sa bouche, et du sang coulait de ses blessures.

L'artiste appuya une main contre la plaie béante de sa poitrine. Le jeune homme respirait bruyamment, s'efforçant d'évacuer le sang de ses poumons pour y faire entrer l'air. Les efforts de Léonard pour endiguer le flot qui coulait de la plaie restèrent vains.

Sur le devant de la tunique vert pâle de Julien, chaque blessure générait un flot régulier de sang, formant une dentelle sur le corps du jeune homme avant de se fondre dans la mare sombre qui s'élargissait sur le sol en marbre.

« Julien », gémit Léonard, les larmes ruisselant sur ses joues devant tant de souffrance, tant de beauté anéantie.

Julien ne l'entendit pas. Ses yeux entrouverts contemplaient déjà l'autre monde. Tandis que Léonard était penché sur lui, il vomit un jet de sang clair et mousseux ; ses jambes se contractèrent brièvement, puis ses yeux s'agrandirent. Sa dernière heure avait sonné.

A Laurent, Léonard ne voulut rien dire des derniers instants de Julien, afin de ne pas augmenter la peine d'*il Magnifico*. Il ne parla pas de Baroncelli, ni de Francesco de Pazzi. Il raconta qu'il avait vu un troisième homme, dissimulé sous une capuche, s'avancer à la droite de Julien, dont il pensait qu'il lui avait assené le premier coup. Lorsque Julien avait voulu reculer pour s'éloigner de Baroncelli, l'homme n'avait pas bougé, s'appuyant contre sa victime pour l'empêcher de fuir. La foule les avait, à cet instant, masqués à la vue de Léonard. L'inconnu avait disparu quelques instants ; peut-être était-il tombé. Mais il s'était relevé, avait regardé Francesco porter des coups redoublés avec sa dague, sans bouger, jusqu'à ce que Baroncelli et lui s'en aillent.

Après que Julien eut rendu son dernier soupir, Léonard avait levé les yeux et aperçu l'homme qui se dirigeait rapidement vers la porte donnant sur la place. Il s'était probablement arrêté un instant pour se retourner et s'assurer que sa victime était bien morte.

« Assassin ! avait crié l'artiste. Arrêtez ! »

Une telle autorité, une telle force émanaient de sa voix que l'homme s'arrêta dans sa course et s'était retourné à demi pour voir qui l'apostrophait ainsi.

Cet instant avait suffi à Léonard pour mémoriser son image : son regard d'artiste habitué à capter le moindre détail avait noté que l'homme portait une robe de pénitent en bure grossière et que son visage glabre était à moitié dissimulé par un capuchon, ne laissant apparaître que sa lèvre inférieure et son menton.

Le long de son flanc, il tenait fermement un stylet couvert de sang.

Après qu'il s'était enfui, Léonard avait doucement fait rouler le corps de Julien sur le côté, et découvert l'étroite blessure qui le transperçait au milieu du dos.

Il fit part de tout cela à Laurent. Mais il préféra taire ce qui le torturait : c'était lui, Léonard, qui était responsable de la mort de Julien.

Son sentiment de culpabilité était le fruit d'une longue méditation sur les événements qui s'étaient produits. S'il ne s'était pas, lui, l'artiste, laissé submerger par de tels sentiments d'amour, de douleur et de jalousie, Julien serait peut-être encore vivant.

Léonard avait l'habitude d'étudier les foules, d'observer les visages, les corps, les attitudes : il en tirait généralement un grand nombre de renseignements. Regarder un homme de dos lui fournissait à peu près autant d'indications que le voir de face. S'il n'avait été à ce point absorbé par la pensée de Julien et de la femme, il aurait certainement remarqué la tension du pénitent qui se trouvait presque devant lui. Il aurait pu noter quelque chose d'anormal dans l'attitude de Baroncelli ou de Francesco de Pazzi, tandis qu'ils attendaient au côté de Julien. Il aurait perçu l'anxiété des trois hommes, et en aurait déduit que Julien courait un grave danger.

S'il avait été attentif, il aurait vu le pénitent prendre furtivement son stylet ; il aurait vu la main crispée de Baroncelli sur le pommeau de son épée.

Il lui aurait alors suffi de faire un pas en avant. De saisir la main du pénitent. De se placer entre Julien et Baroncelli.

Mais la passion l'avait transformé en spectateur stupide et il était resté cloué sur place, impuissant, au milieu de la foule qui s'enfuyait. Et cela avait coûté la vie à Julien.

Il courba la tête sous le poids de la culpabilité, puis la releva : *il Magnifico* avait le regard triste mais plein de ferveur.

« Cet homme était déguisé, j'en suis certain, mon seigneur. »

Laurent parut intrigué.

« Comment peux-tu le savoir ?

— A sa façon de se tenir. Les pénitents pratiquent l'autoflagellation et portent un cilice sous leur robe. Ils sont généralement affalés, se recroquevillent, et bougent avec précaution à cause de la douleur que leur inflige le cilice à chaque pas. Cet homme se mouvait librement, se tenait droit, avec assurance. Mais il semblait tendu, sous le coup d'une émotion. Je pense aussi qu'il devait appartenir à une classe supérieure, compte tenu de la dignité et de la distinction dont il faisait preuve. »

Laurent le regarda attentivement.

« Tu as déduit tout cela en observant simplement les gestes d'un homme revêtu d'une robe ? »

Léonard soutint son regard : il jugeait de la même façon tous les êtres ; les puissants ne l'intimidaient pas.

« Je ne serais jamais venu si cela n'avait pas été le cas.

— Puisqu'il en est ainsi, tu vas devenir mon agent. Je compte sur toi pour m'aider à retrouver cet homme », dit Laurent en plissant les yeux avec une expression de haine et de détermination.

L'année précédente, Léonard avait été sommé à plusieurs reprises de venir à la prison située dans le sous-sol du palais de la Seigneurie pour observer attentivement les lèvres, le menton et la façon de se tenir des malheureux qui y étaient enfermés. Aucun ne correspondait au pénitent de la cathédrale.

La veille de la pendaison de Baroncelli, Laurent, qu'on appelait maintenant *il Magnifico*, avait envoyé deux de ses gardes pour ramener Léonard au palais de la Via Larga.

Laurent avait peu changé physiquement ; la cicatrice sur son cou avait pâli. Si la douleur que lui avait causée la mort de son frère s'était également estompée, cette journée avait suffi à la raviver.

Léonard aussi était accablé par la tristesse et la culpabilité. Dans d'autres circonstances, il se serait sans doute permis d'admirer les traits remarquables d'*il Magnifico*, en particulier son nez. L'arête commençait à s'élever exactement entre les sourcils, puis s'aplatissait et s'effaçait d'un coup, comme si Dieu l'avait écrasée sous son pouce. Après quoi elle remontait de nouveau sur une longueur surprenante, et s'inclinait vers la gauche. Sa forme lui donnait une voix nasillarde, et avait une autre conséquence surprenante : depuis que Léonard le connaissait, jamais il n'avait vu Laurent prendre une fleur dans son célèbre jardin pour la sentir. Jamais il n'avait complimenté une femme pour son parfum, ni fait mention de la moindre odeur, agréable ou désagréable ; il semblait même étonné quand quelqu'un en faisait la réflexion. Léonard avait fini par en tirer la seule conclusion qui s'imposait : Laurent n'avait pas d'odorat.

Ce soir-là, *il Magnifico* portait une tunique d'un bleu profond, dont les manches et le col étaient bordés d'hermine blanche. Il ne semblait pas particulièrement heureux de sa victoire, et paraissait troublé.

« Peut-être as-tu deviné pourquoi je t'ai fait venir, dit-il.

— Oui. Je dois aller demain sur la place pour chercher le troisième homme », lui répondit Léonard d'un ton hésitant.

Lui aussi était mal à l'aise.

« Je veux d'abord avoir votre parole.

— Je te la donnerai. Je tiens Baroncelli, maintenant. Je ne trouverai pas le repos tant que le troisième assassin n'aura pas été capturé.

— Baroncelli va mourir, et la rumeur dit qu'il a été affreusement torturé. »

Laurent l'interrompit.

« Et pour cause. C'était mon seul espoir de retrouver le dernier conspirateur. Mais il a prétendu ne pas le connaître ; si c'est faux, il emportera son secret en enfer. »

L'amertume dans la voix de Laurent fit hésiter Léonard encore davantage.

« Sieur Laurent, si je trouve ce troisième assassin, je ne pourrai, en mon âme et conscience, vous le livrer pour qu'il soit exécuté. »

Laurent recula comme si on l'avait giflé.

« Tu laisserais en liberté un complice du meurtre de mon frère ? demanda-t-il avec indignation.

— Non, protesta Léonard avec un léger tremblement dans la voix. J'avais la plus haute estime pour votre frère.

— Je sais, continua Laurent doucement, comme s'il connaissait la nature de l'attachement de l'artiste pour Julien. C'est ce qui fait de toi mon meilleur allié. »

Se reprenant, Léonard inclina la tête, puis la releva.

« Je voudrais le voir traîné devant la justice, privé de liberté, condamné à travailler pour le bien des autres, contraint de passer le reste de sa vie à se remémorer son crime. »

Laurent serra les lèvres.

« Un tel idéalisme est admirable », dit-il.

Il marqua une pause.

« Je suis un homme raisonnable, et honnête, comme toi. Si je te donne mon accord pour que ce complice ne soit pas mis à mort, mais seulement emprisonné, iras-tu sur la place pour le trouver ?

— J'irai, promit Léonard. Et si j'échoue demain, je continuerai à le chercher jusqu'à ce que je le trouve. »

Laurent acquiesça, satisfait. Il tourna son regard vers un tableau flamand au mur, d'une délicatesse infinie.

« Tu dois savoir que cet homme… »

Il s'arrêta, puis reprit :

« Tout ceci dépasse largement l'assassinat de mon frère, Léonard. Ils ont l'intention de nous détruire.

— De vous détruire, vous et votre famille ? »

Laurent se tourna de nouveau vers lui.

« Toi. Moi. Botticelli. Verrochio, Le Pérugin. Ghirlandaio. Tout ce que Florence représente. »

Léonard était sur le point de lui demander « Qui ? Qui veut faire cela ? », mais *il Magnifico* leva la main pour le faire taire.

« Va sur la place demain. Trouve le troisième homme. J'ai l'intention de l'interroger personnellement. »

Il fut décidé que Laurent paierait Léonard pour l'esquisse représentant Baroncelli pendu, avec la possibilité d'en tirer un tableau. Léonard pourrait ainsi justifier sa présence sur la place de la Seigneurie : Laurent de Médicis lui avait demandé un dessin. Très mauvais menteur, il détestait les faux-fuyants.

Tandis qu'il se trouvait sur la place, en ce froid matin de décembre, jour de la mort de Baroncelli, et qu'il dévisageait tous les passants, il s'interrogea sur les paroles d'*il Magnifico*.

« Ils ont l'intention de nous détruire… »

Deuxième partie

9

Lisa

Je n'oublierai jamais le jour où ma mère me fit le récit du meurtre de Julien de Médicis.

C'était en décembre, treize ans et demi après l'événement ; j'avais douze ans. Pour la première fois de ma vie, je me trouvais à l'intérieur du Dôme, la tête rejetée en arrière, émerveillée par la contemplation de la coupole de Brunelleschi, tandis que ma mère, les mains jointes, chuchotait à mon intention le macabre récit.

En ce milieu de semaine, la cathédrale était presque déserte après la messe du matin. Une veuve agenouillée sanglotait près de l'entrée, un prêtre remplaçait les cierges du candélabre de l'autel. Nous nous étions arrêtées juste devant le grand autel, là où l'assassinat avait eu lieu. J'adorais les histoires et essayais de m'imaginer le jeune Laurent de Médicis sautant dans le chœur l'épée à la main, passant en courant devant les prêtres pour se mettre en sécurité.

Je me retournai pour regarder ma mère, Lucrezia, et la tirai par sa manche de brocart brodé. Elle avait les cheveux noirs, comme ses yeux, avec un teint si parfait que j'en étais jalouse ; elle, en revanche, ne semblait pas consciente de sa beauté. Elle trouvait ses cheveux raides et son teint olivâtre, sans tenir compte de son ossature fine, de ses belles mains, de ses pieds harmonieux et de sa dentition parfaite. De mon côté, j'étais déjà mûre pour mon âge, plus grande qu'elle, avec des cheveux ondulés mais ternes, et une peau à problèmes.

— Qu'arriva-t-il après que Laurent se fut échappé ? soufflai-je. Que devint Julien ?

Les yeux de ma mère s'étaient remplis de larmes. Mon père la disait très émotive.

— Il mourut de ses terribles blessures. La ville devint folle ; tout le monde voulait que le sang soit versé. Et l'exécution des conspirateurs…

Elle frissonna à cette évocation, incapable de terminer sa phrase.

Zalumma, qui se tenait à son côté, se pencha pour me faire une grimace de reproche.

— Personne ne vint au secours de Julien ? demandai-je. Ou bien était-il déjà mort ? Je serais au moins allée voir s'il ne vivait pas encore.

— Chut, me dit Zalumma. Tu ne vois pas que cela lui fait de la peine ?

C'était évidemment pour moi un sujet d'inquiétude : ma mère n'allait pas bien, et cette agitation nuisait à son état.

— C'est elle qui a raconté l'histoire, répliquai-je. Je ne lui avais rien demandé.

— Chut ! ordonna Zalumma.

Si j'étais têtue, elle l'était encore plus. Elle prit ma mère par le coude.

— Madonna, lui dit-elle avec douceur, il est l'heure de partir. Nous devons rentrer à la maison avant que votre absence soit remarquée.

Ce jour-là, comme les autres, mon père s'occupait de ses affaires. En rentrant, il serait surpris de découvrir que sa femme était partie ; c'était la première fois depuis des années qu'elle s'aventurait si loin et si longtemps.

Nous avions prévu cette sortie entre nous depuis quelque temps. Bien qu'ayant grandi en contemplant sa grande coupole en brique depuis notre maison de la Via Maggio, de l'autre côté de l'Arno, je n'avais jamais vu le Dôme. Depuis toujours, j'avais assisté à la messe dans l'église proche, celle de Santo Spirito, que je trouvais magnifique avec ses colonnades classiques et ses arcs en *pietra serena*, une pierre fine gris pâle. Le grand autel était également placé sous une coupole conçue par le grand Brunelleschi, dont c'était la dernière œuvre. Pour moi, Santo Spirito, avec ses trente-huit autels latéraux, avait été un monument immense, grandiose, jusqu'à ce que je sois à l'intérieur du Dôme. Cette coupole défiait l'imagination. En la regardant, je compris pourquoi les gens, quand sa construction avait été terminée, préféraient ne pas rester dessous. Je compris aussi pourquoi, en entendant les cris, le jour du meurtre de Julien, certains s'étaient précipités dehors, pensant que la coupole s'écroulait.

Cela tenait de la magie, un édifice aussi vaste s'élevant dans les airs sans support apparent.

Le but de ma mère, en m'amenant à la place du Dôme, était de me faire admirer la coupole, mais aussi d'assouvir mon appétit pour l'art, une passion que nous partagions. Née dans une bonne famille et parfaitement éduquée, elle adorait la poésie, qu'elle lisait en italien et en latin, deux langues qu'elle m'avait fait enseigner. Ayant acquis une connaissance impressionnante des trésors culturels que renfermait la ville, elle s'était longtemps désolée de ne pouvoir, à cause de sa maladie, me faire partager sa science. Quand l'occasion se présenta en ce beau jour de décembre, nous prîmes un carrosse en direction de l'est et franchîmes le Ponte Vecchio pour nous rendre au cœur de Florence.

Il eût été plus judicieux de suivre tout droit la Via Maggio jusqu'au pont le plus proche, le Ponte Santa Trinità, mais cela m'aurait privée d'un spectacle enchanteur. Le Ponte Vecchio était bordé des deux côtés par des *botteghe* d'orfèvres et d'artistes. Chaque *bottega* ouvrait directement sur la chaussée, ses marchandises exposées en devanture. Pour lutter contre le froid, nous avions revêtu nos plus belles capes, bordées de fourrure, et Zalumma avait emmitouflé ma mère dans plusieurs épaisses couvertures de laine. Quant à moi, j'étais trop excitée pour ressentir le froid ; je passais la tête dehors pour regarder, bouche bée, les plaques dorées, les statuettes, les ceintures, les bracelets et les masques de carnaval. J'admirais les bustes en marbre de riches Florentins, les portraits en cours. Auparavant, m'expliqua ma mère, le pont abritait des tanneurs et des teinturiers qui rejetaient des produits malodorants directement dans l'Arno. Les Médicis avaient protesté ; la rivière était maintenant propre, et les tanneurs et teinturiers avaient investi certains quartiers de la ville.

Sur notre trajet en direction du Dôme, notre voiture s'arrêta sur une immense place, devant l'imposante forteresse connue sous le nom de palais de la Seigneurie, où se réunissaient les seigneurs prieurs de Florence. Sur le mur d'un bâtiment adjacent figurait une peinture murale représentant des pendus. J'ignorais tout de ces hommes, sinon qu'on les connaissait sous le nom de « conspirateurs Pazzi », et que c'étaient des personnages malfaisants. L'un d'eux, un petit homme nu, me regardait fixement, ses yeux morts grands ouverts ; l'effet était troublant. Mais ce qui m'intriguait le plus était le portrait du dernier pendu. Il était différent, plus délicatement peint, d'un geste plus assuré ; les ombres subtiles suggéraient de façon poignante la douleur et le remords d'une âme en peine. Il ne semblait pas flotter, comme les autres, mais présentait le relief et la profondeur de la réalité. J'avais l'impression, en étendant la main, de pouvoir entrer dans le mur et toucher la peau tiède de Baroncelli.

Je me tournai vers ma mère. Elle m'observait attentivement, mais ne fit aucun commentaire à propos de la peinture, ni sur la raison de notre halte à cet endroit. C'était la première fois que je m'arrêtais un certain temps sur cette place, la première fois qu'on m'autorisait à regarder les pendus de près.

— Le dernier est l'œuvre d'un autre artiste, dis-je.

— Léonard, de Vinci. Il peint avec un raffinement extraordinaire, n'est-ce pas ? On dirait Dieu insufflant la vie à la pierre.

Elle hocha la tête, visiblement satisfaite de ma remarque, et fit signe au cocher de repartir.

Nous continuâmes vers le nord jusqu'à la place du Dôme.

Avant d'entrer dans la cathédrale, j'examinai les bas-reliefs de Ghiberti sculptés sur les portes du baptistère octogonal. Près de l'entrée des fidèles, du côté méridional du bâtiment, les murs étaient couverts de scènes de la vie du saint patron de la ville de Florence, Jean-Baptiste. Ce qui me fascina le plus fut la porte nord, la porte du Paradis. En bronze doré, délicatement sculpté, l'Ancien Testament y prenait vie dans le moindre détail. Je me mis sur la pointe des pieds pour caresser du doigt l'aile recourbée d'un ange annonçant à Abraham que Dieu lui demandait de sacrifier Isaac ; je me baissai pour contempler, avec émerveillement, Moïse recevant les Tables de la Loi de la main divine. J'aurais voulu par-dessus tout toucher les têtes délicatement modelées et le poitrail musclé des bœufs sortant de la plaque la plus haute pour aller labourer un champ. J'imaginai sous mes doigts la pointe des cornes acérées, mais ils étaient trop hauts. Je dus me contenter de caresser les petites têtes des innombrables prophètes et sibylles qui ornaient les portes comme des guirlandes ; le bronze brûlait comme de la glace.

L'intérieur du baptistère me sembla beaucoup moins remarquable. Seule une œuvre retint mon attention : la sculpture en bois foncé de Marie-Madeleine par Donatello, plus grande que nature. C'était une version effrayante de la séductrice, presque un fantôme : elle était âgée, avec des cheveux longs et emmêlés qui la couvraient tout entière, comme saint Jean-Baptiste dans ses peaux d'animaux. Ses joues étaient creuses, ses traits usés par des décennies de culpabilité et de regret. Quelque chose dans son apparente résignation me rappela ma mère.

Nous pénétrâmes toutes les trois dans l'enceinte du Dôme. Dès que nous fûmes devant l'autel, ma mère se mit à raconter l'histoire du meurtre qui s'était produit là quatorze ans auparavant. J'avais à peine pris conscience de l'immensité de la coupole que Zalumma, brusquement soucieuse, lui annonça que le moment était venu de rentrer.

— Sans doute, reconnut ma mère à contrecœur. Je dois d'abord parler à ma fille, seule à seule.

L'esclave, quelque peu vexée, prit une mine renfrognée, fronçant les sourcils jusqu'à ce qu'ils forment une ligne noire continue. Toutefois, sa condition l'obligeait à répondre calmement.

— Bien sûr, Madonna.

Elle s'éloigna d'une courte distance.

Quand ma mère fut certaine que Zalumma ne regardait pas, elle sortit de son corsage un petit objet brillant. Une pièce, à première vue, mais quand elle me l'eut posée au creux de la main, je constatai que c'était un médaillon en or, estampillé des mots « deuil public ». Sous les lettres, deux hommes armés de poignards s'apprêtaient à attaquer une victime visiblement surprise. Malgré sa petite taille, l'image était précise et très réaliste, d'une délicatesse digne de Ghiberti.

— Garde-le, dit ma mère. Mais que cela reste un secret entre nous.

J'examinai son présent avec curiosité.

— Etait-il vraiment aussi beau ?

— Il l'était. Ce médaillon est très fidèle. Et très rare. Il est l'œuvre de l'artiste qui a peint Baroncelli.

Je l'enfouis aussitôt dans ma ceinture. Ma mère et moi partagions la passion de semblables bibelots, ainsi que celle de l'art, bien que mon père désapprouvât la possession de ces objets superflus. En tant que marchand, il avait travaillé dur pour amasser sa fortune, et détestait la voir gaspiller pour des choses inutiles. Personnellement, rien ne pouvait me faire plus plaisir.

— Zalumma, appela ma mère, je suis prête à partir.

L'esclave vint nous chercher et reprit le bras de ma mère. Au moment où celle-ci s'éloignait de l'autel, elle s'arrêta, fronçant le nez.

— Les cierges, murmura-t-elle. Les ornements de l'autel ont-ils pris feu ? Quelque chose brûle...

Le visage de Zalumma accusa un instant de panique, mais elle se reprit.

— Etendez-vous, Madonna, demanda-t-elle calmement, comme si c'était la chose la plus normale du monde. Ici, sur le sol. Tout ira bien.

— Cela recommence, dit ma mère de cette voix haletante dont j'avais la hantise.

— Couchez-vous ! ordonna Zalumma d'un ton sévère, comme à un enfant.

Ma mère ne semblait pas l'entendre ; quand son esclave voulut la contraindre à s'allonger, elle résista.

— Tout recommence, répéta ma mère avec effroi. Tu ne vois pas que cela recommence ? Ici, dans ce lieu sacré.

J'aidai Zalumma de tout mon poids pour la faire allonger, mais c'était comme si nous nous attaquions à une montagne inerte, bien que secouée de frissons.

Ma mère leva les bras involontairement, et ils restèrent rigides devant elle. Ses jambes étaient raides.

— Je sens le meurtre ici, des intentions de meurtre ! hurla-t-elle. Encore des complots à l'intérieur de complots !

Ses cris devinrent inintelligibles quand elle s'effondra.

Zalumma et moi la retînmes pour qu'elle ne tombe pas trop brutalement.

Ma mère se tordait sur le sol froid de la cathédrale, sa cape bleue grande ouverte, ses jupes argentées formant comme une mare autour d'elle. Zalumma se coucha sur son corps ; je mis mon écharpe entre ses dents et sa langue, puis lui tins la tête.

Il était temps. Ses pupilles sombres se révulsèrent, découvrant le blanc veiné des yeux, puis elle fut prise de tremblements. La tête, le buste, les jambes – tout son corps se mit à tressauter par à-coups rapides.

Zalumma réussit à tenir bon, montant et retombant au gré des convulsions, chuchotant d'une voix rauque dans sa langue barbare d'étranges paroles prononcées avec tant de certitude qu'il devait s'agir d'une prière. Je me mis, moi aussi, à prier, sans y penser, dans une langue tout aussi ancienne :

— *Ave Maria, Mater Dei, ora pro nobis pecatoribus, nunc et in hora mortis nostrae...*

Je maintenais l'écharpe de coton dans la bouche de ma mère, entre ses dents serrées ; de petites taches de sang apparaissaient. Sa tête tressautait, alors que je la tenais fermement sur mes genoux. J'étais tellement concentrée sur ma tâche que je sursautai en entendant un inconnu se mettre à prier à haute voix à côté de nous, également en latin.

Je levai les yeux : c'était le prêtre en robe noire qui arrangeait l'autel. Tour à tour, il aspergeait ma mère d'un liquide venant d'une petite fiole, et la bénissait pendant qu'il priait.

Vint enfin le moment où ma mère poussa un dernier grognement déchirant, puis s'affaissa ; ses paupières se refermèrent.

Près de moi, le prêtre – un jeune homme aux cheveux roux et à la peau grêlée – se leva.

— Elle est comme la femme dont Jésus a extirpé neuf diables, dit-il avec autorité. Elle est possédée.

Tout endolorie et à bout de souffle après son effort, Zalumma se redressa néanmoins de toute sa hauteur – elle dépassait le prêtre d'une main – et le fixa sévèrement.

— C'est une maladie, dit-elle, dont vous ne connaissez rien.

Le jeune prêtre recula. Sa voix perdit de son assurance.

— C'est le diable.

Je regardai le prêtre, puis Zalumma. J'étais mûre pour mon

âge, avec le sens des responsabilités. Le nombre croissant des crises de ma mère m'avait amenée à jouer le rôle de maîtresse de maison, à recevoir nos invités, à la remplacer auprès de mon père dans des réceptions. Ces trois dernières années, je m'étais rendue au marché avec Zalumma à sa place. Mais j'étais encore jeune en ce qui concernait la connaissance du monde et de Dieu. Je ne parvenais toujours pas à décider si Dieu la punissait pour un péché de jeunesse, et si ses crises étaient vraiment causées par une maladie. Je savais seulement que je l'aimais, que j'avais pitié d'elle, et que je détestais la condescendance du prêtre.

Les joues blanches de Zalumma devinrent roses. Je la connaissais : elle avait une réponse bien sentie au bord de ses lèvres rouges, mais préférait se contrôler. Elle avait besoin du prêtre.

Elle devint brusquement servile.

— Je suis une pauvre esclave, et n'ai pas le droit de contredire un homme instruit comme vous, mon père. Nous devons porter ma maîtresse à son carrosse. Pourriez-vous nous aider ?

Il la regarda d'un air soupçonneux, mais ne put refuser. Je courus pour aller chercher notre cocher ; quand il eut approché le carrosse, avec l'aide du prêtre, il transporta ma mère à l'intérieur.

Epuisée, elle s'endormit, la tête sur les genoux de Zalumma ; je lui tenais les jambes. Nous rentrâmes directement par le Ponte Santa Trinità, un vieux pont en pierre dépourvu de boutiques.

Notre palais sur la Via Maggio n'était ni grand ni ostentatoire, bien que mon père eût les moyens de le décorer davantage. Il avait été construit un siècle auparavant par son arrière-arrière-grand-père, dans une simple *pietra serena*, cette pierre onéreuse d'un gris subtil. Mon père n'avait fait aucune addition, n'avait ajouté aucune statue, ni remplacé les sols usés ou les portes marquées ; il évitait les décorations inutiles. Nous franchîmes les portes, puis Zalumma et le cocher soulevèrent ma mère.

A notre grand effroi, mon père, Antonio, nous observait depuis la loggia.

10

Mon père était rentré tôt. Vêtu comme à l'accoutumée de son *farsetto* sombre, d'un manteau pourpre et de chausses noires, il se tenait, bras croisés, à l'entrée de la loggia pour être certain de ne pas nous manquer. C'était un homme aux traits anguleux, avec des cheveux châtain doré, plus foncés sur le dessus, un fin nez busqué et d'épais sourcils surplombant des yeux couleur d'ambre. Son mépris pour la mode se lisait sur son visage ; il portait la barbe et la moustache à une époque où les hommes étaient généralement glabres ou portaient un bouc nettement dessiné.

Pourtant, personne à Florence n'était plus au courant des modes. Mon père possédait une *bottega* dans le quartier de Santa Croce, près de l'ancienne guilde de la laine, l'Arte de Lana. Il fournissait aux familles les plus aisées de la ville des lainages de la meilleure qualité. Il se rendait souvent au palais des Médicis, sur la Via Larga, dans son carrosse chargé d'étoffes teintes au *chermisi*, la plus coûteuse des teintures, obtenue à partir de carapaces de poux séchés qui donnaient le plus exquis des pourpres, et d'*alessandrino*, un bleu profond particulièrement onéreux.

J'accompagnais parfois mon père ; je l'attendais dans le carrosse pendant qu'il traitait avec ses clients les plus importants dans leur palais. J'aimais bien nos expéditions. Lui-même semblait apprécier de pouvoir partager avec moi les détails de ses affaires, me parlant parfois comme à son égale. Je me sentais coupable de ne pas être un garçon susceptible de reprendre le commerce familial. J'étais son unique héritier, mais j'étais une fille. Dieu n'avait pas été favorable à mes parents, et il était acquis que les crises de ma mère en étaient la cause.

A présent, il était impossible de cacher le fait que notre escapade secrète lui en avait occasionné une nouvelle.

Mon père savait la plupart du temps garder son sang-froid. Mais certaines choses l'énervaient – dont les crises de ma mère – et pouvaient déclencher chez lui des colères incontrôlables. Quand je sortis du carrosse derrière Zalumma, je vis la menace dans son regard et détournai les yeux. Pour le moment, l'amour de ma mère m'importait plus que la colère de mon père.

Il courut vers nous et prit la place de Zalumma auprès de ma mère. Il la porta vers la maison avec le cocher, tout en nous regardant par-dessus son épaule. Il se contint pour ne pas inquiéter ma mère, à demi consciente, mais la colère dans sa voix était perceptible.

— Vous autres, femmes, allez la coucher. Je vous parlerai ensuite.

C'était le pire qui puisse nous arriver. Si ma mère n'avait pas fait de crise, nous aurions pu prétendre qu'elle était restée trop longtemps cloîtrée et méritait une sortie. Mais j'avais pris mes responsabilités ; je m'apprêtais à subir des remontrances bien méritées. Ma mère m'avait emmenée en ville parce qu'elle appréciait ma compagnie et souhaitait me montrer les trésors de la cité. Mon père, pour sa part, jugeait le Dôme « mal conçu », prétendant que notre église Santo Spirito était bien assez bonne pour nous.

Il porta ma mère jusqu'à son lit. Je fermai les volets pour cacher le soleil, puis aidai Zalumma à la déshabiller, jusqu'à sa *camicia* brodée en soie arachnéenne. Quand cela fut fait, et que Zalumma se fut assurée qu'elle dormait paisiblement, nous sortîmes doucement dans son antichambre, puis refermâmes sans bruit la porte derrière nous.

Mon père nous attendait. Ses bras étaient de nouveau croisés sur sa poitrine, ses joues tavelées, rouges ; son regard aurait pu faire flétrir la plus fraîche des roses.

Zalumma ne tremblait pas. Le regardant bien en face, courtoise sans une once de servilité, elle attendit qu'il s'exprime le premier.

— Tu savais le danger qu'elle courait, dit-il d'une voix basse, à peine audible. Tu le savais, et tu l'as pourtant laissée quitter la maison. Comment puis-je te faire confiance ? Que ferons-nous si elle meurt ?

— Elle ne mourra pas, sieur Antonio, répondit Zalumma d'une voix calme et respectueuse. La crise est passée, elle dort. Mais vous avez raison ; c'est ma faute. Sans mon aide, elle ne serait pas sortie.

— Je te vendrai ! dit mon père en haussant la voix. Je te vendrai pour acheter une esclave dotée d'un plus grand sens des responsabilités !

Zalumma baissa les yeux, la mâchoire serrée, s'efforçant de retenir ses paroles. Je devinais ce qu'elle aurait aimé répondre : « Je suis l'esclave de votre femme, venue de la maison de son père ; je lui appartenais avant même qu'elle n'ait posé les yeux sur vous, et c'est à elle seule de me vendre. » Mais elle ne dit rien. Nous savions tous que mon père aimait ma mère, et que ma mère aimait Zalumma. Jamais il ne la vendrait.

— Va, dit mon père. Descends.

Zalumma hésita un instant ; elle ne voulait pas laisser ma mère seule, mais le maître avait parlé. Elle passa devant nous, ses jupes balayant le sol en pierre. Nous restâmes seuls, mon père et moi.

Je relevai le menton en signe de défi. J'étais née ainsi ; mon père et moi avions le même caractère.

— C'est toi qui étais derrière tout cela, dit-il.

Ses joues devinrent encore plus rouges.

— Toi, avec tes idées. Ta mère a voulu te faire plaisir.

— C'est vrai.

Ma voix tremblait, ce qui m'agaça ; je m'efforçai de me contrôler.

— Mère a voulu me faire plaisir. Croyez-vous que cela me réjouisse qu'elle ait eu une crise ? Elle était déjà sortie sans qu'il se produise le moindre incident. Croyez-vous que je souhaitais que cela arrive ?

Il secoua la tête.

— Une fille si jeune, si effrontée ! Ecoute-moi bien. Tu resteras à la maison auprès de ta mère toute la semaine. Tu n'iras ni à la messe ni au marché. Ne comprends-tu pas combien ce que tu as fait était dangereux ? Imagines-tu à quel point j'ai été terrifié de ne pas la trouver en rentrant à la maison ? N'éprouves-tu aucun remords pour ton égoïsme, qui a fait tant de mal à ta mère ? A moins que tu ne t'inquiètes aucunement pour sa vie ?

Son ton monta progressivement pendant son sermon, si bien qu'à la fin il hurlait.

— Bien sûr... commençai-je, mais je m'interrompis en entendant la porte de ma mère s'ouvrir.

Elle apparut sur le seuil. Surpris, nous nous tournâmes vers elle, mon père et moi. Elle ressemblait à un spectre, cramponnée à la poignée de la porte pour conserver son équilibre ; elle avait du mal à garder les yeux ouverts. Zalumma avait dénoué ses cheveux, qui tombaient sur ses épaules et sa poitrine, jusqu'à sa taille ; elle ne portait qu'une *camicia* aux longues manches bouffantes.

— Laisse-la tranquille, murmura-t-elle, visiblement émue. Tout cela était mon idée, tout. Si tu veux crier, fais-le avec moi.

— Vous ne devez pas vous lever, dis-je.

Mes paroles furent couvertes par la colère de mon père.

— Comment as-tu pu agir ainsi, sachant combien c'était dangereux ? Pourquoi veux-tu me faire peur ainsi, Lucrezia ? Tu aurais pu mourir !

Ma mère le regardait avec des yeux hagards.

— Je suis fatiguée. Fatiguée de cette maison, de cette vie. Cela m'est égal de mourir. Je veux sortir, comme les gens normaux. Je veux vivre comme n'importe quelle femme.

Elle aurait voulu en dire davantage, mais mon père l'interrompit.

— Que Dieu te pardonne de parler de la mort de façon si désinvolte ! C'est Sa volonté que tu vives ainsi, Son jugement. Tu dois l'accepter humblement.

Jamais je n'avais entendu ma mère se montrer cruelle ni méprisante. Ce jour-là, elle fut les deux à la fois.

Ses lèvres étaient pincées.

— Ne parle pas de Dieu à la légère, Antonio, alors que nous connaissons tous deux la vérité.

Il s'avança brusquement pour la battre ; elle recula.

J'intervins aussitôt et frappai mon père sur les épaules, l'obligeant à s'éloigner d'elle.

— Comment osez-vous ! criai-je. Comment osez-vous ! Elle est généreuse et bonne… tout ce que vous n'êtes pas !

Ses yeux pâles étaient écarquillés, brûlants de rage. Il me frappa du dos de la main ; tombant en arrière, je me retrouvai assise par terre.

Il sortit rapidement de la pièce. En le voyant partir, je cherchai quelque chose à lui jeter mais ne trouvai que ma cape, toujours sur mes épaules, un cadeau de mon père en laine épaisse d'*alessandrino* bleu.

Je la roulai en boule et la lançai, mais elle retomba tout près sur le sol ; mon geste n'avait servi à rien.

Puis je repris mes esprits et courus jusqu'à la chambre de ma mère : elle était à genoux à côté du lit. Je l'aidai à se coucher, tirai une couverture sur elle et lui tins la main pendant que, à moitié endormie, elle pleurait doucement.

— Chut, lui dis-je. Ce n'était pas vrai. Nous allons faire amende honorable.

Elle chercha ma main à tâtons ; je la mis dans la sienne.

— Tout recommence, gémit-elle en fermant les yeux. Tout recommence…

— Ne dites plus rien. Il faut dormir maintenant.

11

Je passai la journée au chevet de ma mère. Quand le soleil commença à décliner, j'allumai une bougie. Une servante vint me dire que mon père souhaitait que je descende pour dîner ; je refusai. Je n'étais pas prête à me réconcilier avec lui.

Assise dans l'obscurité, j'observai le profil de ma mère à la lueur de la chandelle ; je commençais à regretter d'avoir refusé de descendre. Je ne valais pas mieux que mon père ; obnubilée par mon amour pour ma mère et mon désir de la protéger, j'avais laissé la colère me submerger. Quand mon père avait levé la main sur elle – alors que je ne croyais pas vraiment qu'il la toucherait –, je l'avais frappé, au risque de briser le cœur de ma mère.

J'étais une mauvaise fille, une de la pire espèce, même, car j'étais vindicative, capable de m'en prendre à quiconque voulait du mal à ceux que j'aimais.

Lorsque j'avais dix ans, nous avions une servante, Evangelia, une grosse femme avec des poils noirs sur le menton et un large visage rouge. La première fois qu'elle fut témoin d'une crise de ma mère, elle proclama – comme le prêtre au Dôme – que ma mère était possédée par le diable, et qu'il fallait prier pour elle. Cette seule déclaration n'aurait pas été suffisante pour attiser ma haine ; elle ne m'avait inspiré que de l'antipathie. Comme je l'ai dit, j'ignorais si cela était vrai ou non, mais je savais que ce genre de commentaire suscitait l'embarras de ma mère et la blessait. Mais Evangelia n'en resta pas là. Chaque fois qu'elle se trouvait dans la même pièce que ma mère, elle se signait et faisait un geste pour éloigner le mauvais œil : deux doigts en forme de V pointant ses propres yeux. Elle se mit à porter un talisman dans un petit sac autour de son cou puis, un jour, dépassa les bornes : elle suspendit un second talisman à la porte de ma mère. C'était, prétendait-elle, pour que ma mère reste confinée dans sa chambre. Quand les autres servantes lui révélèrent la vérité, ma mère se mit à pleurer. Mais elle était trop bonne, et trop honteuse, pour dire la moindre chose à Evangelia.

Je pris les choses en main ; je ne pouvais tolérer que quelqu'un fasse pleurer ma mère. Je me glissai dans sa chambre et subtilisai sa plus belle bague, un gros rubis serti d'or délicatement ciselé, cadeau de mariage de mon père. Je le cachai dans les effets d'Evangelia et attendis. Ce qui devait arriver arriva : la bague fut retrouvée, au grand dam de tous – surtout d'Evangelia. Mon père la renvoya sur-le-champ.

Au début, je ressentis une certaine satisfaction : justice avait été rendue, ma mère ne pleurerait plus de honte. Mais après quelques jours, je commençai à avoir mauvaise conscience. Tout Florence était au courant du forfait d'Evangelia, qui était veuve avec un enfant. Aucune famille ne voulait d'elle. Comment allait-elle pouvoir survivre ?

Je confessai mon péché au prêtre et à Dieu. Ni l'un ni l'autre ne me soulagèrent. Je finis par aller trouver ma mère pour lui avouer la vérité en pleurant. Elle se montra sévère et me dit ce que je savais déjà : j'avais anéanti la vie d'une femme. A mon grand soulagement, elle ne dévoila pas toute la vérité à mon père, seulement qu'une terrible erreur avait été commise. Elle le supplia de retrouver Evangelia et de la ramener afin qu'elle soit lavée de toute accusation.

Mais les efforts de mon père demeurèrent infructueux. Evangelia avait déjà quitté Florence, où elle ne trouvait plus d'emploi.

Dès lors, le sentiment de culpabilité ne me quitta plus. En regardant dormir ma mère ce soir-là, je me souvins des colères de ma jeunesse, de mes nombreux actes vindicatifs. Et je priai Dieu, le Dieu qui aimait ma mère et ne voulait pas qu'elle soit sujette à des crises, de me débarrasser de mon effroyable caractère. Mes yeux se remplirent de larmes ; je connaissais mon père, et chaque fois que nous nous disputions, je faisais encore souffrir ma mère.

A la première larme qui coula sur ma joue, ma mère remua dans son sommeil, murmurant quelque chose d'inintelligible. Je posai doucement la main sur son bras.

— Tout va bien. Je suis là.

A l'instant où je prononçai ces mots, la porte s'ouvrit en silence. Zalumma entra, un gobelet à la main. Elle avait enlevé son bonnet et son écharpe, tressé ses cheveux indisciplinés, mais un halo de boucles rebelles encadrait son visage pâle.

— J'ai apporté une potion, dit-elle doucement. Si ta mère se réveille, cela l'aidera à dormir toute la nuit.

J'acquiesçai, m'efforçant d'essuyer ma joue humide sans que Zalumma le remarque, et posai le gobelet près du lit de ma mère.

Mais elle voyait tout, même quand elle avait le dos tourné. Elle pivota vers moi.

— Tu ne dois pas pleurer, dit-elle à voix basse.

— C'est ma faute.

Zalumma s'enflamma.

— Ce n'est pas votre faute. Cela n'a jamais été votre faute.

Elle soupira en regardant sa maîtresse endormie.

— Ce que le prêtre dans le Dôme a dit…

Je me penchai en avant, curieuse de connaître son point de vue.

— C'est pure vilenie. De l'ignorance, comprends-tu ? Ta mère est la meilleure chrétienne que je connaisse.

Elle s'interrompit.

— Quand j'étais très jeune…

— Quand tu habitais dans les montagnes ?

— Oui, quand j'habitais dans les montagnes. J'avais un frère. Il m'était plus proche qu'un frère ; c'était mon jumeau.

Elle sourit avec tendresse à cette évocation.

— Il était impétueux et plein de malice ; ma mère se désespérait toujours à son sujet. Et moi, j'étais continuellement en train de l'aider.

Le petit sourire disparut.

— Un jour, il grimpa en haut d'un très grand arbre. Il voulait toucher le ciel. Je le suivis autant que je le pouvais, mais il monta si haut que je pris peur et m'arrêtai. Il rampa sur une branche…

Sa voix se brisa un instant ; elle s'interrompit, puis reprit calmement :

— Trop loin. Et il tomba.

Horrifiée, je me redressai sur mon siège.

— Il mourut ?

— Nous pensions qu'il allait mourir ; il avait le crâne fracturé, cela saignait terriblement ; j'en avais plein mon tablier. Quand il se sentit mieux et put marcher, nous sortîmes pour jouer. Après quelques pas, il tomba et se mit à trembler, exactement comme ta mère. Après, il fut incapable de parler pendant quelque temps et s'endormit. Puis il se sentit mieux, jusqu'à ce que cela recommence.

— Tout comme maman.

Je m'interrompis.

— Ces crises... ont-elles... a-t-il... ?

— Est-ce que ces crises lui ont été fatales ? Non. Je n'ai jamais su ce qui lui était arrivé après que nous avons été séparés.

Zalumma me regardait, pour voir si j'avais compris ce qu'elle voulait me dire.

— Mon frère n'a jamais eu ces crises avant de s'être blessé à la tête. Elles se sont produites après son accident, à cause de sa blessure.

— Alors... maman s'est cogné la tête ?

Zalumma détourna légèrement le regard – peut-être me racontait-elle cette histoire simplement pour me calmer – mais elle acquiesça.

— Je le crois. Maintenant... crois-tu que Dieu ait poussé un petit garçon d'un arbre afin de le punir de ses péchés ? Ou penses-tu qu'il ait été lâche au point que le diable l'ait forcé à sauter ?

— Non, bien sûr que non.

— Certains ne seraient pas d'accord avec toi. Mais je connaissais le courage de mon frère, comme je connais celui de ta mère ; Dieu ne pourrait jamais être aussi cruel, ni permettre au diable de prendre possession d'âmes aussi innocentes.

A l'instant où Zalumma prononça ces paroles, mes doutes s'évanouirent. Quoi qu'en aient dit Evangelia ou le prêtre, ma mère n'était pas possédée par le démon. Elle assistait quotidiennement à la messe dans notre chapelle privée ; elle priait constamment et avait dressé, dans sa chambre, un autel dédié à la Vierge à la Fleur – le lys, symbole de la renaissance de Florence. Elle était généreuse envers les pauvres, ne disait jamais de mal de personne. A mes yeux, elle était aussi digne que n'importe quel saint. Cette révélation m'apporta un grand soulagement.

Une seule chose me troublait encore.

« Je sens le meurtre ici, des intentions de meurtre ! avait-elle crié. Encore des complots à l'intérieur de complots ! »

Je ne pouvais pas oublier ce que l'astrologue m'avait dit, deux années auparavant : que j'étais entourée de duplicité, que j'allais devoir finir ce que d'autres avaient entrepris.

« Tout recommence. »

— Ces choses étranges que crie maman, dis-je, ton frère en faisait-il autant ?

Zalumma parut hésiter ; puis elle choisit de dire la vérité.

— Non. Elle en parlait avant ses crises, depuis qu'elle était petite fille. Elle... elle voit et sait des choses qui demeurent cachées pour nous autres. Bon nombre des faits qu'elle a évoqués se sont produits. Je crois qu'elle a été touchée par Dieu, elle a un don.

« Des intentions de meurtre ». Cette fois, je ne voulais pas croire ce que Zalumma racontait ; je préférai penser qu'elle était simplement superstitieuse.

— Merci, lui dis-je, je m'en souviendrai.

Elle sourit, se pencha pour passer son bras autour de mon épaule.

— Finie, la garde. C'est mon tour maintenant. Va manger quelque chose.

Je regardai ma mère sans savoir que faire. Je me sentais toujours responsable de ce qui s'était produit ce matin-là.

— Va, dit Zalumma d'un ton sans réplique. Je reste avec elle maintenant.

Je me levai et les quittai, mais n'allai pas à la cuisine. Au lieu de cela, je descendis dans l'intention d'aller prier. Je sortis dans la cour et le jardin, derrière la maison. Un peu plus loin, dans un petit bâtiment séparé, se trouvait notre chapelle. La nuit était glaciale, le ciel couvert et sans lune, mais j'avais pris une lampe pour ne pas trébucher.

J'ouvris la lourde porte en bois et me glissai à l'intérieur, sombre et lugubre, uniquement éclairé par les cierges votifs dont les flammes vacillaient devant des portraits des saints patrons de notre famille : un saint Jean-Baptiste, flou, en l'honneur de Florence ; la Vierge du Lys – Santa Maria del Fiore –, la préférée de ma mère, qui avait donné son nom au Dôme, et l'homonyme de mon père, saint Antoine.

La plupart des chapelles privées des familles florentines étaient décorées de fresques, représentant souvent les membres de la famille sous les traits de saints ou de madones. La nôtre n'arborait que ces portraits de saints. Son plus imposant ornement était suspendu au-dessus de l'autel : un grand Christ en bois à l'expression aussi inspirée et triste que celle de la pauvre Madeleine repentante dans le baptistère du Dôme.

En entrant, j'entendis un faible gémissement. Soulevant ma lampe en direction du bruit, j'aperçus une silhouette sombre agenouillée à la balustrade de l'autel. Mon père priait avec ferveur, le front appuyé contre les jointures de ses mains croisées.

Je m'agenouillai à côté de lui. Il se tourna vers moi ; la lumière de la lampe refléta les larmes dans ses yeux ambrés.

— Ma fille, pardonne-moi, dit-il.

— Non, répondis-je. C'est à vous de me pardonner. Je vous ai frappé, ce qu'un enfant ne devrait jamais faire à son père.

— Et moi je t'ai frappée d'abord, sans raison. Tu voulais protéger ta mère. Et même si c'était aussi mon intention, je me suis retrouvé à faire le contraire. Je suis plus âgé, je devrais être plus avisé.

Il leva les yeux vers le Christ en croix.

— Depuis toutes ces années, j'aurais dû apprendre à me contrôler...

Soucieuse de le faire sortir de cette triste humeur, je posai une main sur son bras.

— Ainsi, c'est de vous que je tiens mon mauvais caractère, dis-je.

Il soupira, caressa de son pouce le contour de ma joue.

— Pauvre enfant. Tout ceci n'est pas ta faute.

Toujours à genoux, nous nous serrâmes dans les bras l'un de l'autre. A cet instant, le médaillon que j'avais oublié dans ma ceinture tomba sur le sol en marbre incrusté, décrivit plusieurs cercles et s'immobilisa.

L'embarras me gagna. Mon père, curieux, étendit le bras pour le ramasser. Il l'examina puis plissa les yeux et eut un mouvement de recul de la tête, comme si on l'avait menacé d'une gifle. Il se tut un long moment.

— Vois-tu, dit-il enfin d'une voix basse, voici ce que la colère engendre. De terribles actes de violence.

— Oui, acquiesçai-je, impatiente de terminer la conversation pour revenir à notre réconciliation. Maman m'a raconté la tuerie du Dôme. Ce fut terrible.

— Ce le fut, effectivement. Rien n'excuse un meurtre, quelle qu'en soit la raison. Une telle violence est odieuse, insoutenable devant Dieu.

Le médaillon en or qu'il tenait toujours brilla dans la lumière.

— T'a-t-elle raconté les suites de cette affaire ?

Je ne compris pas. Je pensai tout d'abord qu'il faisait allusion au médaillon.

— Les suites ?

— Laurent. Son amour pour son frère assassiné le rendit fou au cours des jours qui suivirent.

Il ferma les yeux pour se souvenir.

— Quatre-vingts hommes en cinq jours. Quelques-uns étaient coupables, mais la plupart avaient simplement le malheur d'appartenir à la mauvaise famille. On les a torturés sans merci, écartelés et coupés en quatre, leurs corps déchiquetés jetés par les fenêtres du palais de la Seigneurie. Ce qu'ils ont fait du corps de ce pauvre messire Iacopo…

Il frissonna, trop horrifié par cette évocation pour continuer.

— Et tout cela en vain, car même un fleuve de sang ne pouvait ramener Julien à la vie.

Il ouvrit les yeux et me regarda bien en face.

— Il y a en toi un côté vindicatif. Ecoute bien mes paroles : aucun bien ne peut découler de la vengeance. Prie Dieu pour qu'il t'en délivre.

Il posa le médaillon froid dans ma main.

— Rappelle-toi ce que je t'ai dit chaque fois que tu le regardes.

Baissant les yeux, j'acceptai la remontrance docilement, tout en refermant la main sur mon trésor.

— Je m'en souviendrai.

A mon grand soulagement, il se releva enfin ; je le suivis.

— Avez-vous dîné ? lui demandai-je.

Il secoua la tête.

— Dans ce cas, allons à la cuisine.

En sortant, mon père se saisit de ma lampe, puis poussa un soupir.

— Que Dieu nous vienne en aide, ma fille. Que Dieu nous aide à ne plus céder à la colère.

— Amen, répondis-je.

12

Avant que Zalumma aille se coucher ce soir-là, je la persuadai de venir me rejoindre dans ma petite chambre. Je fermai la porte derrière nous, sautai sur mon lit et entourai mes genoux de mes bras.

D'autres boucles rebelles s'étaient échappées de ses tresses, qui brillaient à la lueur de la chandelle qu'elle tenait à la main. Cette lumière vacillante conférait à son visage un aspect étrange, créant un climat idéal pour l'histoire macabre que je voulais entendre.

— Parle-moi de messire Iacopo. Père m'a dit qu'on avait profané son corps. Je sais qu'il a été exécuté, mais je veux connaître les détails.

Zalumma refusa. En temps normal, elle aimait partager ce genre de récit, mais il s'agissait là d'un sujet qui semblait la perturber.

— C'est une histoire trop terrible pour une enfant.

— Tous les adultes sont au courant ; si tu ne veux pas m'en parler, je demanderai à maman.

— Non ! protesta-t-elle si vivement que son souffle fit chanceler la flamme. Ne t'avise pas de l'ennuyer avec cela.

L'air renfrogné, elle posa la bougie sur ma table de chevet.

— Que veux-tu savoir ?

— Ce qu'ils ont fait au corps de messire Iacopo… et pourquoi. Il n'a pas poignardé Julien, alors pourquoi l'ont-ils tué ?

Elle s'assit au bord de mon lit avec un soupir.

— Il y a plusieurs réponses à ces questions. Le vieux Iacopo de Pazzi était le patriarche du clan Pazzi. C'était un homme instruit, estimé de tous ; c'était aussi un chevalier, et c'est pourquoi on l'appelait « messire ». Il n'a pas fomenté le complot pour tuer les frères Médicis : à mon avis, on l'a convaincu d'y participer quand il a été établi que les autres mettraient leur projet à exécution avec ou sans lui. Ta mère t'a dit que, quand ils ont assassiné Julien, ils ont fait sonner les cloches du campanile à côté du Dôme ?

— Oui.

— C'était le signal donné à messire Iacopo pour qu'il pénètre à cheval sur la place de la Seigneurie et crie : *« Popolo e libertà »*, pour que le peuple se soulève contre les Médicis. Il avait engagé près de cent soldats de Pérouse pour prendre d'assaut le palais de la Seigneurie ; il pensait que les citoyens l'aideraient. Mais les choses ne se déroulèrent pas comme prévu. Les seigneurs prieurs leur jetèrent des pierres des fenêtres du palais, et le peuple se retourna contre lui, en criant *« Palle ! Palle ! »* Quand il fut capturé, on le pendit à une fenêtre du palais – la même que pour Francesco de Pazzi et Salviati. En raison de son rang et du respect que le peuple avait pour lui, on lui accorda le droit de confesser ses péchés et de recevoir les derniers sacrements. Plus tard, il fut enterré dans le caveau de famille à Santa Croce. Mais une rumeur naquit selon laquelle, avant sa mort, Iacopo avait confié son âme au diable. Les moines de Santa Croce prirent peur et exhumèrent son corps pour l'enterrer à nouveau, à l'extérieur des murs de la ville, dans un terrain non consacré. Quelques *giovani* déterrèrent le cadavre trois semaines après sa mort. Il avait été enterré la corde autour du cou, et les *giovani* le traînèrent par cette corde dans toute la ville.

Elle ferma les yeux et secoua la tête, tout à ses souvenirs.

— Ils se sont amusés avec lui durant plusieurs jours, comme si son corps n'était qu'une marionnette. Ils l'ont emmené au palais et lui ont cogné la tête contre la porte, comme pour demander à entrer. Je...

Elle hésita, ouvrit les yeux sans me voir.

— Je l'ai vu, et les *giovani* aussi, un jour que je revenais du marché. Ils avaient adossé le corps à une fontaine et lui parlaient. « Bonjour, messire Iacopo ! » « Veuillez passer, messire Iacopo ! » « Et comment va votre famille, messire Iacopo ? » Puis ils ont criblé le cadavre de pierres. Cela faisait un bruit horrible – un bruit sourd. Il avait plu pendant les quatre jours qu'il avait passés en terre, et le corps était tout gonflé. Il portait une superbe tunique pourpre, le jour de sa pendaison, à laquelle j'assistai perdue dans la foule. Cette tunique pourrie était maintenant recouverte d'une substance poisseuse vert foncé ; son visage et ses mains étaient blancs comme le ventre d'un poisson. Sa bouche était béante et sa langue boursouflée pendait au-dehors. Il avait un œil fermé et l'autre ouvert, couvert d'une taie grise ; cet œil me regardait tout droit. On aurait dit qu'il suppliait de l'au-delà pour qu'on lui vienne en aide. Je priai alors pour son âme, bien que tout le monde évitât de dire le moindre mot bienveillant au sujet des Pazzi. Les *giovani* jouèrent avec son corps pendant quelques jours encore, puis ils se lassèrent et le jetèrent dans l'Arno. On le vit flotter en direction de la mer, aussi loin que Pise.

Elle marqua une pause, puis me regarda droit dans les yeux.

— Tu dois comprendre : Laurent a fait beaucoup de bonnes choses pour la ville. Mais il a entretenu le peuple dans la haine des Pazzi. Je suis certaine qu'au moins un des *giovani* a empoché un ou deux florins de la part de Laurent lui-même. Sa vengeance n'a pas de limites, et Dieu le lui fera payer un jour.

Le lendemain, mon père, pour se faire pardonner, m'emmena dans son carrosse livrer ses plus beaux tissus de laine au palais Médicis, sur la Via Larga. Nous franchîmes le grand portail de fer. Comme à l'accoutumée, je demeurai dans la voiture pendant que l'on attachait les chevaux. Mon père emprunta l'entrée latérale, accompagné par les serviteurs des Médicis qui portaient ses marchandises.

Il resta à l'intérieur plus longtemps que d'habitude, presque trois quarts d'heure. Je commençai à m'impatienter, ayant appris par cœur toute la façade du bâtiment, et lassée d'imaginer ce qui se trouvait derrière.

Enfin, les gardes de l'entrée latérale s'écartèrent, laissant passer mon père. Mais au lieu de revenir vers notre carrosse, il se posta de côté et attendit. Une escorte de gardes, portant de longues épées, franchit la porte après lui. L'instant d'après, un homme apparut, s'appuyant lourdement sur le bras musclé d'un autre ; il avait un pied enveloppé jusqu'au-dessus de la cheville d'un bandage de laine douce, comme celle qu'on utilise pour les couvertures des nouveau-nés.

Son visage était cireux ; il se tenait légèrement voûté et clignait des yeux en raison du soleil intense. Il regarda en direction de mon père, lequel reporta son attention vers notre carrosse.

Fascinée, je me penchai en avant. L'homme, qui me sembla quelconque, avec un énorme nez busqué et une mâchoire inférieure de travers, jeta un coup d'œil dans ma direction. Après avoir adressé quelques mots à son compagnon, il s'approcha, grimaçant de douleur à chaque pas, attentif à ne pas peser sur sa jambe blessée, jusqu'à se trouver le plus près possible de moi. Il tendit ensuite le cou pour me voir.

Nullement décontenancés, nous nous regardâmes pendant un long moment. Il me jaugea intensément, les yeux remplis d'une émotion étrange. L'air semblait vibrer entre nous, comme si la foudre venait de tomber : il me connaissait, sans que nous nous soyons jamais rencontrés.

Puis l'homme adressa un signe de tête à mon père et regagna sa forteresse. Mon père monta dans le carrosse et prit place à côté de moi, sans dire le moindre mot, comme si rien d'extraordinaire ne s'était passé. Quant à moi, je restai silencieuse ; j'étais devenue muette.

Je venais de voir Laurent de Médicis.

13

Le Nouvel An nous apporta un froid vif et des rues verglacées. Malgré ce temps, mon père délaissa notre paroisse de Santo Spirito et se mit à traverser l'Arno pour assister quotidiennement à la messe de la cathédrale San Marco, qui était connue comme l'église des Médicis. Le vieux Cosme, qui avait dépensé beaucoup d'argent pour sa reconstruction, y disposait d'une cellule dans laquelle il s'était rendu plus fréquemment à l'approche de la mort.

Le nouveau prieur, un certain frère Jérôme Savonarole, avait pris l'habitude d'y prêcher. Frère Jérôme, comme l'appelait le peuple, était arrivé de Ferrare deux ans auparavant. Un intime de Laurent de Médicis, le comte Jean Pic de la Mirandole, impressionné par les enseignements de Savonarole, avait supplié Laurent, en tant que dirigeant officieux de San Marco, de faire venir le moine. Il y avait consenti.

Mais quand frère Jérôme eut pris le contrôle du monastère dominicain, il se retourna contre son hôte. Il lui importait peu que l'argent des Médicis ait sauvé San Marco de l'oubli ; frère Jérôme honnissait Laurent – sans jamais le nommer, mais par insinuation. Les défilés organisés par les Médicis étaient considéré comme des péchés ; les antiquités païennes assidûment collectées par Laurent, jugées blasphématoires ; la fortune et le pouvoir politique dont il jouissait ainsi que sa famille, un affront à Dieu, le seul légitimement autorisé à exercer un pouvoir temporel. Pour toutes ces raisons, frère Jérôme rompit avec la tradition suivie par les nouveaux prieurs de San Marco : il refusa de présenter ses respects à Laurent, le bienfaiteur du couvent.

Un tel comportement plut aux ennemis des Médicis et aux pauvres qui les enviaient. Mon père, lui, fut subjugué par les prophéties de Savonarole annonçant une prochaine apocalypse.

Comme beaucoup de citoyens de Florence, mon père était un homme sincère qui cherchait à comprendre et à apaiser Dieu. En tant qu'homme instruit, il connaissait la conjonction astrologique d'importance qui s'était produite plusieurs années auparavant entre Jupiter et Saturne. Tous s'accordaient pour dire que cela correspondait à un événement majeur. Certains y voyaient le présage de l'arrivée de l'Antéchrist (en l'occurrence, le sultan turc Mehmet, qui avait conquis Constantinople et menaçait maintenant toute la chrétienté), d'autres, celui d'une reprise en main de l'Eglise.

Savonarole croyait aux deux. Un matin, mon père revint haletant de la messe ; frère Jérôme avait reconnu lors du sermon que Dieu s'était adressé directement à lui.

— Il a dit que l'Eglise serait d'abord châtiée, puis purifiée, et renaîtrait ensuite, dit mon père, le visage étrangement illuminé. Nous vivons la fin des temps.

Il était déterminé à m'emmener avec lui, le dimanche suivant, écouter le moine. Il supplia ma mère de nous accompagner.

— Dieu est descendu sur lui, Lucrezia. Je te le jure, si seulement tu pouvais l'entendre de tes propres oreilles, ta vie en serait changée à tout jamais. C'est un saint homme, et si nous pouvions l'inciter à prier pour toi...

Généralement, ma mère ne refusait rien à son mari, mais cette fois, elle ne céda pas. Il faisait trop froid pour qu'elle s'aventure dehors, et les foules avaient tendance à la surexciter. Si elle devait sortir pour aller à la messe, ce serait à notre église de Santo Spirito, tout près de la maison – où Dieu écouterait ses prières comme il avait écouté celles de frère Jérôme.

— D'ailleurs, lui fit-elle remarquer, tu peux toujours aller l'entendre et revenir me raconter ce qu'il a dit.

Mon père fut déçu, et certainement agacé, mais il n'en montra rien. Il resta convaincu que, si elle allait écouter frère Jérôme, sa condition s'améliorerait comme par magie.

Le jour qui suivit le désaccord de mes parents sur ce sujet, un visiteur vint à notre palais : le comte Jean Pic de la Mirandole, celui-là même qui avait convaincu Laurent de Médicis de faire venir Savonarole à Florence.

Le comte était un homme intelligent et sensible, un érudit féru des classiques et de la Kabbale hébraïque, séduisant avec ses cheveux dorés et ses yeux gris clair. Mes parents le reçurent cordialement ; après tout, il appartenait au cercle des Médicis... et connaissait Savonarole. On m'accorda l'autorisation d'écouter la conversation des adultes tandis que Zalumma s'affairait, donnant ses instructions aux autres serviteurs pour que le gobelet du comte soit toujours rempli de notre meilleur vin. Nous nous rassemblâmes dans la grande pièce où ma mère avait reçu l'astrologue ; Pic s'assit à côté de mon père, juste en face de ma mère et de moi. Dehors, le ciel était encombré de nuages couleur de plomb annonciateurs de pluie ; l'air était glacé et l'humidité vous transperçait – c'était une journée d'hiver typique à Florence. Mais le feu dans la cheminée réchauffait la pièce, illuminant le visage de ma mère d'une lueur orange seyante et accentuant les reflets dorés des cheveux de Pic.

Ce qui me frappa le plus chez sieur Jean, comme il voulait qu'on l'appelle, ce furent ses manières chaleureuses dénuées de toute prétention. Il parla à mes parents – et même à moi – comme si nous étions ses égaux, comme s'il nous était redevable pour l'amabilité de notre accueil.

Je supposai que c'était purement une visite mondaine. En tant qu'intime de Laurent de Médicis, sieur Jean avait rencontré mon père à plusieurs reprises, quand il était venu vendre ses tissus. Comme cela était prévisible, la conversation commença par un commentaire sur l'état de santé d'*il Magnifico*. Il n'avait pas été brillant, récemment ; comme son père, Piero *il Gottoso*, Laurent souffrait de la goutte. Ses douleurs avaient tellement empiré, ces derniers temps, qu'il ne pouvait ni quitter son lit ni recevoir des visiteurs.

— Je prie pour lui, soupira sieur Jean. C'est pénible de le voir souffrir ainsi. Mais je pense qu'il surmontera cette crise. Il tire sa force de ses trois fils, et surtout du cadet, Julien, qui passe tout le temps que lui laissent ses études au chevet de son père. C'est admirable de voir autant de dévouement chez un être si jeune.

— On dit que Laurent est toujours décidé à obtenir une mitre de cardinal pour son deuxième fils, dit mon père d'un ton légèrement réprobateur.

Il ne cessait de caresser son menton barbu avec son pouce, un geste qui trahissait sa nervosité.

— Giovanni, parfaitement, dit Pic avec un sourire chaleureux.

J'avais vu les deux garçons. Julien était avenant de visage et de corps, mais Giovanni ressemblait à une grosse saucisse montée sur des jambes grêles. L'aîné, Piero, ressemblait à sa mère, et était élevé pour succéder à son père – bien que, selon la rumeur, il fût un benêt totalement inapte à cet emploi.

Pic hésita avant de continuer, visiblement tiraillé entre deux avis :

— Oui, Laurent tient à cette idée... bien que Giovanni soit beaucoup trop jeune encore. Il faudrait pour cela une... entorse à la loi canonique.

— Laurent s'entend à faire des entorses, dit mon père sur un ton désinvolte.

Je savais combien ce sujet avait soulevé de colère parmi la population florentine ; Laurent avait mené campagne pour augmenter les impôts afin de payer la charge de cardinal de son fils.

L'humeur de mon père devint soudain enjouée.

— Répétez à Madonna Lucrezia ce qu'il a dit de ses fils.

— Ah !

Pic baissa légèrement le visage, et ses lèvres s'incurvèrent vers le haut.

— Vous devez comprendre qu'il ne leur dit pas cela directement, bien entendu. Il les aime trop pour leur montrer la moindre méchanceté.

Il regarda alors ma mère dans les yeux.

— Exactement comme vous avec votre fille, Madonna.

Je ne compris pas pourquoi ma mère rougit. Elle s'était tue jusqu'alors, bien que visiblement charmée, comme nous l'étions tous, par le comte.

Pic ne parut pas remarquer sa gêne.

— Laurent dit toujours : « Mon aîné est bête, le suivant, malin, et le plus jeune, bon. »

Le sourire de ma mère se crispa ; elle acquiesça.

— Je suis contente, dit-elle, de savoir que Julien est un réconfort pour son père. Je ne savais pas que Laurent était si malade.

Pic soupira de nouveau.

— C'est un triste spectacle, Madonna. Particulièrement – je suis certain que votre mari vous en a parlé – depuis que je suis un adepte des enseignements de frère Jérôme.

— Savonarole, dit ma mère doucement, en se raidissant à la mention de ce nom.

Brusquement, je compris sa réticence.

Messire Jean continua à parler comme s'il n'avait rien entendu.

— J'ai supplié Laurent à plusieurs reprises de faire venir frère Jérôme – mais *il Magnifico* n'a pas digéré la rebuffade du nouveau prieur de San Marco. Je crois sincèrement, Madonna Lucrezia, que si Laurent laissait frère Jérôme poser ses mains sur lui et prier à son intention, il serait immédiatement guéri.

Ma mère détourna la tête ; Pic s'enflamma.

— Douce Madonna, ne vous écartez pas de la vérité. J'ai vu frère Jérôme faire des miracles. De toute ma vie, je n'ai rencontré homme plus dévoué à Dieu, ni plus sincère. Pardonnez-moi d'être aussi direct en votre présence, mais nous avons tous connu des prêtres qui fraient avec des femmes, font des excès de nourriture et de vin et se laissent aller à toutes sortes de corruptions. Les prières de frère Jérôme sont puissantes parce que ses actes sont purs. Il vit dans la pauvreté ; il jeûne, il expie ses péchés par le fouet. Quand il ne prêche pas ou qu'il ne visite pas des pauvres, il est à genoux en train de prier. Et Dieu lui parle, Madonna. Dieu lui envoie des visions.

Tandis qu'il parlait, sieur Jean perdit toute retenue ; ses yeux lançaient des éclairs. Il se pencha en avant, prit la main de ma mère avec une grande tendresse et une respectueuse sollicitude. Mon père se rapprocha d'elle également, jusqu'à se retrouver en équilibre instable au bord de sa chaise. On voyait qu'il avait fait venir Pic dans ce but.

— Pardonnez mon audace, mais votre mari m'a fait part de votre souffrance, Madonna Lucrezia. Je ne peux pas supporter qu'une femme si jeune et si belle ne puisse pas mener une vie normale – surtout quand je sais, avec une certitude absolue, que les prières de frère Jérôme pourraient vous guérir.

Ma mère était mortifiée et furieuse ; elle ne pouvait pas soutenir le regard de Pic. En dépit de l'intensité de ses émotions, elle réussit à garder son calme.

— D'autres saints hommes ont prié Dieu pour moi, répondit-elle. Mon mari et moi avons prié, et nous sommes de bons chrétiens, mais Dieu a choisi de ne pas me guérir.

Elle parvint enfin à regarder Pic.

— Mais si vous êtes tellement convaincu de l'efficacité des prières de frère Jérôme, pourquoi ne pas lui demander de prier pour moi de loin ?

Dans son empressement, messire Jean se leva de sa chaise pour mettre un genou en terre devant ma mère, en signe de supplication. Il baissa la voix, si bien que je dus me pencher en avant pour l'entendre malgré le crépitement du feu.

— Madonna... vous avez certainement entendu parler de la prophétie du *papa angelico* ?

Tout le monde en France et en Italie connaissait la prophétie ancienne du pape angélique – un pape élu non pas par les cardinaux mais par Dieu, qui viendrait débarrasser l'Eglise de sa corruption et la réunifier juste avant le retour du Christ.

Ma mère acquiesça brièvement.

— C'est frère Jérôme ; j'en ai la conviction. Ce n'est pas un homme ordinaire, Madonna. Quel mal peut-il y avoir à venir l'écouter une seule fois ? Je ferai en sorte que vous puissiez le rencontrer en privé après la messe, ce prochain dimanche, si vous le souhaitez. Pensez-y : par les mains de frère Jérôme, Dieu vous guérira. Vous ne serez plus prisonnière de cette maison. Il vous suffit de venir, Madonna...

Elle regarda mon père, d'abord avec un air de reproche pour l'avoir mise dans une situation aussi gênante ; mais ce reproche fondit quand elle vit son visage.

Mon père n'exprimait pas la moindre duplicité, aucun sentiment de satisfaction ou de victoire. Comme celui de Pic, son visage était illuminé, non par la lumière du feu ou par une inspiration divine, mais par l'amour le plus pur et le plus désespéré qu'il m'ait jamais été donné de voir.

Ce fut cela, plus que le charme persuasif de Pic, qui la fit céder ; quand elle répondit enfin au comte, elle ne quitta pas mon père des yeux, lui exprimant toute la peine et l'amour qu'elle dissimulait dans son cœur. Les larmes brillaient dans ses yeux, et elles inondèrent ses joues quand elle parla.

— Une fois seulement, dit-elle – à l'intention de mon père, et non pour Pic, qui était toujours agenouillé. Une fois seulement.

14

Ce dimanche-là, le ciel était bleu, illuminé par un soleil trop faible pour atténuer le froid glacial. Ma cape la plus épaisse, doublée de lapin, ne suffisait pas à me réchauffer. L'air me piquait les yeux, les faisait pleurer. Assise dans le carrosse entre Zalumma et moi, ma mère se tenait raide, le visage sans expression ; ses yeux et ses cheveux noirs contrastaient avec la cape d'hermine blanche qui recouvrait sa robe de velours vert émeraude. En face de nous, mon père la dévisageait avec sollicitude, espérant obtenir d'elle un signe d'encouragement ou d'affection, mais elle regardait au-delà de lui, comme s'il n'était pas là. Zalumma fixait mon père dans les yeux, sans cacher sa désapprobation à propos de l'affront fait à sa maîtresse.

Le comte Pic nous accompagnait, s'efforçant de nous distraire, mon père et moi, par ses commentaires enjoués ; mais on ne pouvait ignorer l'humeur de ma mère, glaciale et pleine d'amertume, comme le temps. Tout avait été arrangé pour que nous puissions rencontrer frère Jérôme en privé, tout de suite après le service, afin qu'il puisse imposer ses mains sur ma mère et prier à son intention.

J'eus le souffle coupé en arrivant à l'entrée de l'église San Marco. Ma stupéfaction n'était pas due au bâtiment – une construction simple, faite de pierre, sans ornements, du même style que notre paroisse de Santo Spirito – mais au nombre de personnes qui, ne trouvant pas de place à l'intérieur du sanctuaire, se massaient dans l'entrée, sur les marches et le parvis.

Sans le comte Pic, nous n'aurions jamais pu entrer. Il appela dès notre arrivée et trois moines dominicains d'une stature imposante vinrent à notre rencontre pour nous escorter à l'intérieur. Leur effet sur la foule fut magique ; elle fondit comme de la cire devant une flamme. En quelques instants, je me retrouvai entre mon père et ma mère, non loin de la chaire et du grand autel sous lequel était enterré Cosme de Médicis.

En comparaison du Dôme, l'intérieur de San Marco était presque banal, avec ses colonnades en pierre neutre et son autel dépouillé. Mais l'atmosphère dans le sanctuaire était fébrile ; en dépit du froid, les femmes s'éventaient et chuchotaient, dans un état d'agitation extrême. Les hommes tapaient des pieds – non pas de froid, mais d'impatience – et les moines gémissaient en priant à haute voix. On aurait dit carnaval, juste avant une joute très attendue.

Le chœur se mit à chanter, et la procession commença.

L'air fasciné, les fidèles se tournèrent, impatients, vers le défilé. Vinrent d'abord les jeunes vicaires, l'un tenant une grande croix, un autre balançant un encensoir qui parfumait l'air. Puis apparut le diacre, et derrière lui le prêtre.

Frère Jérôme arriva le dernier, comme le personnage le plus honoré. A sa vue, les gens se mirent à crier : « Frère Jérôme ! Priez pour moi », « Que Dieu te bénisse, frère ». Mais un cri couvrait tous les autres : *« Papa ! Papa ! »*, ce tendre mot que seuls les jeunes enfants emploient pour s'adresser à leur père.

Je me mis sur la pointe des pieds, tendis le cou pour l'apercevoir. J'aperçus une robe marron de moine élimée sur un corps frêle ; le capuchon était levé, la tête baissée. La fierté n'était décidément pas l'un de ses péchés.

Il s'assit avec les vicaires, blotti sur sa chaise et intimidé ; les gens se calmèrent alors. Pourtant, au fur et à mesure de la messe, leur agitation reprit. Quand le chœur entonna *Gloria in excelsis*, la foule commença à s'impatienter. On psalmodia l'épître, puis le graduel fut chanté ; quand le prêtre lut l'Evangile, les gens chuchotaient sans arrêt, pour eux-mêmes, à l'intention de leurs voisins, de Dieu.

Et de frère Jérôme. On aurait cru un vrombissement d'insectes et de créatures nocturnes par une nuit d'été – un bruit fort et inintelligible.

A l'instant où il gravit les marches pour accéder à la chaire, le sanctuaire devint silencieux, au point que j'entendis un carrosse rouler sur les pavés de la Via Larga.

Au-dessus de nous, au-dessus des ossements de Cosme, se tenait un petit homme décharné aux joues creuses, aux grands yeux sombres exorbités ; son capuchon était repoussé en arrière, laissant apparaître une tête couronnée de boucles noires et rêches.

Il paraissait encore plus banal que son maître, Laurent de Médicis. Son front était bas, penché. Son nez donnait l'impression que quelqu'un avait pris un grand morceau de chair en forme de hache et le lui avait collé sur la figure ; l'arête sortait perpendiculairement de son front, puis retombait à angle droit. Ses dents inférieures, de travers, poussaient sa lèvre vers l'avant.

Nul messie n'avait jamais paru plus improbable. Pourtant, la créature timide que j'avais vue dans la procession et l'homme qui montait en chaire n'auraient pu être plus dissemblables. Le nouveau Savonarole, le *papa angelico*, avait grandi comme par enchantement ; ses yeux étaient brûlants de certitude, ses mains osseuses agrippaient les rebords de la chaire avec une autorité toute divine. C'était un homme transformé par une puissance supérieure, une puissance qui rayonnait de son corps frêle, réchauffait l'atmosphère. Pour la première fois depuis mon entrée dans l'église, j'oubliai le froid. Ma mère, qui était restée abattue et silencieuse pendant le rituel, laissa échapper une légère exclamation d'étonnement.

Assis de l'autre côté de mon père, le comte serrait les mains dans un geste de supplication.

— Frère Jérôme, cria-t-il, bénis-nous afin que nous soyons guéris !

Son visage levé rayonnait de dévotion ; ses yeux étaient pleins de larmes. Tout à coup, je compris pourquoi Zalumma s'était moquée un jour de Savonarole et de ses disciples, en les traitant de *piangioni* – de « pleureurs ».

L'émotion qui régnait dans l'église était sincère, incontrôlable, spontanée. Hommes et femmes tendaient les bras, mains ouvertes, dans un geste de supplication.

Et frère Jérôme répondit. Son regard balaya l'assistance, mais il donnait l'impression de voir chacun d'entre nous et de reconnaître l'amour qu'on lui témoignait. Il bénit la foule d'une main qui tremblait d'émotion – à cet instant, des soupirs de satisfaction montèrent vers le ciel, et le silence se fit dans le sanctuaire.

Savonarole ferma les yeux, paraissant faire appel à une force intérieure, puis il prit la parole.

— Notre sermon est tiré aujourd'hui du vingtième chapitre de Jérémie.

Sa voix forte, qui résonnait sur le plafond voûté, était étonnamment aiguë et nasale.

Il secoua la tête avec désolation, puis la baissa comme s'il avait honte.

— Je suis chaque jour l'objet de la dérision, tout le monde se moque de moi... parce qu'on m'a reproché la Parole du Seigneur...

Il leva le visage vers le ciel, comme s'il regardait Dieu dans les yeux.

— Mais Sa Parole était dans mon cœur comme un feu brûlant enfermé dans mes os, et j'étais las de m'abstenir...

Puis il nous regarda.

— Peuple de Florence ! Bien que certains se moquent de moi, je ne peux plus retenir la Parole du Seigneur. Il m'a parlé, et cela brûle en moi si fort que je dois le dire ou être consumé par Sa flamme. Ecoutez la Parole de Dieu : réfléchissez bien, ô vous les riches, car vous serez frappés par la souffrance ! Cette ville ne portera plus le nom de Florence, mais de Repaire de Voleurs, Immoralité, Effusion de Sang. Alors vous serez tous pauvres, misérables... Une époque sans précédent se prépare.

Au fur et à mesure, sa voix devint plus profonde et plus forte. L'air vibrait de ses assertions retentissantes ; la présence qui le faisait trembler aurait très bien pu être celle de Dieu.

— O vous, fornicateurs, sodomites, amoureux d'obscénités ! Vos enfants seront brutalisés, emmenés de force dans la rue et déchiquetés. Leur sang remplira l'Arno, et Dieu n'entendra pas leurs cris pitoyables !

Je sursautai quand une femme derrière nous émit un hurlement de douleur ; les murs de l'église résonnaient de l'écho angoissant des pleurs. Terrassé de remords, mon propre père enfouit son visage dans ses mains et se mit à pleurer comme le comte Pic.

Ma mère se raidit, saisit mon bras d'un geste protecteur et, clignant les yeux de colère, défia frère Jérôme d'un mouvement du menton.

— Comment ose-t-il ! dit-elle, son regard braqué sur le moine qui s'était interrompu le temps que ses paroles fassent leur effet.

Sa voix était suffisamment forte pour qu'on l'entende malgré les pleurs de la foule.

— Dieu entend les cris des enfants innocents ! Comment peut-il dire de telles choses ?

Comme ma mère m'avait pris le bras pour me protéger, Zalumma en fit autant avec elle.

— Chut, Madonna. Vous devez vous calmer...

Elle se pencha pour chuchoter à l'oreille de ma mère. Ma mère secoua la tête avec indignation et passa son bras autour de mes épaules. Elle me serra contre elle comme si j'étais une enfant. Zalumma, ignorant le prêcheur et ses *piangioni*, garda les yeux fixés sur sa maîtresse. Je commençai aussi à m'inquiéter ; je sentais sa poitrine se soulever et s'abaisser rapidement, je percevais de la tension dans son étreinte.

— Ce n'est pas juste, murmura-t-elle d'une voix rauque, ce n'est pas juste...

Tant de personnes dans l'église pleuraient et gémissaient, s'adressant à frère Jérôme et à Dieu, que mon père ne s'était aperçu de rien ; Pic et lui étaient bien trop captivés par le prédicateur.

— O Seigneur ! cria soudain frère Jérôme.

Le moine appuya son front sur ses mains croisées ; il poussa un sanglot, puis releva son visage couvert de larmes vers le ciel.

— Seigneur, je ne suis qu'un humble moine. Je n'ai pas demandé à ce que Vous veniez me visiter ; je ne cherche pas à parler pour Vous, ou à avoir des visions. Mais je me soumets humblement à Votre volonté. En Votre nom, je suis prêt, tout comme Jérémie, à endurer les souffrances infligées à Vos prophètes par les impies.

Il nous regarda, ses yeux et sa voix devenus soudain tendres.

— Je pleure... je pleure comme vous, pour les enfants. Je

pleure pour Florence, et le fléau qui l'attend. Combien de temps pouvons-nous encore pécher ? Combien de temps pouvons-nous offenser Dieu avant qu'Il soit obligé de déchaîner sa juste colère ? Comme un père aimant, il a retenu Sa main. Mais quand Ses enfants persistent dans leurs graves erreurs, quand ils se moquent de Lui, Il doit, pour leur bien, leur infliger une sévère punition.

« Regardez-vous, femmes, avec vos bijoux scintillants qui pendent lourdement à vos cous, à vos oreilles. Si l'une d'entre vous, une seule, pouvait se repentir du péché de vanité, combien de pauvres pourraient être nourris ? Regardez les enveloppes de soie, de brocart, de velours, de précieux fils d'or qui ornent vos corps terrestres. Si une seule d'entre vous s'habillait simplement, pour plaire à Dieu, combien pourraient être empêchés de mourir de faim ?

« Et vous, les hommes, vous qui fréquentez les prostituées, vous qui sodomisez, vous qui vous goinfrez, qui vous enivrez ? Si vous vous consacriez uniquement à votre femme, le Royaume de Dieu aurait plus d'enfants. Si vous donniez la moitié de votre assiette aux pauvres, personne à Florence n'aurait faim ; si vous vous absteniez de boire, il n'y aurait plus de querelles d'ivrognes, plus d'effusions de sang dans la ville.

« Vous les riches, les amateurs d'art, qui collectionnez des choses vaines : combien vous offensez, en glorifiant l'homme et non le Divin, avec vos étalages de richesses viles et inutiles, pendant que d'autres meurent faute de pain et de chaleur ! Rejetez vos biens terrestres, et cherchez plutôt le trésor éternel.

« Dieu tout-puissant ! Détournez nos cœurs du péché et tournez-les vers Vous. Epargnez-nous la tourmente qui viendra sûrement pour ceux qui n'obéissent pas à Vos lois.

Je regardai ma mère. En colère, elle gardait les yeux fixés non pas sur Savonarole, mais sur un point loin derrière lui, au-delà des murs de pierre de San Marco.

— Mère, l'appelai-je, mais elle ne pouvait pas m'entendre.

J'essayai de me soustraire à son étreinte, mais elle resserra son bras jusqu'à me faire crier. Elle était devenue rigide comme de la pierre, me tenant prisonnière. Zalumma reconnut les signes et lui parla rapidement, doucement, l'incitant à me relâcher, à s'allonger sur place, lui assurant que tout irait bien.

— C'est le jugement de Dieu ! cria ma mère avec une telle force que j'aurais voulu mettre mes mains sur mes oreilles.

Frère Jérôme l'entendit. La congrégation proche de nous l'entendit. Ils nous regardaient, ma mère et moi, dans l'expectative. Mon père et Pic nous contemplaient avec horreur.

Zalumma mit ses bras autour des épaules de ma mère et essaya de la coucher, mais elle était aussi rigide qu'un rocher. Sa voix devint plus profonde et changea de timbre, à tel point que je ne la reconnus plus.

— Ecoutez-moi !

Ses paroles retentirent avec une telle autorité qu'elle fit taire les *piangioni*.

— Des flammes le consumeront, jusqu'à ce que ses membres tombent, un par un, en enfer ! Cinq hommes sans tête le jetteront à terre !

15

Ma mère s'affala lourdement sur moi. Je m'écroulai, heurtant mon père. Dans ma chute, avant de toucher le marbre glacial, j'aperçus Pic qui l'attirait en arrière. Je tombai sur le côté en me cognant la tête, l'épaule et la hanche.

Devant mes yeux se succédèrent des éclairs de velours vert et d'hermine blanche, les ourlets des jupes des femmes et les bottes des hommes. J'entendis des chuchotements, des exclamations et les cris de Zalumma.

Ma mère était étendue sur moi, son flanc appuyé contre le mien. Ses membres s'agitaient violemment ; son épaule fut prise de spasmes, et son coude s'enfonça dans mes côtes. Ses dents claquaient en même temps ; l'air qu'elle expirait chaque fois qu'elle ouvrait la bouche sifflait dans mon oreille. Le bruit me terrifia. J'aurais dû lui tenir la tête, m'assurer qu'elle ne se mordrait pas la langue et ne se ferait pas mal.

Les recommandations de Zalumma devinrent soudain intelligibles.

— Tiens-lui les bras ! Tire-la !

Des mains puissantes me prirent par les poignets, me soulevèrent les bras. Je roulai sur le dos. La tête de ma mère tomba sur ma poitrine ; elle sifflait de l'air à travers ses dents, qui se refermèrent avec violence. Pendant tout ce temps, elle me frappait de ses bras et de ses jambes ; sa main m'atteignit sous le menton, me déchirant la peau avec un ongle.

Près de mes pieds, invisible, Zalumma criait :

— Tire-la !

Tout à coup, mon père reprit ses esprits. Avec une force décuplée, il me saisit sous les bras et me tira de sous le corps agité de ma mère. Ce mouvement me causa une douleur atroce au niveau des côtes.

Mais dès que je fus libre, j'oubliai ma souffrance. Je ne remerciai pas mon père pour son aide mais tombai à genoux auprès de ma mère, qui se débattait. Zalumma s'était déjà rapprochée d'elle, et pesait de tout son corps pour lui maintenir les jambes.

Saisissant le bord de fourrure de la cape de ma mère, je le lui glissai entre ses dents, mais c'était trop tard. Elle s'était déjà mordu la langue, et le résultat était terrible. Ses lèvres, ses dents, ses joues, son menton étaient couverts de sang ; l'hermine blanche autour de son visage, tachée de pourpre. Malgré l'effort que je faisais pour lui tenir la tête, elle sursauta si violemment entre mes mains que son bonnet tomba en arrière. Mes doigts furent bientôt plongés dans sa douce chevelure noire ; les boucles soigneusement coiffées le matin par Zalumma étaient enchevêtrées.

— C'est le diable !

Un homme s'avança – jeune, roux, le visage grêlé. Je reconnus le prêtre de Santa Maria del Fiore.

— Je l'ai déjà vue dans cet état au Dôme. Elle est possédée. Le démon en elle ne supporte pas de se tenir debout dans la maison de Dieu.

J'entendis murmurer autour de nous, puis le bruit devint plus fort jusqu'à ce que, au-dessus de nous, Savonarole s'écrie :

— Silence !

Tous le regardèrent. Il fronçait les sourcils, furieux et indigné par un tel spectacle. Le prêtre roux recula et disparut dans la foule ; les autres, silencieux et dociles, regagnèrent leurs places.

— Le Malin ne désire rien autant que de pouvoir interrompre la parole du Seigneur, entonna frère Jérôme. Nous ne devons pas nous laisser distraire. Dieu vaincra.

Il aurait continué si mon père ne s'était approché de la chaire. Sans quitter le moine des yeux, il montra sa femme souffrante et l'interpella d'une voix plaintive.

— Frère Jérôme, aidez-la ! Guérissez-la maintenant !

Tout en soutenant la tête de ma mère, j'observai à l'instar de tous le prieur de San Marco en retenant mon souffle.

Son front se détendit ; il parut un instant perplexe, puis reprit le contrôle de la situation avec autorité.

— C'est Dieu qui l'aidera, pas moi. Le sermon va se poursuivre, la messe sera célébrée.

Tandis que mon père baissait la tête, abattu, frère Jérôme fit un signe au comte Pic et à deux moines dominicains de la congrégation.

— Occupez-vous d'elle, leur dit-il doucement. Emmenez-la à la sacristie, et attendez-moi.

Puis il recommença à prêcher d'une voix forte.

— Enfants de Dieu ! Les présages maléfiques se multiplieront jusqu'à ce que tous dans la ville se repentissent et ouvrent leur cœur au Seigneur ; sinon un fléau surviendra, tel que le monde n'en a jamais connu...

A partir de ce moment, je n'entendis plus que le rythme et le ton de son sermon, mais non le sens, car deux moines vêtus de robes marron avaient surgi aux côtés de ma mère. Pic prit les choses en main.

— Frère Domenico, dit-il au plus imposant des deux, qui avait une grosse tête carrée et des yeux stupides, je vais éloigner les femmes. Puis vous soulèverez Madonna Lucrezia pour l'emporter. Frère Marciano, aidez-le s'il le faut.

Ni Zalumma ni moi ne bougeâmes.

— Il ne faut pas déplacer ma mère : on risque de la blesser, insistai-je, indignée.

Frère Domenico m'écouta sans rien dire puis, avec calme et détermination, il écarta les bras de Zalumma et prit ma mère par la taille.

Il la souleva sans peine, obligeant Zalumma à reculer. J'essayai en vain de la retenir quand sa tête aux cheveux emmêlés quitta mes genoux. A peine gêné par ses tremblements convulsifs, Domenico la jeta sur son épaule, comme un boulanger emporte un sac de farine. Les jambes de ma mère battaient contre son torse et ses bras contre son dos, mais cela ne semblait pas l'affecter.

— Arrêtez ! cria Zalumma au moine.

Elle avait l'air presque aussi terrifiant que sa maîtresse.

L'écharpe sous son bonnet était de travers, laissant échapper quelques boucles ; l'œil sur lequel elle avait reçu un coup commençait à gonfler et se fermait à moitié ; la pommette en dessous était rouge et luisante, annonçant un bleu magnifique.

— Laissez-la tranquille ! criai-je à frère Domenico.

Je fis un effort pour me relever, mais des fidèles qui s'étaient approchés pour regarder marchaient sur mes jupes, et je retombai.

— Laissez-la se mettre debout ! ordonna une voix d'homme au-dessus de moi.

Les gens s'écartèrent. Un bras musclé saisit le mien et m'aida à me lever. A bout de souffle, je me retrouvai les yeux dans les yeux avec un inconnu – grand, mince, habillé en *buonomo*, un homme de bien, un des douze citoyens élus tous les deux mois pour servir de conseillers aux huit seigneurs prieurs. Il soutint mon regard et parut me reconnaître, bien que nous ne nous fussions jamais rencontrés auparavant.

Je m'écartai de lui pour suivre l'implacable Domenico, qui se frayait déjà un chemin à travers la foule. Oubliant qu'il était dans la maison de Dieu, mon père le suivait, le suppliant de traiter ma mère avec plus de douceur.

Le compagnon de Domenico, frère Marciano, nous offrit son bras. Zalumma, furieuse, le refusa sans rien dire, bien qu'elle boitât. J'écartai son bras, moi aussi. Mais frère Marciano demeura attentif et plein de gentillesse. Il était frêle, plus âgé, les cheveux clairsemés, mais son regard était plein de bonté.

— Soyez rassurée, me dit-il. La dame est entre les mains de Dieu. Aucun mal ne peut lui arriver.

Je ne répondis pas ; je continuai à marcher en silence, comme les autres, derrière frère Domenico et son fardeau, jusqu'à la sacristie.

C'était une petite salle bien plus froide que le sanctuaire, qui était réchauffé par la présence de centaines de personnes. Frère Domenico porta ma mère jusqu'à une table étroite, sur laquelle mon père avait étendu sa cape de fourrure. Quand le moine l'eut déposée là, mon père le repoussa avec une véhémence qui me surprit. Les deux hommes, hors d'haleine, se regardèrent avec haine : je crus qu'ils allaient en venir aux mains.

Le regard de Domenico vacilla. Il baissa les yeux puis fit demi-tour et s'éloigna d'un pas pesant. Frère Marciano resta avec nous, souhaitant apparemment nous réconforter et nous aider.

La crise de ma mère avait cessé au cours du trajet, la laissant abrutie et sans forces. Mon père enleva son manteau pourpre et l'en couvrit. Le comte Pic posa la main sur son épaule.

— Comment Dieu peut-il tolérer cela ? dit mon père avec amertume en essayant de se dégager. Et pourquoi frère Jérôme laisse-t-il cette brute la traiter de la sorte ?

Pic parla doucement, bien que sa voix fût étonnamment dure.

— Frère Domenico ne quitte pas frère Jérôme ; vous le savez bien, Antonio. Peut-être Dieu a-t-il laissé Madonna Lucrezia souffrir cette indignité pour pouvoir encore mieux la relever. Sa guérison sera un merveilleux témoignage pour tous. Ayez la foi. Croyez en la grandeur de Dieu. Il ne nous a pas amenés aussi loin pour nous décevoir.

— Je prie pour que ce ne soit pas le cas, lui répondit mon père.

Il se couvrit les yeux.

— Je ne peux pas supporter de la voir ainsi. Quand elle apprendra ce qui est arrivé... sa honte sera telle qu'elle ne pourra la supporter.

Il écarta ses mains, regarda ma mère endormie. Elle était si pâle qu'on aurait dit que son visage était en cire, avec des taches de sang. Il repoussa, avec douceur, une mèche de son front ; juste à ce moment, je regardai Zalumma qui était en face de lui.

La haine qui se lisait dans son regard me surprit. Cela ne correspondait pas du tout à l'attitude qu'on aurait pu attendre d'une esclave, mais je la comprenais. Elle aimait ma mère comme une sœur, et méprisait mon père avec tout autant de ferveur. Jusqu'à cet instant, pourtant, elle s'était bien gardée d'exprimer ses sentiments à son égard.

Quant à moi, j'étais surtout troublée. Depuis quelque temps, je ne me posais plus de questions quant à l'origine des crises de ma mère. Ce que Zalumma m'avait raconté à propos de son frère et de sa blessure à la tête m'avait convaincue que la maladie de ma mère avait une cause naturelle. A présent, après sa terrible sortie devant Savonarole, je n'en étais plus certaine. Une âme aussi bonne et pieuse que celle de ma mère pouvait-elle être un instrument du Malin ?

Pendant un quart d'heure, notre triste petit groupe attendit dans la sacristie glaciale. Je resserrai mon manteau autour de moi, mais cela ne servit à rien. Mes efforts m'avaient mise en nage et le froid me pénétrait jusqu'aux os ; mon souffle se condensait, se transformant en givre sur la laine. Ma pauvre mère, dans un état second, tremblait malgré le manteau de mon père et la cape en fourrure sur laquelle elle reposait.

La grande porte s'ouvrit enfin en grinçant : nous nous retournâmes. Flanqué de l'imposant frère Domenico, Savonarole apparut sur le seuil, paraissant bien plus petit qu'en chaire.

Mon père s'avança à côté de ma mère et posa la main sur son bras. L'air dur, il fixa frère Domenico, tout en s'adressant à Savonarole.

— Nous n'avons pas besoin de lui, dit-il en désignant Domenico du menton.

— C'est mon bras droit, répondit frère Jérôme. S'il n'entre pas, je n'entre pas non plus.

Mon père accusa le coup et baissa les yeux, vaincu. Les deux moines entrèrent ; Domenico semblait sur ses gardes.

Juste derrière eux, dans l'encadrement de la porte, apparut le prêtre roux à la figure grêlée du Dôme.

— C'est certainement Dieu qui vous a envoyé à Florence, frère Jérôme ! dit-il, le visage rouge. Chaque jour, d'innombrables pécheurs se repentent grâce à vous. Vous êtes le sauveur de cette ville !

Frère Jérôme s'efforça de ne pas céder à la flatterie. Il détourna le visage en signe d'humilité ; pourtant, ces paroles lui plurent.

— C'est le Seigneur qui sauvera Florence, pas moi, dit-il de sa voix nasale et haut perchée. Vénérez Dieu, pas un homme, quel qu'il soit.

Il s'interrompit puis ajouta d'une voix ferme :

— D'autres tâches m'appellent maintenant.

Ces dernières paroles visaient à renvoyer le prêtre, qui bloquait maintenant l'entrée de la sacristie comme s'il voulait empêcher le frère de passer avant de lui avoir accordé sa bénédiction. Au lieu de partir, le jeune homme regarda à l'intérieur.

— Ah ! Voici la femme possédée par tous les diables !

Frère Jérôme lui lança un regard sévère.

— Nous laisserons Dieu juger de son affliction.

Il regarda alors frère Domenico d'un air entendu ; celui-ci avait jusqu'alors montré une certaine sympathie envers le prêtre ; l'imposant moine s'avança à regret vers la porte.

Mais le prêtre le contourna habilement et, avant qu'on ait pu l'en empêcher, il entra.

— Vous-même l'avez dit, frère Jérôme : le Malin a voulu empêcher le peuple de recevoir le message que Dieu vous a confié. Personne n'aurait pu prononcer de telles paroles si le diable lui-même ne les lui avait pas soufflées.

Ses yeux pâles s'illuminèrent de ferveur.

— Elle a fait la même chose au Dôme – elle a crié des mots que le diable l'a obligée à dire.

Frère Domenico l'écoutait, envoûté ; le gentil frère Marciano s'approcha également pour entendre le jeune prêtre charismatique.

— C'est vrai, Babbo, dit Domenico à son maître. Votre présence excite les démons. Vous devez les rendre fous, leur faire peur ! Voici une occasion de démontrer le véritable pouvoir du Seigneur.

Gêné par la tournure qu'avait prise la conversation, mais incapable de l'ignorer, Savonarole passa devant Domenico et le prêtre pour se placer près de ma mère, juste en face de mon père et de Pic.

— Cela est-il vrai ? demanda doucement frère Jérôme à mon père. A-t-elle prononcé des mots étranges avant de faire sa crise au Dôme ?

Sans rien dire, mon père se tourna vers Zalumma et moi. Elle était remontée, combative, sa chevelure d'un noir d'ébène échappée de son bonnet aussi impressionnante que la couronne de serpents de la Méduse.

— Non, mentit-elle. Elle souffre de crises depuis qu'elle s'est blessée à la tête, mais le diable n'a rien à voir dans tout cela.

Savonarole se rapprocha de ma mère et posa ses mains sur ses épaules avec douceur ; sa timidité disparut, et il dit avec assurance :

— Prions en silence.

Nous obéîmes, inclinant la tête. Je gardai les yeux mi-clos. Domenico referma derrière lui la grande porte en cuivre. Le prêtre et lui se précipitèrent aux côtés de frère Jérôme. Ils se frayèrent un chemin pour se mettre à la droite de ma mère, aussi près que possible de l'objet de leur adoration, ce qui nous obligea à nous déplacer, Zalumma et moi, et à nous poster près des jambes de ma mère.

Mon père baissait la tête, les yeux rouges mais grands ouverts, le regard attentif et farouche. Il était à la gauche de ma mère, Pic auprès de lui.

Après un long moment de silence, Savonarole fronça les sourcils.

— Dieu m'a parlé. Un péché inexpié a causé la maladie de cette femme, un péché trop longtemps tenu secret, enfoui, qui a infecté son âme. Je prierai Dieu pour qu'il lui ouvre le cœur et la soulage de son fardeau, afin qu'elle puisse se libérer de l'influence du Malin.

Il releva le visage et demanda plus bas à mon père :

— Connaissez-vous, monsieur, le péché grave qu'elle aurait omis de confesser ?

Mon père le regarda d'un air de surprise totale ; une émotion soudaine s'empara de lui, à tel point qu'il fut incapable de parler, et laissa échapper un gémissement angoissé.

Pic se tourna vers lui.

— Antonio, mon ami, tu dois faire confiance à frère Jérôme. Dieu nous a amenés ici dans un seul but : le bien de Madonna Lucrezia.

— Quelqu'un ici n'a-t-il pas la foi ? Quelqu'un veut-il partir ?

Frère Jérôme nous dévisagea chacun l'un après l'autre.

— Je prierai avec vous ! dit le prêtre, tout excité.

Savonarole lui jeta un regard sévère.

— Ceux qui le souhaitent peuvent, comme moi, poser leurs mains sur elle, et m'accompagner en silence dans ma prière.

— Priez seulement pour qu'aucun mal ne lui arrive, supplia mon père. Priez pour que Dieu la guérisse !

Le regard de Savonarole le fit taire. Le prêtre et frère Domenico se hâtèrent de poser leurs paumes sur la partie supérieure des bras et la taille de ma mère ; mon père et Pic mirent une main sur son bras droit. Zalumma et moi n'avions d'autre choix que de poser nos mains sur ses chevilles.

Le petit moine leva les mains puis les pressa plus fermement sur les épaules de ma mère. Il ferma les yeux.

— O Seigneur ! s'exclama-t-il avec la même voix tonitruante que pour son sermon. Vous avez devant vous une femme, une misérable pécheresse...

Sous ses mains, ma mère remua. Ses paupières tressaillirent.

— Antonio ? chuchota-t-elle d'une voix rauque.

Il lui prit la main.

— Lucrezia, je suis là, lui dit-il doucement. Tout va s'arranger. Frère Jérôme prie pour ta guérison. Repose-toi, et aie confiance.

Pendant leur échange, le frère continua de prier.

— Un noir secret est enterré ici, qui permet à Satan d'entrer. Seigneur ! Cela lui a volé son corps, lui a enlevé son...

Les yeux de ma mère s'ouvrirent sous l'effet de la peur. Malgré son engourdissement, elle sentait s'accentuer la pression de Savonarole sur ses épaules ; elle s'agita faiblement, comme pour se libérer des mains qui la maintenaient.

— Antonio ! Que dit-il ? Que s'est-il passé ?

A cet instant, le prêtre, qui s'était mis à trembler de ferveur, s'écria :

— Des diables la possèdent, ô Seigneur !

— Oui ! reprit Domenico d'une voix grave. Des diables, Seigneur !

— Arrêtez, chuchota ma mère.

Zalumma intervint alors, s'adressant sans ménagement au prêtre, mais aussi à Savonarole. Elle tenta de repousser le large dos de Domenico pour atteindre sa maîtresse.

— Arrêtez ! Vous lui faites peur ! Elle doit rester calme !

— Tout ira bien, Lucrezia, dit mon père. Tout ira bien...

Savonarole ne leur prêta aucune attention ; il était plongé dans sa conversation avec Dieu.

— O Seigneur ! Nul ne peut la sauver, sinon Vous. Je ne suis pas digne de Vous regarder en face, mais je Vous le demande humblement, sauvez-la de ses péchés. Guérissez-la...

Le prêtre au visage grêlé, plongé dans sa propre frénésie, reprit la prière à son compte.

— Libérez-la de l'emprise de Satan ! Ecoute-moi, diable ! Ce n'est pas moi, mais Dieu qui t'ordonne de laisser cette femme tranquille ! Au nom de Jésus-Christ, quitte son corps et libère-la !

Frère Domenico, pris d'un accès de zèle vertueux en entendant le prêtre, se pencha et saisit les bras de ma mère avec force. Postillonnant, il lui cria au visage :

— Va-t'en, diable ! Au nom du Christ !

— Aide-moi, Antonio, appela ma mère faiblement. Antonio, au nom de Dieu...

Juste à ce moment, mon père saisit les poignets épais de frère Domenico.

— Lâchez-la ! cria-t-il. Laissez-la !

La voix de Savonarole s'éleva soudain, réprimandant le prêtre, Domenico et mon père.

— Nous sommes ici pour demander la guérison, le pardon du péché. C'est seulement alors, Seigneur, que le Malin desserrera son emprise sur elle...

— Arrêtez ! ordonna Zalumma devant cette cacophonie. Ne voyez-vous pas ce que vous êtes en train de lui faire ?

Le corps de ma mère se raidit. Sa mâchoire commença à bouger, ses jambes à frapper contre la table en bois. Sa tête s'agita d'un côté à l'autre ; du sang provenant de sa langue blessée éclaboussa les hommes.

Zalumma et moi essayâmes de regagner notre position d'urgence, mais les moines et les prêtres ne nous laissèrent pas approcher de la tête de ma mère. Nous nous couchâmes sur ses jambes, mais frère Domenico nous repoussa d'un grand geste, sans même nous regarder. Mon père se pencha sur ma mère et passa un bras sous ses épaules.

— Vous voyez, Babbo, le diable se montre ! cria Domenico d'une voix triomphale, et il se mit à rire. Va-t'en ! Tu n'as aucun pouvoir ici !

— Prions Dieu, tonna frère Jérôme. O Seigneur, nous Vous supplions de délivrer cette femme du péché, de l'influence du Malin ; nous Vous demandons sa guérison. S'il existe un obstacle, dites-le-nous maintenant, Seigneur !

— Arrière, Satan ! poursuivit le prêtre avec la même force et la même ferveur. Va-t'en, au nom du Père !

Frère Domenico, ses traits mornes illuminés par une conviction alarmante, hésitait entre les prières du prieur et celles du prêtre. Se faisant l'écho des paroles de son maître, il s'écria :

— Révélez-le-nous, ô Seigneur ! Va-t'en, Satan, au nom du Fils !

Au moment où il prononça ces paroles, le corps de ma mère sursauta sous l'effet d'un spasme si puissant que les hommes lâchèrent prise. Un étrange silence s'ensuivit ; surpris, le prêtre et Savonarole cessèrent leurs prières. En réponse, Domenico frappa violemment de ses mains puissantes la poitrine de ma mère, à l'emplacement du cœur.

— Va-t'en, au nom du Saint-Esprit !

Dans le silence, j'entendis un petit bruit horrible ; un claquement sec, assourdi par la chair, le bruit du sternum de ma mère qui se brisait. Je me mis à crier, à peine consciente des hurlements de Zalumma et du rugissement furieux de mon père.

Les yeux de ma mère saillirent. Du sang apparut au coin de ses lèvres et coula le long de ses joues, dans ses oreilles. Elle essaya de tousser, mais aspira du sang à la place ; un gargouillement déchirant s'ensuivit, le bruit que fait quelqu'un qui cherche désespérément à inhaler de l'air et ne trouve que du liquide. Elle se noyait.

Mon père arracha Domenico à ma mère, puis revint près d'elle. Sans réfléchir, je me jetai contre le moine impassible et le bourrai de coups de poing, vaguement consciente du fait que Zalumma le frappait également.

Reprenant mes esprits, je me rapprochai de ma mère. Je me penchai sur elle, mes coudes reposant sur la table, mon visage près du sien et de celui de mon père. Zalumma était à côté de moi, son épaule contre la mienne.

Les moines l'avaient abandonnée. Frère Jérôme avait enlevé ses mains, et la regardait avec un air de confusion et de désarroi total ; le prêtre, pris de peur, s'était retiré et se signait sans arrêt. Pic, lui aussi, se tenait à distance, essayant de comprendre la tournure dramatique qu'avaient prise les événements.

Seul mon père restait aux côtés de ma mère.

— Lucrezia ! cria-t-il. Oh ! Seigneur, Lucrezia, parle-moi !

Mais ma mère ne le pouvait plus. Le tressaillement de ses jambes s'arrêta peu à peu. Son visage avait pris la couleur de la poitrine d'une tourterelle ; le sang moussait en sortant de ses lèvres tandis qu'elle luttait pour respirer. J'essayai de l'aider de mon mieux : j'appuyai ma joue contre la sienne pour lui dire que je l'aimais.

Je regardai l'expression de terreur quitter ses yeux en même temps que la vie, et je vis son regard devenir terne et fixe.

16

Indifférente au sang qui la couvrait, je posai la tête sur la poitrine de ma mère. Zalumma prit sa main et la pressa contre ses lèvres ; mon père appuya sa joue contre la sienne. Nous pleurâmes un long moment ; puis un sentiment de rage m'envahit. Je relevai mon visage trempé de larmes et me tournai pour affronter Domenico. Mais avant que je puisse ouvrir la bouche pour l'accuser, mon père se mit à hurler d'une voix déchirante.

— Vous l'avez assassinée !

Il se jeta sur Domenico, tenta de prendre le colosse à la gorge.

— Vous l'avez assassinée, je veillerai à ce que vous soyez pendu !

Le visage du moine s'assombrit ; il leva un bras pour se protéger. Pic et le prêtre roux se jetèrent sur mon père, parvenant tout juste à le retenir.

Zalumma et moi nous mîmes à hurler sans retenue.

— Meurtrier !

— Assassin !

Savonarole se tenait à l'écart. Quand Pic et le prêtre eurent maîtrisé mon père, frère Jérôme s'avança vers Domenico : celui-ci recula, terrorisé.

— Que Dieu me pardonne, gémit-il. Je suis incapable de faire le mal volontairement ; c'est un accident, un accident affreux... Je t'en supplie, crois-moi, Babbo !

— Ce n'était pas un accident, dit mon père derrière moi, d'une voix implacable. Vous aviez l'intention de la tuer !

— Allons, dit Pic avec fermeté. C'est un accident, rien

d'autre. Frère Jérôme et frère Domenico avaient la louable intention de la guérir.

Savonarole s'avança, redevenu l'homme sûr de lui qui était monté en chaire.

— Ecoutez les paroles que m'a transmises Dieu : Madonna Lucrezia est libérée de sa souffrance. Au moment de sa mort, elle s'est repentie de son péché, et repose maintenant au purgatoire. Réjouissez-vous, son âme sera bientôt auprès de Dieu.

— C'est certain, chuchota mon père, déchiré par ces paroles. Mais il n'en est pas moins vrai que Domenico l'a tuée.

Frère Jérôme demeura inflexible.

— Ce qui s'est passé ici était un acte de Dieu. Frère Domenico fut simplement un instrument. Femmes !

Il se tourna vers nous.

— Séchez vos larmes ! Réjouissez-vous, car votre maîtresse sera bientôt au paradis.

Zalumma lui jeta un regard menaçant et cracha dans sa direction avant de s'abîmer de nouveau dans sa douleur.

— Dieu voit qui sont les coupables, dis-je à frère Jérôme. Dieu sait quel crime a été perpétré ici, et vos belles paroles ne réussiront jamais à le dissimuler à Sa vue. Quand Il le jugera bon, Il veillera à ce que justice soit rendue.

Puis, avec un sens pratique qui m'étonna, j'ajoutai :

— Si vous voulez vous racheter un tant soit peu, veillez à ce qu'elle soit transportée jusqu'à notre carrosse.

— Ce sera fait, dit Savonarole. Ensuite, je prierai Dieu pour qu'Il vous pardonne vos paroles de haine. Avec le temps, vous finirez par accepter ce qui est arrivé. Mais d'abord, nous allons prier pour que le temps que Madonna Lucrezia passera au purgatoire soit bref. Ensuite, ajouta-t-il, j'enverrai chercher un prêtre pour lui donner la Sainte Onction.

Je vis ces dernières paroles comme un affront au prêtre qui se trouvait là.

Il s'adressait à nous tous, mais son regard restait fixé sur mon père, qui se montrait toujours hostile, indifférent aux tentatives de Pic pour le réconforter.

— Mettons-nous à genoux, dit Savonarole.

Pic, le prêtre et les deux moines obéirent. Zalumma et moi restâmes près de ma mère.

Mon père ne bougea pas, sûr de son bon droit, obstiné.

— Il l'a tuée.

— Il accomplissait la volonté de Dieu ! protesta violemment Savonarole. Dieu a exaucé nos prières en reprenant votre Lucrezia ; bientôt, elle sera avec Lui, délivrée de toute souffrance. C'est une bénédiction en comparaison de la vie qu'elle menait... une issue encore plus enviable qu'une guérison ici, sur terre. Vous devriez en être reconnaissant.

Il s'arrêta un moment, puis reprit :

— Mettez-vous à genoux. Mettez-vous à genoux, et priez avec nous pour que l'âme de votre femme aille au paradis.

Mon père laissa échapper un sanglot déchirant. Il resta debout, le regard fixé sur Domenico, comme s'il le maudissait.

Domenico s'agenouilla derrière son maître, puis regarda mon père bien en face. Son visage rayonnait : il jubilait visiblement, sans la moindre retenue. Et ses yeux reflétaient une telle ruse, une telle froideur que j'en eus le souffle coupé.

Alors frère Domenico, après avoir jeté un coup d'œil à mon père, inclina la tête vers la table où reposait ma mère, puis se tourna vers moi.

Mon père le vit et eut un mouvement de recul.

— A genoux, dit Domenico doucement.

Mon père me parut sur le point de suffoquer. Puis, se couvrant le visage de ses mains, il se mit à genoux à côté de Pic.

Domenico sourit et ferma les yeux.

Je ne me soumis pas, non plus que Zalumma. Je ne comprenais pas ce qui s'était passé entre le grand moine et mon père ; je savais seulement que mon père s'était laissé briser.

Agrippée au corps de ma mère, j'eus le sentiment de ne l'avoir jamais exécré à ce point. Lequel détestais-je le plus en cet instant : Dieu, Savonarole, frère Domenico ou mon père ? Tous méritaient ma haine.

17

Après avoir reçu les derniers sacrements du prêtre de San Marco, ma mère fut transportée jusqu'à notre carrosse. La foule s'était à peu près dispersée, mais, malgré mon chagrin, je remarquai que l'inconnu aux traits anguleux qui m'avait aidée à me relever nous observait depuis les marches de l'église.

Nous reprîmes le chemin de la maison, en passant par le Ponte Santa Trinità. Emmitouflée dans l'hermine et le velours tachés de sang, ma mère gisait dans les bras de mon père. Il ne laissa personne d'autre la toucher. Pic insista pour nous raccompagner. La présence du comte me choqua, mais sa détresse était sincère. La tournure des événements l'avait accablé.

Mon père ne voulut pas regarder Pic. Il s'assit à côté de lui, bien droit, de manière que ni leurs jambes ni leurs coudes ne puissent se toucher, même par accident. Il se mit à prier à voix basse pour le salut de l'âme de ma mère, alternant les *Ave Maria* et le *Notre Père*. Quand Pic se joignit à lui, il marqua un temps d'hésitation, comme s'il ne souhaitait pas accepter les prières de son ami, mais il céda finalement et continua.

Incapable de supporter le spectacle qu'offrait l'intérieur du carrosse, je gardai les yeux tournés vers la fenêtre. Je ressentis comme une insulte le fait qu'à l'extérieur de San Marco, ou le long de la Via Larga, rien n'ait changé. Les gens marchaient avec précaution dans les rues verglacées, le visage emmitouflé pour se protéger du froid, mais il n'y avait pas le moindre signe de deuil, pas la moindre marque de respect envers la mort toute-puissante.

J'éprouvais à la fois de la pitié et de la colère envers mon père. En même temps, j'étais gagnée par un sentiment de responsabilité qui me poussa à agir lorsque nous arrivâmes enfin chez nous. Quand le carrosse s'arrêta devant notre maison, je fus la première à me lever.

— Sieur Jean, dis-je au comte Pic comme si j'étais son égale, nous devons trouver un fossoyeur aujourd'hui même, et un prêtre pour demain ; elle aurait voulu être enterrée à Santo Spirito. Voulez-vous avoir l'amabilité…

— Ce serait un honneur pour moi, Madonna Lisa, répondit solennellement Pic avant que je puisse terminer. En attendant…

Il se tourna vers mon père, qui berçait toujours le corps de ma mère.

— Portons-la à l'intérieur.

— Dans ses appartements, dis-je. Zalumma, précède-les, et recouvre son lit afin qu'il ne soit pas souillé ; demande aussi aux servantes d'apporter des serviettes et de l'eau.

Mon père serra le corps contre lui.

— Je la porterai moi-même.

— Allons, dit Pic pour l'apaiser. Vous avez besoin d'aide, au moins pour la sortir du carrosse.

Mon père gardait ses distances avec Pic, évitant son regard, mais il finit par acquiescer. Les hommes soulevèrent ma mère pour la tirer du carrosse, mais dès qu'elle fut dehors, mon père la reprit des mains de Pic.

— Je la tiens.

Comme il n'entendait pas se laisser amadouer, Pic partit pour Santo Spirito. Zalumma se hâta pour entrer dans la maison avant nous.

Je précédai mon père.

— *Ave Maria, gratia plena Dominus tecum, benedicta tu…* murmurait-il avec ferveur. Dieu tout-puissant, faites que son âme puisse monter rapidement vers Vous. Cet enfer, et tout cela par ma faute, depuis le départ…

Animé d'une force soudaine, il pénétra dans la maison sans ralentir le pas et gravit d'un même élan les marches hautes de l'escalier.

Zalumma, les yeux rouges mais provisoirement calme, attendait à la porte des appartements de ma mère.

— L'eau pour la laver arrive, dit-elle, et j'ai préparé le lit.

Avec un soin infini, mon père déposa ma mère sur la couche recouverte de vieux draps.

— Viens, dis-je, enlevons cela.

Je pris la belle cape de velours émeraude, dont la bordure d'hermine était raidie par le sang séché. Zalumma m'aida à la tirer de sous ma mère. Quand ce fut fait, mon père tomba à ses genoux, saisit la main de ma mère et l'embrassa.

Des gémissements se firent entendre en bas quand le cocher commença à raconter ce qui s'était passé aux autres serviteurs. L'eau et les serviettes arrivèrent.

— Il faut sortir maintenant, dis-je à mon père agenouillé. Nous devons la laver.

Il secoua la tête, s'agrippant à ma mère.

— Il faut prier pour elle. Prier jusqu'à ce que Dieu nous envoie un signe pour nous dire qu'elle est au paradis et ne souffre plus. *Adveniat regnum tuum.* Que Votre règne arrive.

— Assez de prières pour aujourd'hui ! Partez !

Les yeux de Zalumma étaient pleins de fureur.

Je m'interposai.

— Père, vous pouvez continuer dans une autre pièce, si vous le désirez.

Je détachai doucement sa main de celle de ma mère puis l'aidai à se relever.

— Nous n'en avons pas pour longtemps, lui dis-je.

Je le conduisis à la porte et la refermai résolument derrière lui.

Je me retournai alors vers le lit. Zalumma regardait sa maîtresse avec un mélange de chagrin et d'amour. L'instant d'après, nous nous jetâmes dans les bras l'une de l'autre en sanglotant.

— Comment est-ce possible ? soufflai-je, le menton sur son épaule. Comment Dieu peut-il être l'auteur de quelque chose de si affreux ?

— Dieu donne aux hommes le choix de faire le bien ou le mal, murmura Zalumma. Trop souvent, ils choisissent le mal.

J'avais aimé ma mère plus que tout au monde ; quant à mon père, les sentiments que je lui portais ne pouvaient plus être les mêmes qu'avant le drame. Il ne restait plus que Zalumma maintenant. Ma mère et les soins qu'elle nécessitait nous avaient unies par le passé ; il nous faudrait trouver une nouvelle raison d'être.

Zalumma me tapota dans le dos comme si j'étais une enfant.

— Assez, assez, dit-elle en soupirant.

Je m'écartai un peu et me calmai.

— Regarde-toi, lui dis-je, soudain animée à la vue de son halo de cheveux et des traînées brun-rouge sur son visage. Tu ferais peur au guerrier le plus farouche.

— Je pourrais t'en dire autant, répondit-elle avec un petit sourire. Nous ferions bien de nous laver d'abord les mains, mais ensuite il faudra se hâter.

Son visage s'assombrit et ses yeux se remplirent de larmes.

— Elle ne va pas tarder à devenir raide.

Nous nous mîmes au travail, chacune d'un côté du lit. Il fallut d'abord délacer les magnifiques manches de brocart brodées d'or, puis lui enlever la lourde robe de dessus en velours vert. Celle plus près du corps, la *gamurra*, venait ensuite, et en dernier, la chemise en soie ivoire, la *camicia*, tachée de sang. Quand elle fut nue, Zalumma lui ôta sa bague d'émeraude et me la remit solennellement. Boucles d'oreilles, collier, tout devait être enlevé ; aucun ornement n'était permis.

Par respect, Zalumma me tendit une serviette pour me laisser le soin d'enlever le sang du visage meurtri de ma mère. Je rinçai à plusieurs reprises le linge dans la cuvette, jusqu'à ce que l'eau devienne trouble.

Zalumma s'en aperçut.

— Je vais chercher de l'eau propre, dit-elle.

J'avais nettoyé le visage de ma mère et Zalumma ses mains, mais il y avait encore du sang sur son cou et sa poitrine.

Quand elle fut sortie, je pris dans l'armoire de ma mère sa plus belle *camicia* en laine, ainsi qu'un voile en lin. Les lois imposaient qu'elle soit vêtue d'un simple vêtement blanc, en laine ou en lin. Je trouvai son peigne et m'efforçai de démêler ses cheveux. Je commençai par peigner les extrémités, puis remontai doucement vers le cuir chevelu. Sa chevelure sentait l'eau de rose et le fer.

En la coiffant, je tenais sa tête dans une main pour atteindre les mèches de sa nuque avec l'autre. A un endroit, je sentis les dents du peigne s'enfoncer légèrement, puis remonter.

Je m'arrêtai, posai le peigne et, cherchant de mes doigts tremblants, je découvris une légère dépression dans son crâne, entre sa tempe et son oreille gauche. J'écartai alors les cheveux et vis la cicatrice.

Ma mère avait toujours insisté pour que personne d'autre que Zalumma ne la coiffe. Elle ne m'avait jamais laissée toucher ses cheveux.

A cet instant, Zalumma revint, en avançant avec précaution pour ne pas renverser l'eau propre. En voyant mon air bouleversé, elle ouvrit grand les yeux. Elle posa la cuvette sur la table de chevet et referma la porte.

— Elle a été blessée à la tête, lui dis-je sous le coup de l'émotion. Il y a une cicatrice.

Je la suivis du regard pendant qu'elle essorait soigneusement deux serviettes ; elle s'approcha de moi et m'en tendit une.

— Tu le savais. Tu l'as toujours su. Pourquoi ne pas me l'avoir dit ? Tu y avais fait allusion ; en réalité, tu le savais avec certitude.

La serviette pendait entre ses mains. Elle baissa la tête, émue. Quand elle la releva enfin, elle avait un regard décidé. Mais avant qu'elle puisse dire le moindre mot, on frappa à la porte.

Mon père entra sans y être invité. A la vue de sa femme morte sur le lit, il tressaillit et détourna son regard.

— Je vous en supplie, dit-il, laissez-moi prier pour elle ici. Je veux rester avec elle, avant qu'elle parte pour toujours.

Zalumma se tourna vers lui, les poings serrés, comme prête à frapper.

— Comment osez-vous ! dit-elle, furieuse. Comment osez-vous, alors que vous êtes le seul responsable de tout cela !

— Zalumma, rectifiai-je, mon père a eu tort de l'emmener voir Savonarole, mais son intention était bonne, il voulait sa guérison.

— C'est vrai ! poursuivit-elle avec colère. Vous avez achevé ce que vous avez commencé il y a longtemps. Allez-vous-en, partez tout de suite, et laissez-nous nous en occuper !

Mon père battit en retraite, fermant la porte derrière lui sans mot dire.

Zalumma resta face au battant, tout son corps tendu et tremblant. Je posai une main sur son épaule mais elle se dégagea, puis se tourna soudain vers moi. Toute la haine qu'elle avait refoulée pendant des années pouvait enfin se déverser.

— Il l'avait frappée ! Tu comprends ? Il l'avait frappée ! Et je n'avais pas le droit d'en parler de son vivant !

18

Je me sentais comme saint Sébastien, percée de centaines de flèches, blessée à mort. J'étais incapable de répondre.

Nous terminâmes la toilette de ma mère en silence ; puis nous lui passâmes sa *camicia* de laine et fixâmes le voile de lin sur ses cheveux défaits.

Nous sortîmes, et j'appelai les serviteurs pour qu'ils viennent la chercher. Mais je ne me souviens plus des mots que j'employai.

Pendant son enterrement, mon père proclama à voix haute que Savonarole avait raison : *adveniat regnuum tuum*, la fin du monde était proche – ce qui était une bonne chose pour lui, car cela signifiait qu'il retrouverait bientôt sa Lucrezia adorée.

Ensuite, à la tombée de la nuit, il vint me voir.

J'étais seule dans la chambre de ma mère, avec l'intention de dormir dans son lit, lorsqu'on frappa à la porte.

— Entre, dis-je, pensant que Zalumma venait de nouveau me supplier de manger quelque chose.

Mon père se tenait à la porte, encore vêtu de sa large robe noire, le *mantello* du deuil.

— Zalumma, dit-il timidement. Elle était en colère... T'a-t-elle dit quelque chose ? A propos de ta mère et de moi ?

Je le regardai avec mépris.

— Elle m'en a assez dit.

— Assez ?

L'appréhension que je lus dans ses yeux me le fit détester encore davantage.

— Assez pour me faire regretter d'être votre enfant.

Il releva le menton et battit des paupières à plusieurs reprises.

— Tu es tout ce qu'il me reste maintenant, dit-il d'une voix rauque. Ma seule raison de vivre.

Ma réponse cruelle lui avait apparemment donné la réponse qu'il cherchait, car il fit demi-tour et sortit rapidement.

Cette nuit-là, je rêvai de ma mère : nous nous étions trompés, elle n'était pas morte, le frère Domenico ne l'avait pas tuée. Au milieu d'un rêve, je fus réveillée non par l'émotion, mais par un bruit dans la pièce. Je relevai la tête et aperçus la haute silhouette de Zalumma dans le noir. Elle se dirigeait vers le matelas posé par terre à côté du lit de ma mère, où elle avait toujours dormi. Puis elle vit que j'étais éveillée et que je la regardais.

— Je suis ton esclave maintenant, dit-elle.

Sur ces mots, elle s'allongea sur le sol près de moi et se prépara à dormir.

19

Le bonheur avait déserté la maison. Zalumma et moi devînmes inséparables, mais notre temps était entièrement employé à des tâches domestiques sans intérêt. Je continuai à faire ce que je faisais précédemment, toujours accompagnée par Zalumma et le cocher : aller au marché, à la place de ma mère, par les jours gris d'hiver, acheter la viande chez le boucher, faire les courses nécessaires pour assurer la bonne marche du ménage. Mais je n'avais plus personne pour me donner des instructions ; les décisions m'appartenaient.

J'évitais mon père autant que possible. Nous étions mal à l'aise lorsque nous dînions ensemble ; souvent, le soir, il restait tard en ville, prétextant du travail, et je dînais seule. Malgré mon désir de me montrer affectueuse et de lui pardonner, comme l'avait fait ma mère, je ne parvenais pas à cacher mon ressentiment. Je ne pouvais être généreuse. Pas une seule fois il ne me vint à l'esprit de lui demander pardon pour mes paroles cruelles, car elles reflétaient la pure vérité.

Dans son malheur, il se raccrocha à l'enseignement de Savonarole. Il répétait souvent ce que disait le frère, que la fin du monde était proche, car c'était cela – ou la mort – qui pourrait le rapprocher de sa chère Lucrezia. Il n'avait sans doute pas d'autre choix : il lui fallait croire que Dieu avait pris sa femme pour lui épargner la souffrance ; sinon, il se serait senti en grande partie coupable de sa mort. Sinon, il aurait été obligé de considérer Savonarole et ce benêt de Domenico comme des assassins. Il assistait à la messe à San Marco deux fois par jour, Jean Pic toujours à ses côtés.

Pic devint un habitué de notre maison. Mon père et lui se

mirent à s'habiller de la même façon, avec des vêtements noirs, simples, qui auraient pu passer pour des habits de prêtres s'ils n'avaient pas été si parfaitement taillés dans une étoffe magnifique. Bien qu'il reçût le comte avec égards – veillant à ce qu'on lui servît les mets les plus savoureux et les meilleurs vins –, il manifestait une certaine réticence à son endroit, qui n'existait pas avant le décès de ma mère.

Au dîner, mon père répétait ce que frère Jérôme avait dit. Il s'efforçait de trouver la bonne tournure de phrase, d'évoquer précisément une émotion ressentie, tout ce qui pourrait m'inciter à lui pardonner et à l'accompagner à San Marco. Je ne répondais jamais à ses assertions et me préoccupais uniquement de la nourriture placée devant moi.

Deux fois par jour, quel que soit le temps, je me rendais avec Zalumma à l'église de Santo Spirito. Je ne le faisais pas par piété – j'en voulais encore beaucoup à Dieu – mais pour me rapprocher de ma mère. Santo Spirito avait été son refuge préféré. Je m'agenouillais dans l'église froide et fixais le Christ délicatement sculpté dans le bois. Son visage n'exprimait pas la souffrance, seulement le repos. J'espérais que ma mère partageait cette paix avec Lui.

Trois semaines s'écoulèrent ainsi. Puis, un soir, alors que j'avais dîné seule, on frappa à ma porte.

Je lisais le précieux exemplaire de Dante de ma mère, essayant d'imaginer dans quel cercle du paradis frère Jérôme pouvait se placer, et dans quel cercle de l'enfer je le mettrais.

Zalumma était près de moi. Elle avait pleuré ma mère en cachette, dissimulant ses larmes, mais elle l'avait connue bien plus longtemps que moi. Quand il m'arrivait de me réveiller la nuit, après de mauvais rêves, je la trouvais assise, immobile, dans le noir. Pendant la journée, elle se dévouait à moi corps et âme. Quand on frappa ce soir-là, elle plissait les yeux près de notre lampe à huile, occupée à broder un mouchoir pour ma *cassone*, mon trousseau de mariage.

— Entrez, dis-je à contrecœur, ayant reconnu la façon de frapper et n'ayant aucun désir de faire la conversation.

Mon père entrouvrit la porte, encore vêtu de son lourd manteau noir avec sa toque.

— Il y a des tissus en bas, dans la grande salle, dit-il d'une voix lasse en s'appuyant contre le chambranle. J'ai demandé aux serviteurs de les étaler pour toi. Il y en avait trop pour te les monter.

Il parut sur le point de s'en aller, comme si ces mots tenaient lieu d'explication.

— Des tissus ?

Ma question le fit hésiter.

— Choisis ce qui te plaira, et je ferai venir un tailleur. Il te faut une nouvelle robe. Ne te soucie pas de la dépense. Elle doit être aussi seyante que possible.

A côté de moi, Zalumma – qui avait aussi tout fait pour ignorer mon père depuis la mort de ma mère – releva soudain la tête.

— Pourquoi ?

Je ne pouvais pas imaginer ce qui l'avait incité à agir ainsi, sinon un désir soudain de regagner mon affection. Mais ce genre de comportement était en totale opposition avec les enseignements de Savonarole. Le frère voyait d'un mauvais œil l'élégance vestimentaire.

Il soupira. La question devait le vexer ; il répondit à contrecœur.

— Tu dois assister à une réception chez Laurent de Médicis.

Il Magnifico – la cible même des sermons de Savonarole contre la richesse et les excès en tout genre ! J'étais trop stupéfaite pour répondre.

Il fit demi-tour et redescendit rapidement l'escalier, indifférent à mes appels.

Nous descendîmes ce soir-là, Zalumma et moi, et revînmes le lendemain matin pour admirer le cadeau de mon père à la lumière du jour.

Dans la salle de réception, les tissus les plus somptueux de Florence – un surprenant défi aux lois, de la part de mon père – avaient été soigneusement étalés pour former un ensemble éblouissant. Ce n'étaient plus les couleurs sombres convenant à l'enfant d'un des *piangioni* de Savonarole. Il y avait des bleu paon, des turquoises, des bleu violet et des safran vif, des verts et des roses éclatants ; des teintes pastel connues sous le nom de « fleur de pêcher », « cheveux d'Apollon » et « saphir rose ». Pour la *camicia*, il y avait des soies blanches arachnéennes brodées de fils d'argent et d'or avec, à côté, une assiette pleine de perles d'eau que l'on pouvait y ajouter. Il y avait des damas luisants, des brocarts somptueux, des velours unis ou frappés et des velours de soie plus fins, avec des fils d'or et d'argent. Ce qui attira mon attention, ce fut le *cangiante*, une soie tissée comme un taffetas rigide. Quand on le tenait à la lumière, il reflétait d'abord une couleur écarlate intense, et quand on le bougeait doucement, il prenait une teinte émeraude.

Nous étions, Zalumma et moi, comme des enfants devant un plat de gâteaux : nous prîmes plaisir à dérouler les tissus, à en rapprocher certains pour mieux imaginer le vêtement fini. Je les drapai sur mon épaule, m'enroulai dedans, puis regardai dans le miroir de ma mère quelle couleur m'allait le mieux ; Zalumma me donna franchement son avis à chaque essai. Pour la première fois depuis des semaines, nous nous amusions discrètement.

Puis une pensée me traversa l'esprit, et mon humeur en fut assombrie. Pourquoi mon père, si pieux, voulait-il que j'assiste à une soirée au palais Médicis ? La mort de ma mère était trop récente pour qu'on me voie en robe de fête. Et, en vertu de son dévouement à Savonarole, n'était-il pas maintenant un ennemi des Médicis (les affaires n'ayant, bien entendu, rien à voir avec les choses de l'âme, il continuait néanmoins à leur vendre ses marchandises) ? Il ne pouvait y avoir qu'une seule explication à son souhait d'envoyer sa fille dans ses plus beaux atours chez *il Magnifico*. Laurent servait d'agent matrimonial officieux à toutes les familles riches de Florence. Aucun enfant issu des classes supérieures n'osait se marier sans son approbation, et la plupart des familles préféraient que Laurent choisisse l'époux ou l'épouse. J'allais être examinée, jaugée comme du bétail avant l'abattage. Mais la plupart des mariées avaient au moins connu quinze étés.

J'étais un reproche vivant pour mon père ; ma présence dans la maison lui rappelait constamment la façon dont il avait gâché la vie de ma mère.

— Je n'ai pas encore treize ans, dis-je en laissant tomber le *cangiante* enchanteur sur mes genoux. Et pourtant, il a déjà hâte de se débarrasser de moi.

Zalumma reposa un superbe velours uni, le lissa de la main et me regarda fixement.

— Tu es trop jeune, dit-elle. Mais sieur Laurent a été très malade. Peut-être ton père souhaite-t-il simplement son avis, pendant qu'il est encore des nôtres.

— Pourquoi mon père prendrait-il conseil auprès de lui s'il ne voulait pas me marier rapidement ? Pour quelle autre raison solliciter l'avis d'un Médicis ? Pourquoi ne pas attendre et me faire épouser un *piangione* ?

Zalumma alla vers une somptueuse pièce de damas couleur céleri, la souleva. Le soleil se refléta sur sa surface, révélant un motif de guirlandes tissé dans l'étoffe.

— Tu pourrais refuser, dit-elle. Et, comme tu le dis, attendre encore quelques années pour épouser un des pleureurs de Savonarole.

Elle inclina son beau visage vers moi.

— Tu pourrais laisser *il Magnifico* faire le choix. Si j'étais la jeune fille en question, je me rallierais à cette solution.

Je réfléchis quelques instants à ce qu'elle disait, puis posai le *cangiante* de côté. Bien que le jeu des couleurs fût séduisant, la matière était trop raide, et le rouge et le vert trop intenses pour mon teint. Je me levai, pris le damas des mains de Zalumma, le posai à côté d'un velours bleu-vert profond, avec un motif de feuilles de vigne en satin.

— Ceci, dis-je en posant un doigt sur le velours, pour le corsage et la jupe, bordé de damas. Et le brocart avec du vert et du violet pour les manches.

La robe fut confectionnée en une semaine, après quoi on me prévint qu'il fallait attendre. La santé d'*il Magnifico* déclinait, et il n'était même pas certain que la soirée puisse avoir lieu. Curieusement, j'en fus soulagée. Même si je n'appréciais pas de vivre sous le toit de mon père, l'idée d'aller chez un inconnu me plaisait encore moins. Mon installation dans les appartements de ma mère faisait resurgir des souvenirs terribles, mais cela m'avait aussi apporté un étrange réconfort.

Une deuxième semaine s'écoula ; puis, au dîner, contrairement à son habitude, mon père resta silencieux. Alors qu'il répétait souvent les paroles du frère, disant que Dieu avait emmené ma mère au paradis par bonté, son regard trahissait le doute et la culpabilité.

Je ne supportais pas de le regarder ; je terminai rapidement mon repas. Quand je lui demandai de m'excuser pour sortir de table, il m'interrompit :

— *Il Magnifico* t'a demandée, dit-il d'un ton brusque. Demain, en fin d'après-midi, je dois t'emmener au palais de la Via Larga.

20

Je ne devais pas, insista mon père, parler de tout cela à quelque serviteur que ce soit, autre que Zalumma. Même le cocher ne devait pas être au courant ; mon père m'emmènerait lui-même, dans le carrosse qu'il réservait à ses affaires.

Le jour suivant, je fus prise d'anxiété. J'allais être soumise à un examen, mes attributs, bons ou mauvais, évalués afin de décider de mon avenir. J'allais être scrutée et critiquée par Laurent ainsi que, probablement, par un groupe de femmes bien nées. Ma confiance en moi diminua encore d'un cran quand j'appris que Zalumma n'aurait pas le droit de m'accompagner.

La robe, habilement confectionnée pour suggérer les formes d'une femme là où elles n'existaient pas encore, était plus somptueuse que tout ce que j'avais porté jusqu'alors. Les jupes amples, avec une courte traîne, étaient faites du velours bleu-vert profond aux motifs de feuilles de vigne ; le corsage, du même velours, avec des applications du damas céleri ; la taille haute avec une ceinture en argent délicatement ciselé. Les manches étaient fendues et ajustées, en brocart tissé de fils turquoise, vert et pourpre, entrelacés de fils d'argent. Zalumma tira ma *camicia* à travers les crevés et la fit bouffer comme le voulait la mode ; j'avais choisi la soie blanche arachnéenne, avec des fils d'argent.

Ma coiffure ne fut pas aussi réussie. Je portais un bonnet en brocart bordé de petites perles, et comme je n'étais pas encore mariée, j'avais le droit de laisser mes cheveux tomber librement sur mes épaules. Mais mes boucles rebelles avaient besoin d'être domptées. Zalumma tenta de les ordonner au fer, mais ses efforts ne servirent à rien, et le résultat fut pire qu'avant.

Comme nous étions fin février, je passai une chasuble sans manches en brocart, bordée d'une bande épaisse de damas et d'hermine. Elle était ouverte au milieu pour laisser voir la robe. Au cou, je mis le collier de perles d'eau de ma mère, avec un grand pendentif en aigue-marine ; il avait été prévu pour arriver juste au-dessus du corsage et reposait, tout froid, contre ma peau.

Avant de partir, Zalumma m'attira devant un miroir en pied. J'en fus suffoquée. Je ne m'étais jamais vue si belle ; je n'avais jamais autant ressemblé à ma mère.

Quand elle me conduisit à mon père qui m'attendait en bas, je crus qu'il allait pleurer.

Je pris place à côté de lui dans l'attelage, comme je l'avais souvent fait pour l'accompagner dans ses tournées chez les nobles. Je portais une cape en laine bleu foncé pour cacher mes beaux atours et être en accord avec les lois somptuaires.

Tandis qu'il guidait l'attelage, mon père se montra triste et peu bavard ; il regardait le paysage de fin d'hiver, plissant les yeux à cause du soleil. Il portait ses vêtements habituels, une simple tunique en laine noire, des guêtres usées et un manteau noir – tenue peu appropriée à la réception à laquelle nous nous rendions.

L'après-midi était d'une fraîcheur plaisante, avec l'odeur de fumée d'innombrables cheminées. Nous longeâmes l'Arno, puis traversâmes le Ponte Vecchio, où la plupart des magasins étaient encore ouverts. Je me souvins avec quelle joie j'avais emprunté le vieux pont la dernière fois, en compagnie de Zalumma et de ma mère, combien je m'étais réjouie de découvrir les superbes œuvres des artistes et des orfèvres ; à présent, en compagnie de mon père, je n'y trouvai pas le moindre plaisir.

En parvenant à la Via Larga, je m'aperçus que je n'avais plus beaucoup de temps avant d'arriver à destination, si je voulais poser la question qui me brûlait la langue.

— Frère Jérôme réprouve les Médicis, dis-je. Pourquoi m'emmenez-vous chez Laurent ?

Mon père regarda le paysage, se caressant la barbe.

— A cause d'une promesse que j'ai faite, il y a longtemps.

Dans ce cas, peut-être Zalumma avait-elle raison. Peut-être ma mère avait-elle demandé que le mari de sa fille soit choisi par le plus sage des agents matrimoniaux de la ville, et mon père, toujours épris de sa femme et non de Savonarole, avait-il acquiescé. Et, sachant que la santé de Laurent déclinait, mon père prenait la précaution de choisir le marié bien à l'avance.

Peu après, nous arrivâmes devant les portes du palais de Laurent. Un homme en armes ouvrit la grille, puis nous nous dirigeâmes vers les écuries. J'attendis que mon père se lève pour m'aider à descendre, me tendre le bras afin de m'escorter jusqu'au palais. Pour la première fois depuis des années, je lui étais reconnaissante de sa présence.

— Attends, dit-il à ma grande surprise en levant le bras pour m'empêcher de me lever. Ne bouge pas.

Je restai assise en me demandant ce qui allait arriver. Quelques minutes plus tard, les portes latérales du palais s'ouvrirent et un homme – suivi de deux gardes – sortit lentement, appuyé sur une canne en bois et en or, délicatement sculptée.

Depuis que je l'avais vu, plusieurs mois auparavant, Laurent avait vieilli ; âgé d'une quarantaine d'années, il en paraissait au moins dix de plus. Sa peau était relâchée, jaunâtre. Seule sa chevelure noire, sans la moindre mèche grise, indiquait un homme encore jeune.

Tout en s'appuyant sur sa canne, il marchait avec élégance et dignité, et l'air d'un homme sûr de lui, persuadé de son importance. Jetant un coup d'œil par-dessus son épaule en direction d'un des gardes, il fit un signe de tête ; l'homme accourut pour me donner le bras et m'aider à descendre.

Mon père suivit, s'inclinant devant notre hôte.

— Que Dieu soit avec vous, sieur Antonio, dit *il Magnifico* en venant vers nous.

— Et avec vous, sieur Laurent, répondit mon père.

— Voilà donc notre Lisa ?

— C'est elle.

— Madonna Lisa.

Laurent inclina le haut du corps avec raideur.

— Pardonnez-moi de ne pas pouvoir mettre le genou en terre devant une si belle jeune femme.

— Sieur Laurent.

Bien que troublée, je fis une profonde révérence.

— Lisa, dit mon père à voix basse, je te laisse aux bons soins de sieur Laurent. Je serai ici, dans la chapelle, en train d'assister aux vêpres. Quand tu seras prête, je viendrai te chercher.

— Mais, père... commençai-je.

Avant que je puisse continuer, il s'inclina à nouveau devant sieur Laurent, puis suivit un des gardes à l'intérieur du palais.

J'étais abandonnée à mon sort. Les intentions de mon père m'apparaissaient clairement maintenant : personne, en dehors des parties concernées, ne saurait jamais qu'il m'avait amenée ici. Même ceux qui nous avaient vus franchir les grilles ne pourraient penser qu'il s'agissait d'autre chose que d'affaires. Mon père apportait des tissus de laine à sieur Laurent, en compagnie de sa fille, comme il en avait l'habitude.

Prise de panique, je me tournai vers *il Magnifico.*

Il souriait de manière engageante. Son regard était extraordinaire : plein de bonté, rassurant, avec, au fond, une intelligence et une sensibilité stupéfiantes.

— N'ayez pas peur, jeune Madonna, dit-il d'une voix nasale. Votre père a des raisons aussi bien personnelles que religieuses de ne pas se sentir à l'aise avec nous ; il est plus humain de le délivrer d'une telle obligation, ne pensez-vous pas ?

Il me tendit son bras libre et j'y glissai le mien, de façon que ma main repose légèrement sur son poignet. Ses doigts étaient noueux, si déformés qu'il pouvait à peine tenir sa canne. Il ne devait plus manier de plume depuis plusieurs années.

Nous nous mîmes en marche. Sentant qu'il s'appuyait lourdement sur sa canne, je m'efforçai d'être davantage une aide qu'une gêne.

— Oui, répondis-je platement, incapable de trouver autre chose à dire. Il n'a jamais aimé les mondanités. Je ne me souviens même pas de la date à laquelle il a assisté à une réception pour la dernière fois.

— Je crains que vous ne soyez obligée de vous contenter de moi comme cavalier, pour ce soir, dit-il en se dirigeant vers l'entrée. J'en suis désolé. Toutes les jeunes femmes en âge de se marier qui sont venues ici étaient plutôt nerveuses, mais au moins, elles pouvaient compter sur la présence de leur famille pour les réconforter.

— Leur mère et leurs sœurs, ajoutai-je, pensant que je n'avais ni l'une ni l'autre.

Il acquiesça, puis me dit doucement :

— J'espère, chère Lisa, que vous n'êtes pas trop mal à l'aise.

— Je suis terrorisée, répondis-je avec sincérité avant de me mettre à rougir de ma candeur.

Il leva le visage vers le soleil couchant et se mit à rire.

— J'aime votre franc-parler, Madonna. Vous mènerez votre barque beaucoup mieux que la plupart.

Nous passâmes devant des gardes en armes, puis empruntâmes un large couloir avec un sol en marbre, et une exposition d'armures et d'armes vieilles de plusieurs siècles. De là, nous prîmes un autre corridor, dont les murs étaient ornés de tableaux dans des cadres dorés.

— J'ai présenté mes condoléances à votre père pour la mort de votre mère, dit sieur Laurent. J'aimerais vous les présenter également maintenant. Madonna Lucrezia était une femme exceptionnelle, d'une grande beauté et extrêmement intelligente ; jamais je ne connus âme plus noble.

Je le regardai avec méfiance.

— Vous la connaissiez ?

Il sourit tristement.

— Quand elle était plus jeune, et en bonne santé.

Il n'en dit pas davantage, car nous étions arrivés au bout du couloir, devant de grandes portes en arc de cercle. Deux domestiques, un de chaque côté, les ouvrirent.

Je m'attendais à une pièce de taille moyenne avec, tout au plus, une dizaine de nobles florentins. Je découvris quelque chose de tout à fait différent.

La salle, haute de plafond et vaste comme une église, aurait pu contenir plus de cent personnes. Bien que le soleil ne fût pas encore couché, des torches et des candélabres de toute sorte étaient allumés. Trois cheminées avec de grands feux maintenaient dans la pièce une chaleur plaisante. Des armures anciennes et des armes y étaient également exposées, avec des bustes en marbre posés sur des piédestaux, des tapisseries d'une beauté à vous couper le souffle. L'une d'elles, dans les couleurs bleu et or de Florence, représentait les armoiries des Médicis avec les *palle*. Des tableaux aux sujets païens recouvraient les murs ; là où il n'y en avait pas, on avait accroché des guirlandes enrubannées et des masques élaborés, en hommage au carnaval.

Des tables de banquet, repoussées contre les parois, étaient chargées d'agneau rôti, de porc, de toutes les sortes de volaille imaginables, ainsi que de noix, de fruits, de pain, de fromage et de douceurs. Il n'y avait pas de dîner formel prévu ; les mets étaient à la disposition de tous les invités à tout moment ; des domestiques apportaient les assiettes et les couverts, d'autres des gobelets et des carafons de vin. Les invités se servaient et restaient à discuter debout, ou s'asseyaient sur des chaises savamment regroupées.

J'étais la dernière arrivée. Le vin devait couler à flots depuis un certain temps, car la conversation allait bon train et couvrait presque la musique. Il devait y avoir une bonne trentaine de personnes dans la salle.

Avec une seule représentante du sexe féminin : moi.

Comme c'était la coutume lorsqu'on présentait une jeune fille à marier, je m'attendais que toute conversation cesse, que tous les hommes se retournent, que Laurent annonce que j'étais arrivée. Je pensais être examinée sous tous les angles.

Mais Laurent ne dit rien ; lorsque nous entrâmes, les hommes, répartis en petits groupes, certains s'amusant, d'autres discutant, ne firent nullement attention à nous.

Je parcourus des yeux l'assistance, pensant découvrir au moins un visage féminin, peut-être celui de la belle-fille de Laurent, Madonna Alfonsina, mais elle n'était nulle part. C'était uniquement une réunion de gentilshommes, et je ne pus m'empêcher de me demander si mon futur mari se trouvait parmi eux.

— Ce sont mes amis, dit Laurent en haussant la voix pour

surmonter le bruit. Je n'ai pu profiter de leur compagnie ces derniers temps. Comme c'est l'époque du carnaval, je me suis dit qu'ils apprécieraient un peu de divertissement.

Il inclina la tête vers moi en souriant.

— J'espère qu'il en sera de même pour vous.

Il fit signe à un domestique, qui m'apporta un gobelet en or incrusté de lapis-lazuli d'un bleu profond. Il contenait du vin étendu d'eau, le plus délicieux que j'aie jamais goûté.

— Le gobelet est très plein, remarquai-je, puis je me maudis en silence.

— Peut-être en aurez-vous besoin, dit-il d'un air enjoué.

Je n'en doutais pas.

— N'en prendrez-vous pas ?

Il secoua la tête avec un sourire contrit.

— Il y a longtemps que je ne m'autorise plus de tels plaisirs. Venez.

Il leva les yeux, désignant du menton un petit groupe d'hommes assis au centre de la pièce.

— J'aimerais vous présenter quelques-uns de mes amis les plus chers.

Je bus une gorgée de vin. J'allais bel et bien être jugée, et par les intimes de la famille. J'affichai un sourire modeste puis m'avançai avec mon hôte.

Il Magnifico nous mena à un groupe de quatre hommes, dont trois étaient assis et le dernier debout près d'une table portant des assiettes pleines de nourriture et des gobelets de vin. L'homme debout, celui qui parlait, devait approcher la cinquantaine. Ses cheveux blonds étaient striés de gris, il était bien en chair, avec un visage glabre bouffi par la boisson ; il avait dû être beau étant jeune car il avait des lèvres sensuelles, de grands yeux aux paupières lourdes. Riche, sans aucun doute, il portait un *farsetto* en velours saphir sous un manteau bleu ciel élégamment drapé. D'une main, il tenait une petite assiette débordant de nourriture, et de l'autre, une minuscule cuisse de caille rôtie, à laquelle il s'adressait comme si elle pouvait l'entendre.

— Hélas, pauvre oiseau, dit-il d'un ton moqueur, quelle tragédie pour toi de n'avoir pu être secourue par notre ami ici présent, et quelle chance pour moi d'avoir pu faire ta connaissance avant lui !

Sur le côté était assis un jeune homme aux cheveux et aux yeux noirs d'environ dix-huit ans, dont le front large paraissait en équilibre instable sur une mâchoire tellement rentrée qu'on avait l'impression qu'il avait perdu toutes ses dents. Et, comble de tout, il avait les yeux exorbités, l'air boudeur. Il buvait son vin à petites gorgées pendant que les autres bavardaient. Le deuxième était un vieil homme sec, presque complètement chauve à part quelques petites mèches sur les tempes. Et le troisième…

Ah, le troisième. Le troisième, l'« ami » à qui se référait celui qui parlait, devait avoir entre trente et quarante ans. Il était difficile de lui donner un âge, car ses vêtements et son allure n'étaient pas du tout à la mode. Ils auraient été plus appropriés dans la Grèce antique, ou dans l'ancienne Rome. Il portait une tunique rose qui lui arrivait aux genoux, mal taillée dans un tissu banal. Ses cheveux châtains, avec des mèches or et argent, tombaient en vagues régulières presque jusqu'à sa taille, et sa barbe, également ondulée, était tout aussi longue. Malgré l'originalité de son habillement, il ne se trouvait rien de plus beau dans la salle. Ses dents étaient blanches et régulières, son nez doit et mince, et ses yeux… Si Laurent était remarquable, cet homme-là était le soleil. Ses yeux trahissaient une sensibilité exacerbée, un esprit acéré.

Mon Dieu, si on doit m'attribuer un seul homme à Florence, faites que ce soit lui, priai-je par-devers moi.

Laurent ne s'approcha pas tout de suite pour ne pas interrompre leur conversation. Au moment où le premier convive s'arrêta de parler, le vieil homme, assis sur une chaise près de mon beau philosophe, le regarda en fronçant les sourcils.

— Est-ce vrai, ce que l'on dit ? lui demanda-t-il. Que vous allez au marché pour acheter des oiseaux en cage et que vous les libérez ?

Mon philosophe eut un sourire charmant ; l'homme debout répondit à sa place.

— Je l'ai accompagné plusieurs fois dans de telles missions, dit-il avant d'enfourner la cuisse rôtie dans sa bouche et d'en ressortir l'os nu.

En mâchant, il ajouta d'une voix assourdie :

— Il fait cela depuis sa plus tendre enfance.

Le vieil homme regarda le philosophe d'un air incrédule.

— Alors, vous ne mangez pas du tout de viande ?

La réponse de mon homme fusa, dénuée de tout jugement, et sans le moindre désir de se justifier.

— Non, monsieur. Je n'en mange pas depuis que je suis adulte.

Le vieil homme eut un mouvement de recul.

— Quelle idée ! Comment avez-vous fait pour survivre ?

— Avec l'esprit seulement, et tout juste, mon cher Marsilo. Avec un peu de soupe aussi, de pain, de fromage, de fruits et de bon vin.

Il leva son gobelet et but une gorgée.

— Mais cela va certainement raccourcir votre vie ! insista Marsilo, sincèrement inquiet. L'homme doit manger de la viande pour être fort !

Mon philosophe posa son gobelet sur la table et se pencha vers lui.

— Voulez-vous vous battre avec moi pour que nous sachions la vérité ? Peut-être pas vous, Marsilo, étant donné votre âge, mais notre Sandro, ici, prendra volontiers votre place.

Il considéra le ventre du mangeur de caille.

— Il a certainement englouti une bonne partie de la viande de Florence. Sandro ! Enlève ton manteau ! Essayons de déterminer qui a raison !

Le vieil homme se mit à rire.

— Ce serait un combat injuste, dit Sandro avec une lassitude feinte. Tu as chevauché toute la nuit depuis Milan pour venir voir Laurent : tu es fatigué. J'ai suffisamment pitié de toi pour ne pas vouloir profiter d'un vieil ami qui, de toute façon, perdrait, même s'il était bien reposé.

Il s'ensuivit une pause ; Laurent s'interposa alors.

— Messieurs.

Ils se retournèrent. Tous, sauf le beau philosophe, semblèrent surpris par la présence d'une jeune fille parmi eux.

— Voici une jeune personne que vous devez connaître.

Laurent dégagea son bras, fit un pas en arrière et me désigna d'un grand geste, comme si j'étais un prix.

— C'est Madonna Lisa di Antonio Gherardini, la fille du marchand de laines.

L'amateur de cailles posa son assiette, mit la main sur son cœur et s'inclina avec cérémonie.

— Sandro Botticelli, humble peintre. Je suis ravi de faire votre connaissance, Madonna.

— Et voici mon cher ami Marsilo Ficino, dit Laurent en montrant le vieil homme, resté assis en raison de son âge et de son infirmité.

Ficino me salua d'un signe de tête indifférent.

— Notre Marsilo est à la tête de l'Académie florentine, en même temps que le célèbre traducteur du *Corpus Hermeticum*, ce qui lui vaut notre respect à tous.

— Un honneur pour moi, messieurs, dis-je aux deux hommes.

Je fis une révérence, espérant que le grand Botticelli ne remarquerait pas le tremblement dans ma voix.

Il avait déjà créé ses plus grands chefs-d'œuvre : *Le Printemps*, bien sûr, et *La Naissance de Vénus*, deux tableaux qui ornaient les murs de la villa de Laurent à Castello.

— Ce jeune homme (Laurent baissa la voix et sourit discrètement au jeune homme brun qui avait du mal à nous regarder) est le talentueux Michel-Ange, qui réside chez nous. Peut-être en avez-vous entendu parler ?

— Effectivement, j'en ai entendu parler, dis-je, enhardie sans doute par la timidité du jeune homme. A l'église de Santo Spirito, que je fréquente, j'ai toujours admiré son magnifique crucifix en bois.

Michel-Ange baissa le regard et cligna des yeux, ce qui devait être une réponse de sa part, car les autres parurent trouver cela normal.

Mon philosophe se leva. Il était mince, grand, et se tenait très droit. Son corps, comme son visage, était parfaitement proportionné. En me voyant, il avait d'abord imperceptiblement reculé, comme s'il était troublé ; puis sa gêne se dissipa, laissant la place à une étrange mélancolie.

— Je m'appelle Léonard, dit-il d'une voix douce, de la petite ville de Vinci.

21

Je réprimai une exclamation de surprise. Je me remémorai le jour où ma mère et moi avions regardé ensemble le dernier portrait sur le mur de la place de la Seigneurie, celui de l'assassin Bernardo Baroncelli, peint d'une main plus sûre, avec plus de raffinement. C'était son auteur.

— Monsieur, dis-je d'une voix émue, je suis honorée de faire la connaissance d'un aussi grand artiste.

Du coin de l'œil je vis Botticelli lui donner un coup de coude, feignant la jalousie.

Il me prit la main et me dévisagea si intensément que j'en rougis ; son regard n'exprimait pas seulement l'admiration, il y avait également une profonde reconnaissance, mêlée d'une affection que je n'avais pas méritée.

— Et moi, Madonna, je suis honoré de rencontrer une œuvre d'art vivante.

Il se baissa pour effleurer de ses lèvres le dos de ma main ; sa barbe était douce comme des cheveux d'enfant.

Je Vous en supplie, répétai-je en silence. Faites que ce soit lui.

— Je croyais que vous étiez établi à Milan maintenant, lui dis-je, étonnée de le voir là.

— Il est vrai que le duc de Milan est mon mécène, répondit-il aimablement en relâchant ma main. Mais je dois ma carrière entièrement à la bienveillance d'*il Magnifico.*

— Un vrai génie, notre Léonard, intervint Botticelli sèchement. A Milan, il peint, il sculpte, il dessine des plans pour des palais somptueux, il dirige la construction de barrages, il joue du luth et chante…

Il se tourna vers son vieil ami.

— Dis-moi, y a-t-il quelque chose que tu ne fasses pas pour le duc ? demanda-t-il d'un ton narquois.

Le vieux Ficino commença à ricaner, puis s'arrêta net, comme s'il se rappelait soudain ma présence et celle de Laurent. Ce dernier jeta un regard d'avertissement aux deux hommes.

— C'est à peu près tout, répondit Léonard avec bonhomie. Bien que j'aie également quelques projets pour modifier la course du soleil.

Un éclat de rire général s'ensuivit, sauf pour Michel-Ange, qui serra son gobelet contre lui comme s'il avait peur du bruit.

— Si quelqu'un peut le faire, c'est bien vous, remarqua Ficino.

— Mon bon Léonard, dit Laurent, redevenant tout à coup sérieux, je souhaitais montrer la cour à Madonna Lisa, mais j'ai besoin d'un moment de repos, et il est également l'heure de m'abreuver d'une de ces potions nocives prescrites par mon médecin. Auriez-vous l'amabilité de me remplacer ?

— Rien ne me ferait plus plaisir.

L'artiste me tendit son bras.

Je le pris, un peu déconcertée, mais ne voulant pas le montrer. Etait-ce un signe qu'*il Magnifico* le considérait comme un éventuel candidat pour moi ? La perspective d'une vie avec cet inconnu célèbre, charmant et talentueux, même dans un Milan lointain, à la cour du duc Ludovic Sforza, me semblait enviable, bien que je fusse trop jeune.

— Je peux donc me retirer un moment.

Laurent prit congé en s'inclinant légèrement.

— Il est parfaitement injuste, dit Botticelli en le regardant partir, qu'un seul d'entre nous ait le plaisir de vous accompagner.

Léonard me conduisit vers des portes au fond de la salle ; des serviteurs, placés de chaque côté, les ouvrirent quand nous nous approchâmes.

— Ne soyez pas nerveuse, Lisa, me dit-il en franchissant le seuil. Je sens en vous une femme intelligente et sensible ; vous êtes parmi vos pairs, et non vos supérieurs.

— Vous êtes très aimable, monsieur, mais je ne possède

aucun talent. Je peux seulement admirer la beauté créée par d'autres.

— Savoir reconnaître la beauté est un don en soi. Sieur Laurent possède ce talent.

Il faisait froid dehors, mais l'air était réchauffé par plusieurs grandes torches ainsi qu'un brasero.

— Madonna, puis-je vous offrir mon manteau ?

Il tourna vers moi son visage parfait ; la lumière du soleil couchant nimba sa peau de corail.

Le vêtement qu'il me proposait était un manteau sombre en laine peu épaisse, usée et rapiécée en plusieurs endroits. Je lui souris.

— Merci, j'ai assez chaud.

— Permettez-moi dans ce cas de vous faire faire une visite rapide.

Il me guida vers le feu. A côté, sur un grand piédestal, se dressait la statue en bronze d'un jeune homme nu aux cheveux longs et bouclés sous un chapeau de berger en paille, au corps tendre, avec des rondeurs de femme. Il se tenait un poing posé de façon aguichante sur la hanche ; l'autre main agrippait le manche d'une épée, dont la pointe reposait sur le sol. A ses pieds gisait la tête grotesque d'un géant.

Je m'en approchai ; le feu se reflétait sur le métal sombre.

— Est-ce David ? demandai-je. Il ressemble à une fille !

Je mis ma main devant ma bouche, gênée d'avoir parlé sans réfléchir. De quel droit osais-je juger ainsi un chef-d'œuvre ?

— Oui, murmura mon guide, vaguement distrait.

Il n'avait pas cessé de me regarder, comme s'il n'avait jamais posé les yeux sur une femme.

— David, par le grand Donatello.

Après un long moment d'absence, il se reprit.

— Il est toujours là ; en fait, il est le gardien de cette cour depuis que Laurent est enfant. Mais d'autres œuvres ont été placées ici pour votre plaisir.

— Pour *mon* plaisir ?

Décidément, Léonard voulait me flatter.

Nous nous approchâmes ensuite d'une paire de bustes, chacun sur son propre piédestal, si érodés que je ne pouvais les identifier.

— Ils paraissent très anciens.

— Ils le sont en effet, Madonna. Il s'agit de César Auguste et du général Agrippa, sculptés au temps de la Rome antique.

Je tendis la main pour toucher celui d'Auguste. Traverser le Ponte Vecchio, construit jadis par des ouvriers romains, était quelque chose de banal, mais le fait de contempler une œuvre d'art reproduisant le visage d'un homme mort plus de mille ans auparavant me remplit d'admiration. Mon guide lâcha mon bras pour me laisser examiner les statues.

— Laurent aime les antiquités, dit-il. Cette maison contient la plus importante collection d'œuvres d'art du monde, aussi bien modernes qu'anciennes.

J'allai vers un autre buste, également en pierre blanche. C'était celui d'un homme âgé, doté d'un gros nez rond et d'une barbe fournie, moins imposante toutefois que celle de Léonard.

— Et lui, qui est-ce ?

— Platon.

Je ressentis aussi le besoin de le toucher, de sentir la pierre froide sous mes doigts, d'imaginer de son vivant l'homme qu'il représentait. Il y avait une autre statue – contemporaine, celle-là – d'Hercule, musclé et robuste, le prétendu fondateur de Florence. A un moment, je fus tellement distraite que je posai mon gobelet, et l'oubliai complètement.

Malgré mon enthousiasme, je commençais à avoir froid. J'étais sur le point de demander à rentrer lorsque mon regard tomba sur un autre buste, grandeur nature, en terre cuite, dans un coin de la cour. C'était un bel homme aux traits affirmés, dans la fleur de l'âge. Ses grands yeux étaient largement ouverts et ses lèvres esquissaient un vague sourire, comme s'il venait d'apercevoir un ami. Il me plut immédiatement.

— Il a un air familier.

Je fronçai les sourcils, essayant de me rappeler où je l'avais vu.

— Vous ne le connaissez pas, rétorqua Léonard.

Derrière sa légèreté apparente, il me sembla discerner dans sa réponse une émotion profonde.

— Il est mort avant votre naissance. C'est Julien de Médicis, le frère de Laurent, qui fut assassiné.

— Il paraît tellement vivant...

— Il l'était, répondit mon guide sans pouvoir cacher son chagrin.

— Vous l'avez donc connu.

— Effectivement. Je l'ai bien connu du temps où j'étais un familier de la maison des Médicis. Jamais ne naquit un être aussi plein de bonté.

— Je le vois.

Je me retournai vers Léonard.

— Qui en est l'artiste ?

— Mon maître Verrochio l'a commencée quand Julien était encore en vie. Je l'ai terminée après sa mort.

Il se tut, tout à son chagrin, puis l'éloigna. D'un geste habile, il saisit un carnet et une plume d'oie qui étaient accrochés à sa ceinture, sous son manteau ; son ton s'anima.

— Madonna, me feriez-vous une faveur ? Me permettriez-vous de faire un rapide croquis de vous, ici, regardant le buste ?

J'étais prise au dépourvu, bouleversée à l'idée que le grand artiste de Vinci daigne faire une esquisse de la fille d'un marchand de laines ; les mots me manquèrent. Léonard ne s'en aperçut pas.

— Mettez-vous ici, Lisa. Un peu plus à droite ? Juste... voilà. Oui. Maintenant, regardez-moi, et détendez-vous. Pensez à Auguste et à Agrippa, et à ce que vous avez ressenti en les touchant. Fermez les yeux, inspirez, et expirez lentement. Maintenant, ne faites plus attention à moi. Regardez plutôt Julien, et rappelez-vous ce que vous avez ressenti en le voyant.

J'essayai de suivre ses instructions, mais je ne parvenais pas à faire abstraction du visage de Léonard, de ses yeux passionnés et intenses qui allaient sans cesse de mon visage au carnet de croquis. La plume d'oie grattait bruyamment le papier.

A un moment, il hésita, la plume à la main : ce n'était plus l'artiste qui me regardait, mais l'homme, avec un mélange de désir et de tristesse. Puis il se reprit et revint à son travail ; le bruit de la plume d'oie s'intensifia.

Le soleil s'était enfin couché : tout devint gris, puis sombre ; l'éclat des torches était plus intense.

— Respirez, me recommanda l'artiste, et je m'aperçus que je retenais mon souffle.

Ce fut difficile, mais je finis par me détendre, par oublier ma peur. Je pensai au sourire de Julien, à son regard bienveillant dirigé vers l'artiste.

Quand je me fus enfin totalement oubliée, mon regard dépassa Léonard, en direction de la fenêtre de la grande pièce où les festivités nous attendaient. La lourde tapisserie avait été tirée sur le côté et un homme nous regardait, se détachant sur la lumière de la pièce.

Son visage était dans l'ombre, mais je reconnus sa silhouette courbée : c'était Laurent de Médicis.

22

Nous retournâmes peu après à la réception. Léonard n'avait eu le temps de faire qu'un croquis – un rapide dessin à l'encre. J'étais un peu déçue ; dans ma naïveté, je m'attendais à voir mon portrait terminé en quelques minutes. Pourtant, il ne faisait aucun doute que l'esquisse me ressemblait, bien qu'elle ne rendît pas la beauté de ma robe et de mon bonnet.

Il Magnifico vint vers nous depuis l'autre bout de la pièce, accompagné d'un garçon d'un ou deux ans plus âgé que moi, et d'un autre d'une vingtaine d'années. En dépit de son état de fragilité et de sa canne, il se déplaçait avec une rapidité remarquable. Arrivé en face de moi, il me prit la main, la serrant si chaleureusement que j'en fus surprise.

— Lisa, ma chère, dit-il. J'espère que vous avez aimé les quelques œuvres exposées dans ma cour ?

— Oui, énormément.

— Ce n'est rien comparé à ce que vous allez voir maintenant.

Il se tourna vers les jeunes gens.

— Permettez-moi tout d'abord de vous présenter mes fils. Voici l'aîné, Piero.

Avec un air d'ennui insolent qui dépassait de loin celui de Botticelli, Piero soupira légèrement en s'inclinant. Grand et large d'épaules, il avait hérité l'arrogance et le mauvais caractère de sa mère défunte, nullement l'humour ou le charme de son père. A Florence, personne n'ignorait qu'il était le successeur désigné de Laurent, et chacun le regrettait.

— Et voici le plus jeune, Julien, dit *il Magnifico* d'un ton plus chaleureux.

Le garçon avait été bien nommé. Il ressemblait peu à son père, avec des traits réguliers, un nez droit et le même regard plein de curiosité qu'avait eu son oncle défunt. Mais il arborait le port élégant de Laurent.

— Madonna Lisa, dit-il. Un plaisir rare.

Tout comme Léonard, il s'inclina et me baisa la main. En se redressant, il la retint si longtemps, en me regardant dans les yeux avec insistance, que je dus détourner le regard, gênée.

Je crus voir Laurent jeter une œillade de mise en garde à son cadet.

— Mon deuxième fils, Giovanni, n'a pu venir à la fête, reprit-il.

Il marqua une pause.

— Les garçons, allez voir si notre cher Léonard est convenablement nourri et soigné après son long voyage. Quant à vous, jeune Madonna…

Il attendit que ses fils soient partis pour continuer.

— Je serais particulièrement honoré si vous consentiez à venir voir les œuvres d'art dans mes appartements privés.

Il n'y avait pas le moindre sous-entendu dans sa voix ; c'était une proposition parfaitement courtoise. Pourtant, je me sentais perplexe. Je n'étais pas assez bien née pour pouvoir prétendre épouser son fils cadet (Piero était déjà marié à une Orsini, Madonna Alfonsina) : pourquoi alors avait-il tenu à me le présenter, sinon par simple courtoisie ? Et si j'étais là pour être jaugée par d'éventuels maris – et surtout Léonard –, pourquoi vouloir m'éloigner du groupe ?

Peut-être l'habile *il Magnifico* voulait-il examiner de plus près mes qualités et mes défauts. En dépit de toutes ces interrogations, j'étais ravie. Jamais je n'aurais cru qu'un jour je verrais la célèbre collection Médicis.

— Monsieur, je serais enchantée, répondis-je avec sincérité.

Il prit mes mains avec fermeté et les serra entre ses doigts infirmes, comme si j'étais sa propre fille. Quelque chose avait dû se produire pendant mon absence, qui l'avait ému, et il essayait à tout prix de me le cacher.

Je pris à nouveau son bras et nous sortîmes de la salle, empruntâmes les couloirs pleins de tableaux et de sculptures, puis un escalier. A bout de souffle, il eut du mal à monter, mais il serra les dents et réussit à garder la même allure. Sa canne sous le bras, il s'appuyait lourdement sur la rampe tandis que je lui tenais l'autre bras pour le soutenir de mon mieux.

Nous arrivâmes enfin en haut. Il poussa un long soupir et s'arrêta un moment pour reprendre ses forces.

— Soyez patiente avec moi, dit-il d'une voix haletante. Je n'ai pas eu beaucoup d'occasions d'exercer mes jambes récemment. Mais chaque fois que je fais un effort, elles retrouvent des forces.

— Bien sûr, murmurai-je.

Nous attendîmes qu'il reprenne son souffle. Il me conduisit alors jusqu'à une grande porte en bois – gardée, comme partout, par un serviteur qui l'ouvrit devant nous.

— Voici mon bureau, dit-il en entrant.

Comment décrire cette pièce ? Sa structure n'avait rien d'exceptionnel, sa surface était moyenne, avec quatre murs et un plafond bas – certainement pas aussi impressionnante que la grande salle de notre maison. Mais partout où se posaient les yeux – sur un mur, sur le sol en marbre incrusté, les étagères et les piédestaux –, le regard était accroché par une pierre précieuse, une antiquité exceptionnelle, une œuvre exquise d'un des grands artistes du monde.

J'étais étourdie devant autant de beauté réunie en un seul endroit. Nous passâmes devant une paire de vases décorés de superbes dessins orientaux. Laurent me les désigna d'un signe de tête nonchalant.

— Un cadeau du sultan Qu'it-Baj, dit-il.

Il montra le mur.

— Un portrait de mon vieil ami Galeazzo Maria Sforza – duc de Milan, avant sa mort, et que Ludovic remplace. Et là, des tableaux d'Uccello et de Pollaiolo, un de mes préférés.

Tout Florentin cultivé connaissait ces noms, mais peu avaient la chance de voir leurs œuvres.

— Voici un joli tableau de Fra Angelico.

Fra Angelico : c'était le célèbre moine dominicain qui avait peint des fresques extraordinaires sur les murs du couvent San Marco – et jusque dans les cellules des frères –, à la demande de Cosme de Médicis. En regardant la peinture, je ne pus m'empêcher de me demander si Savonarole approuverait une telle représentation. Saint Sébastien, qui nous protégeait contre la peste, y était montré pendant son agonie ; ses yeux étaient tournés vers le ciel tandis qu'il s'effondrait, attaché à un arbre, le corps et même le front transpercés de flèches.

Je n'eus pas le temps de contempler ces merveilles que, déjà, Laurent attirait mon attention ailleurs. Il me mena à une longue table sur laquelle était disposée une « fraction de ma collection de monnaies et de pierres », dit-il. Une lampe avait été fixée juste au-dessus pour que la lumière fasse briller le métal et les pierres, les rendant encore plus éblouissants. Il devait y avoir deux cents pièces. Jamais je n'aurais pensé qu'il puisse exister autant de richesses dans le monde, et encore moins à Florence.

— Celles-ci datent du temps des Césars.

Il montra une rangée de monnaies ternes et usées, la plupart ayant des formes irrégulières.

— D'autres viennent de Constantinople et de l'Orient. Ici.

Il prit maladroitement un rubis gros comme la moitié de son poing, me le tendit, puis rit devant ma réticence à le saisir.

— Prenez-le, mon enfant, il ne mord pas. Tenez-le à la lumière, comme cela, et cherchez des impuretés, des fissures ou des petites bulles. Vous n'en verrez aucune.

J'obtempérai, essayant de ne pas trembler en pensant que je tenais dans ma main plus de richesse que n'en possédait ma famille, puis j'observai la pierre cramoisie à la lumière de la lampe.

— C'est beau.

Il acquiesça, satisfait. Je le lui rendis.

— Nous avons également de nombreux médaillons conçus par nos meilleurs artistes. En voici un créé il y a de nombreuses années par notre Léonard. Il est très rare. Peu ont été fondus.

Il reposa le rubis avec désinvolture, puis saisit avec précaution une pièce en or ; une légère mélancolie l'envahit.

Prenant le médaillon, j'y lus l'inscription : « DEUIL PUBLIC ». On y voyait Julien, levant les mains pour se protéger des lames de ses assassins. J'appréciai sa beauté, tout en pensant avec effroi à ce que m'avait raconté Zalumma à propos du corps de sieur Iacopo. « Quatre-vingts hommes en cinq jours », avait dit mon père. Cet homme si aimable avait-il pu commettre de tels crimes ?

— Je vous en prie, dit-il. Prenez-le en cadeau.

— J'en ai déjà un, dis-je, avant de regretter d'avoir répondu sans réfléchir à cette offre incroyablement généreuse. Ma mère me l'a donné.

A ces mots, son regard se durcit puis, lentement, il se radoucit.

— Bien sûr, dit-il. J'avais oublié que j'en avais donné à des amis.

A la place, il m'offrit un autre médaillon, qui représentait son grand-père Cosme, avec les armes des Médicis. Il était l'œuvre d'un autre artiste, habile certes, mais sans la délicatesse de Léonard. Tant de générosité de la part d'*il Magnifico* m'étonnait, et me laissait perplexe.

Il sembla fatigué, après cela, mais insista pour me montrer une autre collection, des camées en calcédoine allant du blanc le plus pâle au gris le plus foncé, ainsi que des cornalines rouge vif et orange. La plupart étaient des intailles, superbement gravées, dont quelques-unes incrustées d'or par le célèbre Ghiberti.

Il y avait également une série de gobelets sculptés dans des pierres dures serties de pierres précieuses, ornés d'argent et d'or. Mais il était à bout de forces, et il ne me signala aucun objet en particulier. Il m'emmena vers un piédestal sur lequel reposait une assiette creuse.

— C'est aussi de la calcédoine, bien que le fond soit rouge-brun, dit-il d'une voix devenue rauque.

Sur le fond sombre se détachait un camée laiteux représentant des personnages des temps anciens.

— C'est mon trésor le plus précieux. Voici Osiris, tenant la corne d'abondance, et là, sa femme, Isis, assise. Leur fils Horus laboure la terre.

Il s'arrêta.

— Cette coupe fut utilisée par les souverains égyptiens pour leurs rites, reprit-il, de la fierté dans la voix. Cléopâtre elle-même y but. Lorsque Octave la vainquit, la coupe disparut pendant un certain temps, puis elle refit surface à

Constantinople. De là, elle est allée jusqu'à la cour du roi Alfonso de Naples. Puis à Rome, où je l'ai acquise. Allez-y, touchez-la, ajouta-t-il avec un sourire, voyant que j'en brûlais d'envie.

Je m'exécutai, émerveillée par sa perfection. Son état de conservation était si parfait que j'avais pensé, avant les commentaires de Laurent, qu'il s'agissait d'une création florentine. Les bords étaient froids et parfaitement lisses. Je regardai sieur Laurent en souriant : c'était moi qu'il étudiait, avec un plaisir et une tendresse évidents, et non la coupe.

Un bruit de pas vint rompre l'enchantement. Je me retournai et vis Jean Pic, un gobelet rempli d'un liquide sombre à la main. Il parut aussi surpris que moi. Prise de court, je fis un pas en arrière. Il sourit poliment ; je restai de marbre.

— Mais c'est la fille d'Antonio Gherardini, dit-il.

Je m'étonnai qu'il se souvînt de mon nom.

— Comment allez-vous, ma chère ?

Laurent se tourna vers lui avec lassitude.

— Ainsi, Giovanni, vous connaissez notre Madonna Lisa.

— Je suis un ami proche d'Antonio, répondit Pic en m'adressant un signe de tête.

Cela manquait de correction, mais je préférai ne rien dire ; je n'avais pas vu le comte Pic depuis l'enterrement de ma mère. Il était souvent venu rendre visite à mon père ensuite, mais j'avais toujours refusé de le voir et j'étais restée dans ma chambre. En dépit de son air courtois, il devait savoir que je le détestais.

Pic ne pouvait toutefois pas cacher sa curiosité de me voir là ; bien que comptant parmi les intimes des Médicis, il ne faisait apparemment pas partie de la fête de ce soir, et en ignorait même les circonstances.

— Je vous cherchais, Laurent, le gronda-t-il affectueusement. Vous êtes en retard pour la potion du médecin.

Il me sourit d'un air entendu.

— Notre hôte est souvent trop préoccupé par les besoins des autres pour penser à prendre soin de lui-même.

Laurent esquissa une grimace.

— Sieur Jean est depuis des années l'un de nos invités

préférés. Nous ne sommes pas toujours d'accord sur certains sujets… mais nous restons amis.

— Je ne désespère pas de vous convertir, répondit Pic avec bonne humeur.

Pourtant, il y avait un sentiment de malaise dans l'air, comme si leur accord n'était plus que de façade, permettant à chacun de savoir ce que l'autre faisait.

— Pardonnez-moi d'interrompre votre conversation. Je vous en prie, Madonna Lisa, sieur Laurent, continuez. J'attendrai patiemment que vous ayez terminé. Mais rappelez-vous, sieur Laurent, qu'il ne faut pas négliger votre santé.

Laurent remarqua mon étonnement quant à la potion ; il nous avait abandonnés dans la cour, Léonard et moi, en disant qu'il rentrait la prendre.

— J'ai été… retenu par autre chose, murmura-t-il à mon intention.

— Vous avez été d'une amabilité extrême, sieur Laurent, dis-je en ne pensant qu'à m'éclipser, car la présence de Pic me mettait hors de moi.

La mort de ma mère était encore trop récente.

— Je crois que vous devriez vous reposer. Avec votre permission, j'aimerais prendre congé.

Peut-être avait-il perçu de la détresse dans ma voix, ou était-il épuisé, car il ne protesta pas.

— Laissez la potion, dit-il à Pic. Allez voir si le carrosse de sieur Antonio est prêt, et dites-lui que sa fille l'y rejoindra. Vous le trouverez dans la chapelle. Ensuite, allez chercher Piero, et demandez-lui de venir me voir.

Dès que Pic fut parti, je ressentis un grand soulagement.

— La présence de sieur Jean vous est désagréable, remarqua *il Magnifico.*

Je baissai les yeux vers le sol en marbre.

— Il était là lors de la mort de ma mère.

— Oui, je me souviens qu'il y a fait allusion.

Il réfléchit un instant.

— Il n'y a rien de plus terrible que de perdre ceux que l'on aime. Une mort prématurée ou injuste provoque le pire des chagrins, et suscite souvent la haine.

Il détourna les yeux.

— Je me suis vengé atrocement lorsque mon frère est mort. Cela me hante maintenant.

Il s'arrêta pour regarder l'endroit où se tenait précédemment Pic.

— Sieur Jean est un homme d'extrêmes. Il est difficile de trouver personne plus cultivée, mais son cœur appartient désormais à frère Jérôme. Le monde a perdu un de ses plus grands philosophes. Avez-vous entendu parler de sa théorie du syncrétisme ?

Je fis non de la tête.

— D'après elle, toutes les philosophies et les religions détiennent un fond de la vérité – et toutes contiennent des erreurs. Notre Jean prétend que chacune doit être examinée pour déterminer leurs vérités communes et rejeter les erreurs.

Il eut un sourire désabusé.

— Pour cette seule raison, le pape a proposé qu'il soit brûlé. Il est venu ici il y a deux ans pour se mettre sous ma protection. Et maintenant, il soutient un homme qui aimerait me voir déchu.

Son visage s'assombrit soudain ; il poussa un profond soupir.

— Mon enfant, au risque d'être discourtois, je dois vous demander de m'asseoir en votre présence. Cette soirée m'a épuisé.

Je le conduisis jusqu'à une chaise. Cette fois, il s'appuya lourdement sur mon bras, ne cherchant même plus à faire semblant. Il laissa échapper un petit gémissement en s'asseyant sous le tableau de saint Sébastien, s'appuya contre le mur. Il ferma les yeux ; à la lumière du flambeau, il paraissait deux fois son âge.

— Voulez-vous que je vous apporte votre potion ? lui demandai-je, inquiète.

Il sourit faiblement puis rouvrit les yeux et me regarda avec tendresse.

— Non, mais accepterez-vous de tenir la main d'un vieil homme pour le réconforter, jusqu'à ce que Piero arrive ?

— Bien sûr.

Je m'approchai de lui et me penchai légèrement pour lui

prendre la main ; elle était froide et si décharnée que l'on sentait les os déformés sous la peau.

Nous restâmes ainsi sans rien dire, jusqu'à ce qu'*il Magnifico* me questionne doucement :

— Si je vous demande à nouveau, Lisa, viendrez-vous ?

— Bien sûr, répétai-je, sans pouvoir m'imaginer ce qui pourrait l'y inciter.

— Notre Léonard a été séduit par vous, dit-il. Je l'ai vu faire une esquisse de vous dans la cour, je dois vous l'avouer. Je le commissionnerai pour peindre votre portrait, quand il pourra s'absenter quelque temps de Milan. Cela vous serait-il agréable ?

Stupéfaite, je ne trouvai rien à dire. Ma première pensée fut pour mon père ; un tel honneur accroîtrait considérablement son prestige et serait bénéfique à ses affaires, mais je doutais que cela puisse l'emporter sur sa dévotion fanatique envers les enseignements de Savonarole. Renforcer ses liens avec les Médicis déplairait certainement à ses nouveaux associés.

Mais le moment était mal choisi pour avancer de tels arguments.

— Cela me serait plus qu'agréable, *maestro*, dis-je quand je retrouvai enfin la parole. Cette perspective me comble de joie.

— Bon, répliqua-t-il avec un petit signe de tête décidé. C'est d'accord.

Nous restâmes silencieux jusqu'à ce que la porte s'ouvre de nouveau : le fils de Laurent entra.

— Julien, dit-il d'un ton irrité, j'ai demandé ton frère. Où est Piero ?

— Malade, se hâta de répondre Julien.

Son visage était rouge, comme s'il avait couru ; en me voyant, ses traits s'éclairèrent quelque peu.

— Vous ne vous sentez pas bien, père ?

Il fit le tour de la pièce des yeux, vit la potion intacte.

— Vous êtes en retard pour prendre ce que le médecin vous a ordonné. Laissez-moi vous l'apporter.

Laurent lâcha ma main et, d'un geste, repoussa la proposition de son fils.

— Mon cadet, me dit-il avec une tendresse évidente, est aussi prompt à assouvir mes désirs que mon aîné à les ignorer.

Julien sourit ; quelque chose dans son expression me rappela la statue en terre cuite dans la cour.

— Je suis désolé de ne pouvoir vous reconduire à votre père, continua Laurent, mais Julien est un jeune homme responsable. Je peux vous assurer qu'il vous y mènera en toute sécurité.

Il prit à nouveau ma main, la serrant avec une force étonnante pour un homme aussi lourdement handicapé.

— Que Dieu soit avec vous, ma chère.

— Et avec vous, seigneur. Merci de m'avoir conviée dans votre maison avec tant de bonté. Et pour le portrait…

Nous relâchâmes nos mains à contrecœur. Je ressentis une étrange tristesse en prenant le bras du jeune Julien et en quittant son père, cet homme frêle et laid qui vivait au milieu des œuvres d'art les plus précieuses et les plus belles des siècles passés.

23

Le couloir que nous empruntâmes, Julien et moi, était orné d'autres sculptures et de portraits ainsi que de vases m'arrivant à la taille, éclairés par des candélabres de bronze, d'argent et d'or élégamment sculptés. Quelque peu mal à l'aise, nous marchions en silence, ma main posée avec raideur sur son bras, lui regardant devant lui, avec une démarche solennelle qui aurait mieux convenu à un homme de dix ans son aîné. Il portait, comme son père, des vêtements sombres et une tunique ajustée toute simple, de la plus belle étoffe de mon père.

— Je suis navré, Madonna Lisa, que la maladie de mon père ait interrompu votre visite en sa compagnie.

— Je vous en prie, ne vous excusez pas. Je suis désolée que sieur Laurent n'aille toujours pas bien.

Dans la lumière vacillante, Julien prit une expression solennelle.

— Père le minimise devant ses visiteurs, mais il a été si mal ces derniers mois que nous avons tous craint pour sa vie. Il est encore très malade ; les médecins lui ont recommandé de ne plus lancer d'invitations, mais il était déterminé à revoir ses amis. Il voulait surtout voir Léonard. Il ne m'en a rien dit, mais je suppose qu'il voulait vous rencontrer pour arranger un mariage.

— Oui, dis-je.

Le fait que l'artiste de Vinci ait fait un effort tout particulier pour venir à cette réunion me redonna de l'espoir.

— Ce que vous dites à propos de votre père est terrible. De quoi souffre-t-il ?

— Du cœur.

Julien haussa les épaules avec résignation.

— C'est ce que disent les médecins, en tout cas ; à mon avis, ils n'en savent pas grand-chose. Il a toujours souffert de la goutte – tellement, parfois, qu'il suffit que le drap le frôle pour le faire crier. Et ses os lui occasionnent de grandes douleurs. Récemment, il a été tourmenté par une dizaine de maux différents qu'aucun de ses médecins ne semble capable de soulager. Il se sent faible, il ne peut pas manger, il est agité et souffre...

Il secoua la tête, s'interrompit.

— Je m'inquiète beaucoup pour lui. A quarante-trois ans, il ressemble à un vieillard. Quand j'étais petit, il était si fort, il courait et jouait avec nous, comme s'il avait notre âge. Il me hissait sur son cheval, et je chevauchais avec lui...

Sa voix se brisa ; il s'arrêta pour se ressaisir.

— Je suis désolée.

A cause de la perte de ma mère, je comprenais très bien la peur que ressentait ce garçon.

— Mais il va déjà mieux, n'est-ce pas ?

— Oui...

Il acquiesça brièvement en détournant les yeux.

— Il va certainement se rétablir peu à peu. Vous devez garder espoir.

Il se reprit soudain.

— Pardonnez-moi, Madonna ! Vous êtes notre invitée, et voilà que je me plains à vous. Je ne devrais pas vous ennuyer avec ces problèmes.

— Mais si, je tiens à être au courant. Sieur Laurent a été si gentil avec moi ; il a voulu me montrer ses collections malgré sa fatigue.

Julien sourit tristement.

— Mon père est ainsi. Il adore collectionner de belles choses, mais cela ne lui procure aucun plaisir s'il ne peut pas les partager, voir autrui prendre plaisir à les regarder. J'ai entendu dire qu'il peut être cruel en affaires ou en politique, mais je n'ai jamais vu que le bon en lui.

Il s'arrêta.

— Avez-vous apprécié votre visite, Madonna ? demanda-t-il d'un ton plus enjoué.

— Enormément.

— Je sais que mon père voudra continuer à vous faire partager sa collection. Puis-je lui demander de vous inviter à revenir ? Peut-être pourrions-nous prévoir une visite à notre villa de Castello ; il y a de nombreux tableaux extraordinaires, là-bas, et des jardins superbes.

— J'aimerais certainement.

Bien que cette perspective m'enchantât, je ne me montrai pas particulièrement enthousiaste. Mon père ne m'autoriserait jamais à revenir chez les Médicis. Je doutais déjà qu'il laisse un artiste – fût-il aussi renommé que Léonard – pénétrer dans notre maison.

Ma réponse fit pourtant sourire Julien.

— Ce serait merveilleux, Madonna Lisa ! Comme mon père ne se sent pas bien, peut-être me permettrait-il de vous servir de guide.

Subitement je compris, à mon grand émoi, qu'il s'était épris de moi. Laurent ne m'avait pas fait venir ici en pensant à moi comme épouse possible pour son fils. D'ailleurs, Julien n'avait pas encore atteint l'âge du mariage. Quand il se marierait, sa femme viendrait d'une des familles les plus nobles d'Italie. Ce ne serait pas la fille d'un marchand de laines.

Mais je ne parvenais pas à trouver de réponse cohérente. Heureusement, nous arrivâmes à l'entrée latérale du palais. Il n'y avait pas de serviteurs à cet endroit ; je me souvenais vaguement que des gardes étaient postés de l'autre côté, dans le froid. Julien s'arrêta.

— Je vous abandonne juste un instant, Madonna, pour m'assurer que votre père vous attend. Je reviendrai pour vous escorter jusqu'à lui.

Se penchant en avant, il m'embrassa spontanément sur la joue. Puis il disparut, tout aussi rapidement.

Je me réjouis de son départ, et de l'absence de témoins. A en juger par la chaleur de mon visage et de mon cou, je devais être cramoisie.

J'étais déchirée. C'était un garçon gentil, aimable et beau, un parti auquel je ne pouvais prétendre, ce qui ne m'avait pas empêchée d'être prise de vertige à son baiser. Il ne devait pas me faire oublier que j'étais éprise de Léonard de Vinci. Il était plus sage que je m'en tienne là pour mes espoirs de mariage. Bien que né d'une rencontre avec une servante, Léonard était le fils d'un des notaires les plus connus de Florence, dont la richesse et le prestige était à peu près équivalents à ceux de mon père.

Quand Julien revint, j'étais encore trop perturbée pour le regarder en face. Il m'escorta dehors, dans la fraîcheur de la nuit ; nous passâmes devant les gardes, l'épée bien en évidence sur la hanche, et il m'aida à monter dans le carrosse sans faire la moindre allusion au baiser. Quand je fus installée au côté de mon père, il me dit simplement :

— Bonsoir, Madonna. Bonsoir, sieur Antonio. Que Dieu vous accompagne, tous les deux.

— Et vous également, répondis-je.

Tandis que nous gagnions la Via Larga, mon père parut distant, troublé ; la prière et la contemplation n'avaient apparemment pas réussi à le calmer, ni à apaiser la douleur d'avoir livré son unique enfant aux mains de l'ennemi de Savonarole.

— Comment était-ce ? demanda-t-il courtoisement, sans me regarder. Qu'ont-ils fait ? T'ont-ils exhibée aux femmes ?

— Il n'y avait pas de femmes. Seulement des hommes.

— Des hommes ?

Il se tourna pour me regarder.

— Des amis d'*il Magnifico.*

Méfiante, je préférais ne pas en dire trop, mais ma curiosité ne me laissa pas en repos.

— De nombreux artistes, dont Léonard de Vinci.

Je savais qu'il valait mieux ne pas parler de la commande de Laurent pour mon portrait ; je laisserais ce genre de tractation à d'autres, plus diplomates que moi.

— Est-il marié ? m'enquis-je timidement.

— Léonard ?

Distrait, mon père fronça les sourcils, scrutant la route devant lui dans la lumière déclinante.

— Non. C'est un de nos sodomites les plus célèbres. Il y a longtemps, il a été mis en accusation ; il y a eu un non-lieu, mais il vit depuis des années avec son « apprenti », le jeune Salai, qui est certainement son amant.

Son ton demeura égal, ce qui était étrange considérant sa réprobation envers ce genre d'homme, naturelle chez un homme d'une telle piété.

Puis il me parut faire un effort pour me poser enfin les questions que j'attendais : qui d'autre était là ? Sieur Laurent avait-il donné la moindre indication concernant l'homme qu'il me destinait ? Qu'avais-je fait pendant que j'étais là-bas ?

Je répondis courtoisement, mais de manière de plus en plus laconique. Il ne paraissait pas remarquer que ses propos concernant Léonard m'avaient irritée. Il se tut enfin, plongé dans une rêverie mélancolique, et nous continuâmes notre route en silence à travers la ville froide et sombre. Lorsque nous traversâmes le Ponte Santa Trinità en direction de notre maison, je resserrai autour de moi mon manteau doublé de fourrure.

24

La semaine suivante, je recommençai à m'impatienter de retrouver mon père pour le dîner, au cas où il aurait des nouvelles de Laurent. Je lui en voulais encore de m'avoir raconté que Léonard préférait les hommes. Peut-être se trompait-il, ou m'avait-il menti pour me décourager de vouloir épouser un artiste, ces hommes ayant la réputation de faire des maris peu fiables. J'étais pourtant certaine d'avoir vu l'œil du peintre s'allumer en me voyant.

Je reçus une brève missive de l'individu en question, qui me fut transmise à l'insu de mon père. Quand je brisai le sceau, deux autres morceaux de papier en tombèrent.

Salutations, Madonna Lisa, de Milan.

Notre bon Laurent m'a commissionné pour peindre votre portrait. Rien ne peut me faire plus plaisir ; votre beauté doit être conservée pour l'éternité. Dès que j'aurai rempli certaines obligations pour le vénérable duc Ludovic, je viendrai séjourner quelque temps à Florence.

Je vous joins deux esquisses que j'ai faites, pour votre plaisir. L'une d'elles est une interprétation plus soignée du croquis que j'ai réalisé l'autre soir au palais Médicis. L'autre est recopiée de mon carnet, et présente un intérêt particulier pour le cercle intime des Médicis.

J'ai hâte de commencer votre portrait et me réjouis, au-delà de toute expression, de vous revoir.

Votre bon ami,
Léonard

Je récupérai les papiers tombés par terre et les étudiai avec précaution. Je comprenais maintenant pourquoi on avait fait appel à Léonard pour finir la sculpture de Julien de Médicis après sa mort. La façon dont il avait mémorisé mes traits était stupéfiante. A partir des quelques lignes esquissées à l'encre dans la cour, il avait réalisé à la pointe d'argent, sur du papier crème, un dessin remarquable de mon visage, jusqu'aux épaules, qui me semblait plus exact et plus profond que ma réflexion dans le miroir. Il m'avait représentée non pas dans la pose qu'il m'avait demandé de prendre, mais dans celle de l'instant précédent, tandis que je contemplais le buste en terre cuite de Julien, à demi retournée pour le regarder par-dessus mon épaule. Seul mon visage, de trois quarts, était abouti et soigneusement ombré ; mes cheveux et mes épaules étaient seulement suggérés par quelques traits rapides. A l'arrière de ma tête, il y avait une vague forme qui aurait pu être un filet à cheveux, ou un halo. Mes paupières, mon menton, mes joues, le dessous des yeux avaient été soigneusement rehaussés à la mine blanche.

Le coin de mes lèvres se recourbait à peine ; ce n'était pas un sourire, mais plutôt la promesse d'un sourire. J'y retrouvai la bonté que j'avais vue dans les yeux de Julien, celui qui était mort ; j'aurais pu être un ange.

Eblouie, je regardai le dessin un long moment avant de reporter mon attention sur l'autre feuille.

La seconde œuvre était une interprétation plus rapide, moins fouillée, qui me rappela quelque chose ; j'avais déjà vu cette image. Je l'avais vue avec ma mère, sur un mur près du palais de la Seigneurie.

C'était un homme au bout d'une corde de potence, le visage baissé, les mains attachées dans le dos. Dessous, l'artiste avait écrit : *L'Exécution de Bernardo Baroncelli.*

C'était une image terrible, qui ne convenait pas du tout à une jeune fille ; je me demandai ce qui avait pu pousser Léonard à me l'envoyer. Quel rapport Baroncelli et moi pouvions-nous avoir ?

La lettre ajoutait à ma confusion. « Je me réjouis, au-delà de toute expression, de vous revoir… » Etait-ce une façon de m'assurer de son amour ? En revanche, il avait signé de façon désinvolte, « votre bon ami ». Ami, rien de plus. En même temps, la lettre me ravit ; la commande de Laurent était donc bien réelle, et non une parole en l'air destinée à me flatter.

Je guettais donc mon père chaque soir, attendant désespérément des nouvelles du portrait et, plus encore, la mention d'une invitation pour visiter Castello.

A ma grande déception, rien ne vint. Mon père se contentait de grommeler une réponse négative chaque fois que je lui demandais s'il savait quelque chose à propos d'un mariage éventuel.

Un soir, comme je me retirais dans ma chambre après un de ces dîners décourageants, Zalumma entra, une lampe à la main, et referma la porte sur nous.

— Ne me demande pas comment j'ai eu ceci ; moins tu en sais, mieux c'est, dit-elle tirant de son corsage une lettre scellée.

Je la saisis, pensant qu'elle venait de Laurent. La cire portait l'empreinte des *palle*, mais le contenu était loin de ce à quoi j'aurais pu m'attendre. Je me mis à lire à la lumière de la lampe de Zalumma.

Estimée Madonna Lisa,

Pardonnez-moi la liberté que j'ai prise quand vous êtes venue récemment au palais de mon père ; et pardonnez-moi celle que je prends maintenant en vous écrivant cette lettre. Je suis trop audacieux, je le sais, mais mon courage provient de l'envie de vous revoir.

Père est très malade. Malgré cela, il m'a donné la permission de vous emmener, avec une escorte de son choix, et une autre choisie par votre père, visiter notre villa de Castello. Ce même jour, mon frère Piero écrit une lettre à sieur Antonio pour lui demander la permission de vous laisser nous accompagner.

Je me réjouis de la perspective de vous revoir. Jusqu'alors, je reste

Votre humble serviteur,
Julien de Médicis

25

Les jours suivants, je m'efforçai de ne plus penser à Léonard de Vinci, bien que, au fond de moi, je ne comprisse toujours pas la signification du dessin de Bernardo Baroncelli. La jeune fille stupide que j'étais préférait se focaliser sur l'instant où Julien l'avait embrassée sur la joue. Je rêvai de la *Vénus* et du *Printemps* de Botticelli. J'en avais entendu parler, mais à présent je pouvais imaginer à quoi ils ressemblaient sur les murs de Castello. J'imaginai également mon portrait à côté. Je brûlais d'envie de retrouver cette atmosphère de beauté que m'avait fait découvrir sieur Laurent. La nuit, je restais éveillée dans mon lit ; pour la première fois depuis la mort de ma mère, mes pensées me menaient loin de moi et de la tristesse qui régnait dans la maison de mon père.

Ces derniers temps, ses affaires avaient prospéré, il revenait à la maison encore plus tard que de coutume ; j'avais pris l'habitude de monter me coucher et d'attendre le lendemain pour lui parler. Il rentrait souvent avec Jean Pic, avec qui il buvait du vin et discutait, oubliant même de dîner.

Mais à présent j'étais armée d'une détermination sans faille ; j'attendais patiemment à table qu'il arrive, pendant des heures. Quand il était là, je ne lui posais aucune question, persuadée que, tôt ou tard, il me parlerait de l'invitation de Laurent. Je fis cela pendant quatre soirs, jusqu'à ce que ma patience fût à bout.

Je priai la cuisinière de garder le dîner au chaud, puis m'assis à table. Je restai là trois heures durant, peut-être plus, jusqu'à ce que les bougies soient presque fondues, et ma faim si impérieuse que j'étais sur le point de demander que l'on m'apporte à manger.

Mon père vint enfin, Dieu merci, sans le comte. A la lueur des chandelles, il paraissait hâve et échevelé ; il ne s'était pas taillé la barbe depuis la mort de sa femme. A plusieurs endroits, des poils trop longs formaient des boucles, et sa moustache atteignait sa lèvre inférieure.

Il parut déçu de me voir, mais non pas étonné.

— Venez vous asseoir, lui dis-je avant de demander à la cuisinière de nous apporter le repas.

Quand je revins, il s'était assis sans enlever son manteau, malgré le feu dans la cheminée.

Nous restâmes silencieux pendant que la cuisinière nous apportait la *minestra*, la soupe. Quand elle fut loin, je laissai mon père commencer à manger puis lui demandai, en m'efforçant de cacher ma nervosité :

— Avez-vous reçu dernièrement une lettre me concernant ?

Il posa lentement sa cuillère et me regarda à travers la table de ses yeux indéchiffrables. Il ne répondit pas.

— De Laurent de Médicis ? insistai-je. Ou peut-être de Piero ?

— Oui, j'ai reçu une lettre, dit-il, puis il baissa la tête et reprit une cuillerée de soupe.

S'amusait-il à me tourmenter, à me forcer à lui poser des questions ?

— Et votre réponse ?

Il hésita, la cuillère suspendue au-dessus de son bol, puis, avec une rage contenue qui me fit sursauter, il reposa violemment son couvert sur la table.

— Il n'y aura pas de réponse, dit-il. J'ai tenu ma promesse envers ta mère ; je laisserai Laurent te choisir un mari. Mais il a intérêt à trouver un homme pieux, s'il survit assez longtemps pour cela.

Sa colère attisa la mienne.

— Pourquoi ne puis-je y aller ? Quel mal y a-t-il à cela ? J'ai été si malheureuse, ces derniers temps ! C'est la seule chose qui puisse me consoler.

— Tu ne remettras plus jamais les pieds dans la maison des Médicis.

Ses yeux brillaient de colère.

— Leur temps est compté. Dieu les renversera ; leur chute sera terrible. Repais-toi du souvenir de tous les trésors qui t'ont été montrés, car ils seront bientôt réduits en cendres.

Pour moi, il ne faisait que répéter les paroles de son nouveau sauveur, et je me contentai de les ignorer.

— Comment savez-vous que l'on m'a montré des trésors ? insistai-je.

Il éluda la question.

— J'ai été patient avec toi, par affection et par respect pour ta tristesse. Mais je crains pour ton âme. Tu viendras avec moi demain entendre prêcher Savonarole. Et tu demanderas à Dieu de détourner tes pensées des biens de ce monde, de les orienter vers le ciel. Tu prieras aussi pour te faire pardonner ta colère contre frère Jérôme.

Je serrai les poings et les posai sur la table, pleine d'amertume à la pensée qu'un monde gai et beau, rempli d'œuvres d'art et des Médicis, où Léonard peindrait mon portrait de ses mains habiles et délicates, m'était interdit.

— C'est *vous* qui devriez demander à Dieu de vous pardonner. C'est vous qui avez causé la maladie de votre femme, vous qui l'avez menée à sa mort. C'est vous qui avez maintenant partie prenante avec ses assassins, et restez aveugle à leur culpabilité pour apaiser la vôtre.

Il se leva si précipitamment que sa chaise racla la pierre du sol. Ses yeux se remplirent de larmes de colère ; sa main droite tremblait, qu'il s'efforçait de maintenir le long de son corps pour ne pas frapper celle qui l'avait provoqué.

— Tu ne sais rien... Tu ne sais rien. Je te demande cela simplement parce que je t'aime ! Que Dieu te pardonne.

— Que Dieu vous pardonne, *vous*, répondis-je.

Je quittai ma place, fis demi-tour en faisant tournoyer mes jupes et sortis de la pièce, non sans une certaine satisfaction.

Plus tard dans la nuit, j'écoutai, couchée dans mon lit, la respiration de Zalumma, tout en ruminant ma déception. Qu'on m'ait interdit de revoir Julien m'en donnait encore plus envie.

Quand je cessai de m'apitoyer sur mon sort, je réfléchis à ce qu'avait dit mon père. Croyait-il qu'*il Magnifico* ne pourrait résister au désir de montrer à un nouveau visiteur – fût-ce une jeune fille insignifiante – les merveilles contenues dans son bureau ? Ou bien ses paroles cachaient-elles autre chose ?

Je passai une nuit agitée, m'éveillant à plusieurs reprises. Quand je me levai, à l'aube, j'avais l'esprit clair, une image précise en tête.

C'était celle de Jean Pic, vêtu de noir, tenant soigneusement la potion du médecin entre ses mains.

26

Le matin, tandis que Zalumma m'aidait à m'habiller pour aller au marché, on frappa à ma porte.

— Lisa, appela mon père. Dépêche-toi de t'habiller. Le cocher nous attend pour nous conduire à la messe.

Il avait donc l'intention de mettre sa menace à exécution. Mon cœur se mit à battre la chamade. Intriguée, Zalumma me regarda en fronçant les sourcils.

— Il a l'intention de m'emmener écouter Savonarole, soufflai-je à son intention. Que Dieu m'en soit témoin, je n'irai pas !

Mon indéfectible complice s'arrêta de lacer mes manches.

— Elle a du mal à se réveiller, sieur Antonio, cria-t-elle. Elle n'est pas encore prête. Pouvez-vous revenir ?

— Je ne peux pas, répondit mon père d'une voix intraitable. Je l'attends ici. Dites-lui de se hâter, nous devons partir tout de suite.

Zalumma me regarda, un doigt sur les lèvres. Puis elle alla jusqu'à un fauteuil en me faisant signe de l'aider. Nous le soulevâmes ensemble et le transportâmes jusqu'à la porte. Elle le plaça de façon à bloquer le loquet, puis glissa silencieusement le verrou pour nous enfermer.

Ensuite, comme si de rien n'était, elle se remit à lacer mes manches.

Après un long moment, mon père frappa de nouveau à la porte.

— Lisa ? Je ne peux plus attendre. Zalumma, fais-la sortir.

Nous nous regardâmes avec de grands yeux solennels. Un autre long silence s'ensuivit, rompu par une tentative d'ouverture de la porte, puis par des grommellements et de nouveaux coups sur le battant.

— Tu oses me tenir tête ! Comment pourras-tu regarder Dieu en face après avoir désobéi à ton père, lui qui ne pense qu'à ton bien ?

La colère me monta aux lèvres. Je préférai garder le silence.

— Lisa, réponds-moi !

N'obtenant que le silence, il continua :

— Que faut-il faire ? Prendre une hache ?

Je ne dis toujours rien, malgré ma fureur. Au bout d'un moment, je l'entendis pleurer.

— Ne comprends-tu pas ? gémit-il. Mon enfant, je n'agis pas ainsi par cruauté, je le fais par amour pour toi. Par amour pour toi ! Est-ce si terrible d'aller écouter frère Jérôme, sachant que cela me fera plaisir ?

Il paraissait si pitoyable que j'en fus presque touchée, mais je gardai le silence.

— C'est la fin des jours, mon enfant, dit mon père tristement. La fin des jours, et Dieu vient rendre Son jugement.

Il marqua une pause, puis laissa échapper un sanglot déchirant.

— Je sens que c'est la fin… Lisa, je t'en supplie, je ne peux pas te perdre aussi…

Je baissai la tête, retenant ma respiration. Enfin je l'entendis s'éloigner, puis le bruit de ses pas résonna dans l'escalier. Nous attendîmes un bon moment, craignant une supercherie. A la fin, je fis signe à Zalumma de libérer l'entrée. Elle obtempéra et, après s'être assurée que mon père n'était pas là, me fit signe d'aller à la fenêtre.

En bas, mon père se dirigeait vers son carrosse, où le cocher l'attendait.

Mon sentiment de jubilation fut de courte durée ; je ne pourrais pas l'éviter éternellement.

Ce soir-là, je ne descendis pas dîner. Zalumma m'apporta en cachette une assiette, mais je n'avais pas faim et ne mangeai presque rien.

Plus tard, comme je m'y attendais, on frappa de nouveau, et mon père essaya d'ouvrir la porte que j'avais verrouillée. Cette fois, il ne m'appela pas, resta sans rien dire pendant un moment, puis poussa un profond soupir et battit en retraite.

Cela continua pendant plus de deux semaines. Je finis par prendre tous mes repas dans ma chambre, n'en sortant que lorsque mon père était absent ; souvent, j'envoyais Zalumma à ma place au marché. Après quelque temps, il cessa de venir à ma porte ; méfiante, je continuai à l'éviter, et restai enfermée. Quand il était à la messe, je me précipitais en cachette à Santo Spirito, où j'arrivais généralement en retard, priais en hâte, et repartais avant la fin du service. Comme ma mère, j'étais devenue prisonnière dans ma propre maison.

Trois semaines s'écoulèrent. Le carême arriva et, avec lui, le zèle de mon père augmenta. Il vint souvent à ma porte prêcher à propos des dangers de la vanité, de la gloutonnerie, de la richesse et des célébrations du carnaval, tandis que des pauvres mouraient de faim. Il me suppliait de l'accompagner à la messe. L'assistance était telle pour écouter les prêches enflammés de Savonarole – les fidèles venaient de partout alentour, tant sa célébrité s'était étendue – qu'il avait dû quitter la petite église San Marco pour investir l'impressionnant sanctuaire San Lorenzo, là même où était enterré Julien, celui qui avait été assassiné. Même cet édifice-là, disait mon père, ne pouvait contenir tous les fidèles ; ils débordaient sur les marches jusque dans la rue. Le cœur des Florentins commençait à se tourner vers Dieu.

Je restais silencieuse, protégée par l'épaisse porte en bois qui nous séparait. Parfois, je mettais mes mains sur mes oreilles pour ne plus entendre le son de sa voix.

La vie devint si difficile que je commençai à désespérer. Ma seule échappatoire était le mariage. J'avais abandonné tout espoir concernant l'artiste venant de Vinci, et Julien était inenvisageable, compte tenu de son rang. Entre-temps, Laurent – le seul capable de me désigner un mari approprié – était devenu trop malade pour parler.

Mon horizon s'éclaircit un jour où Zalumma, souriante, revint du marché et me glissa entre les mains une autre lettre marquée du sceau des Médicis.

Ma très chère Madonna Lisa,

Je suis véritablement déçu que votre père n'ait pas encore répondu à notre lettre lui demandant la permission de vous laisser visiter Castello avec nous. Je suppose qu'il ne s'agit pas d'un oubli, mais d'un refus tacite.

Pardonnez-moi de ne pas vous avoir écrit plus tôt. Père a été si malade que je commence à perdre tout espoir. Les pierres en suspension dans le vin ordonnées par les médecins se sont avérées inutiles. En raison de son état de santé, j'ai préféré ne pas le déranger ; toutefois, j'ai parlé à mon frère aîné, Piero, qui a accepté d'écrire une deuxième lettre de ma part à sieur Antonio. Il proposera à votre père, au cas où il jugerait inconvenant un voyage à Castello, d'envisager que je vous rende visite dans votre palais – en présence de votre père et de mon frère, bien entendu.

Si cela nous était refusé également, je dois vous demander s'il existe un lieu public, en ville, où nous pourrions nous rencontrer par hasard.

Pardonnez mon audace. C'est par désespoir que je me conduis ainsi. Je reste

Votre humble serviteur,
Julien de Médicis

La lettre resta longtemps sur mes genoux, tandis que je réfléchissais.

La place du Marché était l'endroit évident. J'y allais souvent, et personne ne serait étonné. Mais il était probable que j'y rencontre un voisin ou un ami de la famille, ou la femme ou la servante d'un homme qui connaissait mon père. C'était un lieu très fréquenté – mais pas assez encombré pour que je puisse échapper à l'œil vigilant de notre cocher, et trop plein de visages connus. Il n'y avait guère d'autre endroit où le cocher m'emmenât régulièrement. Si je me rendais dans un lieu sortant de l'ordinaire, il en parlerait certainement à mon père.

Zalumma se tenait à côté de moi, rongée par la curiosité. La courtoisie, toutefois, la fit taire, et elle attendit que je veuille bien partager avec elle tout ou partie de la missive.

— Combien de temps, lui demandai-je enfin, cela prendrait-il pour que la réponse parvienne à sieur Julien ?

— Elle sera entre ses mains demain, me dit-elle avec un sourire complice.

Je lui avais raconté ma visite au palais Médicis dans le moindre détail ; j'avais évoqué la gentillesse et la fragilité de sieur Laurent, l'audace du jeune Julien, la grâce et la beauté de Léonard. Elle savait, comme moi, qu'une alliance avec Julien était impossible, même si, d'une certaine façon, elle adorait défier les conventions. Peut-être s'était-elle aussi mise à espérer que l'impossible se réalise.

— Apporte-moi une plume d'oie et du papier, lui dis-je.

Je griffonnai une réponse. Quand il fut plié et scellé, je lui tendis le message.

Puis je me levai, déverrouillai la porte et descendis voir mon père.

27

Mon père m'embrassa quand je lui annonçai que je l'accompagnerais à la messe.

— Deux jours, lui dis-je. Laissez-moi deux jours pour prier et préparer mon cœur, ensuite j'irai avec vous.

Il me les accorda avec joie.

Le jour suivant, comme Zalumma me l'avait promis, la lettre fut remise à Julien ; celui-ci fit attendre mon mystérieux messager et écrivit une réponse dans l'heure. Le soir, enfermée dans ma chambre, je lus et relus sa missive jusqu'à ce que Zalumma m'oblige à souffler la bougie.

Le premier jour, il plut sans interruption, mais le soir du second, le temps était digne d'un des plus beaux jours de début avril. Sur le chemin de l'église San Lorenzo, le soleil était bas dans le ciel, sa chaleur tempérée par une brise fraîche.

Mon père n'avait pas exagéré l'importance de la foule venue écouter le prêche du frère. Elle couvrait les marches et se déversait sur la place. Pourtant, malgré l'affluence, on ne ressentait aucune excitation, et pas la moindre joie. Il régnait un silence d'enterrement, avec parfois des soupirs, des prières récitées à voix basse. Tout le monde était vêtu de couleurs sombres. Aucune femme ne s'était habillée pour se montrer, on ne voyait nul bijou. On aurait dit qu'un immense vol de corbeaux s'était posé.

Il était impossible de se frayer un chemin à travers la foule. Si mon père avait l'intention de nous faire rester dehors sur la place, tout était perdu…

Au moment où il m'aidait à descendre du carrosse, Jean Pic apparut ; il nous attendait. Le seul fait de le voir me faisait encore tressaillir.

Mon père lui donna l'accolade ; je le connaissais assez pour remarquer que son enthousiasme était feint, son sourire figé. Il recula ensuite un peu trop rapidement.

Le bras posé sur les épaules de mon père, le comte nous conduisit vers l'église. La foule s'ouvrait devant lui ; la plupart des gens le reconnaissaient et s'inclinaient, au nom de ses liens avec frère Jérôme. Il s'introduisit sans peine dans le sanctuaire, guidant mon père qui me tenait le bras ; Zalumma n'était pas loin derrière.

San Marco était raisonnablement plein la dernière fois que j'avais entendu prêcher Savonarole, mais ici, à San Lorenzo, les gens oubliaient toute politesse et se pressaient les uns contre les autres, épaule contre épaule, pouvant à peine lever le bras pour se signer. Malgré la fraîcheur de la nuit, il faisait une chaleur terrible en raison de l'affluence ; l'air était confiné, avec une odeur terrible de transpiration et, en fond sonore, un bruit de respirations, de soupirs et de prières.

Pic nous conduisit jusqu'à l'avant de l'église, où le corpulent frère Domenico nous gardait des places. Je détournai le visage pour cacher ma haine.

Il passa devant nous d'un pas pesant, s'arrêtant pour parler brièvement au comte, puis disparut dans la foule. A ce moment, regardant autour de moi, je remarquai le visage familier d'un jeune homme dégingandé et taciturne. Il me fallut quelques instants pour me rappeler où je l'avais vu : au palais Médicis, en compagnie de Botticelli et de Léonard de Vinci. C'était le sculpteur Michel-Ange.

Le service commença. La messe fut brève, réduite à sa plus simple expression, preuve que les gens n'étaient pas venus pour l'Eucharistie ; ils étaient là pour écouter prêcher Savonarole.

Et c'est ce qu'il fit. Le spectacle du petit moine cramponné aux bords de la chaire me toucha bien plus douloureusement que la vue de Pic, ou même celle de Domenico, l'assassin.

Quand la voix rauque du prêcheur s'éleva dans la cathédrale, je ne pus empêcher une larme de couler sur ma joue.

Zalumma s'en aperçut et me serra fort la main. Mon père la vit aussi, mais peut-être pensa-t-il que c'était le repentir qui me rendait triste. Une grande partie de l'assistance, surtout des femmes, s'était mise à pleurer dès les premiers mots de Savonarole.

Je ne parvenais pas à me concentrer sur ses paroles, et ne saisis que quelques bribes du sermon :

— La Sainte Mère elle-même m'apparut et me dit : « Le fléau du Seigneur approche... » Persiste dans la sodomie, ô Florence, dans cette obscénité que sont les hommes qui aiment les hommes, et le Seigneur te terrassera. Persiste dans l'amour des richesses, des bijoux et des trésors inutiles tandis que les pauvres réclament du pain, et le Seigneur te terrassera. Persiste dans la vénération de l'art et des ornements qui célèbrent le païen, néglige de glorifier le Christ, et le Seigneur te terrassera. Persiste dans la glorification du pouvoir terrestre, et le Seigneur te terrassera.

Je pensai à Léonard, qui avait certainement eu la sagesse de regagner Milan. Je pensai à Laurent, obligé de rester bien que son peuple se fît endoctriner contre lui. Je pensai à son frère, Julien, dont les restes reposaient en ce lieu, et me demandai s'il écoutait, horrifié, depuis le ciel.

— Le désastre t'attend, Florence ; le châtiment est proche. L'heure est arrivée. L'heure est arrivée.

Je me tournai vers Zalumma pour lui chuchoter quelque chose. Je mis ma main sur mon front et me balançai comme si la tête me tournait. Ce n'était pas entièrement feint.

Elle réagit promptement en se penchant vers mon père.

— Sieur Antonio, elle ne se sent pas bien, dit-elle. Je crains qu'elle ne s'évanouisse. C'est la foule. Avec votre permission, je vais l'emmener un moment dehors pour prendre l'air.

Mon père acquiesça et nous fit signe de partir sans tarder ; ses yeux écarquillés et brillants ne quittaient pas l'homme en chaire.

Pic était également si captivé par les paroles de frère Jérôme qu'il ne fit pas attention à nous. En me retournant, je me retrouvai nez à nez avec un homme grand et mince, au long menton pointu, qu'il me sembla reconnaître. Il m'adressa un signe de tête ; surprise, je le saluai à mon tour, sans pouvoir me souvenir d'où je l'avais déjà vu.

Zalumma et moi forçâmes notre passage à travers la foule. Nous franchîmes d'abord les grandes portes puis descendîmes les marches, traversâmes la foule sur la place, qui essayait de se rapprocher autant que possible de l'église, espérant saisir un mot du grand prophète et même, qui sait, l'apercevoir.

Quand nous fûmes libres, je tendis le cou pour voir le cocher. Il n'était nulle part – un soulagement. Je fis un signe de la tête à Zalumma et nous nous hâtâmes vers les jardins de l'église ceints de murs, auxquels on accédait par une grille.

A l'intérieur, au-delà des pierres commémoratives et d'une allée bordée de rosiers épineux, sans fleurs, deux hommes revêtus de manteaux, l'un grand, l'autre de taille moyenne, se tenaient sous les branches d'un jeune arbre. Bien que la lumière diminuât, quand le plus petit des deux retira son capuchon, je le reconnus immédiatement.

— Julien !

Je courus vers lui, et lui vers moi. Nos escortes respectives – la sienne avait un air renfrogné et une longue épée – restèrent à distance respectueuse.

Il me prit la main – cette fois avec une certaine maladresse – et se pencha pour l'embrasser. Ses doigts étaient longs et fins, comme avaient dû l'être ceux de son père avant que l'âge et la maladie ne les déforment. Nous nous regardâmes sans un mot. Ses joues étaient rouges, striées de larmes.

— Père est si malade qu'il peut à peine parler, dit-il avec un effort pour se ressaisir. Aujourd'hui, il ne m'a pas reconnu. Les médecins sont inquiets. Je craignais de ne pas pouvoir le quitter.

Je lui serrai la main.

— Je suis profondément peinée. Mais il a déjà été très malade, et s'est rétabli. Je prierai pour lui, afin que Dieu le guérisse.

Il eut un mouvement du menton en direction du sanctuaire.

— Est-ce vrai, ce que l'on dit ? demanda-t-il. Que Savonarole prêche contre lui ? Qu'il dit des choses méchantes ?

Je répondis à contrecœur.

— Il n'a pas mentionné son nom, mais il condamne ceux qui possèdent richesses, œuvres d'art et pouvoir.

Julien baissa le visage ; ses boucles brunes retombèrent en avant.

— Pourquoi déteste-t-il père ? Il souffre tellement, maintenant… Je ne peux pas supporter de l'entendre gémir. Pourquoi vouloir détruire tout ce que ma famille a fait pour aider Florence ? Toute la beauté, la philosophie, les tableaux, les sculptures… Mon père est un homme bon. Il a toujours donné généreusement aux pauvres…

Il releva la tête pour me regarder.

— Vous ne croyez pas toutes ces choses, Madonna ? Faites-vous partie des *piangioni* maintenant ?

— Bien sûr que non !

Je fus si offensée par la remarque que ma colère le convainquit.

— Je ne serais pas venue ici si ce n'était pour vous voir. Je déteste frère Jérôme.

Il parut se détendre.

— Je m'en réjouis, dit-il. Lisa… me permettez-vous de vous appeler ainsi ?

J'acquiesçai et il continua :

— Lisa, je regrette que ma tristesse assombrisse cette rencontre. Je viens vous parler de quelque chose qui risque de vous sembler ridicule…

Je retins mon souffle.

— Le soir où vous êtes venue nous rendre visite… je n'ai pu penser à rien d'autre. Je ne pense à rien d'autre qu'à vous, Lisa. Et bien que je sois trop jeune, et que mon père puisse avoir des objections, je ne veux rien d'autre que…

Il devint gêné, baissa le regard et chercha ses mots. Pour ma part, j'avais peine à croire ce que j'entendais, bien que j'en eusse souvent rêvé.

Il me tenait toujours la main ; son étreinte se resserra. Enfin, il releva la tête pour me regarder.

— Je vous aime, dit-il. C'est terrible, je ne peux plus dormir. Je ne veux pas vivre sans vous. Je veux vous épouser. Je suis jeune, mais suffisamment mûr pour savoir ce que je veux. J'ai déjà assumé plus de responsabilités que la plupart des jeunes gens de mon âge. Père voudrait sans doute pour moi une alliance plus stratégique, mais quand il ira mieux, je suis sûr de pouvoir le persuader. Nous devrons attendre un an ou deux, mais...

Il s'arrêta, hors d'haleine, puis respira un grand coup.

— Mais d'abord, je dois connaître votre sentiment, dit-il, le regard anxieux.

Je répondis sans hésiter.

— Je le souhaite de toute mon âme.

Un sourire radieux illumina son visage.

— Et vos sentiments... ?

— Ils sont les mêmes que les vôtres. Mais, ajoutai-je doucement, mon père ne le permettra jamais. Lui appartient aux *piangioni*.

Son enthousiasme était sans borne.

— Nous pourrions négocier avec lui. Si nous ne demandions pas de dot... Si nous lui donnions assez d'argent pour qu'il n'ait plus besoin de travailler... J'ai rencontré sieur Antonio. Il s'est toujours montré très respectueux, et semble être un homme raisonnable.

Il se tut pour réfléchir.

— Père est trop vieux pour envisager cela, mais j'en parlerai à mon frère aîné, Piero. Je peux discuter avec lui. Le temps que père se rétablisse, les fiançailles seront annoncées. Il m'a toujours laissé faire ce que je voulais.

Il parlait avec un tel optimisme que je me laissai convaincre.

— Est-ce possible... ?

— Plus que possible, dit-il. C'est fait. J'y veillerai. Personne ne pourra m'en dissuader. Ce soir même, j'en parlerai à Piero, et je recommencerai demain matin si nécessaire. Demain, je vous rendrai compte de mon succès. Où pourrons-nous nous rencontrer, et quand ?

— Ici.

Aucun endroit ne convenait mieux à notre subterfuge.

— A la même heure.

— Demain soir, alors.

Puis, soudain, il se pencha en avant et m'embrassa sur les lèvres. Surprise, je fis un pas en arrière – mais ce serait mentir que de ne pas admettre que je lui rendis promptement son baiser.

Nos deux escortes en profitèrent pour surgir et nous séparer. Julien fut mené à un carrosse qui attendait, tandis que Zalumma me reconduisait à l'église.

— Crois-tu que cela soit possible ? lui chuchotai-je.

Elle posa la main sur mon épaule pour me guider ; son regard était fixé sur la foule toute proche.

— Rien n'est impossible, dit-elle.

Cette fois, je n'eus pas besoin de feindre un étourdissement.

28

Je ne dormis pas cette nuit-là ; Julien devait être, lui aussi, éveillé, dans son lit de l'autre côté de l'Arno. Mon chagrin d'amour pour Léonard n'avait pas fait long feu, depuis que j'avais appris qu'il préférait les hommes. Son regard admiratif sur moi avait été celui d'un artiste sur un sujet éventuel, et rien d'autre. « Ami », avait-il écrit ; le terme était exact.

Mais Julien... beau, intelligent, sensible à l'art, et jeune, comme moi... Je ne pouvais rêver d'un meilleur mari. L'amour qu'il me portait exacerbait encore le mien. Pourtant, je savais qu'aucune compensation, que ce soit de l'or, des bijoux ou des propriétés, ne pourrait convaincre mon père de me donner à un Médicis.

Cette nuit-là, je priai Dieu pour qu'Il guérisse Laurent et que Julien reçoive la permission de m'épouser, pour qu'Il attendrisse mon père et rende ce mariage possible. Je priai aussi pour que le portrait commandité par Laurent soit réalisé.

Juste avant l'aube, lorsque la nuit commença à tourner au gris, j'eus une révélation : l'étranger qui m'avait saluée dans le sanctuaire était l'homme qui se tenait derrière moi à San Marco et qui m'avait aidée à me relever le jour de la mort de ma mère.

Au matin, mon père fut agréablement surpris d'apprendre que je retournerais à la messe à San Lorenzo. J'étais fatiguée par le manque de sommeil, et mon état de nervosité ne me permit pas de manger grand-chose ce jour-là ; ma pâleur évidente serait une excuse toute trouvée pour m'échapper une nouvelle fois du sanctuaire et me rendre au jardin.

Nous étions le 6 avril. Je me souviens de cette date avec précision, compte tenu des événements qui suivirent.

La matinée avait été claire, mais le coucher du soleil fut obscurci par des nuages noirs ; le vent était annonciateur de pluie. Si je n'avais pas été impatiente de revoir Julien, et mon père de suivre les enseignements du prophète, nous serions certainement restés à la maison pour échapper au déluge imminent.

A l'extérieur de San Lorenzo, les fidèles étaient encore plus nombreux que la veille ; la perspective du mauvais temps ne les avait pas découragés.

Je dus supporter une nouvelle fois le comte Pic, qui nous salua avec son onctuosité coutumière, et frère Domenico, qui, nous ayant gardé nos places près de la chaire, disparut ensuite. Nerveuse comme je l'étais, je me souviens à peine de la cérémonie et du sermon ; mais les premières paroles de frère Jérôme furent prononcées avec une telle force que je ne les oublierai jamais.

— *Ecce gladius Domini super terram cito et velociter !* cria-t-il avec une telle véhémence que de nombreux fidèles en eurent le souffle coupé. Voyez l'épée du Seigneur, qui ne tardera pas à passer sur la terre !

Le silence se fit dans l'assistance. On n'entendit plus dans la cathédrale que les vociférations de Savonarole.

Dieu lui avait parlé, affirma frère Jérôme. La veille, il avait essayé d'écrire un sermon sur Lazare ressuscité, mais les mots lui avaient échappé – jusqu'à ce que Dieu lui-même les dicte à Son prophète.

Dieu était à bout de patience ; il ne retiendrait plus Sa main. Le Jugement dernier arrivait, le Jugement était là, et rien maintenant ne pourrait L'arrêter. Seuls les fidèles seraient épargnés. Il parlait avec tant de conviction que je dus faire un effort pour ne pas avoir peur.

Il faisait chaud, l'air était confiné. Je fermai les yeux et titubai ; il fallait que j'échappe à cette foule si je ne voulais pas être malade en plein sanctuaire. Je saisis le bras de Zalumma. Elle attendait mon signal mais, voyant mon état, elle s'inquiéta.

— Elle est malade, dit-elle à mon père.

Totalement envoûté par le prophète, il n'entendit pas. Zalumma me poussa à travers la foule, jusqu'à l'air frais.

Les fidèles se répétaient les paroles de Savonarole en chuchotant jusqu'à ce qu'elles parviennent sur les marches de l'église, où un paysan les reprenait en criant à l'intention de ceux qui étaient dehors.

— Repens-toi, ô Florence ! Mères, pleurez pour vos enfants !

Les nuages d'un noir opaque annonçaient déjà la nuit. Un vent froid venant de l'Arno apportait une odeur saumâtre. Me retrouver à l'air après toute cette foule me revigora un peu, mais j'étais impatiente d'entendre Julien.

Nous nous dirigeâmes vers le jardin de l'église ; je poussai la grille. A l'intérieur, il faisait noir ; les branches des arbres se tordaient à chaque rafale de vent, dispersant leurs fleurs dans l'air.

Julien n'était pas là.

Pas *encore* là, pensai-je.

— Attendons, dis-je à Zalumma en élevant la voix pour couvrir le vent.

Je restai là, le regard fixé sur la grille ouverte, comme si j'avais le pouvoir de faire sortir Julien et son garde de l'ombre. Elle ne partageait pas mon optimisme ; elle regardait le ciel sans étoiles, guettant l'orage qui approchait. Au loin, une voix d'homme flottait dans le vent.

— Ces paroles sont celles de Dieu Lui-même. Je ne suis qu'un humble messager ; je ne sais pas pourquoi Dieu m'a choisi. Ignore mes faiblesses, ô Florence, et ouvre ton cœur à la voix de Celui qui te met en garde.

Nous attendîmes le plus longtemps possible. Je serais restée encore, mais Zalumma me toucha l'épaule.

— C'est l'heure. Ton père va soupçonner quelque chose.

Malgré ma résistance, elle me prit le coude et me poussa vers la grille. Je repris le chemin de l'église, la gorge et le cœur serrés par l'émotion. Malgré le temps menaçant, la foule sur les marches n'avait pas diminué ; de nombreux fidèles avaient allumé des flambeaux, et leurs rangs sinueux formaient un serpent étincelant.

Nous ne parvînmes pas à nous frayer un chemin à l'intérieur ; l'insistance de Zalumma pour qu'on laisse passer une femme de la noblesse ne rencontra que des rires méprisants.

Je fis demi-tour avec l'intention de retourner au jardin, mais elle me prit le bras avec fermeté.

— Reste ici, insista-t-elle. Tu m'entends ? Ils ont cessé de répéter son sermon. La messe est presque terminée ; ton père va bientôt sortir.

Puis elle ajouta, baissant la voix :

— S'il avait pu venir, il aurait été là à t'attendre.

Je détournai le visage ; le tonnerre commença alors à gronder. Des murmures montèrent de la foule.

— Il dit la vérité ! cria un vieillard. Le Jugement de Dieu s'abat sur nous !

Une peur inexplicable me saisit.

Quand mon père sortit de l'église, suivi du comte Pic, il ne me gronda pas comme je le craignais. Au contraire, il se montra gentil.

— Je sais que tu ne te sens pas bien depuis quelque temps, me dit-il en m'aidant à monter dans le carrosse. Et je sais à quel point il t'est pénible de voir frère Jérôme… Mais avec le temps, ton cœur guérira. J'en suis certain, ajouta-t-il d'une voix tremblante d'émotion, ce soir, ta mère te regarde du paradis, avec un doux sourire.

Nous arrivâmes à la maison quelques instants avant l'orage.

Cette nuit-là, je fus réveillée par le tonnerre, accompagné d'éclairs fulgurants. Avec cet orage, il n'était pas question de dormir : Zalumma et moi nous installâmes à la fenêtre pour regarder de l'autre côté de l'Arno et guetter les éclairs qui illuminaient le ciel.

A la fin, nous retournâmes nous coucher. Je sombrai dans un sommeil profond, rempli de rêves maléfiques.

29

Le lendemain matin, nous nous rendîmes au marché. J'étais distraite et abattue à la pensée que Julien ait pu changer de sentiments, ou que son père et Piero l'aient convaincu que se marier en dessous de son rang était une bêtise.

Pourtant, déjà dans le carrosse, je sentis qu'il était arrivé quelque chose d'important dans la ville. Dans les *botteghe*, la plupart des artisans n'avaient pas mis leurs marchandises en devanture ; dans les magasins ouverts, les commerçants étaient en grande conversation avec leurs clients. Dans les rues, les gens s'étaient rassemblés par petits groupes et chuchotaient.

Notre premier arrêt fut pour le boucher, un homme d'un certain âge, corpulent, et si chauve que son crâne rose brillait au soleil. Il avait servi ma grand-mère, puis ma mère ensuite. Il travaillait avec son fils cadet, un garçon dont les cheveux dorés étaient déjà si clairsemés qu'on commençait à apercevoir son crâne.

Aujourd'hui, le sourire habituel du boucher et sa bonne humeur avaient disparu. Il se pencha en avant, l'air triste ; il avait dû perdre un être cher.

— Avez-vous entendu, Mona Lisa ? me demanda-t-il avant que je puisse l'interroger. Savez-vous ce qui s'est passé à Santa Maria del Fiore ?

Je secouai la tête.

— Le Dôme ?

— Effondré ! dit-il d'un ton grave. Dieu a lancé un coup de tonnerre, et le grand Dôme est enfin tombé.

Il se signa.

J'en eus le souffle coupé. Quelle horreur d'imaginer le superbe Dôme réduit à un amas de gravats !

— Mais je l'ai vu, en traversant le pont ! dit Zalumma avec mépris. Il est toujours debout. S'il s'était effondré, nous aurions toutes les deux remarqué son absence. Regardez ! continua-t-elle en le montrant du doigt. Vous pouvez même l'apercevoir d'ici !

Le boucher n'en démordit pas.

— Le centre. Le centre lui-même est tombé. Ce que vous voyez n'est que la coquille extérieure. Si vous ne me croyez pas, allez vous en rendre compte par vous-mêmes. Des témoins me l'ont rapporté.

Son fils, qui fendait une tête d'agneau pour en retirer la cervelle, entendit notre conversation.

— Certains disent que c'est Laurent de Médicis qui l'a fait, commenta-t-il par-dessus son épaule. Il avait une bague magique avec un génie piégé à l'intérieur, qui s'est échappé pendant la nuit et a causé la catastrophe.

Son père grogna et secoua la tête.

— Superstition ! Mais... je dois l'avouer, cet incident confirme les enseignements de frère Jérôme. Je n'étais pas de ses fidèles, mais j'irai peut-être ce soir à San Lorenzo écouter ce qu'il va dire au sujet de cet incident.

Ebranlée au plus profond de mon être, je partis avec le gigot et la selle de l'agneau, laissant la cervelle à quelqu'un d'autre. Notre prochain arrêt aurait dû être pour le boulanger, mais je racontai au cocher ce que nous venions d'entendre. Bien qu'il fût loyal à mon père et lui eût juré qu'il s'en tiendrait aux endroits permis, il se laissa aisément convaincre de se rendre à la place du Dôme pour que nous puissions constater les dommages.

Les rues menant à Santa Maria del Fiore étaient bondées, mais, en nous approchant de la cathédrale, nous fûmes rassurées : le dôme en brique orange s'élevait toujours dans le ciel florentin.

— Ragots stupides ! murmura Zalumma. Délires complets, alimentés par ce fou.

Fou : le terme convenait parfaitement à frère Jérôme, mais je n'aurais jamais osé l'utiliser dans ma propre maison... et avec le fanatisme de ses disciples, il était préférable de ne pas le prononcer en pleine rue.

La place était encombrée de carrosses et de piétons venus constater le désastre. Cela n'avait rien à voir avec la description cataclysmique du boucher, mais la foudre avait effectivement frappé la lanterne de cuivre qui surmontait la coupole, laissant une trace de roussi. Et la structure avait effectivement été endommagée : deux niches étaient tombées, l'une déchirant la coupole, l'autre faisant un grand trou dans le toit d'une maison voisine. Des morceaux de marbre s'étaient également décrochés et avaient roulé vers le côté ouest du sanctuaire, jusqu'à la place. Des piétons s'agglutinaient autour, se tenant à distance respectueuse. Un enfant s'approcha pour en toucher un ; sa mère le saisit pour l'en empêcher, comme si le marbre lui-même était maudit.

Un vieillard aux cheveux blancs pointa un doigt en direction de l'ouest, vers la Via Larga.

— Vous voyez ? cria-t-il en direction de la foule. Ils ont roulé vers le palais Médicis. Dieu a demandé au *Magnifico* de se repentir de ses méfaits, mais Il ne peut plus retenir Sa colère !

Je retournai vers notre cocher, toujours perché sur son siège à contempler le spectacle.

— J'en ai assez vu, lui dis-je. Ramène-nous vite à la maison.

J'allai me coucher, expliquant à mon père que j'étais malade et que je ne pourrais pas assister à la messe du soir avec lui. Je passai ce jour-là et le suivant à attendre en vain une lettre de Julien.

Mon père ayant insisté, je descendis pour dîner tardivement avec lui. Il devait avoir l'intention de me supplier de l'accompagner à la messe le lendemain matin, aussi pris-je mon air le plus misérable. Mais il voulait seulement me faire partager des nouvelles qui le laissaient perplexe.

— Les lions du palais de la Seigneurie, commença-t-il.

Ces deux lions en cage, cadeau de Laurent, symbolisaient la puissance de Florence.

— Après avoir été si longtemps ensemble, l'un a tué l'autre. Ce sont des signes, Lisa. Des signes et des présages.

Nous étions le soir du 8 avril. Je mc déshabillai pour me coucher, mais je ne pus fermer les yeux ; je me retournai si souvent que je finis par énerver Zalumma, qui protesta d'une voix endormie.

Quand j'entendis un carrosse s'arrêter derrière notre palais, j'enfilai ma *camicia* et sortis en hâte dans le couloir pour regarder par la fenêtre. Le cocher était en train de descendre de l'attelage ; je ne distinguai que la silhouette des chevaux et d'un homme tenant une torche. Le cocher paraissait se hâter.

Il se dirigea tout droit vers la loggia. Faisant demi-tour, j'allai me poster en haut de l'escalier, l'oreille tendue. Il frappa à la porte, cria le nom de mon père. Une certaine confusion s'ensuivit du côté des serviteurs qui dormaient, jusqu'à ce qu'on le laisse enfin entrer.

Au bout d'un moment, j'entendis la voix sévère de mon père, suivie de la réponse inintelligible de l'autre homme.

Lorsque les pas de mon père – les pas rapides d'un homme éveillé en sursaut – retentirent dans l'escalier, je m'étais déjà enveloppée dans mon *mantello*. Comme je n'avais pas pris de chandelle, il fut surpris par ma présence. Son visage était éclairé de façon macabre par la lampe qu'il tenait.

— Tu es réveillée. As-tu entendu ?

— Non.

— Habille-toi, vite. Prends ta grande cape, celle avec le capuchon.

Interloquée, je retournai dans ma chambre et réveillai Zalumma. Encore à moitié endormie, elle ne comprit rien à mes élucubrations, mais elle m'aida à enfiler une robe.

Je descendis retrouver mon père qui m'attendait avec sa lampe.

— Quoi qu'il te dise... commença-t-il, avant de s'interrompre sous le coup de l'émotion. Quoi qu'il te dise, répéta-t-il après s'être repris, tu es ma fille, et je t'aime.

30

Je ne répondis pas, car je n'avais pas la moindre idée de ce qu'il fallait dire. Il m'emmena dehors, en passant par la loggia, jusqu'au carrosse dont le cocher attendait. Je m'arrêtai soudain en voyant les armoiries aux *palle* sur la porte. Julien ? C'était impossible – mon père ne me donnerait jamais à lui de gaieté de cœur.

Il m'aida à monter, referma la portière et me prit la main par la fenêtre. Il semblait hésiter à m'accompagner.

— Fais attention, me dit-il enfin. Ne te montre pas. Ne parle à personne. Ne raconte à personne ce que tu vas voir ou entendre.

Sur ces paroles, il recula et fit signe au cocher de partir.

L'heure tardive avait émoussé mon pouvoir de raisonnement, mais quand le carrosse franchit bruyamment les pavés du Ponte Vecchio, je compris que j'avais été convoquée.

Le voyage fut plus long que je ne le prévoyais. Au lieu de nous rendre au palais Médicis, nous quittâmes la ville en direction de la campagne, où nous roulâmes une bonne heure. Puis nous abandonnâmes l'ombre des arbres noirs pour emprunter une route gravillonnée. Après un long moment, le cocher arrêta les chevaux devant une demeure qui ouvrait sur un jardin composé de massifs carrés.

Toutes les fenêtres brillaient malgré l'heure tardive ; personne ne dormait dans cette maison.

Les hommes de garde avaient abandonné leur poste à l'entrée de la villa ; assis non loin, près de torches allumées, ils parlaient à voix basse. Au moment où le cocher m'aida à descendre, l'un d'eux se mit à pleurer bruyamment. Les autres le firent taire, et un homme s'approcha pour me faire entrer.

A l'intérieur, une jeune servante attendait dans la grande entrée magnifiquement décorée.

— Comment va-t-il ? lui demandai-je tandis qu'elle me guidait rapidement le long du corridor.

— Il est mourant, Madonna. Les médecins pensent qu'il ne passera pas la nuit.

Cette nouvelle me glaça ; j'avais le cœur serré pour Julien et pour sa famille. Les œuvres devant lesquelles je passai – les tableaux aux couleurs flamboyantes, les délicates sculptures dorées – me parurent cruelles.

Quand nous arrivâmes à la chambre à coucher de Laurent, la porte était fermée. L'antichambre, comme celle du palais de la Via Larga, était remplie de bijoux, de gobelets et d'intailles en or, tous soigneusement disposés. La femme de Piero, Madonna Alfonsina, était assise dans la pièce, vêtue d'une simple *camicia*, un châle sur les épaules, complètement effondrée ; enceinte, elle me parut particulièrement disgracieuse malgré ses belles boucles cuivrées. A côté d'elle, Michel-Ange tenait sa tête imposante dans ses mains ; il ne leva pas les yeux à mon entrée.

Alfonsina, en revanche, me jeta un regard menaçant quand je lui fis la révérence et me présentai. L'air furieux, elle détourna le visage. Elle avait déjà endossé le rôle de matriarche et semblait plus nerveuse que triste, les yeux secs et courroucés, donnant l'impression qu'elle en voulait à son beau-père de l'avoir dérangée.

Le vieux philosophe, Marsilo Ficino, se tenait près de la porte, jouant apparemment le rôle d'intermédiaire.

— Madonna Lisa, me dit-il avec gentillesse tout en refoulant ses larmes, je suis content de vous revoir, et triste que ce soit en de telles circonstances.

Il me prit par le bras pour m'emmener dans le saint des sains, mais nous fûmes arrêtés par des cris dans le couloir et le bruit de pas s'avançant rapidement dans notre direction. Jean Pic et Savonarole venaient vers nous, suivis de Piero et Giovanni de Médicis.

Le visage de Piero était rouge, inondé de larmes.

— Vous nous avez trahis en le faisant venir ici ! cria-t-il. Pourquoi ne pas vous contenter de nous frapper, de nous cracher dessus à l'heure de notre pire chagrin ? Tout aurait été préférable à cela.

— Ne nous manquez pas de respect ! gronda en même temps son frère Giovanni. Eloignez-vous de lui, ou je ferai venir les gardes !

Lorsque Pic et Savonarole s'approchèrent de sieur Marsilo en même temps que de la porte, Alfonsina se leva en laissant tomber son châle, et gifla Pic avec une telle force qu'il trébucha en arrière.

— Traître ! dit-elle d'une voix stridente. Vous osez vous moquer de nous en faisant venir cette brute sous notre toit, à un moment pareil ? Sortez ! Sortez tous les deux !

Michel-Ange observait la scène avec le regard perdu d'un enfant. Il ne se précipita pas pour défendre Alfonsina, et s'abstint de prendre le parti de son prophète. Marsilo se tordit les mains.

— Madonna, vous ne devez pas vous énerver ainsi... murmura-t-il.

Pic était surpris par une telle résistance : il s'attendait à un accueil plus aimable.

— Madonna Alfonsina, dit-il, je ne veux aucun mal à votre famille, mais je dois faire ce que Dieu m'ordonne.

Savonarole gardait le silence, le regard baissé, visiblement mal à l'aise.

La porte de la chambre s'ouvrit ; tous se retournèrent, comme s'ils attendaient les paroles d'un oracle.

Julien se tenait dans l'embrasure de la porte, fronçant le front de colère.

— Taisez-vous, tous !

Il semblait plus âgé que lors de notre dernière rencontre. Il n'avait pas encore quinze ans, et si ses cheveux et sa peau étaient ceux d'un jeune garçon, ses yeux et sa façon de se tenir trahissaient un homme accablé de soucis.

— Que se passe-t-il ?

Au même instant, son regard se posa sur Savonarole. Un éclair de mépris traversa ses yeux, qui retrouvèrent aussitôt leur assurance. Sa voix se radoucit.

— Je vous en prie. Père peut encore nous entendre. Nous avons une responsabilité à son égard – envers lui qui s'est toujours soucié de nous tous. Nous devons faire en sorte que ses derniers moments soient aussi calmes et sereins que possible. Epargnons-lui tout sujet de mécontentement.

Considérant toujours Pic et son compagnon avec colère, Alfonsina ramassa son châle, qu'elle jeta sur ses épaules.

— Piero, dit alors Julien à son frère d'un ton anodin, ta femme n'a rien mangé de la journée. Ne pourrais-tu pas l'emmener pour qu'elle se nourrisse ? Cela ferait plaisir à père de savoir que l'on s'en occupe…

Oubliant sa colère, Piero acquiesça, passa son bras autour des épaules d'Alfonsina. Elle regarda son mari tendrement ; de toute évidence, ces deux-là s'aimaient. Julien parut ému en les voyant, et soulagé à la pensée qu'il n'aurait plus à s'occuper d'eux.

Il s'adressa ensuite à son frère, le cardinal :

— Mon cher frère, as-tu veillé à tout ?

Le gros Giovanni secoua sa tête tout ébouriffée. Comme Julien, il n'avait pas éprouvé le besoin de pleurer devant les autres.

— Tous les détails du service ne sont pas encore réglés, dit-il d'une voix calme, sans émotion. L'hymne d'ouverture me manque… Père aurait pu choisir autre chose que l'Evangile et un seul hymne, continua-t-il d'un ton légèrement exaspéré. Ces choses-là demandent beaucoup de réflexion, car ces chants doivent produire un effet durable sur la foule.

— Nous comptons sur toi pour bien choisir, même si le temps manque, affirma Julien. Peut-être la prière sera-t-elle pour toi une source d'inspiration.

Il soupira.

— Frères, allez, et faites de votre mieux. Soyez certains que nous vous enverrons chercher dès l'instant où père ira plus mal. Et maintenant, laissez-moi m'occuper de notre invitée imprévue.

Alfonsina et les deux frères passèrent devant Pic et Savonarole avec mépris. Dès qu'ils furent loin, Julien demanda doucement, comme s'il parlait à un enfant aimé :

— Michel-Ange, frère. As-tu mangé quelque chose ?

La grande tête se releva ; ses yeux sombres et tourmentés plongèrent dans ceux du jeune homme.

— Je ne veux pas. Je ne peux pas. Aussi longtemps qu'il souffre.

— Cela soulagerait-il ton cœur de prier ?

Le jeune sculpteur secoua sa tête.

— Je suis bien là où je suis. Je ne suis pas comme les autres, Julien. Tu n'as pas besoin de t'occuper de moi.

Comme pour le prouver, il se redressa dans son fauteuil, joignit ses mains sur ses genoux, affectant un air calme. Julien, sceptique, lui adressa une petite grimace d'affection, mais il laissa le jeune homme en paix.

Il se tourna ensuite vers Pic et le frère :

— Messieurs, veuillez vous asseoir. Je vais demander à mon père s'il se sent la force de vous recevoir. Mais tout d'abord, je dois parler à un ami.

Il s'interrompit.

— Gentil Marsilo, auriez-vous la bonté de vous occuper de sieur Pic et de frère Jérôme ? Ils ont fait un long voyage, et ils apprécieraient peut-être une collation.

Puis il me prit le bras, me fit franchir le seuil, et referma la porte derrière lui. Un bref instant, avant d'entrer dans la chambre, nous nous regardâmes comme si nous étions seuls, mais la joie avait disparu de nos regards. Son visage était hébété, ses yeux rouges de fatigue.

— Je vous remercie d'être venue quand père vous a demandée, dit-il, comme s'il s'adressait à une étrangère. Pardonnez-moi de ne pas avoir pu venir au jardin…

— Ne vous souciez pas de cela, protestai-je. Je suis triste, si triste. Votre père est un homme bon, et vous l'êtes aussi.

Je fis un geste pour lui prendre la main.

Il recula ; l'émotion l'envahit.

— Je ne peux…

Sa voix se cassa.

— Rien n'a changé pour nous, Lisa. Vous le comprenez certainement. Mais je dois être fort, et toute démonstration de tendresse rend cela difficile… C'est pour père, comprenez-vous ?

— Je comprends. Mais pourquoi m'avoir fait venir, moi ?

Ma question le rendit perplexe.

— Il vous aime bien. C'est sa façon d'être. Et... vous savez qu'il a élevé Michel-Ange comme son fils ? Il l'a vu un jour sur notre propriété, esquissant un faune. Il a reconnu son talent. Il doit voir quelque chose en vous qui vaut la peine d'être cultivé.

Laurent était assis, appuyé sur plusieurs oreillers, dans un vaste lit couvert de couvertures de fourrure et de velours. Il avait les yeux hagards, vagues ; il me regarda avec lassitude lorsque j'approchai du lit. Dans la pièce régnait une odeur fétide.

Un homme était assis sur une chaise, non loin du lit, à côté d'une petite table sur laquelle étaient posés un gobelet, des pierres, un mortier et son pilon.

— Le médecin de mon père, indiqua Julien. Pier Leone, Madonna Lisa Gherardini.

Le médecin acquiesça sèchement, sans parler. Son visage était défait, comme l'était tout son corps, et son impuissance se reflétait dans ses yeux.

— Les autres... dit Laurent d'une voix rauque.

Je me rendis compte qu'il ne voyait pas suffisamment bien pour me reconnaître. Julien alla s'asseoir sur la chaise à côté du lit.

— On en prend bien soin, père, dit Julien d'une voix claire et enjouée. Vous ne devez pas vous inquiéter. Piero a emmené Alfonsina pour qu'elle mange quelque chose, Giovanni s'occupe des détails de votre service, et Michel-Ange...

Il s'arrêta pour imaginer un pieux mensonge.

— Il prie dans la chapelle.

Laurent murmura quelques mots.

— Oui, je viens juste de le voir, dit Julien. La prière l'a grandement réconforté. Vous ne devez pas vous en soucier.

— Gentil garçon, murmura Laurent.

Sans rien voir, avec un effort immense, il souleva sa main ; son fils la saisit et se pencha sur lui, leurs épaules se touchant presque.

— Mon gentil garçon... Et toi, qui te réconforte ?

— Je suis comme vous, père, riposta Julien. Je suis né sans besoin de réconfort.

Il éleva légèrement la voix.

— Mais regardez, vous avez une visite. C'est Lisa di Antonio Gherardini. Vous avez demandé qu'elle vienne.

Je me rapprochai jusqu'à toucher le lit.

— La dot, chuchota le vieil homme.

— Oui, père.

Le visage de Julien frôlait celui de son père. Il sourit et Laurent, pouvant tout juste le discerner, esquissa un sourire à son tour.

— Le seul, souffla-t-il. Comme mon frère. Tellement bon.

— Pas autant que vous, père. Certainement pas autant.

Julien marqua une pause, puis il tourna le visage vers moi et dit à haute et intelligible voix pour que son père comprenne :

— Mon père veut que vous sachiez qu'il a fait le nécessaire pour votre dot.

Laurent respira bruyamment, faisant un effort pour inspirer. Julien et le médecin se précipitèrent vers lui pour l'aider à se pencher en avant, ce qui sembla le soulager. Quand il eut récupéré, il fit signe à son fils de s'approcher et lui chuchota quelque chose ; Julien laissa échapper un petit rire.

— Prince, dit-il.

Et malgré son apparente légèreté, sa voix se brisa en me regardant.

— Suffisamment d'argent pour que vous puissiez épouser un prince, si vous le souhaitez.

Je souris à l'intention de Laurent, mais mon regard ne quittait pas Julien.

— Vous n'avez donc pas choisi mon mari ?

Laurent n'entendit pas, mais son fils avait déjà la réponse.

— Il n'a pas choisi l'homme. Cette tâche, il me l'a déléguée.

Je m'approchai du lit, me penchai vers le mourant.

— Sieur Laurent, demandai-je en élevant la voix. M'entendez-vous ?

Il battit des paupières, chuchota quelque chose. Je ne pus deviner sa réponse. Julien me regarda.

— Il vous entend.

Prise d'audace, je saisis sa main. Elle était molle, affreusement noueuse, une véritable griffe, mais je la serrai contre mes lèvres en signe d'affection et de respect. Il fut conscient du geste : ses yeux injectés de sang s'attendrirent.

— Vous avez été si gentil avec moi, la fille d'un marchand de laines ; vous avez été si généreux avec tant de personnes. La beauté, l'art que vous nous avez donnés à tous, sieur Laurent – c'est une dette dont nous vous serons à jamais redevables.

Ses yeux se remplirent de larmes ; un petit gémissement lui échappa.

Ne sachant si c'était un signe de douleur ou d'émotion, je regardai Julien, au cas où il aurait besoin du médecin ; il secoua la tête.

— Que puis-je faire pour vous montrer ma gratitude ? continuai-je. De quelle manière pourrais-je alléger votre souffrance ?

Laurent chuchota de nouveau. Cette fois, je pus lire sur ses lèvres avant que son fils me répète ce qu'il venait de dire.

— Priez...

— Je le ferai. Je prierai pour vous chaque jour de ma vie.

Je m'interrompis, et serrai une dernière fois la main de Laurent.

— Dites-moi seulement pourquoi vous me faites une telle faveur.

Il fit un immense effort pour articuler les mots, si bien que je pus les entendre de sa propre bouche.

— Je vous aime, mon enfant.

J'étais stupéfaite ; peut-être sieur Laurent, dans les affres de la mort, délirait-il sous le coup de l'émotion, ou bien n'était-il pas conscient de ses paroles. Pourtant, je devais reconnaître que ce qu'il disait était vrai. J'avais été attirée par sieur Laurent dès le premier instant, le considérant aussitôt comme un ami.

— Moi aussi, je vous aime, lui répondis-je avec sincérité.

A ces mots, Julien tourna la tête, essayant de cacher son émotion. *Il Magnifico*, les yeux remplis d'adoration, esquissa une caresse sur son bras.

— Réconfortez-le... dit-il.

— Je le ferai, répondis-je à haute voix.

Puis il dit quelque chose qui n'avait pas de sens pour moi :

— Demandez à Léonard...

Il sembla à bout de souffle, laissa retomber son bras comme

si l'effort l'avait épuisé. Il fixait quelque chose ou quelqu'un derrière moi ; il referma les yeux en serrant les paupières, et grimaça de tristesse. Il réussit à hausser la voix pour que je puisse entendre chaque mot.

— Le troisième homme. Je vous ai failli... Comment puis-je m'en aller ? Léonard maintenant, lui et la fille...

Je crus que c'étaient là les délires d'un homme mourant, mais Julien se rapprocha de son père. Il semblait comprendre parfaitement ce que Laurent voulait dire : l'air troublé, il posa la main sur son épaule pour le réconforter.

— Ne vous faites pas de souci pour cela, père, dit-il en pesant ses mots. Ne vous inquiétez pas, je m'occuperai de tout.

Laurent murmura une réponse en grande partie inaudible ; il me semblait avoir entendu : « Comment puis-je aller vers lui alors que j'ai échoué ? » Ses jambes bougèrent faiblement sous les couvertures.

Julien me regarda.

— Il vaut mieux le laisser se reposer maintenant.

— Au revoir, sieur Laurent, dis-je à haute voix.

Il sembla ne pas entendre. Sa tête roula sur ses oreillers ; il paraissait perdu dans la contemplation du passé.

Je me redressai et m'éloignai du lit. Julien m'accompagna. Nous franchîmes la porte, retrouvant dans le petit vestibule un instant d'intimité.

Je ne savais comment le quitter. J'aurais voulu lui dire que jusque-là, je n'étais rien d'autre qu'une petite sotte amoureuse, fascinée par sa position sociale et ses lettres, une fille qui croyait l'aimer car elle rêvait d'une vie remplie de beauté et d'art, loin des malheurs vécus sous le toit de son père.

J'aurais voulu lui dire que, maintenant, je l'aimais vraiment, d'un amour aussi vrai que s'il avait été mon frère, mon sang. Et que j'étais étonnée que quelqu'un de si fort, capable de tant de compassion, ait pu me choisir.

Je ne voulus pas lui dire toutes ces choses, de peur de le faire pleurer. Mais je ne pus m'empêcher de le prendre dans mes bras ; pleins de tristesse, mais aussi d'affection, nous nous serrâmes l'un contre l'autre sans dire un mot.

Il ouvrit la porte, me confia à Marsilo Ficino et la referma.

Je fus escortée jusqu'au carrosse. La nuit était claire et fraîche. Je me penchai par la vitre pour regarder les étoiles, trop attristée pour pouvoir pleurer.

Quand j'arrivai à la maison, mon père, assis dans le grand hall, regardait le feu, son visage tourmenté nimbé de rouge par les flammes. Quand je passai près de lui, il se leva en hâte et s'approcha de moi, les questions lui brûlant les lèvres.

— Il m'a légué une dot importante, dis-je brièvement.

Il me regarda avec intensité.

— Qu'a-t-il dit encore ?

J'hésitai, puis décidai d'être franche.

— Qu'il m'aimait. Et que Julien était bon. Il perdait la tête, il a dit des choses qui n'avaient aucun sens. C'est tout.

Son regard s'emplit d'une tristesse incommensurable. Il pencha la tête.

Il est vraiment triste, songeai-je. Il a de la peine…

Puis il la releva brusquement.

— Qui était là ? Quelqu'un t'a-t-il vue ?

— Laurent, bien sûr, Julien, Piero, sa femme, et Giovanni… et Michel-Ange.

Je m'écartai de lui. Je n'avais aucune envie de raconter les événements de cette soirée. Mais, après réflexion, j'ajoutai :

— Pic est venu avec Savonarole. La famille était très contrariée.

— Pic ! dit-il.

Malgré lui, il ajouta :

— Frère Domenico était avec lui ?

— Non. J'en parlerai à un autre moment, s'il vous plaît.

J'étais épuisée. Je soulevai mes jupes et montai l'escalier sans me soucier de sa présence.

Dans ma chambre, Zalumma dormait. Plutôt que de la réveiller, je gardai ma robe et me penchai par la fenêtre pour regarder une nouvelle fois les étoiles. Sachant qu'elles brillaient aussi sur la villa de Careggi, je m'imaginai qu'en les fixant je restais en contact avec ceux qui veillaient là-bas.

Une heure devait s'être écoulée quand une lumière s'éleva

dans les cieux, puis traversa le ciel sombre, laissant un sillage brillant qui s'effaça rapidement.

« Des signes, avait dit mon père. Des signes et des présages. »

Toujours habillée, je me couchai sur le lit, mais ne pus dormir. Le ciel commençait à s'éclaircir quand j'entendis les cloches sonner le glas.

31

Le corps de Laurent fut exposé solennellement dans l'église où était enterré son frère. Tout Florence défila pour le pleurer, même ceux récemment persuadés par Savonarole qu'*il Magnifico* n'était qu'un païen et un pécheur.

Mon père lui-même versa des larmes.

— Laurent était violent dans sa jeunesse, dit-il, et il a commis beaucoup de mauvais actes, mais il était devenu plus indulgent en vieillissant.

Jean Pic vint chez nous pour commenter l'événement, comme si les nouvelles que j'avais rapportées à mon père importaient peu. Je n'avais pas été la seule à avoir vu la comète cette nuit-là ; les serviteurs de Careggi l'avaient également aperçue.

— Laurent a reçu Savonarole sur son lit de mort, et celui-ci lui a été d'un grand réconfort, rapporta Pic en s'essuyant les yeux.

Il avait du mal à articuler, après avoir bu plusieurs verres de vin servis par mon père. Je fus surprise de le voir à tel point affligé par la mort de Laurent.

— Je pense qu'il s'est réellement repenti de ses péchés, car il a embrassé la croix plusieurs fois, et a prié avec frère Jérôme.

Savonarole ne prêcha pas ce jour-là. Les citoyens qui, si récemment encore, se bousculaient sur les marches de San Lorenzo pour entendre le prophète de Florence attendaient maintenant patiemment de rendre un dernier hommage à son plus grand bienfaiteur. Pic ne put, malgré ses relations, nous éviter les heures d'attente, debout, comme les autres.

Nous pénétrâmes dans l'église un peu après midi. Laurent

reposait, près de l'autel, dans un simple cercueil en bois posé sur une estrade. Il était vêtu d'une robe en lin blanc, ses mains aux doigts soigneusement dépliés étaient croisées sur son cœur. Ses yeux étaient fermés, ses lèvres esquissant un léger sourire. Il ne souffrait plus, il n'était plus accablé de responsabilités.

Julien se tenait debout près du cercueil, entre son frère Piero et un garde du corps. Derrière lui, un Michel-Ange hagard et l'artiste de Vinci, l'air singulièrement sévère et solennel.

La vue de Léonard ne m'émut pas. Mes pensées ne quittaient pas Julien, et je le fixai jusqu'à ce que nos regards se croisent. Il était maintenant trop épuisé pour pleurer. Son visage était calme, mais son attitude trahissait sa douleur.

A ma vue, une lueur brilla dans ses yeux. Nous ne pouvions pas nous parler, ni même nous faire un signe, mais en cet instant j'appris tout ce que je voulais savoir. Nous n'avions pas évoqué la mission que son père lui avait confiée de me choisir un mari, mais il ne l'avait pas oubliée.

Je devais simplement être patiente.

Le lendemain, je me rendis comme d'habitude à la messe à Santo Spirito avec Zalumma. A la fin de l'office, nous sortîmes sous un agréable soleil de printemps. Zalumma s'attardait derrière la foule.

— Je me demande, me dit-elle, si je pourrais avoir la permission d'aller voir ta mère.

Je ne répondis pas tout de suite. Mon chagrin était encore trop récent pour aller sur la tombe de ma mère.

— Fais comme il te plaît, lui dis-je. Je t'attendrai ici, sur les marches.

— Tu ne veux pas venir ? demanda-t-elle avec une mélancolie surprenante.

Je me détournai, les yeux obstinément fixés sur les branches des aulnes qui se balançaient dans le vent. Quand j'entendis ses pas s'éloigner, je pus enfin me détendre.

Après un moment, tandis que je me réchauffais au soleil, essayant de ne pas penser à ma mère, j'entendis non loin deux personnes discuter avec animation. Je reconnus la voix de Zalumma ; l'autre, masculine, me parut familière.

Je me retournai. A quelques pas, entre les cryptes, les pierres tombales, les statues et les ronces, elle discutait avec Léonard. Il se tenait de profil, une ardoise à la main. Ses cheveux tombaient en vagues sur ses épaules de sous une calotte rouge. Sa barbe avait été taillée. Il dut sentir que je l'observais, car il se retourna et m'adressa un grand sourire, puis s'inclina.

J'esquissai une révérence, puis ne bougeai pas. Il s'approcha, flanqué de Zalumma, l'air complice. Elle savait qu'il attendrait là.

— Madonna Lisa, dit-il enfin.

Il sourit, mais son visage était grave, comme tous ceux qu'on voyait à Florence et qui portaient encore le deuil.

— Pardonnez-moi cette intrusion.

— Ne parlez pas d'intrusion, lui dis-je. Je suis contente de vous voir.

— Il en est de même pour moi. J'ai quitté Milan dès que j'ai su qu'*il Magnifico* était mourant, mais hélas, je suis arrivé trop tard. Je réside au palais Médicis. On m'a dit que vous seriez peut-être ici aujourd'hui. J'espère que ma présence ne vous ennuie pas, vu les circonstances... Je voudrais vous convaincre de poser pour moi.

— Mais sieur Laurent n'est plus là, dis-je sans réfléchir. Il ne peut plus vous donner de commission.

La réponse ne tarda pas.

— J'ai déjà été payé.

Je poussai un soupir.

— Mon père ne le permettra jamais. Pour lui, l'art est de la bêtise. C'est un adepte de Savonarole.

Léonard hésita.

— Est-il ici avec vous ?

Son ardoise comportait une feuille vierge. Une grande bourse était pendue à sa ceinture. Je touchai mes cheveux, puis mes jupes.

— Vous voulez me dessiner *maintenant* ?

Une lueur amusée passa dans ses yeux.

— Vous êtes parfaite comme vous êtes.

Je sentis la panique me gagner.

— Je ne peux pas rester longtemps. Je suis supposée assister à la messe et rentrer. Si je tarde, les domestiques vont se demander où je suis allée, et risquent de parler à mon père à son retour.

— Nous sommes allés présenter nos respects à ta mère, dit Zalumma à haute voix.

Je la regardai sévèrement.

Léonard avait déjà sorti quelque chose de sa bourse : c'était un morceau de charbon, attaché à un bâton poncé.

— Je vous ai envoyé une copie d'après l'esquisse que j'ai faite ce soir-là dans la cour des Médicis. Mais elle ne me va guère.

— Elle vous déplaît ?

— Certes, elle vous ressemble, mais je veux... quelque chose de plus. Je m'exprime mal avec des mots, mais si vous pouviez me faire confiance... et poser quelques minutes, pas plus. Je n'ai aucune envie de vous causer des ennuis avec votre père. Votre servante que voici surveillera l'heure.

Je cédai. Il me conduisit non loin de la cour de l'église, à un endroit où se trouvait un énorme rocher sous un chêne. Quand je fus assise là, il me demanda de me tourner légèrement, en le regardant par-dessus mon épaule, pour que mon visage soit de trois quarts.

Il prit le charbon – provenant, m'expliqua-t-il, d'un bâton de saule qui avait été brûlé dans un four jusqu'à devenir noir – et se mit à dessiner à une vitesse impressionnante, en commençant par les traits principaux.

— Comment avez-vous pu si aisément vous remémorer mes traits, alors que vous ne m'avez vue qu'une seule fois ? lui demandai-je après un silence. Le croquis que vous avez fait de moi était très sommaire. Et pourtant le dessin que vous m'avez envoyé... vous vous êtes souvenu de chaque détail.

Il continua à se concentrer sur son travail.

— On peut exercer sa mémoire, répondit-il après un instant. Quand je veux me souvenir d'un visage, je l'étudie de près. La nuit, quand je ne dors pas, je me rappelle chaque trait, un par un.

— Je ne pourrais jamais m'en souvenir avec autant de précision !

— C'est pourtant simple. Prenez le nez : il existe seulement dix types de profil.

— Dix types !

Je me mis à rire. Il haussa un sourcil en m'entendant ; je réprimai mon hilarité et m'efforçai de reprendre ma pose d'origine.

— Dix types de profil : droit, pointu, aquilin, plat, arrondi, retroussé, certains avec une bosse ou une courbe dans le partie supérieure, d'autres avec la même chose dans la partie inférieure. Si vous mémorisez ces types, vous disposez d'une réserve où pouvez puiser, ce qui vous aidera à vous souvenir du visage en question.

— Etonnant.

— Ensuite, il y a onze différents types de nez vus de face. Régulier, ou large au milieu, ou large au début, ou large au bout… Mais je vous ennuie.

— Pas du tout. Et les narines ?

— Elles appartiennent à une autre catégorie, Madonna.

Je fis un effort pour ne pas sourire. Après un moment, je changeai de sujet pour en aborder un qui me tenait plus à cœur.

— Vous résidez au palais Médicis. Vous êtes donc un proche de la famille.

— Aussi proche que peut l'être quelqu'un de l'extérieur.

— Comment vont… comment vont les fils de Laurent ?

Une légère ride se creusa au-dessus de son nez.

— Giovanni va bien, comme d'habitude. Le monde pourrait s'écrouler, cela ne l'affecterait pas. Piero… je crois que Piero commence enfin à comprendre la gravité de sa situation. Depuis des années, tout le monde lui parlait des responsabilités qu'il devrait assumer à la mort de son père. Il s'en rend enfin compte.

— Et Julien ? m'empressai-je de demander.

Il comprit, baissa les yeux et esquissa un vague sourire.

— Julien a de la peine. Il était le préféré de Laurent.

— C'est quelqu'un de profondément bon.

Le visage de l'artiste se détendit ; il s'arrêta, le charbon au-dessus du papier.

— Il l'est, dit-il. Il était très content de savoir que j'allais honorer la commission, ajouta-t-il d'un ton plus léger.

— Vraiment ?

Il sourit devant l'excitation que je ne parvenais pas à dissimuler.

— Oui, je crois qu'il apprécie énormément votre amitié.

Je rougis, incapable de parler.

— Parfait ! dit-il.

Le charbon vola sur la page.

— Continuez à penser à cela. C'est tout…

Troublée, je restai assise sans rien dire. Il me regardait fixement, puis dessinait, puis me regardait à nouveau un long moment. Une pensée le fit rougir et baisser les yeux. Il fixait le dessin, mais ne le voyait pas.

Il avait vu quelque chose, quelque chose en moi, quelque chose qu'il avait reconnu. Cela le taraudait et il évita de me regarder, de peur de me révéler un secret. Puis il se ressaisit, et continua à dessiner jusqu'à ce que Zalumma nous donne le signal du départ.

— C'est l'heure.

Je me levai, secouai la poussière de mes jupes.

— Quand vous reverrai-je ?

— Je ne sais pas, dit-il. Je dois retourner à Milan demain. Peut-être que d'ici notre prochaine rencontre, j'aurai fait un dessin qui me satisfait. Si c'est le cas, je le transférerai sur un panneau pour pouvoir commencer le tableau.

Son visage s'assombrit.

— Laurent n'étant plus là… la situation va devenir difficile pour ses fils. Si les choses se dégradent, être ami avec les Médicis risque de ne plus être un avantage. Si vous songez à une alliance…

Il avait trop parlé ; il se tut, mal à l'aise.

Je reculai et fronçai les sourcils ; mes joues étaient en feu. Pourquoi disait-il cela ? Pensait-il que Julien m'intéressait pour des raisons de prestige ?

— Je dois partir, dis-je, commençant à m'en aller.

Mais une pensée m'arrêta, et je me retournai.

— Pourquoi voulez-vous faire mon portrait ? demandai-je.

C'était lui, maintenant, qui était troublé.

— Je pensais avoir déjà répondu à cette question.

— Ce n'est pas pour l'argent. Alors, pour quoi ?

Il allait dire quelque chose, mais se reprit.

— Je le fais peut-être pour Julien, dit-il quand il se décida à répondre. Ou pour moi.

Ma bien-aimée Lisa,

Je vous écris pour deux raisons : d'abord pour vous dire que j'ai l'intention d'implorer mon frère Piero afin qu'il m'accorde la permission de solliciter votre main de votre père. Une période de deuil appropriée devra être respectée, bien sûr.

Et maintenant, je peux vous demander solennellement de me pardonner pour ne pas être venu à l'endroit et à l'heure convenus. Je sais combien cela a dû vous blesser, peut-être même vous faire croire que je ne vous aimais plus. La vérité est tout autre.

Deuxièmement, je dois vous remercier. Vos paroles pour père – sur tout le bien qu'il a fait pour Florence et ses habitants – étaient sages et pleines de compassion, et elles l'ont touché profondément. Aucune fille n'aurait pu être plus gentille ni lui apporter davantage de réconfort.

Si peu de gens ont pris en considération les véritables sentiments de père, alors que lui, jusque dans ses derniers moments, n'a pensé qu'aux autres ! Se sachant mourant, il fit venir ses amis les plus chers pour les réconforter, plutôt que de les laisser agir ainsi envers lui.

Il fut même suffisamment bienveillant envers Jean Pic pour l'accepter dans sa chambre avec le moine Savonarole. Que Dieu me pardonne, mais je ne peux m'empêcher de détester ce frère, qui a calomnié mon père pour tout ce qu'il a fait de bien. Servir de mécène à de si nombreux artistes, soutenir l'Académie platonique, distraire les pauvres avec des cirques et des parades – tout cela n'était que des actes païens, selon Savonarole, qui précipiteraient mon père dans les flammes de l'enfer s'il ne se repentait pas. Si j'avais su qu'il allait dire de telles choses, je ne lui aurais jamais accordé de voir mon père.

L'affreux petit moine répéta ses terribles accusations, en l'adjurant : « Repens-toi pour tout le sang que tu as versé ! »

En réponse, mon père tourna son visage vers le mur. Ce n'est qu'à ma demande et à celle de plusieurs gardes que nous pûmes éloigner le frère. Comment avait-il pu se montrer si cruel et traiter mon père de meurtrier – mon père qui n'avait jamais levé une arme sur quiconque, sauf pour se défendre ?

Frère Jérôme se tourna ensuite vers moi.

— Vous feriez bien de vous repentir et de vous mettre à genoux, me dit-il, car votre arrogance – et celle de vos frères – vous y précipitera bientôt.

Mon père m'appela alors, et je me hâtai de le rejoindre. Il commençait à délirer. Il me posa la même question à plusieurs reprises :

— S'il te plaît, s'il te plaît, s'il te plaît, dis-moi... où est-il ?

Je lui dis que je ne comprenais pas de quoi il parlait, mais s'il m'indiquait le nom de l'homme, je le ferais venir immédiatement auprès de lui. Mais il se contenta de gémir, et dit :

— Ah, Julien, après toutes ces années, je t'ai failli !

Peu après, son état empira. Les médecins essayèrent de lui administrer une autre potion, mais il ne put l'avaler. Il sombra dans un sommeil agité, puis se réveilla, désorienté et encore plus affaibli. Il m'appela à plusieurs reprises, mais ne fut pas réconforté par ma présence ni par le fait que je lui tienne la main. Puis il se calma, et on n'entendit plus dans la chambre que ses efforts pour respirer ; il semblait vouloir écouter quelque chose.

Après un moment, il dut l'entendre, car il sourit et chuchota dans un élan de joie :

— Julien... c'est toi. Dieu merci, tu as pu atteindre la berge.

Peu après, il mourut.

Maintenant je suis pris d'un affreux soupçon qui ne me laisse aucun repos. Je suis arrivé à la conclusion que les breuvages prescrits par le médecin pendant les derniers mois de la vie de mon père n'ont fait qu'empirer sa condition.

Croyez-moi. Mes pensées ne sont pas simplement le fruit de mon chagrin. Je soupçonne une conspiration pour accélérer la mort de mon père – peut-être même pour la provoquer. Mes certitudes ont été renforcées par le fait que son médecin personnel, Pier Leone, a été trouvé noyé dans un puits deux jours après la mort de mon père. Un suicide, dit-on, consécutif à son échec auprès de son patient.

La Seigneurie a voté pour permettre à mon frère Piero de reprendre la charge de mon père, bien qu'il n'ait que vingt ans. Il est très angoissé et peu sûr de lui en ce moment, je ne peux donc pas le perturber pour l'instant avec un problème de mariage. Je dois être un soutien pour lui, et non un sujet de préoccupation.

Mon chagrin est amplifié par le fait que je n'ai pu vous parler à l'enterrement de mon père, et que je n'ai pu venir vous retrouver ce soir-là à San Lorenzo.

Il vaudrait mieux détruire cette lettre ; si nous avons des ennemis, je ne voudrais pas que vous deveniez une de leurs cibles.

Sachez que je vous aime. Sachez que je parlerai à Piero à la première occasion possible.

Vôtre pour toujours,
Julien

32

Le printemps laissa place à l'été. Durant ces mois, ma vie ne fut qu'une longue et terrible attente. Je n'eus aucune nouvelle de Léonard, ne reçus ni lettre ni croquis de Milan. Pis encore, je n'entendis plus parler de Julien.

Son frère aîné était l'objet de nombreux commérages en ville. Piero s'intéressait davantage au sport et aux femmes qu'à la diplomatie et à la politique. Il était de notoriété publique que son père s'était maintes fois désespéré devant son manque de perspicacité et son arrogance.

Laurent avait raison, surtout concernant son arrogance. Quelques mois à peine après la mort d'*il Magnifico*, Piero réussit à s'aliéner deux des conseillers les plus proches de son père, et la plupart des seigneurs prieurs. Il ne lui servit en rien que sa mère, Clarisse, appartienne au noble et puissant clan des Orsini, qui se considéraient eux-mêmes comme des princes ; avoir épousé Alfonsina Orsini de Naples ne lui était pas plus utile. Pour cette raison, il était considéré comme un étranger – un tiers florentin seulement, et deux tiers de royauté autoproclamée.

Savonarole en fit habilement usage dans ses sermons pour rallier les pauvres contre leurs oppresseurs, tout en veillant à ne jamais prononcer le nom de Piero. Le sentiment anti-Médicis gagnait en ampleur ; pour la première fois, les gens prenaient ouvertement parti contre la famille dans les rues, et même dans les grands palais.

Moi, dans mon malheur, je n'avais plus aucune excuse pour échapper aux sermons de frère Jérôme. Je les tolérais, espérant que le fait d'avoir une fille soumise attendrirait le cœur de mon père et l'empêcherait de rejeter Julien comme prétendant. Je me rendis donc deux fois par jour à San Lorenzo pour entendre prêcher le petit dominicain exalté. Fin juillet, quand le pape Innocent mourut, Savonarole proclama que cet événement était un nouveau signe de la colère de Dieu ; quand, à la mi-août, un nouveau pape monta sur le trône de saint Pierre, il devint rouge de colère. Le cardinal Rodrigue Borgia, devenu pape Alexandre VI, osa prendre résidence au Vatican avec ses trois enfants illégitimes : César, Lucrèce et Jean. Et contrairement à ce qu'avait été la coutume des cardinaux et des papes par le passé, il refusa de les appeler ses neveux et nièces, mais insista de façon éhontée pour qu'ils soient reconnus comme ses fils et fille. Il y eut aussi des rumeurs selon lesquelles des prostituées fréquentaient le palais papal, et qu'il s'y produisait des orgies et des beuveries. C'était la preuve que la colère de Dieu était imminente.

Zalumma était assise à côté de moi à l'église, les paupières baissées, l'air distant. Elle ne méditait pas les paroles du prophète, comme on aurait pu le croire ; je savais qu'elle était ailleurs, dans son imaginaire, peut-être dans les montagnes bien-aimées qu'elle avait quittées étant jeune. J'étais également ailleurs. Dans mon imagination, je revoyais la villa à Castello, et les œuvres d'art qu'elle abritait, ou je me remémorais ma visite du bureau d'*il Magnifico*, l'éclat du gros rubis, la surface lisse de la coupe en calcédoine de Cléopâtre.

Ces souvenirs m'étaient d'un grand secours pendant le sermon de Savonarole ou le dîner quotidien avec mon père et Jean Pic, qui abusait du vin et finissait souvent par pleurer. Mon père l'emmenait dans son bureau, où ils bavardaient jusque tard dans la nuit.

Vint l'automne, puis l'hiver, et le Nouvel An. Zalumma m'apporta en cachette une lettre portant le sceau des Médicis. Je la déchirai pour l'ouvrir avec un mélange de désespoir et de joie folle.

Elle commençait par « Madonna Lisa », et ces deux mots distants suffirent à me faire perdre tout espoir.

Je ne sais plus quoi faire. Piero m'a fermement dénié le droit de demander votre main ; il recherche une épouse susceptible d'accroître le prestige de la famille et de renforcer sa position en tant que successeur de père. Il ne pense qu'à la politique, et non à l'amour. Mon frère, le cardinal Giovanni, est déterminé à ce que j'épouse une Orsini, et n'en démord pas.

De cela, je ne veux rien entendre. Je vous dis tout cela non pour vous décourager, mais plutôt pour vous expliquer mon long silence, vous faire part de ma frustration et vous assurer de ma détermination. Je ne me marierai avec personne d'autre. Ne pas pouvoir vous voir n'a en rien diminué mon ardeur ; au contraire, cela l'a renforcée. Nuit et jour, je ne pense qu'à vous et à trouver une solution pour que nous puissions être ensemble. Je m'y engage.

Bientôt, je serai avec vous, mon amour. Ayez confiance.

Julien

Je laissai tomber la lettre sur mes genoux et éclatai en sanglots. Je n'avais foi ni en la bonté de Dieu, ni en les leçons impitoyables de Savonarole, ni en la capacité de Julien d'échapper aux devoirs de son rang. J'étais seulement la fille d'un marchand de laines à qui Laurent s'était malencontreusement intéressé, et dont Julien avait eu la bêtise de s'enticher, sentiment qui s'estomperait certainement avec le temps.

Je voulais détruire la lettre, la déchirer en mille morceaux et les lancer en l'air pour les voir retomber comme de la poussière.

Au lieu de cela, je la pliai soigneusement et la rangeai avec mes autres souvenirs : le médaillon de Julien et celui de Cosme, avec les armoiries des Médicis ; le dessin que Léonard avait fait de moi et sa lettre ; les lettres de Julien, y compris celle qu'il m'avait expressément demandé de brûler.

33

L'année 1493 – celle qui suivit la mort de Laurent, où régna Piero – fut une année sombre pour moi. Je commençai à avoir mes règles et fis tout mon possible pour le cacher à mon père, allant jusqu'à soudoyer la blanchisseuse pour qu'elle ne mentionne pas les linges tachés. Malgré cela, il commença à me parler de maris éventuels. D'après lui, il avait respecté la promesse faite à ma mère. Ce n'était pas sa faute si Laurent était mort avant de pouvoir se prononcer sur un parti. Et mon destin ne pouvait être confié à ce lourdaud de Piero, qui s'était déjà montré un intermédiaire inefficace – plusieurs alliances de son fait avaient suscité la désapprobation des vieilles familles nobles. Mon père songeait à un homme distingué, bien introduit dans la société florentine, mais également pieux. Quand le temps serait venu, il le recevrait comme prétendant à ma main.

Heureusement, j'étais encore jeune, et le sujet en resta là. Malgré notre relation difficile, je savais que mon père m'aimait et que ma mère lui manquait terriblement. J'étais son dernier lien avec elle ; pour cette raison, il n'avait aucune hâte de me voir partir.

Cette même année, la légende du *papa angelico* – ce pape céleste qui serait choisi par Dieu, et non par l'homme – se mêla à une autre histoire ancienne, celle de la venue d'un second Charlemagne qui ferait le ménage dans l'Eglise. Ce Charlemagne unifierait ensuite la chrétienté sous l'autorité du *papa angelico*.

Le fait que le roi français s'appelle Charles et qu'il donne du crédit à ces légendes n'aidait en rien à la situation, ni qu'il ait jeté son dévolu sur Naples, considérant que la principauté méridionale donnant sur la mer lui appartenait. Il est vrai qu'elle avait été arrachée à la domination française, une génération auparavant, par le père du vieux roi Ferrante, Alphonse le Magnanime. Des barons loyaux à la France résidaient encore en ville, et ils se soulèveraient pour soutenir Charles, leur véritable souverain.

Savonarole s'empara de ces idées pour les ajouter à ses objectifs de sainteté. Il était suffisamment rusé pour ne jamais suggérer qu'il était le pape angélique, mais il se mit à prêcher que Charles serait celui qui brandirait l'épée vengeresse du Seigneur. Il ravagerait l'Italie et la ferait se repentir à genoux ; les fidèles l'accueilleraient à bras ouverts.

Peut-être frère Jérôme et ses fidèles les plus dévoués se réjouissaient-ils de voir un roi étranger envahir l'Italie, mais tous ceux que je connaissais étaient perturbés à cette idée. La perspective d'un destin tragique ne nous quittait pas. A la fin de l'année, tout Florence savait que Charles se préparait à envahir Naples en juin.

— O Seigneur, cria le prophète au cours d'un de ses sermons de l'Avent, Vous nous avez traités comme un père en colère ; Vous nous avez chassés de Votre présence. Hâtez la punition et le châtiment, afin que nous puissions plus rapidement nous unir à Vous !

Il parla d'une arche dans laquelle le pénitent pourrait s'abriter de la fureur prochaine. Et il finit son discours avec la phrase *« Cito ! cito ! »* (vite ! vite !), encourageant les fidèles à y chercher refuge avant qu'il ne soit trop tard.

Une année s'écoula encore. Le printemps 1494 apporta – pour moi, en tout cas – un nouvel espoir. J'avais depuis longtemps renoncé à mon rêve de revoir Julien lorsque Zalumma laissa tomber sur mes genoux une lettre portant le sceau des Médicis.

Ma bien-aimée Lisa,

Peut-être maintenant pourrez-vous croire que je suis un homme de parole. Je n'ai pas renoncé, et voici le résultat : mon frère Piero m'a enfin donné la permission de demander votre main. Mon cœur se réjouit ; cette terre est devenue pour moi le paradis.

J'espère que mon long silence ne vous a pas fait douter de la sincérité de mes sentiments pour vous, et je prie Dieu que vos propres sentiments envers moi n'aient pas changé. En toute franchise, je dois vous avouer que nous autres Médicis avons entendu les protestations contre nous, et les accusations injustes contre Piero. L'opinion publique s'est retournée contre nous ; si votre père et vous acceptez ma proposition, soyez consciente que vous entrerez dans une famille dont l'influence décroît. Piero estime que tout s'arrangera, mais je crains une tout autre issue. Il a reçu une lettre des ambassadeurs de Charles demandant le libre passage par la Toscane pour l'armée française, ainsi que des armes et des soldats. Piero n'a pas de réponse claire à lui apporter : il est tenu par ses liens familiaux de soutenir Naples, et le pape Alexandre a émis une bulle proclamant Alphonse de Calabre roi de cette contrée méridionale. Sa Sainteté a également menacé d'annuler les bénéfices de cardinal de notre frère Giovanni si Piero ne protège pas Naples contre l'avancée de Charles.

Pourtant, chaque membre de la Seigneurie est requis par la loi de faire vœu de ne jamais prendre les armes contre la France, et Florence a toujours été très dépendante de son commerce avec ce pays. Ainsi, mon frère aîné se trouve dans une situation impossible. Il n'est en rien aidé par le fait que ses conseillers lui donnent des avis contradictoires. « Montrez au peuple que tout va bien », lui dit l'un d'eux, et mon frère se met à jouer au ballon dans les rues à la vue des citoyens, pour donner l'impression que la vie suit son cours. Le résultat ? Les gens le traitent de « bon à rien », de « zuccone *», de « tête de citrouille ».*

Je ne peux pas m'empêcher de penser qu'il est la victime d'un effort délibéré pour le discréditer et faire chuter notre maison.

Réfléchissez à tout cela avant de m'écrire, mon amour, pour me donner votre réponse. Dites-moi si vos sentiments envers moi ont changé. Dites-moi un seul mot, et je viendrai ! Dès que j'aurai la permission de rendre visite à votre père, je vous informerai du jour et de l'heure.

Je compte les minutes en attendant de vous revoir. Mon bonheur est maintenant entre vos mains.

Que vous disiez oui ou non, je demeure

A vous pour toujours,
Julien

Je laissai tomber la lettre sur mes genoux, levai mes mains pour toucher mes joues en feu. Zalumma se tenait au-dessus de moi, impatiente de connaître le contenu de la missive.

Je levai les yeux vers elle, le visage défait.

— Il vient ici pour demander ma main, dis-je d'une voix blanche.

Nous nous regardâmes un long moment, sidérées, puis nous nous prîmes par les épaules et nous laissâmes aller au fou rire, comme des enfants.

34

Je répondis immédiatement à Julien. Mon espoir était si grand que je refusai de prendre en compte la mise en garde de mon père contre les Médicis, ou sa menace de me faire épouser un homme pieux. Julien m'avait promis de trouver une solution pour arriver à un accord. Digne fils d'*il Magnifico*, diplomate dans l'âme et expert dans l'art du compromis, je pouvais lui faire confiance pour tout mettre en œuvre. Etant moi-même très peu diplomate – particulièrement en ce qui concernait mon père –, je préférai tenir ma langue et ne rien lui révéler des intentions de Julien.

Le temps du carême arriva. Le premier vendredi de la saison, Savonarole monta en chaire. Dans son sermon, il annonça qu'un « nouveau Cyrus » se préparait à traverser les Alpes – non pas le roi perse des temps anciens mais, de toute évidence, Charles, qui y serait contraint lors de son avancée vers le sud en direction de l'Italie.

Les gens avaient jusque-là considéré frère Jérôme avec admiration ; ils le tenaient désormais pour un demi-dieu car, d'après eux, il avait prédit deux ans auparavant ce qui était maintenant connu comme le « problème avec la France ».

— Dieu est son guide, proclama Savonarole en parlant du nouveau Cyrus. Les forteresses s'écrouleront devant lui, aucune armée ne pourra lui résister. Et celui qui dirige Florence se comportera comme un homme ivre, faisant le contraire de ce qui devrait être fait.

Ayant ainsi critiqué Piero, le prédicateur s'en prit au pape Borgia.

— A cause de vous, ô Eglise, cette tempête s'est levée !

De nouveau, il évoqua l'arche où les vertueux pourraient trouver refuge pour s'abriter du déluge imminent, et termina son sermon sur le cri : « *Cito ! cito !* »...

Pendant cette période, le roi Charles transporta sa cour de Paris vers le sud, à Lyon – un endroit beaucoup trop proche de la Toscane. Les citoyens florentins devinrent anxieux ; ceux qui s'étaient moqués de frère Jérôme commencèrent à l'écouter.

Quelques semaines avant Pâques, par un matin gris et couvert, nous rentrâmes très tôt du marché, Zalumma et moi ; une pluie légère m'avait mouillé le visage et les cheveux. Mon père avait annoncé qu'il se priverait non seulement de viande pour le carême, mais aussi de poisson, et, comme nous étions tous obligés de l'imiter dans sa piété, nous n'avions pas eu besoin de nous arrêter ni chez le boucher, ni chez le poissonnier.

Lorsque notre carrosse arriva à l'arrière de notre palais, j'entrevis un second attelage, dont la portière arborait les armoiries des Médicis. Il n'était pas là depuis longtemps ; les beaux chevaux blancs respiraient encore bruyamment après leur voyage depuis l'autre rive de l'Arno. Le cocher, perché sur son siège, sourit en nous voyant.

— Dieu ait pitié de nous ! dit Zalumma.

Je descendis et demandai au cocher de porter les provisions à la cuisine. Mon père avait de toute évidence provoqué une rencontre avec mon prétendant à un moment où je devais être absente de la maison. Je m'étonnai toutefois qu'il ait accepté de parler à Julien. Mon promis, ayant déjà convaincu son frère, était bien capable de persuader également mon père.

Malheureusement, je n'étais pas habillée pour la circonstance. Pour amadouer mon père, je m'étais mise à porter des vêtements simples, de couleur sombre, avec, selon une vieille tradition, une topaze, réputée calmer les ardeurs d'Eros et aider les vierges à rester chastes.

Ce jour-là, j'avais choisi une robe à l'encolure haute en lainage marron foncé, qui se mariait bien avec le collier de topazes. Mon voile noir, transparent, n'avait pu protéger mes cheveux de l'humidité, et des boucles rebelles en dépassaient.

Je pris la main de Zalumma.

— Tu dois trouver le moyen d'écouter leur conversation ! Va !

Il ne lui en fallait pas plus. Elle s'éloigna au trot tandis que je me dirigeai, avec toute l'assurance possible, vers la maison.

La grande pièce était ouverte, autre preuve que mon arrivée n'était pas prévue.

J'entendis la voix calme et posée de mon père, ce qui me rassura immédiatement ; je m'attendais à plus d'hostilité. En passant devant la porte, je levai les yeux.

Avec davantage de sang-froid, j'aurais dû passer mon chemin, mais je m'arrêtai pour regarder Julien. Par respect pour mon père, il s'était habillé de façon conventionnelle : vêtement de lainage bleu sans ornement, manteau d'un bleu si sombre qu'il paraissait presque noir. Je ne l'avais pas vu depuis des mois, c'est-à-dire depuis l'enterrement de son père. Il avait grandi et semblait avoir beaucoup mûri depuis lors. Son visage était plus mince, plus anguleux, ses épaules et son dos plus développés. Je fus soulagée de voir que mon père l'avait reçu correctement, offrant à son invité du vin et de la nourriture.

Julien m'étudia à son tour, et son rayonnement me coupa le souffle.

— Lisa, me dit mon père.

J'espérai un instant qu'il allait me demander d'entrer, mais il ajouta :

— Va dans tes appartements.

Je montai l'escalier, dans un état second. Derrière moi, j'entendis Zalumma demander si sieur Antonio voulait encore du vin. Elle me rapporterait tout, mais cela ne me réconfortait guère. Dans ma chambre, je ne pus trouver le repos ; je sortis dans le couloir. Je ne pouvais pas entendre ce qui se passait en bas. Les voix étaient trop faibles pour que je distingue quoi que ce soit. Désemparée, je me postai à la fenêtre pour regarder le cocher et les superbes chevaux.

Le fait qu'ils s'entretiennent d'une voix calme me parut de bon augure. En fin diplomate, Julien avait certainement trouvé moyen de faire entendre raison à mon père.

Je souffris pendant de longues minutes avant de voir enfin Julien sortir de notre loggia et traverser la cour pour rejoindre son carrosse.

J'ouvris la fenêtre, criai son nom.

Il se tourna pour me regarder. La distance était trop grande pour que nous puissions nous parler mais, en un regard, je compris la situation.

Il était défait. Pourtant il leva la main dans ma direction, puis la pressa contre son cœur.

Je fis alors quelque chose de scandaleux, d'épouvantable : soulevant mes jupes, je dévalai les marches, résolue à arrêter le carrosse de Julien, à monter avec lui pour fuir la maison où j'étais née.

J'aurais pu réussir si, au même instant, mon père n'était pas sorti de la pièce où il avait reçu son invité et, devinant où j'allais, ne s'était placé devant la porte pour m'empêcher de passer.

Je levai les deux mains pour le frapper ou tout au moins l'écarter de mon chemin. Il me saisit par les poignets.

— Lisa, es-tu folle ?

Il était stupéfait.

— Lâchez-moi ! criai-je d'une voix désespérée, car le carrosse de Julien roulait déjà en direction du portail.

— Comment le sais-tu ? demanda-t-il, passant de l'étonnement à l'accusation. Comment sais-tu pourquoi il est venu ? Qu'est-ce qui te fait croire qu'il s'agissait d'autre chose que d'affaires ? Et comment en es-tu arrivée à t'éprendre à ce point de lui ? Tu m'as menti, tu m'as caché des choses ! Sais-tu le danger que tu cours ?

— Comment avez-vous pu le renvoyer après avoir constaté combien nous nous aimions ? Vous aimiez mère – qu'auriez-vous éprouvé si on vous l'avait refusée ? Si son père vous avait évincé ? Mon bonheur ne vous importe pas !

Plutôt que d'élever la voix à l'unisson de la mienne, il se mit à parler plus bas.

— Bien au contraire, dit-il. Je me soucie de tout ce qui concerne ton bonheur, et c'est pour cette raison que je l'ai renvoyé.

Puis il éclata.

— N'entends-tu pas la grogne dans les rues ? Les Médicis ont déchaîné la colère de Dieu et celle du peuple. Leur donner ma fille serait pour moi la mettre directement en danger. Ce n'est plus qu'une question de temps avant que le roi français arrive, portant le fléau de Dieu. Qu'adviendra-t-il alors de Piero et de ses frères ? Tu assistes à la messe deux fois par jour avec moi. Comment peux-tu ignorer ce que Savonarole a dit ?

— Frère Jérôme ne sait rien, répondis-je avec fureur. Julien est quelqu'un de bon, issu d'une famille d'hommes bons. Un jour, je l'épouserai !

Il me gifla si soudainement que je n'eus pas le temps de voir venir son geste. L'instant suivant, ma main était posée sur ma joue brûlante.

— Que Dieu me pardonne, dit-il, aussi surpris que moi par son acte. Que Dieu me pardonne, mais tu m'as provoqué. Comment peux-tu envisager de te marier avec un Médicis ? N'as-tu pas entendu ce que le prophète a dit à leur propos ? N'as-tu pas entendu la parole du peuple ?

— J'ai entendu, dis-je d'une voix cinglante. Je me moque de ce que vous pensez, et de ce que pense le frère Jérôme ou le peuple.

— Tu me fais peur.

Il secoua la tête.

— J'ai peur pour toi. Combien de fois dois-je me répéter ? Tu poursuis un chemin dangereux, Lisa. La sécurité est du côté de frère Jérôme. La sécurité est du côté de l'Eglise.

Il poussa un profond soupir, l'air torturé.

— Je prierai pour toi, mon enfant. Que puis-je faire d'autre ?

— Priez pour nous deux, répondis-je sèchement, puis je fis demi-tour avec autorité et montai les escaliers quatre à quatre jusqu'à ma chambre.

35

Zalumma n'avait pas réussi à entendre toute la conversation entre mon père et Julien, mais elle en avait ouï assez pour savoir qu'une offre de terres accompagnées d'une somme de dix mille florins avait été refusée. Quand Julien avait finalement demandé quelle proposition pourrait être recevable, et ce qu'il pouvait faire pour prouver la sincérité de ses intentions, mon père lui avait répondu :

« Vous savez, sieur Julien, que je suis un disciple de frère Jérôme.

— Oui, avait admis Julien.

— Donc vous comprenez les raisons de mon refus, et pourquoi je ne céderai jamais sur ce sujet. »

Puis mon père s'était levé, déclarant l'entretien terminé.

— Mais, me confia Zalumma, j'ai vu les yeux de sieur Julien et sa mâchoire serrée. Il est comme son oncle ; il n'abandonnera jamais. Jamais.

Au cours du printemps et de l'été, je continuai à espérer. J'étais convaincue que j'aurais des nouvelles de Julien.

Quand les cousins de Piero, cherchant à recevoir une récompense de la part de la France, fomentèrent un complot contre lui, je sus que rien ne pouvait arriver de pire. Et quand Piero – cherchant à éviter l'erreur que son père avait commise avec les Pazzi – assigna les conspirateurs à résidence, dans un geste généreux pour faire taire ses détracteurs, je fus grandement soulagée. Une crise avait été évitée ; le peuple arrêterait sûrement de critiquer la moindre de ses actions.

Mais Florence était cruellement inconstante. N'avait-elle pas exilé Pétrarque et Dante, qu'elle célébrait à présent comme les plus glorieux de ses fils ? Piero fut considéré comme faible, inefficace.

En compagnie de mon père et du comte Pic – de plus en plus blafard et maladif –, j'écoutai le sermon de Pâques de Savonarole. Il avait livré de son mieux le message du Seigneur, dit-il, et ce sermon serait le dernier jusqu'à ce que Dieu l'appelle à remonter en chaire. Je dus faire un effort sur moi-même pour ne pas sourire de soulagement.

— Que tout le monde se hâte de venir se réfugier dans l'arche de Dieu, dit-il. Noé vous y invite aujourd'hui ; les portes sont ouvertes, mais le temps viendra où elles se refermeront, et nombreux seront ceux qui regretteront de ne pas y être entrés.

Je n'avais aucune intention d'y d'entrer, ni de nourrir des regrets. En réalité, je jubilais à la pensée que les proclamations fanatiques de frère Julien allaient m'être épargnées. Je continuai à aller à la messe deux fois par jour, accompagnée par Zalumma et mon père, mais, Dieu merci, non pas par l'onctueux Pic, à l'église de Santo Spirito, où ma mère était enterrée, où son souvenir m'apportait la paix et où Dieu n'était qu'amour, plus préoccupé de secourir les âmes et de réconforter les malades que de tourmenter les pécheurs.

Je n'avais besoin d'aucun Dieu pour me tourmenter ; mon propre cœur s'y entendait parfaitement. Un soir, après le dîner, dans l'intimité de ma chambre, j'écrivis une seule phrase avec la plume d'oie de ma mère. Après l'avoir signée, je pliai la feuille soigneusement et la scellai à la cire rouge.

Je la tendis ensuite à Zalumma.

Elle se tenait devant moi, les bras croisés sur la poitrine, imposante avec ses cheveux noirs en liberté, encadrant majestueusement son visage qui, à la lueur de la bougie, avait pris la couleur de la lune.

— Ce n'est plus si facile, dit-elle. Ton père me surveille de près.

— Alors trouve quelqu'un d'autre pour aller au palais Médicis. Peu importe qui ; il faut que cela soit fait.

— Tu dois me dire d'abord ce qui est écrit.

S'il s'était agi de quelqu'un d'autre que Zalumma, qui s'était si bien occupée de ma mère et qui se tenait à mes côtés lors de sa mort, je lui aurais rappelé qu'elle faisait montre d'une impertinence dangereuse pour une esclave. Je soupirai, courbai les épaules en signe de reddition, puis murmurai les mots qui m'avaient si souvent empêchée de dormir.

— « Faites-moi signe, donnez-moi une occasion, je viendrai vous voir. »

L'affaire était énorme, au-delà du scandale ; un mariage convenable ne pouvait être célébré sans le consentement du père. Je risquais la désapprobation non seulement de la société, mais aussi de Julien lui-même.

Je m'assis, épuisée, en attendant la tirade de Zalumma.

Rien ne vint. Elle m'étudia un long moment en silence. Puis elle dit d'une voix ferme :

— J'irai avec toi, bien entendu.

Elle prit la lettre qu'elle glissa dans son corsage. Je lui saisis la main et la serrai. Il n'y avait pas lieu de sourire ; notre complot était beaucoup trop sérieux. Si mon père refusait de consentir à mon mariage, je n'aurais d'autre statut que celui de maîtresse.

Ma très chère Lisa,

Votre lettre me touche tant que j'en pleure. Que vous soyez ainsi prête à risquer la censure pour moi me rend modeste, me donne le désir de devenir un homme digne de vous.

Mais je ne peux vous permettre de venir maintenant.

Ne croyez pas un seul instant que je vous abandonnerai, vous ou notre amour ; mes pensées ne vous quittent pas. Mais vous devez vous rendre compte que le simple fait de communiquer avec moi vous met en danger. Cela trouble mon cœur encore davantage que la séparation que nous devons endurer.

Vous avez sans doute entendu parler du complot visant à renverser Piero, fomenté par nos cousins Laurent et Giovanni. Et notre situation est devenue encore plus périlleuse. Aujourd'hui, Piero a reçu une lettre de nos ambassadeurs à Lyon. Charles les a renvoyés ; en ce moment, ils sont en route vers la Toscane. Nos banquiers ont également été renvoyés.

Est-ce que mon amour a diminué ? Jamais ! Mais je ne peux souffrir de vous voir en danger. Soyez patiente, mon amour ; laissez passer le temps, laissez l'affaire de Charles se résoudre. Donnez-moi le temps, également, de trouver un moyen de calmer votre père, car je ne peux pas vous laisser venir à moi dans des circonstances aussi malheureuses – bien que je sois, en même temps, profondément ému par votre désir de le faire. Vous êtes une femme forte ; mon père aurait été fier de vous.

Quand je serai certain de pouvoir assurer votre sécurité, je vous ferai venir.

Jusqu'alors, je reste

A vous, pour toujours,
Julien

Je ne répondis pas. Je ne le pouvais pas. A quoi bon exprimer ma peine, ma déception, et même ma colère contre lui pour ne pas m'avoir fait venir aussitôt ? En quoi la politique pouvait-elle interférer avec notre amour ?

La fin de l'été fut particulièrement triste. Le temps devint lourd. Des myriades de poissons morts flottaient sur l'Arno, scintillant au soleil ; une odeur de putréfaction envahit la ville. C'était l'odeur de la mort, disaient les fidèles. Elle avait franchi les Alpes et s'avançait vers le sud. Malgré le silence du prophète, de plus en plus de citoyens, jusqu'à ceux de la noblesse, cédèrent à ses enseignements et renoncèrent à leurs beaux vêtements. Les rues étaient en noir, gris foncé, bleu sombre et marron ; disparues les couleurs vives, les bleus paon, les verts, les pourpres, les safrans joyeux et les somptueux écarlates.

— Venez à l'arche... *Cito ! cito !*

La peur s'était emparée des esprits. Perdus, sans Savonarole pour leur dire ce que pensait Dieu, les gens se parlaient, en murmures respectueux, de signes et de présages : de nuages près d'Arezzo en forme de soldats à cheval, leurs épées brandies au-dessus de leurs têtes ; d'une nonne à Santa Maria Novella terrassée par une vision, pendant la messe, d'un taureau couleur de feu embrochant l'église avec ses cornes ;

d'un orage terrible à Puglia, au cours duquel le ciel noir zébré par les éclairs avait révélé non pas un, mais trois soleils.

Mon père avait apparemment oublié la proposition de Julien, comme son projet de me marier à un homme pieux. Il devint plus soucieux, plus distrait que d'habitude. D'après Zalumma, les Médicis refusaient maintenant de se fournir en étoffes de laine auprès de lui, mettant un terme à une relation d'affaires remontant à Cosme de Médicis et à mon arrière-grand-père. Les affaires allaient mal : alors que la laine était la matière de prédilection des *piangioni* nobles, mon père ne trouvait plus acquéreur pour ses tissus colorés, et il devenait de plus en plus difficile de vendre les coloris plus ternes, les gens étant réticents à dépenser de l'argent pour s'habiller par ces temps incertains.

Mais d'autres choses le perturbaient également, que j'ignorais. Il se rendait tôt à la messe à Santo Spirito, puis allait directement à sa boutique et ne revenait que le soir venu ; j'étais certaine qu'il assistait aux vêpres au Dôme ou à San Marco, probablement pour y rencontrer son ami Pic. Pourtant, il n'en parlait jamais ; il rentrait tard et dînait avec sieur Jean, sans se soucier de moi.

En août, le roi Charles avait mobilisé ses troupes et traversé les Alpes ; le Cyrus conquérant avait entamé sa marche inexorable vers la Toscane.

— Qu'est-ce que Piero a l'intention de faire pour nous aider ? demandait le peuple.

Mon père ne cachait pas sa désapprobation.

— Il se distrait avec le sport et les femmes ; comme Néron, il s'amuse, tandis que Rome brûle.

L'hystérie continua à s'étendre pendant tout le mois de septembre : Rapallo, sur la côte est, au sud de Turin et de Milan, fut dévasté par les mercenaires qui marchaient aux côtés des Français. Ces soldats ne ressemblaient en rien à nos *condottieri* italiens, qui pillaient librement et ravageaient les récoltes, mais épargnaient les vies. Non, ces épées louées appartenaient à de féroces Suisses auxquels les trésors ne suffisaient pas : ils avaient soif de sang. Et ils le versaient généreusement, tuant tous les êtres vivants sur leur passage. Des bébés qui tétaient le sein de leur mère étaient transpercés d'un coup de lance ; des femmes enceintes étaient écorchées vives. Membres et têtes étaient tranchés. Rapallo était devenu un effroyable cimetière de corps à même le sol, se décomposant sous le soleil.

A Florence, nous étions tous fous de terreur ; même mon père avait peur, lui qui s'était montré si impatient de connaître la fin des temps. Le peuple cherchait à se rassurer, non pas auprès de Piero de Médicis, ni des seigneurs prieurs, mais auprès du seul homme qui tenait entre ses mains le cœur de la ville : le prieur de San Marco, Savonarole. La clameur publique le fit sortir du silence qu'il s'était imposé : il consentit à prêcher dans le grand Dôme pour la fête de saint Mathieu.

Sachant que la foule serait considérable, nous arrivâmes à l'aube aux abords de la place du Dôme ; le soleil était bas, et la lumière encore grise. Le ciel était rempli de nuages teintés de rouge, annonciateurs de pluie.

Les marches de l'église, le jardin, la place même étaient à ce point envahis que notre cocher ne put accéder à la place elle-même. Nous fûmes, Zalumma, mon père et moi, contraints de descendre pour nous frayer un chemin vers la cathédrale.

Il ne pouvait être question de charité chrétienne. Mon père, solidement bâti, ne se gêna pas pour fendre la foule en poussant, sans demander pardon, parfois même brutalement, pour nous permettre de lui emboîter le pas.

Il nous fallut presque une heure pour atteindre l'église. Dès qu'on eut reconnu mon père, on nous traita comme des dignitaires : des moines dominicains nous guidèrent à nos places, à l'avant du sanctuaire, juste en face de la chaire. En dépit de l'affluence, on avait laissé les bancs à l'intérieur de l'église, et des places étaient réservées pour chacun de nous.

Le comte Jean Pic nous y attendait. Son apparence me surprit. Bien qu'il fût venu chez nous presque chaque soir depuis plusieurs mois, je ne l'avais qu'entraperçu. Je constatai à présent qu'il paraissait plus que son âge, le visage décavé, le teint gris. S'appuyant lourdement sur une canne, il essaya de se lever pour nous saluer, mais ses jambes tremblaient tant qu'il dut renoncer. Mon père s'assit à côté de lui ; ils se mirent à parler à voix basse avec animation. En les observant, j'aperçus derrière eux un visage connu : Michel-Ange. Vêtu de noir, il avait rejoint les rangs des *piangioni* ; la rigueur de son habillement accentuait la noirceur de ses yeux, de ses cheveux, son grand front pâle et son menton effacé. A ma vue, il baissa le visage, comme gêné.

J'ignore combien de temps nous attendîmes pour que la messe commence. Cette attente me sembla interminable et j'en profitai pour prier à de nombreuses reprises pour Julien. Je craignais plus pour sa vie que pour la mienne.

La procession commença enfin. Les volutes d'encens flottaient dans l'air. L'assistance, le chœur, le prêtre lui-même paraissaient étourdis. Le service se déroula machinalement, sans conviction, chacun murmurant les répons sans y prêter attention, sans penser à leur signification. Nous étions tous concentrés sur une seule chose : l'arrivée du prophète.

Même moi – pécheresse, sceptique, amoureuse des Médicis et de leur art païen –, je trouvai impossible de résister à la tension. Quand le prophète monta enfin les marches de l'estrade, toutes les personnes dans la cathédrale, y compris Pic, mon père, Zalumma et moi – sans compter le prêtre –, retinrent leur souffle.

Le silence, à cet instant, devint insoutenable : plus de mille personnes étaient assises dans la cathédrale, épaule contre épaule, et plusieurs milliers se tenaient dehors, sur les marches et sur la place. Le seul bruit qu'on entendit, tandis que Savonarole contemplait l'assemblée, fut le grondement lointain du tonnerre.

Après des mois de solitude et de jeûne, frère Jérôme était affreusement pâle, les pommettes saillantes. Ce jour-là, on ne lisait dans ses grands yeux aucune confiance, aucune certitude, rien qu'un grand trouble et de la tristesse. Sa lèvre inférieure tremblait comme s'il essayait de retenir ses larmes. Il baissa les épaules, ses mains s'agrippèrent désespérément au bord du lutrin ; il semblait écrasé sous un poids insoutenable.

Les mots qu'il allait prononcer devaient lui paraître un fardeau terrible. Il fit courir ses doigts osseux dans ses boucles noires hirsutes, puis serra ses mains de toutes ses forces et poussa un grognement.

Un long silence s'ensuivit. Le prophète nous avait raconté l'histoire de Noé, il nous avait encouragés à entrer dans l'arche de Dieu pour y trouver refuge contre le déluge imminent. Qu'allait-il dire maintenant ?

Il ouvrit enfin la bouche et cria, d'une voix aiguë et déchirante :

— *Ecce ego adducam aquas super terram !* Voyez, J'apporte une inondation sur la terre !

Des cris retentirent à travers le vaste sanctuaire. Devant nous, sur les côtés, des hommes et des femmes s'évanouirent, glissant de leur siège sur le sol. Zalumma me prit la main et la serra si fort qu'elle me fit mal, comme pour me faire revenir à moi, me dire : « Ne te laisse pas entraîner. Ne te laisse pas piéger par cette folie. »

A ma droite, mon père et Pic se mirent à pleurer – mon père silencieusement, Pic avec de grands sanglots déchirants. Ils n'étaient pas les seuls ; bientôt l'air fut rempli de gémissements et de cris pitoyables à l'intention de Dieu.

Le prophète lui-même ne parvint plus à se retenir. Il mit ses mains devant son visage ingrat et pleura toutes les larmes de son corps.

Un certain temps s'écoula avant que frère Jérôme et ceux qui l'écoutaient parviennent à se reprendre ; je ne me souviens pas de ce qu'il dit ensuite. Pour la première fois je pensai que Florence, telle que je l'avais connue, pouvait disparaître – et avec elle, Julien.

36

Cette nuit-là, quand je pus enfin dormir, je rêvai que j'étais à San Marco, près de l'autel où reposait Cosme. Le bâtiment était si bondé, les gens venus écouter le prophète dans un tel état d'excitation que des corps en nage se pressaient contre moi – de plus en plus fort, jusqu'à ce que je ne puisse plus respirer.

Puis je prenais conscience que la grande masse qui s'appuyait contre moi sur ma gauche était frère Domenico. Dégoûtée et furieuse, je m'efforçais de reculer, mais des formes sans visage m'empêchaient de bouger.

— Lâchez-le ! criais-je sans le vouloir, sans comprendre le sens de mes paroles.

C'est seulement alors que je voyais Julien jeté, inerte, sur l'épaule du gros moine, la tête pendant à hauteur des genoux de Domenico, le visage caché.

Ecrasée par tous ces corps, terrorisée, je criais une nouvelle fois à frère Domenico :

— Lâchez-le !

Mais le gros moine semblait aussi sourd que muet. Il regardait droit devant lui, vers la chaire, tandis que Julien – toujours suspendu à l'envers, les cheveux retombant, les joues en feu – tournait son visage vers moi.

— Tout se répète, Lisa, ne le vois-tu pas ?

Il souriait pour me rassurer.

— Tout se répète.

Je me réveillai, affolée : Zalumma se tenait au-dessus de moi, faisant claquer sa langue pour me réveiller. Apparemment, j'avais crié dans mon sommeil.

À partir de ce moment, je me sentis comme Paul de Damas. Les écailles étaient tombées de mes yeux, et je ne pouvais plus faire semblant de ne pas voir. La situation de Julien et de sa famille était éminemment précaire. Florence était au bord du précipice : je ne pouvais pas espérer de meilleures circonstances. Elles ne se représenteraient peut-être jamais.

Dès que l'aube me donna suffisamment de lumière, j'écrivis une autre lettre : « Indiquez-moi un endroit et une heure – ou non, si vous ne voulez pas de moi. De toute façon, je viendrai bientôt vers vous. »

Cette fois, je ne révélerais même pas à Zalumma son contenu.

Une semaine passa. Mon père, enchanté de me faire part des échecs de Piero de Médicis, m'apporta des nouvelles fraîches : un des envoyés de Charles était arrivé dans notre ville, et exigeait de la Seigneurie que le roi soit librement autorisé à traverser Florence. Il demandait une réponse immédiate, car les Français seraient bientôt là.

La Seigneurie ne pouvait pas lui en donner une, car ses membres devaient d'abord obtenir de Piero un oui ou un non ; et Piero, toujours hésitant entre des avis opposés, ne pouvait se décider rapidement.

Offensé, l'envoyé repartit. Le jour suivant, tous les marchands florentins furent bannis de France. Des boutiques sur la Via Maggio, qui dépendaient fortement du commerce français, fermèrent sur-le-champ.

— Les gens ne peuvent plus nourrir leur famille, me dit mon père.

Depuis que ses propres affaires avaient décliné, nous devions nous contenter de rations plus congrues ; nous avions depuis longtemps renoncé à la viande. Ses employés – les tondeurs, les peigneurs, les cardeurs, les fileurs et les teinturiers – souffraient de la faim.

Et le seul à blâmer était Piero de Médicis. Pour prévenir toute rébellion, il avait doublé le nombre des gardes qui veillaient sur le siège du gouvernement, le palais de la Seigneurie, ainsi que ceux qui protégeaient sa propre demeure.

J'écoutais patiemment mon père maugréer ; les protestations des serviteurs me laissaient de marbre.

Même Zalumma me regardait avec insistance.

— On n'est pas en sécurité aujourd'hui quand on est ami des Médicis, répétait-elle.

Cela m'était égal. Mon plan était prêt, et le moment de le mettre en action arriverait bientôt.

37

Fin octobre, Piero, ignorant enfin ses conseillers, chevaucha vers le nord pendant trois jours, accompagné seulement par quelques amis. Sa destination était la forteresse de Sarzana, où le roi Charles campait avec son armée. Inspiré par son défunt père Laurent, qui s'était rendu seul auprès du roi Ferrante et avait réussi, par son seul charme, à éviter une guerre avec Naples, Piero espérait que son geste courageux pourrait éviter à Florence le destin de Rapallo.

Piero étant loin, la Seigneurie se sentit libre d'exprimer son opposition encore plus ouvertement. Sept émissaires le suivirent vers le nord avec l'intention de le dépasser et de guetter chacun de ses mouvements. Leur mission était de dire au roi Charles que, quels que soient les propos de Piero, Florence ferait bon accueil aux Français.

Le 4 novembre, chaque citoyen savait que Piero avait, sans y avoir été forcé, remis au roi Charles les forteresses de Sarzana, Pietrasanta et Sarzanella. Mon père était furieux.

— Cent ans ! fulmina-t-il, et il frappa du poing sur la table, faisant s'entrechoquer les assiettes. Il nous a fallu cent ans pour conquérir ces terres, et il les a perdues en un jour !

La Seigneurie était tout aussi furieuse. Au même repas, j'appris que les prieurs avaient décidé d'envoyer des représentants à Pise pour y rencontrer Charles. Piero ne serait pas parmi eux – mais le frère Jérôme Savonarole, si.

De telles nouvelles me donnaient le vertige, mais ma détermination demeurait intacte, et mes plans inchangés.

Le 8 novembre, je partis seule dans le carrosse, laissant Zalumma à la maison sous prétexte qu'elle ne se sentait pas bien. En ce samedi matin, comme tous les Florentins de qualité, mon père s'était rendu aux bains publics.

Le cocher traversa l'Arno en empruntant le Ponte Vecchio. Quelques-unes des *botteghe* étaient fermées à cause des restrictions commerciales imposées par la France, mais d'autres montraient avec fierté leurs marchandises, malgré la menace d'une invasion, et le pont était encombré de cavaliers, de piétons et de carrosses comme le mien.

Nous arrivâmes enfin au marché – qui était moins fréquenté que d'habitude, mais restait animé. A chacun de ses coins se dressait une église. Le dôme en brique orange de Brunelleschi se dessinait à l'horizon, près de la tour du palais de la Seigneurie. Des femmes et leurs servantes, des hommes mal rasés arpentaient les allées. J'étais vêtue d'une simple robe noire, la topaze à mon cou. Pour me porter chance, j'avais caché les deux médaillons en or dans mon corsage. Je portais le panier que Zalumma avait toujours au bras mais, ce jour-là, je l'avais tapissé de tissu.

Etaient rassemblés là les barbiers, avec leurs rasoirs luisants et leurs bols remplis de sangsues, les apothicaires avec leurs poudres et leurs onguents, les marchands de légumes vantant leurs produits, le boulanger avec ses huches pleines de pain, chaud et parfumé. Au loin, on voyait l'étal du boucher, avec ses lièvres dépouillés et ses poulets plumés pendus par les pattes.

Jamais endroit si familier ne me parut aussi étrange.

Avant de partir, j'avais dit au cocher que nous irions chez le boucher, bien que nous n'y ayons pas été depuis plusieurs semaines. « Il nous faut des os pour une soupe », lui avais-je expliqué.

Je lui demandai de m'attendre près des étals des marchands de légumes. Le cocher arrêta les chevaux et ne me regarda même pas descendre puis me diriger vers le boucher, qui se trouvait hors de sa vue.

Ce fut tellement simple, en vérité... Si rapide, si facile, si terrifiant. Le boucher était un homme brave et pieux, mais les temps étaient difficiles et incertains. Il avait son prix ; peu regardant sur la provenance du sac de florins en or, il avait accepté mon marché.

En m'approchant, je vis qu'il riait en compagnie d'une jeune femme que j'avais souvent rencontrée là ; toutefois, nous n'avions jamais été présentées. Elle avait un visage aimable et rougissait en levant la main devant sa bouche, pour cacher une dent manquante.

En me voyant, le sourire du boucher s'effaça ; il enveloppa rapidement une épaisse queue de bœuf rouge.

— *Buon appetito*, Mona Béatrice ; que cette viande garde votre mari en bonne forme. Dieu vous préserve !

Il se tourna vers l'autre femme qui attendait.

— Mona Cecilia, pardonnez-moi. J'ai une affaire urgente, mais Raffaele s'occupera de vous...

Son fils posa son hachoir et vint s'occuper de la cliente.

— Mona Lisa, j'ai dans l'arrière-boutique quelques excellents rôtis parmi lesquels vous pourrez choisir, dit-il d'une voix un peu plus forte que nécessaire. Venez avec moi.

Il m'emmena à l'arrière de l'étal, derrière un rideau de fortune taché de traces brunes. Heureusement, la lumière était si faible que je ne pouvais pas voir les carcasses qui y pendaient, mais j'entendis le caquètement des poules en cage. L'odeur de sang et d'abats était si forte que je dus me couvrir le nez.

La sortie n'était pas loin. Au soleil, les pavés, couverts du sang qui coulait de la boutique, étaient glissants ; l'ourlet de mes jupes était trempé. Mais mon désarroi fut de courte durée, car, à quelques pas seulement, un autre carrosse attendait, noir celui-là, et sans la moindre armoirie permettant d'identifier son propriétaire. Je reconnus le cocher, qui me sourit de nouveau, en signe d'accueil.

Ces quelques pas, compte tenu de leur gravité et de leur signification, me semblèrent interminables tant j'étais certaine de perdre mon équilibre et de tomber. Mais je réussis à atteindre le carrosse. La portière s'ouvrit et, comme par magie ou par miracle, je me retrouvai à l'intérieur, assise à côté de Julien, mon panier par terre, à mes pieds.

Le cocher héla les chevaux. Les roues grincèrent et nous nous éloignâmes à vive allure, fuyant le boucher, le cocher qui m'attendait, mon père et ma maison.

Julien était superbe, aussi irréel et parfait qu'un tableau. Il portait un *farsetto* de marié en velours frappé cramoisi et brodé de fils d'or, avec un gros rubis au cou. Il me regardait d'un air stupéfait comme si, avec mes cheveux sans apprêt, mon voile noir transparent, ma robe marron banale à l'ourlet trempé de sang, j'étais une créature surprenante.

— J'ai la robe, bien sûr, dis-je d'un seul trait, la voix tremblante. J'enverrai chercher mon esclave quand nous serons en sécurité. Elle prépare mes affaires en ce moment…

Pendant tout ce temps, je pensais : Lisa, tu es folle. Ton père va venir mettre fin à tout cela. Piero reviendra et te jettera hors du palais.

J'aurais pu continuer ainsi à radoter longtemps tant j'étais nerveuse, mais il me saisit les mains et m'embrassa.

Une sensation nouvelle m'envahit, une chaleur dans mon ventre. La topaze, enfin mise à l'épreuve, avait échoué. Je lui rendis son baiser avec une égale ferveur et, le temps d'arriver au palais, nos cheveux et nos vêtements étaient en complet désordre.

38

Si ma vie avait été comme celle des autres filles, mon mariage aurait été arrangé par un *sensale*, un intermédiaire, Laurent lui-même, sans doute. Mon père aurait payé au moins cinq mille florins, somme qui aurait été enregistrée dans les grands livres de la ville, faute de quoi l'union n'aurait pu avoir lieu.

Après la publication des bans, mon futur mari aurait donné un déjeuner au cours duquel, devant amis et familles, il m'aurait offert une bague.

Le jour de mon mariage, j'aurais porté une robe éblouissante, conçue, comme le veut la tradition, par mon promis lui-même. Montée sur un cheval blanc, suivie par mes demoiselles d'honneur à pied, j'aurais traversé le Ponte Santa Trinità en direction de la Via Larga et du palais des Médicis. Une guirlande de fleurs aurait été étendue devant ma nouvelle demeure, que je n'aurais osé traverser avant que mon futur mari brise la chaîne.

De là, nous serions allés à l'église. Après la cérémonie, je serais retournée à pied à la maison de mon père pour y passer la nuit seule. Le mariage aurait été consommé le lendemain seulement, après un grand festin.

Mais pour moi, il n'y avait pas de *sensale* ; Laurent était mort, et je ne connaîtrais jamais son avis quant à l'homme qui me conviendrait. Il n'y avait plus que la détermination et le désir ardent de Julien, ainsi que le mien.

Quant à la dot, Laurent, et non mon père, l'avait payée depuis longtemps, bien que Julien, grâce à ses relations dans le gouvernement, eût fait inscrire la somme comme venant d'Antonio di Gherardini. Mon père, quand il apprendrait la supercherie, ferait certainement rayer la somme des livres.

La robe avait été conçue par moi. Je l'avais portée trois ans auparavant pour aller au palais Médicis : une jupe de velours d'un bleu-vert profond orné de feuilles de vigne en satin, et un corsage avec les mêmes incrustations en damas vert pâle. J'avais grandi depuis ; Zalumma et moi avions effectué des retouches en cachette pour allonger la jupe et les manches, élargir le corsage afin d'y loger les formes d'une femme, et non plus celles d'une jeune fille.

Il n'y eut ni cheval blanc, ni demoiselles d'honneur, pas même Zalumma, qui aurait pourtant su calmer mes nerfs. Une servante de Julien nommée Laura, une gentille femme de deux ans plus âgée que moi, m'aida à m'habiller dans une chambre à coucher inoccupée, sous le portrait de Clarisse de Médicis jeune ; son regard amer, son tablier et sa robe terne me faisaient, par comparaison, ressembler à une véritable beauté. J'insistai pour garder les médaillons en or de Laurent près de mon cœur.

Pendant que la servante tirait ma *camicia* à travers les crevés de mes manches, en s'assurant que les deux côtés soient aussi bouffants l'un que l'autre, je regardai le portrait intimidant de Clarisse.

— Nous sommes dans ses appartements ?

Laura leva un regard amusé vers le tableau.

— Oui, Madonna. Ce sont ceux de Madonna Alfonsina, maintenant. Elle est depuis plusieurs jours à Poggio a Caiano. Sieur Julien ne la mettra certainement pas au courant, pour vous, avant qu'elle ne revienne.

Ma gorge se serra ; j'imaginais sa réaction.

— Et les autres ?

— Vous savez que sieur Piero est parti à Sarzana…

Je hochai la tête en signe d'acquiescement.

— Ne vous faites pas de souci pour lui, il est d'accord. Mais il y a Son Eminence, sieur Giovanni, le cardinal. Il est allé à la messe, et à des réunions d'affaires ensuite. Il n'est au courant de rien ; je ne pense pas que sieur Julien ait l'intention de le lui dire, à moins que ce ne soit nécessaire.

Elle prit une jolie brosse à cheveux qui devait appartenir à ma future belle-sœur.

— Voulez-vous que nous les brossions ?

J'acquiesçai. Si j'avais tenté une coiffure élaborée ce matin-là, mon père ou les servantes l'auraient remarqué ; je m'étais apprêtée comme à l'accoutumée, les cheveux répandus sur les épaules, comme il sied à une jeune fille. Elle ajusta ensuite le bonnet en brocart que j'avais apporté. Puis je mis le collier de perles d'eau qui avait appartenu à ma mère, et un beau pendentif en aigue-marine.

Il me fut difficile, en le touchant, de ne pas penser à ma mère, à son union mal assortie, à sa vie malheureuse, à sa mort.

— Allons ! dit Laura en me touchant le bras avec sympathie. Vous ne devez pas être triste en un tel moment, Madonna. Vous allez épouser un homme qui a le plus noble des cœurs, et l'intelligence la plus remarquable de toute la Toscane. Ce sont des temps difficiles, mais tant que vous êtes avec sieur Julien, vous n'avez rien à craindre. Regardez. Voilà ce que votre mari verra quand vous vous approcherez de lui. Il n'est pas de vision plus exquise.

Elle me tendit un superbe miroir en or incrusté de diamants. Je le lui rendis après un regard rapide qui ne me satisfit guère, et une pensée ridicule me traversa l'esprit : les couleurs de ma robe ne seraient pas en harmonie avec l'or et le cramoisi de Julien.

Pensant en avoir terminé, je me dirigeai vers la porte.

— Ah, mais ce n'est pas fini ! me dit Laura.

D'une penderie, elle sortit un long voile blanc transparent, brodé d'or, avec des licornes et des jardins mythiques. Elle le plaça avec révérence sur ma tête, couvrant mon visage ; le monde devint flou et scintillant.

— Madonna Clarisse l'a porté quand elle a épousé sieur Laurent, dit-elle, et Alfonsina quand elle a épousé Piero. Julien s'est assuré que le prêtre le bénisse à nouveau, juste pour vous.

Elle sourit.

— Maintenant vous êtes prête.

Elle me conduisit au rez-de-chaussée, à la chapelle privée des Médicis. Je m'attendais que quelqu'un m'accueille à la porte, mais le corridor était vide. Affolée, je me tournai vers Laura.

— Zalumma, dis-je. Mon esclave... Elle aurait dû être là, avec mes affaires. Julien devait envoyer un carrosse la chercher.

— Voulez-vous que je me renseigne, Madonna ?

— S'il vous plaît.

J'avais pris ma décision, j'irais jusqu'au bout. Mais l'absence de Zalumma me troublait ; j'avais compté sur sa présence à mon mariage, comme elle avait été là pour ma mère.

Laura alla demander ce qui avait pu arriver. Quand elle revint quelques minutes après, je vis à son visage que les nouvelles qu'elle m'apportait n'étaient pas celles que j'aurais souhaitées.

— On ne sait rien, Madonna. Le carrosse n'est pas revenu.

Je pris mon front dans mes mains.

— Je ne peux pas l'attendre.

— Dans ce cas, permettez-moi de vous servir de témoin, dit Laura d'un ton apaisant. Personne dans cette maison ne me traite avec plus de bonté que sieur Julien, et ce serait un grand honneur pour moi que d'être au côté de sa future épouse.

Je pris une profonde respiration et acceptai. La situation exigeait que le mariage ait lieu le plus vite possible, avant que nous ne soyons découverts.

Laura ouvrit la porte de la chapelle. Julien attendait avec le prêtre devant l'autel. Près d'eux se tenait le sculpteur Michel-Ange – une surprise, car d'après les rumeurs, il s'était brouillé avec Piero et était parti pour Venise le mois précédent. Sa présence me remplit d'appréhension. Il était déjà assez inquiétant que Pic ait été accepté au sein de la famille Médicis. Voilà qu'un autre disciple de Savonarole était présent à mon mariage.

Mon malaise se dissipa dès que je posai les yeux sur mon futur mari. Julien me regardait avec un mélange de joie, de désir et de crainte. Les mains du prêtre, qui tenaient un petit livre, tremblaient. Voyant leur terreur, j'en oubliai la mienne.

Profitant de ce calme étrange, je m'avançai vers les trois hommes, Laura portant ma traîne. J'en profitai pour admirer la somptuosité de la chapelle. Dans le chœur, au-dessus de l'autel, se trouvait une fresque enchanteresse représentant l'Enfant adoré par la Madone et les anges. Sur le mur à ma gauche, une autre fresque, plus colorée et dans un style plus vigoureux, montrait les rois mages en route vers l'Enfant.

Le mage le plus proche de moi était jeune, vêtu à la mode florentine, et porté par un cheval blanc caparaçonné de rouge et d'or. Je reconnus les cavaliers qui le suivaient : le vieux Piero de Médicis et ses jeunes fils – Laurent, d'une laideur remarquable malgré son jeune âge, et le séduisant Julien. Laurent regardait en direction de l'Enfant Jésus, mais son frère faisait face au spectateur, fixant un point au loin avec une expression solennelle qui ne lui ressemblait pas.

Découvrir dans un coin de l'œuvre le visage attrayant de Jean Pic ne me réconforta pas.

Bien qu'il fût presque midi, l'intérieur de la chapelle était sombre. La lumière des chandelles se reflétait sur l'impressionnante quantité de feuilles d'or pur appliquées sur les murs et rehaussait les couleurs extraordinaires, les roses et le corail, les turquoises et les verts, des ailes des anges et des oiseaux, les rouges et ors des vêtements, les blancs et bleus éblouissants des cieux, et les verts profonds des montagnes et des arbres.

— Madonna, arrêtez !

La servante Laura marqua un temps d'arrêt ; détournant mon attention de la fresque, je regardai autour de moi, troublée. Le prêtre me fit un signe : je baissai les yeux et découvris la guirlande de roses séchées et de fleurs des champs barrant le sol de la chapelle.

Julien s'agenouilla et la coupa d'un geste résolu.

Ce geste dissipa mes dernières réticences. Il se leva, me prit la main, et m'attira auprès de lui devant l'autel.

Malgré sa nervosité et son jeune âge, Julien était en pleine possession de ses moyens ; il se tourna vers Michel-Ange avec l'assurance d'un homme qui avait assumé de grandes responsabilités au cours de sa vie.

— L'anneau, dit-il.

Il n'avait pas pu m'offrir la robe, ni une grande cathédrale pleine de monde, ni la bénédiction de mon père, mais il s'était efforcé de me donner tout ce qu'il pouvait.

Michel-Ange lui posa l'objet dans la paume. On sentait une

complicité entre ces deux conspirateurs qui me fit penser qu'ils étaient des amis proches, presque des frères, depuis longtemps dévoués aux mêmes causes, partageant les mêmes secrets. Cela, encore une fois, me troubla.

Julien me prit la main et glissa l'anneau à mon doigt. L'alliance était conforme aux ordonnances de la ville concernant les anneaux de mariage, qui devaient être minces, en or et sans ornements. Elle était trop grande ; en refermant ma main pour la maintenir en place, il me chuchota :

— Vos mains sont encore plus délicates que je le supposais ; nous le ferons ajuster.

Il adressa un signe au prêtre, et la cérémonie commença.

Je ne me souviens d'aucun des mots qui furent prononcés, sinon que Julien répondit au prêtre d'une voix forte tandis que je dus m'éclaircir la gorge et répéter pour qu'on m'entende. Nous nous agenouillâmes devant l'autel en bois où Cosme, Piero, Laurent et l'autre Julien avaient prié. Je priai aussi, non seulement pour que nous soyons heureux, mon mari et moi, mais pour sa sécurité et celle de sa famille.

Bientôt, ce fut terminé ; j'étais mariée, certes dans des circonstances troubles, mais mariée – devant Dieu du moins, sinon devant mon père ou Florence.

39

Notre petit cortège nuptial gagna l'antichambre des appartements de Laurent, où, trois années plus tôt, *il Magnifico* m'avait encouragée à toucher la coupe de Cléopâtre. Cette merveille de l'Antiquité n'était plus là, comme la plupart des objets exposés, pièces de monnaie, pierres précieuses, statuettes en or. Une seule vitrine de camées et d'intailles restait ; des tableaux couvraient toujours les murs et du vin avait été versé à notre intention dans des gobelets en pierres semi-précieuses incrustées d'or.

Dans un coin de la pièce, deux musiciens jouaient du luth ; une table ornée de guirlandes de fleurs était couverte de plats de figues, de fromages, d'amandes et de pâtisseries élaborées. Laura m'avait préparé une assiette, mais je ne pouvais rien absorber. Toutefois je bus, pour la première fois de ma vie, du vin pur.

Je demandai de nouveau à Laura d'aller voir si Zalumma était arrivée. Je restai seule avec mon mari et Michel-Ange ; le prêtre était déjà parti.

Poussé par Julien, Michel-Ange leva maladroitement son verre – dont il n'avait rien bu – et dit :

— A la mariée et à son mari ; que Dieu vous accorde cent fils en bonne santé.

Le sculpteur m'adressa un bref sourire timide. Il but une petite gorgée et posa son gobelet. Je bus aussi – une grande goulée. Le vin, légèrement piquant sur ma langue, me réchauffa.

— Je prends congé de l'heureux couple, dit Michel-Ange.

Il s'inclina et s'en alla, visiblement soulagé d'être libéré de ses obligations sociales.

Dès qu'il fut loin, je me tournai vers Julien.

— J'ai peur de lui.

— De Michel-Ange ? Vous plaisantez !

Mon tout nouveau mari sourit ; il avait repris le contrôle de lui-même et s'efforçait de paraître détendu.

— Nous avons été élevés comme des frères !

— C'est exactement ce qui m'inquiète, dis-je. Cela accroît le danger pour vous. Vous savez que mon père m'oblige – m'a obligée plutôt – à assister aux sermons de frère Jérôme. Le sculpteur était presque toujours présent. Il fait partie des *piangioni*.

Julien baissa les yeux, pensif.

— Un des *piangioni*, dit-il d'un ton énigmatique. Dites-moi : si vous étiez menacée par les *piangioni*, comment vous y prendriez-vous pour vous défendre ?

— J'aurais des gardes, répondis-je.

J'avais bu trop de vin, et l'inquiétude me brouillait l'esprit.

Julien esquissa un petit sourire.

— Bien sûr, il y a toujours les gardes. Mais ne vaut-il pas mieux savoir ce que vos ennemis préparent ? Et trouver les moyens de leur faire prendre votre parti ?

— Donc, si je comprends bien... commençai-je avec l'intention de déclarer sur un ton anodin : « Michel-Ange est votre espion. »

Mais on frappa à la porte.

J'espérais voir Laura apporter des nouvelles de Zalumma, mais c'était un serviteur, l'air soucieux.

— Pardonnez mon intrusion, sieur Julien, dit-il d'une voix à peine audible. Il y a un visiteur. Votre présence est requise de suite...

Mon mari fronça les sourcils.

— Qui ? J'avais donné des instructions pour que nous...

— Le père de la dame, monsieur.

— Mon père ? répétai-je, terrorisée.

Julien adressa un signe de tête au serviteur et me prit par les épaules pour me réconforter.

— Ne vous inquiétez pas, Lisa. Je m'attendais à cela, je suis prêt à lui parler. Je vais le rassurer ; quand il aura retrouvé son calme, je vous ferai venir.

Il demanda au serviteur de rester avec moi jusqu'au retour de Laura et de lui dire d'attendre en ma compagnie. Puis il m'embrassa tendrement sur la joue avant de s'en aller.

Nerveusement, je me mis à faire les cent pas dans cette pièce étrangement familière ; je bus une dernière gorgée de vin de mon beau gobelet en calcédoine puis le reposai. Aucune boisson n'aurait pu apaiser ma peur. J'étais en colère aussi, car mon destin ne m'appartenait pas : c'étaient des hommes qui en discutaient et prenaient les décisions pour moi.

Je marchai de long en large, mon ourlet bruissant contre le sol en marbre. Je ne sais combien de fois j'avais traversé la grande pièce quand la porte s'ouvrit de nouveau.

Laura entra. Son visage était fermé, et le fut davantage encore lorsque le serviteur lui eut transmis les ordres de Julien. Le serviteur partit, nous laissant seules.

— Zalumma n'est pas venue, n'est-ce pas ? lui demandai-je.

Elle me regarda à contrecœur.

— Non. Notre cocher est revenu sans elle. Pardonnez-moi de ne pas vous l'avoir dit plus tôt, Madonna. Je le savais avant la cérémonie – mais il eût été cruel de vous perturber alors.

Cette nouvelle m'affecta profondément. J'aimais Julien et ne le quitterais pas, mais je ne pouvais pas imaginer ma vie si mon père interdisait à Zalumma de me rejoindre. Elle avait assisté à ma naissance, et était mon seul lien avec ma mère.

Une heure s'écoula, ou presque. Je restai assise sur une chaise, sans manger et sans boire ; Laura me murmurait des paroles réconfortantes.

Je ne l'entendais pas, trop absorbée par mes pensées. Je devais maintenant songer à mon mari. Pour Julien, je me promis d'être posée, calme, courtoise, quelle que soit la situation.

Je fus tirée de mes réflexions par un grand bruit. Quelque chose avait frappé les volets en bois de la fenêtre, qui étaient fermés avec les lamelles relevées. Laura se précipita pour les ouvrir puis recula quand un autre bruit retentit, celui d'un projectile contre le mur juste en dessous de nous.

Je me levai et m'approchai d'elle pour regarder en bas.

Mon père, les cheveux encore mouillés par les bains, se penchait au milieu de la Via Larga pour ramasser une autre pierre. Il était descendu de son chariot, dont il avait laissé tomber les rênes. Le cheval, perdu, fit quelques pas en avant, puis en arrière ; le cocher du carrosse derrière lui se mit à jurer à haute voix.

— Eh, vous ! Dégagez ! Dégagez ! Vous ne pouvez pas laisser votre chariot à cet endroit !

Mon père ne sembla ni le voir, ni l'entendre. Tandis qu'il ramassait la pierre, un des gardes du palais lui cria :

— Avancez ! Avancez, ou je devrai vous arrêter !

Plusieurs passants – dont un seigneur prieur à cheval, une servante avec un panier rempli de pain, une femme en haillons traînant des enfants, pieds nus, aussi sales qu'elle – s'étaient déjà arrêtés pour regarder la scène. C'était un samedi, vers midi, et la large rue était remplie de carrosses, de piétons et de cavaliers.

— Dans ce cas, arrêtez-moi, cria mon père, et faites savoir au monde entier que les Médicis pensent pouvoir voler ce qu'ils veulent, même la fille d'un pauvre homme !

Malgré la distance, je voyais dans quel état il était, s'étant précipité ici sans chapeau ni manteau. Il saisit la pierre et se releva, prêt à la lancer. Le garde s'avança, leva son épée.

Deux étages au-dessus, je me penchai à la fenêtre.

— Arrêtez, tous les deux !

Le garde et mon père s'arrêtèrent net et levèrent les yeux vers moi, imités en cela par la foule de plus en plus nombreuse. Mon père laissa retomber son bras ; le garde baissa son arme.

Je ne savais pas quoi dire.

— Je vais bien ! criai-je.

C'était horrible de devoir communiquer ainsi. Le bruit dans la rue me força à crier encore plus fort.

— Si vous m'aimez, père, accordez-moi ceci.

Mon père laissa tomber la pierre et s'entoura le torse de ses bras, comme pour contenir sa douleur ; puis il les leva et les agita dans ma direction.

— Ne vois-tu pas qu'ils ont tout pris ? hurla-t-il avec une

voix démente. Ils ont tout pris, et maintenant ils te veulent, toi aussi. Je ne vais pas – je ne peux pas – les laisser te prendre.

— Je vous en prie !

Je me penchai tellement à la fenêtre que Laura m'attrapa par la taille.

— Je vous en prie… ne pouvez-vous pas me laisser être heureuse ?

— Reste avec lui, cria mon père, et ce sera le début de tes malheurs !

Ce n'était pas une menace, simplement un constat chagriné. Il tendit la main dans ma direction et caressa l'air, doucement, comme s'il effleurait ma joue.

— Lisa, appela-t-il. Ma Lisa ! Que puis-je dire pour que tu m'entendes ?

Le matin, en quittant la maison, j'avais mobilisé toute ma haine contre lui pour trouver la force de m'en aller. Je m'étais remémoré comment, longtemps auparavant, il avait frappé ma mère, causant sa maladie ; comment il l'avait forcée à voir Savonarole, ce qui avait précipité sa mort, et, pire que tout, comment il avait trahi sa mémoire en faisant alliance avec ses meurtriers.

J'avais maintenant devant moi un homme pitoyable qui, par un excès d'inquiétude pour moi, s'était cassé la voix à force de crier devant tout le monde sans la moindre retenue. Malgré moi, je revis l'amour sincère qu'il avait dans ses yeux quand il avait supplié ma mère de voir frère Jérôme, dans l'espoir qu'elle puisse guérir. Malgré moi, je pensai à l'atroce souffrance qu'il avait dû endurer en comprenant que son insistance l'avait menée à la mort.

— Je t'en supplie, dit-il, tendant les mains vers moi comme s'il pouvait me toucher. Je ne peux pas te protéger ici ! Tu n'es pas en sécurité, tu n'es pas en sécurité.

Il laissa échapper un petit gémissement.

— Je t'en prie, reviens à la maison avec moi.

— Je ne peux pas, répondis-je.

Mes larmes tombaient dans la rue.

— Vous savez bien que je ne peux pas. Donnez-moi votre bénédiction ; nous pourrons ensuite vous recevoir, et vous pourrez vous réjouir avec nous. C'est tellement simple.

Cela me *semblait* tellement simple : il suffisait à mon père de se relever, d'entrer dans le palais, d'admettre notre mariage et de nous embrasser : mon bonheur serait alors complet.

— Père, je vous en prie. Entrez et venez parler à mon mari.

Il baissa le bras, vaincu.

— Mon enfant... rentre à la maison.

— Je ne peux pas, répétai-je.

Ma voix était devenue si rauque, si faible que, cette fois, il ne put m'entendre. Mais il comprit à mon ton ce que j'avais dit. Il resta là un moment, silencieux et abattu, puis remonta sur son chariot. La bouche tordue par un rictus de douleur et d'émotion, il pressa ses chevaux et partit à grand train.

40

Laura ferma les volets pendant que j'essuyais mes larmes sur ma manche de brocart.

Je m'assis, accablée. Tout à ma joie de rejoindre Julien, obnubilée par la peur de ne pas réussir à fuir, j'avais oublié que j'aimais mon père. Et que, malgré le mécontentement populaire envers Piero, malgré les enseignements de Savonarole, il m'aimait toujours. Je n'avais pas voulu voir qu'en le blessant c'était ma propre chair que je déchirais.

Laura vint vers moi avec un gobelet de vin ; je l'écartai et me levai. Le pauvre Julien allait revenir après avoir affronté mon père. Il lui avait été difficile d'obtenir le consentement de Piero pour m'épouser, et il n'avait pas encore reçu l'approbation de son frère Giovanni. Mais le mariage avait été célébré, et je ne voyais plus qu'un seul moyen d'égayer mon mari : être heureux ensemble.

Laura avait l'air inquiet.

— Où est la chambre nuptiale ?

Elle sembla prise de court : il faisait encore jour.

— Ici, Madonna, dit-elle en montrant la porte qui menait à la chambre.

— La chambre à coucher de Laurent ? m'étonnai-je.

— Sieur Piero ne voulait pas l'occuper. Votre mari était le préféré de son père, vous le savez ; je crois qu'il trouve un certain réconfort à reprendre les appartements de son père. Il y dort depuis que sieur Laurent est mort.

Je laissai Laura me guider dans la pièce. La chambre était spacieuse, avec un sol de marbre d'une exquise teinte pâle, et des murs couverts de tableaux remarquables. Pourtant, comparée au reste du palais, elle paraissait assez spartiate. J'eus l'impression que, comme dans l'antichambre, de nombreux d'objets de valeur avaient été enlevés pour être entreposés ailleurs.

Le fantôme de Laurent était absent ce jour-là. Des pétales de rose séchés avaient été répandus sur le lit, imprégnant la pièce d'un merveilleux parfum. Sur un bureau non loin était posé un flacon de vin couleur grenat et deux gobelets en or délicatement gravés, ainsi qu'une assiette d'amandes et de fruits confits.

— Aide-moi à me déshabiller, dis-je à Laura.

J'ignore si elle fut surprise par ma demande, mais elle ne manifesta rien. Elle m'enleva mon bonnet et mes manches avant de défaire ma robe. Je sortis du lourd vêtement et la regardai le replier puis le ranger avec mes effets dans l'armoire de bois sombre qui contenait les vêtements de Julien.

Je ne portais plus que ma *camicia*, pure comme une toile d'araignée. Zalumma avait fait de son mieux pour me préparer pour ma nuit de noces, mais je devais encore me contrôler.

— J'aimerais rester seule maintenant, dis-je. Veux-tu dire à mon mari que je l'attends ici ?

Elle referma doucement la porte en partant.

Je m'approchai du bureau, versai un peu de vin dans un gobelet et en bus une petite gorgée. Je m'efforçai de le savourer, de profiter pleinement de son goût exquis, pour me préparer à la venue de Julien. A côté du flacon se trouvait un petit sac en velours ; à l'intérieur, je sentis quelque chose de dur – un bijou, sans doute, cadeau du marié à la mariée, et cela me fit sourire.

Une lettre était posée sur le bureau, comme si le lecteur avait dû interrompre sa lecture. Le sceau de cire verte avait été brisé ; le document était à moitié ouvert. Je n'y aurais pas prêté attention si l'écriture ne m'avait paru familière : je posai mon gobelet et pris la lettre. Elle ne portait ni signature, ni la moindre indication de son destinataire.

J'apprécie votre décision de me libérer de mon obligation formelle de retrouver le pénitent – celui que votre père appelait le troisième homme. Mais je me sens moralement tenu de continuer ma recherche, bien que les chances de retrouver cet homme en vie aillent diminuant.

Tous mes efforts pour convaincre Milan de prendre votre parti ont échoué. La vérité concernant la mort du duc Gian Galeazzo est la suivante : les assassins ont agi à la demande de son oncle Ludovic Sforza, qui, sans attendre la période de deuil consécutive à la mort de son frère, s'est déjà proclamé duc, malgré l'existence du jeune fils de Gian Galeazzo, l'héritier légitime. Avec Ludovic au pouvoir, Milan n'est plus votre ami ; cela, je l'ai appris directement de la bouche du nouveau duc, qui me fait une entière confiance. Il a retourné Charles et ses ambassadeurs contre vous et se prépare à vous trahir, dans l'espoir d'acquérir encore plus de pouvoir.

Sa méfiance envers Florence est le résultat d'années de travail patient de la part de ses conseillers et de certains de ses associés. Ceci, ainsi que mes enquêtes, m'a conduit à conclure sans le moindre doute que notre Ludovic est sous l'influence des piangioni.

Cette dernière phrase me laissa perplexe. Les *piangioni* étaient des chrétiens sincères, bien qu'exagérément zélés. Savonarole était persuadé que le roi Charles avait été choisi par Dieu pour punir l'Italie de ses vices – mais pourquoi vouloir influencer le duc de Milan ? Et comment un conseiller cherchant à monter Ludovic contre Florence pouvait-il faire conclure à l'auteur de la lettre que les *piangioni* étaient responsables ?

Mais ce qui m'intrigua davantage fut l'écriture – très caractéristique, avec ses lettres étonnamment verticales, sans aucune inclinaison, les f et les l allongés et sans fioritures, les n trapus. L'orthographe était approximative. Un moment s'écoula avant que je me rappelle où je l'avais vue.

« Salutations, Madonna Lisa, de Milan. Notre bon Laurent m'a commissionné pour peindre votre portrait... »

41

Je relevai la tête en entendant la porte s'ouvrir, mais n'eus pas le temps de reposer la lettre.

Au premier regard, trois choses me frappèrent chez Julien : son sourire contraint, signe que l'échange avec mon père n'avait pas dû être de tout repos. Puis, son sourire s'effaçant, sa bouche entrouverte et ses yeux écarquillés à la vue de ma tenue transparente. Et quand il eut aperçu la lettre dans ma main, l'air préoccupé et irrité qui prit le dessus.

Il me la reprit immédiatement.

— Vous l'avez lue ? me demanda-t-il d'une voix inquiète.

— Pourquoi les *piangioni* voudraient-ils exercer une influence sur Ludovic Sforza ? Je les croyais plus intéressés par Dieu que par la politique.

Sa bouche eut une expression de dépit : il replia la lettre et la remit dans le bureau.

— Je suis un imbécile de ne pas l'avoir cachée. Un véritable imbécile. Mais j'ai dû partir en toute hâte, et je pensais en avoir le temps avant que vous ne veniez ici...

— Je connais l'écriture de Léonard.

Je n'avais pas l'intention de lui cacher quoi que ce soit.

— Je suis votre femme, et vous ne devez pas vous préoccuper de ce que je sais. Je sais tenir ma langue.

— Il ne s'agit pas de cela, commença-t-il. Le duc de Milan a toujours été le meilleur allié de notre famille. Nous pouvions compter sur lui pour nous fournir des troupes. Quand mon oncle Julien fut tué, mon père écrivit au duc pour lui demander de l'aide, que nous reçûmes immédiatement. Mais maintenant...

Il détourna les yeux, fronçant les sourcils, la voix grave.

— A présent, cette aide nous fait défaut, à un moment où nous en avons le plus besoin.

Il soupira.

— Et je vous ai mêlée à tout cela.

— Vous ne m'y avez pas mêlée. Je serais venue même si vous m'aviez dit non.

D'un signe du menton, je désignai le bureau où se trouvait la lettre.

— Si je suis en danger, c'est en raison de ce que je suis maintenant, non de ce que je sais. Cela ne changera rien.

— Je sais, admit-il, un peu triste. Je me suis rendu compte que si je voulais vraiment que vous soyez en sécurité, il fallait que je vous prenne sous ma protection.

Il sourit.

— Vous êtes encore plus têtue que moi. Au moins, je sais où vous êtes. Avez-vous conscience... Vous en avez certainement conscience... La situation risque d'empirer. Nous devrons peut-être quitter Florence pour un temps. Je ne veux pas dire par là nous rendre simplement dans une de nos villas dans la campagne. J'ai envoyé hors de la cité de nombreux objets d'une valeur inestimable pour les protéger... J'ai même emballé mes effets, au cas où...

Il recula pour m'observer avec les yeux brillants de Laurent, mais son regard avait une franchise que celui de son père n'avait pas.

— Nous irions à Rome, où Giovanni a de bons amis, et nous nous mettrions sous la protection du pape. C'est une ville très différente de Florence – plus chaude, avec plus de monde...

— Cela n'a aucune importance, dis-je d'une voix douce.

Je fis un pas vers lui. Il avait une tête de plus que moi, et son buste était plus large que mes épaules. Il était toujours vêtu du *farsetto* cintré de velours rouge qu'il portait avec la désinvolture d'un prince. Il n'avait pas la beauté classique de Léonard : sa lèvre supérieure était mince, avec une petite cicatrice en biais, séquelle d'une blessure d'enfance, et un menton légèrement prognathe, rappelant quelque peu celui de Laurent. L'arête de son nez était large, retroussée au bout, ses sourcils épais et noirs. Quand il souriait, une fossette apparaissait sur sa joue gauche. Je la touchai du bout du doigt, et il soupira longuement.

— Vous êtes incroyablement belle, dit-il. Et d'autant plus que vous paraissez ne pas en avoir conscience.

Je mis mes mains sur ses épaules.

— Nous avons tous les soucis de la terre : votre famille, mon père, le roi Charles, la Seigneurie, le duc de Milan, Florence elle-même. Nous ne pouvons rien y faire pour l'instant. Nous pouvons seulement nous réjouir d'être ensemble en ce moment.

Il ne lui restait plus qu'à m'embrasser. Cette fois, nous n'avions plus besoin de nous contorsionner comme nous l'avions fait dans le carrosse. Nous étions maintenant mari et femme, et cet instant était empreint de sérieux et de gravité. Il me posa avec précaution sur le lit, s'étendit à côté de moi pour passer la main sous ma chemise en soie et caresser doucement mon cou, mes seins, mon ventre. Je tremblais, et pas seulement sous l'effet de la nervosité.

Prise d'une audace soudaine, je passai les mains sur ses épaules recouvertes de velours, sa poitrine musclée. Puis je cherchai à lui enlever son *farsetto*.

Il se redressa.

— Ici, dit-il en me montrant le haut du col.

Sans réfléchir, je fis claquer ma langue.

— Qu'est-ce qui vous fait croire que je sais défaire le vêtement d'un homme ?

— Vous avez un père…

— C'est son serviteur qui l'habille, pas moi.

Il parut soudain intimidé.

— Comme le fait le mien.

Nous éclatâmes de rire.

Il regarda en direction de la porte.

— Ah non, lui dis-je. Vous m'avez dit que j'étais têtue. Laissez-moi vous le prouver encore une fois.

La bataille fut rude, mais le *farsetto* finit par se rendre. Et Julien aussi.

Au cours de ma jeunesse, je vécus une expérience de chaleur absolue, de communion totale. J'avais été affreusement malade, si malade que les adultes autour de moi évoquaient ma mort à voix basse. Je me souviens d'un poids terrifiant sur ma poitrine, de la sensation de me noyer dans mes propres humeurs, de ne pas pouvoir respirer.

On apporta des bouilloires et une grande bassine en bois. On la remplit d'eau presque bouillante, et ma mère m'y fit entrer doucement.

Quand je fus immergée jusqu'au cou, la vapeur me caressa le visage ; la chaleur s'infiltra dans mes os. Je regardais ma peau cramoisie, pensant, comme une enfant, qu'elle allait fondre. Je fermai les yeux, envahie d'un bonheur absolu, jusqu'à ne plus rien sentir que les battements de mon cœur et l'eau. Toute la pesanteur s'était dissipée dans l'air.

J'étais vivante. Je pouvais respirer.

Avec Julien, je ressentis la même chose. Il y avait la chaleur ; il y avait l'ouverture. Il y avait l'union. Je pouvais respirer.

— Léonard va-t-il tout de même peindre mon portrait ? demandai-je, un peu endormie.

Nous étions couchés, nus, sous des draps de lin et un jeté de lit rouge. Il était tard dans l'après-midi, et la lumière déclinante du soleil passait à travers les volets, empreinte d'une amère douceur.

J'avais été surprise de la façon naturelle dont l'acte s'était passé. Alors que je pensais avoir besoin d'instructions précises, de peur de me montrer maladroite, l'assurance de Julien et mon propre instinct m'avaient servi de guide. A présent, j'avais froid et, à mon grand embarras, il fit venir une servante pour faire un feu de cheminée. Je restai assise, emmitouflée, jusqu'à son départ ; après seulement, je consentis à m'oublier un peu pour me lover dans ses bras.

— Votre portrait ?

Julien soupira longuement.

— Oui, bien sûr. Père l'a demandé. Mais Léonard est terrible. La plupart des commissions pour lesquelles père l'a payé n'ont jamais été terminées. Cependant...

Il m'adressa un petit sourire coquin.

— Je l'exigerai. Je lui brûlerai la plante des pieds. Je l'enchaînerai dans son atelier jusqu'à ce que ce soit fait ! Je dois avoir votre image avec moi pour toujours.

J'éclatai de rire.

Julien profita de ce moment de détente pour aborder un sujet pénible.

— J'ai chargé un nos meilleurs agents d'aller trouver sieur Antonio.

Je me raidis.

— On ne peut pas raisonner avec mon père.

Julien me toucha doucement le bout du nez, comme s'il voulait me distraire de ma peine.

— Je le sais. Je l'ai rencontré. Il est bien trop désespéré en ce moment pour qu'on puisse lui parler. Il a été choqué et blessé. Laissez-lui le temps. Mon homme va attendre quelques jours. D'ici là, nous surveillerons votre père pour nous assurer qu'il ne commet pas d'imprudence.

C'étaient des espions. Quelqu'un allait se poster devant la maison de mon père et épier le moindre de ses mouvements pour en rendre compte à Julien. Cela me troublait autant que cela me rassurait. Mon père ne pourrait pas se jeter dans l'Arno sans que quelqu'un intervienne.

— Mon homme est quelqu'un d'un certain âge, un bon chrétien, et il traitera sieur Antonio avec beaucoup de respect. Je me trompais en pensant que votre père pourrait vous laisser partir pour de l'argent ou des terres ; c'est un homme de caractère. Je ne partage pas son amour pour frère Jérôme, mais je comprends qu'il veuille être rassuré par le fait que vous ayez épousé un homme honorable et pieux, que vous ne vivrez pas une vie de luxe corrompu, mais que vous vous dévouerez à Dieu et à votre mari. Lisa, continua Julien avec ferveur en tournant son visage vers le mien, je crois en Dieu et en la nécessité d'être intègre ; si votre père exige que nous allions écouter les sermons de frère Jérôme, je le ferai.

Sa sincérité me toucha, mais j'accueillis ses dernières paroles avec une exclamation de mépris.

— Vous irez seul, murmurai-je, bien que ses paroles m'aient remplie d'espoir.

Le fait que Julien soit prêt à s'abaisser à supporter les sermons de mon ennemi mortel impressionnerait sans aucun doute mon père... et tout Florence.

Mon regard se porta sur trois panneaux peints qui couvraient la totalité du mur en face de nous. Auparavant, ma nervosité ne m'avait pas permis de distinguer autre chose que des taches de rouge, de jaune et de noir. Ces panneaux représentaient une bataille féroce. Une lance affreusement pointue transperçait la poitrine d'un cavalier de part en part, le soulevant de sa selle. Des hommes et des chevaux gisaient à terre, morts ou blessés, parmi des casques vides et des boucliers. C'était une terrible évocation d'une mêlée sauvage. Je soulevai la tête de l'épaule de Julien, fronçant les sourcils.

— Ah, dit Julien avec un sourire. Vous avez vu les tableaux. C'est *La Bataille de San Romano*, d'Uccello, au cours de laquelle Florence a battu Sienne, il y a un siècle.

— Mais c'est tellement violent... Ce devait être la première vue que Laurent avait en se levant, la dernière en se couchant. Comment peut-on vouloir quelque chose d'aussi atroce dans sa chambre ?

Sous le coup de l'enthousiasme, Julien sortit du lit, nu, et se dirigea vers le panneau central.

— Père l'aimait non pour sa violence, mais pour le courage dont fit preuve le capitaine, Niccolo da Tolentino. C'était un grand héros. Regardez, il est au centre, menant la charge.

Il désigna un cavalier en première ligne, le seul sans casque, sa lance pointée vers le cœur de son ennemi.

— Il n'a pas peur. Malgré l'imposante armée à laquelle il fait face, il croit en sa victoire. Et cette scène offre un merveilleux exemple de la nouvelle perspective. Regardez là et comparez sa taille avec celle du capitaine.

Je regardai attentivement. L'homme à terre mesurait une fraction de la taille de Tolentino.

— Il est si petit, dis-je en riant. Mais cela tombe sous le sens. Si vous faites face à quelqu'un qui est couché, son corps paraît plus petit qu'il n'est en réalité. Et regardez là-bas. Voyez comme les hommes sont petits ; n'est-ce pas pour montrer qu'ils sont loin ?

Julien sourit avec satisfaction.

— Si vous n'étiez pas une femme, je dirais que vous devriez être artiste ! Je ne vous savais pas si perspicace. Oui, c'est cela, la magie de la perspective. Et Uccello fut un des premiers à la mettre en œuvre. Père avait un très bon œil. Piero et Giovanni n'ont pas la moindre idée des merveilles qui les entourent. C'est vraiment dommage.

Je comprenais le plaisir de Julien.

— Sieur Laurent a dû vous aimer beaucoup pour vous apprendre de telles choses.

Je pensai à Laurent, malade et harcelé par ses ennemis, puisant du courage en contemplant l'image d'un guerrier mort depuis longtemps.

Julien acquiesça, un peu plus sérieux.

— De toute la famille, c'est lui que je comprenais le mieux. Piero est plus comme mère, et Giovanni...

Il émit un petit rire.

— Je ne sais pas vraiment à qui il ressemble dans la famille. Peut-être à notre arrière-grand-père Cosme. Il est le premier à chanter ses propres louanges.

Le crépuscule avait apporté l'obscurité ; il alluma une paire de chandelles avec un brandon pris dans la cheminée, puis revint au lit et s'allongea à mes côtés avec un soupir de satisfaction.

— Pourquoi les *piangioni* voudraient-ils œuvrer avec le duc de Milan pour se débarrasser de Piero ?

Sa bonne humeur retomba. Se soulevant sur un coude, il se rapprocha de moi. Son visage restait dans l'ombre.

— Je ne sais pas au juste. Je sais seulement qu'ils veulent la chute de notre famille. Père a fait beaucoup de choses peu judicieuses, même illégales. Il a volé dans la caisse des dots de la ville pour acheter la place de cardinal de Giovanni. Et, au cours de ses jeunes années, il a traité ses ennemis sans merci. Il était prêt à tout pour protéger sa famille. Beaucoup de gens, de familles, de groupes divers ont des raisons légitimes de le détester. Mais il avait aussi un don étrange pour se protéger lui-même, pour se faire des alliés, pour savoir – surtout à un âge plus avancé – quand céder et quand ignorer ceux qui le menaçaient, ou disaient du mal de lui.

Il marqua une pause.

— Piero et Giovanni… Ils ont leur propre forme d'intelligence, mais ils ne sont pas père. Ils ne comprennent pas l'importance de leur image pour le peuple. Ils ne savent pas se montrer… humbles malgré leur situation. Piero reçoit des avis contradictoires de la part de ses conseillers et tout devient si confus qu'il finit par ne rien faire. Je lui ai dit d'aller à Sarzana – comme père est allé trouver le roi Ferrante, dans l'espoir d'éviter un conflit. Mais je voulais y aller avec lui. « N'écoute pas tes conseillers, lui ai-je dit, laisse-moi te guider. » Mais il a voulu prouver qu'il pouvait le faire lui-même, sans mon aide. C'est que… enfin, père n'a jamais caché que j'étais son préféré. Il disait toujours à Piero de ne jamais rien faire sans me consulter quand il serait à la tête de la famille. Et Piero a toujours été jaloux de cela. Je le comprends, mais…

Il secoua la tête.

— Ce fut une erreur de céder Sarzana et les deux autres citadelles. Je connais Piero, il ne sait pas qui écouter, donc il n'écoute personne et agit par impulsion. Maintenant la Seigneurie est furieuse, et ils envoient frère Jérôme parlementer avec le roi français. C'est une situation inextricable. J'espère seulement que Piero m'écoutera pour en sortir.

Sa frustration était évidente ; de Laurent, il avait hérité l'esprit rapide, et de son oncle dont il portait le nom, la douceur. Son rang de naissance ne lui avait pas permis d'occuper la position prééminente pour laquelle il était naturellement doué ; à cause de cela, tout risquait d'être perdu.

— Qu'en est-il des *piangioni* ? demandai-je. Savonarole a-t-il des ambitions politiques ? Veut-il gouverner Florence… et peut-être Milan également ?

Il me regarda en fronçant les sourcils.

— C'est infiniment plus compliqué. J'ai des agents qui se penchent sur la question…

Léonard en était un.

— Compliqué à quel point ? J'ai tout mon temps…

Quelqu'un frappa alors à la porte.

— Sieur Julien ? appela une voix d'homme.

— Oui ?

— Votre frère est de retour de Sarzana. Il vous attend dans la salle à manger.

— Dites-lui que je l'y rejoins de suite.

J'avais déjà sauté du lit et enfilais ma *camicia*. Julien me regarda puis considéra ses chausses et son *farsetto* en tas près de la cheminée.

— Envoyez Laura et mon valet, cria-t-il. Nous avons besoin d'aide pour nous habiller.

42

Quand nous fûmes vêtus, Julien me prit le bras pour me conduire en bas des escaliers, à travers l'énorme palais silencieux ; nos pas résonnaient sur le marbre luisant. Les corridors me parurent plus vides qu'auparavant. De nombreuses œuvres d'art avaient été enlevées.

— Peut-être ne devrais-je pas y aller, chuchotai-je. Piero voudra discuter de politique.

En réalité, j'étais nerveuse à la perspective de le rencontrer. Malgré les assurances de Julien, je n'étais pas du tout certaine que l'aîné des Médicis ait approuvé avec enthousiasme notre mariage. J'avais déjà eu un affrontement pénible avec mon père, et j'aurais préféré ne pas recommencer avec Piero.

Julien semblait lire dans mes pensées.

— C'est vrai, mon frère n'a rien voulu entendre quand je lui ai dit que je voulais vous épouser – au début, en tout cas. Mais j'ai insisté. Je l'ai convaincu que, politiquement, c'était une bonne chose. Le peuple ne reprochait-il pas à Piero d'être le fils d'une Orsini, et d'en avoir également épousé une ? « Tu as resserré les liens avec les nobles Orsini, lui ai-je dit, et Giovanni est cardinal, ce qui fait du pape et de l'Eglise nos alliés. Il est temps maintenant de faire alliance avec le peuple, pour lui montrer que nous ne nous considérons pas comme une royauté. » Finalement, il m'a écouté. Et même si Alfonsina et Giovanni ne sont pas d'accord, je suis certain qu'ils succomberont à votre charme.

Nous nous arrêtâmes enfin devant une grande porte en bois sculpté. Julien l'ouvrit, puis m'invita à entrer.

Il faisait chaud dans la pièce brillamment éclairée. En face de nous, un grand feu brûlait dans une cheminée énorme ; sur la longue table, un candélabre portant plus d'une dizaine de bougies répandait une odeur de cire fondue. Chaque mur était couvert de fresques représentant des scènes pastorales : Bacchus et ses raisins, nymphes et satyres batifolant tandis que Pan jouait de la flûte.

Il y avait deux hommes dans la pièce. Le premier faisait les cent pas devant la cheminée, avec de grands gestes. Il était habillé comme un prince, d'une tunique de velours saphir bordée de satin pourpre. Une grande améthyste pendait à son imposant collier en or, et les diamants sur ses doigts reflétaient les flammes. Ses épaules étaient larges, sa taille étroite, et ses chausses révélaient des cuisses et des mollets musclés. On l'imaginait aisément dans les rues de Florence, tapant du pied dans un ballon.

— Comment osent-ils m'insulter de la sorte ! vitupérait-il. Comment osent-ils, alors que je viens de sauver leur ville ! Je mérite un accueil de héros et je reçois...

Il leva les yeux d'un air mécontent en nous voyant apparaître.

Le deuxième homme était assis à la table. Impassible, il découpait soigneusement un faisan rôti. Il portait une robe écarlate de cardinal, un calot de soie rouge et un anneau orné d'un rubis. Quand nous entrâmes, il se tourna pour nous voir. Il avait de gros doigts, de grosses lèvres, une tête large et une poitrine encore plus large. Il reposa son couteau et sa fourchette, puis se leva.

— Julien ! Qui est cette personne ?

Il parut surpris mais resta courtois. Sa voix était grave, étonnamment belle, contrastant avec son visage ordinaire et ses petits yeux soupçonneux. En me voyant, il se leva.

— Qui est cette personne ? demanda Piero, se faisant l'écho de son frère.

Il se plaça sous la lumière du candélabre, révélant un visage très ressemblant à celui de sa mère, avec des lèvres minces et un menton mou.

— Piero, tu te souviens. C'est ma femme, Madonna Lisa di

Antonio Gherardini. Lisa, voici mon frère Piero di Laurent de Médicis.

La réponse de mon mari laissa Giovanni pantois.

— Antonio, le marchand de laines ? C'est une plaisanterie ?

— N'insulte pas ma femme, répliqua Julien d'un ton menaçant. Les Gherardini sont une excellente famille. Piero nous a donné la permission de nous marier il y a quelque temps.

D'un geste de la main, celui-ci arrêta l'échange.

— Je t'ai accordé la permission, mais le moment est mal choisi pour nous présenter la jeune femme, alors que nous sommes attaqués de tous côtés…

Il s'inclina à la hâte devant moi.

— Pardonnez-nous, Madonna, nous avons des choses urgentes et personnelles à discuter. Julien, tu pourras nous présenter ta promise plus tard.

— Elle ne s'en va pas, frère. Elle fait partie de la famille. Le prêtre nous a unis ce matin.

Piero laissa échapper une exclamation de surprise. Giovanni retomba sur sa chaise, et posa une main sur sa poitrine colossale. Ce fut lui qui parla le premier, d'une voix restée mélodieuse malgré l'agitation de son propriétaire.

— Il faudra faire annuler cette union. Tu ne peux pas gâcher la semence Médicis avec une roturière.

Je rougis, mais la colère me fit oublier ma nervosité.

— Ce n'est pas une roturière, dit Julien d'une voix passablement échauffée. Elle est ma femme et elle restera ici, sous le toit de son mari. Le mariage a été consommé : je ne tolérerai pas la moindre mention d'une annulation.

Il se tourna vers Piero.

— Quant à notre conversation… elle est au courant de tout et restera ici. Vous allez tous les deux venir l'embrasser, et l'accueillir au sein de notre famille.

Giovanni se leva. Il me regarda de curieuse façon en venant vers moi et en me prenant les mains ; les siennes étaient douces et grasses. Il sourit avec une soudaine désinvolture, non dépourvue de charme.

— Je vous donnerai un baiser parce que vous êtes très belle, Lisa, dit-il.

Puis il leva un sourcil et regarda Julien.

— Mais je peux m'arranger pour...
— Je ne veux pas en entendre parler, prévint Julien.
— Dans ce cas, dit Giovanni d'un ton résigné. Asseyez-vous à côté de moi, Madonna Lisa. Assieds-toi également, Julien. N'est-ce pas votre festin de mariage ? Quand le mariage a été consommé, un festin s'impose. Laisse-moi appeler les servantes.

Il se leva et tira sur une chaîne qui pendait dans une ouverture du mur, puis revint à sa chaise et nous fit signe de prendre place.

Piero était trop énervé pour offrir ses mains ou un baiser. Il resta de l'autre côté de la table, tandis que Julien et moi nous asseyions à côté du cardinal.

— Les salutations devront attendre. Je reviens à l'instant de la Seigneurie.

Piero écarta les mains dans un geste d'exaspération, comme pour dire : « Je leur ai tout donné... que veulent-ils de plus ? »

— J'ai sauvé Florence, je l'ai sauvée au prix de quelques forteresses, de quelques ducats...

— Combien ? demanda Giovanni.

Piero baissa la voix.

— Deux cent mille.

Julien ne réagit pas, mais regarda son frère sans ciller ; apparemment, il était déjà au courant.

Giovanni posa son gobelet avec une telle force que du vin en jaillit sur la table.

— Dieu du ciel ! jura Giovanni. A quoi pensais-tu ? Il n'est pas étonnant que la Seigneurie refuse de te parler ! Pas étonnant qu'ils aient envoyé à Pise cet homme qui n'arrête pas de raconter ses bêtises à propos du Jugement dernier... ce Savonarole !

Piero se tourna vers lui, sur la défensive.

— Savonarole ? A Pise ? Maintenant ils se moquent de moi ouvertement !

Julien semblait fatigué, déçu.

— N'as-tu pas lu la lettre que je t'ai envoyée ?

Une nouvelle fois, Piero détourna le regard.

— Tu ne te doutes pas à quel point j'étais occupé, harcelé... Ce n'est pas ma faute si un détail m'a échappé.

— Tu ne l'as pas lue du tout, dit Julien avec calme. Si tu l'avais lue, tu aurais su que la Seigneurie était contrariée à cause des forteresses et de l'argent. Les Français se rient de nous, frère. Ils avaient à peine l'espoir de prendre Sarzana, et encore moins Pietrasanta et Sarzanella, ainsi qu'une montagne d'or. La colère de la Seigneurie est justifiée. Ma lettre te demandait de venir directement ici, afin que nous puissions élaborer une stratégie d'approche.

Piero s'affaissa, l'air démonté ; les nuances de la diplomatie et de la négociation le dépassaient, mais il continuait à s'en méfier.

— Petit frère, dit-il presque à voix basse, je devais y aller seul. Je dois faire cela seul ; sinon, qui me respectera ? Je ne suis pas père…

— Aucun de nous ne l'est, répondit Julien avec douceur. Mais tous les trois ensemble, nous pouvons y arriver.

Il avait dit tout cela par pure générosité, car Giovanni, qui avait recommencé à découper son faisan, l'écoutait d'une oreille distraite.

Un silence s'ensuivit quand un serviteur entra. Le cardinal lui ordonna d'apporter du vin et de la nourriture « pour nos deux amoureux que voici ». Une fois l'homme parti, la discussion reprit.

Cette pause avait permis à Piero de retrouver sa véhémence.

— Quand je suis revenu en ville, je me suis effectivement arrêté devant notre palais ; je ne suis pas complètement idiot. La foule était massée devant la loggia, attendant avec impatience mon rapport. Je leur ai donné les bonnes nouvelles, annonçant que tout avait été réglé avec le roi Charles. J'ai fait exactement ce que tu m'avais suggéré : j'ai demandé que des friandises soit jetées au peuple et qu'on serve du vin, tout comme père l'avait fait en revenant de négocier avec le roi Ferrante. Mais, apparemment, personne n'était d'humeur à la fête. Ils ont bu mon vin et mangé ma nourriture tout en me regardant en silence comme si j'avais fait quelque chose de mal. Je suis donc allé au palais de la Seigneurie.

La coutume voulait que les plus hauts membres du gouvernement de Florence résident au palais pendant leur mandat ; ils y prenaient leurs repas, y couchaient même.

— Savez-vous ce qu'ils ont fait ? Ils m'ont renvoyé. Ils ont envoyé un serviteur à la porte pour me dire : « Revenez demain, ils dînent. » D'un geste, j'ai montré ce que je pensais de cette réponse !

Il grogna.

— Je ne suis pas complètement idiot. Je sais quand le peuple gronde. Je n'ai pris aucun risque. J'ai conclu des accords avec Paolo. Huit cents soldats Orsini – cinq cents à cheval, trois cents à pied – campent en ce moment à la Porta San Gallo, attendant mon signal, en cas de troubles.

— Qui t'a dit d'agir ainsi ?

L'air incrédule, Julien se couvrit le visage des mains, puis les retira l'instant d'après.

— Dovizi.

Sieur Piero Dovizi était son conseiller le plus proche.

— Je vais te le répéter une nouvelle fois : tu ne peux pas te fier à Dovizi ! Je crois qu'il n'a plus nos intérêts à cœur.

Julien paraissait consterné.

— Ne vois-tu pas ce qui se passe ? La Seigneurie et le peuple sont déjà furieux que tu aies agi sans leur approbation. Maintenant, tu as fait venir une armée avec toi. Qu'est-ce qui les empêche de penser que tu veux usurper le pouvoir ?

— Jamais je ne ferais une telle chose !

— Mais *eux* ne le savent pas. Nos ennemis profitent de chaque occasion pour alimenter la rumeur. Nous devons être extrêmement prudents, penser aux répercussions de chacun de nos actes. N'importe quel paysan, n'importe quel citoyen vivant près de la Porta San Gallo va voir une armée là-bas. Ils savent que les Français arrivent… et voilà des soldats Orsini qui attendent. Que penseront-ils ?

Julien secoua la tête.

— Sais-tu ce que Savonarole a prêché, la semaine dernière, après que tout le monde a appris que les Français avaient pillé Fivizzano, et fait couler beaucoup de sang innocent là-bas ?

Je pensai immédiatement à Michel-Ange, assis en silence au milieu de la foule à San Lorenzo, écoutant et mémorisant chaque parole.

— Il a dit à l'assemblée qu'il avait prédit l'arrivée de Charles deux ans auparavant, quand il avait annoncé que le glaive de Dieu tomberait des cieux pour abattre tous les pécheurs de Florence. Nous abattre, *nous*, en d'autres termes, ainsi que tous ceux qui ne sont pas de l'avis de frère Jérôme. Ne vois-tu pas que Savonarole joue avec leurs craintes, leur faisant croire que Florence va se battre contre la France ? Or c'est précisément ce qu'ils vont imaginer en voyant les soldats Orsini à la porte. Pourquoi ne me demandes-tu pas conseil avant d'agir ainsi ?

Piero inclina la tête, puis plongea son regard dans le feu ; son visage se détendit, perdant son air d'arrogance et d'indignation.

— J'ai essayé d'être ce que père voulait. Mais quoi que je fasse, j'échoue. J'ai fait ce que tu m'avais dit : j'ai essayé de négocier un libre passage avec le roi Charles, et maintenant Alfonsina est furieuse contre moi, elle ne m'adresse plus la parole. J'ai l'impression qu'elle va rester à Poggio a Caiano pour toujours. J'ai dû mentir à Paolo Orsini pour obtenir ses troupes ; il ne connaît pas mon intention de laisser passer Charles. Et le pape va nous détester quand il l'apprendra. Que dois-je faire ?

— Maîtrise ta colère, pour commencer, dit Julien d'un air détaché. Plus de gestes obscènes. Essayons ce soir d'échafauder un plan pour approcher les seigneurs prieurs demain, et ensuite nous irons ensemble au palais de la Seigneurie. En ce qui concerne Alfonsina, les Orsini et le pape, nous chercherons à obtenir leur pardon plus tard. Florence a la priorité.

— Au moins, tu sais garder la tête froide, constata Piero en signe de capitulation.

A ce moment-là, une domestique arriva avec du vin et des gobelets. Derrière elle, une file de servantes apportaient des plats de volaille, de lièvre et de venaison, des fromages et des friandises, et toutes sortes de gourmandises. Piero s'assit enfin pour manger avec nous, mais il demeurait inquiet et ne fit aucun effort pour se joindre à notre conversation, bien qu'elle fût plus enjouée. Je mangeai aussi mais, comme Piero, j'étais pleine d'inquiétude. Mon regard ne quittait pas Julien.

Ce soir-là, j'attendis seule dans la chambre de Laurent, pendant que mon mari s'entretenait avec ses frères de la meilleure façon d'aborder la Seigneurie. Epuisée de ne pas avoir dormi la nuit précédente, je ne parvins pourtant pas à trouver le sommeil. J'étais triste à cause de mon père ; Zalumma me manquait terriblement. Je redoutais la punition qu'il allait lui infliger pour avoir conspiré avec moi. Je m'inquiétais également pour la visite de Julien à la Seigneurie avec son frère : j'avais d'ailleurs la ferme intention de l'en dissuader – au diable, Florence – ou bien de le persuader de me laisser l'accompagner. Si je le laissais partir, je craignais de ne plus jamais le revoir.

Je restai au fond de mon lit, les yeux grands ouverts. La lampe était encore allumée ainsi que la cheminée ; la lumière projetait des ombres vacillantes sur les murs et le tableau représentant la bataille de San Romano. Je regardai longuement le capitaine cerné par ses ennemis, comme avait dû le faire Laurent pendant de nombreuses années.

Le feu continua à flamber – les serviteurs des Médicis n'étaient pas économes de bois – et je commençai à transpirer sous les couvertures de velours et de fourrure. Je me levai pour ouvrir la fenêtre.

Le ciel était couvert, sans étoiles ; l'air froid sentait la pluie. Je sortis la main ; quand je la rentrai, elle était toute mouillée par la bruine.

— *Ecce ego adducam aquas super terram*, chuchotai-je malgré moi. Voici que j'apporte une inondation sur la terre !

43

Julien vint me retrouver aux petites heures de l'aube. La lampe brûlait encore, et sa lumière accentuait les minuscules rides autour de ses yeux – des yeux qui auraient pu être ceux d'un homme de dix ans plus âgé. Ce n'était pas le moment de lui parler politique ou d'évoquer son intervention à la Seigneurie, et mon souhait qu'il ne s'y rende pas. Je préférai le prendre dans mes bras pour faire l'amour. C'était tout ce dont il avait besoin.

En ce matin du 9 novembre, le temps était si sombre que nous dormîmes tard, Julien et moi. Je m'éveillai avec la voix de Laurent mourant dans la tête : « Le troisième homme. Je vous ai failli… Comment puis-je m'en aller ? Léonard maintenant, lui et la fille… »

Puis la peur me saisit lorsque je me souvins de ce qui s'était passé avec mon père, et du fait que Julien avait promis d'accompagner son frère au rendez-vous avec la Seigneurie. Quand j'eus repris mes esprits, je compris que j'avais été réveillée par le vacarme des cloches qui appelaient les fidèles à la messe dominicale. Jamais je n'avais entendu un tel ensemble : j'étais habituée aux cloches de Santo Spirito mais ici, en pleine ville, j'entendais celles de San Marco, de San Lorenzo, de Santa Maria del Fiore, qui se trouvaient toutes dans le même périmètre.

A côté de moi, couché sur le ventre, un bras rejeté au-dessus de la tête, l'autre sur le côté, Julien dormait, indifférent aux carillons qui retentissaient sous sa fenêtre.

Je me glissai avec précaution hors du lit et pris ma *camicia* argentée, que j'avais cette fois soigneusement pliée et rangée sur une chaise. Je frissonnai en la revêtant. Dans la cheminée, il ne restait plus que des cendres chaudes. Attentive à ne pas réveiller Julien, je saisis une couverture de fourrure sur le lit pour m'en envelopper.

J'ouvris la porte menant à l'antichambre avec l'intention de gagner le couloir adjacent pour appeler une servante. Une bouffée d'air chaud me sauta au visage : un feu vif brûlait dans l'âtre. Juste derrière la porte, un homme d'une trentaine d'années était vautré dans un fauteuil. C'était presque un géant, d'une carrure et d'une musculature impressionnantes. La poignée du sabre qu'il portait au côté dans un fourreau brillait dans la lueur orange. Un grand bouclier de cuir reposait contre le mur à côté de lui.

Ses mains puissantes tenaient un petit livre, mais en m'entendant, il le referma brusquement comme s'il avait honte. En digne fille de marchand florentin, j'étais suffisamment instruite pour reconnaître *Le Paradis* de Dante. Il posa le livre sur le sol près de lui et se leva avec un sourire désarmant. Je dus lever la tête en arrière pour le regarder.

— Bonjour, Madonna Lisa, dit-il d'une voix de basse. J'espère que vous avez bien dormi. Voulez-vous que j'appelle une servante ? Quelqu'un pour raviver le feu ?

— J'ai seulement besoin de Laura et d'une cuvette d'eau chaude. Mon mari dort encore, aussi je vous demande de faire cela le plus discrètement possible...

— Bien sûr.

Il s'inclina. Je le regardai s'éloigner en direction de la porte menant au couloir. A l'extérieur, deux autres hommes en armes se levèrent pour écouter les instructions qu'il leur donna à voix basse.

Je retournai à la chambre à coucher ; Julien était éveillé. Je le couvris de baisers, oubliant que j'avais failli mourir de peur en constatant la présence des gardes.

Nous assistâmes à la messe dans la chapelle familiale avec Michel-Ange et quelques proches des Médicis. Ensuite, nous nous attardâmes autour du déjeuner avec Piero, Giovanni et Michel-Ange – et de nouveau, des hommes en armes postés derrière la porte. Sur le chemin de la salle à manger familiale, Julien m'expliqua que, normalement, les frères prenaient leurs repas avec des amis et des conseillers, mais qu'en ce jour ils préféraient l'intimité. A mon avis, le mot *sécurité* aurait été plus approprié, les couloirs étant pleins de gardes.

Giovanni affectait une distance courtoise. Il semblait ne pas se préoccuper de l'entrevue prochaine de son frère aîné avec la Seigneurie ; il n'évoqua pas non plus une possible annulation du mariage de Julien. Michel-Ange gardait les yeux fixés sur son assiette, se contentant de me jeter, ainsi qu'aux autres, un regard timide. Julien n'avait pas exagéré en disant que Laurent avait élevé Michel-Ange comme son propre fils : les frères le traitaient effectivement en égal.

Piero fronçait constamment les sourcils et se frottait le cou, comme s'il avait mal ; il paraissait dans un état de tension extrême. Julien était calme et de bonne humeur, soucieux de nous apaiser, Piero et moi. La conversation demeura anodine jusqu'à ce qu'il déclare d'un ton joyeux :

— La chance est avec nous. Antonio Loreno est *proposto* aujourd'hui.

Je compris que Loreno était un ami – ce qui était une bonne chose, le *proposto* étant le seul seigneur prieur pouvant proposer un sujet de discussion. C'était lui qui, toute la journée, détenait les clés du clocher de la Seigneurie, d'où l'on appelait tout Florence à se rassembler sur la place.

— Loreno ?

Piero leva les yeux de son assiette, animé d'une lueur d'espoir.

Julien hocha la tête.

— Il fera en sorte que nous puissions entrer afin que les seigneurs prieurs t'entendent.

Il se tut un instant.

— Quelle heure te semble préférable ? En fin d'après-midi, peut-être ? Lors des vêpres ? A ce moment-là, ils ne pourront pas prétendre être absorbés par leurs affaires ou en train de dîner.

Piero réfléchit un instant puis se rallia à cette solution comme si c'était la sienne.

— Parfaitement, dit-il avec un grand signe de tête. Nous irons à l'heure des vêpres. Je veux que vous veniez avec moi. Ainsi qu'une vingtaine d'hommes en armes. Et... Dovizi.

Julien leva les yeux au ciel, poussant un soupir de dépit.

— Qui as-tu l'intention d'écouter ? Lui ou moi ? As-tu oublié ce que je t'ai dit hier soir ? Ses conseils n'ont servi qu'à te déprécier aux yeux du peuple. Crois-moi, il n'est plus notre ami.

— C'est toi que j'écoute, répondit Piero d'un ton laconique. Mais je veux que Dovizi soit là. Pour sauver les apparences.

Julien resta silencieux, mais son visage se ferma, trahissant son mécontentement.

Michel-Ange rompit soudain le lourd silence qui s'était installé :

— Je pars demain pour Venise, annonça-t-il d'une petite voix timide.

Aucun des frères ne crut bon de lui répondre.

La journée passa trop rapidement. Julien avait divers rendez-vous d'affaires, ainsi qu'une réunion avec le représentant d'une banque – lequel, selon moi, était plus un informateur politique que financier. Laura démêla mes cheveux, puis les enroula dans ma nuque et les recouvrit d'un filet d'or arachnéen appartenant à Madonna Alfonsina.

— Vous êtes une femme mariée, maintenant, dit-elle. Il ne serait pas convenable de laisser vos cheveux flotter sur vos épaules comme une jeune fille.

Puis elle entreprit de me faire faire le tour des cuisines et de la maison, ainsi que des appartements de la femme de Piero, Alfonsina, et de leurs enfants. Elle me montra ensuite la bibliothèque, avec ses grandes étagères en bois sculpté contenant d'innombrables volumes reliés en cuir ainsi que des rouleaux de parchemin.

Je choisis un exemplaire de Pétrarque, ses *Canzoniere*, qui contenait plus de trois cents sonnets. La plupart des autres volumes étaient en grec (auquel je n'entendais rien) ou en latin. Je rapportai le petit livre chez Laurent et, après avoir adressé un sourire reconnaissant au Goliath qui me protégeait, je m'installai pour lire dans le fauteuil près du feu.

Je pensais avoir fait un choix judicieux avec Pétrarque. Il

écrivait en toscan, ce qui ne me demanderait pas trop de concentration, et ses poèmes d'amour me rappelleraient la raison que j'avais de me réjouir : Julien. Pourtant, en tournant les pages avec précaution, je ne trouvai que tourment. Les poèmes ne reflétaient pas la beauté de la passion, mais seulement le chagrin et l'inquiétude qu'elle engendre. C'était le pauvre Pétrarque, pleurant la mort de Laure, l'objet de son amour jamais payé de retour : « L'éclat de son sourire angélique, dont les rayons jusqu'à la terre étaient porteurs du paradis, n'est que poussière maintenant. Et pourtant je vis – et je me lamente de vivre… »

Les larmes me montèrent aux yeux, je les essuyai d'un revers de main, furieuse ; je n'avais jamais été du genre sentimental, à pleurer en lisant de la poésie. Un autre vers me troubla pourtant : « Mais à cet instant, mon esprit se glace, quand, à votre départ, je vois mes astres favorables se détourner de moi. »

Mes astres. Il y avait longtemps que je n'avais pas pensé à la rencontre avec l'astrologue, aux paroles cinglantes que j'avais adressées à ma mère, qui avait seulement cherché à m'épargner. J'entendis de nouveau la voix de l'astrologue : « Dans vos astres, j'ai vu un acte de violence, qui est à la fois votre passé et votre avenir. »

Je pensai à la mort de ma mère entre les mains de Savonarole, et une peur irrationnelle s'empara de moi : que Julien – qui représentait mon avenir – soit la prochaine victime.

— Arrête, me dis-je à haute voix en regardant vers la porte pour voir si mon géant à l'extérieur m'avait entendu.

Aucun bruit ne me parvint ; je secouai la tête pour m'éclaircir l'esprit, puis me replongeai dans ma lecture, bien décidée à dénicher un passage heureux, quelque chose de gai qui constitue un bon présage.

Je feuilletai de nouveau le recueil et trouvai, écrit dans la langue fluide de Pétrarque, le vers suivant :

Il successor di Karlo che la chioma
Co la corona del suo antiquao adorna

Prese a già l'arme per fiacchar la corna
A Babilonia, e chi da lei si noma[1].

Je refermai le livre, le posai et me penchai au-dessus du feu. La chaleur était intense ; je croisai les bras sur ma poitrine, comme pour contenir ma peur. Tout se tenait : Léonard, le troisième homme, la mort de Laurent, les *piangioni*... Et moi.

En levant les yeux, je vis le tableau d'Uccello, *La Bataille de San Romano*, avec ses drapeaux éclatants flottant dans un vent imaginaire. Le capitaine da Tolentino avait toujours l'air brave et déterminé, mais cette fois il me parut isolé, sur le point d'être submergé par l'ennemi.

Julien ne revint pas avant la fin de l'après-midi, si tard que je demandai à Laura d'aller le chercher pour être certaine de le voir avant son départ.

A présent, il avait renoncé à tout faux-semblant : son regard était sérieux, son front légèrement ridé. Un valet l'accompagnait, qui le vêtit d'une tunique sévère, gris foncé, sans le moindre ornement.

— Vous ressemblez à un *piangione*, lui dis-je d'un ton léger quand le valet fut sorti.

Il n'eut même pas un sourire.

— Je dois partir bientôt. Laura vous a-t-elle montré où se trouve l'appartement de Giovanni ?

— Oui.

— Bien.

Il se tut un instant.

— Si, pour une raison quelconque, reprit-il, Piero et moi sommes retenus... si nous sommes en retard, ou si quelque chose se produit qui vous inquiète, allez trouver Giovanni sans attendre. Il saura quoi faire.

---

1. « L'héritier de Charlemagne, dont le front s'orne/De la couronne des anciens temps/Brandit maintenant son sabre contre les trompes de Babylone, et ceux qui lui font allégeance. »

Mal à l'aise, je préférai le prendre à la légère.

— De quoi pourrais-je m'inquiéter ? Pourquoi devrais-je aller chez Giovanni ?

Mon mari pinça légèrement les lèvres.

— Nos effets sont empaquetés. Giovanni sait où ils sont, et il sait où vous conduire. Nous sommes convenus d'un endroit où nous retrouver. Dans le cas où nous serions retenus...

— Je veux partir avec vous. Je ne peux pas rester ici.

Il se mit à rire, d'un rire sans joie. Ma suggestion était extravagante, je le savais : j'étais une femme, or les femmes n'étaient pas les bienvenues au palais de la Seigneurie. Et je connaissais maintenant assez Julien pour savoir qu'il ne me laisserait jamais l'accompagner dans une expédition aussi dangereuse.

— Lisa, dit-il en me prenant tendrement par les épaules. Nous avons passé un accord avec le roi Charles ; la Seigneurie risque de ne pas l'apprécier. J'ai été stupide de laisser Piero continuer à écouter Dovizi. Je n'aurais jamais dû laisser les choses en arriver à ce point ; trop occupé à surveiller nos intérêts bancaires, j'ai laissé une grande partie de la politique aux mains de Piero. Il ne sera pas content mais, dorénavant, j'exigerai d'y être plus impliqué. Dovizi ne dormira pas sous notre toit cette nuit. Désormais, Piero devra suivre mes conseils.

Il se tut, et regarda en direction de la fenêtre : il écoutait les cloches.

— Ne faut-il pas que vous partiez maintenant ?

En guise de réponse, il prit mon visage entre ses mains.

— Je vous aime.

Il posa doucement un baiser sur mes lèvres.

— Je reviendrai bientôt, je vous le promets. Ne vous inquiétez pas.

— Très bien, dis-je.

Je m'étonnai de mon calme.

— Je vous laisse partir sans moi à une seule condition.

— Laquelle ? demanda-t-il d'un ton faussement joyeux.

La correspondance entre la lettre de Léonard et les derniers mots de Laurent me tourmentaient toujours, et je craignais de ne plus pouvoir connaître la vérité.

— Répondez à cette question. Qui est le troisième homme ? Le pénitent ?

Il laissa retomber ses bras le long de son corps et me regarda, bouche bée, en fronçant les sourcils.

— Après tout ce temps... vous vous souvenez des paroles de mon père ?

Puis il se reprit.

— Il était mourant. Il ne savait plus ce qu'il disait.

— Vous mentez très mal. De qui parlait-il ?

Les épaules de Julien s'affaissèrent légèrement en signe de reddition.

— C'est le seul rescapé, dit-il.

A cet instant, les cloches se mirent à sonner.

Nous sursautâmes, mais j'insistai. Il me restait très peu de temps ; j'éprouvais maintenant un désir urgent de savoir, comme si nos deux destins en dépendaient.

— Rescapé de quoi ?

— Ils ont pris tous ceux qui avaient été mêlés à la conspiration visant à tuer mon oncle. Un seul homme a réussi à s'échapper.

— Votre père l'a vu ?

Il secoua la tête, visiblement pressé de partir maintenant.

— Léonard, dit-il. Léonard l'a vu ; mon oncle est mort dans ses bras. Lisa, je dois partir. Embrassez-moi encore une fois.

Folle d'inquiétude, je crus que j'allais éclater en sanglots ; je réussis à l'embrasser.

— Les gardes sont juste à l'extérieur, se hâta-t-il de dire. Ils vous diront s'il faut aller chez Giovanni. Restez ici. Laura vous apportera quelque chose à manger.

Il ouvrit la porte, puis tourna la tête pour me regarder une dernière fois. Son visage était juvénile, illuminé par le feu, ses yeux brillants et pleins d'inquiétude.

— Je vous aime.

— Je vous aime, dis-je.

Il referma la porte. J'allai à la fenêtre et l'ouvris, indifférente au froid. Un soleil bas perçait les nuages, d'un orange proche du corail. Je restai à la fenêtre à écouter les cloches, puis je regardai Piero et Julien sortir à cheval, accompagnés par une trentaine d'hommes.

— Léonard, dis-je, sachant que personne ne m'entendait.

Pour une raison obscure, nous étions reliés l'un à l'autre, ainsi qu'aux problèmes qui allaient sans aucun doute survenir.

44

J'écoutai l'harmonieux vacarme des cloches jusqu'à ce que la dernière note se fût évanouie dans l'air. Il aurait fallu que je descende jusqu'à la chapelle, où Giovanni et Michel-Ange assistaient certainement aux vêpres, afin de prier le Dieu bienveillant de ma mère pour lui demander de protéger mon mari. Mais j'étais trop énervée en cet instant pour converser avec Dieu ou toute autre personne. Trop même pour obéir à Julien, et rester patiemment assise dans la chambre.

Zalumma ne m'ayant jamais apporté d'autres vêtements, j'étais toujours vêtue de ma robe de mariée ; comme il faisait froid, je passai la chasuble de brocart doublé de fourrure. Puis quelque chose m'incita à prendre les deux médaillons en or dans le bureau, où Laura les avait rangés quand elle m'avait déshabillée le soir précédent. Je les glissai dans la poche intérieure de la chasuble, puis gagnai l'antichambre.

Mon géant se leva.

— Avez-vous besoin de quelque chose, Madonna Lisa ?

— Non. Je vais seulement à la cuisine chercher de quoi manger, dis-je d'un ton joyeux, avec mon plus beau sourire.

Il eut l'air contrarié.

— Mais sieur Julien a donné des ordres…

Je souris de plus belle.

— Pour que je reste dans ma chambre, je sais. Mais il a dit que si j'avais faim, je pouvais aller à la cuisine. De toute façon, j'en ai assez de Pétrarque. Je voudrais prendre un autre livre dans la bibliothèque.

— Nous pouvons aller vous chercher de la nourriture… ce que vous voulez. Et si vous nous dites le livre…

— Merci, je ne connais pas assez la bibliothèque pour vous dire quel livre prendre. Je vous en prie, ajoutai-je d'un ton suppliant, j'en ai seulement pour quelques instants.

— Très bien, dit-il à regret. Mais je dois vous demander le plus respectueusement du monde de ne pas tarder. Sieur Julien ne me pardonnerait jamais si, à son retour, je ne pouvais pas lui rendre compte de vos faits et gestes.

Il me mena jusqu'à la porte de l'antichambre, et s'arrêta pour donner ses instructions à voix basse aux deux gardes qui s'y trouvaient. Dans le couloir, j'entendis que l'un d'entre eux me suivait à bonne distance.

Je descendis l'escalier, passant devant d'autres gardes en armes. Je n'avais aucunement l'intention de me rendre à la cuisine ; je voulais seulement me distraire. Je m'aventurai dans la cour.

Elle était à peu près telle que je l'avais vue. Au centre se dressait le *David* de Donatello, à la mince silhouette efféminée, à côté d'un buste de Platon. Mais beaucoup des pièces anciennes avaient disparu, dont la sculpture en terre cuite de Julien l'ancien.

J'avais entendu parler des célèbres jardins des Médicis, et savais qu'ils s'étendaient par-delà la cour. Je passai entre deux colonnes reliées par une arcade en *pietra serena*, franchis une loggia, jusqu'à ce que le bâtiment s'ouvre à nouveau.

Là, je trouvai le jardin de cérémonie, qui recouvrait un tiers de la surface d'un palais. Au centre d'une pelouse d'un vert éclatant, deux allées dallées se croisaient, bordées d'arbres fruitiers en pots. Entre les arbres poussaient des buissons de roses, sévèrement rabattus en prévision de l'hiver. Derrière, à intervalles réguliers, des statues à taille humaine se dressaient, perchées sur de hauts piédestaux. Celle qui attira le plus mon attention représentait Judith, serrant dans son poing la chevelure de son ennemi vaincu, Holopherne. De l'autre main, elle brandissait un grand sabre, prête à donner le coup fatal.

Sur les pavés, contre les murs, s'entassaient armes et armures, dont des boucliers, des casques, des masses, des sabres immenses, des dagues et des lances, comme dans le chef-d'œuvre d'Uccello.

Devant ce spectacle, j'éprouvai une vive émotion : pendant

tout ce temps, les Médicis n'avaient cessé de préparer la guerre.

Non loin, un petit groupe de soldats discutaient tranquillement ; ils se turent en m'apercevant et m'observèrent d'un air curieux, plutôt hostile.

Peut-être était-ce simplement dû à Piero – le résultat de son attitude incertaine et de son manque de discernement, qui l'avaient poussé notamment à masser les troupes d'Orsini près de la Porta San Gallo. Peut-être Julien n'avait-il jamais approuvé cela, ne le jugeait-il pas nécessaire.

Je m'approchai d'un des amoncellements d'armes et, avec précaution, en retirai une dague dans son fourreau – la plus petite qui s'y trouvât. Les hommes n'apprécièrent pas mon geste ; l'un d'entre eux s'apprêtait à venir vers moi pour m'empêcher de la prendre, mais les autres le retinrent : j'étais maintenant une Médicis.

Je sortis la dague de son fourreau, la regardai à la lumière déclinante. Elle était en fer, à double tranchant, affûtée comme un rasoir. Mon cœur battit un peu plus vite quand je la replaçai dans son fourreau, puis la glissai dans la poche intérieure de ma chasuble.

Le garde qui m'avait suivie depuis la maison attendait sous l'arcade. Il m'avait vue prendre l'arme, mais ne fit aucun commentaire.

Je le laissai m'escorter jusqu'à la bibliothèque. Fini, Pétrarque ; je voulais une lecture dépourvue d'émotion et intellectuellement exigeante, pour empêcher mon esprit de divaguer. Cette fois, je choisis un livre de latin. Si les choses se déroulaient comme prévu – si la Seigneurie et Piero pouvaient se réconcilier –, je voulais perfectionner ma connaissance des auteurs classiques, car je serais amenée à recevoir de nombreux érudits.

Je retournai à ma chambre, dont je fermai la porte, ce qui soulagea visiblement mes gardiens. J'enlevai ma chasuble et la posai sur la chaise, puis m'assis près du feu.

Si j'avais été calme, j'aurais survolé les pages, mais mon esprit était si perturbé que je regardais les mots sans les mémoriser. Pour arriver à me concentrer, je me mis à les lire à haute voix.

Je continuai cet exercice pendant quelques minutes, puis un bruit retentit à l'extérieur – c'était le son bas et mélancolique de la cloche communément surnommée la « vache », parce qu'elle sonnait sur le même ton que le beuglement d'une vache.

C'était la cloche qui appelait tous les citoyens de Florence à se rassembler sur la place de la Seigneurie.

45

Je laissai tomber le livre, courus à la fenêtre et ouvris les volets. Il faisait encore clair ; je regardai la rue en contrebas, qui menait vers la place de la Seigneurie. Le bruit augmentait au fur et à mesure. Je vis des domestiques s'aventurer hors des grands palais en bas de la rue pour voir ce qui se passait, les piétons se figer, tourner les yeux en direction de la place. Sous ma fenêtre, une petite troupe d'hommes en armes sortit en hâte par les diverses entrées de notre bâtiment, protégés par leur bouclier, sabre au poing.

Je m'imposai de réfléchir. Les citoyens avaient été convoqués ; cela ne pouvait pas être pour célébrer la chute de Piero. Il pouvait s'agir de célébrer son triomphe.

Je restai longtemps à ma fenêtre – comme mes voisins, attendant un signe. L'attente fut pénible ; puis la rumeur, d'abord vague, se précisa peu à peu, venant de l'est et du sud. Une exclamation haute et claire nous parvint, apportée par le vent.

— *Popolo e libertà ! Popolo e libertà !*

Je pensai aussitôt à messire Iacopo à califourchon sur son cheval sur la grande place, s'efforçant en vain de rallier le peuple à sa cause. Maintenant, c'était mon mari et son frère qui se trouvaient sur la même place – et leurs efforts s'étaient révélés tout aussi vains.

Je revis le cadavre de messire Iacopo, gonflé et verdâtre, qu'on avait sorti de son tombeau pour le traîner par les rues de la ville.

Sous ma fenêtre, les domestiques se hâtèrent de regagner le

palais, en claquant les portes ; les piétons se dispersèrent, courant en direction du bruit ou préférant s'en éloigner.

M'arrachant à mon poste d'observation, j'enfilai promptement ma chasuble. N'ayant rien apporté d'autre, je n'avais rien à emporter – mais mon instinct m'arrêta à la porte. J'ouvris le tiroir du bureau, y trouvai la lettre de Léonard et la jetai au feu.

« Allez trouver Giovanni sans attendre », avait dit mon mari.

Les gardes avaient déserté l'antichambre. Je courus dans le couloir et aperçus Michel-Ange qui se hâtait vers moi. Face à l'urgence de la situation, sa timidité s'était évanouie, et il me regardait droit dans les yeux. Nous nous arrêtâmes à quelques pas l'un de l'autre, hors d'haleine.

— Où est Julien ? Est-il revenu ? demandai-je.

— Madonna, il faut fuir ! dit-il au même instant. Hâtez-vous d'aller chez Giovanni !

— Julien…

— Je ne l'ai pas vu. Je ne crois pas qu'il soit revenu. Mais je sais qu'il veut que vous alliez chez son frère.

Il me prit par le coude pour me conduire au bas de l'escalier, à travers la cour, puis en haut d'une autre volée de marches. Il allait trop vite pour moi ; à deux reprises, je me pris les pieds dans mes jupes.

Arrivé à destination, Michel-Ange ouvrit grand la porte. Giovanni, l'air parfaitement calme, indiquait à deux serviteurs l'endroit où ses malles devaient être emportées. Quand il leva les yeux, je distinguai une certaine nervosité dans son regard, mais sa voix demeura assurée.

— Que se passe-t-il ?

Il parut irrité en nous voyant.

— Vous devez vous occuper de Madonna Lisa, répondit Michel-Ange d'un ton brusque. Vous l'avez promis à votre frère. Elle ne serait pas en sécurité à l'endroit où je vais.

— Parfaitement.

D'un claquement de doigts, Giovanni renvoya les serviteurs ; le visage rouge, ils ployaient sous le poids de leur chargement.

— Bien sûr.

Michel-Ange se tourna vers moi.

— Je prie le Seigneur pour que nous nous retrouvions un jour, dans de meilleures circonstances.

L'instant d'après, ses pas résonnaient dans le corridor.

La robe écarlate de Giovanni était impeccable, à l'instar de son chapeau de velours rouge ; il était rasé de près et parfaitement coiffé, comme s'il s'était préparé à recevoir un visiteur de haut rang. Trop distrait, peut-être trop terrifié pour feindre, il me fixait d'un air dépourvu de bonté. J'étais un sujet d'embarras, une erreur.

— Allez préparer vos bagages, dit-il. J'enverrai Laura vous aider.

Je ne le crus pas un seul instant. Je lui montrai mes vêtements.

— Je n'ai rien à emporter. C'est tout ce que j'ai.

Ce qui était vrai, si l'on écartait l'affreuse robe marron choisie par mon père, que je n'étais pas mécontente d'abandonner.

— Dans ce cas, retournez dans vos appartements.

Le cardinal me regarda attentivement.

— Il s'agit seulement de quelques seigneurs prieurs qui essaient de déclencher un soulèvement, dit-il. Avec un peu de chance, mes frères réussiront à calmer tout le monde. Entretemps, je dois aller leur prêter main-forte.

Il laissa échapper un soupir, comme s'il se résignait à faire montre de compréhension.

— Ne vous inquiétez pas. Je ne vais pas vous abandonner ici.

— Merci, dis-je.

— Allez. Je vais dire à Laura de venir vous tenir compagnie.

Je traversai le palais pour retourner à la chambre de Laurent. La fenêtre était ouverte ; il faisait froid malgré le feu. Je ne pus m'empêcher de regarder au-dehors. La nuit était presque tombée ; des flambeaux scintillaient au loin. Ils venaient de l'ouest, de San Marco, et descendaient la Via Larga. Ceux qui les brandissaient criaient sans relâche :

— *Palle ! Palle ! Palle !*

Des ombres se dessinaient dans l'obscurité. La plupart à cheval, quelques-unes à pied ; c'étaient les riches, avec leurs serviteurs, probablement leurs amis et leurs familles venant des palais bordant la Via Larga, une enclave Médicis. A la lumière des flambeaux, on voyait des sabres magnifiques sortis de leurs fourreaux, des colliers d'or, des pierres précieuses. Ils prenaient place à côté des hommes postés devant le palais des Médicis.

— *Palle ! Palle !*

Venant de la direction opposée, de la place de la Seigneurie, le cri *« Popolo e libertà ! »* commença à se faire entendre : des silhouettes sombres s'approchèrent, mal éclairées par des haillons enflammés, attachés à de longs bâtons ou à des manches à balai.

— *Abaso le palle !* Assez des boules !

Les dents pointues des fourches, les pointes de lances ébréchées, les extrémités contondantes des gourdins en bois s'élevaient en direction du ciel qui s'assombrissait.

Juste avant que les deux troupes n'arrivent en contact, un nouveau contingent émergea des rangs des partisans des Médicis. De mon observatoire, je ne parvins pas à distinguer leurs visages – pas même celui du cavalier tenant une lampe qui illuminait ses traits. Mais je reconnus la couleur écarlate de sa cape, la largeur de ses épaules, son port aristocratique ; Giovanni s'avançait lentement, protégé par une troupe de soldats en armes.

— *Palle !* cria-t-il d'une belle voix ténébreuse en direction de la foule menaçante. Bons citoyens de Florence, écoutez-moi.

Mais les bons citoyens de Florence refusèrent de l'écouter. Une pierre jaillit qui atteignit la monture noire de Giovanni à l'épaule, la faisant reculer. Il réussit à la calmer, mais sa décision fut vite prise : plutôt que d'affronter directement leurs opposants, le cardinal et ses compagnons tournèrent dans une ruelle, et s'éloignèrent au galop en direction du nord.

Je priai pour qu'il se dirige bien vers la place.

Dès que Giovanni et ses hommes eurent disparu de mon champ de vision, les citoyens en colère continuèrent à avancer. La foule s'étendait à perte de vue. Les hommes à pied étaient rejoints par d'autres ennemis des Médicis, plus aisés ceux-là, à cheval, portant des masses, des lances massives, des sabres, des cimeterres turcs.

Certains d'être submergés, nombre de partisans des Médicis s'éloignèrent à cheval, laissant aux gardes du palais le soin de combattre.

Je fus alors témoin de scènes effrayantes, j'entendis des bruits terrifiants.

Un paysan fut transpercé par une lance à la hauteur de l'estomac, et soulevé par le soldat qui portait la lance ; un marchand chut à genoux, le crâne fracassé par une masse. Un garde qui était tombé se mit à hurler quand un fermier le transperça avec une fourche. Un autre révolté se baissa pour ramasser la torche qu'il avait laissée tomber, et mit le feu au corps.

Le tableau d'Uccello n'aurait jamais pu reproduire les odeurs, le bruit, la rapidité et la confusion avec lesquelles ces événements se déroulèrent. Il avait représenté la guerre comme une affaire de gentilshommes ; celle à laquelle j'assistais était une pure folie.

En dessous de moi, des coups violents résonnaient dans toute la demeure, le bruit de poings frappant le bois, d'instruments métalliques. Quelques manifestants étaient parvenus jusqu'à la porte.

Laura n'était pas venue ; elle ne viendrait plus maintenant. Je pris la décision de partir mais, au moment où je m'éloignai de la fenêtre, une agitation particulière dans la ruelle la plus proche attira mon attention.

Des cavaliers au galop brandissaient des torches et des flambeaux pour éclairer leur route. Immédiatement derrière eux venait une foule furieuse, hurlante. Espérant un instant que c'était Julien, je me penchai encore davantage à la fenêtre. Quand la troupe s'approcha de la bataille qui faisait fureur devant le palais, je reconnus Giovanni. J'entendis ses cris désespérés en contrebas.

— Renoncez… Piero… *Popolo e libertà !*

Les citoyens en colère qui l'avaient poursuivi jusque-là, les citoyens qui le bombardaient de pierres, lui et ses gardes, se mirent aussitôt à hurler :

— Traître ! Traître !

Je m'éloignai en hâte de la fenêtre. Je soulevai mes jupes, me précipitai en bas de l'escalier, courus par les couloirs jusqu'à la cour, la loggia et le jardin. Il n'y avait plus aucune arme à cet endroit – seulement Giovanni, épuisé, à bout de souffle, se hâtant en direction du palais avec deux soldats sur ses talons.

— L'avez-vous vu ? criai-je.

Le bruit hors des murs était terrifiant.

Giovanni n'avait plus de temps à perdre avec moi ; la gentillesse dont il avait fait montre précédemment avait laissé la place à une froide détermination. Il passa à côté de moi sans me jeter un seul regard, sans même ralentir, et quand je courus derrière lui, il se contenta de me dire :

— Je n'ai pas pu parvenir à la place.

— Vous ne l'avez donc pas vu ? Vous n'avez pas vu Julien ?

— Piero est là.

Il montra un endroit derrière nous.

Je me précipitai vers la clôture en bois, ouvris une porte fermée par un loquet ; de l'autre côté, je me retrouvai dans une vaste cour en terre battue sur laquelle ouvraient les écuries. Je reconnus l'odeur du crottin et du foin, ainsi que celle de chevaux écumants. Trente ou quarante montures, tenues par leurs cavaliers, piaffaient nerveusement ; les hommes s'interpellaient, envisageant différentes stratégies pour s'aventurer de nouveau à l'extérieur sans trop s'exposer au danger. Je scrutai leurs visages, mais ne vis pas celui que je cherchais.

— Julien ! appelai-je. Où est Julien ?

La plupart des hommes, absorbés par le tumulte de la guerre, ne me prêtèrent aucune attention ; quelques-uns me dévisagèrent, mais personne ne me répondit.

Une main ferme s'abattit sur mon épaule. Je fis volte-face : c'était Piero, le visage sévère et luisant, les yeux fous.

— Où est Julien ? répétai-je.

— Les choses ont mal tourné, dit-il, encore sous le choc. Maudit Loreno... il nous a trahis, il n'a pas voulu me laisser entrer par la porte principale. Je ne pouvais accepter une telle insulte : « Entrez seul, par le côté, et déposez vos armes. » Que suis-je, un serviteur ? J'ai perdu mon sang-froid et les ai tous maudits, et Loreno, ce fils de prostituée, a donné la clé du clocher à mes ennemis...

Je lui saisis le bras.

— Où est Julien ?

Il recula.

— Julien est toujours sur la place, il s'efforce de calmer la foule.

Devant ma colère, il s'empressa d'ajouter :

— C'était son idée. Je ne voulais pas le quitter. Il sait que, si la situation empire, il doit me retrouver à la Porta San Gallo.

Je me détournai, dégoûtée. En reprenant le chemin des écuries, je commençai à réfléchir à ce que j'allais faire.

— Partez avec nous ! cria Piero à mon intention. Ils sont partis chercher mes affaires... Vos bagages sont-ils prêts ?

Je l'ignorai. A l'intérieur des écuries, je vis une interminable série de stalles, dont la plupart étaient vides. Un homme âgé se querellait avec deux soldats ; je me mis à crier, de façon à couvrir leur voix :

— Un cheval ! J'ai besoin d'un cheval, tout de suite !

— Doucement, dit le vieil homme, qui était probablement le palefrenier en chef.

Sa voix était autoritaire ; dans l'excitation, il avait dû me prendre pour une femme de chambre, mais, devant ma robe, son attitude changea.

— Pardonnez-moi, Madonna... vous êtes la jeune épouse de Julien, n'est-ce pas ?

C'était probablement à lui que je devais l'attelage qui m'avait amenée jusqu'à ce palais.

— Vous avez besoin d'une monture ? Sieur Piero est-il au courant de cela ? Je croyais qu'il jugeait une voiture plus facile à défendre, et plus commode pour transporter vos effets...

— Il a changé d'avis, dis-je en le regardant droit dans les yeux. Je n'ai aucun effet personnel. Il a dit qu'il me fallait un cheval tout de suite.

Un groupe de six hommes en armes entra.

— Les chariots sont-ils pleins ? demanda l'un d'entre eux au palefrenier en chef. Sieur Piero veut beaucoup de foin et d'eau, en prévision de la longue route.

Le vieil homme leva une main dans leur direction, puis se tourna vers moi.

— Comme vous pouvez le voir, Madonna, je n'ai qu'un certain nombre de chevaux...

Il se tourna ensuite vers les soldats :

— Ainsi qu'une certaine quantité de foin et d'eau...

Furieuse et tremblante d'énervement, je lui tournai le dos et m'éloignai, passant devant les soldats sans les regarder. J'allai d'une stalle à l'autre tandis que le palefrenier discutait avec les hommes. D'une stalle vide à une autre stalle vide.

L'une d'elles, à l'extrémité du bâtiment, abritait tout de même une jument ; c'était peut-être la monture que le palefrenier avait gardée pour sa propre fuite. Elle était déjà sellée, le mors dans la bouche, et, quand je m'approchai d'elle, elle s'ébroua. Sa robe était grise, avec une tache noire près de la bouche. Quand j'ouvris la porte et entrai dans la stalle, elle recula en baissant la tête : ses yeux sombres étaient inquiets, laissant apparaître le blanc.

— Doucement, dis-je, reprenant sans m'en rendre compte l'expression du palefrenier. Si quelqu'un a peur ici, c'est moi.

Je posai une main prudente sur ses naseaux frémissants ; son souffle rapide me caressa la peau de sa chaleur.

— Me permets-tu de te monter ? demandai-je.

Je n'étais pas particulièrement rassurée à cette pensée. J'avais l'habitude de voyager en voiture ; mon père estimait que les femmes n'étaient pas faites pour monter à cheval. Peut-être avait-il raison en ce qui me concernait. Ce fut difficile. Nous avions toutes les deux peur, et en plus, j'étais de petite taille ; je dus grimper sur un seau retourné pour parvenir à me jeter maladroitement sur la selle, ma jupe longue, avec sa traîne, rendant l'aventure encore plus périlleuse. Une fois en selle, j'entourai de mon mieux ma jupe autour de mes jambes, et laissai retomber la chasuble autour de moi.

La jument était habituée à une main plus ferme, mais je la laissai aller à son gré, sachant qu'elle prendrait le chemin le plus court pour sortir des écuries ; par chance, celui qu'elle choisit nous épargna le palefrenier.

Une fois dans la cour, je continuai à lui laisser la bride sur le cou, pensant qu'elle connaissait le chemin jusqu'à la Via Larga.

Des gardes armés se pressaient en masse devant la porte barricadée, surmontée de piques mortellement acérées et renforcée de barres de fer plus épaisses que mon bras. A travers les barres, on apercevait la silhouette des soldats se dessinant sur la lumière du feu. Les hommes bougeaient peu ; encore épargnés par la bataille, ils formaient la garde arrière, le dernier rempart contre la foule déchaînée.

Non loin de moi, je vis un soldat, à côté du verrou. Je m'approchai encore et me penchai vers lui.

— Vous ! Ouvrez la porte.

Il leva les yeux vers moi, l'air étonné, certain que j'étais devenue folle.

— Madonna, ils vont vous mettre en pièces.

— La plus grande confusion règne là-bas. Personne ne remarquera d'où je viens ; personne ne sait qui je suis. Je ne suis pas armée ; pourquoi s'attaquerait-on à moi ?

Il secoua la tête.

— C'est dangereux pour une dame.

Je fouillai dans la poche de ma chasuble – après avoir repoussé le fourreau de ma lourde dague – et en sortis un médaillon, sans même regarder lequel c'était. Il refléta un instant la lueur des torches.

— Tenez. Cela vaut plus d'un florin. Peut-être même beaucoup plus.

Il le prit, fronça les sourcils et comprit de quoi il s'agissait. Il jeta un regard prudent autour de lui puis, sans rien dire, fit glisser le verrou, entrebâillant la porte, que la foule à l'extérieur empêchait d'ouvrir en grand. La jument et sa cavalière se faufilèrent tant bien que mal ; le fer m'égratigna les tibias, accrocha l'étoffe fragile de ma robe et de ma chasuble.

Dès que je fus passée, la porte se referma bruyamment derrière moi ; le verrou retomba en place dans un cliquetis sinistre.

Je me retrouvai au milieu d'un groupe d'une quarantaine d'hommes qui gardaient la porte, épaule contre épaule ; la jument ayant choisi de passer près d'eux, leurs corps trempés de sueur se pressèrent contre le mien.

— Mère de Dieu ! jura l'un d'entre eux.

— Par l'enfer, d'où a-t-elle surgi, celle-là ? cria un autre.

Les lames de leurs sabres accrochèrent ma traîne, tailladèrent mes jupes, griffèrent ma peau – et le flanc de la jument également, qui hennit de douleur. Je la guidai fermement, implacablement, en direction de la première ligne de combat.

Là, des hommes se battaient à la lumière de torches fichées dans les murs du palais. L'ombre des gardes s'étendait sur les citoyens rebelles, avec leurs sabres d'une taille irréelle, capables de transpercer des manifestants se tenant à bonne distance.

Je poussai ma monture récalcitrante en pleine mêlée, au-delà de toute prudence. L'air était froid, l'atmosphère fétide, pleine de relents de fumée et de graisse rance en train de se consumer. La plus grande cacophonie régnait : la vache de la Seigneurie sonnait toujours, les chevaux hennissaient, les hommes juraient tandis que d'autres hurlaient le cri de ralliement de messire Iacopo.

Mais je n'entendais plus crier en réponse : *« Palle ! Palle ! »*

Les corps se déplaçaient si rapidement dans cette lumière incertaine qu'il était difficile de reconnaître un ami d'un ennemi. Les forces en présence, sans aucun étendard, ne s'avançaient pas en ordre, avec des rangées de lances bien alignées, de telle sorte que les ennemis soient identifiés ; il n'y avait aucun héros pour mener la charge. Un sabre fendit l'air juste derrière moi, manquant de peu ma jambe dénudée ; je sentis le vent de la lame passer.

Ma monture s'élança en avant ; notre place fut aussitôt prise par un paysan.

La lame s'abattit de nouveau avec un bruit sourd, entamant la chair de l'homme à la base de son cou. Le paysan poussa un hurlement terrible, le cri d'une bête sauvage. Du sang jaillit de la blessure et se répandit rapidement sur le devant de sa robe, jusqu'à se fondre dans l'ombre. Il tomba à genoux en hurlant de douleur, le sabre toujours planté dans sa chair ; le soldat que je ne voyais toujours pas réussit à récupérer son arme, qui sortit de la blessure avec un bruit de succion, puis l'abattit encore sur la tête du paysan, avec une telle force que, pendant une fraction de seconde, un brouillard de sang, sinistre halo rouge, resta en suspension dans un rayon de lumière.

L'homme tomba en avant, tout près des sabots de ma jument.

Je me retournai et croisai le regard du meurtrier ; c'était un soldat des Médicis, presque de l'âge de Julien, le regard vague, plein d'une étrange terreur. Peu lui importait que je sois une dame bien vêtue, sans arme, et venant du palais, de surcroît. Son unique préoccupation semblait être de soulever de nouveau son sabre pour le laisser retomber. Et je me trouvais à présent sur sa trajectoire.

Je baissai la tête, lançai la jument au galop. Nous fendîmes la foule ; mes genoux et mes coudes cognèrent contre de la chair et des os, du métal et du bois.

Je réussis bientôt à me dégager de la mêlée et pris la direction de l'est, le long de la Via Larga, en passant devant la loggia et l'entrée principale du palais que j'avais franchie, quelques années auparavant, escortée par Laurent. Des gardes des Médicis se battaient toujours par petits groupes épars, mais les grandes portes de l'entrée avaient été abandonnées et un groupe de révoltés essayait de les enfoncer avec une énorme poutre de bois. Je tournai dans la ruelle que Giovanni avait empruntée pour éviter la foule. De là, je continuai mon chemin en passant devant l'église San Lorenzo jusqu'au baptistère Saint-Jean et à la place du Dôme. De petits groupes erraient à travers les rues – trois cavaliers, deux moines, un malheureux père et sa femme courant avec des enfants vagissants dans leurs bras.

Quand j'atteignis le Dôme, la foule de plus en plus dense me contraignit à ralentir. Brusquement, je me retrouvai cernée par des hommes, dont deux brandissaient des branches enflammées. Ils les levèrent plus haut pour me voir.

C'étaient des *giovani*, des petits voyous des rues.

— Jolie dame, se moqua l'un d'eux. Jolie dame, pour chevaucher ainsi avec ses jupes remontées jusqu'à la taille ! Regardez la finesse de ses chevilles !

Je pris un air menaçant, regardant autour de moi en femme pressée. Malgré le monde qui se trouvait à proximité, avec le vacarme que faisait la cloche de la Seigneurie, les hurlements et l'agitation des gens qui couraient en direction de la place, il y avait peu de chances pour qu'on entende les cris d'une femme.

Je ne voulais pas appeler au secours, du moins pas encore.

— Laissez-moi passer ! grondai-je.

Je tirai la dague de ma chasuble ; elle en sortit avec son fourreau.

Les *giovani* éclatèrent d'un rire méprisant ; on aurait dit une meute de chiens.

— Regardez par ici ! cria l'un d'eux. On dirait que Lisa di Antonio Gherardini a de quoi mordre.

Il était efflanqué, avec un menton pointu et des boucles blondes qui se raréfiaient au sommet de son crâne.

— Raffaele !

Je baissai la dague, soulagée. C'était le fils du boucher.

— Raffaele, Dieu merci. J'ai besoin de passer...

— J'ai besoin de passer, répéta Raffaele d'une voix moqueuse.

L'un de ses compagnons éclata de rire.

— Regardez-la bien, les gars. Elle en fait partie. Mariée à Julien de Médicis, il y a deux jours à peine.

— Une fille de marchand ? demanda quelqu'un. Tu mens !

— Je te le jure devant Dieu, affirma Raffaele.

Compte tenu de ses paroles et de sa façon de me regarder, je préférai sortir la dague de son fourreau.

— Que s'est-il passé, Mona Lisa ? Ton Julien t'a déjà oubliée ?

Je crispai mes doigts sur la dague.

— J'ai bien l'intention de passer...

Raffaele sourit méchamment.

— Tu peux toujours essayer.

Quelque chose siffla dans l'obscurité en me frôlant ; ma jument hennit, se cabra. Je parvins à me maintenir en selle, mais un second caillou me brûla le poignet comme une pointe de feu. Je laissai échapper un cri et lâchai mon arme.

Je sentis un autre caillou, puis encore un autre. Le monde se mit à tourner. Je perdis mes rênes, mon sens de l'orientation, et m'effondrai – le long du cheval, dans l'air froid, puis sur le pavage dur.

Je restai allongée sur le côté, pétrie de douleurs et incapable de respirer. La lumière des flammes au-dessus de moi se mit à tourner, comme tout ce qui m'entourait. Bientôt, elle céda la place au visage concupiscent de Raffaele, à moitié dans l'ombre.

— N'est-ce pas la précieuse petite princesse ? dit-il d'un ton narquois. Tu ne sais pas monter à cheval, ni te servir d'une arme. Regarde.

La dague surgit sous mes yeux.

— Voilà comment il faut tenir un couteau.

Il se tut, et la lame tourna de façon à ce que l'extrémité soit pointée vers moi.

— Et voilà comment l'utiliser...

De l'air. J'étais moins effrayée par la dague que par mon incapacité à respirer ; mes côtes, ma poitrine ne voulaient plus bouger. Le monde s'assombrit encore, se brouilla.

J'entendis une autre voix, plaintive celle-là.

— Ne pouvons-nous nous amuser un peu avec elle d'abord ?

Une autre encore :

— Ici, en public ?

— Cela n'a pas d'importance ! Personne ne regarde !

Puis Raffaele reprit, d'un ton dégoûté :

— Avec elle, fraîchement dépucelée par un Médicis ?

La dague, comme un éclair d'argent, s'approcha de ma gorge ; j'en sentis la pointe. Si je déglutissais, elle trancherait ma peau. Je voyais la main de Raffaele, et le manche de cuir noir.

Puis la main disparut, comme la dague, quand l'obscurité reprit ses droits.

46

Etais-je morte ? Non. Je ressentais un terrible mal de tête, et une souffrance lancinante dans mon épaule.

Au même instant, un spasme violent se déclencha dans ma poitrine. J'aspirai l'air aussi goulûment qu'un homme en train de se noyer.

Des ombres diffuses s'agitaient autour de moi ; de temps à autre, une parole me parvenait, dominant le vacarme des sabots des chevaux, le tintement de la cloche, le bruit de la foule.

Au-dessus de moi, des hommes à cheval levaient des torches – j'avais l'impression qu'ils étaient des centaines, géants noirs porteurs de flammes qui étincelaient comme d'énormes diamants orange.

L'un des cavaliers prit la parole ; sa voix avait la distinction d'une personne occupant un poste important.

— Que faites-vous avec cette dame ?

— C'est une ennemie du peuple, répondit Raffaele d'une voix timide. La femme de Julien… un espion.

L'homme à cheval répliqua brièvement. J'entendis seulement : « … de la Seigneurie… protéger… ».

Quelqu'un me souleva. Je poussai un cri de douleur.

— Du calme, Madonna. Nous ne voulons pas vous faire de mal.

On me jeta en travers d'un cheval, le ventre contre le cuir de la selle, la tête et les jambes pendant le long des flancs de la bête. Un homme se glissa derrière moi, s'appuyant contre ma taille et mes hanches ; les rênes frottaient sur mon dos.

Le cheval se mit en marche. Sous le poids de ma chevelure,

le filet d'or d'Alfonsina tomba : heureux celui qui trouverait ce trésor. Mon visage tressautait contre la robe chaude et tannée du cheval, à tel point que ma lèvre se fendit ; je sentis un goût de sel et de sang. Je voyais défiler les pavés sombres, j'entendais la cloche, les cris. Le bruit devint si fort, la cloche si lancinante que mon crâne résonnait à chaque coup ; nous étions sur la place de la Seigneurie. Je tentai de me redresser, de lever la tête, pensant, dans la confusion de mon esprit, crier le nom de Julien. Mais le cavalier me repoussa fermement vers le bas.

Tandis que nous traversions la place, l'excitation sembla gagner la foule à la vitesse de l'éclair. Les gens poussaient des cris aigus, sauvages.

— Regardez-le, voilà le bâtard !

— Là-haut ! La troisième fenêtre ! Voyez-le se balancer !

— *Abaso le palle !* Mort aux Médicis !

Je m'agitai comme un poisson sur un hameçon, les cheveux devant les yeux ; je m'efforçai de les écarter dans l'espoir de voir quelque chose, mais cela ne servit à rien. Je ne distinguai rien d'autre que des silhouettes sombres, serrées les unes contre les autres.

L'image angoissante de Francesco de Pazzi, pendant nu à une fenêtre, les dents du cadavre de l'archevêque plantées dans l'épaule, me revint à l'esprit. Je pensai à ce que m'avait dit mon père : « Quatre-vingts hommes en cinq jours... jetés par les fenêtres du palais de la Seigneurie ».

Je n'avais pas d'autre choix que de rester ainsi, jambes et bras ballants.

— Julien, murmurai-je, certaine qu'au milieu d'un tel vacarme personne ne pouvait m'entendre. Julien, répétai-je, et je me mis à pleurer.

Ils m'enfermèrent dans une cellule du Bargello, la prison adjacente au palais. C'était une petite pièce aveugle et répugnante, au sol souillé. Trois parois étaient tapissées de toiles d'araignées ; la quatrième consistait en un muret de pierre à la hauteur de ma taille, surmonté d'épais barreaux de fer allant jusqu'au plafond ; la porte était également en fer. On avait répandu de la paille sur le sol ; au centre de la pièce, un grand seau en bois servait de toilettes communes. La seule source de lumière était la torchère du couloir.

Nous étions trois en cet endroit : moi-même, Laura, et une dame qui devait avoir trois fois mon âge, magnifiquement vêtue de velours et de soie aubergine. Elle devait appartenir aux Tornabuoni, une noble famille à laquelle la mère de Laurent était apparentée.

Quand le garde m'y amena, je geignais sous l'effet de la douleur. Je fis semblant de ne pas reconnaître Laura. Même après le départ de l'homme, nous n'échangeâmes pas un regard.

Personne ne se soucia de nous au cours de la première nuit. L'homme en armes qui m'avait amenée disparut. Après un moment, la cloche assourdissante résonnant dans le campanile voisin cessa de sonner. Mais mon soulagement fut de courte durée. Dehors, la foule, qui s'était tue, recommença à pousser des vivats.

J'avais l'impression d'entendre le claquement de la corde quand elle se raidissait.

La dame Tornabuoni, blanche et fragile comme une perle, tordait un mouchoir entre ses mains, et n'arrêtait pas de pleurer. En dépit des araignées, je m'étais assise dans un coin, mes jambes meurtries écartées devant moi, recouvertes par mes jupes en lambeaux. Laura avait pris place à mon côté, les genoux ramenés contre sa poitrine. Je profitai d'un instant de silence pour lui demander à voix basse :

— Julien... ?

— Je ne sais pas, Madonna, je ne sais pas... dit-elle d'une voix angoissée.

Puis une nouvelle clameur retentit, et nous nous recroquevillâmes de terreur.

Au matin, ils vinrent chercher Laura, et elle ne revint jamais.

Dans une ville comme Florence, aux esprits aussi éclairés, il était impensable qu'on exécute une femme. A moins qu'il ne s'agisse de la pire meurtrière, ou qu'elle se soit rendue coupable du crime de haute trahison. Ils avaient dû laisser partir Laura – au pire, la bannir.

Je me rassurai en constatant qu'à l'extérieur la foule s'était tue, ce qui devait signifier que la tuerie était terminée.

Quand je tentai péniblement de me relever, je dus retenir mon souffle à cause de la douleur provenant de mon épaule raide. Le moindre mouvement me faisait l'effet d'un coup de poignard. Mes membres étaient engourdis par le froid ; les murs et le sol étaient glacés. Mais ce qui me bouleversait le plus était d'avoir perdu mon anneau de mariage ainsi que le second médaillon en or.

Je m'approchai de la porte en fer rouillée en passant devant la dame Tornabuoni. Elle avait cessé de pleurer et paraissait avoir du mal à tenir sur ses jambes, car elle était restée debout la plus grande partie de la nuit ; ses yeux creusaient deux trous bleus dans la blancheur de son visage, offrant un contraste saisissant avec sa robe pourpre. Elle me jeta un regard plein de désespoir et de colère ; je me détournai aussitôt.

Je tendis l'oreille dans l'espoir d'entendre le garde. Tant que Laura était là, je n'avais pas voulu prononcer le nom de Julien, de peur de la rendre complice, mais à présent, il me brûlait les lèvres. Quand le geôlier apparut, je l'appelai à voix basse.

— Quelles sont les nouvelles ? Quelles sont les nouvelles de Julien de Médicis ?

Il ne répondit pas tout de suite, mais vint à la porte. Il fourragea dans son trousseau de clés, marmonnant quelque chose par-devers lui, puis en choisit une, qu'il essaya. Ce n'était pas la bonne. Il en chercha une autre, semblable, tout aussi noire et ternie ; elle tourna bruyamment dans la serrure. La porte s'ouvrit en grinçant.

— Julien de Médicis.

Il ricana.

— Si vous avez des nouvelles de cette canaille, mieux vaudra les dire quand votre heure viendra.

Puis, sans faire attention à moi, il poursuivit d'une voix plutôt aimable :

— Madonna Carlotta, pouvez-vous m'accompagner ? C'est une simple formalité. Les seigneurs prieurs aimeraient vous poser quelques questions. Ils ne vous veulent aucun mal.

Elle le regarda d'un regard méprisant.

— Aucun mal… Ils m'ont déjà causé tout le mal possible !

— Je peux appeler d'autres hommes pour m'aider, suggéra-t-il simplement.

Ils se dévisagèrent pendant quelques instants, puis la vieille femme se décida. La porte claqua derrière eux, et on entendit la serrure tourner.

Cela m'était égal. Cela m'était parfaitement égal.

« Si vous avez des nouvelles de cette canaille, mieux vaudra les dire… »

Je resserrai mes bras autour de moi, insensible à la douleur de mon épaule. On ne parlait ainsi que des vivants. Julien était parti, et ils ne savaient pas où.

Je retournai dans mon coin, où je m'installai le plus confortablement possible, bien droite, de façon à appuyer mon épaule contre le mur froid, ce qui la rendait moins sensible. Dans un demi-sommeil, j'entendis sonner les cloches de l'église, mais ne parvins pas à compter les coups.

A mon réveil, je pris la décision de reconnaître avoir épousé Julien. Un tel acte ne serait pas forcément puni de mort – même Laurent, dans sa folie de vengeance, avait épargné les épouses Pazzi. Cela me vaudrait plutôt l'exil, et me permettrait de rechercher mon mari.

Je réfléchis à la façon dont j'allais tourner ma confession aux prieurs. J'évoquerais longuement la préoccupation de Julien pour Florence ; je leur ferais remarquer que le fait de m'avoir épousée, moi, une fille de marchand, prouvait à quel point il se sentait proche des citoyens moins fortunés.

Quand j'entendis les pas du geôlier et le tintement de ses clés, je me hissai maladroitement sur mes pieds. Malgré ma détermination, mes mains tremblaient ; je sentis que j'allais avoir du mal à parler.

A côté du geôlier s'avançait Zalumma, les yeux pleins de terreur. En me voyant, elle poussa un soupir de soulagement, puis parut horrifiée : je ne devais pas être belle à voir.

Le geôlier la conduisit jusqu'aux barreaux de ma cellule,

puis recula d'un pas. Je tendis la main vers elle, mais l'espace entre les barreaux ne permettait de passer que les doigts.

— On ne se touche pas ! grogna le geôlier.

Je laissai retomber ma main et, sous le coup de l'émotion, me mis à sangloter sans pouvoir m'arrêter.

— Je t'en supplie.

Elle tendit la main tendrement vers moi ; mais la menace du geôlier la fit reculer.

— Non, non. Cela ne sert à rien…

Malgré ce qu'elle disait, des larmes coulaient le long de son magnifique nez droit.

Je m'efforçai de me reprendre.

— Je vais bien. Ils veulent seulement me poser quelques questions. Et comme je ne sais rien, cela ira vite.

Elle détourna les yeux, le visage fermé, puis me regarda de nouveau.

— Il faut t'armer de courage.

Je me raidis.

— Il est emprisonné ici, avec les hommes. Ils ont mis le feu à la maison la nuit dernière, mais les domestiques ont réussi à l'éteindre et à sauver beaucoup de choses. Cependant…

Elle pencha la tête de côté ; je la vis ravaler ses larmes.

— Mon Dieu ! Julien… dis-moi seulement s'il est sain et sauf. Dis-moi qu'il est sain et sauf !

Elle leva les yeux vers moi avec une expression étrange.

— Je ne sais pas ce qui est arrivé à Julien. Le gonfalonier est venu arrêter ton père la nuit dernière.

47

— Non.

Je reculai d'un pas.

— Lui et ses hommes ont fouillé le palais, retourné les chambres. Ils ont trouvé les lettres que Julien t'avait écrites…

— Non.

— Et, sachant que Laurent avait été le meilleur client de ton père pendant de nombreuses années, ils l'ont accusé d'être un espion à la solde des Médicis.

Elle baissa les yeux. Sa voix tremblait.

— Ils l'ont torturé.

Dans mon égoïsme, je n'avais pensé qu'à nous. Je savais que mon mariage briserait le cœur de mon père, mais j'avais considéré que cela en valait le prix. A présent, je constatais que mon obstination lui avait coûté infiniment plus.

— Oh, mon Dieu ! gémis-je. Dis-leur… dis-leur de m'interroger, moi. Dis-leur qu'il ne sait rien des Médicis, et que je sais tout. La foule…

Je me mis péniblement debout, prise d'une soudaine inspiration, et m'approchai des barreaux en titubant afin d'attirer le regard las du geôlier.

— La foule sur la Via Larga, le samedi après mon mariage ! Les gens ont vu mon père s'énerver contre moi, au milieu de la rue. Je lui ai répondu depuis une fenêtre du palais Médicis. Il me suppliait de rentrer à la maison, il désapprouvait mon mariage, les Médicis… demande à Jean Pic ! Mon père est fidèle à Savonarole. Demande à Laura, la servante. Elle peut le leur dire !

— Je le leur dirai, promit Zalumma, mais sa voix était triste.

Le geôlier s'était placé entre nous. Il lui fit signe de partir.

— Je le leur dirai, répéta-t-elle d'une voix forte en s'éloignant dans le corridor.

Je passai les heures suivantes seule dans ma cellule, sans même la présence du geôlier pour m'empêcher de me répéter que j'étais la plus monstrueuse des filles. Comment aurais-je dû agir ? Comment aurais-je pu protéger mon père ? Je guettai, misérable, un bruit de pas, des voix d'hommes, ou le son métallique des clés.

Quand ils se produisirent enfin, je me précipitai à la porte et m'agrippai aux barreaux.

Le geôlier escortait un homme habillé de bleu foncé, signe de son importance ; un seigneur prieur, ou peut-être un *buonomo*, un des douze élus chargés de conseiller la Seigneurie. Agé d'une quarantaine d'années, il était grand et mince, d'allure éminemment sérieuse. Sa chevelure était grisonnante, ses sourcils épais, très noirs, se rejoignaient presque, son nez était long et étroit, son menton effacé.

Pendant que je le dévisageais, il se contenta de me regarder discrètement. Je l'avais déjà vu à l'église, quand Savonarole était en chaire ; c'était lui qui m'avait relevée lorsque la crise de ma mère m'avait clouée au sol, et il nous avait frayé un chemin.

— Madonna Lisa ? demanda-t-il courtoisement. Di Antonio Gherardini ?

J'acquiesçai d'un signe de tête, prudente.

— Je suis Francesco del Giocondo.

Il s'inclina légèrement.

— Nous n'avons pas été présentés, mais peut-être vous souvenez-vous de moi.

J'avais entendu mentionner son nom. C'était une famille de négociants en soie, très aisée.

— Je me souviens de vous, dis-je. Vous étiez à San Lorenzo quand ma mère est morte.

— J'ai été navré de l'apprendre, répondit-il sur le ton de la conversation.

— Pourquoi êtes-vous là ?

Il avait des yeux bleu pâle, de la couleur de la glace reflétant le ciel, avec des pupilles cernées d'un trait sombre, qui se plissèrent légèrement en se fixant sur moi. Le col de sa tunique était bordé d'hermine blanche, ce qui faisait ressortir la pâleur de son teint.

— Pour vous parler de messire Antonio.

— Il est innocent de tout ce dont on l'accuse, m'empressai-je de dire. Il ne savait pas que j'avais l'intention d'aller retrouver Julien, il s'est contenté de livrer de la laine aux Médicis. Tout le monde sait combien il est fidèle aux enseignements de frère Jérôme... Avez-vous vu leur servante, Laura ?

Il leva la main pour me faire taire.

— Madonna Lisa, vous n'avez pas besoin de chercher à me convaincre. Je suis persuadé de l'innocence de messire Antonio.

Je m'affaissai contre les barreaux.

— Dans ce cas, a-t-il été libéré ?

— Pas encore.

Il laissa échapper un soupir.

— Son cas est sérieux. Certains seigneurs prieurs estiment qu'il est trop lié aux Médicis. Une véritable folie s'est emparée de tout le monde, malheureusement jusqu'aux plus hautes sphères de notre gouvernement. Hier soir, les prieurs – contre mon avis – ont pendu le comptable de messire Laurent à une fenêtre de ce bâtiment. Apparemment, cet homme aurait aidé Laurent à spolier la ville de son fonds pour les dots. Vous avez pu constater à quel point les gens sont déterminés à tout détruire, à éliminer la moindre personne, tout ce qui leur rappelle le nom des Médicis. Les hommes du gonfalonier s'efforcent de limiter les excès de la foule, mais...

Il soupira de nouveau.

— De nombreux palais ont été vandalisés, incendiés même. Tout le long de la Via Larga, et dans d'autres endroits encore.

— Mon père est proche de Jean Pic, dis-je sans pouvoir maîtriser le tremblement de ma voix. Il peut attester que mon père n'est pas un ami des Médicis.

— Pic ? murmura-t-il.

Il détourna un instant le regard.

— C'était un collaborateur de Laurent, n'est-ce pas ? Hélas, il souffre d'une maladie incurable. On m'a dit qu'il ne quitte plus son lit et ne peut même plus parler ; ses jours sont comptés.

— Laura, sinon ? La servante qui a partagé ma cellule. Elle a vu…

— Vous ne pouvez pas demander aux seigneurs prieurs de se fier à la parole d'une servante des Médicis.

— Que dois-je faire ? Que puis-je faire ? Mon père est innocent.

— Je jouis d'une certaine influence, dit-il avec un calme exaspérant. Sur Corsini et Cerpellone, ceux qui sont les plus hostiles à Piero. Je pourrais leur parler en faveur de votre père.

— Le ferez-vous ?

Je m'agrippai aux barreaux, pleine de ferveur, sans pouvoir m'empêcher de me demander pourquoi il ne l'avait pas déjà fait.

Il s'éclaircit discrètement la gorge.

— Cela dépend de vous.

Je lâchai les barreaux et reculai, sans le quitter des yeux, jusqu'à ce qu'il sorte de son silence.

C'était un homme froid. Il fallait un être de sa trempe pour parler comme il le fit, sans rougir.

— Je suis veuf, dit-il. J'ai vécu beaucoup trop longtemps sans épouse. J'attendais que Dieu place sur ma route la femme idéale, avec un caractère agréable, venant d'une bonne famille. Une femme jeune, forte, capable de me donner des fils.

Horrifiée, je continuai à le dévisager. Il ne paraissait pas le moins du monde gêné.

— Je vous observe depuis un certain temps. Chaque fois que vous êtes allée écouter frère Jérôme. Je ne vous apprendrai pas que vous êtes très belle. Parfois, vous regardiez l'assistance par-dessus votre épaule, et je pensais que vous regardiez peut-être dans ma direction, en me cherchant, parce que vous saviez que j'étais là. Parce que vous m'aviez remarqué. Je sais que vous êtes une femme passionnée, Madonna. Je détiens les lettres que vous avez adressées à votre futur mari. Personne en relation avec la Seigneurie n'en a encore eu connaissance. Et j'ai veillé à ce que la jeune femme qui a partagé votre cellule garde le silence. Nul n'a besoin de savoir que vous aviez le moindre rapport avec les Médicis. Je peux détruire les lettres ; je peux vous protéger, vous et votre père, de toutes représailles.

Il se tut, attendant probablement un signe de ma part l'encourageant à continuer, mais je restai muette de stupeur. Il montra alors les premiers signes d'une émotion sincère : ses joues se colorèrent légèrement tandis qu'il fixait ses pantoufles. Ses pieds bougeaient nerveusement, frottant légèrement contre la pierre.

Puis il se ressaisit et me regarda droit dans les yeux.

— Je veux vous épouser. Je nourris des sentiments envers vous, et j'espérais…

— Je ne peux pas, dis-je en l'interrompant.

Il devait comprendre pourquoi.

Son visage se durcit.

— Il serait terrible pour votre père de devoir subir d'autres souffrances. Encore plus terrible, s'il devait mourir.

Si les barreaux ne nous avaient pas séparés, j'aurais bondi sur lui comme un homme, et noué mes mains autour de sa gorge.

— Je ferai tout ce qui est en mon pouvoir pour sauver mon père. Mais je ne peux pas vous épouser. Je suis déjà mariée à Julien de Médicis.

Il étouffa un petit cri d'indignation ; son regard était sans merci.

— Julien de Médicis est mort, dit-il d'une voix neutre. Arraché à son cheval en traversant le Ponte Santa Trinità, et noyé dans l'Arno.

48

Il devait être parti à ma recherche. Il avait dû échapper à la foule hostile de la place de la Seigneurie et retourner au palais Médicis. Piero était-il déjà parti ? Je n'en savais rien, mais Julien avait dû imaginer que j'étais rentrée à la maison de mon père.

D'après sieur Francesco, un garde en patrouille avait repêché son corps dans la rivière. On l'avait immédiatement transporté jusqu'aux seigneurs prieurs, qui l'avaient identifié et fait enterrer hors des murs de la ville avant que quelqu'un puisse s'en emparer pour le profaner. Le lieu de sa sépulture était tenu secret. Même les seigneurs prieurs préféraient ne pas en faire mention entre eux, de peur que la recherche de ses restes provoque de nouvelles émeutes.

Je ne peux pas dire ce que je fis alors, je ne parviens pas à m'en souvenir. On dit que Dieu, dans sa sagesse, permet aux mères d'oublier la douleur de l'enfantement pour qu'elles ne craignent pas de concevoir à nouveau. Peut-être en fit-il autant pour moi, pour que je ne craigne pas d'aimer à nouveau.

La seule chose dont je me souvienne à propos de cette soirée fut d'avoir souhaité la bienvenue à mon père. C'était le crépuscule, et un nuage de fumée assombrissait encore le ciel. La place de la Seigneurie était pratiquement vide, traversée seulement par un carrosse et par des soldats recrutés par les prieurs, qui patrouillaient à pied et à cheval.

Quelqu'un avait maculé de peinture noire les portraits morbides des conspirateurs Francesco de Pazzi, Salviati et

Baroncelli. Sous ces images souillées, je m'agrippai au bras de sieur Francesco, et titubai en descendant les marches du palais jusqu'à un nouveau monde terrifiant.

Au pied de ces marches, le carrosse, commandé par sieur Francesco et occupé par mon père, s'ouvrit largement. Il m'aida à garder mon équilibre – la main sur mon coude, le regard soudain aussi timide que celui d'un jeune homme qui commence à faire sa cour.

— Il y a de la nourriture pour vous, et de quoi boire, dit-il. J'y ai veillé.

Je le regardai fixement, toujours incapable de réagir. Je n'avais rien mangé de la journée, mais l'idée même de me sustenter maintenant me parut choquante. Je me détournai et montai en voiture.

Mon père était assis à l'intérieur, une épaule appuyée contre la paroi, le corps affaissé en diagonale ; il maintenait sa main contre son flanc avec précaution. Sa pommette était gonflée, violette, son œil caché par l'enflure. Et sa main...

Ils avaient utilisé le tour de vis. Son pouce droit, qui sortait de la main à angle droit, était de la taille d'une saucisse ; à la place de l'ongle, on voyait une plaie ouverte d'un rouge sombre. Le même traitement avait été infligé à l'index, qui était tout aussi horriblement gonflé, et perpendiculaire au pouce.

En le voyant, je me mis à pleurer.

— Ma fille, murmura-t-il. Dieu merci. Ma chérie, mon enfant.

Je m'assis à côté de lui pour le prendre dans mes bras avec précaution.

— Je suis désolé.

Sa voix se brisa.

— Pardonne-moi. Je suis vraiment désolé...

A ces mots, toute ma résistance, toute ma colère s'évanouirent. Je le comprenais. Il ne regrettait pas seulement notre situation présente, ou la promesse que j'avais été contrainte de faire à sieur Francesco pour obtenir sa liberté. Il était navré pour tout : pour avoir frappé ma mère, pour l'avoir emmenée à San Lorenzo ; navré que frère Domenico l'ait tuée, navré de n'avoir pas pris son parti. Il regrettait mon mariage bâclé, il regrettait la peur qu'il m'avait occasionnée la nuit précédente et la pitié que je ressentais maintenant pour lui.

Mais surtout, il était navré à propos de Julien.

Le matin suivant, quand je m'éveillai saine et sauve dans mon propre lit, Zalumma se tenait à mon chevet. Elle avait un air tellement circonspect que je réfrénai mon envie de parler avant même qu'elle mette un doigt devant ses lèvres.

Le soleil entrait par les fenêtres derrière elle, et son éclat m'empêchait de bien voir ce qu'elle tenait à la main.

Je fronçai les sourcils et me redressai tant bien que mal, malgré mon corps meurtri. Elle me tendit les papiers pliés.

— Je suis montée, chuchota-t-elle si doucement que j'eus du mal à l'entendre, surtout avec le bruit des papiers que je dépliai. Dès que le gonfalonier est entré avec ses hommes, je me suis précipitée ici pour cacher vos lettres. Mais je n'ai pas eu assez de temps. Je n'ai réussi à sauver que celles-ci.

Je les lissai pour effacer les plis – l'une était une grande feuille maintes fois repliée, l'autre, une petite, pliée en deux. Je restai longtemps à contempler mon image sur mes genoux, magnifiquement rendue en gravure à la pointe d'argent, et un dessin à l'encre brune de Bernardo Baroncelli, au bout de sa corde.

L'ordre fut assez rapidement rétabli dans la ville : toutes les statues de Laurent de Médicis avaient été déboulonnées, les armoiries des Médicis ornant les bâtiments, découpées. Quatre jours après la fuite de Piero, la Seigneurie abolit la loi exilant les Pazzi, et encouragea tous les descendants des assassins de Julien à revenir. Un décret fut passé, rappelant que Francesco et Iacopo Pazzi avaient agi au nom de « la liberté du peuple ».

Le lendemain du départ des Médicis de Florence, Savonarole rencontra le roi Charles pour négocier les termes de son entrée dans Florence. Une semaine après mon mariage, il pénétrait donc triomphalement dans la ville, où il fut accueilli en héros. Sieur Francesco souhaitait vivement que je m'y rende avec lui, les seigneurs prieurs ayant ordonné à tous les habitants de Florence d'y assister, vêtus de leurs plus beaux atours.

Je n'y allai pas. Tous mes beaux vêtements avaient brûlé la nuit du soulèvement, et ma robe de mariée était en charpie. Mais surtout, j'étais retenue à la maison. La main de mon père était rouge et infectée ; il tremblait de fièvre. Je le veillais jour et nuit, bassinais son front, appliquais des cataplasmes sur les parties de son corps qui suppuraient. Zalumma resta avec moi, mais la nouvelle femme de chambre de mon père, Loretta, se rendit au spectacle pour nous représenter.

J'aimais beaucoup Loretta. Elle était intelligente, avec un grand sens de l'observation, et savait dire la vérité même si cela ne plaisait pas.

— Charles est un imbécile, nous raconta-t-elle en rentrant. Il n'est pas même capable de garder la bouche fermée. Il reste la bouche ouverte devant tout le monde, avec ses grandes dents mal plantées. Il est tellement laid ! Avec, en plus, un énorme nez crochu à en faire frissonner frère Jérôme.

Zalumma riait sous cape ; je lui fis signe de se taire. Nous nous tenions à l'entrée de la chambre de mon père. Celui-ci avait fini par sombrer dans un sommeil profond, après avoir passé une nuit d'insomnie à souffrir ; j'avais fermé les volets pour empêcher le soleil matinal d'inonder la chambre.

— La cérémonie avait de l'allure, dit Loretta, surtout quand il a franchi la porte de Saint Frediano à cheval. Les membres de la Seigneurie se tenaient sur une estrade, revêtus de manteaux écarlates avec de l'hermine à l'encolure. Il y avait tellement de bruit ! Toutes les cloches de la ville sonnaient ; quand les tambours ont commencé à retentir, j'ai cru que mes tympans allaient éclater. Je ne pensais pas qu'une armée puisse être vêtue de façon aussi somptueuse ; même les fantassins portaient du velours brodé d'or, les armures des cavaliers étaient gravées de dessins magnifiques, et tous les drapeaux étaient également rehaussés d'or...

« Puis Charles est arrivé. Nous l'avons reconnu à son grand étalon noir et à son armure couverte de pierres précieuses. Quatre chevaliers chevauchaient près de lui, deux de chaque côté, et tenaient un dais de soie au-dessus de sa tête. C'était magnifique, vraiment magnifique, jusqu'à ce que Charles descende de son cheval pour rejoindre les seigneurs prieurs sur l'estrade. Je n'ai jamais vu un homme aussi étrange. Une grosse tête, couverte de cheveux de la couleur du cuivre fraîchement poli, presque roses, et un corps frêle... on dirait un bébé qui marche. Un bébé qui marche avec des chaussures ressemblant à des sabots de cheval. Je ne sais pas ce qu'il a aux pieds.

« Il était vraiment comique. Tout le monde attendait que Charles ou les prieurs prennent la parole ; au lieu de cela, une petite fille qui se trouvait non loin de moi s'est écriée : "Il est tellement *petit* !" Les gens autour se sont mis à rire – pas trop fort, heureusement. Pas au point de susciter une intervention des gardes. Voilà donc l'homme qui nous a inspiré une frayeur mortelle pendant si longtemps. Un homme de petite taille. Et quand les prieurs se sont adressés à lui en latin, il n'en a pas compris un mot ! Quelqu'un de sa suite a dû tout lui traduire en français.

« Savez-vous ce qu'un homme dans la foule m'a dit ? Un noble apparemment, très intelligent. Il m'a dit – en baissant la voix, naturellement, parce qu'on ne sait jamais qui vous écoute de nos jours – que Charles voulait envahir Naples parce qu'il avait entendu dire que le gibier était abondant là-bas et le temps toujours beau. Or il adore chasser... Quand il a su ce que Savonarole disait de lui, cela lui a donné l'envie de pousser un peu plus vers le sud.

Zalumma paraissait fascinée par ce récit, mais je préférai retourner auprès de mon père. Je ne voulais pas entendre que Charles était un pitre qui avait progressé à marche forcée en Toscane et qui, pour des raisons stupides, avait causé la mort de mon mari, ainsi que la chute de la famille Médicis.

Je voulais me concentrer sur mon père. Il était tout ce qui me restait maintenant, avec Zalumma. Je n'avais plus rien d'autre.

J'avais peur que mon père ne meure. Au cours de la nuit, parfois, il claquait des dents, tremblait si violemment que je me couchai auprès de lui pour le serrer contre moi dans l'espoir de le réchauffer avec mon corps. Désormais, je préférais dormir dans sa chambre plutôt que dans la mienne.

Il se rétablit lentement, mais son pouce droit et son index restaient déformés, avec des croûtes sombres à la place des ongles.

Zalumma tournait autour de moi comme un fantôme. Je remarquais pourtant à peine sa présence, tandis qu'elle s'inquiétait de mon manque de sommeil et de nourriture, de mon absence totale d'intérêt pour tout ce qui ne se rapportait pas à mon père. C'était la seule à qui j'avais parlé de la mort de Julien. Les seigneurs prieurs n'avaient pas voulu en avertir le public, de peur que les tombes hors des murs de la ville ne soient toutes profanées, tant la haine des Médicis s'était répandue.

Deux soldats français avaient pris leurs quartiers dans notre palais ; la Seigneurie avait insisté pour que les familles aisées logent et nourrissent les hommes de Charles. Je n'allais plus au marché ni ne sortais en ville, aussi les voyais-je peu. Je les apercevais seulement des fenêtres de mon père.

Je les rencontrai parfois quand sieur Francesco vint nous rendre visite, dès qu'il fut certain que la vie de mon père n'était plus en danger. Mon père l'accueillit avec un semblant de cordialité, ce qui me mit hors de moi.

Je ne devais pas oublier qu'il lui devait la vie, et que messire Francesco nous faisait vivre : la *bottega* de mon père avait brûlé, ses étoffes avaient été volées ou étaient parties en fumée, et notre palais avait été livré aux vandales. Tous les meubles du rez-de-chaussée, la majeure partie de nos vêtements, les rideaux, les tapisseries et le linge étaient carbonisés. Sieur Francesco faisait livrer les mets les plus fins dans notre cuisine ; à sa demande, l'apothicaire nous avait apporté les onguents et les ingrédients nécessaires aux cataplasmes, le barbier était venu nettoyer les plaies de mon père. Sieur Francesco avait envoyé son propre médecin lui poser des sangsues. Tout cela sans jamais demander à me voir en tête à tête, ni faire allusion à notre marché. La seule fois où il put s'entretenir avec moi en privé fut quand je le menai jusqu'à la porte de la chambre de mon père. Il me parla à voix basse, pour que mon père ne puisse pas l'entendre.

— J'ai laissé de l'or à Zalumma afin que vous puissiez remplacer les meubles et les divers objets que votre père a perdus pendant le soulèvement. Je n'ai pas voulu les choisir moi-même ; vous connaissez ses goûts mieux que moi.

Il se tut un instant.

— Je regrette de devoir vous apprendre que le comte Pic vient de mourir. Je sais combien cela risque d'affecter votre père. Peut-être vaudrait-il mieux attendre qu'il soit rétabli pour le lui annoncer.

J'acquiesçai. Son visage aux yeux d'un bleu glacé exprimait quelque chose qui ressemblait à de la tendresse, à une volonté de faire plaisir. Mais ce n'étaient pas les yeux de Julien. La comparaison était cruelle : la moindre allusion à Laurent ou à Cosme, ou à quiconque ayant le plus petit rapport avec les Médicis, me faisait mal.

Quand Loretta mentionna incidemment, un jour, que le roi Charles avait demandé le retour de Piero de Médicis, je me tournai vers elle, furieuse, et la sommai de quitter la pièce. Le lendemain, après une nuit d'insomnie, je lui demandai de m'excuser et de me donner d'autres nouvelles.

— La Seigneurie n'a pas voulu en entendre parler, dit-elle. Savonarole est allé voir Charles pour lui dire que Dieu le punirait s'il autorisait le retour en grâce des Médicis.

Une quinzaine de jours passa. Charles et ses soldats devinrent de plus en plus brutaux ; les Florentins ne les considéraient plus comme des héros et commençaient à trouver leur présence insupportable.

Le 27 novembre, dix-huit jours après mon mariage avec Julien, Savonarole retourna voir le roi Charles pour lui dire que Dieu souhaitait voir l'armée française lever le camp : il ne devait pas s'y opposer, sous peine d'encourir la colère divine. Charles, cet idiot, le crut.

Le lendemain, les Français étaient partis.

Vint décembre. Mon père était maintenant assez rétabli pour pouvoir se lever. Quand je lui appris la mort de Jean Pic, il se mura dans le silence. Dès lors, rien ne parut le réjouir, même les visites de sieur Francesco et leurs discussions animées concernant les préparatifs de notre mariage en juin.

Moi, je tombai malade.

Je crus tout d'abord que c'était à cause du chagrin. Il était logique que la douleur qui régnait dans mon cœur s'étende au reste de mon corps. Mes membres avaient du mal à se mouvoir ; il arrivait que le plus léger effort me laisse à bout de souffle et me force à m'étendre. Mes seins étaient douloureux. La nourriture me dégoûtait de plus en plus, si bien que je ne supportais pas de me rendre dans la cuisine.

Un soir, j'allai me coucher sans dîner ; quand je fus dans mon lit, je m'enveloppai dans des fourrures car le froid me paraissait particulièrement glacial cet hiver. Zalumma m'apporta un de mes mets préférés : une caille rôtie avec des oignons et des feuilles de sauge. Pour exciter mon appétit, elle avait ajouté quelques figues chaudes.

Je m'assis quand elle entra avec le plateau, qu'elle posa devant moi. Je regardai le petit oiseau luisant et croustillant, la peau gonflée par le jus qui ne demandait qu'à s'écouler. La puissante odeur de sauge montait avec la vapeur... et je me précipitai hors du lit, submergée par une nausée plus impérieuse que celles que j'avais eues précédemment.

Zalumma s'écarta promptement de mon chemin, mais je ne réussis pas à parvenir jusqu'à la cuvette. L'odeur de fumée et de bois brûlé venant de la cheminée proche se mêlait à celle de la caille ; je tombai à genoux, prise de violents haut-le-cœur. Heureusement, depuis le matin, je n'avais rien mangé d'autre qu'un petit morceau de pain, et bu seulement de l'eau.

Ensuite, je m'accroupis contre le mur, les yeux clos, à bout de souffle et tremblante. Elle s'empara promptement du plateau pour l'emporter hors de la chambre. L'instant d'après, elle revint, nettoya le sol, puis m'essuya le front avec une étoffe fraîche.

Je lui pris le tissu des mains, ouvris les yeux, et le passai sur mon visage.

— De quand datent tes dernières règles ? demanda-t-elle.

Je la regardai, étonnée. Elle avait le visage grave.

— Deux semaines... commençai-je à dire, puis j'éclatai en sanglots.

— Calme-toi.

Elle passa un bras autour de mes épaules.

— Dans ce cas, tu n'as rien à craindre. Tu es seulement fatiguée d'avoir éprouvé tant de chagrin, et malade à force de ne pas t'alimenter…

— Laisse-moi finir, insistai-je en butant sur les mots. Deux semaines… avant mon mariage.

— Oh !

Je fondis en larmes tandis qu'elle se livrait à un calcul rapide. Nous étions presque à la mi-décembre ; mon mariage avec Julien avait été consommé le 9 novembre.

Cela faisait sept semaines.

— Tu es enceinte, dit-elle d'un ton sans réplique.

Nous nous regardâmes sans rien dire pendant un long moment.

Puis j'éclatai de rire ; elle me prit la main et sourit.

L'instant d'après, je me tournai vers la cheminée, me perdant dans la contemplation du feu.

— Je veux voir ma mère, dis-je.

49

Deux jours plus tard, Zalumma m'emmitoufla soigneusement en raison du froid. Après que mon père m'en eut donné la permission, nous prîmes une voiture pour nous rendre au cimetière de Santo Spirito. Nous y serions allées à pied si je ne m'étais sentie aussi faible.

Le cocher attendit dans le narthex pendant que nous marchions en direction des tombes. Avec le froid, j'avais le nez qui coulait et les yeux larmoyants ; le bout du nez de Zalumma était d'un rose vif. Nous relevâmes le capuchon de nos capes : grâce à sieur Francesco, nous en avions des neuves.

L'herbe et les feuilles gelées craquèrent sous nos pas lorsque nous nous dirigeâmes vers l'endroit où ma mère était enterrée.

Elle reposait dans une crypte de marbre rose et blanc ; la pierre luisait comme de la nacre là où la pâle lumière du soleil l'atteignait. Mon père avait voulu pour elle une pierre tombale d'une grande simplicité, avec seulement deux chérubins aux cheveux bouclés, sculptés dans le marbre. L'un était assis sur la pierre, un bras et le visage tournés vers le haut, vers l'endroit où elle se trouvait ; l'autre regardait la plaque d'un air solennel et, de l'index de sa main potelée, désignait son nom : « ANNA LUCREZIA DI PAOLO STROZZI ».

N'eût été le temps glacial, je me serais assise sur le sol à côté d'elle afin de me reposer en sa compagnie. Mais il faisait froid, et je n'étais pas très vaillante. « Mère, je vais avoir un enfant », lui dis-je en moi-même. Je posai ma main gantée sur la tombe : la pierre brûlait comme de la glace. Allongée là comme elle l'était, ses os devaient être gelés.

— C'était il y a trois ans, dis-je à Zalumma. Trois ans jour pour jour, quand elle m'emmena au Dôme.

Il avait également fait froid ce jour-là, mais je n'en avais pas souffert à ce point.

— Le jour de ton anniversaire, ajouta Zalumma d'une voix tendue.

J'eus l'impression qu'elle allait se mettre à pleurer.

— Elle voulait marquer ce jour-là.

Le chagrin avait dû lui brouiller la mémoire. J'émis un petit claquement de langue et la repris d'un ton léger. Zalumma pleurait très rarement : j'aurais eu du mal à le supporter ce jour-là.

— Quelle tête en l'air tu fais ! Tu sais bien que mon anniversaire est en juin. Le 15, comme aujourd'hui.

Zalumma inclina la tête.

— Ta mère voulait toujours faire quelque chose de particulier pour toi ce jour-là. Quelque chose que personne d'autre ne remarquerait, mais je le voyais toujours.

Je me tournai vers elle. Elle savait parfaitement de quoi elle parlait. Incapable de me regarder, elle gardait les yeux fixés devant elle, sur la tombe de ma mère.

— C'est impossible. Tout le monde sait que mon anniversaire est en juin.

— Tu es née dans la propriété de campagne de ta grand-mère. Ton père y a envoyé Madonna Lucrezia quand sa grossesse a commencé à se voir. Et elle y est restée presque une année entière après ta naissance.

Son visage était rouge. Elle, toujours si maîtresse d'elle-même, parlait maintenant timidement, en buttant sur les mots.

— Votre père et elle étaient convenus de cela. Et elle m'avait juré de garder le secret. Si cela avait été seulement pour *lui*...

Son beau visage prit une expression de haine.

J'avais oublié le froid.

— Je ne comprends rien à ce que tu dis, Zalumma. Rien du tout. Pourquoi tellement de gens...

— Ton père avait une autre femme, avant ta mère, dit-elle très vite. Une toute jeune fille. Ils sont restés mariés quatre ans, et elle est morte de la fièvre. Elle n'a jamais conçu d'enfant. Tous les torts lui ont été imputés, bien sûr. Jamais on ne remet l'homme en question. Puis il épousa ta mère. Trois années passèrent et, de nouveau, pas de bébé. Pas de bébé jusqu'à ce que...

Elle se tourna vers moi, l'air exaspéré.

— Mon enfant ! Regarde-toi dans un miroir ! Tu ne ressembles en rien à Antonio ! Mais tout le monde pouvait le voir...

— Voir quoi ?

Je ne trouvai rien d'autre que cette question stupide, car je me refusais à comprendre ce qu'elle voulait me dire ; quand j'y repense pourtant, je crois bien que je l'avais compris depuis le début. J'étais au bord des larmes.

— Je sais que je ne ressemble pas à mon père, mais... que voient les gens ?

Elle me posa les mains sur les épaules, comme si elle venait enfin de se rendre compte que ses paroles allaient me blesser.

— Pardon, Madonna, pardon. Ta mère aimait Julien de Médicis.

— Julien... commençai-je à dire, puis je m'arrêtai.

J'allais lui qu'elle était folle, que Julien – *mon* Julien – n'avait jamais rencontré ma mère, qu'elle ne pouvait pas l'avoir aimé.

Mais je me remémorai l'instant où je m'étais trouvée avec Léonard dans la cour de Laurent, quand l'artiste m'avait demandé de poser devant la statue de Julien, dont les traits m'avaient semblé si familiers.

Je repensai à l'œil exercé de Léonard, à la manière dont il avait si fidèlement tracé mon portrait après m'avoir vue une seule fois. Je repensai à Laurent, qui regardait par la fenêtre, en attendant. Je compris alors qu'il attendait un signe de la part de l'artiste.

Ma mère devait savoir depuis le début que j'étais l'enfant de Julien. Mon père, fou de jalousie, l'avait évitée pendant des mois avant que je ne sois conçue, et avait continué à se conduire ainsi longtemps après ma naissance. C'est cette même jalousie qui l'avait poussé à la frapper, quand elle lui avait confessé qu'elle était enceinte.

Des rumeurs avaient couru concernant leur aventure, bien sûr. Après la mort de Julien, ma mère et Antonio s'étaient accordés sur un subterfuge pour épargner son honneur. Elle me mettrait au monde en secret, dans la demeure de sa mère à la campagne, et reviendrait avec moi quand j'aurais atteint un âge permettant de rendre le mensonge plausible. Je fus baptisée tardivement, et ma fausse date de naissance consignée dans le registre de la ville.

Ainsi, personne ne me soupçonnerait d'être la fille de Julien de Médicis. Personne sauf l'astrologue payé par Zalumma en secret pour que toutes les deux, et surtout ma mère qui mourait de curiosité, puissent savoir la vérité sur mon destin.

Personne sauf Léonard et Laurent, qui avaient reconnu d'emblée les traits de leur bien-aimé.

Nous revînmes en silence à la maison.

« Pourquoi, lui avais-je demandé dans le cimetière, ne m'as-tu pas dit cela plus tôt ? Pourquoi avoir attendu jusqu'à maintenant ?

— Parce que ta mère m'avait fait promettre de ne rien te révéler, avait-elle répondu, criant presque sous le coup de l'émotion. Et ensuite, tu étais déjà si malheureuse de vivre avec ton père que ce n'était pas la peine d'ajouter encore à ton chagrin, tant que tu n'étais pas libérée de lui. J'avais prévu de te le dire le jour de ton mariage avec Julien. J'ai voulu te parler maintenant car tu méritais de connaître la vérité pour l'enfant que tu portes. »

La gorge serrée, je ne parvenais pas à pleurer. Je me souvenais de Laurent chuchotant : « Je vous aime, mon enfant. » Je revoyais ma mère me donnant le médaillon comme un talisman. A présent, il avait disparu, et je n'avais plus rien pour me souvenir de mon vrai père ou de mon mari – qui était mon cousin.

Peut-être aurais-je dû en vouloir à mon père – à Antonio – pour avoir frappé ma mère pendant qu'elle était enceinte de moi. Mais je ne pouvais pas oublier ses mains écrasées, ses doigts sanguinolents aux ongles arrachés. Je ne pouvais pas oublier ses mots au moment où j'allais partir pour veiller Laurent dans ses derniers instants : « Quoi qu'il te dise, tu es ma fille. »

Il devait être terrorisé à l'idée que j'apprenne la vérité ce soir-là. Pourtant, il m'avait laissée partir.

Une fois à la maison, je montai dans mes appartements et n'en redescendis pas pour le dîner : j'aurais été incapable de manger quoi que ce soit. Zalumma m'apporta du pain et du sel pour calmer mon estomac.

Nous n'échangeâmes toujours pas le moindre mot. Mon esprit bouillonnait, j'avais besoin de réinterpréter tout mon passé. Zalumma semblait le comprendre. J'éteignis la lampe et restai étendue sur mon lit toute la nuit sans jamais fermer les yeux. Je fixai l'obscurité pendant une heure, deux heures, trois heures.

Puis je me redressai brusquement sur mon séant, le cœur battant plus vite. Je me remémorai le dessin à l'encre reproduisant les traits de Bernardo Baroncelli ; soudain, je comprenais pourquoi Léonard me l'avait donné. Et je me remémorai quelques-uns des derniers mots prononcés en ma présence par mon mari.

« Léonard. Léonard l'a vu ; mon oncle est mort dans ses bras. »

Léonard l'avait vu : l'homme qui avait tué mon vrai père, Julien. Celui que Laurent mourant avait appelé le « troisième homme ».

Pour le salut de ma mère, pour mon propre salut, je devais me venger.

A Léonard de Vinci, à la cour de Ludovic Sforza, duc de Milan

Sieur Léonard,

Je vous écris car, récemment, j'ai été mise au courant de certains faits me concernant, et concernant plus particulièrement la relation de ma mère avec le frère de Laurent de Médicis qui fut assassiné, Julien l'aîné. J'ai toutes les raisons de croire, en raison de vos actes le soir où nous nous trouvions dans la cour des Médicis, que vous connaissez ces faits de longue date.

Pardonnez mon audace, mais j'estime pouvoir vous considérer comme un ami et vous faire confiance. Julien m'a dit que vous étiez présent au Dôme le jour de l'assassinat, et que vous disposiez d'informations concernant l'identité d'un certain homme qui se trouvait aussi dans la cathédrale ce jour-là et qui, à ma connaissance, n'a jamais été retrouvé.

Je m'intéresse particulièrement à lui. Je vous en prie, sieur Léonard, pouvez-vous me dire tout ce que vous savez à son propos ? Si vous pouviez me le décrire – ou même le dessiner de mémoire – je vous en serais très reconnaissante.

S'il est toujours en vie, je suis déterminée à le retrouver. C'est une des rares choses auxquelles je tienne encore.

Que Dieu vous garde,

Lisa di Antonio Gherardini
Via Maggio
Santo Spirito, Florence

50

J'écrivis la lettre à l'aube. Et dès l'instant où je la tendis à Zalumma, je me mis à attendre la réponse avec impatience, en espérant qu'elle ne serait pas confisquée parce qu'elle faisait allusion aux Médicis.

Ce même matin, je m'imposai de penser à quelque chose de particulièrement déplaisant : Francesco et mon père avaient fixé le mariage pour juin. Mon futur mari insistait pour que je porte une robe de mariée dessinée par lui, et que Zalumma et moi prenions le temps de remplir mon coffre de mariage, avec des vêtements neufs et du linge brodés par nos soins. Mon ancien coffre avait disparu dans l'incendie avec les effets qu'il contenait.

De plus, Francesco tenait à m'offrir un grand mariage traditionnel, comme si j'étais une pure jeune fille – comme si Julien n'avait jamais existé, comme si je n'avais jamais quitté la maison de mon père pour le rejoindre. L'été était la saison d'élection pour les mariages, le temps étant idéal pour la procession nuptiale à travers la ville, particulièrement quand les jeunes filles étaient accompagnées par leur famille à pied.

Mais il était certain que, en juin, lorsque je monterais sur le cheval blanc réservé à la mariée, je serais enceinte de six mois. Francesco ne pourrait plus ignorer que je lui avais menti en prétendant être toujours vierge. Pire, il saurait que l'enfant était celui de Julien. Quand une veuve se remariait, ses enfants étaient souvent indésirables dans la maison du nouveau mari. Et je ne pouvais pas envisager d'être séparée du bébé de Julien.

La seule solution était de convaincre Francesco que l'enfant lui appartenait. Et il n'y avait qu'une seule façon d'arriver à cela.

Une journée passa avant que l'occasion se présente.

Une réunion familiale se tenait dans la maison de mon père pour discuter des détails de ma robe de mariée. Y assistaient le père de Francesco, sieur Massimo – un homme taciturne, à l'air sévère – et sa sœur, une veuve au teint pâle et à l'aspect fantomatique nommée Caterina. Les trois frères de mon futur mari vivaient à la campagne, trop loin pour pouvoir se déplacer, mais ils avaient assuré à Francesco qu'ils viendraient en ville en juin. Ma famille était encore plus réduite, car les frères et les sœurs de mon père n'avaient pas pu venir du Chianti ; quant à ma mère, elle avait perdu deux sœurs à la naissance et deux autres, plus tard, de la peste. Restaient mon oncle Lauro et sa femme Giovanna Maria. Ils avaient amené avec eux deux petits garçons, une nourrice et trois bébés qui hurlaient. Giovanni Maria était une nouvelle fois enceinte. Elle avait le visage bouffi ; Lauro, qui commençait à perdre ses cheveux, paraissait hagard et exaspéré.

J'avais demandé que la réunion ait lieu en fin d'après-midi – à l'heure du dîner – car mes nausées se déclenchaient généralement le matin et à midi. Le soir, je me sentais un peu mieux, et le risque que je soulage mon estomac en présence d'invités était nettement moins grand.

Mais j'avais toutes les chances de me mettre à pleurer. La pensée de me préparer pour un autre mariage, un mois à peine après avoir perdu Julien, m'était insupportable. Je passai la matinée entière et l'après-midi à pleurer. Quand, le soir, ma nouvelle parentèle arriva, je les accueillis avec un sourire de façade et des yeux rouges, gonflés.

Mon père comprit. Il avait récupéré et, grâce à l'intervention de Francesco, ainsi qu'à diverses recommandations de sa part, avait remonté son affaire, vendant, ironie du sort, des étoffes de laine à des membres de la famille Pazzi. L'air solide et rassurant, il vint me prendre le bras pour accueillir nos invités. A table, il s'assit à côté de moi, comme ma mère l'aurait fait, et parla à ma place quand les questions qu'on me posait me laissaient trop interloquée pour que je puisse y répondre. Lorsque je me levai pour me précipiter dans la cuisine – après que le père de Francesco eut demandé de quelles fleurs devrait être composée la guirlande qu'il placerait dans la rue –, mon père me suivit. Et quand il me vit me tamponner les yeux, il passa son bras autour de moi et m'embrassa dans les cheveux, ce qui me fit sangloter de plus belle. Il croyait que je pleurais mon mari disparu ; il ne comprenait pas que je pleurais aussi sur mon sort, en pensant à la terrible chose que j'allais faire.

Ayant insisté pour qu'on ne mette pas de sauge dans les plats, je réussis à manger un peu, et à boire du vin au moment des toasts. A la fin du repas, la table débarrassée, j'étais enrouée à force de converser avec le père de Francesco, qui était sourd.

A ce moment-là commença la discussion à propos de la robe. Francesco avait fait un croquis d'un modèle à taille haute, avec un décolleté carré. Les manches n'étaient pas en forme de cloche comme d'habitude ; elles étaient étroites, collantes ; l'emphase était mise sur la *camicia* qui apparaissait à travers plusieurs crevés, très bouffante. Le décolleté était assez profond, de façon à dégager encore la *camicia*.

Cela me surprit. Mon futur mari, supposé être un *piangione* convaincu, avait dessiné une robe à la mode espagnole, venue tout droit de chez les Borgia décadents.

Assis de l'autre côté de mon père, Francesco posa une liasse d'échantillons sur la table. Sur le dessus, je vis un damas argent luisant, une gaze rouge et jaune *cangiante*.

— Avec, si vous le souhaitez, des grenats et des perles pour la coiffure.

Aucune des couleurs ou des pierres ne me convenait.

— Ah ! dit-il. Elle est réticente ! Oublions donc cela.

Il replia le tissu et le mit aussitôt de côté.

Son père en fut irrité.

— Ce n'est pas à elle de choisir.

— Père, dit Caterina sèchement. Francesco est là pour recueillir les opinions de chacun.

Giovanna prit alors la parole.

— Pourquoi pas quelque chose de frais, semblable aux fleurs qui éclosent au printemps, ou celles, fragiles, du début de l'été ? suggéra-t-elle. Rose et blanc. Velours et satin, avec des perles de rivière.

— Elle a la peau olivâtre, protesta Caterina. Le rose pâle lui donnera un teint cireux.

Mon père me prit la main sous la table, la serra. Il montrait maintenant envers Francesco la même réserve que celle qu'il avait témoignée à Pic après la mort de ma mère.

— Le dessin est ravissant, dit-il. Je sais que Lisa l'aime aussi. Au fil des années, j'avais remarqué que les couleurs qui seyaient à sa mère étaient les bleus, les verts et les pourpres, les plus éclatants possible. Les saphirs également...

Sa voix se brisa un instant puis reprit sa vigueur.

— Les saphirs étaient les pierres préférées de sa mère, et ce sont les siennes aussi. Ils lui vont très bien. Les diamants aussi.

— Merci, sieur Antonio, dit Francesco. Lisa aura donc des saphirs et des diamants. Et des bleus profonds, avec peut-être une touche de pourpre.

— Vous n'avez pas besoin de chercher à lui faire plaisir, maugréa sieur Massimo.

Il aurait volontiers continué dans ce sens, mais son fils posa un doigt sur ses lèvres pour le faire taire.

— Je n'en ai pas besoin, mais je le ferai, répondit-il d'une voix ferme. J'avais espéré me marier avec une femme réservée, au visage avenant. Jamais je n'aurais osé prétendre à une femme qui soit à la fois réservée et très belle. Une femme aussi ravissante doit se sentir encore plus belle dans sa robe de mariée. Je lui dois au moins cela.

Je baissai les yeux vers la table ; peut-être certains prirent-il cela pour une réponse modeste.

— Joli discours, dit sa sœur.

Plus tard, je me souviendrais du léger sarcasme dans sa voix.

— Vous avez tant de chance, Lisa ! s'exclama Giovanna Maria avec un regard lourd de sous-entendus à son mari Lauro. C'est merveilleux d'avoir un homme qui vous fait autant de compliments, et qui prend votre avis en compte.

La soirée était de plus en plus pénible. A la fin, il ne resta plus à table que mon père et Francesco, avec le chandelier et nos gobelets. Le moment de mettre ma ruse à exécution approchait. Je portai mon gobelet à mes lèvres, puis le reposait promptement en constatant que ma main tremblait.

Penchés en avant à ma gauche et à ma droite, mon père et Francesco s'entretenaient à voix basse. Francesco avait étalé son dessin devant lui, et montrait la jupe de la robe.

— Le tissu ne devrait pas être trop lourd, j'y pense maintenant, dit-il.

De l'avis général, c'était le velours qui convenait le mieux pour la jupe – mais, après réflexion, Francesco estima que le choix avait été influencé par le froid qui régnait au cours de cette soirée de décembre.

— Il peut faire chaud en juin. Qu'en pensez-vous, Lisa ?

Ma voix me parut étonnamment calme.

— Je pense, dis-je, que mon père est fatigué et devrait aller se coucher.

— Lisa, gronda gentiment mon père, sieur Francesco n'a encore rien décidé pour la robe. Donne-lui aussi le droit de boire son vin tranquillement.

— Je suis bien de cet avis. Il devrait boire son vin tranquillement. Et vous devriez aller vous coucher.

Francesco se tourna brusquement vers moi et haussa un sourcil noir.

Mon père cligna des yeux, inspira longuement. Il m'étudia pendant quelques instants.

— Je... suis fatigué, dit-il enfin.

Cette constatation était parfaitement vraisemblable. Assis les bras croisés sur la table, il s'affaissa sur ses coudes, comme sous l'effet de quelque poids invisible. La lumière du feu faisait ressortir le doré dans sa chevelure, où l'on voyait également des mèches argentées maintenant. Son regard recelait des secrets ; j'en connaissais au moins un.

Il se leva, posant une main sur l'épaule de Francesco.

— Que Dieu vous garde, murmura-t-il comme un avertissement.

Puis il se pencha et, l'air triste, posa un baiser sur ma joue.

Agrippant le pied de mon gobelet, j'écoutai ses pas s'éloigner dans le grand hall, puis dans les escaliers.

Le bruit de ses pas résonnait encore quand Francesco prit la parole.

— Je vous ai apporté un présent.

Sa main s'aventura sous une pile de tissus et en sortit un petit carré de satin rouge, fermé par un ruban.

— Aimeriez-vous le voir ?

J'acquiesçai d'un signe de tête. Je m'attendais qu'il me le tende pour que je l'ouvre ; au lieu de cela, il tira sur le ruban et tira un objet brillant du satin chatoyant.

Les yeux de Francesco brillaient eux aussi, pleins d'une lumière intense et étrange. Il leva mon cadeau à la lumière des chandelles : c'étaient un pendentif d'émeraude et sa chaîne. Il fit tourner la pierre lentement ; l'or scintilla à la lumière. Son regard était intense, ses lèvres entrouvertes.

— Vous sembliez si pressée de voir votre père partir... Aviez-vous une raison pour vouloir être seule avec moi ?

— C'est possible.

Je parlai à voix basse, ce qu'il prit peut-être pour une tentative de séduction, mais si j'avais parlé plus fort, ma voix aurait tremblé. Je m'efforçai de sourire.

— Avez-vous eu des relations avec lui ? demanda-t-il en me dévisageant. Votre père dit que vous avez passé moins d'un jour là-bas.

Je gardai les yeux fixés sur mon gobelet et secouai la tête. C'était le premier d'une longue série de mensonges éhontés.

Ma réponse lui plut et l'excita en même temps.

— Regardez-moi, dit-il en balançant le joyau devant moi. Le voulez-vous ?

— Quoi ?

— Le collier.

Il se pencha en avant, me soufflant son haleine au visage ; sa voix devint dure, monocorde, menaçante.

— Dites-moi que vous le voulez.

— Je... je le veux, bégayai-je.

— Qu'êtes-vous disposée à faire pour l'avoir ? demanda-t-il d'un ton cinglant.

Je ravalai ma colère et le regardai bien en face en pensant : Je vais me lever et vous dire de partir. Je vais appeler les domestiques. Je vais vous dire de ne plus jamais remettre les pieds dans cette maison.

Si je le déçois, il partira, et le monde entier saura que je porte l'enfant de Julien. Si je le déçois, il livrera de nouveau mon père à la Seigneurie.

— Tout ce que vous désirez, murmurai-je.

— Dites-le plus fort. Comme si vous le pensiez vraiment. Regardez-moi dans les yeux.

Je plongeai mon regard dans le sien, répétai les mots.

Il se leva promptement pour aller fermer les portes. L'instant d'après, il se tenait près de moi, tirant ma chaise brusquement pour l'éloigner de la table. Puis il se plaça devant moi et se pencha pour balancer le collier sous mes yeux.

Il était dans un état d'excitation extrême, la respiration lourde, les yeux brillants et sauvages.

— A genoux, dit-il. Suppliez-moi.

Je brûlais de haine. Les yeux baissés vers le sol, je me demandai ce que j'étais prête à faire pour protéger l'enfant de Julien. Notre enfant. Ce que j'étais prête à faire pour protéger mon père. Je me laissai glisser de ma chaise et tombai à genoux.

— Donnez-le-moi, je vous en prie.

— Très bien.

Il était rouge, tremblait, dans un état d'exaltation extrême.

— Vous en avez fixé le prix.

Il repoussa le collier négligemment ; le bijou atterrit sur le tapis devant l'âtre.

Il me remit brutalement sur mes pieds. Je m'attendais qu'il m'embrasse, mais mon visage ne parut pas l'intéresser. Il balaya les gobelets d'un geste. L'un d'eux tomba, se brisant sur le sol de pierre.

Il m'appuya contre le bois ; mes jambes pendaient, le bout de mes mules frottait contre le sol. Instinctivement, j'appuyai mes mains sur mes cuisses pour retenir mes jupes, mais il se plaça entre mes jambes et releva le tissu avec une telle force que ma *camicia* de linon français se déchira avec un bruit sec. Déchaîné, il se débarrassa de ses chausses noires d'une main, retroussa sa chemise de dessous ; il ne portait pas de *farsetto* sous sa tunique. Ma résistance ne faisait qu'exciter son ardeur ; aussi, je me forçai à rester allongée en arrière, sans réaction, soumise, même lorsqu'il me tira les bras au-dessus de la tête et serra mes poignets avec une force terrible.

Sa façon d'agir était dénuée de la moindre tendresse, animale. Il pénétra en moi avec une telle brutalité que je poussai un cri de douleur.

Je sortis alors de moi. Je ne faisais plus partie de mon corps, j'étais dans la lumière et les ombres qui jouaient au plafond. J'étais dans l'odeur des chandelles qui brûlaient dangereusement près de ma tête, dans la chaleur émanant de l'âtre.

Je devins une forteresse, et lui, une poutre essayant de m'ébranler. A la fin, je tins bon. Julien et notre enfant restèrent sains et saufs de l'autre côté.

Je revins à moi en sentant un liquide chaud m'envahir, couler hors de moi. Je laissai échapper un cri quand il se retira aussi rapidement qu'il m'avait pénétrée. Mettant ma main entre mes jambes, je m'aperçus qu'il m'avait blessée.

Lentement, je me redressai et me remis sur mes pieds en chancelant. Encore essoufflé, il rajusta sa chemise de dessous dans ses chausses, sa tunique, sa ceinture. Il me vit l'observer et sourit. Il était joyeux, alerte, la voix animée.

— Lisa, Lisa. Quelle merveilleuse Jézabel vous faites ! Allez chercher votre récompense.

Mon visage se durcit ; je me détournai.

— Allez-y, dit-il avec une légère menace dans la voix. A moins que vous ne préfériez que j'appelle les domestiques pour qu'ils viennent ranger les gobelets ? Mieux encore, que j'appelle votre père pour lui dire ce que vous venez de faire ?

Sans rien dire, j'allai ramasser le collier. La pierre était chaude d'être restée près du feu, sa couleur d'un vert profond accrochait la lumière.

Je n'avais jamais rien vu d'aussi laid.

Il s'approcha de moi pour me l'attacher autour du cou. Maintenant que notre transaction était terminée, il était transformé. Il était tendre, attentif.

— Voilà, dit-il aimablement. Avant d'appeler les domestiques, permettez-moi de vous aider. C'est ma faute si votre chevelure et votre robe sont en désordre.

Je le laissai me toucher ; il replaça les boucles défaites dans ma résille de soie, arrangea mes jupes.

— Je suis désolé que votre ravissante *camicia* soit déchirée. Je vous en procurerai dès demain une autre encore plus fine.

J'appelai la servante de la cuisine d'une voix tremblante. Tandis qu'elle balayait le verre, Francesco plaisanta sur sa maladresse. Je restai silencieuse.

Quand nous nous retrouvâmes seuls, je m'abstins de le raccompagner à la porte. Je ne répondis pas lorsqu'il me salua en me souhaitant bonne nuit.

Dans ma chambre, j'enlevai mes vêtements avec l'aide de Zalumma. Je jetai la *camicia* dans un coin de la pièce. Tant mieux si elle était déchirée ; je l'aurais jetée, de toute façon. Elle avait gardé l'odeur de Francesco.

Zalumma avait apporté une cuvette et un linge pour que je puisse me laver ; en voyant cela, je me mis à pleurer. Elle me tint contre elle, me caressant le dos comme le faisait ma mère lorsque j'étais enfant.

Elle ne me laissa pas jeter la *camicia* tachée. Au lieu de cela, elle se piqua le doigt et le pressa pour en faire sortir du sang qu'elle étala sur le devant et le dos du vêtement, formant des taches d'un rouge écarlate sur le blanc immaculé. Elle la replia soigneusement et l'enveloppa dans un linge qu'elle noua ; elle le ferait déposer à la *bottega* de Francesco en ville.

51

Francesco revint deux jours plus tard, officiellement pour discuter de l'avancement de la robe et organiser un essayage. Cette fois, ce fut lui qui suggéra que mon père nous laisse seuls.

Je ne protestai pas. Je me doutais que cela se produirait. J'en avais déjà discuté avec Zalumma : elle avait reconnu que, pour le salut de l'enfant, je n'avais d'autre choix que de me soumettre. Plus je m'offrirais à Francesco, plus il serait convaincu d'être le père du bébé.

Cette fois, il m'apporta des boucles d'oreilles en diamant et opale, qui dégoulinaient de chaque côté de mon cou comme des larmes.

Il renonça bientôt à trouver des prétextes pour ses visites, et devint un commensal régulier à la table de notre dîner. Je reçus une certaine quantité de bijoux, mais ses dons étaient de plus en plus modestes. Mon père savait maintenant quitter la table de bonne heure sans y avoir été incité. Nous ne parlions pas de Francesco. Nous souffrions chacun de notre côté.

Deux semaines s'étant écoulées, après un nouvel assaut brutal de Francesco, je mentionnai le fait que je n'avais pas eu mes règles.

Il grogna comme un homme habitué à ce genre de chose, mais, comme il venait de se satisfaire, il ne se montra pas désagréable.

— Il est trop tôt pour le savoir, Lisa. Vous ne devez pas vous inquiéter. Ce sont probablement vos nerfs. Vous verrez.

Une autre semaine passa. Je demandai alors à la cuisine de me préparer mon plat préféré : une caille à la sauge et aux oignons. Au dîner, j'étais assise à côté de Francesco. Quand mon assiette arriva, je me penchai au-dessus du petit oiseau à la peau dorée et craquante, et pris une profonde inspiration.

Le résultat fut immédiat. Je mis ma main devant ma bouche et me levai précipitamment ; mais je ne réussis pas à quitter la pièce à temps. Là, devant mon père et Francesco, je m'appuyai contre le mur et fus prise de vomissements violents.

Malgré mon état, j'entendis le raclement d'une chaise qu'on reculait brusquement de la table. Quand, à bout de souffle, je parvins à tourner la tête, je vis mon père debout, les poings serrés, dévisageant mon futur mari à travers la table. Cette fois, il n'essaya de cacher ni sa fureur ni sa haine.

Une servante vint nettoyer le désastre et me laver le visage. Mon père ordonna qu'on enlève les assiettes, puis la femme de chambre aéra. Quand nous eûmes tous repris nos places, et que je me sentis mieux, je dis :

— Je ne veux pas me marier en juin. Je préférerais mars.

Mon père leva brusquement les yeux ; il était en train de calculer. Son regard se posa sur Francesco, qu'il scruta intensément. Je crus voir mon promis trembler légèrement.

— Le 5 mars, dit mon père d'un ton si menaçant que ni Francesco ni moi-même n'eûmes rien à ajouter.

Pendant une semaine, mon père refusa de nous laisser seuls après le dîner – mais, peu de temps après, il dut passer un accord avec Francesco, car je me retrouvai de nouveau à la merci de mon fiancé.

Sachant que j'étais enceinte, il cessa de m'offrir des cadeaux. Maintenant, il exigeait que je le supplie de m'honorer, puisque ma condition était de toute évidence le résultat de mon appétit sexuel. Je dus me laisser traiter des noms les plus avilissants. Prostituée, traînée... Rien n'était assez insultant pour lui.

J'avais peur de faire une fausse couche. J'envisageais le 5 mars avec terreur.

Cette date arriva plus vite que je ne l'aurais souhaité. La journée était humide et fraîche, mais infiniment plus douce, comparée à l'hiver glacial que nous avions subi ; de gros nuages flottaient dans un ciel gris-bleu. J'aurais pu monter un cheval blanc pour franchir le pont menant au palais de Francesco, mais nous avions prévu un temps froid, aussi mon père, Zalumma et moi avions-nous emprunté un carrosse. Oncle Lauro, sa femme et ses enfants étaient dans un chariot derrière nous.

Ma robe était en velours bleu vif, avec une ceinture en brocart de la même couleur portée en dessous des seins, en raison de ma taille qui commençait à s'épaissir. D'après Zalumma, on aurait pu croire qu'elle était faire pour être portée ainsi. Francesco m'avait donné un collier en or et saphir, ainsi qu'une parure de cheveux si précieuse que la porter me mettait mal à l'aise. Le filet en fil d'or ténu était parsemé de petits diamants : chaque fois que je tournais la tête et que le soleil faisait scintiller les diamants, j'apercevais des éclats d'arc-en-ciel dans le coin de mon œil.

C'était le milieu de la matinée. Prise de nausées, je me penchais à la vitre pour respirer l'air frais. Nous quittâmes la Via Maggio pour nous diriger vers l'est en direction de Borgo Sant'Iacopo, laissant derrière nous mon quartier de Santo Spirito. De là, nous empruntâmes le Ponte Vecchio qui bourdonnait d'activité. Des hommes, remarquant notre voiture drapée de satin blanc, nous interpellèrent, certains avec des plaisanteries, d'autres avec des félicitations félicitant, d'autres encore avec des réflexions obscènes.

J'avais choisi la route. Le cocher aurait certainement préfére traverser le Ponte Santa Trinità mais il m'était déjà assez pénible de regarder dans sa direction et de voir les eaux de l'Arno, en pensant à la façon dont Julien était mort.

Nous atteignîmes le quartier de Santa Maria Novella, empruntâmes la Via Por Santa Maria puis, vers l'est, la Via Vacchereccia, où se trouvaient les *botteghe* de soie, dont celle de Francesco. Les éventaires se tenaient dans l'ombre de la tour de l'Arte delle Seta, la Guilde de la soie.

Le palais de mon mari était situé dans une rue latérale, derrière des grilles en fer forgé noires ; il l'avait fait construire pour son premier mariage, sur le modèle classique romain, dans une pierre grise si pâle qu'elle en paraissait blanche dans le soleil éclatant. Rectangulaire, imposant avec ses trois étages et sa façade orientée au nord, il était d'une élégance austère. Je ne l'avais jamais vu auparavant.

Quand nous approchâmes des portes, j'entendis un cri. Francesco se tenait devant, la main tendue, les doigts écartés, nous intimant de nous arrêter. A côté de lui je vis, drapés dans des *mantelli* sombres, son père, le dos voûté, et trois hommes d'âge mur à la chevelure sombre : ses frères. Une guirlande de rubans de satin tressés, d'un blanc éclatant et d'un bleu sombre, reposait sur les pavés, s'étendant d'un côté à l'autre de la rue.

Il n'était pas possible de se procurer des fleurs en mars.

Tandis que ses frères poussaient des exclamations de joie et sifflaient, Francesco – tout sourire – s'avança et tira un ruban. La guirlande se défit d'un coup à partir du centre. Sous les applaudissements, il se hâta de repousser les deux morceaux de chaque côté pour que notre voiture puisse passer.

On voyait qu'il savait s'y prendre : ce n'était pas la première fois qu'il faisait cela. En effet, j'étais sa troisième épouse. La première était morte en couches, la seconde d'une fièvre. On comprenait pourquoi elles avaient préféré quitter la vie si rapidement.

Les grilles s'ouvrirent en grand. Francesco et ses frères sortirent à cheval, suivis par deux voitures où avaient pris place les membres de sa famille. Mon carrosse nuptial prit comme eux la direction de l'est, vers l'imposante coupole de Santa Maria del Fiore. Une nouvelle fois, je me penchai par la fenêtre ouverte, heureuse de respirer l'air qui n'avait cessé de se rafraîchir. Le ciel s'obscurcissait de lourds nuages humides.

Mon père ne cessait de répéter le vieux proverbe : « Mariage pluvieux, mariage heureux ». Un jour de mariage pluvieux est supposé donner de la chance.

A la grande place du Dôme, nous nous arrêtâmes. Nous attendîmes un moment que Francesco et sa famille pénètrent avant nous dans le baptistère de San Giovanni, construit sur un ancien temple dédié à Mars. C'était ici que tous les Florentins dignes de ce nom étaient baptisés et se mariaient.

L'attente me parut interminable. J'étais dans un état d'énervement extrême, particulièrement nauséeuse ; à l'instant même où je crus que j'allais être malade, le signal fut donné, et je réussis à me donner une contenance. Zalumma souleva ma traîne quand je descendis. Mon père, l'air hagard, me prit tendrement le bras.

Je franchis avec lui les extraordinaires portes de Ghiberti. J'avais vécu toute ma vie dans cette ville mais n'avais pénétré qu'une seule fois dans l'octogone de pierre. Je m'avançai sur un sol de marbre orné de griffons et de spirales. J'aperçus des murs couverts d'or et levai les yeux vers la coupole dorée, les candélabres illuminés.

Le prêtre et Francesco m'attendaient, debout, devant l'autel de marbre blanc ; il avait l'air digne, respectueux, tendre.

Tout en m'avançant, j'éprouvai une succession de sensations différentes : d'abord cette longue traîne en velours derrière moi, les diamants étincelants, le bleu intense de ma manche, le blanc chatoyant de la gaze de soie bouffante. Puis les mosaïques du Christ dans des bleus et rouges vifs, avec un jaune safran au moment du Jugement dernier, et les pécheurs recroquevillés en enfer, tourmentés par des diables.

Mon père se cramponna à moi fermement, jusqu'au dernier moment. Quand il recula après m'avoir donnée à Francesco, il pleurait.

Une interminable messe s'ensuivit. Je marmonnai les prières que je connaissais depuis mon enfance, écoutai le sermon du prêtre sans en comprendre un mot. Je craignais de m'évanouir, à force de rester debout ; chaque fois que je m'agenouillais, j'étais certaine de ne plus pouvoir me relever.

— Le voulez-vous ? demanda enfin le prêtre.

Francesco sentait le romarin. Je le regardai, avec son air faussement gentil, et je vis mon avenir triste et malheureux. Je vis mon enfant naître, mon père devenir vieux. Le souvenir de Julien s'effaçait comme un murmure.

— Je le veux, dis-je d'une voix étonnamment forte et déterminée.

Je le veux, jusqu'à la mort de mon père. Jusqu'à la mort de mon père, quand nous pourrons nous enfuir, mon enfant et moi.

Un anneau apparut – un autre anneau d'or tout simple et très fin – qui capta la lumière des bougies. Celui-là était trop étroit, mais Francesco insista pour le passer à mon doigt. Je ne m'autorisai pas la moindre protestation.

Son baiser fut discret, timide. Il y eut d'autres baisers, alors, beaucoup d'autres baisers provenant de nombreux visages, et de nombreux mots chuchotés.

Mon mari à mes côtés, je sortis sur la grande place, inspirai longuement. L'après-midi était gris, avec de la brume. Légère comme de la vapeur d'eau, elle se déposa sur mon visage, me donnant une sensation de froid.

52

Ensuite, les participants à la cérémonie reprirent le chemin de mon nouveau foyer. Cette fois, mon carrosse franchit les grilles noires grandes ouvertes pour arriver à une allée circulaire, avec un dallage de pierre neuf qui nous conduisit au-delà d'un buisson de lauriers nouvellement plantés. Les portes d'entrée en bois sculpté étaient les plus grandes que j'aie jamais vues. A leur droite s'étendait une vaste loggia destinée à recevoir les invités quand le temps était plus clément.

Une fois le carrosse arrêté, Francesco m'aida à descendre tandis que Zalumma s'occupait de ma traîne. Accroupis sur de hauts piédestaux, un couple de lions en pierre majestueux gardaient le seuil de la demeure. Nous passâmes entre eux, et les portes s'ouvrirent devant nous comme par magie.

Un serviteur nous conduisit jusqu'à une pièce sur notre gauche : un vaste hall aux murs d'un blanc éclatant, avec un sol en marbre pâle et brillant orné d'incrustations noires. Au-delà, après un passage voûté, il y avait une salle à manger dont l'immense table était entièrement couverte de plats chargés de nourriture. La taille des pièces correspondait mieux à un prince et à sa cour qu'à notre petit groupe. Le feu dans la salle à manger ne suffisait pas à réchauffer l'atmosphère glacée. Cet endroit était froid, horriblement solennel.

Mon nouveau mari était un homme fort riche.

J'avais vécu dans une maison vieille de plus d'un siècle, aux murs nus et au mobilier simple. J'étais habituée à des sols de pierre irréguliers, polis par les générations, à des escaliers aux marches creusées, à des portes aux bords noircis par le toucher d'innombrables mains.

Cette maison, avec ses sols uniformément plats et lustrés, ses portes intactes munies de verrous et de gonds de métal brillant, n'avait pas servi plus d'une dizaine d'années. Je n'aimai pas cela du tout.

Aucun des parents de mon père n'était venu de la campagne, mais les frères de Francesco avaient amené leurs femmes et leurs enfants. Quand sa famille nous eut suivis à l'intérieur, avec la progéniture de l'oncle Lauro, l'endroit parut moins vide, malgré l'écho des conversations qui se répercutait le long des murs. Quand le vin fut versé, on entendit des rires, certains particulièrement gras.

La coutume voulait que je chevauche un cheval blanc pour me rendre à la cérémonie, et que j'en revienne à pied jusqu'à la maison de mon père, où je passerais la nuit seule et chaste. Le mariage ne devait pas être consommé avant la deuxième nuit, après une journée de festivités.

Je n'avais pas tenu compte de la coutume pour mon premier mariage, ni pour le second. Je n'avais pas chevauché un cheval blanc. Pas plus que je ne reviendrais à pied à la maison de mon père. Cette décision avait été prise en raison de trois facteurs : j'avais eu de la fièvre la semaine précédente et j'étais encore faible ; le temps n'était pas clément ; j'étais enceinte. Cette dernière raison ne fut pas mentionnée ouvertement, mais ma taille s'était à ce point épaissie que cela devenait évident. Cela ne posa pas grand problème, car les fiançailles officielles constituaient un engagement aussi important que le mariage. Plus d'une mariée florentine devait élargir sa robe avant de se rendre à cheval jusqu'à San Giovanni, et personne ne lui jetait la pierre pour autant.

Je saluai de nouveaux invités, seigneurs prieurs et *buonomi*, les pairs de Francesco. Le repas de mariage suivit bientôt, un de ces repas que Savonarole aurait jugés sévèrement en raison de leurs excès : un mouton rôti entier ainsi que deux cochons, trois oies et un cygne, d'innombrables faisans, plusieurs lapins et des dizaines de poissons ; de la soupe, des gâteaux et de jolies friandises, six sortes de pâtes différentes dans du bouillon, des fromages, des noix et des fruits secs.

L'odeur de la nourriture me soulevait dangereusement le cœur. Pourtant je réussis à sourire au point que les joues me firent mal. J'entendis cent fois dire que j'étais la plus belle mariée qu'on ait jamais vue à Florence. Je répondais machinalement, courtoise, ayant toujours le mot approprié, même si je n'en croyais rien.

On porta des toasts, notamment un – particulièrement populaire pour les nouveaux mariés – m'incitant à tomber enceinte lors de ma nuit de noces. Je levai mon gobelet jusqu'à mes lèvres, mais les gardai serrées ; l'odeur du vin me donnait tellement mal au cœur que je retins même ma respiration.

Je n'avalai rien, sinon un peu de pain et un petit morceau de fromage, mais mon assiette demeura pleine. Je déplaçai la nourriture avec habileté de façon à donner l'impression que j'avais mangé normalement.

Après le repas vint le moment de la danse, avec un quatuor de musiciens dont Francesco avait loué les services. La cérémonie et le repas étant maintenant derrière moi, je me sentais provisoirement soulagée. Malgré mon épuisement, je m'amusai, jouai et dansai avec mes neveux et nièces, que je considérai avec une nostalgie nouvelle.

A un moment, me retournant, je surpris mon père qui me regardait avec émotion.

Mais quand le soleil commença à baisser, les invités partirent et il rentra dans sa maison vide – même Zalumma l'avait quitté. Mon courage diminua avec la lumière.

Je me sentis paralysée quand Francesco me présenta quelques-uns de ses domestiques : ses femmes de chambre, Isabella et Elena ; son valet, Giorgio ; la cuisinière Agrippina ; une servante de cuisine, Silvestra ; et le cocher, Claudio. La plupart couchaient en face de la cuisine, au rez-de-chaussée de l'aile sud-ouest qui donnait sur l'arrière du palais. Je répétai les noms à haute voix, sachant que je ne tarderais pas à les oublier ; mon cœur battait trop fort pour que je m'entende moi-même clairement. Il y avait d'autres serviteurs, absents pour l'instant – des garçons d'écurie et leur maître, une seconde cuisinière qui était tombée malade, un garçon de courses.

Elena, une femme à l'air avenant, avec des cheveux noisette et le regard serein d'une madone, nous guida, Zalumma et moi, jusqu'au deuxième étage, aux vastes chambres qui étaient désormais les miennes. Les appartements de Francesco se trouvaient au premier. Une lampe à la main, elle me conduisit d'abord à la chambre d'enfants, avec son berceau triste, sous une peinture d'une Vierge Marie raide tenant un enfant qui ressemblait plus à un homme, puis au domaine de la bonne d'enfants, qui était également vide ; la pièce était tellement glaciale qu'on ne devait jamais allumer de feu dans sa cheminée.

Mon salon comportait des fauteuils, une table avec une lampe allumée, un bureau et une étagère garnie de livres convenant à une femme : poésie courtoise, psaumes en latin, manuels de langues classiques, volumes de conseils sur la façon de gérer sa maison, de se conduire vis-à-vis de son mari et de ses invités ou de soigner les maladies courantes. Il n'y avait pas de feu non plus dans la cheminée, mais la pièce était plus chaude, étant située deux étages au-dessus de l'immense foyer de la salle à manger et un étage au-dessus des quartiers de Francesco.

Le salon et la chambre d'enfant se trouvaient sur le devant de la maison, avec des fenêtres ouvrant au nord ; les quartiers de Zalumma (qu'elle partageait avec Elena et Isabella) ainsi que les miens étaient situés à l'arrière, ouvrant au sud. Elena nous emmena jusqu'aux chambres des domestiques et m'autorisa un rapide coup d'œil à l'intérieur ; ma propre chambre à la maison n'était ni aussi grande, ni aussi bien aménagée.

Puis nous traversâmes le corridor et Elena ouvrit la porte de la chambre nuptiale.

La pièce était incroyablement féminine : des murs blancs, un sol recouvert d'une mosaïque de marbre crème, rose et vert, une cheminée de granit blanc qui scintillait à la lumière d'un grand feu. Deux petites chaises fragiles, au siège capitonné de brocart vert pâle, faisaient face à la cheminée ; sur le mur, une grande tapisserie représentait un couple de femmes cueillant des oranges. Le lit était couvert de pétales de rose séchés, avec un jeté brodé, bordé de glands du même velours bleu que ma robe. Des rideaux assortis, bordés d'or, tombaient d'un dais en ébène, avec des rideaux intérieurs élégamment drapés, faits d'une profusion de mousseline blanche. Des portes-fenêtres ouvraient vers le sud, probablement sur un balcon.

De l'autre côté du lit se dressaient des tables ; l'une supportait une cuvette blanche ornée de fleurs peintes, remplie d'une eau de rose odorante. Au-dessus pendait un miroir ovale. Sur l'autre table se trouvaient une lampe, une assiette en argent remplie de raisin, un flacon de vin et un gobelet en argent.

L'aménagement de la pièce paraissait si récent, si adapté à moi, qu'il était difficile de croire que je n'en étais pas la première occupante.

Elena me montra la chaîne pendant du plafond près du lit : en la tirant, on actionnait une clochette dans le quartier des domestiques, de l'autre côté du couloir.

— Merci, dis-je en guise de congé. Je n'ai plus besoin de rien. Je vais me déshabiller maintenant.

Elle ne se départit pas du petit sourire qu'elle avait gardé pendant notre visite. La lampe toujours à la main, elle me fit une révérence et sortit de la pièce en refermant la porte. J'écoutai le frottement de ses mules sur le marbre, puis le bruit d'un battant s'ouvrant et se refermant de l'autre côté du couloir.

Zalumma défit les lacets de mes manches et de mon corset. L'encombrante robe et sa lourde traîne tombèrent sur le sol. Vêtue de la *camicia* chatoyante, je m'en dégageai avec un petit soupir de satisfaction. J'étais épuisée.

Je restai au pied du lit à regarder Zalumma plier soigneusement les manches, la robe, et les poser sur une étagère de l'imposante garde-robe. Elle enleva avec précaution le filet de diamant de mes cheveux pour le placer dans le coffre avec mes autres bijoux. Puis je m'installai devant le miroir pour qu'elle défasse ma coiffure. En me regardant, je vis ma mère, jeune, et enceinte. Elle aussi était terrifiée.

Zalumma eut la même vision que moi. Elle levait doucement la brosse puis l'abaissait avant de lisser mes cheveux de la main. Chaque coup de brosse était suivi d'une caresse ; c'était sa façon de me réconforter, de me dire que je n'étais pas seule.

Après un moment, le brossage s'arrêta. Je me retournai pour la regarder : elle affichait un air de bravoure destiné à me remonter le moral.

— Si tu as besoin de quoi que ce soit… commença-t-elle.

— Tout ira bien.

— Je resterai à la porte, et j'attendrai.

— Viendras-tu après ? demandai-je.

Malgré mon angoisse, j'avais remarqué que Francesco avait ignoré une de mes requêtes. Il n'y avait pas de lit pour Zalumma. La coutume voulait que les serviteurs dorment ailleurs que dans la chambre de leurs maîtres, mais Zalumma avait toujours passé ses nuits sur un lit pliant près de celui de ma mère, au cas où elle ferait une crise. Après sa mort, sa présence m'avait été précieuse. Comme ce serait le cas ici, dans cette maison sans âme.

— Cette pièce est trop grande, ce lit aussi ; je ne peux pas supporter de dormir seule.

— Je viendrai, dit-elle doucement.

J'acquiesçai.

— Je t'appellerai.

Je me détournai pour la laisser partir.

Francesco arriva un quart d'heure plus tard. Il frappa à la porte d'une façon hésitante. Comme je ne répondais pas aussitôt, il ouvrit le battant et m'appela.

J'étais assise sur le foyer de pierre, un bras autour de mes jambes, la joue reposant sur mes genoux pliés, mes pieds nus appuyés contre le granit chaud et rugueux. Si j'avais été plus près, la chaleur m'aurait brûlé la peau, mais elle ne parvenait pas à dissiper le froid qui m'étreignait.

Je me levai et allai vers lui. Toujours vêtu de ses vêtements nuptiaux lie-de-vin, il souriait avec gentillesse, presque timidement. Je m'arrêtai à quelque distance.

— Les festivités se sont parfaitement bien déroulées. Nos invités étaient contents, n'est-ce pas ? demanda-t-il.

— Oui, répondis-je.

— Etes-vous satisfaite de vos appartements ?

— Ils dépassent mes attentes.

— Bien.

Il se tut un instant.

— J'ai un cadeau pour vous.

Il sortit une bourse en soie de sa poche.

Je tendis la main pour la prendre. Je voulus tirer le cordon pour l'ouvrir mais mes doigts étaient aussi gourds que si j'avais nagé dans de l'eau glacée. Francesco rit doucement et défit le cordon de la bourse à ma place ; son contenu tomba dans ma main.

C'était une imposante broche de noble dame, un grenat de la taille d'un gland entouré de minuscules perles, le tout serti d'argent.

— C'est... une tradition familiale, dit Francesco, soudain mal à l'aise.

Il croisa ses mains derrière son dos.

— Elle a appartenu à ma mère et à ma grand-mère.

La pierre était voilée, sans éclat, le bijou banal, mais incontestablement très ancien. Du tartre noir entourait chaque perle, bien que la broche eût été récemment nettoyée.

Une tradition, pensai-je. Pour chacune de ses épouses.

— Merci, dis-je froidement, me préparant à l'épreuve qui allait s'ensuivre.

Mais quelque chose de parfaitement imprévisible et de remarquable se produisit : Francesco garda son expression gentille, presque ennuyée. Il étouffa un bâillement.

— Je vous en prie, dit-il d'un ton hésitant. Bien...

Il regarda autour de lui d'un air embarrassé, puis me sourit de nouveau.

— La journée a été épuisante pour vous, j'en suis certain. Je vous verrai demain. Bonsoir.

Je le dévisageai, incrédule. Il paraissait mal à l'aise, anxieux, impatient d'en avoir fini avec moi.

— Bonsoir, dis-je.

Il sortit. Je posai aussitôt la broche et collai mon oreille contre la porte : j'entendis son pas dans le couloir, puis dans l'escalier. Quand je fus certaine qu'il était parti, j'ouvris la porte pour appeler Zalumma. Elle était déjà là, le regard tourné en direction de l'escalier.

— Va-t-il revenir ? chuchota-t-elle.

— Non.

Je l'attirai dans la chambre.

Elle était bouche bée, les yeux écarquillés.

— Que s'est-il passé ?

— Rien.

Je n'en revenais pas que ma prestation soit terminée pour la nuit. Je me sentis soudain épuisée, et réussis tout juste à gagner ma couche avant que mes jambes ne me trahissent. Je m'assis, le dos contre la tête de lit en bois massif, les jambes étendues devant moi ; sans penser à rien, je pris un pétale de rose et me mis à jouer machinalement avec. Elle inclina le flacon de vin, remplit le gobelet en argent, puis me le tendit. Je m'étonnai de lui trouver un arôme aussi plaisant, compte tenu de l'état dans lequel j'étais en début de journée. J'en pris une petite gorgée et la gardai dans ma bouche pour la savourer ; j'en avais rarement goûté d'aussi délicieux, sinon chez les Médicis.

Pour la première fois de la journée, je me détendais et pouvais enfin la regarder. Elle fronçait les sourcils, soucieuse que le vin me convienne et qu'il ne me rende pas malade. Elle était vraiment belle ; les soucis que je lui avais causés lui avaient fait perdre du poids ces derniers temps, ce qui faisait ressortir ses pommettes sous ses yeux noirs étirés vers les tempes. La chevelure de jais qui encadrait son visage avait été finement nattée, et sa masse retenue en arrière dans un voile de soie crème ; elle portait une robe de laine marron foncé ornée de rubans dorés.

— Qu'a-t-il dit ? demanda-t-elle, anxieuse de rompre le silence.

— Il m'a offert un cadeau.

Je lui désignai de la tête la broche de grenat posée sur la table de chevet.

— Il m'a fait un cadeau et s'est excusé, prétextant que je devais être fatiguée.

Elle regarda la broche.

— Il est fou.

— Peut-être est-il malade, dis-je. Ou peut-être est-il fatigué lui-même après tant de préparatifs. Regarde le lit.

Son regard se posa sur la couverture de velours brodé et les rideaux assortis.

— Il a fait faire tout cela pour moi.

— C'était la moindre des choses, dit-elle d'une voix dure.

Après avoir bu une autre gorgée de vin, je m'aperçus que je mourais de faim. Regardant l'assiette de raisins secs posée près de moi, je fronçai les sourcils. Les servantes avaient supposé que je serais repue après cette journée de festivités, et les avaient prévus comme douceurs pour accompagner le vin ; elles ne savaient pas encore que je ne les aimais pas.

Zalumma s'en aperçut aussitôt.

— As-tu faim ? Tu n'as rien mangé aujourd'hui.

— J'aimerais du pain et du fromage.

— Je vais t'en trouver.

Je me tus un instant.

— Apporte un autre gobelet et de quoi manger pour toi. Je ne veux pas manger seule.

Francesco aurait jugé cela inconvenant, mais cela m'était égal. J'étais tellement soulagée que j'en avais le vertige et, malgré ma fatigue, je me sentais tout d'un coup d'humeur festive. Pour une nuit au moins, j'étais délivrée de ses hommages brutaux.

— Tu en es certaine, Madonna ?

Rejetant sa question d'un claquement de langue, je lui fis signe de s'en aller.

Pendant son absence, je restai assise, les yeux fermés. Les mots étaient trop faibles pour décrire mon plaisir de me retrouver seule pour ma seconde nuit de noces. Je n'aurais pas aimé devoir profaner la mémoire de la première.

— Je dirai à votre enfant tout ce que je sais de vous, de votre bonté et de celle de votre père, promis-je à voix haute à Julien. Je lui parlerai de votre oncle – mon père. Et je ferai tout mon possible pour lui inculquer l'amour et la bonté.

Je fermai les yeux et vis Julien s'agenouiller sur le sol de la chapelle après avoir rompu la guirlande de fleurs, levant les yeux vers moi avec un sourire.

Je lui souris à mon tour. Zalumma apparut à la porte. Sur le plateau qu'elle portait en équilibre sur une main, il y avait trois sortes de fromages différents, la moitié d'une miche de pain ronde ainsi qu'un deuxième gobelet.

— Tu te sens mieux, constata-t-elle avec satisfaction. Je n'ai jamais vu une telle cuisine. On dirait qu'ils s'attendaient à recevoir une armée, aujourd'hui.

Sa voix me sembla pleine de sous-entendus.

— Qu'y a-t-il ? demandai-je.

J'étais certaine qu'elle avait découvert quelque chose.

— Que s'est-il passé ?

Elle repoussa la lampe avec précaution et posa le plateau sur la table de chevet.

— Sieur Francesco, dit-elle d'un air perplexe. Quand je suis descendue à la cuisine, j'ai vu des lumières devant la porte de devant, et j'ai entendu des voix d'hommes.

— Et alors ?

— Je me suis approchée de la fenêtre ; je n'avais pas de bougie, donc ils ne pouvaient pas me voir. Le palefrenier ouvrait la grille. Sieur Francesco était à cheval, seul. Il s'adressait au garçon, probablement pour lui dire quand il reviendrait. Il n'arrêtait pas de regarder autour de lui, comme s'il avait peur qu'on le voie.

Il est parti, me dis-je, essayant de comprendre. Au lieu de m'en inquiéter, j'étais simplement heureuse de le savoir loin de moi.

— Cela n'a aucune importance, décrétai-je enfin. Buvons.

Je levai le flacon de vin.

— Bois avec moi, et mange quelque chose. Il faut fêter ma première nuit ici.

Nous mangeâmes et bûmes. Quand nous fûmes fatiguées, j'insistai pour que Zalumma s'allonge à côté de moi. En tant qu'esclave, elle n'aurait jamais pris la liberté de coucher dans le lit de sa maîtresse ; elle ne voulait pas qu'on l'accuse d'avoir oublié sa place, et elle savait qu'Isabella et Elena remarqueraient qu'elle n'avait pas dormi dans son lit, dans le quartier des domestiques. Mais elle finit par s'endormir.

Je m'assoupis aussi un moment. Je rêvai que je m'étais trompée de maison, d'homme ; le chagrin que j'en éprouvai me réveilla. En me redressant, je vis Zalumma qui ronflait doucement à côté de moi, toujours vêtue de sa robe de laine, son voile de travers ; des braises luisaient dans la cheminée.

Il m'apparut alors clairement que j'étais bel et bien mariée à Francesco, que Julien était mort, et que cet état de fait était définitif. Je me sentis sur le point d'éclater en sanglots – mais je ne voulais ni qu'on me voie, ni qu'on m'entende.

Je me glissai hors du lit. Frissonnant de froid, je sortis en hâte de la pièce, sur la pointe des pieds. Je refermai la porte derrière moi, descendis rapidement l'escalier jusqu'à mi-parcours et m'assis sur une marche.

Je n'avais pas encore pu me mettre à pleurer qu'un bruit m'arrêta : des pas lourds venant dans ma direction. Une lumière jaune vacilla en contrebas, puis illumina graduellement le mur, comme une tache qui s'étendait.

Je sus avant qu'il n'apparaisse que c'était mon mari. Il s'arrêta en chancelant pour s'orienter sur le palier du premier étage, à quelques marches seulement au-dessous de moi.

— Francesco, dis-je malgré moi à voix basse.

J'aurais préféré qu'il ne me voie pas.

Mais il m'entendit et, stupéfait, leva les yeux dans ma direction.

— Lisa ? bredouilla-t-il.

Il était ivre. Il leva la lampe et plissa les yeux pour me voir. Il s'était hâtivement enveloppé dans un *mantello* noir ; l'extrémité tomba, laissant voir sa tunique de mariage et ses chausses.

A la hauteur de sa hanche droite, le bord de sa tunique était bouchonné vers le haut, et ses chausses vers le bas : le lainage blanc de sa chemise de dessous sortait comme un drapeau.

J'émis une légère exclamation amusée à sa vue. Quand je repris ma respiration, je remarquai l'odeur forte de lavande bon marché qui émanait de lui. Je l'avais déjà sentie à plusieurs reprises, émanant de femmes dépoitraillées et extrêmement fardées que Zalumma essayait toujours de me faire éviter.

J'entendis la voix de Francesco dans ma tête, je vis son regard lubrique. Prostituée. Traînée. Putain.

Mais depuis ce matin, j'étais une respectable femme mariée.

Et j'étais libre.

— Je ne pouvais pas dormir, dis-je promptement. Mais je sens que le sommeil vient. Bonsoir.

— Bonsoir, dit Francesco d'un ton somnolent.

Tandis que je remontais l'escalier en courant, je l'entendis grommeler quelque chose.

Quand j'eus regagné ma chambre, je refermai la porte derrière moi, m'appuyai contre le battant et me mis à rire si bruyamment que je réveillai Zalumma.

53

Avec l'arrivée du printemps, le temps se réchauffa. Au cours de la journée, j'ouvrais les portes-fenêtres pour m'asseoir sur le balcon. A ma gauche se trouvaient les écuries et le jardin d'aromates avec ses bordures de lavande et de romarin. Juste devant moi s'étendait un jardin d'apparat aux allées pavées, orné de lauriers et de topiaires soigneusement entretenus. Le matin, je me promenais seule dans le jardin, au-delà d'un lion de pierre rugissant dont les mâchoires déversaient un jet d'eau rafraîchissant dans un puits de pierre. Au-delà, un treillis en arcade couvert de rosiers épineux menait à une petite grotte dédiée à la Vierge : la statue avait les mains tendues en guise de bienvenue à ceux qui venaient la solliciter.

L'enfant grandissait dans mon ventre. En avril, j'avais tellement épaissi qu'on ne pouvait plus s'y tromper ; le contour de ma mâchoire, de mes joues s'adoucit. Mes nausées cédèrent la place à un appétit si féroce que je gardais des assiettes de nourriture près de mon lit et me réveillais souvent la nuit pour manger. Francesco veillait sur moi comme un père ; tous les jours, il demandait à Agrippina de m'apporter un seau de lait, moussant et encore chaud du corps de l'animal.

Mon mari ne me touchait plus. Nous nous comportions l'un avec l'autre de façon cordiale mais distante ; il me donnait tout ce que je demandais. Il ne protesta pas quand j'ordonnai qu'un lit soit installé au pied de ma couche pour Zalumma. Mais d'une certaine façon, j'étais sa prisonnière ; je ne pouvais plus aller au marché. J'étais autorisée à assister aux sermons de Savonarole et, si je le souhaitais, à me rendre à notre chapelle de famille à Santissima Annunziata. Toutes les autres sorties nécessitaient son autorisation.

Nous nous voyions une fois par jour, Francesco et moi, au dîner. Mon père se joignait à nous. Il paraissait prendre un plaisir particulier à ma compagnie, et s'illuminait à la moindre mention de l'enfant à naître. Mais il perdait du poids, au point que je m'inquiétais pour sa santé. A table, tandis qu'il écoutait Francesco, je remarquais la tristesse qui le rongeait. Je doutais qu'il puisse jamais être de nouveau heureux.

Pas plus que moi d'ailleurs, bien que ma vie ne soit pas devenue aussi pénible que je l'avais craint. Francesco écoutait le prêche de Savonarole le matin, et rendait visite à ses prostituées la nuit ; si la divergence entre sa vie publique et sa vie privée l'inquiétait, il n'en laissait rien paraître. Après une journée de travail à la *bottega* et au palais de la Seigneurie, où il servait en tant que *buonomo*, il prenait plaisir à son dîner, et profitait de son audience. Mon père et moi l'écoutions raconter les nouvelles de la journée, mais parlions peu.

Frère Jérôme ayant décidé que Dieu devait être au cœur des travaux de la Seigneurie, de nombreux changements s'étaient produits. Des lois furent votées : la pratique de la sodomie réservait une mort violente à ses adeptes, un décolleté par trop audacieux était puni par un désaveu public et une amende. Ceux qui pratiquaient l'adultère tremblaient de se voir lapider (Francesco racontait cela avec le plus grand sérieux, comme s'il n'était pas le moins du monde concerné). Les hommes et les femmes qui osaient arborer des bijoux risquaient de les perdre, car les rues étaient maintenant parcourues par des jeunes fidèles au frère, déterminés à faire main basse sur toute richesse « superflue » pour en faire « don » à l'Eglise. Quand les citoyens se risquaient à sortir, ils craignaient toujours qu'un acte irréfléchi attire l'attention sur eux, qu'une remarque hasardeuse puisse être prise pour une preuve d'indifférence envers Dieu.

Nous commencions tous à avoir peur.

Pendant ce temps, le Seigneur décrétait que Florence ne devait plus être gouvernée par les riches. Il préférait un Grand Conseil dans le style de celui de Venise, et si ce Conseil n'était pas créé, Il maudirait la ville. La Mère de Dieu s'intéressait également à la politique. Elle apparaissait au frère, et discourait avec éloquence, en toscan, sur la nécessité de la réforme.

Savonarole commença à prêcher avec véhémence contre Rome et la conduite scandaleuse du pape Alexandre, qui avait demandé à l'adolescente qui était sa maîtresse de venir vivre avec lui au Vatican.

Francesco m'apprit un nouveau mot : *arrabiati*, les « chiens enragés ». On désignait ainsi les hommes qui grondaient aux déclarations de Savonarole, qui disaient qu'un frère ne devait pas se mêler de politique. Francesco les considérait avec dédain.

Mon père, qui avait été un ardent partisan du frère, souriait à contrecœur ou fronçait les sourcils aux moments appropriés, mais se prononçait rarement. Son zèle avait fait long feu, bien qu'il continuât à accompagner Francesco pour écouter les sermons de Savonarole.

Les discours du prophète m'ennuyaient. Les femmes n'étaient plus autorisées à assister à ses sermons – étant donné qu'il parlait surtout de politique –, sauf le samedi, quand il s'adressait directement à la gent féminine. J'étais alors obligée d'y être, en tant qu'épouse d'un *buonomo*. Nous l'écoutions, Zalumma et moi, dans un silence absolu.

Il m'arrivait aussi de parler à Dieu. Je lui avais en partie pardonné après la guérison de mon père. Mais je priais uniquement dans notre chapelle de famille à Santissima Annunziata, où je me sentais à l'aise. J'aimais le fait qu'elle soit ancienne, de dimensions réduites et sans ornements.

Pendant cette période, Charles, le roi de France, arriva jusqu'à Naples, où il subit une défaite. Son armée battit en retraite en direction du nord, traversant une nouvelle fois Rome sans rencontrer d'obstacle, jusqu'à parvenir à deux jours de chevauchée de Florence.

Savonarole nous avertit que nous devions tous nous repentir, faute de quoi Dieu, sous la forme de Charles, nous vaincrait. Au même moment, le frère se rendit à Sienne pour recueillir la confession de Charles. Après lui avoir donné la communion, il le menaça à son tour de la colère de Dieu s'il ne remettait pas Pise entre nos mains.

Charles resta silencieux à ce propos ; Savonarole rentra sans avoir obtenu la moindre réponse, et nous, les Florentins, commençâmes à nous alarmer de voir les Français s'attarder à Sienne.

Personnellement, cela ne m'inquiétait pas particulièrement. Assise sur mon balcon, je regardais fleurir les lys blancs.

En mai, une inondation recouvrit tout le blé tendre poussant sur les rives de l'Arno. Un signe du mécontentement divin, dit le prophète ; si nous ne nous repentions pas, Dieu enverrait Charles ensuite. Je vis les lauriers épaissir et leur feuillage argenté jouer dans le vent ; je les vis se plier sous les pluies grises.

En juin, j'observai les roses, rouge vif sur le vert profond ; la brise m'apportait leur senteur. L'eau coulait de la gueule du lion avec le même bruit lénifiant.

Le temps fut lourd en août, et je le supportai difficilement. Je ne pouvais pas dormir à cause de la chaleur, à cause de l'enfant qui bougeait sans arrêt, à cause de mon dos douloureux. J'étais aussi mal allongée qu'assise ou debout ; je ne voyais plus mes pieds, ne pouvais plus enlever seule mes pantoufles, parvenais difficilement à me lever de mon lit ou d'un fauteuil. Mon alliance devint si étroite que mon doigt me faisait souffrir. Zalumma m'enduisit la main de savon ; quand elle parvint enfin à retirer l'anneau, je poussai un cri de soulagement.

Toutes les deux, nous comptions les jours. Le bébé devait naître la première ou la deuxième semaine du mois. La dernière semaine, Zalumma se réjouit – le retard de l'enfant achèverait de convaincre Francesco qu'il était bien le sien – mais j'étais trop désespérée pour me féliciter de cette chance.

A partir du 1er septembre, je me montrai désagréable avec tout le monde, Zalumma comprise. J'avais renoncé à descendre pour le dîner ; Francesco me faisait parvenir de petits cadeaux, mais j'étais trop irritable pour l'en remercier.

Cette semaine-là, au cours d'une nuit particulièrement chaude, je me réveillai brusquement, sous le coup d'une étrange alerte. J'étais en nage. J'avais roulé ma chemise en boule et l'avais mise sous mon oreiller ; le drap de lin humide collait à ce point à mon ventre que je voyais l'enfant bouger.

Je me levai tant bien que mal et enfilai ma robe d'intérieur.

Zalumma ronflait légèrement dans son lit. Me déplaçant aussi légèrement que ma silhouette massive me le permettait, je sortis discrètement de la pièce. J'avais soif, et décidai de descendre chercher de l'eau fraîche. Mes yeux s'étant accoutumés à l'obscurité, je ne pris pas de chandelle.

Tandis que je commençais à descendre l'escalier, je vis une lumière venir de la direction opposée – Francesco, sans doute. Comme une bonne épouse, je fis demi-tour, avec l'intention de remonter discrètement. Mais un gloussement féminin m'alerta ; je m'appuyai le plus possible contre le mur pour ne pas être prise dans le faisceau de lumière, et regardai vers le bas.

Sur le palier se tenait Isabella – la jeune et jolie Isabella – dans une *camicia* de lin blanc, une clé dans une main et une chandelle dans l'autre. Elle s'appuyait contre un homme qui avait noué ses bras sous ses seins pour l'attirer contre sa poitrine, enfouir son visage dans son cou. Quand il l'embrassa, elle ne put se retenir de rire – il lui fit signe de se taire, et elle s'écarta pour ouvrir la porte menant aux appartements de mon mari. Une lampe y restait toujours allumée en prévision de son retour.

Ainsi, me dis-je, Francesco et Isabella. Il était rentré une heure ou deux plus tôt ; peut-être l'une de ses habituées était-elle tombée malade, car son emploi du temps était toujours extrêmement régulier. Je ne me sentis pas le moins du monde surprise ou offensée à la pensée de cette liaison ; j'étais toutefois un peu déçue par Isabella.

Mais l'homme leva le visage : ce n'était pas mon mari.

Je le vis un instant, j'aperçus son sourire avant qu'il ne prenne la clé de la main d'Isabelle. Il semblait avoir mon âge, autour de seize ans. Je ne l'avais jamais vu. Isabella avait-elle fait entrer un voleur ?

Je restai immobile. Seul le bébé se permit de bouger et de me donner un coup de pied. Curieusement, je n'avais pas peur de cet homme.

Isabella se retourna et lui donna un baiser passionné ; quand elle se détacha de lui pour redescendre les escaliers avec la chandelle, sans bruit, il lui donna une tape sur le postérieur.

Puis il rentra seul dans les appartements de Francesco, guidé par la lumière de la lampe.

J'écoutai son pas. Avec toute la grâce empruntée dont j'étais capable, je finis de descendre l'escalier, passai devant la porte par laquelle l'intrus s'était introduit.

Dans la cheminée de la cuisine, je pris le grand tisonnier, puis remontai silencieusement en direction du bureau de Francesco.

Cachée dans l'ombre, je vis l'étranger devant le bureau, sur lequel il avait placé une lampe allumée, qu'il avait prise dans la chambre de mon mari. Le tiroir était ouvert et la clé placée à côté ; l'étranger avait déplié une feuille de papier qu'il lisait en fronçant les sourcils, ses lèvres formant les mots en silence. C'était un beau jeune homme, avec un grand nez puissant et des yeux vifs bordés de cils couleur de charbon ; des boucles brunes encadraient son visage ovale. Il portait des vêtements artisanaux : une tunique grise qui tombait presque jusqu'à ses genoux, couvrant des chausses noires rapiécées. S'il avait tenu les bijoux en main, notre or ou notre argenterie, ou quoi que ce soit de valeur, j'aurais appelé les domestiques. Mais il ne semblait s'intéresser qu'à ce qu'il lisait.

— Que faites-vous ? lui demandai-je en sortant de l'ombre.

S'interrompant, il releva le visage, surpris. Quand il se tourna vers moi, le papier tomba de ses mains. Je tendis la main et l'attrapai avant qu'il ne touche le sol.

Il fit un geste comme pour me le prendre, mais je brandis le tisonnier d'un air menaçant. Devant mon arme, ses lèvres pleines esquissèrent un sourire réjoui. Il n'avait pas plus peur que moi. Il savait aussi qu'il lui suffirait de faire quelques pas en arrière pour atteindre le tisonnier placé près de la cheminée éteinte. Il jeta un coup d'œil dans sa direction, puis y renonça.

— Mona Lisa.

Il paraissait surpris de me trouver là. Il avait l'air d'un pauvre apprenti, mais sa façon de parler était celle d'un commerçant.

— Qui êtes-vous ? demandai-je.

— Le diable en personne.

Son sourire ne faiblit pas ; son regard amusé me défiait,

comme si j'étais l'intruse, et non lui. C'était un bandit audacieux, joyeux.

— Comment connaissez-vous mon nom ?

— Votre mari ne va pas tarder à rentrer. Je devrais partir, ne pensez-vous pas ? Sinon nous risquons tous les deux quelques ennuis. C'est un peu prématuré pour vous de vous faire prendre en chemise de nuit avec un jeune homme.

Il considéra le tisonnier, jugea que je n'allais pas m'en servir, et tendit la main pour prendre le papier plié que je tenais.

— Vous êtes intervenue trop tôt. Permettez-moi seulement de récupérer cette lettre quelques instants, je vous en prie – rien de plus – puis je vous la rendrai volontiers et je m'en irai. Vous pourrez prétendre que vous ne m'avez jamais vu...

Ses doigts frôlèrent le papier. Il allait le saisir ; je pris une décision.

— Au secours ! criai-je. Au voleur ! Au voleur !

Il sourit de plus belle, dévoilant ses dents blanches, avec un léger espace entre les incisives. Il n'essaya pas une nouvelle fois de prendre la lettre, comme je m'y attendais ; au lieu de cela, il me regarda d'un regard amusé, comme s'il approuvait ma tactique.

Je criai de nouveau.

— Puisqu'il en est ainsi, je vous salue, dit-il.

Il se précipita dans l'escalier d'un pas étonnamment léger. Je le suivis aussi rapidement que mon embonpoint me le permettait, et le regardai ouvrir les portes menant à l'entrée principale. Je vis sa silhouette sombre emprunter en courant dans la nuit l'allée de pierre incurvée.

J'étais extrêmement perplexe et curieuse à la fois. Lorsque Claudio et Agrippina répondirent à mon appel, essoufflés, apeurés, je repliai la feuille de papier et la glissai sous mon bras de façon à la dissimuler dans les plis de ma robe de nuit.

— J'ai dû rêver, leur dis-je. J'ai cru voir quelqu'un ici... mais il n'y avait personne.

Ils secouèrent la tête d'un air perplexe quand je les renvoyai dans leur chambre ; Claudio marmonna quelque chose au sujet des femmes enceintes.

Quand ils furent partis, je remontai dans le bureau de Francesco et levai le papier à la lumière. C'était une lettre pliée en trois, dont le sceau noir avait été brisé. L'écriture était nettement penchée à droite, avec des lettres tracées à l'encre de façon épaisse, comme si on avait exercé une grande pression sur la plume d'oie. Le papier lui-même était fatigué, comme s'il avait voyagé.

Vos inquiétudes concernant une rétribution de la part d'Alexandre sont sans fondement ; l'excommunication n'est qu'une rumeur. Quand cela prendra plus d'importance, nous saurons nous en servir à notre profit.

Entre-temps, continuez à l'inciter à prêcher contre Rome et les arrabiati. *Et envoyez-moi le nom de tous les* bigi...

Les *bigi* étaient les « hommes gris », généralement âgés et jouissant d'une situation confortable, qui soutenaient les Médicis. J'avais déjà entendu le mot dans la bouche de mon mari et de mon père.

... mais ne faites rien de plus ; frapper maintenant serait prématuré. J'enquête sur les plans de Piero concernant l'invasion. Il est pour le moment installé à Rome, et j'ai trouvé là-bas de nouveaux agents pour s'occuper de lui, comme vous l'avez fait avec Pic. Si nous réussissons cela, les bigi *ne constitueront pas une grande menace.*

Comme toujours, votre aide sera appréciée et récompensée.

Je repliai la lettre et la remis dans le bureau, à l'endroit où Francesco rangeait sa correspondance, puis verrouillai le meuble. Je contemplai un instant la clé qu'Isabella avait donnée à l'intrus ; était-ce celle appartenant à mon mari, ou un double ?

Je la gardai. Si Francesco s'apercevait de son absence, c'est Isabella qui devrait lui donner des explications, pas moi.

Puis je regagnai ma chambre. A demi endormie, Zalumma murmura vaguement quelque chose à propos de bruits qu'elle aurait entendus en bas.

— Ce n'était rien. Dors, dis-je, ce qu'elle s'empressa de faire.

Je ne me recouchai pas, préférant aller sur le balcon pour

réfléchir. L'air était étouffant, l'atmosphère humide ; je pris une profonde respiration et sentis l'air pénétrer en moi, peser sur mes poumons, contre mon cœur.

« ... continuez à l'inciter à prêcher contre Rome et les *arrabiati.* »

Je pensai à Francesco, si assidu aux sermons de Savonarole. Attentif au moindre de ses mots. Revenant ensuite dans son somptueux palais et me couvrant de bijoux. Sortant toutes les nuits à cheval pour aller retrouver ses prostituées.

« ... s'occuper de lui, comme vous l'avez fait avec Pic. »

Je pensai à Pic le gobelet à la main, souriant à Laurent ; à Pic, hâve, les orbites creusées. A Francesco disant à voix basse : « C'était un collaborateur de Laurent, n'est-ce pas ? Hélas, il souffre d'une maladie incurable... ses jours sont comptés »

J'avais cru que le plus grand danger pour mon père et moi était que Francesco dise ce qu'il savait, qu'il révèle mes relations avec les Médicis. Qu'il parle.

« Il serait terrible pour votre père de devoir subir d'autres souffrances. Encore plus terrible, s'il devait mourir. »

Je croyais avoir compris mon mari. Je n'avais rien compris.

Le monde était brûlant, lourd, étouffant. Je posai ma tête sur mes genoux, mais ne parvins même pas à pleurer.

Mon corps s'ouvrit : j'entendis le liquide couler. Ma chaise, mes jambes étaient trempées, et quand je me levai, une contraction me saisit avec tant de violence que je crus que j'allais me vider.

J'appelai et me cramponnai au rebord du balcon ; quand Zalumma surgit, essoufflée, je lui dis d'aller chercher la sage-femme.

54

Francesco prénomma le garçon Matteo Massimo : Massimo d'après son père, et Matteo d'après son grand-père. Je me soumis à son choix ; je savais depuis le début que je ne pouvais pas l'appeler Julien. Et je me réjouis d'apprendre que Matteo signifiait « don de Dieu ». Dieu ne pouvait pas m'avoir fait plus beau cadeau.

Matteo était un magnifique bébé, qui me rendit le goût de vivre. Sans lui, je n'aurais jamais pu supporter ce que j'avais appris dans le bureau de mon mari ; sans lui, je n'aurais eu aucune raison d'être courageuse. Pour son salut, je ne parlai de la lettre qu'à Zalumma ; d'ailleurs, elle finirait bien par trouver la clé que j'avais gardée, et à laquelle Francesco n'avait jamais fait allusion.

Quand je lui récitai la phrase concernant Pic, elle comprit aussitôt et se signa d'un air terrorisé.

Matteo fut baptisé le lendemain de sa naissance, à San Giovanni, où je m'étais mariée la seconde fois. Le baptême solennel eut lieu deux semaines plus tard, à Santissima Annunziata, un peu plus loin vers le nord, dans le district voisin de San Giovanni. Depuis de nombreuses générations, la famille de Francesco possédait une chapelle privée à cet endroit. L'église se trouvait sur un côté de la place avec l'orphelinat, l'hôpital Santa Maria degli Innocenti, en face. Les élégantes colonnades en arceaux du bâtiment – qui portaient toutes le sceau de Michelozzo – donnaient sur la rue.

Je trouvai la chapelle réconfortante. A part un douloureux

Christ en croix en bronze, les murs passés à la chaux blanche qui s'élevaient au-dessus d'un autel en bois sombre étaient nus ; de chaque côté se dressaient des candélabres aussi hauts que moi, et deux fois plus larges. La lumière blonde provenant des vingt-quatre chandelles parvenait tout juste à percer l'obscurité de ce lieu sans fenêtre. La pièce sentait la poussière, le bois et la pierre, l'encens et la bougie, et résonnait en silence de prières accumulées pendant des siècles.

Depuis la naissance de mon fils, j'avais évité Francesco ; ma haine, mon dégoût, ma peur étaient si grands que j'avais même du mal à le regarder. Sa façon d'être n'avait pas changé – pleine de sollicitude et de douceur – mais quand je l'observais, je voyais maintenant un homme capable de tuer Pic, et peut-être Laurent. Je voyais un homme qui avait contribué à chasser Piero, conduisant par là même à la mort de mon Julien.

J'aurais aimé que mon amour maternel prenne le pas sur toute autre considération, notamment sur les sombres agissements de mon mari avec Savonarole, comme si l'oubli pouvait protéger Matteo. J'avais essayé – mais une fois assise dans la chapelle, la pensée de savoir Francesco à côté de moi me rendait malade.

Oncle Lauro et Giovanna Maria étaient les parrain et marraine. Matteo se conduisit comme un enfant merveilleux : après avoir dormi pendant la plus grande partie de la cérémonie, il se réveilla tout sourire. Je restai assise, encore fatiguée par l'accouchement, regardant avec joie mon père tenir le bébé et Lauro répondre pour lui.

Pendant que mon père descendait fièrement l'allée en portant son petit-fils, suivi par les autres, je m'arrêtai pour recevoir le certificat de Matteo des mains du prêtre. Il était jeune et nerveux ; sa voix s'était brisée plusieurs fois au cours de la cérémonie. Quand je voulus prendre le document, il ne le lâcha pas, mais regarda les autres d'un air soupçonneux ; après avoir constaté qu'ils ne se préoccupaient que du bébé, il chuchota à mon intention :

— La nuit. Lisez-le seulement la nuit... cette nuit, quand vous serez seule.

Je reculai... puis baissai les yeux sur ce qu'il m'avait remis.

Sous le document de parchemin, il avait glissé un morceau de papier soigneusement plié.

Le jugeant dérangé, je m'éloignai rapidement et rejoignis les autres en hâte.

Je les avais presque rattrapés sur la place quand un jeune moine surgit devant moi. Il portait la robe noire des Serviteurs de Marie, l'ordre monastique dont le couvent se trouvait à Santissima Annunziata. Son capuchon était baissé, dissimulant son front et ses yeux ; au bras, il portait un grand panier rempli d'œufs. Quand je passai près de lui, il dit à voix basse :

— Un bel enfant, Mona.

Je me retournai pour lui sourire. Son visage portait le rictus familier du diable lui-même.

— Vous, murmurai-je.

Le fait que je le reconnaisse sembla lui faire plaisir. Comme il s'avançait, je distinguai de l'amusement dans ses yeux – ainsi qu'une vague inquiétude que mon mari puisse remarquer son manège.

— Ce soir, dit-il doucement. Seule.

Puis il fit demi-tour et s'éloigna d'un pas vif.

Les autres bavardaient et admiraient Matteo ; quand je les rejoignis, mon mari leva les yeux de celui qu'il tenait pour son fils, le regard attendri.

— Qui était-ce ? demanda-t-il.

— Personne, dis-je en m'approchant de lui.

Je tenais le certificat dans ma main, par-dessus l'autre papier.

— Absolument personne.

Je ne parlai du message à quiconque – pas même à Zalumma. Quand elle fut descendue déjeuner en compagnie des autres domestiques, me laissant seule avec Matteo sur le balcon, je dépliai la feuille de papier. Le soleil était au zénith dans un ciel sans nuages, mais je ne pouvais plus attendre – je n'en avais d'ailleurs aucune raison. Matteo reposait, chaud et doux, contre moi. A quelle supercherie allais-je encore me retrouver mêlée ?

Je dépliai le papier et laissai échapper une exclamation de

surprise. Il n'y avait rien dessus, absolument rien. Le diable m'avait fait une plaisanterie – et elle était de bien mauvais goût. Si la cheminée avait été allumée, je l'aurais jeté dans le feu. Je me calmai, lissai le papier chiffonné et le mis dans un tiroir avec l'intention de m'en servir pour ma correspondance, car il était de belle qualité, coupé de façon nette et d'un blanc parfait.

Tard dans la nuit, les pleurs de Matteo m'éveillèrent, en provenance de la chambre d'enfants ; ils s'arrêtèrent dès que la nourrice se leva pour le nourrir, mais je ne parvins pas à me rendormir. L'air était étonnamment chaud pour la saison ; je restai à réfléchir, étendue sur mon lit, en nage, tandis que Zalumma dormait paisiblement sur sa couche.

Les mots du prêtre me revinrent : « Lisez-le seulement la nuit – cette nuit, quand vous serez seule. »

Je me levai. Dans l'obscurité, je me déplaçai d'un pas assuré mais silencieux, bien que Zalumma eût le sommeil profond. J'allumai une chandelle, ouvris très lentement le tiroir près de mon lit et en tirai le fameux message.

J'élevai le papier à la lumière de la flamme.

Considérant la feuille blanche, je fronçai les sourcils – puis, prise d'une soudaine inspiration, je la rapprochai de la chandelle, si près que la flamme vacilla dans sa direction et commença à fumer.

Sous mes yeux, des lettres se formaient, d'un brun délavé. Je retins mon souffle.

Salutations.

Je regrette de n'avoir pu répondre à votre lettre précédente.

Demain à la sixième heure, rendez-vous sans escorte pour demander la réponse à Dieu.

Depuis des siècles, le fidèle divisait la journée en heures de prière. Les plus familières étaient les matines à l'aube, et les vêpres le soir. Après l'aube venait la troisième heure du matin, tierce, et la sixième heure, sexte, c'est-à-dire midi.

J'examinai l'écriture, les lettres parfaitement verticales, les f et les l allongés et ornés, les n ramassés, l'orthographe approximative. Je l'avais vue deux fois dans ma vie, mais je la reconnus tout de suite.

« Salutations, Madonna Lisa, de Milan... »

55

Je ne dormis pas de la nuit, et restai allongée dans mon lit, à relire la lettre dans ma tête. « Demander la réponse à Dieu », disait-elle. « Sans escorte ». Cela impliquait certainement que je quitte le palais ; mais il devait y avoir une bonne centaine d'églises dans Florence. Où voulait-il que j'aille ?

A la fin, je décidai que le seul endroit logique était Santissima Annunziata, notre chapelle de famille, où je pouvais aisément prier aux matines ou à sexte, sans éveiller les soupçons, là où j'avais rencontré le diable pour la dernière fois.

Le matin, je me levai sans rien dire à Zalumma, mais elle sentit mon agitation et m'en demanda la raison. Quand je lui fis part de mon intention d'aller prier seule, elle fronça les sourcils. Je sortais rarement sans elle.

— Cela a quelque chose à voir avec la lettre, dit-elle.

Ses mots me firent sursauter ; en réalité, elle faisait allusion à la lettre que le diabolique jeune intrus avait laissée tomber, celle dont je lui avais parlé.

— Je sais que tu n'as pas l'intention de me causer du souci, Madonna, mais je ne peux pas m'empêcher de m'inquiéter. Je n'aimerais pas te savoir mêlée à des affaires dangereuses.

— Je ne serais pas stupide à ce point, répondis-je sans grande conviction.

Elle secoua la tête.

— Pars seule, puisqu'il en est ainsi, dit-elle d'une voix triste, sortant pour une fois de son rôle d'esclave. N'oublie pas que tu as un enfant.

— Je ne suis pas près de l'oublier, répondis-je avec une pointe d'énervement.

Le cocher me conduisit jusqu'à Santissima Annunziata. Je lui demandai de m'attendre sur l'esplanade devant l'église, juste de l'autre côté, en face des gracieuses colonnades de l'hôpital des enfants trouvés. Juste au moment où les cloches commençaient à appeler les fidèles, je franchis le seuil du narthex, passai devant les moines et les fidèles entrant dans le sanctuaire, et me dirigeai vers notre petite chapelle.

La pièce était vide, ce qui me déçut et me soulagea à la fois. Aucun prêtre ne m'attendait ; les chandeliers n'étaient pas allumés, l'air était vierge de tout encens. Je n'avais rien prévu ; nul n'était prévenu de ma venue, sinon Zalumma et le cocher. Ne sachant que faire, je m'approchai de l'autel et m'agenouillai pour réciter le rosaire. Quand, enfin, j'entendis des pas rapides, je me retournai.

Le diable se tenait devant moi, souriant, dans son déguisement de moine. Sa capuche lui couvrait la tête ; ses mains tenaient une étoffe noire pliée.

— Mona Lisa, dit-il. Voulez-vous venir avec moi ?

Il essayait de jouer son rôle, d'être poli et circonspect, mais il ne parvenait pas à masquer complètement la ruse dans sa voix et ses yeux.

Je me levai sans répondre. Quand j'approchai de lui, il me tendit l'étoffe noire ; en la dépliant, je reconnus une cape.

— C'est stupide, dis-je plus à mon intention qu'à la sienne.

— Pas du tout, répondit-il en déployant la cape à mon intention, sans quitter la porte de la chapelle des yeux. Vous comprendrez bientôt.

Je le laissai l'arranger sur mes épaules, relever le capuchon et le rabattre de manière à cacher ma coiffe et mon voile, dissimulant mon visage. Le coton noir retombait jusqu'au sol, cachant également mes jupes.

— Venez, dit-il.

Il me conduisit à l'extérieur, jusque dans la rue, à bonne distance de l'endroit où mon carrosse attendait ; la place était animée, pleine de gens, d'enfants et de vendeurs, si bien que personne ne remarqua les deux moines. Il me mena à un chariot brinquebalant attaché à un piquet, et attelé à une vieille haridelle.

Il me fit signe de monter sur le siège ;

— Laissez-moi vous aider.

— Non.

Ce jeune homme avait été capable de s'introduire dans ma maison comme un voleur. Comment être certaine qu'il n'avait pas l'intention de m'enlever pour m'interroger sur les activités clandestines de mon mari ?

Il leva les mains en signe de bonne volonté.

— Dans ce cas, ne venez pas. Retournez dans votre charmant palais. Fermez les yeux.

Mettant ses paroles à exécution, il avait reculé d'un pas. Si je le voulais, je pouvais regagner la chapelle. Je pouvais traverser la place pour aller retrouver mon cocher.

— Aidez-moi à monter, dis-je.

Il s'exécuta, puis dénoua les rênes et grimpa à côté de moi.

— Dans ce cas, prenons d'abord quelques précautions.

Il prit un linge sur le siège entre nous. D'un geste rapide et adroit, il le secoua pour le déplier, passa les mains à l'intérieur de ma capuche, derrière ma tête, et le noua avant que j'aie pu comprendre ce qu'il faisait.

Je ne voyais plus rien. Prise de panique, je levai les mains.

Il claqua de la langue comme pour calmer un animal.

— Chut. Vous ne craignez rien. C'est pour votre sécurité, pas la mienne.

Je frissonnai en sentant quelque chose de doux effleurer ma joue, puis me recroquevillai de nouveau en sentant qu'on l'enfonçait dans mes oreilles. Tous les sons étaient étouffés – le bruit de la foule sur la place devint un brouhaha inintelligible – mais j'entendis malgré tout le diable parler.

— Tout va bien. Nous y serons bientôt...

Le chariot s'ébranla ; je vacillai et me retins au bord du siège pour garder mon équilibre. Nous progressâmes pendant quelques minutes. Je m'efforçais de tendre l'oreille pour deviner où nous allions, mais compris pourquoi il m'avait donné rendez-vous à midi. Toutes les cloches avaient déjà retenti, chacune avec son timbre particulier, si bien qu'il m'était impossible de savoir dans quel quartier de la ville nous nous trouvions.

Le chariot s'arrêta enfin. La voix du jeune diable m'intima de tourner à droite. Je perçus un mouvement, des mains me vinrent en aide ; je pus ainsi descendre du chariot sans rien voir. Il me saisit le coude et m'entraîna, presque au pas de course ; je soulevai mes jupes, par peur de trébucher. Malgré le tampon de laine dans mes oreilles, malgré le bandeau sur mes yeux, je sentis le changement quand nous passâmes de l'extérieur ensoleillé à l'intérieur, où l'atmosphère était plus renfermée et fraîche.

Des doigts agrippèrent mon bras et me forcèrent à m'arrêter ; mon guide émit un petit sifflement. Après un silence, j'entendis un autre sifflement, d'un ton plus bas, étouffé. Quelqu'un s'approcha de moi, puis fit demi-tour. Nous le suivîmes, le diable et moi. Nous fîmes quelques pas à vive allure, puis montâmes une volée de marches. On me fit arrêter, puis j'entendis le grondement d'un lourd panneau de bois glissant contre la pierre, comme si on déplaçait un mur. Je sentis une légère brise lorsque la porte s'ouvrit.

On me fit marcher à une allure plus tranquille pendant quelques instants ; le sol était granuleux, comme si le vent y avait déposé du sable. J'étais passée devant suffisamment de *botteghe* d'artistes pour reconnaître les odeurs puissantes de l'huile de lin bouillante et de la chaux vive. On m'incita à m'asseoir sur une chaise à dossier bas. D'un ton suffisant et joyeux, le diable s'adressa à une tierce personne, assez fort pour que je distingue nettement chaque mot.

— Demandez et vous recevrez.

— Apporterez-vous ce que j'ai demandé ?

— Mais oui. A présent, combien de temps ai-je ?

— Donnez-nous une demi-heure, pas davantage, pour plus de sécurité.

La voix masculine était douce.

— Assurez-vous que nous ne dépassons pas le temps.

Au son de la voix, j'ôtai mon bandeau.

Le diable était déjà parti, et ses pas résonnaient dans le couloir. L'homme qui se tenait au-dessus de moi était rasé de près, les cheveux jusqu'aux épaules, légèrement ondulés, avec des reflets bruns et gris, et une raie au milieu. Lui aussi portait l'habit d'un Serviteur de Marie.

Je ne le reconnus pas tout de suite. Sans la barbe, son menton apparaissait bien dessiné, pointu, ses pommettes et sa mâchoire plus anguleuses ; le chaume de quelques jours qui apparaissait dans la lumière diffuse était maintenant presque argenté. Il était encore séduisant ; si ses traits avaient été plus parfaits – ses yeux moins enfoncés, son nez moins proéminent, sa lèvre supérieure moins mince – il aurait été vraiment beau. Léonard sourit devant mon embarras, ce qui accentua les rides au coin de ses yeux gris clair.

J'enlevai la laine de mes oreilles et prononçai son nom, puis me levai. Avec lui me revenaient des souvenirs de mon Julien, de Laurent. Je me souvins avec reconnaissance de sa lettre à Julien, le mettant au courant des intentions du duc de Milan. J'aurais voulu le serrer dans mes bras comme un ami cher, comme un membre de ma famille.

Il semblait animé du même élan. Je remarquai son sourire hésitant, ses bras collés le long de son corps, comme s'il se retenait de se lever pour me prendre dans ses bras, promener ses doigts sur mon visage afin d'en lire les contours. Il m'aimait, et je ne comprenais pas pourquoi.

Derrière lui, une fenêtre était obturée par un morceau de tissu coupé à ses dimensions et pendu à une baguette par des cordes qui permettaient de le lever ou de l'abaisser. Pour l'instant, le tissu était levé, révélant une épaisse couche de papier huilé – suffisamment opaque pour obturer la vue, assez translucide pour laisser passer une lumière jaune, tamisée.

— Asseyez-vous, s'il vous plaît, dit-il en désignant un tabouret. Me permettez-vous… ?

Quand j'acquiesçai, il l'approcha et s'assit en face de moi.

Derrière lui, un chevalet portait un grand cadre de bois. En me penchant en avant, j'aperçus une feuille de papier couleur crème repliée sur la partie supérieure du cadre et coincée contre le chevalet pour qu'elle tienne en place. A la gauche du chevalet, une lampe brûlait sur une petite table, portant des morceaux de fusain éparpillés ainsi qu'un petit tas de duvet de poulet. Par terre, à côté, se trouvaient un panier d'œufs, une bouteille d'huile fermée par un bouchon et quelques chiffons maculés.

— Madonna Lisa, dit-il avec chaleur.

Le noir sévère de la robe accentuait les creux de ses joues.

— Cela fait longtemps.

Brusquement, une étrange réserve s'empara de lui. Son sourire s'effaça ; sa voix devint plus solennelle.

— Pardonnez, je vous en prie, cette volonté de secret. Il vous protège autant que nous. J'espère que Salai ne vous a pas fait peur.

Salai : « petit diable ». Le parfait surnom. Je me mis à rire.

— Non. Pas vraiment.

Il parut soulagé.

— Son nom est Gian Giacomo, mais cela ne lui va pas. Ce garçon est incorrigible. C'était un gamin des rues quand il est arrivé chez moi ; au cours des dernières années, je me suis efforcé de lui donner une éducation. Il a appris les rudiments de la lecture, et fait un apprenti convenable pour un artiste. Je désespère parfois de pouvoir lui inculquer un jour des manières plus civilisées. Mais il est d'une loyauté à toute épreuve, et par là même, très utile.

Sa voix devint plus chaleureuse.

— Vous avez l'air d'aller bien, Madonna. La maternité vous sied. Salai dit que vous avez un garçon magnifique.

— Matteo, oui, dis-je avec un sourire.

— Un beau nom. Se porte-t-il bien ?

— Très bien !

Je ne parvins pas à contenir mon enthousiasme.

— Il mange tout le temps et n'est jamais rassasié. Et il est sans arrêt en mouvement, sauf quand il dort…

— Vous ressemble-t-il ?

— Je crois. Pour le moment, ses yeux sont bleus comme des agates, mais ils risquent de foncer bientôt, j'en suis certaine. Et il a tellement de cheveux, si doux, avec des petites boucles – je les tourne tous ensemble au sommet de son crâne pour former un gros rouleau…

Je m'arrêtai, brusquement consciente de ce que je disais. Les yeux de Francesco étaient d'un bleu glacier, ses cheveux raides. Pour peu, j'aurais reconnu que mon fils ressemblait à son père – avec des cheveux bouclés, et des iris qui tourneraient au noir. J'avais failli décrire l'adorable fossette dans sa joue – la fossette de Julien.

Je me repris.

— Il semble que vous en sachiez beaucoup sur mon mari et

moi, dis-je. Etes-vous de retour à Florence ? Je croyais que vous viviez à la cour de Ludovic à Milan.

Son visage était indéchiffrable.

— C'est exact. Mais je suis venu à Florence pour quelque temps, en villégiature.

— Et vous m'avez fait conduire ici dans le plus grand secret parce que… ?

Il ne répondit pas, car Salai s'approchait avec un plateau chargé de vin, de fromages et de noix. Léonard se leva, le lui prit des mains, et renvoya son assistant ; il voulut poser le plateau sur une longue table étroite qui occupait presque toute la longueur du mur derrière nous, mais dut d'abord y faire de la place.

Je me retournai avec l'intention de lui proposer de l'aider mais, fascinée par le spectacle, je me levai et m'approchai pour regarder. Sur la table, il y avait des niveaux, et des morceaux de bois avec de longues extrémités pointues ; des peaux de petit-gris en tas, avec des trous à l'endroit où les poils avaient été laborieusement arrachés, un par un, et soigneusement rangés à côté d'une paire de ciseaux. On voyait aussi des tas de plumes – les plus grandes et les plus foncées provenant de vautours, les plus claires d'oies, les plus petites et les plus délicates de colombes – et de soies de porc drues, translucides. A l'extrémité se trouvait un seau en bois maculé de chaux et couvert par un tissu ; le sol en dessous était éclaboussé de plâtre. A côté, soigneusement disposées par rangées, des boulettes de couleur – blanc, noir, jaune foncé, rose soutenu – séchaient sur un drap, à côté d'un grand pilon et d'un mortier contenant quelques petits morceaux de malachite brillante. Il y avait aussi une grande plaque de pierre rouge supportant un tas de poudre d'un jaune-brun sombre, une pierre à moudre de la taille de la paume, et une mince spatule de bois au bord coupant. De nombreux pinceaux étaient à divers stades de fabrication : une plume de vautour avait été épilée, le bout coupé. Des soies de porc avaient été insérées dans l'ouverture, et maintenues solidement en place par un fil ciré. On voyait aussi quantité de baguettes de bois très fines, en forme de fuseau ; l'une d'elles avait été insérée dans une plume d'oie pour la consolider, afin qu'elle puisse supporter la pression de la main.

— C'est un véritable atelier d'artiste, remarquai-je à mi-voix, ravie.

Son plateau posé, Léonard m'observait d'un air amusé, tout en versant du vin dans un gobelet.

— Si l'on veut ; c'est un atelier provisoire. Celui de Milan est beaucoup plus beau. Allez-y, touchez ce que bon vous semble. Je vous en prie.

Je retins mon souffle. Je pris un pinceau qui n'avait pas encore de manche, fait d'une plume rayée de colombe ; l'artiste avait inséré, un par un, des poils blancs de petit-gris dans la plume coupée, et taillé le pinceau jusqu'à lui donner une pointe infiniment fine. Je souris en touchant l'extrémité soyeuse de cet outil destiné à peindre les plus petits détails : un cheveu, un cil.

Je le reposai et désignai les boulettes séchées. Les couleurs étaient étonnamment uniformes.

— Comment les obtient-on ? Et comment s'en sert-on ?

Il reposa un gobelet, remplit l'autre ; mes questions semblaient le combler d'aise.

— Vous voyez l'ocre là-bas, sur le porphyre ?

Il désigna la poudre sur la pierre rouge.

— La meilleure ocre vient des montagnes. J'ai trouvé celle-ci dans les forêts proches de Milan. Là-bas, en creusant, on peut découvrir des veines de blanc, d'ocre et de cinabre de toutes les nuances allant du noir à un brun rouge. Le minerai est lavé de nombreuses fois, puis pilé jusqu'à être parfaitement pur et d'une couleur affirmée. Ensuite on le travaille avec de l'huile de lin, ou de l'eau, selon ce que l'on préfère, et on le fait sécher. Ce noir particulier que vous voyez ici ne vient pas du cinabre, mais de coquilles d'amandes brûlées, ce qui donne une très belle couleur prête à travailler.

— Et ceci ? Est-ce du cinabre ? dis-je en désignant une boulette rose.

— Le *cinabrese* ? C'est un mélange de chaux blanche et du cinabre le plus pâle, qui sert à peindre la chair. Quand je suis prêt à travailler, j'en écrase un grain avec de l'huile de lin pour obtenir la quantité dont j'ai besoin.

Il s'arrêta et me jeta un regard curieux, presque timide.

— Je sais que nous avons de nombreux sujets de discussion, Madonna. Mais j'avais espéré...

Il me tendit un gobelet de vin. Trop nerveuse pour en avoir vraiment envie, je l'acceptai par courtoisie, en bus une gorgée pour qu'il se sente libre de boire également. Il en prit une gorgée pour la forme et reposa son gobelet.

— J'avais espéré que nous pourrions nous détendre un peu avant d'aborder des sujets plus difficiles. J'avais aussi espéré que vous consentiriez à poser pour moi aujourd'hui, même peu de temps.

— Poser pour vous ?

— Pour votre portrait.

Incrédule, je me mis à rire.

— A quoi cela servirait-il ? dis-je d'un ton de défi. Laurent est mort. Et Julien...

Il m'interrompit.

— J'aimerais terminer l'œuvre.

— Ce n'est pas par obligation envers des défunts.

Il ne répondit pas tout de suite. Il tourna son visage vers la fenêtre aveugle ; la lumière dorée baigna ses traits et sa chevelure. Ses yeux étaient clairs comme du verre, presque incolores, remplis de lumière.

— J'ai vu votre mère, dit-il.

Il parla si doucement que je ne fus pas certaine d'avoir bien entendu. Je relevai brusquement la tête.

— Que voulez-vous dire ? Vous connaissiez ma mère ?

— Je la connaissais. Elle et votre... son mari, sieur Antonio, étaient souvent invités au palais Médicis, en ce temps-là. Avant qu'elle tombe malade. Je n'ai jamais été présenté à sieur Antonio – très timide, il restait souvent à l'extérieur, dans le jardin, ou à parler avec les palefreniers. A deux reprises, lors de banquets, je me suis trouvé assis auprès de votre mère. Et je parlais souvent avec elle au cours des fêtes de carnaval. Comme vous, elle avait un œil exercé en matière d'art. Elle l'appréciait, le comprenait.

— Oui, chuchotai-je. Ainsi, elle a souvent fréquenté le palais Médicis ?

Il inclina lentement la tête en signe d'affirmation.

— Laurent la considérait comme une amie. Il lui montrait sa collection, respectait beaucoup son opinion. Sa famille avait toujours été proche des Tornabuoni – la famille de la mère de Laurent –, c'est ainsi qu'ils ont fait connaissance. Et c'est par Laurent qu'elle a rencontré Julien.

— Etait-elle… les gens savaient-ils qu'elle avait une liaison avec lui ?

Il baissa les yeux.

— Non, Madonna. Votre mère était une femme de grande vertu. Honnêtement, je ne crois pas qu'elle et Julien…

Il s'interrompit ; à ma surprise, le rouge lui monta aux joues.

— Vous ne pensiez pas qu'ils étaient… ensemble… jusqu'à ce que… ?

J'insistai. Je ne voulais pas le mettre mal à l'aise, mais j'avais attendu des années pour connaître la vérité sur ma mère.

Il leva les yeux, mais évita mon regard.

— La nuit précédant le meurtre de Julien, je l'ai vue sur la Via de Gori, juste devant le palais Médicis. Elle allait le voir ; elle était radieuse, au comble du bonheur. La lumière était très douce. Il faisait sombre, et elle a émergé de l'obscurité. Je…

Sa voix faiblit ; il avait du mal à raconter ce qu'il avait vu exactement, tant cette vision était terrible et fugace à la fois.

— Il n'y avait aucune ligne précise, aucune délimitation entre sa peau et l'air ambiant. Elle a émergé de l'obscurité, sans toutefois s'en distinguer vraiment, pas plus que du ciel ou de la rue, ou des bâtiments. On aurait dit… qu'elle était hors du temps. C'était un instant extraordinaire. Ce n'était plus une femme, c'était une madone, un ange. La lumière était… remarquable.

Il s'interrompit ; sa voix redescendit d'un ton.

— Pardonnez-moi de me lancer dans de tels délires.

— Ce ne sont pas des délires. On dirait de la poésie.

— Vous savez à quel point elle était belle.

— Oui.

— Imaginez-la cent fois plus belle. Imaginez-la éclairée de l'intérieur. Je voulais absolument la peindre, mais… Julien a été tué, bien sûr. Ensuite, Anna Lucrezia est tombée malade.

— Elle n'était pas malade, dis-je. Son mari ne pouvait pas procréer. Il l'a frappée quand il a appris qu'elle était enceinte.

Cela semblait étrange de parler de mon père d'une façon aussi distante, aussi froide, alors que tous ses péchés ne m'empêchaient pas de l'aimer.

Le regard de Léonard vacilla sous le coup de la colère et de la douleur, comme s'il avait été frappé lui-même.

— Ainsi, il l'a toujours su.

— Il l'a toujours su.

Il mit un long moment à se reprendre.

— J'en suis désolé. Cette nuit-là, j'avais décidé de peindre votre mère. Je voulais saisir cet instant magique, la montrer ainsi, pleine de joie. Comblée. Comme elle était alors, allant retrouver Julien, et non comme elle est devenue par la suite. Elle irradiait – comme vous, Madonna Lisa. Je la retrouve quand je vous vois. Et si je pouvais reproduire cette lumière...

Il s'interrompit.

— Je sais que ce n'est pas le meilleur moment pour vous faire poser, mais j'ai appris à me satisfaire des caprices du destin. Elle était avec Julien cette nuit-là ; elle était heureuse. Le lendemain, il n'était plus là. Qui sait où nous serons demain ?

Il aurait pu continuer à plaider sa cause, mais je plaçai une main sur son bras pour le faire taire.

— Où voulez-vous que je pose ? demandai-je.

Il me montra d'abord l'esquisse au fusain sur le chevalet, le *cartone*, ou croquis, comme il l'appelait. Il l'avait faite à partir du dessin exécuté dans le jardin à Santo Spirito, le lendemain des funérailles de Laurent. Je ne regardais plus l'artiste par-dessus mon épaule à peine ébauchée, comme cela avait été le cas dans le dessin à la pointe d'argent ; à présent, je posais de face, les épaules et le corps légèrement tournés, les cheveux dénoués comme ceux d'une jeune fille. J'arborais un décolleté susceptible de m'attirer les foudres des chérubins de Savonarole. Le croquis montrait mes mains, et suffisamment de mon corps pour que l'on comprenne que j'étais assise.

Tandis que nous examinions le dessin sur le chevalet, il me regarda, murmura quelque chose et prit aussitôt une plume de poulet sur la petite table, dont il effleura le papier. Le bout de la plume noircit en effaçant le fusain.

— Asseyez-vous, dit-il, absorbé. Le menton. Je dois le rectifier.

J'allai m'asseoir. La plume toujours à la main, il me suivit et, avec un soin méticuleux, corrigea ma pose : menton parfaitement droit, ni levé, ni baissé, tête formant un angle très précis avec mon corps. Il ne se soucia pas à cet instant de la position de mes mains. Au lieu de cela, il me donna un gobelet plein de vin, et insista pour que j'en boive un peu avant de commencer.

Je posai sans rien dire tandis qu'il finissait de rectifier ce qui ne lui convenait pas ; puis il prit le fusain attaché à son bâtonnet de bois et, d'un grand geste habile, redessina le menton. Après cela, il me regarda fixement. Compara mon nez avec celui du croquis, mon œil droit, le gauche, puis chaque sourcil. Commençant à m'impatienter, je laissai mon regard vagabonder : sur le mur proche du chevalet, je remarquai un petit panneau de bois qui séchait, après avoir été enduit de plâtre. A côté se trouvait un morceau de bois au bord affiné qui avait certainement servi à lisser la surface du panneau.

— Est-ce de cela que vous vous servirez… pour la peinture ? demandai-je.

Il fronça les sourcils, visiblement contrarié d'être ainsi interrompu.

— Oui. Dans quelques jours, quand il sera sec.

— La surface est en plâtre ?

— Une sorte de plâtre, dit-il. Un très bon *gesso sottile*, du plâtre de Paris, que j'arrange à ma manière. Je pars d'un panneau de peuplier blanc. Ensuite on colle une bonne toile dessus, pour servir de base au gesso. Puis on le lisse, comme de l'ivoire. Quand il sera sec, je transférerai ce dessin dessus.

— Vous le copierez ?

— Je suis beaucoup trop paresseux pour cela. Je troue le *cartone*, je l'attache au panneau couvert de *gesso*, et je saupoudre de la poudre de fusain dessus. Cela va très vite ainsi. Ensuite nous commencerons la peinture. Lors de notre prochaine rencontre, si le destin nous l'accorde.

Il poussa un léger soupir.

— Buvez encore un peu de vin, Madonna.

— Vous voulez m'enivrer, dis-je.

Je plaisantais, mais quand je croisai son regard, il ne sourit pas.

— Nous avons assez de sujets délicats à aborder, n'êtes-vous pas d'accord ?

En guise de réponse, je bus une grande gorgée de vin. C'était une boisson ordinaire, légèrement âcre.

— Pourquoi ne les abordons-nous pas ? Je suis fatiguée de paraître toujours satisfaite et angélique.

Je levai les yeux vers lui.

— Vous ne m'avez pas fait venir ici simplement pour peindre mon portrait et évoquer les jours heureux.

Sa voix devint plus grave.

— Très bien. Dites-moi la vérité, Madonna. Je... vous ai vue avec Francesco del Giocondo...

Je l'interrompis.

— Quand ?

— Au baptême de votre enfant.

Tout devenait plus clair. Il m'observait tandis que Salai s'arrangeait pour me transmettre la note.

Il continua.

— L'aimez-vous ?

Sa voix me parut amère. Mes joues étaient brûlantes ; je baissai les yeux vers le sol de pierre.

Il laissa échapper un soupir discret, puis s'adoucit.

— Dites-moi si je me trompe : les relations entre vous sont tendues... du moins de votre fait ?

Je relevai le visage.

— Comment le savez-vous ?

Ma réponse sembla lui plaire.

— Par simple observation. Il est très difficile de dissimuler complètement ses émotions. Je n'ai pas remarqué grande affection dans vos gestes. Ce n'est pas la première fois que je devine un tel... manque de tendresse entre mari et femme.

— Je...

Brusquement, la honte me saisit. Je me remémorai ces jours

terribles où je m'étais sacrifiée à Francesco pour le salut de Matteo, où je l'avais laissé me traiter de prostituée.

— Mon père avait été arrêté. Francesco m'a proposé de le sauver, à condition...

J'étais incapable de continuer. Il inclina la tête pour me dire que cela lui suffisait.

— Je dois vous demander si vous êtes toujours fidèle à Julien. Aux Médicis.

Je compris soudain. Il ne pouvait pas savoir que j'avais été forcée d'épouser Francesco ; il ne pouvait pas savoir si je connaissais les manœuvres politiques de mon mari, ni si je les approuvais.

— Je ne trahirai jamais Julien ! Je l'aimais...

Je mis ma main contre ma joue.

Il restait immobile devant le chevalet, le morceau de fusain suspendu au-dessus du dessin.

— Ne l'aimez-vous pas encore ?

— Si, dis-je.

Les larmes envahirent mes yeux, ruisselèrent sur mon visage ; je ne cherchai pas à les arrêter.

— Oui, bien sûr. Quand il est mort, j'aurais voulu mourir aussi. Je l'aurais fait de ma propre main si je n'avais pas porté son enfant...

Je fus prise de panique en comprenant que, malgré moi, j'avais admis les faits.

— Vous ne devez le dire à personne... même pas à Salai ! Si Francesco l'apprenait, il me l'enlèverait.

— Julien... mort.

Très lentement, et sans le regarder, il reposa le fusain sur la petite table.

— Rares sont les gens qui le savent. La plupart le croient toujours en vie.

— Non. Francesco me l'a dit. Son corps a été retrouvé dans l'Arno... Les frères prieurs l'ont enterré en secret à l'extérieur des murs de la ville. Ils avaient peur, après ce qui était arrivé à messire Iacopo.

Il lui fallut quelques instants pour accepter la nouvelle.

— Je vois. Cela explique beaucoup de choses.

Il resta silencieux un long moment ; mal à l'aise, je

m'efforçai de retrouver mon sang-froid, et d'effacer de mon visage tout le chagrin que je m'étais laissée aller à exprimer.

— Ainsi, vous restez fidèle aux Médicis, dit-il enfin. Et vous ne refuseriez pas d'aider Piero à reprendre Florence ? Et vous savez tenir votre langue ?

— Je réponds oui aux deux questions. Je ferais tout... à condition que cela ne cause pas le moindre tort à mon fils Matteo.

J'effaçai mes larmes, et levai les yeux vers lui. Son regard était inquiet, mais la barrière entre nous commençait à disparaître.

Je me rendis compte qu'il ne savait rien. Il ignorait que *moi*, je savais que Julien était mort. Peut-être m'avait-il crue capable de le trahir, d'épouser Francesco tout en sachant que mon premier mari pouvait être encore en vie. Cela ne l'avait pas empêché de se montrer cordial ; il m'avait même demandé de poser.

— Vous pouvez me croire quand je dis que je comprends votre préoccupation par rapport à votre enfant. Je ne vous demanderai jamais de faire quelque chose qui le mettrait en danger.

Il se tut un instant.

— J'ai été surpris de recevoir votre lettre, dit-il, visiblement ému par mes pleurs. J'avais... de bonnes raisons de penser que vous aviez péri la nuit où les frères Médicis ont fui Florence. Mais je ne connaissais pas votre écriture. Aussi n'ai-je pas répondu. Plus tard, j'ai appris que vous aviez épousé Francesco del Giocondo...

— J'ai lu la lettre que Salai a laissée tomber, dis-je en l'interrompant. Celle envoyée à mon mari. Je... j'ignorais jusqu'à cette nuit-là qu'il avait partie liée avec Savonarole. Je ne sais même pas qui lui a envoyé la lettre.

Je le regardai attentivement. Il m'observait toujours avec intensité ; il voulait me croire, mais quelque chose le retenait.

— C'est vrai, dit-il à part lui. Quand vous avez vu Salai au baptême, vous auriez pu dire à votre mari qu'il avait lu la lettre dans son bureau. Mais il semble que vous ne l'ayez pas fait.

— Evidemment. Que voulez-vous que je fasse ? Vous m'avez fait amener ici pour une raison précise.

— Piero de Médicis souhaite vous parler, dit-il.

Je le regardai bouche bée.

— Piero ? Piero est ici ?

— Il a l'intention de reprendre la ville. Il a besoin de votre aide. Peut-il compter sur vous ?

— Bien sûr.

Il s'éloigna du chevalet et s'approcha de moi.

— Bien. Allez au Dôme dans trois jours, à midi précisément. Vous vous retrouverez dans la sacristie située au nord. Vous demanderez Gian Giacomo.

— Pourquoi Piero ne s'est-il pas contenté de vous demander de me transmettre son message ? Pourquoi prend-il le risque d'une rencontre avec moi ?

— Je me contente de jouer les agents, Madonna. Je ne suis pas certain de toujours le comprendre.

Se levant, il appela Salai, puis me signifia mon départ en me saluant. Salai renoua le bandeau sur mes yeux, et je fus ramenée à Santissima Annunziata comme j'étais venue.

Zalumma m'attendait dans mes appartements. Je n'essayai même pas de cacher mon embarras ; ma rencontre avec Léonard ne pouvait pas plus échapper à son odorat qu'une liqueur de roses. Mais j'avais décidé de ne lui donner aucun détail, ce qui était préférable pour sa sécurité. Avant que je puisse prononcer le moindre mot, elle dit, très doucement pour que personne dans le hall ne puisse l'entendre :

— Je sais que tu es allée retrouver quelqu'un, et que cela a un rapport avec la lettre que l'intrus a lue. Ce n'est pas mon rôle de poser des questions, mais je suis là. Si je peux t'aider en quoi que ce soit, je le ferai. Tu peux me mettre au courant si tu le souhaites.

Je lui pris les mains et l'embrassai comme si elle avait été ma sœur, et non mon esclave. Mais je préférais ne rien lui dire à propos de Léonard ou de Piero ; ces noms pouvaient lui coûter la vie.

Comme ils pouvaient me coûter la mienne. Dans la chambre d'enfants, je passai un long moment assise avec Matteo dans les bras : je caressai la peau tendre et fragile de son crâne, ses cheveux incroyablement fins. J'embrassai sa joue si douce et respirai son odeur de lait et de savon.

Trois jours passèrent rapidement.

Claudio parut s'étonner quand je lui demandai de me conduire au Dôme. Je voulus lui faire croire à une lubie, soulignant que je ne m'y étais pas rendue depuis des années.

Juste avant l'heure de midi, tandis que les cloches sonnaient à tout rompre, je passai sous l'imposante coupole pour m'agenouiller près du grand autel en bois sombre sculpté et souligné d'or.

J'ânonnai les prières en même temps que les autres fidèles, bafouillant parfois pour trouver les mots que je connaissais depuis l'enfance ; je m'agenouillai, me levai, fis le signe de croix aux moments opportuns. L'assistance était clairsemée, la plupart des fidèles préférant maintenant San Marco et son célèbre prieur, ou San Lorenzo, où il prêchait souvent.

Dès l'instant où le rituel s'acheva, je me levai et me dirigeai rapidement vers l'extrémité nord de la cathédrale, où se trouvait la principale sacristie – l'endroit où le jeune Laurent avait trouvé refuge le matin du meurtre de son frère. Les immenses portes de bronze sculpté étaient si lourdes que, lorsque je voulus les ouvrir, elles bougèrent à peine.

A l'instant où je faisais ma seconde tentative, j'entendis des pas derrière moi et je me retournai. Deux prêtres – l'un jeune, l'autre avec des cheveux gris et l'air fatigué – approchèrent de la sacristie, portant le calice d'or et la carafe de cristal contenant l'eau pour le vin.

— Voyons un peu, dit le plus âgé. Cherchez-vous le conseil d'un prêtre, Madonna ?

Sa voix était hésitante ; il était insolite pour une femme de s'aventurer ainsi près de la sacristie mais, comme j'étais visiblement de bonne famille, il se montra poli.

Je dus m'éclaircir la gorge pour réussir à parler.

— Gian Giacomo m'a demandé de venir ici.

— Qui ?

Il fronça les sourcils, l'air soupçonneux.

— Gian Giacomo, répétai-je. Il a dit que vous comprendriez.

Il secoua la tête, échangea un regard gêné avec son compagnon.

— Je suis désolé, Madonna. Je ne comprends pas. Pourquoi vous enverrait-on ici ?

— Gian Giacomo, dis-je, plus fort. Peut-être y a-t-il un autre prêtre qui puisse m'aider ?

Tous deux fronçaient les sourcils, à présent.

— Nous ne connaissons personne de ce nom, dit le prêtre plus âgé d'un ton ferme. Je suis désolé, Madonna, mais nous avons à faire.

De sa main libre, il poussa la lourde porte pour laisser passer son compagnon, puis entra, la laissant se refermer devant moi.

Je fis les cent pas pendant un moment, espérant qu'un autre prêtre viendrait. Le message n'avait-il pas été transmis ? Piero avait-il été capturé ? Léonard n'avait certainement aucune raison de m'attirer dans un piège...

Sortant de la sacristie, les deux prêtres constatèrent que j'étais toujours là.

— Rentrez chez vous, ordonna le plus jeune, exaspéré. Rentrez chez votre mari !

— Cela est très inconvenant, Madonna, dit le plus âge. Pourquoi êtes-vous venue ici demander un homme ? Où est la personne qui vous accompagne ?

Je compris alors qu'ils avaient pu croire que Gian Giacomo était le nom de mon amant, que je venais retrouver ici. Sous le règne de Savonarole, une accusation d'adultère serait aussi périlleuse que ma véritable mission ; je leur demandai de m'excuser, puis me hâtai de sortir de l'église.

Je fis la route du retour à la fois énervée et en colère. Léonard s'était moqué de moi. Je ne comprenais pas pourquoi.

56

Rentrée à la maison, je montai tout de suite dans la chambre d'enfants, où je m'installai dans un fauteuil avec Matteo dans les bras. Dans l'état de colère où j'étais, je ne voulais pas voir Zalumma, sentir son regard inquisiteur : j'aurais été capable de parler. Je demandai à la nourrice de nous laisser et berçai mon fils. Quand Matteo tendit la main et tira une boucle de mes cheveux au point de me faire mal, je m'autorisai à verser quelques larmes.

Jamais encore je ne m'étais avoué à quel point je désirais honorer la mémoire de Julien. Depuis sa mort, j'avais été contrainte de ne plus mentionner son nom, de me conduire comme si notre mariage n'avait pas existé. Et maintenant, mes espoirs avaient tourné court.

J'étais seule avec mon fils depuis presque une heure quand Zalumma apparut à la porte.

— Je me suis dit que tu avais peut-être faim, commenta-t-elle à voix basse.

Je secouai la tête. Elle fit demi-tour, puis s'arrêta et regarda par la porte pour s'assurer qu'il n'y avait personne dans le couloir.

— Quelqu'un a laissé une lettre, se hâta-t-elle d'ajouter. Sur la table, près de votre lit. Elena ou Isabella risquent de la voir.

Je lui tendis Matteo sans dire un mot, allai jusqu'à ma chambre et refermai la porte derrière moi.

Le papier était d'un blanc immaculé, avec des bords bien nets et, comme je le supposai avant de le déplier, vierge de toute écriture.

La matinée ayant été froide, un reste de feu brûlait dans

l'âtre. J'approchai le feuillet des flammes et m'accroupis de façon à pouvoir lire les lettres marron pâle au fur et à mesure qu'elles apparaissaient : « Pardonnez-moi. Dieu vous expliquera demain, quand vous irez prier à midi. »

Je jetai le papier dans le feu et le regardai flamber.

Je ne dis rien à Zalumma. Le lendemain, à l'heure de midi, je me rendis à la chapelle de Santissima Annunziata pour prier.

Cette fois, quand le pseudo-moine nommé Salai s'approcha de moi, je le regardai bien en face. Dans le chariot, il noua le bandeau sur mes yeux et murmura :

— Cette fois, c'est seulement pour votre protection, Mona.

Je restai silencieuse. Quand, le bandeau enlevé, je me retrouvai face à Léonard, je n'eus pas un sourire.

Sa voix, ses manières, tout en lui me parut compatissant.

— Je suis navré, Madonna Lisa, dit-il.

Grand et maigre dans sa robe trop large, il se tenait devant la fenêtre occultée par du papier. Il était fraîchement rasé, et sa pommette saillante portait l'entaille rouge du rasoir. Le chevalet était vide ; le cadre en bois avec le dessin reposait maintenant sur la longue table, couvert d'une couche de suie noire.

— Ce fut une plaisanterie cruelle, mais notre situation est extraordinairement dangereuse.

— Vous m'avez menti. Piero n'était pas au Dôme, lui dis-je bien en face, avec colère.

— Non. Non, il n'y était pas.

Il s'approcha de moi ; dans ses yeux pâles, je lus une réelle sympathie.

— Croyez-moi, je n'ai pris aucun plaisir à me monter aussi odieux. Mais je devais vous éprouver.

— Pourquoi ? Pourquoi ne me feriez-vous pas confiance ?

— Parce que vous êtes mariée à un ennemi juré des Médicis. Et, bien que je vous connaisse depuis longtemps, je ne sais pas vraiment qui vous êtes. Sans compter que je ne peux pas me fier à mon propre jugement vous concernant. Je ne peux pas être entièrement objectif.

Je laissai échapper une exclamation de dégoût.

— Je vous en prie ! N'espérez pas me tromper en prétendant que vous éprouvez des sentiments pour moi. Je sais que vous ne pourrez jamais m'aimer... de cette façon. Je sais de quoi vous avez été accusé. Je suis au courant de vos relations avec Salai.

Ses yeux s'agrandirent, puis se rétrécirent à nouveau, étincelants de fureur.

— Vous savez...

Il se reprit ; je vis ses poings se serrer, puis se détendre lentement.

— Vous parlez de Saltarelli.

Sa gorge était nouée.

— De qui ?

— Iacopo Saltarelli. A vingt-quatre ans, je fus accusé de sodomie – un mot simple que vous semblez pourtant avoir du mal à prononcer. Puisque vous vous intéressez tellement aux faits, laissez-moi vous les donner. Je fus arrêté par les « officiers de la nuit » et conduit au Bargello, où j'appris que j'avais été l'objet d'une *denuncia* anonyme. On prétendait qu'avec deux autres hommes – Bartolomeo de Pasquino, un orfèvre, et Lionardo de Tornabucci – nous avions eu des relations sexuelles de diverses natures avec Iacopo Saltarelli. Saltarelli avait tout juste dix-sept ans. Sa conduite était sans aucun doute licencieuse, et méritait probablement ces accusations – mais il travaillait comme apprenti chez son frère, un orfèvre particulièrement célèbre de la Via Vacchereccia. Pasquino possédait également une *bottega* dans la même rue, et je fréquentais les deux établissements car ils faisaient souvent appel à moi comme peintre. Je suis certain que vous avez déjà entendu mentionner le cas de propriétaires de commerce en difficulté se débarrassant de leurs rivaux par une *denuncia* habilement tournée ?

— J'ai entendu dire que cela se pratique, dis-je peu aimablement.

— Selon les commerçants de la rue, ma *denuncia* fut rédigée par un certain Paolo Sogliano. Il se trouve être à la fois le peintre et l'assistant d'un orfèvre de la Via Vacchereccia nommé Antonio del Pollaiolo. Les chefs d'accusation furent abandonnés par manque de preuves, bien que tous les témoins possibles aient été interrogés. Et quelques années plus tard, Sogliano était libre.

— Cela n'était donc pas vrai.

Je gardai les yeux fixés sur mes mains.

— Cela n'était pas vrai. Je vous demande de réfléchir à ce que vous auriez ressenti à ma place. Ce que vous auriez ressenti si on vous avait tirée de votre lit en pleine nuit pour vous conduire en prison afin de vous interroger. Ce que vous auriez ressenti au moment de devoir le dire à votre père. Ce que vous auriez ressenti, obligée d'user de vos relations avec Laurent de Médicis – pour l'appeler au secours – de façon à pouvoir être libéré et rentrer dormir dans votre propre lit plutôt qu'en prison. Dante dit que les sodomites sont condamnés à errer pour l'éternité dans un désert brûlant. Je vous l'assure, aucun désert n'est pire qu'une cellule au Bargello.

Sa colère était retombée ; ses paroles devinrent hésitantes, timides.

— Cela ne veut pas dire que je ne suis jamais tombé amoureux d'un homme. Pas plus que je ne suis jamais tombé amoureux d'une femme.

Je continuais à regarder mes mains. Je pensais à ce que cela avait pu signifier pour un jeune homme d'avouer à son père qu'il avait été arrêté pour un tel délit. Je songeai à la fureur de son père, et rougis.

— Quant à Salai…

L'indignation s'empara à nouveau de lui ; sa voix devint cinglante.

— C'est un *jeune garçon*, comme vous l'avez peut-être remarqué. C'est vrai, il a votre âge, bien qu'il puisse tout aussi bien avoir dix ans de moins que vous ; vous pouvez vous rendre compte par vous-même qu'il a la maturité d'un enfant. Il n'a pas encore l'âge de savoir ce qu'il veut. Je suis un adulte, et j'en ai la garde. Insinuer qu'il y a quelque chose de plus dans notre relation est honteux – sans compter que cela m'irrite grandement.

— Je vous demande pardon pour mes paroles terribles, dis-je quand je pus enfin m'exprimer. Je sais ce qu'est le

Bargello. On m'y a conduite la nuit de la mort de Julien. Mon père y était également. Nous fûmes libérés grâce à Francesco.

Son visage s'adoucit aussitôt.

— Pensiez-vous vraiment que je viendrais avec Francesco ? demandai-je d'une voix apaisée. Pour arrêter Piero ? Pour vous arrêter ?

Il secoua la tête.

— Honnêtement, je ne pensais pas que vous le feriez. Je vous estimais digne de confiance. Comme je vous l'ai dit, je devais mettre mon propre jugement à l'épreuve. J'ai...

Son visage prit une expression douloureuse.

— Ma tendance à céder à mes instincts et à mes sentiments a conduit à une grande tragédie. Je ne veux pas qu'une telle chose se reproduise.

Il s'approcha de moi et me prit les mains.

— Ce que j'ai fait était blessant, mais nécessaire. Je vous en demande pardon de tout mon cœur. M'accorderez-vous ce pardon, Madonna Lisa, et m'accepterez-vous de nouveau comme votre ami ?

Mon *ami*, avait-il dit, mais ses yeux trahissaient un sentiment plus profond. Si je n'étais pas tombée amoureuse de Julien, j'aurais aisément pu donner mon cœur à cet homme ; à présent, la blessure que j'avais subie était trop profonde pour que je puisse même l'envisager. Je dégageai doucement mes mains.

— Vous savez que j'aimais Julien.

Je pensais que ces mots allaient le blesser, effacer la tendresse dans ses yeux.

— Je n'en doute pas, fit-il d'un ton joyeux, en me regardant avec confiance.

— Je vous pardonne, répondis-je avec sincérité. Mais jusqu'à aujourd'hui, je n'avais que mon fils comme sujet de préoccupation. Maintenant, j'ai cela, également. Comprenez-vous ? Ne minimisez pas mon rôle.

— J'y veillerai, dit-il. Vous pouvez nous être d'une grande utilité.

— Piero n'est pas ici, à Florence ?

— Non, Madonna. Et si votre mari le croyait ici, il aurait essayé de le faire tuer.

Je refusai d'envisager cette éventualité.

— Que dois-je faire alors pour être utile ? demandai-je.

— Pour commencer, vous pouvez me dire le contenu de la lettre que Salai lisait quand vous l'avez trouvé dans le bureau de sieur Francesco.

Je le lui dis. Je lui dis que mon mari avait reçu l'ordre de réunir les noms de tous les *bigi*, et d'encourager frère Jérôme à prêcher contre Rome. Salai, apparemment, lisait avec difficulté, et n'avait pas beaucoup de mémoire. Je ferais un bien meilleur informateur.

Il fut convenu que je fouillerais le bureau de Francesco, toutes les nuits si possible ; si je découvrais quelque chose d'important, je le signalerais en plaçant un certain livre de ma bibliothèque sur ma table de chevet. Je ne lui demandai pas pourquoi ; cela me paraissait évident. Isabella, qui avait permis à Salai d'entrer dans le bureau, faisait le ménage dans ma chambre chaque matin, et allumait le feu chaque soir. Je doutais qu'elle comprenne parfaitement ce qu'elle faisait, ou que Salai le lui ait dit ; pour elle, il s'agissait probablement d'un *buonomo* en espionnant un autre.

Le lendemain du jour où j'enverrais le signal au moyen du livre, je devais me rendre ostensiblement à sexte à Santissima Annunziata, pour prier.

J'étais partagée : d'un côté, j'étais triste en raison des souvenirs qu'avaient suscités chez moi l'évocation des Médicis ; de l'autre, j'étais heureuse, soulagée de pouvoir enfin œuvrer au remplacement de Savonarole, à la perte de toute position sociale pour Francesco, et au deuxième avènement de Piero.

— Il y a une autre chose que vous pouvez faire pour être utile, me dit Léonard.

Il me conduisit jusqu'à la grande table couverte avec le matériel de peinture. Le panneau de peuplier enduit de *gesso* était posé à plat dessus, recouvert par le *cartone* au fusain me représentant. Les coins du papier étaient maintenus sur le panneau avec quatre pierres polies ; le dessin tout entier avait été saupoudré de fusain brillant pulvérisé.

— Un peu de magie, dit Léonard. Ne respirez plus.

Il écarta les pierres et, d'un geste précis, prit le papier par les coins opposés et le souleva tout droit au-dessus du panneau. Avec précaution, il s'éloigna de la table, puis laissa la poussière glisser du dessin dans une poubelle par terre ; une fine suie se déposa sur son visage et son vêtement.

Je restai devant le panneau sur la table, retenant ma respiration. Sur la surface lisse couleur ivoire, mes traits apparaissaient, brouillés, gris et fantomatiques, attendant d'être réveillés.

Je ne posai pas plus d'une demi-heure, pour que Claudio ne commence pas à avoir des soupçons. Léonard installa le panneau sur le chevalet. Il voulait que je prenne tout de suite place sur mon tabouret, mais je lui demandai la permission d'examiner les instruments d'abord. La petite table près du chevalet portait maintenant trois brosses minces de fourrure de petit vair – chacune avec des pointes très fines de différentes tailles – posées dans une petite assiette en fer-blanc à moitié remplie d'huile. Sur une palette de bois se trouvaient des boulettes de couleur, certaines partiellement écrasées ; il y avait trois autres assiettes en fer-blanc contenant du noir et deux nuances différentes de brun verdâtre.

— C'est du noir coquille d'amande et du *verdaccio*, dit-il, le noir pour cerner les traits, l'autre pour ajouter les ombres. Le *verdaccio* est un mélange d'ocre brûlée, de *cinabrese*, de blanc de chaux avec une touche de noir, juste assez pour couvrir l'extrémité d'un couteau de peintre.

— Si vous êtes en train de peintre les contours, demandai-je, pourquoi voulez-vous que je pose ?

Il me regarda comme si ma question était stupide.

— Je dois voir comment tombent les ombres. Comment les contours de votre visage ressortent, comment ils s'effacent. Et je dois voir votre visage animé – avec les centaines d'expressions différentes consécutives au cheminement de vos pensées. Autrement, comment pourrais-je le rendre vivant aux yeux du spectateur ?

Je le laissai alors m'installer sur mon tabouret et, avec des gestes délicats et précis, disposer mes mains, ma tête, le haut de mon corps à certains angles. Quand il fut satisfait, il retourna devant son chevalet, fronça les sourcils en le regardant.

— Trop sombre, dit-il. Je ne suis pas partisan d'une lumière trop crue, qui enlève de la douceur, mais nous devons en avoir plus...

Il s'approcha de la fenêtre dont, à l'aide d'une poulie, il souleva la toile. Quand il eut obtenu le niveau de luminosité qui lui convenait, il se demanda à voix haute si je devais laisser retomber mes cheveux, car il n'était pas certain du résultat actuel – mais un regard intransigeant de ma part le fit taire. J'imaginais Claudio me voyant sortir de la chapelle avec les cheveux défaits.

Il finit par prendre son pinceau. Je restai immobile longtemps, attentive au murmure de la fourrure mouillée contre le plâtre sec, veillant à ne pas me gratter le nez, à ne pas bouger. Léonard était tendu, indifférent à tout ce qui n'était pas le travail devant lui. Il regardait mon visage, en détaillant chaque courbe, chaque trait, chaque ombre, mais il ne me voyait pas. Après un moment, je demandai :

— Est-ce pour Piero ? Le lui donnerez-vous ?

Il leva un sourcil, mais ne relâcha pas un instant son attention.

— Je ne sais pas encore à qui je le donnerai. Peut-être ne le donnerai-je à personne.

Je fronçai les sourcils, ce qui suscita aussitôt sa réprobation.

— Non, non... Rien que des sourires maintenant. Pensez seulement à des choses heureuses.

— Quelles choses heureuses ? Je n'en ai aucune dans ma vie.

Il leva ses yeux pâles de son dessin avec un air surpris.

— Vous avez votre fils. N'est-ce pas suffisant ?

— Plus que suffisant, dis-je avec un petit rire gêné.

— Bien. Et n'avez-vous pas aussi le souvenir de Julien ?

J'acquiesçai.

— Imaginez alors, continua-t-il d'une voix un peu triste, que vous avez retrouvé Julien.

Son ton était si nostalgique que j'eus l'impression qu'il parlait pour lui autant que pour moi.

— Imaginez que vous lui présentez son enfant.

Ma tristesse disparut. J'imaginai la scène. Je sentis mes traits se détendre et s'adoucir, mais je ne réussis pas pour autant à sourire.

Je partis avec la hâte de contribuer à l'avènement de Piero mais, pendant plusieurs jours après ma rencontre avec Léonard, mes visites nocturnes et clandestines restèrent infructueuses. La première lettre avait disparu du bureau de Francesco, sans qu'aucune apparaisse à sa place.

La septième nuit, toutefois, je trouvai une missive pliée en trois dont le sceau de cire était rompu. Je l'ouvris, les mains tremblantes, et lus.

Piero a été en contact avec Virgines Orsini, son cousin, soldat de Naples. Il est en train de réunir des troupes, en réponse à la requête du pape Alexandre, de former une armée pour protéger les Pisans du retour du roi Charles. Mais qui peut assurer que, une fois rassemblée, une telle force ne pourrait pas se diriger sur Florence, avec un but différent ?

Le cardinal Giovanni plaide évidemment la cause de son frère. Il a l'oreille du pape – mais je l'ai également. Sa Sainteté a d'ailleurs écrit une missive qui sera bientôt transmise à la Seigneurie. Il menace le roi Charles d'excommunication si lui et son armée ne quittent pas l'Italie, et menace Florence de la même peine, si elle continue à soutenir Charles. Il ordonne aussi au prophète de cesser de prêcher.

Ne prêtez aucune attention à cette dernière injonction, et faites-moi confiance. En fait, notre prophète devrait maintenant redoubler de ferveur, particulièrement contre les Médicis. Je veillerai à ce que Sa Sainteté adoucisse cette partie de son message. Quant à Charles, il serait préférable pour le frère de commencer à prendre ses distances.

J'ai écrit à Ludovic. Nous ne pouvons pas lui faire confiance, mais nous pouvons avoir besoin de lui pour nous fournir des hommes si Piero décide de mener un assaut contre la ville dans un avenir proche.

J'apprécie votre invitation, mais ma venue à Florence serait prématurée. Voyons d'abord ce que Piero a l'intention de faire.

Transmettez mes salutations à mes cousins – il m'est doux de les voir rentrés chez eux après tant d'années, et de savoir messire Iacopo vengé. Florence a toujours été, et restera toujours, notre demeure.

« Mes cousins… messire Iacopo vengé. »

Ma mémoire me ramena des années en arrière. Ma mère pleurant au Dôme la mort de son Julien bien-aimé. Moi, dévisageant l'astrologue assis dans sa voiture.

« Dans votre ciel, j'ai vu un acte qui est à la fois votre passé et votre avenir… Ce que d'autres ont commencé, vous devrez le finir… »

57

— L'auteur des lettres est un des Pazzi, dis-je.

Léonard ne laissait rien paraître de ses émotions. Pourtant, en cette journée d'automne pluvieuse, quand je lui parlai, deux jours après avoir trouvé la lettre, son embarras fut évident.

Assise sur la chaise selon ses indications, je posais, tandis qu'il se penchait sur le chevalet. J'avais insisté pour voir les esquisses du portrait avant de m'installer. Mes traits étaient cernés de noir, les contours adoucis par des couches de *verdaccio* boueux ; des flaques d'ombre s'étaient rassemblées sous ma mâchoire droite, dans le creux de ma joue droite, sous ma narine gauche. Ma chevelure avait été remplie de noir mat. Bien que j'aie toujours porté mes cheveux enroulés et remontés à l'aide d'épingles, avec un voile la plupart du temps, Léonard s'était souvenu exactement de ma coiffure, des années auparavant, quand je les portais libres au palais Médicis. Mes cheveux tombaient avec juste ce qu'il fallait de souplesse, avec un soupçon de boucle à l'extrémité.

Cinq petites assiettes en fer-blanc étaient disposées sur la petite table aujourd'hui : une avec de l'huile pour les pinceaux, une de *verdaccio*, et trois de diverses nuances d'une couleur grisâtre nommée *terre verte*. Il appliqua ces dernières couleurs sur le panneau d'un mouvement léger et fluide, pour créer, dit-il, « des ombres entre les ombres entre les ombres ». Les couleurs foncées devaient venir d'abord, suivies par les tons médians, puis les plus clairs, couche après couche après couche.

J'avais récité de mémoire le texte du mystérieux

correspondant de Francesco. Je tremblais de froid ; mes jupes étaient humides à cause de la pluie, en dépit de la cape noire dans laquelle Salai m'avait enveloppée. La pièce était sombre, même à midi, malgré la lampe qui diffusait une lumière jaune contre le papier huilé couvrant la fenêtre. La cheminée était allumée, mais le feu ne parvenait pas à dissiper la fraîcheur ou l'obscurité. L'hiver menaçait.

Léonard leva les yeux et se caressa le menton d'un air pensif, comme s'il avait toujours sa barbe.

— C'est dangereux pour vous, dit-il enfin, d'interpréter ce que vous avez lu.

— Est-ce que je me trompe ?

— La réponse à cette question importe peu. C'est votre sécurité qui compte.

— Cela m'est égal, répondis-je. Piero arrive. Il est en train de réunir une armée. Et quand il sera là, tout changera.

— Peut-être vient-il. Peut-être pas… Pensez-vous vraiment qu'il laisserait les Pazzi connaître ses déplacements ?

Abaissant la main qui tenait le pinceau, il me regarda attentivement.

Il allait dire autre chose, mais je l'interrompis.

— Tout cela a commencé il y a longtemps, n'est-ce pas ? Avec Laurent ?

Il cligna des yeux d'un air désapprobateur.

— Laurent a fait une grave erreur en laissant libre cours à sa haine après le meurtre de son frère. Cela a fini par le hanter dans les dernières années. Cela hante ses fils, à présent qu'il est mort. La seule question qui se pose est de savoir si le cycle de la violence peut être interrompu.

— Vous savez qui je suis, dis-je. Vous l'avez dit à Laurent. Vous lui avez fait un signe, ce soir-là, au palais Médicis, quand vous m'avez montré la sculpture de Julien.

Il haussa un sourcil en m'entendant.

— Vous êtes beaucoup trop perspicace, Madonna.

— Est-ce que *mon* Julien le savait ?

— Pas quand vous l'avez épousé, mais…

Il se reprit.

— Vous devriez veiller à ne pas laisser paraître vos émotions.

Il leva à nouveau son pinceau puis dit, très bas, comme pour lui-même :

— Parfois je regrette que vous ayez rencontré Salai cette nuit-là.

— Je ne serai pas découverte.

— Peut-être pas. Vous êtes aussi intelligente que votre père. Trop. Une nouvelle fois, je vous incite vivement à ne pas réfléchir trop longtemps à vos découvertes. Cela pourrait vous coûter la vie. Comprenez-vous ?

— Je sais tenir ma langue, répondis-je un peu brusquement. Je suis, comme vous le dites, intelligente. On ne me trouvera pas. Après tout, je vis avec un homme que je méprise – et il ne connaît pas mes sentiments à son égard.

— Mais moi, je les connais. Je les ai lus sur votre visage, dans le moindre de vos gestes. Qui sait si d'autres ne l'ont pas remarqué aussi ?

Je restai silencieuse.

Sa voix redevint plus légère.

— Allons. Il ne sert à rien de parler de cela. Pire, je vous ai fait perdre votre sourire. Je sais que vous êtes raisonnable, et que vous resterez discrète. Parlons de quelque chose de plus réjouissant. De votre fils, par exemple ? Je suis certain qu'il doit vous ressembler.

Ses mots eurent l'effet escompté ; je m'attendris en évoquant Matteo.

— Il a tellement grandi ! Il rampe, dis-je fièrement. Plus vite, parfois, que moi, lorsque je marche. Et il me ressemble. Les yeux sombres, avec de longs cils, et les lèvres pleines de sa grand-mère… Quand je le regarde, je retrouve son père, bien sûr… ses cheveux sont doux et bouclés, comme les siens.

Il leva les yeux du chevalet avec un léger sourire.

— Est-ce la même chose pour vous ? demandai-je soudain.

— De quoi parlez-vous ?

— Quand vous me regardez, vous voyez mon père ? Mon *vrai* père ?

Son visage s'assombrit, devint indéchiffrable.

— Je le vois, répondit-il enfin. Mais je vois surtout votre mère. Vous avez cette même tristesse que je remarquais chez elle quand…

— Quand ? L'avez-vous jamais vue en dehors du palais Médicis ?

Il baissa les yeux, puis les reposa sur le portrait, évitant mon regard.

— Je l'ai vue, quelque temps après la mort de Julien. A Santo Spirito.

Intriguée, je me penchai en avant.

— Que faisiez-vous de l'autre côté de l'Arno ?

Il haussa les épaules.

— J'avais des commandes dans toute la ville, dans de nombreuses églises. J'allais m'entretenir avec le prieur dominicain d'un retable pour une chapelle...

— Etait-elle en train de prier ? Ou était-ce la messe ?

— Elle sortait de la messe. Son mari n'était pas avec elle, mais sa domestique...

— Zalumma.

— Celle avec la chevelure extraordinaire ? J'aurais tellement voulu la dessiner... Oui, sa domestique l'accompagnait. Elle était enceinte de vous.

Son récit m'enchantait.

— Comment était-elle ?

— Belle. Et brisée, dit-il doucement. Brisée, mais pourtant animée d'un certain espoir. Vous lui donniez une raison de continuer, je crois.

Je détournai le visage en direction de la fenêtre obturée et de la lumière terne.

— Je suis désolé, dit Léonard, levant de nouveau les yeux vers moi. Je ne voulais pas vous attrister.

Je haussai les épaules, sans quitter la fenêtre des yeux.

— J'aimerais savoir s'il l'a laissée assister aux funérailles de Julien.

— Il n'a pas pu l'en empêcher, répondit-il avec une telle véhémence que je tournai la tête pour le voir.

— Vous l'y avez vue ?

— Oui.

Le rouge lui monta aux joues.

Je les imaginai ce jour-là – deux êtres amoureux du même homme – et me demandai si ma mère le savait, s'ils avaient jamais évoqué cela. J'allais poser une autre question, mais

Léonard mit soigneusement son pinceau dans une petite assiette d'huile, et s'éloigna du chevalet.

— Près d'une heure s'est déjà écoulée, vous ne devez pas rester plus longtemps, dit-il d'une voix ferme. Madonna, je vais retourner quelque temps à Milan. J'ai une obligation envers mon mécène, le duc, et j'ai une commande pour peindre la Cène dans un réfectoire.

— Vous allez partir ? demandai-je sans pouvoir cacher ma déception.

Je me levai. Le châle humide de Salai glissa de mes épaules sur la chaise.

— Je reviendrai, bien sûr, bien que je ne sache pas encore quand. Salai restera ici. Vous continuerez comme précédemment, mais c'est à lui que vous direz dorénavant le contenu de toutes les lettres que vous trouverez. Il me le transmettra.

— Mais… et si Piero arrive ? Que devrai-je faire ?

Il esquissa un sourire.

— Si Piero arrive, vous n'aurez plus de soucis. Votre sécurité et celle de votre enfant seront assurées. Entre-temps… Il se peut que vous appreniez bien des choses qui vous perturbent, ou suscitent votre colère. Je vous en prie, comprenez qu'il y a beaucoup de choses que je ne vous dis pas pour le moment, car cela vous mettrait encore un peu plus en danger, vous et ceux que vous aimez.

— Si vous devez rentrer à Milan, dis-je, et que nous ne nous voyions plus avant longtemps… je dois vous demander une réponse à la lettre que je vous avais envoyée.

Il savait exactement ce à quoi je faisais allusion, mais hésitait à me répondre.

— L'assassin à Santa Maria del Fiore, le jour où Julien est mort, dis-je pour l'inciter à parler. Le premier homme qui l'a attaqué, celui qui s'est échappé. Mon Julien, mon mari, m'en a parlé. Il m'a dit que vous aviez mentionné cet homme devant Laurent. Que vous vous trouviez dans la cathédrale quand Julien l'aîné a été assassiné.

— Il portait une robe de pénitent, répondit Léonard d'un ton brusque. Avec un capuchon. Je ne pouvais pas distinguer son visage.

— Mais vous avez dû au moins l'apercevoir en partie. Julien

m'a dit que vous l'aviez vu. Que son oncle est mort dans vos bras.

— Je... l'ai vu en partie. Mais cela est arrivé il y a plus de quinze ans. Je l'ai vu seulement un instant. Vous ne pouvez pas vous attendre que je m'en souvienne.

— Mais si, dis-je. Vous vous êtes souvenu de mon visage après m'avoir vue une seule fois, au palais Médicis. Vous l'avez dessiné de mémoire, parfaitement. Et vous m'avez dit *comment* vous faisiez pour vous souvenir d'un visage : vous avez certainement mis la même technique en œuvre pour vous remémorer celui-là. Vous ne vous déplacez jamais sans votre petit carnet. Je ne peux pas croire que vous n'ayez jamais dessiné ses traits – au moins ce que vous en avez vu.

Des pas retentirent dans le couloir ; je me retournai et vis Salai dans l'embrasure de la porte.

— Il ne faut pas qu'elle reste plus longtemps. Les nuages ont tourné au noir. Une pluie torrentielle s'annonce.

— Compris, dit Léonard en renvoyant le garçon d'un signe de tête.

Il me regarda de nouveau, prit une longue inspiration.

— Je dois prendre congé de vous maintenant.

— Quand nous nous sommes retrouvés ici la première fois, ajoutai-je méchamment, vous m'avez dit que Piero voulait me voir. Je voulais tellement vous croire que je n'ai pas remarqué que vous mentiez. Mais je vois maintenant que vous ne dites pas la vérité. Vous avez dessiné le pénitent, n'est-ce pas ? Vous devez le chercher depuis des années. J'ai le droit de voir le visage de l'homme qui a tué mon père. Pourquoi ne voulez-vous pas me le montrer ?

Son visage se ferma ; il attendit que j'aie fini de parler, et marqua une pause.

— Ne vous est-il jamais venu à l'esprit, Madonna, qu'il pourrait être préférable pour vous de ne pas savoir certaines choses ? demanda-t-il enfin.

J'allais parler, puis m'arrêtai.

— Julien a été assassiné il y a longtemps, dit-il. Son frère Laurent est mort. Les Médicis ont été bannis de Florence. L'assassin – s'il est toujours vivant – ne le restera certainement pas longtemps. A quoi cela nous servira-t-il de trouver cet homme ? Et que pensez-vous que nous devrions faire si nous le trouvons ?

Une nouvelle fois, je n'avais pas de réponse.

— Aucune noble cause ne peut profiter d'une vengeance. Nous ne ferions qu'attiser les anciennes douleurs, les anciennes haines. Nous sommes déjà prisonniers d'événements occasionnés par de lointaines erreurs. Nous devons souhaiter ne pas les reproduire.

— Je mérite néanmoins de savoir, rétorquai-je d'une voix égale. Et je ne veux pas qu'on me mente.

A ces mots, il releva brusquement le menton.

— Je ne vous mentirai jamais, vous pouvez en être certaine. Mais je continuerai, si je l'estime préférable pour vous, à vous cacher la vérité. Je ne fais pas cela de gaieté de cœur. N'oubliez pas que vous êtes la mère d'un héritier Médicis. C'est un fardeau considérable. Vous et le petit garçon devez être protégés. Et j'en ai fait le serment, bien que mon cœur l'ait déjà exigé.

Je le dévisageai, furieuse, dépitée ; pourtant je lui faisais aussi confiance qu'à l'homme qui m'avait élevée comme sa fille.

— Il faut que vous partiez, dit-il doucement. Votre cocher ne doit pas avoir de soupçons. Et il commence à pleuvoir.

J'acquiesçai. Saisissant la cape humide sur la chaise, je la mis sur mes épaules puis me tournai vers lui.

— Je ne veux pas que nous nous séparions fâchés.

— Il n'est pas question de fâcherie. Il est seulement question de bonnes intentions.

Il fit un signe de tête en direction du tableau.

— Je vais l'emporter afin d'y travailler, si je le peux. Peut-être aurez-vous l'occasion de poser de nouveau pour moi.

— J'en suis certaine.

Je m'avançai vers lui et lui pris la main ; sa poignée de main était chaleureuse, idéalement ferme.

— Soyez prudent. Portez-vous bien.

— Vous de même, Madonna Lisa. Je sais que vous traversez des moments difficiles. Mais un grand bonheur vous attend à la fin, je vous le promets.

Sa voix était pleine de conviction, mais cela ne me

réconforta pas. Mon Julien n'était plus là : le bonheur était, pour moi – comme il l'avait été pour ma mère –, enfoui à jamais dans le passé.

Une nouvelle fois, Salai attacha un bandeau sombre sur mes yeux ; une nouvelle fois, il enfonça des morceaux de laine brute dans mes oreilles. Avec sa main sur mon coude pour me guider, j'avançai lentement, d'un pas hésitant, dans un petit couloir, puis je m'arrêtai pendant qu'un grand morceau de bois – une porte, selon moi, ou un grand panneau – glissait pour me laisser passer, en raclant contre le sol de pierre.

Nous descendîmes une volée de marches ; j'essayai tant bien que mal de retenir d'une main mes longues jupes, ma lourde chasuble, l'ourlet de mon manteau qui balayait le sol. Ensuite nous marquâmes notre arrêt habituel, Salai attendant que le guetteur lui indique que la voie était libre. Le signal fut donné, et nous traversâmes des sols lisses.

Puis, pour la première fois, nous hésitâmes, sur le seuil d'une porte, j'en suis certaine, car au-delà, la pluie tombait à verse, à quelques centimètres de mon visage. Des giclées, poussées par le vent, frôlèrent mes joues. Le tonnerre gronda violemment, le sol trembla sous mes pieds.

A côté de moi, Salai se préparait ; il agrippa le haut de mon bras.

— Courez, ordonna-t-il, et il m'entraîna.

Je courus sans rien voir. Des rafales de pluie glacée me coupaient le souffle. La pluie cinglait mon visage sous mon capuchon ; j'essayai de le baisser au maximum pour m'abriter, mais mon bandeau fut rapidement trempé ; l'eau me piquait les yeux. J'y portai ma main libre.

Juste à ce moment, ma chaussure se prit dans l'ourlet trempé de ma cape. Je perdis l'équilibre et, échappant à Salai, tombai violemment sur le coude et les genoux. Je m'efforçai de me relever, appuyant l'autre main contre la pierre froide et glissante. En même temps, je me frottai les yeux avec le dos de ma main.

Le bandeau trempé glissa et tomba. Je me retrouvai face à l'agréable visage de Salai, visiblement pris de panique.

Près de nous, le cheval et le chariot attendait. Derrière lui se dressaient les murs massifs d'un grand monastère, que je reconnus aussitôt. Il voulut m'empêcher de voir, mais il était trop tard : je tournai la tête et contemplai, à travers l'averse grise, la place qui s'étendait à distance derrière moi.

Les élégantes colonnades de l'hôpital des enfants trouvés me faisaient face de l'autre côté de la rue. Plus loin vers le bas, mon cocher Claudio, de la taille d'une mouche, s'abritait sous une loggia.

Salai et moi nous trouvions sur la face nord de l'église ; Claudio m'attendait sur le côté ouest, qui faisait face à la place.

Chacune de mes rencontres avec Léonard s'était déroulée à Santissima Annunziata.

58

Nous n'échangeâmes pas un seul mot, Salai et moi ; le déluge qui tombait rendait toute conversation impossible. Il m'aida à me relever, remonta la capuche de ma cape sur ma tête, et nous reprîmes notre course, cette fois pour aller trouver refuge au monastère. Là, dans l'entrée de ce que je présumai être un dortoir, nous reprîmes notre souffle. Mes genoux et mon coude gauche, probablement éraflés, étaient douloureux, mais ce n'était rien de grave.

Salai n'essaya pas de remettre mon bandeau en place ; il me fit même signe d'enlever la laine de mes oreilles. Il était si près de moi que nos corps se touchèrent.

— Maintenant, vous avez le pouvoir de nous trahir tous, dit-il, les lèvres contre mon oreille. Attendez ici. Personne ne devrait venir. Si quelqu'un apparaît, ne parlez pas… je trouverai quelque chose à dire quand je serai de retour.

J'attendis. Quelques minutes après, Salai revint avec une grande serviette. Il m'aida à enlever la cape trempée, puis me regarda me sécher de mon mieux.

— Bien, dit-il quand je lui rendis la serviette. Je craignais que vous ayez du mal à expliquer votre… état trempé à votre cocher.

— Ce n'est pas la peine de parler de cela à Léonard, dis-je. De lui dire que je sais où nous sommes.

Il s'étrangla de rire.

— N'espérez pas le lui cacher, Mona. Il détecte un mensonge aussi sûrement que le sang sur un boucher. Qui plus est, je suis fatigué de devoir vous promener à travers toute la ville. Venez.

Il me conduisit en haut d'un escalier, à travers un labyrinthe de couloirs, puis nous redescendîmes, jusqu'à ce que nous arrivions au narthex, menant au principal sanctuaire. Après quoi il me quitta sans un regard.

Je sortis, en restant à l'abri sous un surplomb, et agitai la main en direction de la loggia où Claudio attendait.

Ce soir-là, après que Matteo se fut endormi, Zalumma délaça mes manches. Je me sentais curieuse, en veine de bavardage.

— Connaissais-tu Julien ? demandai-je. Le frère de Laurent ?

Sa bonne humeur était déjà largement entamée. J'étais rentrée dans un grand état d'agitation, les cheveux mouillés sans raison. Comme Léonard, elle savait quand on lui mentait. Quand je l'interrogeai au sujet de Julien, son humeur s'assombrit encore.

— Je ne le connaissais pas très bien, dit-elle. Je l'ai rencontré à quelques reprises.

Levant les yeux, elle regarda sur sa gauche, comme si elle contemplait le passé, et sa voix s'adoucit.

— C'était un homme remarquable ; les quelques portraits que j'ai vus de lui ne lui rendent pas vraiment justice. Il avait un très heureux caractère, très aimable, comme un enfant au meilleur sens du terme. Il était gentil avec chacun, même quand cela n'était pas nécessaire. Il était gentil avec moi, une esclave.

— Tu l'aimais ?

Elle acquiesça, nostalgique, tout en pliant mes manches et en les rangeant dans l'armoire, puis elle revint vers moi pour délacer ma robe.

— Il aimait beaucoup votre mère. Elle aurait été très heureuse avec lui.

— Il y avait un homme. Dans le Dôme, dis-je. Le jour où Julien a été tué. Quelqu'un… quelqu'un a vu ce qui s'est passé. Ce n'étaient pas seulement Baroncelli et Francesco de Pazzi. Il y avait un troisième assassin, un homme dont un capuchon dissimulait le visage. Il a donné le premier coup.

— Il y avait un autre homme ?

Elle était stupéfaite.

— Un autre homme, qui s'est enfui. Et que l'on n'a jamais retrouvé. Il se peut qu'il soit encore ici à Florence.

Ma robe tomba sur le sol ; je m'en dégageai.

Elle poussa une exclamation de colère.

— Votre mère aimait Julien plus que sa vie. Quand il est mort, j'ai cru qu'elle allait...

Elle secoua la tête, rassembla ma robe entre ses bras.

— Je crois que... dis-je à voix basse, quelqu'un d'autre, quelqu'un à Florence... sait qui il est. Et le temps viendra où moi aussi, j'apprendrai qui il est. Ce jour-là, il aura enfin le sort qu'il mérite... de ma propre main, j'espère.

— A quoi cela servira-t-il ? demanda-t-elle. C'est trop tard. Julien a perdu la vie, et celle de votre mère a été anéantie. Elle allait le retrouver cette nuit-là. Le saviez-vous ? Elle allait quitter votre père pour partir avec lui à Rome... La nuit avant qu'il soit tué, elle est allée le lui annoncer...

Je m'assis devant la cheminée pour me réchauffer. Je ne dis plus rien à Zalumma de l'après-midi. Le regard perdu dans les flammes, je pensais à ma mère dont la vie avait été détruite, et me promis de trouver un moyen de la venger, ainsi que nos deux Julien.

L'hiver s'écoula lentement. En l'absence de Léonard, j'allai prier presque tous les jours dans la petite chapelle Santissima Annunziata. L'artiste me manquait : il demeurait mon seul lien avec mon vrai père et mon Julien bien-aimé. Comme moi, il pleurait leur disparition.

Presque tous les soirs, quand la voie était libre – c'est-à-dire quand Francesco était parti folâtrer –, je me glissais par l'escalier jusqu'à son bureau que je fouillais dans l'espoir d'y trouver des lettres. Pendant plusieurs semaines, je ne dénichai rien. Je tempérais ma déception en pensant que Piero allait revenir ; à ce moment-là, je quitterais Francesco. Avec Matteo, mon père et Zalumma, je trouverais refuge auprès des Médicis.

Mais Piero ne revenait pas.

En tant qu'épouse d'un *piangione* de haut rang, j'étais

obligée de continuer à assister aux sermons de Savonarole réservés aux femmes, le samedi. Je me rendis à San Lorenzo avec Zalumma et pris place près du grand autel et du lutrin, l'endroit réservé aux proches du prophète. Je supportais le sermon en imaginant que j'allais demander à Léonard de réaliser un magnifique monument pour mon Julien. Mais mon attention fut attirée par la voix sonore de frère Jérôme, pleine de vitriol, qui apostrophait sa congrégation devenue muette :

— Ces admirateurs de Piero de Médicis et de ses frères, Julien et le soi-disant cardinal Giovanni…

Zalumma et moi gardâmes les yeux fixés devant nous ; je n'osais pas la regarder. La douleur et la colère m'aveuglaient. J'entendais les mots du prêcheur, mais ne voyais pas son visage.

Imbécile, pensai-je. Tu ne sais pas que Julien est mort…

— Dieu sait où ils sont ! Dieu lit dans leur cœur ! Je vous le dis, ceux qui continuent à aimer les Médicis sont exactement comme eux : des riches, des idolâtres, qui vénèrent les idéaux païens de beauté, l'art païen, les trésors païens. Et pendant ce temps, pendant qu'ils brillent avec leur or et leurs bijoux, les pauvres meurent de faim ! Dieu me dit ceci : « Voyez, ceux qui vénèrent de tels idolâtres méritent de sentir la morsure de la lame du bourreau sur leur cou. Ils se conduisent comme des hommes sans tête, sans aucun respect de la Loi de Dieu, sans compassion pour les pauvres. Aussi, ils perdront leur tête ! »

Je restai silencieuse, mais je bouillonnais intérieurement en me remémorant une phrase de la plus récente lettre découverte dans le bureau de Francesco.

En fait, notre prophète devrait maintenant redoubler de ferveur, surtout contre les Médicis.

Je bouillonnais, et je tremblais. Et je priais pour que Piero arrive enfin.

Je ne trouvai qu'une lettre dans le bureau de Francesco pendant cette période – écrite de la même écriture appuyée.

Vos craintes concernant l'excommunication ne sont pas fondées. Je vous ai déjà dit d'avoir confiance. Laissez-le prêcher sans crainte ! Ne le retenez pas. Vous verrez. Le pape Alexandre se calmera.

Une année passa, et vint la suivante. Le tout premier jour de 1496, Ludovic Sforza, duc de Milan, trahit Florence.

L'un des joyaux que le roi Charles de France avait volés à Florence, dans sa marche vers le sud, était la forteresse de Pise. Pise avait toujours dépendu de Florence, mais désirait depuis longtemps s'en libérer. Depuis l'invasion, la ville était contrôlée par les Français.

Mais Ludovic soudoya le gardien de la forteresse de Pise pour en donner les clés aux Pisans eux-mêmes. Grâce à cela, Pise fut libérée – de Charles, et de Florence.

Ludovic, le rusé, s'arrangea pour qu'on ne sache pas qu'il était mêlé à cela. Ainsi les Florentins crurent-ils que le roi Charles avait donné aux Pisans le droit de s'autoadministrer. Charles, salué par frère Jérôme comme le champion de Dieu qui apporterait à Florence une immense gloire, l'avait en réalité trahie.

Et le peuple blâma Savonarole. Pour la première fois, les louanges tournèrent au mécontentement.

Ce fut Salai qui – incapable de réfréner son enthousiasme – me murmura la vérité un jour, tandis que je venais de faire mes prières dans la chapelle familiale. Je souris. Si c'était là le résultat du travail de Léonard, je pouvais me permettre d'accepter plus volontiers son absence.

L'hiver céda la place au printemps et à des pluies incessantes. Les quartiers bas de la ville furent inondés et de nombreux ateliers endommagés, dont ceux de nombreux teinturiers, ce qui contraria le commerce de soie de Francesco ainsi que le négoce de laine de mon père.

Mais pour le moment, nous avions largement assez de nourriture – surtout compte tenu des relations de mon mari.

Son humeur fut exceptionnellement joyeuse ces jours-là. J'appris pourquoi un soir, au dîner, alors qu'il se montrait particulièrement loquace.

La tempête au-dehors s'était transformée en une épaisse

bruine continue. Après des semaines de pénombre, notre palais était plein de courants d'air ; mon père, Francesco et moi étions assis le plus près possible du feu.

Mon époux avait passé l'après-midi au palais de la Seigneurie, vêtu de son plus beau *lucco*, une longue tunique aubergine bordée de vison brun aux manches et au cou. Il rentra à la maison le sourire aux lèvres, et sa gaieté ne fit que croître après son arrivée. Au moment où nous prîmes place à table, comme on servait le vin, il ne réussit plus à se contenir.

— Bonnes nouvelles, sieur Antonio !

Mon pauvre père, épuisé, avait l'âge de mon mari mais paraissait infiniment plus vieux. Les yeux de Francesco brillaient ; ses joues et le bout de son nez étaient encore rouges de sa chevauchée de retour dans l'air froid et humide. Des gouttelettes d'humidité nichées dans ses cheveux argentés reflétaient la lumière du feu.

— Vous vous souvenez, j'en suis certain, de la missive du pape, l'année dernière, qui demandait à frère Jérôme d'arrêter de prêcher ?

— Parfaitement, répondit mon père sans enthousiasme.

Les sermons de Savonarole avaient continué de plus belle, par défi à l'ordre établi. Certains disaient que l'excommunication allait bientôt suivre.

— Sa Sainteté, après avoir étudié soigneusement la question, a pris conscience de l'injustice de cette demande. Aujourd'hui, la Seigneurie a reçu un avis de sa part disant que frère Jérôme peut continuer à prêcher, à condition qu'il ne fustige pas Rome, et surtout Sa Sainteté.

Francesco jubilait ; appuyant sa tête en arrière, il but une grande gorgée de vin.

J'écoutai attentivement ses paroles, mais gardai une expression polie et désintéressée. Je me demandais secrètement si Francesco avait vraiment appris cela de la Seigneurie, ou si l'information venait de son mystérieux correspondant. Je résolus de fouiller son bureau la nuit même, si cela était possible.

— Bien, dit mon père, il vaut beaucoup mieux qu'il ne courrouce pas Rome. Vous le savez, les gens commencent à s'inquiéter.

— De telles inquiétudes sont infondées, dit Francesco. Les gens oublient trop vite ce que frère Jérôme a fait pour Florence. Sans son intervention, Charles aurait peut-être rasé la ville.

Mon père acquiesça d'un vague signe de tête, puis se perdit dans la contemplation du feu.

— Mais qu'en est-il de la rumeur, demandai-je d'un air faussement innocent, selon laquelle une lettre a été interceptée, en route vers la France… de la part de frère Jérôme au roi Charles ?

Mon mari se tourna brusquement vers moi.

— Où avez-vous appris une telle chose ?

— Agrippina l'a entendu au marché. On dit que le frère suppliait Charles de venir en Italie afin que sa prophétie se réalise aux yeux des Florentins.

— Je sais ce que dit cette lettre. Comment pouvez-vous répéter un mensonge aussi éhonté ?

— J'en ai parlé car je savais que vous connaîtriez la vérité, dis-je si naturellement que j'en fus la première surprise. J'ai aussi entendu dire que le pape pensait à quitter la Sainte Ligue.

Le pape Alexandre avait formé cette Ligue – soutenue par Naples, Milan et le Saint Empereur romain – dans le but de chasser Charles hors d'Italie. Savonarole s'y opposait évidemment, mais Florence avait subi de grandes pressions de la part de Rome pour s'y joindre.

Cela calma Francesco.

— Je ne l'avais pas entendu dire. C'est très possible. En tout cas, cela serait une bonne nouvelle pour nous.

Il se tut et but une nouvelle gorgée de vin, puis jeta en direction de mon père un timide coup d'œil.

— Sieur Antonio, dit-il, je pensais qu'il était grand temps que vous ayez le plaisir d'un autre petit-enfant.

Son regard se posa sur moi un instant, avant qu'il ne considère de nouveau son gobelet avec un sourire.

— Je ne suis plus un jeune homme. J'ai besoin de fils pour reprendre le commerce familial. Qu'en pensez-vous ?

Dégoûtée, je baissai les yeux, et les gardai fixés sur mon propre verre. J'aurais voulu pouvoir m'y noyer.

— Je pense, répondit mon père d'une voix lente, que je n'ai eu qu'un seul enfant. Et je ne me suis jamais senti en manque. Je suis très fier de ma fille.

— Oui, bien sûr, et nous le sommes tous, répliqua Francesco promptement.

Son humeur joyeuse ne pouvait pas être entamée.

— Evidemment, j'ai tort de discuter de cela sans avoir d'abord consulté mon épouse bien-aimée.

Finissant son vin, il appela pour être resservi, puis changea brusquement de sujet. Il commença à évoquer les conséquences du mauvais temps.

— Les prix vont atteindre des sommets, dit mon père. Cela s'est déjà produit quand j'étais jeune. Si la pluie ne s'arrête pas, nous n'aurons pas de récoltes. Et dans ce cas, je vous le garantis, il y aura des soulèvements, à cause de la famine.

— Ce n'est pas la peine de nous inquiéter, dit Francesco avec fermeté. Dieu sourit à Florence. La pluie s'arrêtera.

Mon père ne parut pas impressionné.

— Et si elle ne s'arrête pas ? Et s'il n'y avait aucune récolte ? Savonarole ferait mieux d'intercéder auprès de Dieu pour que le soleil brille de nouveau sur nous.

Le sourire de Francesco pâlit ; il considéra mon père d'un regard attentif.

— Il reviendra, sieur Antonio, je vous le promets.

— Les inondations amènent la peste, dit mon père. La faim amène la peste. J'ai déjà vu cela...

Je sursautai en pensant à Matteo. Mon père s'en aperçut et me prit la main d'un air contrit.

— Je ne voulais pas t'effrayer. La peste ne nous affecterait pas, Lisa.

— Bien sûr, dit mon mari, une légère menace dans la voix. Nous ne craignons pas les inondations ici, pas plus que la famine. Personne dans ma maison ne souffrira jamais de la faim.

Mon père inclina la tête en signe d'acquiescement, avant de baisser les yeux.

Notre dîner se déroula en silence, sauf quand Francesco se plaignit que les paysans étaient encore trop ignorants pour accepter la vérité : c'était le duc de Milan, Ludovic Sforza, et non frère Jérôme, qui avait donné aux Pisans les clés de leur forteresse. Une malheureuse confusion conduisait des hommes à s'en prendre à celui qui les aimait le plus, et priait Dieu avec ferveur en leur nom. C'était, insista-t-il, la seule raison possible de la montée en puissance des *arrabiati*, qui allaient prochainement devenir un véritable parti politique d'opposition à Savonarole et aux *piangioni*.

Ensuite, il annonça que nous étions, lui et moi, fatigués, et que nous monterions nous coucher tôt ; mon père qui, généralement, restait plus tard pour profiter de son petit-fils, comprit le message et partit sans rien dire.

Tandis que je prenais congé pour regagner mes appartements, Francesco se leva. Il me jeta un regard incisif.

— Montez dans votre chambre, dit-il plutôt aimablement, et dites à Zalumma de vous aider à vous dévêtir. Je ne tarderai pas.

Je m'exécutai, tellement dégoûtée à cette perspective que je me sentis prise de nausées. Tandis que Zalumma délaçait ma robe, nous nous regardions avec la même peur que pour ma nuit de noces.

— S'il te fait mal… murmura Zalumma sombrement.

Je secouai la tête pour la faire taire. S'il me faisait mal, ni elle ni moi n'y pourrions rien. Je la regardai ranger ma robe dans la garde-robe, puis restai patiemment debout pendant qu'elle me brossait les cheveux et les nattait. A la fin, je la renvoyai. Vêtue de ma *camicia*, je m'assis sur le lit et demandai pardon à Julien. « Francesco ne touche que mon corps, lui dis-je. Il n'atteindra jamais mon amour pour toi. »

Je passai une demi-heure de torture à attendre, assise sur mon lit. Quand la porte s'ouvrit, Francesco entra en titubant, un gobelet à la main, les yeux injectés de sang et concupiscents.

— Epouse bien-aimée, murmura-t-il. Que pensez-vous de mon désir d'avoir un autre fils ?

J'évitai son regard ; peut-être croirait-il que c'était par pudeur.

— Vous êtes mon mari. Je ne peux pas m'opposer à vos souhaits.

Il se laissa choir de tout son poids sur le lit, à côté de moi, et posa son gobelet sur la table de chevet ; le vin déborda et parfuma l'air.

— N'avez-vous vous-même aucun souhait ? Vous voulez certainement d'autres enfants. Quelle mère ne le souhaite pas ?

Je ne le regardai pas.

— Bien sûr, j'en veux d'autres.

Il me prit la main ; je la lui abandonnai sans la moindre résistance.

— Je ne suis pas idiot, Lisa, dit-il.

Ces mots firent se dresser les cheveux sur ma nuque. Etait-il au courant ? Avait-on découvert que je fouillais son bureau ? Claudio avait-il vu quelque chose ?

Mais il continua.

— Je sais que vous ne m'aimez pas, bien que j'aie espéré que vous y parviendriez. Vous êtes une très belle femme, intelligente de surcroît. Je suis fier que vous soyez mon épouse. Et j'avais espéré que vous récompenseriez mes bontés en me donnant de nombreux héritiers.

— Bien sûr, répétai-je.

Il se leva. Sa voix devint impersonnelle, froide, vaguement menaçante.

— Puisqu'il en est ainsi, allongez-vous.

J'obtempérai.

Ce fut un acte complètement anonyme. Il ne se dévêtit pas, se contentant de baisser ses chausses. Avec précaution mais sans aucune tendresse, il s'introduisit entre mes jambes, souleva ma *camicia* et pénétra en moi. Mais il n'était pas tout à fait prêt ; le seul fait de m'approcher suffit à assouvir son ardeur, et il perdit tous ses moyens. Il resta immobile pendant quelques instants, respirant bruyamment, puis soudain il enfonça ses paumes dans le matelas, en soulevant le haut de son corps.

Je pensai qu'il voulait se dégager. Je remuai aussitôt, espérant qu'il s'avouerait vaincu et partirait.

— Couchez-vous, j'ai dit !

Il leva la main comme s'il allait me frapper. Tressaillant, je détournai le visage.

Cela lui plut. Il reprit vigueur à l'intérieur de moi ; en même temps, il ferma les yeux, et commença à murmurer à part lui :

— Putain. Garce insolente… !

Je ne pensai à rien. Je laissai mon crâne cogner contre la tête de lit en bois. Je l'écoutai taper sur le mur.

Cela dura de longues minutes, de pénibles minutes ; ce fut laborieux pour lui, mais il continua à s'exciter avec des mots grossiers jusqu'à parvenir à ses fins. Quand il en eut terminé, il se dégagea brusquement de moi, se rajusta promptement et partit sans un mot, refermant la porte derrière lui.

J'appelai Zalumma. Une bonne épouse serait restée étendue dans le lit, et aurait attendu de devenir enceinte. Mais je me levai aussitôt ; quand Zalumma arriva, je lui dis, la voix tremblante :

— Je ne veux pas porter son enfant. Tu comprends ? Je ne veux pas.

Zalumma comprit. Le lendemain matin, elle m'apporta un flacon de tisane, et me donna les instructions pour l'utiliser.

59

L'avertissement de mon père se révéla prophétique : la pluie ne cessa pas. Au milieu du mois, l'Arno déborda, emportant les récoltes. Les premiers jours de juin, la rivière Rifredi sortit de son lit, détruisant les quelques champs restés intacts.

En été, quand le ciel se fut enfin tari, la ville connut une épidémie de fièvre. Pour le salut de Matteo, je n'autorisai aucune visite dans sa chambre, et ne lui permis pas de quitter le palais. Il commençait à faire ses premiers pas maladroits ; plus je regardais son visage, plus je voyais celui de son père.

Je quittais rarement la maison. Quand la fièvre se fut répandue, je défendis à Zalumma d'accompagner Agrippina au marché. N'ayant trouvé aucune nouvelle lettre dans le bureau de Francesco, j'espaçai également mes visites à Santissima Annunziata.

Souhaitant passer pour une bonne épouse et écarter tout soupçon, je continuai à assister aux sermons du samedi que Savonarole réservait aux femmes. Ses invectives contre les Médicis et leurs émules ne faiblissaient pas, mais il avait maintenant une autre obsession : la cohabitation d'Alexandre, au Vatican, avec sa jeune maîtresse, Giulia Farnèse, et son habitude de convier des prostituées à ses réceptions.

— Vous, chef de l'Eglise ! tonnait-il. Chaque nuit, vous allez retrouver votre concubine ; chaque matin, vous allez recevoir les sacrements. Vous avez provoqué la colère de Dieu. Vous, traînées, vous, malheureux souteneurs, vous avez transformé vos églises en écuries pour prostituées !

Quand les cardinaux lui reprochaient de parler ainsi du pape, il clamait :

— Ce n'est pas moi qui menace Rome, mais Dieu ! Laissez-Le agir comme Il l'entend, Rome n'éteindra jamais cette flamme !

Quelques jours plus tard, le soir, après que mon mari fut sorti pour rendre visite à ses propres concubines et que les domestiques furent tous allés se coucher, je me dirigeai vers le bureau de Francesco.

La lettre cachée dans le bureau était rédigée sur un ton de regret.

Laissez-le lancer ses imprécations contre les Médicis, je vous l'ai dit. Mais je ne l'ai jamais encouragé à attaquer Alexandre – loin de là ! Il contrarie tout mon patient travail, ici, à Rome. Dites-le sans ambiguïté à tous ceux qui sont mêlés à cela : s'ils ne cessent pas cette bêtise tout de suite, ils le paieront cher !

Entre-temps, la faim peut conduire le peuple à gronder. Rassemblez les gens. Focalisez leur attention non pas sur leur estomac, mais sur le paradis et sur frère Jérôme.

Je me répétai ces mots en silence, gravant chacun d'eux dans mon esprit de façon à pouvoir les restituer le moment venu.

Le lendemain matin, je plaçai le livre en évidence à l'intention d'Isabella. Le jour suivant, j'arrivai à Santissima Annunziata juste au moment où les cloches sonnaient sexte.

Salai ne répéta pas son subterfuge. Les Serviteurs de Marie étaient tous en prière et ne tarderaient pas à regagner le réfectoire pour dîner ; la voie était libre. Nous sortîmes de la chapelle par un couloir étroit, puis gravîmes un escalier de pierre en colimaçon. Au sommet se trouvait une cloison de bois nu ; Salai alla jusqu'au coin et roucoula aussi doucement qu'une colombe : un panneau caché dans le mur glissa et s'ouvrit. Nous entrâmes.

Un jeune artiste portant la longue tunique maculée de peinture caractéristique de son art referma le panneau derrière nous. Nous empruntâmes un couloir qui menait à trois pièces : une cellule de moine meublée d'un divan ; une grande salle où deux jeunes hommes, des traces de plâtre frais sur les joues, les mains et leurs longs tabliers, préparaient une fresque ; et la pièce où j'avais rencontré Léonard.

Mon portrait était toujours sur le chevalet ; dans sa hâte, il avait oublié de l'emporter, me dit Salai. Je l'étudiai : à part les contours et les ombres, c'était le blanc brut du panneau de *gesso* qui figurait ma peau. J'avais l'air d'un fantôme à moitié matérialisé.

Je souris au tableau.

Puis je récitai à Salai le contenu de la lettre. Il écrivit lentement les mots, laborieusement, s'arrêtant plusieurs fois pour me demander de répéter.

Je quittai l'église le cœur léger. Les efforts de Léonard commençaient à porter leurs fruits. Le pape ferait certainement taire Savonarole. Les ennemis des Médicis s'agitaient vainement, et le temps n'était plus très éloigné où je saluerais Piero de nouveau.

Je souriais parce que je ne savais rien. Je souriais parce que je ne comprenais pas qu'en fait la lettre menaçait tout ce que je chérissais.

A l'automne, la peste se déclara. Savonarole prêchait toujours, mais Francesco m'autorisa à rester à la maison. Aucune autre lettre n'arriva pour lui de Rome, nécessitant que je m'aventure jusqu'à la chapelle de famille. Je fus privée de mes incursions à Santissima Annunziata. De plus, le temps empirant, je ne pouvais plus m'asseoir sur mon balcon ou marcher dans le jardin. Je devins nerveuse.

La perte des cultures de printemps ruina la Toscane. Fermiers et paysans désertèrent la campagne désolée et s'abattirent sur la ville en quête de nourriture. Des hommes et des femmes se postaient le long des rues pour mendier des restes et demander l'aumône. Ils dormaient sur les marches des églises, à l'entrée des *botteghe* ; en arrivant à sa boutique, un matin, Francesco trouva une mère et deux enfants appuyés contre la porte, morts. Les nuits devenant glaciales, certains périrent de froid, mais la plupart mouraient à cause de la famine et de la peste. Chaque matin, on trouvait de nouveaux cadavres, si nombreux qu'il était impossible de les enlever tous. Florence commença à sentir mauvais.

Malgré la richesse de Francesco et ses relations, nous

ressentions la pénurie. Agrippina commença par ne plus avoir de pain, puis de farine ; nous dûmes nous passer de nos habituelles pâtes dans le bouillon ; les chasseurs nous apportèrent du gibier, que nous mangeâmes jusqu'à ne plus pouvoir en supporter la vue.

L'hiver venu, même nous, les riches, étions maintenant au désespoir.

Noël passa, puis vint la nouvelle année. Le temps du carnaval arriva – c'était autrefois une période de fête avec des parades, des réceptions et des banquets, mais sous l'influence de Savonarole, la nouvelle Seigneurie interdit de telles manifestations païennes.

Enfin, on apprit que la Seigneurie avait voté pour que toutes les réserves de grain du gouvernement soient vendues à un prix raisonnable au peuple, sur la place des Grains, le mardi 6 février au matin, le dernier jour du carnaval. Le carême commençait le lendemain.

Agrippina, la cuisinière, avait perdu un neveu de la peste quelques jours à peine auparavant. Par crainte de rapporter la *moria* à la maison, elle n'avait pas assisté à son enterrement, mais elle fit savoir à voix haute qu'elle trouverait le réconfort si seulement elle pouvait se rendre au Dôme tout proche afin d'allumer un cierge et de prier pour son repos.

Cela faisait partie de ses tâches d'aller acheter du grain et du pain pour nous. Elle pouvait donc aller au Dôme prier, puis à la place des Grains, toute proche, faire ses achats.

Impatiente de sortir, je plaidai ma cause auprès de Francesco pour pouvoir accompagner Agrippina au Dôme. Ce n'était pas loin, il n'y aurait pas beaucoup de monde ; j'avais besoin de prier. A mon grand ravissement, il accepta.

Le mardi en question, je montai en carrosse avec Agrippina et Zalumma. Claudio prit la direction de l'est, vers le dôme de brique orange.

Le ciel était clair, d'un bleu intense. L'air était immobile. Derrière la vitre baignée de soleil, je profitais de la maigre chaleur qui s'en dégageait ; chaque zone d'ombre se révélait glaciale. Par la vitre du carrosse, je regardais les boutiques, les maisons, les églises, les gens déambulant lentement dans les rues. Avant que Savonarole ne se soit approprié le cœur de

Florence, le carnaval était une période magnifique ; je me souvenais, enfant, être restée bouche bée devant les façades des maisons couvertes de drapeaux rouge et blanc, de tapisseries tissées d'or, de guirlandes de fleurs en papier de couleurs vives. Des hommes et des femmes dansaient dans les rues, portant des masques peints ornés d'or et de diamants ; des lions et des chameaux sortis des ménageries des Médicis paradaient pour le plus grand amusement des citoyens.

A présent, grâce à la vindicte du prophète, les rues étaient tranquilles et tristes.

Zalumma et la cuisinière ne se parlèrent pas. Agrippina était une femme aux cheveux gris d'origine paysanne, peu encline à converser avec ceux qu'elle tenait pour ses supérieurs. Elle était trapue, avec un large visage, une ossature solide et quelques rares dents. Un de ses yeux marron était aveugle, mais cela ne l'empêchait pas de regarder par la vitre, avide comme moi de nouveaux spectacles.

Nous étions convenues qu'il serait préférable de prier après avoir acheté la nourriture, tant qu'il y avait encore des marchandises. Passant devant le Dôme, nous continuâmes en direction du sud, vers les remparts crénelés de la tour du palais de la Seigneurie. La place des Grains, un espace carré de taille modeste, se trouvait derrière le palais, sur le côté est. Adossés au mur arrière du palais et protégés par de solides clôtures en bois, se trouvaient de grands coffres d'avoine et de blé ; devant, se dressaient des semblants d'étals équipés de balances. Une porte basse restait cadenassée jusqu'à l'heure des affaires.

Claudio arrêta le carrosse à la limite de la place ; nous ne pouvions pas aller plus loin. Je m'attendais à y trouver une foule, mais rien de comparable à ce que je vis : la place était bondée, sans le moindre espace libre.

Il y avait des centaines de paysans tête nue, au visage maculé de terre et aux mains noircies, les épaules drapées dans des lambeaux de laine, criant qu'on ait pitié d'eux, qu'on leur donne une aumône, une poignée de grains. A côté d'eux s'aventuraient de nobles dames en fourrure et velours qui n'avaient pas fait confiance à leurs esclaves pour rapporter la nourriture à la maison, ainsi que des domestiques à l'air sévère, jouant des coudes pour passer devant les pauvres tout aussi déterminés qu'eux.

Je passai la tête par la vitre du carrosse ; d'en haut, je vis plusieurs hommes derrière les étals, qui se concertaient devant la porte toujours close. Ils avaient senti le malaise croissant, comme nos chevaux, d'ailleurs, qui commençaient à piaffer nerveusement. Personne ne s'était attendu à trouver pareille foule si tôt.

Claudio sauta de son siège et posa ses mains sur la porte du carrosse, mais ne l'ouvrit pas. Il avait un air menaçant.

— Peut-être devrais-je y aller, dit-il. Agrippina est petite ; elle ne pourra jamais se frayer un chemin jusqu'à la porte.

Elle poussa un grognement et le foudroya de son unique œil valide.

— Je veille depuis quarante ans à ce que cette famille soit nourrie. Aucune foule ne pourra m'arrêter.

Claudio ne la regarda même pas.

— Allez-y tous les deux, dis-je. Vous aurez de meilleures chances ainsi. Zalumma et moi attendrons dans le carrosse.

Claudio me fit un petit signe de tête, puis ouvrit la porte. Agrippina descendit tant bien que mal ; toute petite à côté de lui, elle se dirigea en sa compagnie en direction de la foule. Il avait posé la main sur la poignée de son grand coutelas.

Je les regardai se fondre dans la multitude – jusqu'à ce qu'un visage apparaisse soudain à la vitre du carrosse, me faisant sursauter.

La femme était jeune, sensiblement de mon âge ; ses cheveux découverts étaient emmêlés, ses yeux bleus globuleux dans un état d'excitation extrême, et ses joues creuses striées de suie. Un enfant morne était suspendu à sa poitrine dans une écharpe.

— Pitié, Madonna, dit-elle avec un fort accent campagnard. Ayez pitié de moi, au nom du Christ ! Une pièce, un peu de nourriture pour mon bébé…

Le visage de Zalumma se durcit.

— Va-t'en ! Eloigne-toi de notre carrosse !

Les yeux rouges de la mendiante pleuraient à cause du froid, son nez coulait.

— Madonna, Dieu vous a envoyée ici pour moi ! Au nom du Christ...

S'il n'y avait pas eu le bébé, j'aurais certainement été davantage sur mes gardes. Je cherchai ma bourse à ma ceinture et en tirai un *soldi*. J'aurais voulu le poser dans sa main sale, mais la pensée de Matteo et de la peste me fit préférer le lancer dans sa direction.

Elle voulut l'attraper de ses doigts gourds mais il tomba à l'extérieur, et elle plongea pour le trouver. Elle n'était pas seule. Un autre paysan l'avait vu et s'abattit sur elle. Elle se mit à crier. D'autres furent bientôt attirés par la querelle.

— Allez-vous-en ! cria Zalumma. Laissez-nous tranquilles !

Des hommes, de jeunes garçons arrivèrent encore. L'un se mit à battre la jeune mendiante qui hurla puis s'affala tout d'un coup, étrangement silencieuse.

— Elle avait une pièce... il y en a d'autres ! dit quelqu'un.

Nos chevaux hennirent et s'élancèrent en avant ; le carrosse sursauta avant de commencer à se balancer.

— Mort aux riches ! cria un homme. Ils prennent notre nourriture et ne nous laissent rien.

Des visages sales se pressèrent à la vitre ; des bras se tendirent, des mains étrangères nous agrippèrent. Quelqu'un tira sur la portière et l'ouvrit.

A côté de moi, Zalumma fouilla dans son corsage, dont elle sortit un mince couteau à double tranchant. Elle le brandit en direction des bras qui s'agitaient en tous sens ; un homme poussa un cri et jura.

A cet instant, des clameurs retentissantes montèrent de la foule. On entendit le bruit sec du bois qui se fend et un grondement semblable à un tremblement de terre. Les mendiants qui assaillaient notre carrosse se tournèrent dans sa direction comme des tournesols vers le soleil ; en un instant, ils nous abandonnèrent et se mirent à courir dans la direction du bruit.

M'agrippant au montant de la porte du carrosse, je regardai au-dehors.

La foule avait franchi les portes fermées et dépassé les stalles ; j'observais les gens occupés à arracher la clôture qui protégeait les tonneaux de grain. Deux hommes – dont l'un était encore un gamin – grimpèrent le long des tonneaux pour jeter des poignées de grain à la foule désespérée qui se trouvait en dessous.

Une marée de créatures affamées surgit alors ; d'innombrables mains se levèrent en direction du ciel pour recueillir la pluie bienfaitrice. Des cris montèrent du cœur de cette démence quand les plus rapides et les plus forts piétinèrent les moins vifs et les infirmes.

Tandis que les hommes perchés riaient, faisant pleuvoir leur manne sur la mer de visages transis en dessous, j'entendis un chant rythmé monter, tout bas d'abord, puis de plus en plus fort, qui gagna, comme le feu, la foule en délire :

— *Palle ! Palle ! Palle !*

Je pris le bras de Zalumma et le serrai fort ; j'étais secouée par les sanglots, mais aucune larme ne coulait de mes yeux.

Ce jour-là, des dizaines de personnes perdirent la vie, piétinées ou étouffées dans la bousculade pour se procurer de la nourriture. Tous les soldats, les gendarmes de la ville furent appelés pour calmer le soulèvement et renvoyer les gens chez eux – pour ceux qui avaient un foyer, tout du moins. Agrippina eut la poitrine et les jambes meurtris ; Claudio revint en boitant au carrosse, en la portant dans ses bras. Dans sa poche, il rapportait un peu de grain qu'il avait pu ramasser. Je m'attendais que Francesco lui demande de le rendre – il avait été volé, après tout – mais mon mari ne dit rien.

La nouvelle selon laquelle la foule avait réclamé les Médicis était sur toutes les lèvres, même sur celles de nos domestiques ; quand Francesco revint de sa boutique cet après-midi-là, il arborait un visage de marbre, et resta étonnamment silencieux. En apprenant qu'Agrippina avait été blessée, il se rendit immédiatement à son chevet, prononça quelques paroles compatissantes et envoya chercher son propre médecin.

Jamais je ne l'avais vu d'une humeur aussi massacrante.

Quand Elena se risqua timidement à lui demander s'il avait entendu mentionner le cri *« Palle ! »*, il se tourna vers elle.

— Prononce ce mot une nouvelle fois dans cette maison, et tu te retrouveras dans la rue ! lui dit-il d'une voix mauvaise.

Ce soir-là, mon père ne vint pas dîner. Francesco préféra se rendre – soi-disant – à une réunion de la Seigneurie.

Nous parlâmes peu, Zalumma et moi. Après que nous nous fûmes retirées pour la nuit – quand elle fut allongée sur son divan et moi sur mon lit –, je lui dis à voix basse dans l'obscurité :

— Tu avais un couteau. J'en voudrais un aussi.

— Je vais te donner le mien, dit-elle.

Au matin, elle tint sa promesse.

Le lendemain était le mercredi des Cendres. A midi, Francesco, mon père et moi nous rendîmes à San Lorenzo écouter le sermon de frère Jérôme.

Je regardai le prophète en chaire, avec son visage émacié et ingrat, son nez busqué, et me demandai s'il était conscient que son inspiration ne lui venait pas de source divine.

Il ne mentionna pas le pape Alexandre, mais évoqua « ces vils prélats qui parlent de Dieu avec des tremblements d'émotion dans la voix, tout en arborant des joyaux et des fourrures ». Et il dénonça avec véhémence les femmes qui paradaient dans des robes « immodestes », faites de tissus si précieux que la vente d'une seule nourrirait de nombreux mendiants, de ceux qui, à ce même instant, mouraient de faim dans les rues de Florence.

Je jetai un coup d'œil de côté à mon mari. Francesco semblait écouter intensément, le front plissé d'approbation, le regard faussement naïf.

Au coucher du soleil, Zalumma me fit revêtir une robe grise banale, avec une coiffe toute simple. Je m'abstins de tout bijou ; d'ailleurs, je n'en portais plus depuis des mois par crainte des *fanciulli.* C'étaient les membres de l'armée de Savonarole : des garçons d'une dizaine d'années, parfois plus jeunes, qui, revêtus de robes blanches, patrouillaient les rues de Florence à la recherche des femmes enfreignant les lois par une mise indécente. Tout corsage laissant deviner la forme des seins, le moindre reflet d'or ou de pierre précieuse était un crime. Colliers, boucles d'oreilles, broches, tout était confisqué comme « offrandes » pour les pauvres. Au cours des mois précédents, les anges impitoyables étaient passés dans toute la ville, de maison en maison, pour faire main basse sur les tableaux, les statues, les curiosités – tout ce qui pourrait servir, en ce mercredi des Cendres, comme leçon à ceux qui osaient faire étalage de leur richesse.

Mais ils ne vinrent jamais dans notre palais.

Quand je fus prête, j'attendis que Francesco m'appelle. Tandis que je descendais l'escalier il examina ma tenue, mes nattes enroulées simplement, mon modeste voile noir.

— Bien, dit-il.

Puis il me tendit un tableau de la taille de mon avant-bras.

— Je voudrais que vous offriez cela ce soir.

Je le regardai. Habituellement, il était accroché au mur du couloir, près de la chambre d'enfants. Peint sur un panneau de bois, c'était le portrait de la première femme de Francesco, Nannina, habillée en Athéna. Elle était représentée de profil, un petit casque d'argent sur la tête, d'où se répandaient de longues boucles noires soigneusement frisées. Le style de l'artiste était grossier, sans aucune profondeur. Son visage était d'un blanc artificiel, ses yeux morts, son maintien plus raide que digne.

Nous avions dans la maison de nombreux tableaux illustrant des thèmes païens – dont un, dans le bureau de Francesco, représentant une Vénus dénudée –, et pourtant il avait choisi cette œuvre inoffensive, pensant peut-être que le public en déduirait que c'était le plus compromettant que nous avions en notre possession.

Il l'avait sorti de son cadre en argent ouvragé.

Je le pris sans commentaire ; notre trajet jusqu'à la place de la Seigneurie se déroula en silence, Francesco étant toujours de mauvaise humeur.

En raison des nuages, c'était une nuit sans étoile et sans lune, mais en approchant de la place noire de monde, j'aperçus une lueur. Quand notre carrosse arriva devant le palais de la Seigneurie, je vis des torches partout : près de l'estrade en hauteur sur laquelle étaient assis le prophète et son armée de *fanciulli* en robes blanches ; de chaque côté de l'entrée du palais de la Seigneurie ; dans les mains des spectateurs ; aux quatre coins des grands Bûchers des vanités. Des bougies étaient allumées à chaque fenêtre du palais et des bâtiments alentour, où les gens s'étaient massés pour regarder le spectacle.

Nous descendîmes, Francesco et moi, du carrosse, pour nous mêler à la foule devant le bûcher. Mon mari était un membre important du gouvernement ; ceux qui le reconnurent nous laissèrent rejoindre le cercle des privilégiés.

Le bûcher était une structure massive en bois – presque de la hauteur, de la largeur et de la profondeur d'une *bottega* à un étage, ou d'une modeste maison de commerçant –, consistant en huit rangées clouées entre elles, comme un grand escalier de fortune, de façon que les enfants puissent facilement monter jusqu'en haut. Au sommet se dressait une effigie bourrée de paille du gros roi carnaval, avec une tête en toile peinte. Son visage ne ressemblait pas au bienveillant monarque que j'avais vu au cours des carnavals précédents, mais plutôt à un horrible démon, avec des crocs proéminents et des yeux injectés de sang.

Toutes les vanités collectées par les petits soldats du frère au cours des mois précédents étaient entassées sur la construction de bois fraîchement édifiée : colliers en or, monceaux de perles, piles d'écharpes en velours brodé, en satin et en soie *cangiante*, miroirs à main dorés, brosses et peignes en argent, filets en fil d'or, tapisseries à franges, tapis de Perse, vases et céramiques. Statues de Zeus, de Mars, d'Apollon, d'Eros, d'Athéna, d'Héra, d'Artémis, de Vénus et d'Hercule, symbole de la puissance de Florence. Tableau après tableau, sur bois, sur toile et sur pierre ; dessins sur papier à la pointe d'argent, à la sanguine, au crayon, à l'encre. Les crimes dont ils étaient accusés ne variaient pas : thèmes païens et nudité. Je ressentis la même émotion qu'en entrant pour la première fois dans le bureau de Laurent, quand j'avais été impressionnée par tant de beauté et de richesse.

Des trompettes retentirent ; des luths commencèrent à jouer. Francesco me poussa du coude en me désignant de la tête le tableau que je tenais.

Je m'avançai vers le bûcher, en même temps que d'autres éminents citoyens impatients de manifester leur piété en public. Les objets furent entassés au sommet de la structure, les planches arrosées de térébenthine ; je me détournai pour ne pas recevoir la fumée au visage et calai le portrait de Nannina sur le côté, entre deux grands chandeliers dont le piédestal sculpté représentait des femmes nues aux bras tendus vers le haut.

En faisant demi-tour, je frôlai un homme corpulent d'un certain âge, vêtu d'une robe noire à col montant ; à sa vue, je m'arrêtai un instant. Il devait avoir une soixantaine d'années ; ses yeux étaient cernés de rouge, son visage blême et bouffi ; la peau pendait sous son menton en galoche.

« Sandro ». J'entendis la voix de Léonard et eus aussitôt la vision de cet homme quelques années auparavant, portant une patte de caille rôtie à sa bouche d'un air jovial : « Hélas, pauvre oiseau... »

Sandro ne souriait plus, maintenant ; la lumière des torches qui se reflétait dans ses yeux hagards trahissait un désespoir infini.

Il me regarda sans me reconnaître ; son attention était absorbée par le tableau qu'il serrait dans ses bras. Il représentait une femme mince, aux membres élancés et à la peau nacrée. Elle était nue, mis à part une boucle de cheveux ambrés qui lui retombait sur un sein. Elle tendait un bras en direction du ciel.

Il ne la quittait pas des yeux, tendrement, tristement – puis, dans un sursaut de volonté, il la détacha de lui et la jeta sur la rangée la plus proche, par-dessus un grand vase sur lequel elle resta en équilibre.

Je le vis disparaître dans la foule comme je retournais auprès de mon mari.

Tandis que la cloche de la tour du palais commençait à sonner, quatre *fanciulli* descendirent de l'estrade et saisirent les torches qui avaient été préparées. Des bouchons de paille et d'herbes sèches avaient été insérés à quatre endroits sous le bûcher : sur le devant et à l'arrière, près du centre, ainsi qu'à chaque extrémité.

Des trompettes sonnèrent, des luths retentirent, des cymbales résonnèrent ; le silence se fit dans la foule quand les garçons en blanc entourèrent le prophète et joignirent leur jeunes voix tendres dans un hymne.

La paille s'enflamma rapidement ; des volutes noires montèrent dans les flammes étincelantes. Les planches prirent feu plus lentement, dégageant une puissante odeur de résine ; les vanités commencèrent à se consumer en dégageant d'étroits rubans de fumée noire.

Pendant deux heures, je restai au côté de Francesco pour regarder le feu brûler, voir la déesse nacrée de Botticelli noircir et disparaître. Au début, je tapais des pieds pour me réchauffer, mais quand les étages supérieurs du bûcher noircirent et tombèrent, le feu brûla de plus belle, et je défis mon *mantello* ; je pressais mes mains sur mes joues brûlantes pour me soulager.

Vers la fin, la chaleur nous contraignit à reculer. Francesco me prit le coude mais je restai immobile quelques instants, incapable de détacher mon regard de ces flammes rouge orange qui se détachaient contre le ciel rosissant. Les vanités gisaient, carbonisées et tordues jusqu'au cœur.

J'étais en nage quand nous retournâmes à notre carrosse. Sur le chemin du retour, le vent se leva ; des cendres rouges voletaient dans l'air pour se poser comme des lucioles brillantes sur la façade des bâtiments.

— Il y aura certainement des incendies cette nuit, dit Francesco.

Je ne répondis pas. Je restais le visage collé contre le carreau à regarder les cendres voler, pâles et silencieuses comme la neige.

60

Une attaque de Piero est imminente. On dit qu'il prévoit de s'approcher de la ville par le nord ; Sienne semble de nouveau vraisemblable. Préparez-vous à cette éventualité, mais ne soyez pas trop inquiet. Il n'a que les Orsini avec lui, et des mercenaires, peut-être mille trois cents hommes en tout. Pas assez.

Une fois qu'il aura échoué, profitez de l'occasion pour faire connaître le nouveau Conseil. Les arrabiati *sont devenus trop bruyants, comme Bernardo del Nero et ses* bigi. *Le Conseil doit les renverser.*

Réfugiée dans l'atelier secret à Santissima Annunziata, je récitai la lettre à Salai. Il l'écrivit sous ma dictée – maladroitement, avec une lenteur exaspérante, me forçant à répéter plusieurs fois ce que j'avais dit. Quand je voulus prendre le crayon moi-même, il recula.

— Non, Mona ! On pourrait reconnaître votre écriture.

Quand il eut enfin terminé et se leva pour m'accompagner à la sortie, je revins sur mon sujet.

— Pensez-vous... pensez-vous que Piero ait une chance de réussir ? Qu'il pourra reprendre Florence ?

Salai eut un air ironique ; feignant l'exaspération, il passa une main dans ses courtes boucles brunes.

— Je ne me préoccupe pas de politique, et m'y connais encore moins en questions militaires. Mais si quelqu'un veut détrôner ce prêcheur dément et ses sales gamins incendiaires, je prendrai volontiers les armes pour me joindre à eux.

— Savez-vous vous servir d'un poignard ? demandai-je, ce qui le fit sourire.

— Je suis né avec un couteau dans la main.

En prenant soin de ne pas me couper, je sortis l'arme à double tranchant de Zalumma de l'étui caché dans mon corsage.

Salai fit une grimace.

— Vous êtes bien une fille. Si vous ne vous mettez pas vous-même en pièces d'abord, votre adversaire sera plié en deux de rire avant que vous n'ayez eu le temps de sortir votre arme.

— Ne vous moquez pas de moi. Montrez-moi comment m'en servir.

— Léonard ne serait certainement pas d'accord, dit-il d'un ton taquin. Je n'ai jamais pu le convaincre d'en prendre un en main. Il est pire qu'une femme pour ce genre de choses.

— Léonard est loin.

— C'est vrai.

Il se mit à rire.

— Pour commencer, ne le mettez pas dans votre corsage. Ce n'est pas pratique, et cela vous ralentit. Cela vous oblige à lever la main pour le prendre. Il faut le garder dans votre ceinture.

— Mais je ne porte pas toujours une ceinture.

— Vous en porterez une, si vous voulez avoir une arme. Une bien large – d'ailleurs, c'est la mode, n'est-ce pas ? Glissez-le simplement dessous. Mais je vous en prie, ne le tenez pas comme si vous alliez manger avec.

Je considérai l'arme dans ma main.

— Avec votre permission, dit-il.

Il se plaça derrière moi, du côté de mon épaule droite, et posa sa main sur la mienne. J'avais les doigts crispés sur le manche ; il secoua mon poignet jusqu'à ce que je desserre un peu ma prise.

— Regardez, ordonna-t-il, vous le tenez avec la main par-dessus, et la pointe dirigée vers le sol. Faites exactement le contraire : la main dessous, la pointe vers le haut. Mais légèrement seulement. Comme cela.

Retournant ma main, il pointa la lame vers le haut ; je sentis la chaleur de son souffle contre mon oreille. Il sentait le vin et l'huile de lin. En le regardant, je remarquai pour la première fois que, malgré son manque de maturité, c'était un beau garçon de mon âge ; son corps était dur et musclé. Quand mon regard croisa le sien, il m'adressa un sourire enjôleur. Je devins toute rouge, gênée par cette intimité soudaine, et détournai les yeux. Je comprenais maintenant comment Isabella avait pu céder à son charme.

— C'est très bien, dit-il à voix basse. C'est une bonne chose qu'il soit à double tranchant ; c'est autant dont vous n'aurez pas à vous inquiéter. Maintenant, montrez-moi comment vous savez attaquer. Allez-y, tuez quelqu'un.

Je fis un pas en avant, et abaissai le couteau devant moi. Salai ricana.

— C'est parfait, à condition qu'il se tienne parfaitement tranquille et que vous vouliez lui faire une petite coupure puis le laisser s'enfuir. Regardez.

Il s'approcha de moi et, en un éclair, sortit des profondeurs de sa longue robe un long et mince poignard. Avant que je puisse esquisser un mouvement, il fit un pas en avant et baissa l'arme puis, dans un geste sauvage, il la remonta tout droit dans l'air.

— Vous voyez ?

Il se tourna vers moi, la lame toujours brandie.

— Attaquez bas, au ventre ; c'est la partie du corps la plus vulnérable. Même une faible femme peut y pénétrer. Le cœur, les poumons – il y a trop d'os devant, cela demande trop d'effort. Visez simplement le ventre, presque à l'aine, et ensuite, pour être sûre qu'il ne vous cause plus d'ennuis, remontez d'un coup sec. Jusqu'en haut, jusqu'à ce que les côtes vous arrêtent. Cela déchire les zones vitales. C'est ce qu'il suffit de faire pour tuer un homme. Il se videra de son sang aussi vite que si vous lui aviez tranché la gorge.

Il sourit et rengaina son poignard.

— A présent, allez-y.

Il avait à peine fini de parler que je bondis en avant, si vite qu'il sursauta. Conservant la lame légèrement relevée, je n'oubliai pas de frapper bas et de remonter le couteau tout droit, d'un mouvement brutal.

Salai fit claquer sa langue en signe d'appréciation.

— Et vous êtes une femme de la noblesse, venant d'une bonne famille ? Vous apprenez vite, Mona Lisa. Vous le tenez comme si vous étiez née dans la rue.

Ce soir-là, après dîner, je sortis seule sur le balcon. Je pris l'arme dans ma main, l'extrémité légèrement relevée, et m'entraînai. J'avançais un pied, je plongeais en avant avec le couteau ; je le remontais en écoutant la lame siffler dans l'air.

Je recommençai encore et encore. Je brandis le couteau, je blessai mon adversaire, je tuai. Maintes fois, je visai les entrailles des Pazzi ; les entrailles du troisième homme.

Piero n'arrivait pas. Quinze jours après que j'eus transmis le message à Salai, Zalumma entra dans mes appartements, le visage défait. Les nouvelles se répandaient dans toute la ville. Piero et ses hommes étaient venus de Sienne et avaient atteint San Gaggio au sud. Mais le ciel s'était ouvert en route ; une pluie violente avait contraint l'armée à chercher refuge pour attendre la fin de l'orage, lui faisant perdre la possibilité de se cacher dans la nuit. Ce retard avait permis aux troupes florentines stationnées à Pise, vers le nord, de prendre connaissance de leur manœuvre. Piero avait dû battre en retraite afin d'éviter d'être écrasé.

Les fidèles de Savonarole prétendirent, bien sûr, que Dieu avait parlé. Complètement abattus, nous n'osions plus dire un mot.

J'étais amère. Je savais que nous ne connaîtrions jamais la vérité, à cause de mon mari et des Pazzi. Le jour, je tenais mon enfant dans mes bras ; la nuit, je berçais mon couteau.

Considérant l'échec de l'invasion des Médicis, je supposais que Francesco serait de bonne humeur, qu'il jubilerait même. Mais le lendemain soir, au dîner, il parut préoccupé, et ne commenta nullement la tentative désastreuse de Piero pour prendre la ville.

— J'ai entendu dire, dit mon père d'un ton anodin, que les

conseillers nouvellement élus à la Seigneurie sont tous des *arrabiati*. Frère Jérôme doit être affreusement déçu.

Sans le regarder, Francesco murmura :

— Vous en savez beaucoup plus que moi.

Puis il émergea de sa morosité et dit, d'une voix plus forte :

— Cela n'a pas d'importance. Les choses changent à la Seigneurie. Pendant deux mois, nous souffrons avec les *arrabiati*. Qui sait ? La prochaine assemblée peut être composée uniquement de *piangioni*. De toute façon, la Seigneurie n'a pas trop de pouvoir de nuisance. Tout récemment, nous avons réussi à créer un Conseil des Huit, grâce à cette récente menace.

Mon regard se reporta sur mon assiette. Je savais qu'il voulait parler de Piero ; peut-être ne souhaitait-il pas prononcer le nom de mon beau-frère, de peur de m'offenser.

— Huit ? demanda mon père sur le ton de la conversation.

— Huit hommes élus pour défendre la ville contre la menace. Ils vont surveiller de très près Bernardo del Nero et son parti *bigi*. Ils prendront également des mesures strictes pour lutter contre l'espionnage. Toutes les lettres partant de Florence et y arrivant seront interceptées et lues. Les partisans des Médicis se verront refuser l'accès de leurs avenues préférées.

Je m'attaquai au morceau de lièvre rôti posé devant moi. Le grain était toujours cher, et Agrippina – qui boitait depuis ce terrible jour à la place des Grains – dépendait souvent des chasseurs des alentours pour remplir notre garde-manger. Je détachai la viande des os, mais n'en mangeai pas le moindre morceau.

— Que dit frère Jérôme de tout cela ? risqua mon père.

J'étais étonnée qu'il pose cette question. Il se rendait quotidiennement aux sermons du frère, restait parfois à s'entretenir avec lui ensuite : il aurait dû le savoir.

— En fait, c'est ce qu'il avait proposé, répondit mon mari d'un ton brusque.

Nous achevâmes le repas en silence. Francesco ne nous gratifia pas une seule fois de son sourire mielleux habituel.

Cette nuit-là, je quittai Zalumma pour descendre dans le bureau de mon mari. J'étais heureuse qu'il ne m'ait pas rendu d'autre visite après son unique tentative pour me féconder ; apparemment, son dégoût pour toute intimité sanctionnée par les liens du mariage était grand.

C'était la fin du printemps et le temps était agréable ; les fenêtres étaient ouvertes, et l'air était rempli de l'odeur des roses et du bruissement des insectes. Pourtant, je ne parvenais pas à tirer le moindre plaisir de la beauté de la nuit ; la certitude que Piero ne réussirait jamais à prendre la ville, que je serais obligée de vieillir et mourir avec Francesco dans une cité dirigée par un fou m'empêchait de dormir.

Je pénétrai dans le bureau : il était sombre, à part la lampe qui vacillait dans la pièce contiguë. Sans perdre de temps, je déverrouillai la serrure du tiroir, pensant ne rien y trouver et pouvoir retourner tranquillement dans mon lit.

Mais il y avait une lettre dans le tiroir, que je n'avais jamais vue, dont le sceau avait récemment été rompu. J'aurais préféré qu'il n'y en eût pas. Je n'étais pas d'humeur à discuter de l'échec de Piero avec Salai. Mais j'étais obligée de la prendre, de me glisser dans la chambre de mon mari – puisqu'il n'y avait pas de feu dans le bureau – et de la tenir près de la lampe.

Il semble que, du haut de sa chaire, notre prophète dénonce toujours Rome avec véhémence. Sa Sainteté est mécontente et, à ce jour, je n'ai plus grande possibilité de le calmer. Notre opération tout entière risque d'échouer. Au pied de qui déposerai-je cet échec monstrueux ? Mon intention était de laisser libre cours au prophète pour qu'il se déchaîne contre les Médicis – comment avez-vous pu vous méprendre ? Vous savez qu'il m'a fallu des années d'efforts pour accéder au pape, gagner sa confiance… et maintenant tout cela serait perdu par votre faute ? Ou dois-je vous donner le bénéfice du doute et attribuer cela à Antonio ? S'il a vraiment l'oreille du prophète, il doit être puissant. Exhortez-le à faire usage de tout son pouvoir de persuasion. S'il échoue – parce que le prophète ne lui fait plus confiance, ou qu'il a perdu sa détermination –, la décision vous appartient de vous débarrasser de lui, ou de disposer de la fille ou de l'enfant. Je m'en remets à votre choix, sachant que vous n'êtes pas entièrement désintéressé dans cette affaire. Si Antonio faiblit, reposez-vous une nouvelle fois sur Domenico, comme vous l'avez fait il y a si longtemps. Il a prouvé qu'il peut faire ce qui doit être fait.

Si le pape Alexandre agit contre le frère, nous n'avons pas d'autre choix que d'en arriver à des mesures extrêmes. Bernardo del Nero et ses bigi *devront peut-être servir d'exemples.*

— Antonio, murmurai-je.

Je m'appuyai contre la table de chevet, relus la lettre plusieurs fois.

J'avais sincèrement cru que Francesco m'avait épousée pour ma beauté.

« Si Antonio faiblit, reposez-vous une nouvelle fois sur Domenico, comme vous l'avez fait il y a si longtemps… »

Je pensai à mon père, triste et malade. Je me remémorai ce terrible moment dans la sacristie de San Marco, où frère Domenico se tenait au-dessus du corps de ma mère. Il avait croisé le regard de mon père, puis m'avait regardée ostensiblement.

Une menace.

Et mon père s'était agenouillé. En ravalant sa fureur, il s'était agenouillé.

Je me souvins de lui me suppliant, plus tard, de l'accompagner pour écouter le prêche de Savonarole. Quand j'avais refusé, il s'était mis à pleurer. Comme il l'avait fait le jour de mon mariage avec Julien, quand il m'avait avoué avec désespoir qu'il ne pouvait pas me protéger.

Je me remémorai la froideur de mon père envers Pic après la mort de ma mère, et de la relation difficile de mon père avec mon mari : « Disposer de la fille ou de l'enfant… »

J'étais trop horrifiée pour pleurer, trop blessée, trop terrifiée.

Je me redressai ; respirant difficilement, je fixai chaque mot pour les graver dans ma mémoire. Quand j'en eus terminé, je retournai dans le bureau de mon mari, remis la lettre dans le tiroir et le refermai.

Puis je remontai discrètement dans mes appartements, pris le couteau et le glissai dans ma ceinture. Ainsi armée, je traversai le couloir jusqu'à la chambre d'enfants. Matteo dormait dans son lit. Je ne le réveillai pas mais restai assise sur le sol à côté de lui, jusqu'à ce que j'entende Francesco rentrer puis se coucher, jusqu'à ce que la maison retrouve son calme, jusqu'à ce que l'aube vienne et que le soleil se lève enfin.

61

Tôt le matin, j'envoyai Zalumma à pied jusqu'à l'atelier de mon père pour lui dire que je souhaitais le voir seul. Elle revint moins de deux heures plus tard : il ne se sentait pas bien et rentrait chez lui directement, espérant que je voudrais bien lui rendre visite.

Il n'était pas malade. Dans le carrosse, tandis que nous nous rendions chez lui, Zalumma – Matteo en équilibre sur un genou – et moi, elle me regarda bien en face sans ciller, jusqu'à ce que je consente à lui parler.

— Mon père est mêlé à tout cela.

Il ne servait plus à rien de dissimuler la vérité. Je lui avais dévoilé le contenu de la première lettre que j'avais découverte dans le bureau de Francesco ; elle savait que mon mari était un partisan de Savonarole, et qu'il était mêlé de près ou de loin à la mort de Pic. Ce matin, m'ayant trouvée endormie près du berceau de Matteo, elle avait compris qu'un fait d'importance était survenu. Depuis que je l'avais envoyée parler à mon père, elle attendait que je la mette au courant.

Elle ne parut pas surprise.

— Avec Francesco ?

J'acquiesçai.

Son visage se durcit.

— Dans ce cas, pourquoi vas-tu le trouver ?

Visiblement, elle ne comprenait pas. Je regardai par la vitre sans répondre.

Mon père m'attendait dans la grande pièce où il avait accueilli Julien le jour de sa demande en mariage, celle-là même où ma mère avait reçu l'astrologue. C'était peu après midi, et les rideaux avaient été tirés pour laisser entrer le soleil ; mon père était assis en pleine lumière. Il se leva à mon entrée. Il n'y avait aucun serviteur auprès de lui, et j'envoyai Zalumma dans une autre pièce avec Matteo.

Ses traits étaient tirés, il paraissait inquiet. J'ignorais en quels termes exacts elle lui avait fait part de ma demande, à quoi il s'attendait : probablement pas à ce que j'allais lui dire.

Dès qu'elle eut refermé la porte derrière elle, je me redressai ; je n'avais même pas pris la peine de le saluer.

— Je sais que Francesco et vous êtes mêlés à des manœuvres autour de Savonarole, dis-je d'un ton étonnamment calme. Je suis au courant pour Pic.

Son visage se relâcha, sa bouche s'ouvrit. Alors qu'il s'avançait pour m'embrasser, il fit un pas en arrière, se rassit dans son fauteuil.

— Doux Jésus, murmura-t-il. Qui... qui t'a dit cela ? Zalumma ?

— Zalumma n'est au courant de rien.

— Un des serviteurs de Francesco, alors ?

Je secouai la tête.

— Je sais que vous allez parler à Savonarole, que vous devez l'inciter à prêcher contre les Médicis, et non contre le pape Alexandre. Mais vous n'y parvenez pas vraiment.

— Qui ? Qui t'a dit cela ?

Devant mon silence, la panique s'empara de lui.

— Tu es une espionne. Ma fille, une espionne des Médicis...

C'était plus une constatation qu'une accusation ; accablé, il prit sa tête dans ses mains.

— Je ne suis l'espionne de personne, dis-je. Je n'ai pas eu le moindre contact avec Piero depuis la mort de Julien. Je ne sais que ce que je viens de vous dire. Je suis tombée sur cette information par accident.

Il gémit ; je crus qu'il allait se mettre à pleurer.

— Je sais... je sais que vous avez agi ainsi pour me protéger, dis-je. Je ne suis pas venue ici pour vous accuser, mais pour vous aider.

Il me prit la main et la serra.

— Je suis navré, dit-il. Tu n'aurais pas dû apprendre cela. Pourtant je... frère Jérôme est un homme sincère. Un homme bon. Il veut accomplir la volonté divine. Je croyais sincèrement en lui. J'avais tant d'espoir... mais il est entouré de mauvaises personnes. Et il est trop influençable. Il fut un temps où j'avais sa confiance, mais je n'en suis plus certain maintenant.

— Vous n'avez jamais été en sécurité.

Mon père leva vers moi un regard vide.

— Je sais. Mais tu n'es plus en sécurité, non plus, à présent.

Je m'agenouillai à côté de lui, sa main toujours dans la mienne.

— Ne crois pas que je n'aie jamais pensé à partir. Il y a des années, après la mort de ta mère, je voulais t'emmener à la campagne, chez mon frère Giovanni, pensant que nous y serions tous deux en sécurité. Ils s'en sont aperçus. Ils ont envoyé un voyou chez mon frère pour le menacer avec un couteau ; ils en ont fait autant avec moi. Ils nous surveillent. Quand je te raccompagnerai au carrosse, Claudio observera attentivement ton visage. Si tu parais bouleversée, il racontera tout à Francesco dans le moindre détail.

Il inspira brièvement : il semblait avoir du mal à respirer.

— Il y a des choses que je ne peux pas te dire, comprends-tu ? Des choses que tu dois ignorer parce que Claudio puis Francesco les liront dans tes yeux. Parce que tu te conduiras imprudemment et nous mettras tous en danger, ainsi que Matteo.

J'hésitai un instant.

— Je ne peux pas croire que Francesco laisserait quelqu'un faire du mal à Matteo.

Mon mari semblait nourrir une affection sincère pour le petit garçon ; je devais en être persuadée pour ne pas devenir folle.

— Regarde-le, dit mon père, sans que je comprenne tout de suite de qui il parlait. C'est encore un bébé, mais même moi je vois qu'il ressemble à son vrai père !

Les mots me transpercèrent ; je me raidis.

— Et quand vous me regardez, quel visage voyez-vous ?

Il me regarda avec tristesse et amour.

— Je vois un visage beaucoup plus séduisant que le mien.

Il attira ma main à ses lèvres et l'embrassa ; puis il se leva, m'entraînant avec lui.

— Peu importe qu'ils me menacent, mais toi et le bébé – je vais trouver un moyen. Ils ont des espions partout, dans tout Florence, à Milan, à Rome… mais je vais vous trouver quelque part un endroit sûr. Plus un mot, tu ne dois en parler à personne. Plus tard, quand nous serons en sécurité, nous en discuterons de nouveau.

Il réfléchit un instant, puis demanda :

— Quelqu'un a-t-il vu Zalumma quand elle est venue me transmettre ton message ?

Je secouai la tête.

— Claudio était à la maison. Nous avons dit à tout le monde qu'elle allait me chercher quelque chose chez l'apothicaire.

C'était un alibi tout à fait crédible : la boutique de l'apothicaire était dans la même rue que celle de mon père.

Il fit un signe d'approbation.

— Bien. Dans ce cas, dis-leur que Zalumma a appris en passant que j'étais souffrant, et que j'étais rentré à la maison – c'est pourquoi tu es venue me voir. Assure-toi qu'elle dira bien la même chose. Et maintenant, tu as l'air heureuse car tu m'as vu, et tu sais que je n'ai rien de sérieux.

Il me prit brusquement dans ses bras et m'enlaça étroitement. Je me cramponnai à lui. Nous n'étions pas du même sang, mais il était davantage mon père qu'aucun autre homme.

Puis il se dégagea et prit un ton plus léger.

— Souris à présent. Souris et fais semblant d'être heureuse pour le salut de Matteo, pour le mien. Souris, affiche un air joyeux quand tu verras Claudio et quand tu rentreras chez toi, car il n'y a personne dans cette maison en qui tu puisses avoir confiance.

J'acquiesçai ; je l'embrassai, puis appelai Zalumma. Quand elle arriva, traînant mon fils, je lui dis que nous devions rester encore un peu chez Francesco – et qu'en attendant, il nous faudrait afficher un air heureux.

Nous regagnâmes ensuite notre carrosse, Matteo trottinant maladroitement à côté de moi. J'adressai un grand sourire à Claudio.

Ce jour-là, je n'eus d'autre choix que de laisser un livre sur ma table de chevet à l'attention d'Isabella. Malgré la crainte que j'avais de revoir Salai, les informations que je détenais étaient trop importantes pour que je les garde pour moi. Nos ennemis perdaient de leur influence sur le pape et le frère – plus important encore, ils songeaient à agir contre les *bigi*.

Mais je n'avais pas l'intention de lui raconter l'entière vérité. Cette nuit-là, je restai éveillée, me récitant la lettre en silence, en omettant toutes les références à Antonio, à la fille, à l'enfant. Cela n'avait pas d'importance : Léonard et Piero apprendraient le plus important.

Et Salai, en garçon insouciant, ne remarquerait pas la différence.

Au matin, la tête embrumée et fonctionnant au ralenti, j'informai Zalumma que j'aurais besoin de Claudio pour me conduire à Santissima Annunziata. Elle ne me posa aucune question, mais son expression sombre et préoccupée signifiait qu'elle devinait la raison de mon déplacement.

C'était la première semaine de mai. Dans le carrosse, je me renfrognai, clignant des yeux à la lumière du soleil, et pendant tout le trajet, je restai appuyée contre la portière.

Salai apparut à la porte de la chapelle ; je le suivis à bonne distance dans le couloir, en haut de l'escalier en colimaçon, et attendis auprès de lui tandis qu'il cognait sur le panneau de bois dans le mur, jusqu'à ce qu'il glisse de côté et que nous puissions entrer.

J'étais résolue à lui réciter mon texte rapidement, à ne pas perdre de temps en conversation et à prétexter une grande fatigue afin de pouvoir rentrer immédiatement à la maison.

Mais au lieu de s'asseoir aussitôt, comme d'habitude, à la petite table de Léonard – débarrassée de toutes les fournitures du peintre, mais garnie d'une fiole d'encre, d'une plume d'oie et de papier – pour recueillir sous ma dictée ce que j'avais appris la nuit précédente, tout sourire et visiblement très excité, il me désigna ma chaise basse.

— Si vous voulez bien, Mona Lisa... il vient tout de suite.

Il. Etonnée, je retins mon souffle et regardai autour de moi. Mon portrait était de nouveau sur le chevalet ; à côté, la petite table était couverte de pinceaux neufs, de petites assiettes en fer-blanc, avec une noix écrasée de *cinabrese* couleur chair, de la terre verte et un marron chaud.

Je portai la main à mon cou.

Tout est comme avant, me dis-je. Rien n'a changé. Léonard est ici, et tu es heureuse de le voir. Tu vas sourire et lui réciter exactement ce que tu avais prévu. Ensuite, tu poseras pour lui.

L'instant d'après, il se trouvait devant moi, souriant. Il paraissait frais et dispos, le visage hâlé. Ses cheveux étaient plus longs, jusqu'aux épaules, et il avait de nouveau laissé pousser sa barbe ; elle était courte, soigneusement taillée, presque complètement argentée.

Je lui rendis son sourire. Je me forçais un peu, mais certainement moins que pour Claudio.

— Madonna Lisa, dit-il en me prenant les mains. Quel plaisir de vous revoir ! Allez-vous bien ?

— Très bien, oui. Vous avez également bonne allure. Milan doit vous convenir. Etes-vous à Florence depuis longtemps ?

— Non, je viens d'arriver. Comment se porte votre famille ? Matteo ?

— Tout le monde va bien. Matteo n'arrête pas de grandir. Il court à présent, et nous épuise tous.

Je me forçai à rire, espérant que Léonard mettrait ma fatigue sur le compte de la maternité.

Lâchant mes mains, il fit un pas en arrière pour mieux me voir.

— Bien. Très bien. Salai dit que vous voulez nous faire part de quelque chose aujourd'hui. Commençons donc par cela, voulez-vous ?

Il croisa les bras. A la différence de Salai qui écrivait tout, Léonard se contentait de m'écouter.

— Très bien.

Je m'éclaircis la gorge et, à mon grand embarras, me sentis rougir.

— Je suis désolée, dis-je avec un petit sourire contrit. Je n'ai pas bien dormi cette nuit et suis assez fatiguée, mais... je ferai de mon mieux.

— Bien sûr, dit-il sans me quitter des yeux.

J'inspirai profondément et commençai. Les sept premières phrases de la lettre me vinrent sans peine ; je les voyais, écrites en lettres noires, épaisses, comme elles m'étaient apparues sur la page. Puis, malgré moi, je continuai :

— « Et maintenant tout cela serait perdu par votre faute ? Ou dois-je vous donner le bénéfice du doute... »

Je m'interrompis, prise de panique. Je connaissais la suite de la phrase : « ... et attribuer cela à Antonio ? ». Je n'osais prononcer le nom de mon père ; pourtant j'étais forcée d'aller au bout de ma pensée.

— Je suis désolée, dis-je une nouvelle fois, puis je continuai : « ... et attribuer cela à notre ami ? »

A partir de là, soucieuse de garder la cohérence de la lettre, je récitai tous les passages faisant référence à mon père, en prenant soin de remplacer son nom par le terme « notre ami ». Et je me concentrai de toutes mes forces pour ne pas bégayer au moment d'omettre les mots « ou de disposer de la fille ou de l'enfant ».

Quand j'eus terminé, je regardai Léonard. Il ne réagit pas ; il ne me quittait pas des yeux, le visage impénétrable, le regard intense.

Ce long silence me troubla ; je baissai les yeux et sentis avec déplaisir que mes joues rougissaient de nouveau.

A la fin, sa voix s'éleva, douce, sans le moindre soupçon de reproche.

— Vous êtes encore plus mauvais espion que je ne le supposais, Lisa. Il est évident que vous mentez.

— Pas du tout ! dis-je sans le regarder.

Il soupira puis reprit d'une voix résignée et triste :

— Très bien. Je vais formuler cela différemment. Vous ne dites pas toute la vérité. Vous savez qui est « notre ami ». Peut-être devrais-je vous demander de réciter cette phrase-là à plusieurs reprises… jusqu'à ce que vous me disiez exactement ce qui était écrit.

J'étais furieuse contre moi, et honteuse. Par bêtise, j'avais trahi l'homme qui avait le plus besoin de connaître la vérité.

— Je vous ai dit tout ce dont vous avez besoin. Vous ne pouvez pas – vous croyez que vous savez tout, mais ce n'est pas vrai.

Il ne perdit pas son calme.

— Madonna… Vous ne m'apprendrez rien que je ne sache déjà. Je sais que vous voulez le protéger, mais il est trop tard.

Je fermai les yeux, puis les rouvris.

— Vous devez me promettre que personne ne lui fera de mal, lui dis-je. Qu'il ne lui arrivera rien… Si je pensais que vous… que Piero était un danger pour lui, je…

— Lisa, dit-il d'une voix sévère. Vous tentez de protéger quelqu'un qui n'est pas digne de votre aide.

Il tourna le visage vers la fenêtre.

— J'avais espéré que nous n'en arriverions pas là, que vous seriez épargnée. Je me rends compte à présent que ce n'était qu'une question de temps.

— Si vous lui faites du mal, je ne vous aiderai plus, dis-je d'une voix tremblante.

— Salai ! appela-t-il, d'une voix si forte que je sursautai, croyant d'abord que c'était à moi qu'il s'adressait. Salai !

L'instant d'après, Salai apparut dans l'embrasure de la porte, tout sourire ; quand il nous vit, sa bonne humeur disparut.

— Surveille-la, ordonna Léonard.

Il sortit de la pièce. Un moment après, je l'entendis s'affairer dans la pièce contiguë, à la recherche de quelque chose.

Quand il revint, il tenait un carton ; il renvoya Salai d'un signe de tête. Puis il posa le carton sur la grande table contre le mur, l'ouvrit et commença à passer les dessins en revue – certains réalisés au fusain, d'autres à l'encre, la plupart à la sanguine délicatement estompée – jusqu'à ce qu'il trouve celui qu'il cherchait.

Il posa dessus un index accusateur.

Je m'approchai de lui pour regarder le dessin.

— Vous aviez raison, dit-il. J'ai fait un croquis

immédiatement après l'événement, et je l'ai gardé très longtemps. Celui-ci, je l'ai dessiné récemment, à Milan. Après que vous m'avez interrogé, je me suis rendu compte que le moment était venu pour vous de le voir.

Le dessin représentait une tête d'homme ; le cou et le haut du corps n'étaient qu'esquissés. Le sujet tournait la tête pour regarder par-dessus son épaule, loin derrière lui. Le capuchon dans lequel il était drapé lui cachait les cheveux, les oreilles et une grande partie du visage, ne laissant apparaître que le bout de son nez, son menton et sa bouche.

Les lèvres de l'homme étaient entrouvertes, un coin tiré vers le bas pendant qu'il tournait la tête ; en moi-même, j'entendis son exclamation d'étonnement. Bien que ses yeux fussent dissimulés, sa terreur, sa colère, ses regrets se lisaient dans le rictus de sa lèvre inférieure, dans la contraction des muscles de son cou.

Je le regardai attentivement. J'avais le sentiment de le connaître, mais je ne l'avais jamais vu.

— C'est le pénitent, dis-je. L'homme que vous avez vu au Dôme.

— Oui. Le reconnaissez-vous ?

J'hésitai.

— Non, finis-je par dire.

Il fit de la place sur la table, sortit le dessin du carton et le posa.

— J'ai appris récemment ce que je vais vous montrer.

Saisissant un morceau de sanguine, il me fit signe d'approcher puis se mit à dessiner, naturellement, comme on marche ou on respire. Il jeta quelques touches sur la mâchoire d'abord, et le menton ; je ne compris pas tout de suite qu'il crayonnait une barbe. Au fur et à mesure, la mâchoire du pénitent s'adoucit ; sa lèvre supérieure disparut sous une moustache. Il traça deux traits, et la bouche de l'homme prit soudain de l'âge.

Lentement, sous ses doigts, apparut un être que je connaissais, que j'avais vu tous les jours de ma vie.

Je me détournai, fermai les yeux : je ne voulais pas en voir plus.

— Vous le reconnaissez maintenant.

La voix de Léonard était douce et triste. Sans le regarder, je lui fis un signe de tête.

— Il ne s'est pas impliqué sans savoir ce qu'il faisait. Il est mêlé à la conspiration depuis le début. Il a rallié leurs rangs non par piété, mais par jalousie, par haine. Il ne mérite aucune protection. Il a détruit Anna Lucrezia. Détruit, le terme n'est pas trop fort.

Je lui tournai le dos, ainsi qu'au dessin. Je m'écartai d'un pas.

— Etes-vous allée le voir, Lisa ? Lui avez-vous parlé ? Avez-vous mentionné mon nom, celui de Piero ?

Je regagnai ma chaise, joignis les mains et me penchai en avant, les coudes sur les genoux. J'avais mal au cœur. J'avais pris mon couteau ce jour-là, impatiente de rencontrer le troisième homme.

Léonard resta près de la table et du dessin, mais il se tourna vers moi.

— Je vous en prie, répondez. Nous avons affaire à des gens qui ne reculent pas devant le meurtre. Etes-vous allée le voir ? Lui avez-vous dit quelque chose, avez-vous parlé à quelqu'un d'autre ?

— Non, dis-je.

Je n'avais dit à Léonard que la moitié de la vérité – prétendant que je n'avais pas parlé de lui, ni des lettres de Francesco. Peut-être cela se lisait-il sur mon visage, dans mon attitude, car il ne me posa plus de questions. Mais il ne réussit pas, malgré son charme, à me convaincre de poser pour lui ce jour-là, ni à m'inciter à lui raconter tout ce qui s'était passé pendant son absence. Je rentrai de bonne heure à la maison.

Francesco revint plus tard que d'habitude de sa *bottega*. Il ne passa pas par la chambre d'enfants pour nous embrasser, Matteo et moi ; il monta dans ses appartements et n'en sortit que pour dîner.

Mon père se présenta également en retard pour le repas, et lui non plus ne vint pas tout de suite dans la chambre d'enfants, comme il en avait l'habitude. En arrivant à table, je trouvai Francesco le visage fermé, abattu, en proie à une rage froide. Il murmura mon nom et me salua d'un bref signe de tête, mais ses traits ne se détendirent pas.

Mon père s'efforça de sourire – mais après ce que Léonard m'avait appris, je préférai éviter son regard. Quand le repas fut servi, il m'interrogea sur la santé de Matteo et sur la mienne ; mal à l'aise, je répondis brièvement. Après ces politesses, il commença à parler politique, comme souvent avec Francesco, de façon à faire mon éducation.

— Frère Jérôme travaille à une apologie, *Le Triomphe de la croix*. A ceux qui prétendent que c'est un hérétique, un rebelle à l'Eglise, ce travail montrera combien sa foi est orthodoxe. Il l'écrit spécialement pour Sa Sainteté, en réponse aux accusations suscitées par ses critiques.

Je jetai un coup d'œil de côté à Francesco, qui se concentrait sur sa *minestra* et ne manifesta aucune opinion sur le sujet.

— En tout cas, me risquai-je à dire, il s'est déchaîné contre Rome.

— Il prêche contre le péché, rétorqua mon père d'une voix calme. Pas contre la papauté. Ses écrits montreront quel respect il lui porte.

Bien que d'une opinion différente, je baissai les yeux sur mon assiette sans répondre.

— Je pense qu'il est sage de la part de frère Jérôme de poser ce genre de question, continua-t-il.

Devant notre absence de réaction, il préféra se taire, et nous continuâmes à dîner tous les trois en silence.

Au bout de quelques minutes, Francesco me surprit en prenant brusquement la parole, avec amertume.

— Laissons le prophète écrire ce qu'il veut. D'après certains, il a peu de chances de calmer Sa Sainteté.

Mon père leva les yeux de son assiette mais, devant le regard glacial mon époux, il s'empressa de les baisser.

Le dîner se termina sans mot dire. Mon père prit immédiatement congé, ce dont je me réjouis : j'étais beaucoup trop troublée par ce que je venais d'apprendre pour me sentir à l'aise avec lui. Francesco retourna dans sa chambre. Montant à la chambre d'enfants, je me forçai à jouer avec Matteo pour m'égayer un peu et effacer l'image de mon père plongeant sa lame dans le dos de Julien.

Ce ne fut qu'après avoir couché mon fils et regagné ma chambre que je compris la raison de la colère de Francesco. A peine avais-je atteint la porte qu'elle s'ouvrit devant moi ; Zalumma me saisit le bras et me tira à l'intérieur. Elle referma promptement le battant derrière nous, puis s'appuya dessus, les yeux brillants, refrénant difficilement son excitation.

— As-tu entendu ? As-tu entendu ? Isabella vient de me le dire… les nouvelles se répandent vite ce soir !

— Entendu quoi ?

— Savonarole. Le pape l'a enfin excommunié.

62

L'été apporta une seconde épidémie, plus terrible encore, de la *moria*, la mort. Florence fut durement touchée : on voyait des civières partout, transportant jusqu'aux hôpitaux ces piétons qui s'étaient évanouis sur le chemin de leur maison, de leur boutique, de leur église.

Je cessai mes visites à Santissima Annunziata. Même si j'avais voulu m'aventurer à travers les rues hantées par la peste, je n'avais plus aucune nouvelle à partager avec Léonard, puisque je ne pouvais plus accéder au courrier de mon mari. Par peur de la contagion, Francesco avait renoncé à ses sorties nocturnes et restait dans ses appartements, assis à son bureau la plupart du temps ; il ne sortait que pour se rendre à sa boutique toute proche et, plus rarement, quand des affaires importantes le réclamaient, au palais de la Seigneurie. Pourtant, en dépit de la *moria*, il reçut plus de visiteurs que jamais : des seigneurs prieurs, des *buonomi*, et bien d'autres individus qu'il ne me présenta jamais et à propos de qui je ne posai pas de questions. Savonarole était en danger, et Francesco essayait désespérément de le sauver.

Pour éviter le danger que représentait la traversée régulière de l'Arno, mon père vint habiter quelque temps avec nous. Souvent, Francesco l'appelait une fois que les visiteurs avaient quitté son bureau ; ils discutaient longtemps ensemble. Je n'essayai jamais de les espionner, mais il arrivait que j'entende leur voix, et le ton de leur conversation. Mon mari paraissait toujours vouloir convaincre ; mon père semblait simplement malheureux.

Après une visite étrangement matinale, et interminable, de

la part d'un des seigneurs prieurs, ils descendirent un matin prendre leur déjeuner. J'étais assise à table avec Matteo, qui se tortillait sur mes genoux. Jamais auparavant je ne l'avais fait assister à un repas, mais il avait presque deux ans et je rêvais de lui apprendre à manger avec une cuillère. Quand les deux hommes arrivèrent, Matteo tapait joyeusement l'ustensile contre la belle table vernie de Francesco. Compte tenu de l'humeur exécrable qu'il avait manifestée ces derniers jours, je m'attendais qu'il le réprimande. Mais pour la première fois depuis des jours, il souriait.

Mon père se tenait à ses côtés, l'air sévère et circonspect.

— Merveilleuse nouvelle ! s'exclama Francesco, élevant la voix pour couvrir le bruit que faisait Matteo.

Il était de trop bonne humeur pour se laisser irriter par une broutille.

— Nous venons de capturer un espion des Médicis !

Le souffle coupé, je me redressai, manquant de recevoir le bras de mon fils dans la figure.

— Un espion ?

Mon père parut ressentir la peur soudaine qui s'était emparée de moi ; tirant une chaise, il s'assit à mon côté.

— Lamberto dell'Antello. Vous avez entendu parler de lui : c'était un ami de Piero, dit-il à voix basse à mon oreille. Il est même allé avec Piero à Rome. Il a été pris alors qu'il tentait d'entrer dans Florence avec une lettre…

Francesco se tenait devant nous, tout sourire ; je posai la main sur le poignet de Matteo pour le retenir, sans me préoccuper de ses protestations.

— Il a été capturé hier ; on l'interroge en ce moment. Ce sera la fin des *bigi*. Lamberto parle et donne des noms.

Il se dirigea vers la cuisine.

— Où est Agrippina ? Je voudrais quelque chose à manger, et vite. Je dois aller au palais de la Seigneurie ce matin. Ils le détiennent au Bargello.

— Croyez-vous qu'il soit bien prudent de sortir ? demandai-je, plus par souci des apparences que pour Francesco.

— Peu importe… c'est beaucoup trop important !

Il disparut dans la cuisine.

— Agrippina !

Dès qu'il fut parti, mon père m'observa attentivement. Je m'efforçai de paraître plus absorbée par les manœuvres de mon enfant que par les nouvelles de Lamberto. Toutefois, je savais que je ne pouvais pas lui cacher ma peur.

Pas plus qu'il ne pouvait me cacher la sienne.

Après que Francesco eut mangé et fut parti en carrosse, mon père et moi emmenâmes Matteo courir dans les jardins derrière le palais. L'herbe était verte et luxuriante, la brume montant de la fontaine du lion, douce et fraîche. Je marchai à côté de mon père, laissant mon fils trotter devant nous, lui rappelant de temps à autre de ne pas piétiner les buis ni toucher aux buissons de rosiers épineux. C'était peine perdue.

J'étais toujours en colère contre mon père. Je savais qu'il ne me causerait jamais de mal mais, à chaque fois que je le regardais, je voyais le pénitent. Ce qui ne m'empêchait pas de m'inquiéter pour lui.

— J'ai peur, lui dis-je. L'excommunication... Francesco dira que vous n'avez pas rempli votre mission.

Il haussa les épaules, comme si cela n'avait pas d'importance.

— Ne t'inquiète pas pour moi. J'ai parlé avec frère Jérôme. Il est maintenant convaincu qu'il doit faire amende honorable. Il sait qu'il a eu tort – qu'il n'a pas pu tenir sa langue, et qu'il ne se contrôle plus quand il est en chaire. Mais il a l'intention d'écrire son apologie. Et il a déjà fait parvenir plusieurs lettres personnelles à Sa Sainteté pour implorer son pardon. Alexandre va se calmer.

— Et s'il ne le fait pas ?

Mon père regardait devant lui son vigoureux petit-fils.

— Dans ce cas, Florence se retrouvera sous le coup d'un interdit papal. Aucune ville chrétienne ne pourra plus faire d'affaires avec nous tant que nous n'aurons pas livré Savonarole pour qu'il subisse son châtiment. Mais cela ne se produira pas.

Il me prit la main pour me rassurer.

Je ne pus m'empêcher de la lui retirer. Il parut blessé.

— Tu es en colère contre moi. Je ne peux pas te blâmer, après les terribles actes que j'ai commis. Des crimes pour lesquels je prie Dieu de me pardonner, bien que j'aie depuis longtemps renoncé au paradis.

— Je ne suis pas en colère, dis-je. Je ne veux qu'une chose : quitter Florence avec Matteo. Je ne peux plus supporter de rester ici. Cela devient trop dangereux.

— C'est vrai, reconnut-il tristement. Mais pour le moment, c'est impossible. Quand ils ont trouvé Lamberto dell'Antello, les seigneurs prieurs sont devenus fous. Ils se sont tous transformés en *piangioni* assoiffés de sang. Ils ont fermé les neuf portes de la ville : personne ne peut plus entrer ni sortir ; toutes les lettres sont interceptées, lues par le Conseil des Huit. Ils interrogent tout le monde à la recherche des espions des Médicis. Si je n'étais pas utile à Francesco, ils nous interrogeraient aussi.

Sa voix devint rauque.

— Ils vont détruire les *bigi*... tous ceux qui ont eu des sympathies pour Laurent et ses fils. Et ils auront la tête de Bernardo del Nero.

— Non, murmurai-je.

Bernardo del Nero était l'un des citoyens les plus respectés de Florence, intime de tout temps de Laurent de Médicis. C'était un septuagénaire en pleine possession de ses moyens, aussi bien physiques qu'intellectuels, qui, étant resté veuf et sans enfants, avait consacré sa vie au gouvernement de la ville. Il avait magnifiquement rempli les fonctions de gonfalonier et était d'une honnêteté irréprochable ; c'était un homme à ce point apprécié que même les membres de la Seigneurie respectaient et toléraient ses positions politiques en tant que chef des *bigi*.

— Ils n'oseraient pas lui faire du mal ! Les citoyens ne le permettraient pas.

Mais j'étais encore plus inquiète pour Léonard : il ne pouvait plus sortir de la ville et se voyait empêché de communiquer avec l'extérieur.

Mon père secouait la tête.

— Ils devront le supporter. La réapparition de Lamberto dell'Antello a rempli de peur le cœur de chaque *piangione*.

Après les émeutes de la place des Grains, la Seigneurie veut étouffer tous les *« Palle, palle ! »* qui pourraient retentir.

— Quand Piero a été chassé, dis-je, Savonarole a demandé le pardon pour tous les amis des Médicis. Il a insisté pour que chacun soit pardonné.

Mon père parcourut l'allée bordée de rosiers en fleur et de topiaires jusqu'à l'extrémité du jardin puis il reporta les yeux sur son petit-fils, qui s'amusait avec un malheureux scarabée. Cette vision aurait dû le réjouir ; au lieu de cela, ses yeux devinrent hagards.

— Il n'y aura plus de pardon désormais, dit-il avec la conviction d'un homme qui détient des secrets. Plus d'espoir non plus. Il n'y aura plus que du sang.

J'aurais voulu aller à Santissima Annunziata pour avertir Léonard du péril imminent qui menaçait Bernardo del Nero et son parti, mais Francesco refusa que je quitte la maison pour aller prier – surtout à la chapelle de famille, en face de l'hospice des enfants trouvés, qui accueillait de nombreux malades. Et il ne servait à rien d'essayer de convaincre Claudio d'enfreindre les ordres de son maître.

Je restai cloîtrée à la maison. Les lettres de Francesco avaient toutes évoqué les *bigi* comme des ennemis auxquels il fallait s'opposer ; à présent, il était clair qu'il fallait les anéantir. Léonard était certainement plus au courant que moi du danger qui les menaçait.

Entre-temps, je me glissai sur mon balcon et dégainai mon couteau. Mon adversaire n'était plus le troisième homme, le meurtrier de mon vrai père. C'était Francesco, c'était l'auteur des lettres – les meurtriers de *mon* bien-aimé Julien. Soir après soir, je maniai ma lame. Soir après soir, je les tuai tous les deux, et y trouvai du réconfort.

Des arrestations eurent lieu ; les accusés furent torturés. A la fin, cinq hommes furent retenus et amenés devant la Seigneurie et le Grand Conseil pour recevoir leur sentence : l'auguste Bernardo del Nero ; Laurent Tornabuoni, le jeune cousin de Piero, qui, bien que chef en titre des *bigi*, était néanmoins un citoyen très aimé et un pieux *piangione* ; Niccolo Ridolfi, un homme d'un certain âge dont le fils avait épousé Contessina, la fille de Laurent ; Giannozzo Pucci, un jeune ami de Piero ; et Giovanni Cambi, qui avait fait de nombreuses affaires avec les Médicis.

« Pitié ! » criaient leurs partisans, certains que les condamnations seraient légères et, dans le cas de Bernardo del Nero, commuées. Les accusés étaient des notables, admirés de tous ; leur confession – selon laquelle ils travaillaient activement au retour de Piero comme dirigeant de la ville – avait été obtenue sous les plus effroyables tortures.

Le peuple attendait l'avis de Savonarole. Le frère appellerait une nouvelle fois au pardon, à l'indulgence.

Mais frère Jérôme était trop préoccupé par ses propres efforts pour apaiser le courroux du pape. Il déclara publiquement qu'il ne voulait plus être ennuyé avec des problèmes politiques.

— Qu'ils meurent tous ou qu'on les chasse. Cela m'est égal.

Ses paroles furent répétées des milliers de fois par des partisans dont les yeux étaient aveuglés, dont les voix ne pouvaient se faire entendre.

Trois heures avant l'aube du 27 août, nous fûmes réveillées en sursaut, Zalumma et moi, par des coups sur la porte de ma chambre. Zalumma roula hors de sa couche et alla ouvrir : c'était Isabella, les cheveux en désordre, aveuglée par la lumière de la bougie qu'elle tenait. A moitié endormie, je m'avançai dans l'embrasure de la porte.

— Votre mari vous réclame, dit-elle. Il faut que vous vous habilliez rapidement pour un événement grave, et que vous descendiez.

Je fronçai les sourcils et me frottai les yeux.

— Et Zalumma ?

Je l'entendais derrière moi qui s'efforçait de trouver la pierre à briquet pour allumer la lampe.

— Vous seulement.

Tandis que Zalumma laçait ma modeste robe de soie grise

brodée de noir, je commençai à m'inquiéter. Quel était cet « événement grave » qui valait qu'on me réveille au milieu de la nuit ? Peut-être quelqu'un était-il mort ; je pensai aussitôt à mon père. L'excommunication de Savonarole lui avait valu les foudres de ses maîtres. Avaient-ils décidé de se débarrasser de lui ?

L'air était lourd, chaud, immobile ; à cause de la chaleur, j'avais dormi d'un sommeil agité. Une fois habillée, j'étais en nage.

Quittant Zalumma, je descendis l'escalier, m'arrêtant à l'étage en dessous pour passer par les chambres d'invités où dormait à présent mon père. Je fis halte devant la porte close – mais mon inquiétude eut raison de ma courtoisie. J'ouvris un instant la porte, juste le temps de m'assurer qu'il dormait.

Rassurée, je refermai doucement le battant et descendis retrouver Francesco.

Parfaitement réveillé, impatient, il faisait les cent pas devant l'entrée principale. Il n'avait pas l'air particulièrement heureux, mais je lus sur son visage et dans ses yeux une expression d'excitation triomphale, une joie cynique. Je m'aperçus alors que nous attendions Claudio, et que quelque chose d'important avait dû se produire pour que Francesco prenne le risque de s'exposer, ainsi que son épouse, à la peste.

— Quelqu'un est-il mort ? demandai-je sur le ton compatissant d'une bonne épouse.

— Je préfère ne pas vous en parler maintenant ; vous vous énerveriez, comme le font toutes les femmes dans de telles circonstances. Vous verrez bien assez tôt où nous allons. Je vous demande seulement de vous contenir, de faire preuve de toute la bravoure dont vous êtes capable. J'aimerais pouvoir être fier de vous.

Je le regardai, sentant poindre la peur.

— Je ferai tout mon possible.

Avec un petit sourire lugubre, il m'escorta hors de la maison jusqu'au carrosse, où Claudio nous attendait. Dehors, l'air était étouffant, sans le moindre souffle de fraîcheur. Nous restâmes silencieux pendant le trajet. Je regardais les rues sombres par la vitre, ma peur croissant à mesure que nous roulions vers l'est en direction du Dôme, puis vers le sud.

Nous arrivâmes sur la place de la Seigneurie. Toutes les lampes étaient allumées aux fenêtres du palais des seigneurs prieurs – mais ce n'était pas là notre destination. Nous nous arrêtâmes devant le bâtiment adjacent : le Bargello, la prison dans laquelle j'avais été détenue, où Léonard avait été emmené par les « officiers de la nuit ». C'était une sinistre forteresse carrée ornée de créneaux. De grandes torches brûlaient de chaque côté des portes massives.

Mon cœur s'arrêta de battre quand le cocher ouvrit la porte. Ils ont capturé Léonard, pensai-je. Francesco est au courant de tout. Il m'a amenée ici pour être interrogée... Mais je réussis à cacher mon trouble, à garder un visage imperturbable tandis que je prenais le bras de Claudio et posais un pied léger sur les pavés. J'eus une pensée fugitive pour le couteau de Zalumma que j'avais laissé à la maison, sous mon matelas.

Francesco descendit du carrosse à ma suite, puis me prit fermement le coude. Tandis qu'il me dirigeait vers les portes, je vis des chariots qui attendaient à proximité – cinq véhicules rassemblés sous la surveillance de petits groupes d'hommes à l'allure macabre, habillés de noir. Un cri funèbre me fit tourner la tête pour les regarder plus attentivement : une femme voilée de noir était assise dans un des chariots, sanglotant si violemment qu'elle serait tombée si le conducteur ne l'avait retenue.

Nous entrâmes. Je m'attendais à ce qu'on me conduise dans une cellule ou dans une salle remplie de prieurs accusateurs. Des gardes en armes ne nous quittèrent pas des yeux tandis que nous franchissions le hall d'entrée, débouchant dans une vaste cour. A chacun des quatre coins se dressait un large pilier, fait de la même pierre brune et triste que le bâtiment, où un anneau de fer forgé accueillait une torche. La lumière que répandaient ces flambeaux était mouvante et orangée.

Contre le mur le plus éloigné, un escalier raide descendait d'un balcon ; au pied des marches se dressait une vaste estrade récemment construite. Des bottes de paille avaient été répandues à la surface. Entre les odeurs de bois et de paille, on distinguait vaguement un fétide relent d'excréments humains.

Francesco et moi n'étions pas seuls. D'autres *piangioni* de haut rang étaient présents : sept seigneurs prieurs en nage dans leur tunique écarlate, une poignée de *buonomi*, des membres du Conseil des Huit. Le plus éminent d'entre tous était le gonfalonier Francesco Valeri, qui accomplissait son troisième mandat ; cet homme maigre au regard dur, à la longue chevelure argentée, avait maintes fois réclamé le sang des *bigi*. Il avait amené sa jeune femme, une ravissante créature aux boucles dorées. Nous nous saluâmes d'un signe de tête, puis rejoignîmes la foule massée devant l'estrade. Je respirais plus librement ; j'étais là en tant que témoin, et non comme prisonnière, du moins pour le moment.

Les gens qui s'entretenaient à voix basse firent silence quand un homme monta sur l'échafaud : un bourreau portant une hache. Un autre homme l'accompagnait, qui posa un billot de bois sur la paille.

— Non, murmurai-je à part moi.

Je me remémorai ce que m'avait dit mon père à propos des *bigi* ; je n'avais pas voulu y croire. Aurais-je empêché cela si j'avais trouvé un moyen de voir Léonard ?

Francesco pencha la tête vers moi pour me signifier qu'il ne m'avait pas entendue et que je devais répéter, mais je me tus. Comme les autres, je ne quittai pas des yeux l'échafaud, le bourreau, la paille.

On entendit d'abord le cliquetis des chaînes puis l'accusé apparut au balcon, flanqué d'hommes portant un long sabre à la hanche.

Bernardo del Nero était le premier. Il avait toujours été un homme d'une grande dignité avec ses cheveux blancs, ses yeux sérieux et son nez droit. Ses yeux étaient maintenant bouffis et presque totalement fermés ; son nez, tordu et couvert d'une croûte de sang noir, horriblement enflé. Incapable de se tenir droit, il s'appuya lourdement sur son geôlier pour descendre pas à pas l'escalier. Comme ses camarades, il avait été contraint d'abandonner ses chaussures et devait affronter la mort nu-pieds.

Le jeune Laurent Tornabuoni était méconnaissable ; l'arête de son nez avait été fracassée et son visage était si tuméfié qu'il ne voyait plus rien ; il dut se laisser guider pour descendre l'escalier. Trois autres prisonniers suivirent : Niccolo Ridolfi,

Giannozzo Pucci, Giovanni Cambi, tous brisés et d'allure résignée. Aucun ne parut remarquer la foule réunie pour les voir.

Quand ils furent rassemblés sur l'échafaud, le gonfalonier lut les chefs d'accusation et la sentence : espionnage et trahison, mort par décapitation.

Bernardo del Nero se vit accorder le privilège de mourir le premier. Lorsque le bourreau lui demanda son pardon, il se l'entendit accorder d'une voix faible et pâteuse. Puis Bernardo jeta un regard sur notre petit groupe.

— Que Dieu vous pardonne également, dit-il.

Il était trop faible pour s'agenouiller seul ; un garde l'aida à placer son menton dans le creux taché de noir du billot.

— Frappe d'un bon coup, demanda-t-il tandis que le bourreau levait sa hache.

Peu m'importait que Francesco soit fier de moi ; je détournai le visage, fermai les yeux. Mais je les ouvris de nouveau presque aussitôt, surprise par la chaude brumisation et l'exclamation de la foule. Du coin de l'œil, j'aperçus le corps de Bernardo tombant sur le côté, le sang jaillissant en arc de cercle de son cou sans tête, et un garde s'avançant pour ramasser dans la paille quelque chose de rouge et de rond.

Et brusquement les souvenirs me revinrent. Je me remémorai le jour – des années auparavant, dans l'église San Marco – où ma mère avait levé un regard halluciné vers Savonarole en chaire, et crié : « Des flammes le consumeront, jusqu'à ce que ses membres tombent, un par un, en enfer ! Cinq hommes sans tête le jetteront à terre ! »

Cinq hommes sans tête.

Je reculai, trébuchant sur la pantoufle d'un seigneur prieur. Francesco me prit le bras et me força à me redresser.

— Ses nerfs ont lâché, chuchota-t-il à l'intention de l'offensé. Pardonnez-lui. Elle est jeune et n'a pas l'habitude de ce genre de spectacle ; elle va se reprendre.

Des gardes vinrent enlever le corps ; Tornabuoni fut poussé en avant, contraint de murmurer des paroles de miséricorde, de s'agenouiller, de mourir. Deux autres suivirent. Giovanni Cambi fut le dernier. Il s'évanouit de peur, et on dut le traîner jusqu'au billot ; il mourut en hurlant.

A la fin, la paille était trempée, l'odeur du bois couverte par celle du sang et du fer.

Quand nous reprîmes le chemin de la maison, l'obscurité n'avait pas encore commencé à se dissiper. Nous restâmes assis en silence jusqu'à ce que Francesco prenne brusquement la parole.

— Voilà ce qu'il advient des partisans des Médicis.

Il me regardait attentivement.

— Voilà ce qu'il advient des espions.

Ma pâleur avait-elle éveillé ses soupçons ? Ou se réjouissait-il simplement de sa victoire politique ? Quoi qu'il en soit, je préférai ne pas répondre. Je pensai aux paroles de ma mère – et à mon père : que lui arriverait-il quand le prophète serait détrôné ?

63

Le temps étant devenu moins chaud, l'épidémie de peste régressa. Mon père regagna sa maison, Francesco se remit à fréquenter ses prostituées et je retournai au marché, ainsi qu'à l'église le plus souvent possible. Un matin, bien que n'ayant trouvé aucune nouvelle lettre dans le bureau de Francesco, je posai le livre sur ma table de nuit ; le lendemain, je me rendis à Santissima Annunziata.

A mon grand soulagement, je trouvai Léonard en bonne forme. Il avait même travaillé sur le tableau. Les contours appuyés et les ombres de mes traits avaient été adoucis par l'application d'un léger *cinabrese*, qui formait comme un rideau de chair translucide. Je commençais à ressembler à une créature humaine.

Je lui fis part de l'avertissement de mon père selon lequel les *bigi* paieraient de leur sang, et de mon remords de n'avoir pas pu l'avertir.

— Ne vous sentez pas coupable, répondit-il. Nous connaissions le danger bien avant que votre père ne vous en fasse part. Si quelqu'un doit être blâmé, c'est bien moi. J'ai été incapable d'influer sur les événements à temps. Et c'est d'autant plus horrible que même si nous avions pu organiser une opération de sauvetage…

Il ne put continuer.

— Même s'ils avaient pu être sauvés, cela n'était pas à souhaiter, ajoutai-je.

— Oui, murmura-t-il. C'est toute l'horreur de la situation. Il vaut mieux qu'ils soient morts.

C'était vrai ; les exécutions avaient soulevé l'indignation de tous à Florence, y compris de la plupart des *piangioni* : ils estimaient que frère Jérôme aurait dû étendre son pardon comme il l'avait fait peu de temps après que Piero eut été banni. Elena, même la dévote Agrippina, qui n'avaient jamais osé risquer la désapprobation de mon mari, critiquaient maintenant ouvertement Savonarole.

— Ma mère avait dit... commençai-je avant de m'arrêter, soucieuse d'exprimer ma pensée sans passer pour une folle. Il y a des années, ma mère m'avait dit... que Savonarole serait déchu. Par cinq hommes sans tête.

— Votre mère ? Votre mère vous a parlé il y a des années de Savonarole ?

— Je sais que cela peut paraître étrange. Mais... je crois qu'elle disait la vérité. Je crois que cela causera la défaite de Savonarole. Il se peut même qu'il meure.

Il ne faisait plus un geste, et m'écoutait intensément.

— A-t-elle dit autre chose à propos de frère Jérôme ?

— Je pense qu'elle parlait de lui. Elle a dit : « Des flammes le consumeront, jusqu'à ce que ses membres tombent, un par un, en enfer ! Cinq hommes sans tête le jetteront à terre ! »

Ce qu'il répondit alors me stupéfia.

— Dans ce cas, il mourra par le feu. Ces exécutions auront signé son arrêt de mort. Nous nous y attendrons, nous nous préparerons pour cela.

— Vous me croyez ?

— Je crois votre mère.

Je le regardai avec tant d'insistance qu'il baissa les yeux.

— Je vous ai dit que j'avais vu votre mère une fois quand elle était enceinte de vous, dit-il avec une tendresse inattendue.

— Oui.

— Elle m'avait annoncé qu'elle portait une fille. Elle avait prédit que je ferais votre portrait.

Il hésita.

— Alors, je lui ai donné le médaillon de Julien assassiné. Je lui ai demandé de vous le transmettre, comme talisman.

Soudain, j'eus envie de pleurer. Je lui pris la main.

La Seigneurie s'efforça désespérément de reconquérir l'amour du peuple pour Savonarole. On commanda une médaille en l'honneur de frère Jérôme, avec son profil menaçant gravé sur une face et, sur l'autre, une main brandissant un sabre sous la légende *Ecce gladius Domini super terram cito et velociter.* Pire, ils l'encouragèrent à défier le pape, qui lui avait ordonné de ne plus prêcher. Francesco décréta que nous irions entendre le prophète parler. Mon père ne se sentait pas bien et décida de rester chez lui.

Les seigneurs prieurs avaient jugé que Savonarole devait faire son retour en chaire au Dôme, l'endroit le plus propice pour accueillir la foule qu'on escomptait pour l'événement ; mais lorsque nous entrâmes, Francesco et moi, dans la cathédrale, je fus surprise de voir qu'elle n'était pas même à moitié pleine. Les gens, semblait-il, n'étaient pas prêts à risquer l'excommunication d'un pape.

La décision de Francesco d'assister au sermon piquait ma curiosité. Après l'exécution des cinq *bigi*, il s'était abstenu de tout commentaire sur Savonarole. Il ne fanfaronnait plus sur les succès des *piangioni*, n'évoquait plus le prophète avec enthousiasme, ne reprenait plus Agrippina quand elle laissait échapper une critique sur le frère. Toutefois, notre présence à ce sermon qui défiait le pape était une manifestation de notre soutien le plus fervent. Ou, plutôt, une manifestation du désir de Francesco de surveiller son discours, et les réactions du public à son endroit.

Il n'y eut aucun pleur, ce jour-là, au Dôme ; aucune émotion latente : les citoyens se tenaient sur leurs gardes, et quand Savonarole monta en chaire, un grand silence se fit.

L'apparence de frère Jérôme était perturbante. Il avait jeûné durant ses mois de silence, et paraissait encore plus hagard que précédemment, ses yeux noirs creusant des trous brillants dans un visage d'ivoire jaunâtre. Se cramponnant au rebord de l'estrade, il contempla la foule ; une aura de malheur se dégageait de lui, un désespoir si profond qu'il était contraint de le partager sous peine de devenir fou. Il paraissait avoir du mal à respirer ; de l'endroit où j'étais assise, je voyais sa poitrine se soulever.

Quand il commença enfin à parler, je fus stupéfaite : j'avais oublié à quel point sa voix était haut perchée et éraillée.

Il entama la lecture de l'Evangile à mi-voix, d'un ton humble.

— Seigneur, voyez comme ceux qui me tourmentent sont devenus nombreux. Combien sont-ils qui se dressent contre moi ?

Il courba la tête et, trop ému pour parler, se tut pendant une bonne minute.

— Je ne suis qu'un instrument entre les mains de Dieu, reprit-il. Je ne recherche ni la renommée, ni la gloire ; j'ai supplié Dieu qu'il me permette de vivre la vie simple d'un moine et de faire vœu de silence, pour qu'on ne me voie plus jamais en chaire. Ceux d'entre vous qui m'ont critiqué, qui prétendent que j'aurais dû intervenir dans la politique récente de Florence : ne voyez-vous pas que je refuse de m'en mêler par humilité, et non par cruauté ? Ce n'est pas moi qui ai brandi la hache, ni qui...

Il ferma les yeux.

— Seigneur, permettez-moi de fermer les yeux, et de marquer une pause ! Permettez-moi de profiter d'une saison de silence ! Mais... Dieu ne m'entend pas. Il refuse de me laisser me reposer !

Quand le frère prit une bouffée d'air, cela fit l'effet d'un sanglot.

— Dieu refuse de me laisser me reposer. Sa volonté est que je parle – que je m'exprime contre les princes de ce monde, sans crainte de représailles.

Je sentis Francesco se raidir à côté de moi.

— Est-ce que je manque de respect à la papauté ? demanda frère Jérôme. Non ! C'est la propre institution de Dieu. Jésus n'a-t-il pas dit : « Sur cette pierre je bâtirai mon Eglise » ? Bien sûr, tout bon chrétien doit honorer le pape et se soumettre aux lois de l'Eglise. Mais un prophète – ou un pape – n'est qu'un instrument de Dieu, pas une idole qu'on doit vénérer. Et un prophète qu'on fait taire ne peut plus être un instrument... De même qu'un pape qui enfreint les lois de Dieu est un instrument brisé, un instrument sans valeur aucune. Si son cœur est plein de méchanceté, si ses oreilles n'entendent pas, comment peut-il être utile à Dieu ? Il ne le peut pas. Aussi les bons chrétiens doivent-ils faire la différence entre les lois de Dieu et celles des hommes. Alexandre est un instrument cassé, et l'excommunication qu'il a lancée contre moi est hérétique. Vous qui êtes venus aujourd'hui le savez au fond de votre cœur. Ceux qui ont gardé leurs distances par peur du pape sont des couards, et le Seigneur saura les reconnaître.

Je regardai mon mari. Imperturbable, il conservait les yeux fixés loin devant lui. Un silence inhabituel régnait dans le Dôme, et les mots de Savonarole résonnèrent dans la haute voûte de la coupole.

Le prêcheur soupira, secoua tristement la tête.

— J'essaie de dire du bien de sa Sainteté, mais quand je viens ici – dans cette sainte maison de Dieu – je suis obligé de proclamer la vérité. Je me dois d'avouer ce que Dieu lui-même m'a confié : « Jérôme, m'a-t-il dit, si tu es banni sur terre, tu seras béni des milliers de fois au paradis. »

Le prophète leva les bras au plafond et sourit comme s'il entendait Dieu ; quand Dieu eut fini de parler, il répondit dans un cri :

— O Seigneur ! Si je devais jamais chercher à obtenir l'absolution pour cette excommunication, envoyez-moi tout droit dans les entrailles de l'enfer !

Un souffle parcourut la cathédrale, venant des fidèles qui poussèrent une exclamation outragée. Francesco en faisait partie.

Puis le frère inclina humblement la tête. Quand il regarda de nouveau sa congrégation, il s'exprima d'une voix calme et douce.

— Mais comment adresser mes critiques à ceux qui prétendent que je ne parle pas au nom de Dieu ? Je vous le dis maintenant, le Seigneur dans Son infinie sagesse nous donnera bientôt un signal pour les faire taire à jamais. Je ne souhaite pas mettre Dieu au défi – mais si j'y suis contraint, je donnerai à Florence son miracle.

En regagnant à pied le carrosse, Francesco était tendu et distrait. Il était si absorbé dans ses pensées que, lorsque je m'adressai à lui, il leva les yeux vers moi et, l'espace d'un instant, parut ne pas me reconnaître.

— Frère Jérôme a besoin d'un miracle, dis-je avec prudence. Espérons que Dieu voudra bien lui en envoyer un sans tarder.

Mon mari me jeta un regard inquisiteur, mais ne répondit pas.

Maudits soient Ascanio Sforza et son frère Ludovic ! Et maudite soit la lettre du prophète aux princes ! Un des agents de Ludovic a réussi à se la procurer, et le cardinal Ascanio l'a remise entre les mains du pape. Notre mainmise sur la Seigneurie ne peut pas durer. Même les piangioni *sont divisés à présent. Si le frère continue comme vous le dites, un interdit papal sur Florence est inévitable.*

J'ai essayé de traiter avec Sa Sainteté comme avec Pic. Mais Alexandre est trop rusé, trop bien protégé. Il n'y a plus aucun espoir de le remplacer par quelqu'un de plus favorable à notre cause.

Le temps du prophète est compté, et le mien n'est pas encore arrivé. Je ne peux plus me reposer sur les troupes papales ; je n'ai pas assez d'amis au sein de la Seigneurie. Mais je ne renonce pas ! Il y a encore un recours. Donnez au prophète son miracle.

Si cela échoue, nous devrons rapidement trouver un moyen d'être acceptés par la Seigneurie et le peuple. Si Savonarole est considéré comme le diable, je dois apparaître comme un sauveur. Prenez cela en considération, et dites-moi ce que vous en pensez.

Dans l'atelier de Santissima Annunziata, je ne pouvais détacher mes yeux du portrait sur le chevalet. La peinture n'étant pas encore sèche – une couche d'un rose très pâle, qui donnait un léger éclat à mes joues et à mes lèvres –, je n'osais pas le toucher, malgré l'envie que j'en avais, particulièrement à un endroit dans le creux de mon cou.

— Il y a un peu de bleu là, dis-je.

Et de vert – la façon la plus légère de suggérer une veine sous la peau. Je suivis la ligne du doigt ; je devinais que si je pouvais le poser sur le panneau, je sentirais mon pouls.

— On dirait que je suis vivante.

Léonard sourit.

— Vous ne l'aviez pas remarqué auparavant ? Par moments, j'ai l'impression que je le vois battre. Votre peau est particulièrement transparente à cet endroit.

— Bien sûr que non. Je ne me regarde pas si longtemps dans le miroir.

— Dommage, dit-il, sans l'ombre d'une moquerie. Ce sont les êtres dotés de la plus grande beauté qui semblent le moins s'en rendre compte.

Il parlait avec tant de sincérité que j'en fus embarrassée ; je changeai de sujet.

— Je veux bien poser maintenant.

Comme à l'accoutumée, avant de commencer à poser, je récitai la lettre. Il écouta en fronçant légèrement les sourcils.

— Ils sont au désespoir maintenant, dit-il quand j'en eus terminé. Si Savonarole n'obtient pas son miracle, ils le jetteront aux loups et tenteront une autre stratégie. Il ne renoncera jamais.

— Et lui – qui que ce soit – veut prendre le contrôle de Florence.

Je me tus un instant.

— Qui est-ce ? Je sais déjà que c'est un Pazzi, mais j'aimerais comprendre pourquoi il désire à ce point le pouvoir.

Léonard ne répondit pas immédiatement.

— En quoi cela peut-il être dangereux pour moi de savoir cela ? insistai-je. Si je suis capturée, je risque fort d'être tuée, car je suis au courant de ces lettres. Je sais que cet homme voulait tuer le pape ; je sais qu'Ascanio Sforza et son frère Ludovic sont mêlés à cela.

Il me regarda attentivement pendant quelques instants, puis soupira. Nous savions tous deux que j'avais raison.

— Il s'appelle Salvatore. C'est le fils illégitime de Francesco de Pazzi, répondit-il. Il devait avoir dix ans à l'époque de l'assassinat de Julien, quand de nombreux membres de sa famille ont été exécutés par Laurent, et les autres exilés. Ils ont tout perdu : leurs biens, leurs terres… Lui et sa mère se sont enfuis à Rome. La plupart des Pazzi sont des gens honorables ; ils ont été traités de façon très injuste par Laurent, et ils en ont gardé une grande amertume. Mais ils désirent simplement revenir à Florence, dans leur demeure ancestrale. Quant à Salvatore, sa mère lui a inculqué dès son plus jeune âge une haine farouche. Il était très précoce et ambitieux ; il a très tôt décidé, pour se venger, de reprendre Florence au nom des Pazzi.

— Tout se répète, dis-je. Laurent s'est vengé, et maintenant les Pazzi veulent en faire autant.

— Pas tous les Pazzi. Salvatore seulement. Il s'est servi de la position de banquiers du pape qu'occupe la famille pour entrer dans les bonnes grâces d'Alexandre.

Interloquée, je me penchai en avant.

— Dans ce cas, pourquoi... pourquoi prendrait-il parti pour Savonarole ?

Léonard prit la chaise en face de la mienne.

— Cela, dit-il, est une très longue histoire. Elle a débuté avec Jean Pic. Quand il était jeune, c'était un séducteur et un bon philosophe. Le pape voulut l'excommunier – et envisagea même de le brûler – à cause de son syncrétisme, parfaitement opposé à la doctrine chrétienne. *Il Magnifico* fit preuve de diplomatie pour le sauver en 1490, bien avant que les relations entre les Médicis et la papauté ne se détériorent. Pic, toutefois, avait la mémoire courte. Il prit une maîtresse Pazzi, qui le retourna contre Laurent. Quand Julien mourut et que Laurent exerça sa terrible vengeance contre les Pazzi, Pic commença à chercher des moyens d'influencer le peuple contre les Médicis afin de les faire revenir. Quand il alla entendre Savonarole à Ferrare, il découvrit un homme très charismatique qui prêchait contre les riches et les corrompus. Il vit l'occasion de dresser le peuple contre Laurent. Frère Jérôme est un homme particulièrement naïf et impétueux. Pic ne se trompait pas en pensant qu'il pourrait le convaincre de prêcher contre les Médicis, en le persuadant que c'était sa propre idée.

Je l'interrompis.

— Savonarole connaît-il l'histoire des Pazzi ? Sait-il qui est ce Salvatore ?

Il secoua la tête.

— Pas du tout. Savonarole écoute votre père et frère Domenico. Mais c'est une autre partie de l'histoire. Quant à Pic...

Par sa maîtresse, il fit la connaissance de Salvatore, le fils de Francesco de Pazzi. Et quand les Pazzi furent chassés de Florence, Pic échangea une correspondance avec Salvatore. Il entretint la colère du garçon en lui racontant les excès des Médicis, la façon dont ils dilapidaient les fonds publics. Arrivé à l'âge adulte, Salvatore ne rêvait plus que d'arracher Florence aux Médicis. Il prit conseil auprès de Pic pour savoir comment il pourrait prendre la ville.

« Pic lui suggéra d'utiliser Savonarole pour influer sur l'opinion – et imagina de s'en servir comme d'un poison lent contre Laurent. Pic était suffisamment intime avec les Médicis pour savoir que Piero n'avait jamais cultivé les relations politiques de son père, et serait facile à renverser. Le projet originel était de tuer Laurent, chasser Piero et installer Salvatore comme nouveau maître de Florence.

« Malheureusement – ou heureusement, comme vous préférez – Laurent mourut avant que Salvatore soit parvenu à rassembler assez de troupes, ou à s'assurer suffisamment d'appuis au sein de la Seigneurie. Toutefois, il avait réussi à trouver un allié inconditionnel au sein du gouvernement : un partisan des Pazzi, un certain Francesco del Giocondo. Il le mit en rapport avec Jean Pic ; ensemble, ils conçurent un plan pour soulever Florence contre les Médicis. Je suis certain que le résultat de ce plan dépassa largement leurs espérances.

« Pourtant, au bout d'un moment, Pic ne parvint plus à supporter la culpabilité que lui avait occasionnée le meurtre de Laurent. Il commença à prendre Savonarole au mot, à se repentir. Il devint dangereux pour les autres, incapable de tenir un secret. Cela lui valut d'être tué.

— Par mon père, dis-je avec tristesse.

— Par Antonio di Gherardini, corrigea-t-il sans méchanceté. Antonio avait ses raisons pour soutenir les Pazzi. Il ne pensait pas se retrouver mêlé à une machination politique.

Je baissai les yeux et regardai mes mains. Comme à l'accoutumée, elles reposaient l'une sur l'autre, et c'est ainsi que Léonard avait voulu les peindre.

— Et Francesco m'a épousée afin de pouvoir contrôler mon père.

— Ne vous sous-estimez pas, Lisa, protesta Léonard. Vous

êtes une belle femme. Votre mari en a conscience ; j'ai vu au baptême comment il se conduisait en votre présence.

Je balayai le compliment d'un haussement d'épaules.

— Et qu'en est-il de la « lettre du prophète » ? En quoi a-t-elle précipité les choses pour eux ?

Il sourit légèrement.

— Savonarole est très difficile à contenir. Dans un moment d'autoglorification, il a écrit aux princes d'Europe – à Charles de France, à Frédéric d'Espagne et à l'empereur Maximilien, entre autres – en les incitant à s'unir pour déposer le pape. Il disait qu'Alexandre n'était pas un chrétien et ne croyait pas en Dieu.

Je le regardai, bouche bée.

— Il est fou !

— Probablement.

— Et vous devez avoir été mêlé à cela, dis-je. Quelqu'un a donné la lettre au duc Ludovic, qui l'a ensuite confiée à son frère, le cardinal Sforza, lequel l'a remise au pape.

Il ne répondit pas et se contenta de me regarder d'un air satisfait.

— Mais si, continuai-je, ce prétendu miracle échoue... si le peuple refuse de s'unir derrière Savonarole... que se passera-t-il ?

— La violence, dit-il.

— S'ils n'ont pas d'autre choix que de laisser Savonarole aller à sa perte – s'ils le tuent, ou s'arrangent pour qu'il soit tué –, ils n'auront plus besoin de mon père. Car Antonio...

Ses traits s'adoucirent ; il me plaignait. Mais je pouvais également lire sur son visage une certaine réticence.

— Que puis-je faire ?

Je croyais fermement en la prophétie de ma mère selon laquelle la mort du prophète était proche.

— Plus je reste, plus mon père est en danger. Il faut que vous nous aidiez. Faites-nous sortir de Florence. Emmenez-nous à Milan avec vous.

— Lisa...

Je perçus de la pitié dans sa voix.

— Si je le pouvais, je l'aurais fait depuis longtemps. Mais ce n'est pas si facile. Il y a vous, votre père, votre enfant... et votre esclave, je suppose. Quatre personnes. Et vous n'ignorez pas que vos allées et venues sont surveillées. C'est pour cette raison que je suis resté ici, à Santissima Annunziata, car vous pouvez y venir régulièrement sans éveiller les soupçons. Mais tant que votre mari exerce encore une certaine influence, vous ne réussirez jamais à franchir les portes de la ville.

— Alors je suis condamnée à rester, demandai-je avec amertume, jusqu'à ce qu'il soit trop tard et que mon père meure ?

Mes paroles le blessèrent, mais sa voix garda sa gentillesse.

— Votre père n'est pas sans ressources. Il a survécu jusqu'à aujourd'hui. Le temps viendra bientôt où vous pourrez partir. Je vous le promets. Il viendra.

— Il ne viendra jamais assez tôt, dis-je.

Il eût mieux valu que je me trompe.

64

Florence commençait à désespérer de voir arriver le miracle de Savonarole quand survint l'événement connu sous le nom du Jugement par le feu.

Pendant la période de silence de frère Jérôme, frère Domenico l'avait remplacé à la chaire de San Marco. Il n'était pas aussi populaire que son maître, étant de caractère plutôt borné et d'une intelligence limitée, mais il s'avérait extraordinairement tenace, et farouchement dévoué à Savonarole. Il soutenait obstinément que chaque mot tombé de la bouche de frère Jérôme y avait été placé par Dieu.

D'autres avaient commencé à prêcher – dont, à Santa Croce, un franciscain au discours véhément, frère Francesco da Puglia, qui proposa un défi audacieux : « Je marcherai dans les flammes avec tout homme désireux de prouver que Savonarole est un prophète qui transmet la vérité divine. Car je tiens frère Jérôme pour un menteur et un hérétique – et je crois que quiconque traverse les flammes en étant persuadé du contraire mourra. Je ne pense pas survivre non plus... mais il est certain que quiconque traverse victorieusement les flammes en croyant en frère Jérôme peut être assuré qu'il dit la vérité. »

Domenico entendit parler du défi. Un dimanche, il annonça depuis sa chaire de San Marco qu'il avait l'intention d'entrer dans le feu. Sa proclamation émut tant sa congrégation que tous, hommes comme femmes, proposèrent avec enthousiasme de le suivre dans les flammes.

Un vent de folie balaya la ville. Pour une fois, *arrabiati* et *piangioni* tombèrent d'accord : Savonarole devait relever le défi et prouver une fois pour toutes qu'il était consacré par Dieu.

Les deux partis présentèrent cette suggestion à la Seigneurie, qui approuva aussitôt la chose et annonça qu'une estrade serait construite sur la place de la Seigneurie ; le spectacle aurait lieu un samedi, le 7 avril, une heure après midi. Chacun était impatient d'assister à l'épreuve. Comme le résuma Léonard Strozzi, *arrabiato* respecté : « Nous demandons d'avoir très rapidement une clarification en ce qui concerne l'inspiration de Savonarole : Dieu ou le diable. »

Chacun était impatient, sauf Savonarole. Il regrettait, disait-il, que ses partisans soient impatients d'assister à une épreuve qui pourrait conduire quelqu'un à la mort ; ils avaient déjà eu suffisamment de preuves de son inspiration, et n'auraient pas dû en désirer d'autres. Il reprocha publiquement à Domenico de le mettre dans une situation « qui pourrait se révéler dangereuse pour d'autres que lui ». Il s'efforça en vain de convaincre les *piangioni* que l'épreuve était un spectacle inutile, vaniteux.

Mais il ne put l'arrêter.

— Si mon maître n'entre pas dans les flammes, dit Domenico, j'y entrerai moi-même, et prouverai qu'il est l'élu de Dieu.

Aussi, le samedi 7 avril à dix heures du matin, mon mari et moi nous rendîmes en carrosse au palais de la Seigneurie. D'extraordinaires précautions avaient été prises : les étrangers avaient été chassés, et toutes les portes de la ville fermées. De petites milices de quartier patrouillaient dans la ville, et les rues se remplissaient de *piangioni* se dirigeant à pied vers la place. Tous ses accès avaient été interdits, sauf trois qui étaient gardés par les soldats de la Seigneurie.

Les femmes n'étaient pas autorisées à assister au spectacle, du moins celles qui n'avaient pas de mari influent ni de carrosse. Francesco était à présent un des hommes les plus puissants de Florence : il avait enfin été élu seigneur prieur pour la session en cours. Nous avions donné une réception célébrant l'événement – une réception pour laquelle il avait dépensé sans compter, mais qu'aucun de ses amis *piangioni* n'avait semblé lui reprocher.

Mon époux était très fier de porter la longue tunique écarlate de prieur, surtout ce matin. Dès que les gardes la virent, ils se courbèrent pour le saluer. Francesco leur rendit leur salut d'un geste condescendant, et on nous fit signe de passer. De temps à autre, il me gratifiait de son petit sourire bienveillant ; le reste du temps, il se taisait en fronçant les sourcils. Il devait espérer que, d'une façon ou d'une autre, les choses s'arrangeraient en faveur de Savonarole.

Nous nous dirigeâmes vers le palais ; là, Francesco s'excusa pour aller rejoindre les autres seigneurs prieurs, assis dans le *ringhiera*, un patio recouvert et fermé par une barrière sur le devant du palais d'où l'on avait la meilleure vue de la place. Je m'installai un peu plus loin, dans une discrète loggia garnie de sièges confortables destinée aux femmes des membres du gouvernement ; elles étaient quatre. J'étais à côté de Violetta, la blonde épouse de Francesco Valeri, celui qui avait demandé la tête de Bernardo del Nero. La matinée était encore fraîche, mais Violetta avait apporté un éventail et l'agitait nerveusement, tout en parlant du miracle qui n'allait pas manquer de survenir. Quel plaisir ce serait, dit-elle, de voir les *arrabiati* enfin réduits au silence.

Je passai le temps en regardant alentour. Les seigneurs prieurs, y compris le gonfalonier Valori et mon mari, étaient assis à côté du lion de pierre massif, le royal *Marzocco* sculpté par Donatello. Près du lion, on voyait l'extrémité d'une longue plate-forme en bois. Elevée à bonne hauteur, elle n'était pas tout à fait assez large pour que deux hommes puissent y marcher côte à côte. En dessous, il y avait une tranchée remplie de branches et de petit bois, sur lesquels on avait placé des piles de briques crues pour empêcher la plateforme de brûler. Cette construction de taille respectable occupait presque toute la largeur de la place.

L'atmosphère rappelait celle du carnaval. Le temps était radieux, sans un nuage. Les piétons qui avaient envahi la place de bonne heure jubilaient. Les *piangioni* affichaient leur sympathie en arborant de petites croix rouges et en entonnant des cantiques ; les *arrabiati* et les non-affidés chantaient des chansons paillardes et échangeaient des plaisanteries.

Bien que Savonarole eût exhorté les fidèles à jeûner, des

serviteurs sortirent du palais et nous offrirent du pain, du fromage et du vin, comme si nous assistions à des joutes.

A la fin, deux hommes apparurent avec des brocs et commencèrent à arroser abondamment d'huile le petit bois. D'autres arrivèrent, munis de torches, et mirent le feu à la tranchée ; la foule applaudit. Une fumée noire s'éleva en volutes vers le ciel. Pendant environ une heure, les gens continuèrent à s'amuser et à s'échauffer en voyant le feu gagner l'ensemble du bois – mais l'excitation céda bientôt la place à l'impatience.

Pendant encore une heure, notre seule distraction fut l'apparition des franciscains. Ils arrivèrent ensemble, tous vêtus de leur robe grise et sans aucun ordre, comme un vol de pigeons. Leur représentant se rendit immédiatement auprès des prieurs dans la *ringhiera*, qui se rapprochèrent les uns des autres pour conférer. Pendant ce temps, les autres franciscains prenaient place dans la loggia adjacente à la nôtre.

A notre grand étonnement, Violetta posa son éventail et, s'approchant de la rambarde, souffla à leur intention :

— Pourquoi leur parle-t-il ? Votre frère n'a-t-il pas l'intention de pénétrer dans le feu ?

Un jeune moine lui jeta un regard dédaigneux puis, contre l'avis de ses aînés, se tourna pour lui répondre.

— Il y pénétrera. Il n'a pas peur. Mais nous avons des raisons de croire que frère Domenico – car c'est lui, et non Savonarole, qui répète obstinément qu'il va entrer dans le feu – porte des vêtements ensorcelés.

— Mensonges ! rétorqua Violetta.

Avec l'aide d'une épouse de *buonomo*, je la tirai en arrière pour la faire rasseoir.

Les dominicains tardaient à arriver ; la Seigneurie consentit à envoyer un massier pour les escorter jusqu'à la place. Leur entrée en scène fut des plus dramatiques : frère Domenico ouvrait la marche, portant sur son épaule une croix de martyr aussi grande que lui. Savonarole suivait, un petit réceptacle en argent contenant la Sainte Hostie dans les mains, car il avait insisté sur le fait que Domenico ne pourrait pas sortir vivant de l'épreuve s'il n'emportait pas l'hostie dans les flammes. Derrière eux venaient les hommes de la congrégation de San Marco, portant des torches et d'autres petites croix rouges, puis le reste des frères.

La foule éclata en sifflements, en hurlements de joie et en sanglots. Des hommes lancèrent des malédictions, des bénédictions, des prières et des insultes. Des moines, franciscains comme dominicains, se mirent à chanter.

Enfin, la congrégation de San Marco prit place, à bonne distance des franciscains ; puis Francesco Valori, le gonfalonier, fit signe à Domenico et à Savonarole de venir jusqu'à la *ringhiera*.

J'observai la discussion plus que je ne l'entendis : Valori parla à Savonarole, qui fit un geste exaspéré. Domenico – qui entre-temps avait abandonné sa croix – posa la main sur l'épaule de son maître pour le calmer. Puis Valori et mon mari l'escortèrent dans le palais de la Seigneurie.

La foule grondait. Les gens avaient attendu longtemps, et ne comprenaient pas que Domenico disparaisse ainsi. Mais pour nous, les femmes, c'était clair, et je ne fus aucunement surprise de le voir sortir peu de temps après dans une robe de franciscain. Violetta me poussa du coude et dit, assez fort pour que nos voisins franciscains l'entendent :

— Vous voyez ? Si ses vêtements avaient été ensorcelés, il ne les aurait pas si volontiers quittés. Il n'a pas peur d'entrer dans le feu.

Frère Domenico et Savonarole se dirigèrent bientôt vers l'entrée de la plate-forme, où se tenaient deux soldats et frère Julien, le jeune franciscain qui s'était proposé pour entrer dans le feu avec Domenico. A cet instant, il s'avança et les empêcha de passer – ce qui incita Domenico et Savonarole à regagner la *ringhiera* en hâte.

Un soupir d'exaspération monta de la foule.

Valori, mon mari et deux autres *piangioni* arrêtèrent Domenico, et lui expliquèrent rapidement quelque chose. Il secoua la tête d'un air offensé, mais, une nouvelle fois, se laissa conduire dans le palais.

A côté de moi, Violetta referma bruyamment son éventail, le jeta sur sa chaise et s'approcha de la balustrade qui surplombait la loggia.

— Que se passe-t-il maintenant ? demanda-t-elle. Vous

allez sans doute me dire que Domenico lui-même est ensorcelé, et qu'il ne peut donc pas pénétrer dans le feu !

Un franciscain plus âgé se tourna vers elle.

— Bien sûr que non, madame. Mais n'est-il pas possible que les sous-vêtements de frère Domenico soient aussi ensorcelés que ses vêtements extérieurs ? Peut-être trouvez-vous cela difficile à comprendre, pourtant certains d'entre nous croient sincèrement que le pouvoir de frère Jérôme ne vient pas de Dieu, mais d'une source malfaisante.

— C'est absurde !

Violetta se pencha au-dessus de la rambarde.

— Vous essayez de gagner du temps parce que vous avez peur !

— Bien sûr, nous avons peur, répondit le moine calmement. Nous savons que frère Jérôme mourrait en entrant dans le feu. Nous n'avons qu'une seule question à poser.

Violetta fronça les sourcils en attendant la suite.

— Si frère Jérôme n'a pas peur – s'il sait que Dieu va l'épargner, et prouver ainsi qu'il est un prophète – pourquoi ne pénètre-t-il pas tout de suite dans le feu pour clore le débat ?

Elle recula ; reprenant son siège, elle agita son éventail frénétiquement, marmonnant quelque chose au sujet de la malhonnêteté des franciscains. Mais je lus dans ses yeux une note de scepticisme. Une brise fraîche souleva mon voile. Je regardai le ciel, qui était si clair à notre arrivée. Le vent s'était levé, apportant de lourds nuages chargés de pluie.

Une nouvelle fois, Domenico apparut, probablement après avoir quitté ses sous-vêtements soi-disant ensorcelés. Puis il alla chercher la grande croix qu'il avait apportée jusqu'à la place. Mais le gonfalonier Valori lui tapa sur l'épaule et lui fit signe de la reposer ; il s'exécuta avec lassitude.

Dans la foule, quelques hommes poussèrent des exclamations d'indignation.

Entre-temps, un autre moine avait rejoint le jeune frère Julien ; tous deux se rendirent de nouveau auprès des membres du gouvernement dans la *ringhiera*. Savonarole attendait, non loin du réceptacle d'argent contenant l'hostie, qui avait été déposée avec révérence sur une table. Quand les deux franciscains commencèrent à parler aux autorités, frère

Jérôme se mit à vociférer. D'un geste véhément, il désigna le réceptacle d'argent, puis les autres moines, puis mon mari et Francesco Valori. Il se tourna ensuite vers Domenico et il parut évident, à voir ce dernier secouer la tête, qu'on n'était arrivé à rien.

— Que se passe-t-il ? demanda Violetta.

Les moines situés près de nous ne répondirent pas mais, ayant remarqué le geste emphatique de Savonarole en direction du réceptacle d'argent, je supposai :

— Ils ne veulent pas laisser Domenico porter l'hostie.

Tout le monde avait été d'accord sur ce point depuis le début. Un frère dominicain avait rêvé que Domenico traversait sans encombre le feu car il tenait une hostie consacrée ; Savonarole insistait pour qu'il soit autorisé à le faire. Jusqu'à maintenant, les franciscains n'avaient émis aucune objection.

Furieux, Domenico retourna sur la place et se plaça avec autorité à l'entrée de l'estrade du jugement, les yeux fixés sur les flammes ; son attitude coléreuse contrastait avec les cantiques chantés par ses frères. Le vent plaquait sa robe contre ses jambes et son torse. Au-dessus de nos têtes, le ciel s'assombrissait.

Le franciscain plus âgé qui avait parlé à Violetta se tourna vers nous.

— Pourquoi, demanda-t-il d'un ton affable, frère Domenico craint-il de pénétrer dans le feu sans l'hostie ? Sa foi ne suffit-elle pas à le protéger ? Et pourquoi Savonarole ne met-il pas un terme à ces discussions ? Si nos demandes l'importunent, pourquoi ne marche-t-il pas lui-même dans les flammes ?

Violetta ne répondit pas. Elle scrutait regarda la *ringhiera* en fronçant les sourcils ; son mari et les franciscains y étaient en pleine discussion avec frère Jérôme.

— Lâche ! cria quelqu'un.

Quelques gouttes de pluie frappèrent la balustrade de la loggia qui nous abritait.

— Lâche ! cria quelqu'un d'autre. Entre dans le feu !

— Il a peur ! hurla un homme. Ne voyez-vous pas qu'il a peur ?

Un coup de tonnerre terrifiant retentit non loin de nous ;

Violetta sursauta et m'agrippa le bras. Domenico restait imperturbable sous la pluie qui tombait maintenant de plus en fort, tandis que Savonarole continuait à argumenter avec les prieurs.

Le tonnerre retentit une nouvelle fois, puis on entendit un hurlement :

— Il nous a menti ! Il nous a toujours menti !

Des torrents d'eau se déversaient maintenant, formant un rideau gris. La place fut bientôt inondée. Nous abandonnâmes nos sièges pour nous précipiter au centre de la loggia. Je regardai l'estrade : Domenico n'avait pas bougé. La foule non plus, d'ailleurs. Les gens étaient venus pour connaître la vérité sur le prophète, et n'entendaient pas s'éloigner sans avoir obtenu satisfaction.

Le feu, qui brûlait ardemment l'instant précédent, s'éteignit ; le bois et les brindilles étaient imbibés d'eau. L'enthousiasme du public retomba presque aussi rapidement. Des cris dominèrent le grondement de la pluie.

— Dieu lui-même manifeste sa désapprobation !

— Frère Jérôme a fait se lever l'orage pour que ses mensonges ne soient pas révélés !

Mon mari et Valori envoyèrent un représentant affronter la pluie pour parler aux commandants des soldats. Ils commencèrent à inciter la foule à se disperser. Mais les hommes qui se trouvaient sur la place, dont la plupart avaient jeté leurs petites croix rouges au sol, refusèrent de partir.

— Pourquoi ne veux-tu pas pénétrer dans le feu ?

— Sodomite !

— Hérétique !

— Menteur !

Les femmes prirent peur ; elles se hâtèrent en direction de la *ringhiera* et de leurs époux. Je m'approchai de Francesco. Savonarole n'était pas loin ; parfaitement sec, il tremblait toutefois comme si la pluie l'avait transpercé.

— Je ne peux pas partir sans escorte ! Les franciscains ont soulevé le peuple contre moi !

— Je m'occupe de vous trouver quelqu'un, dit Valori avant de disparaître à l'intérieur du palais.

Francesco envoya un page chercher Claudio sur la place.

Tandis que nous rentrions à la maison, le déluge s'arrêta aussi vite qu'il avait commencé. Mon mari, qui regardait par la vitre, poussa un soupir.

— C'est terminé.

65

Nous retournâmes au palais, et Francesco ne ressortit pas de la journée. Après avoir ordonné que la porte soit fermée à clé, il avait posté des palefreniers armés de sabres pour la garder ; puis il avait regagné son bureau et n'en avait plus bougé, pas même pour descendre dîner.

Mon père ne vint pas non plus, ce qui me convenait parfaitement. Je ne l'avais pas vu depuis plusieurs jours, mais Francesco avait interdit que quiconque quitte le palais ce soir-là. Heureusement, notre rue était tranquille. A l'ouest, toutefois, on distinguait la lueur de torches au niveau du monastère de et l'église San Marco.

Dans la matinée, Isabella avait attendu impatiemment avec les femmes de San Marco – par curiosité et non par foi – pour connaître l'issue du Jugement par le feu. Quand Savonarole était arrivé, dit-elle, il leur avait assuré que les franciscains avaient trop tardé, suscitant la colère de Dieu qui avait envoyé l'orage. Elles s'étaient d'abord montrées sceptiques – et encore plus quand leurs maris les avaient rejointes, furieux de la conduite du prophète. Toujours d'après Isabella, les paroissiens avaient commencé à se battre avec les moines, et elle était partie, de crainte que cela ne dégénère.

Le lendemain était le dimanche des Rameaux. Francesco ne se rendit pas à l'église, préférant rester à la maison, et nous interdit à tous de sortir. Il reçut des visiteurs, l'un après l'autre. Le chef des *piangioni*, Francesco Valori, arriva de bonne heure et s'enferma avec lui dans son bureau ; quand il partit, son visage arborait la même expression affligée qu'à son arrivée, comme un homme qui aurait découvert tout son or changé en sable. Le deuxième visiteur fut un jeune messager porteur d'une lettre ; mon mari insista pour qu'elle lui soit remise en main propre.

Le troisième visiteur fut un membre éminent des *arrabiati*, du nom de Benedetto de Nerli. Il vint le soir, après dîner, et nous pria de l'excuser de sa visite tardive, ajoutant qu'il avait un besoin urgent de parler à sieur Francesco.

Mon mari le reçut dans notre grand salon. En entendant du bruit, j'étais descendue ; bien qu'on ne m'eût pas invitée à m'asseoir avec les hommes, je restai à proximité de la porte ouverte pour écouter. Heureusement pour moi, sieur Benedetto parlait très distinctement, d'une voix grave et sonore.

— Je vous apporte de mauvaises nouvelles, annonça-t-il.

— Je vois mal comment la situation pourrait encore empirer, dit Francesco d'un ton las, vaguement sarcastique.

Sieur Benedetto ne releva pas, et continua imperturbablement :

— Les *piangioni* ont perdu leur chef. Francesco Valori a été tué ce soir.

Un silence s'ensuivit, le temps que mon mari mesure la tragique nouvelle.

— Comment cela s'est-il produit ?

— Il assistait aux vêpres à San Marco. Un groupe d'agités sont venus perturber le service et ont menacé de brûler sa maison. La situation s'est envenimée ; ils se sont saisis de lui par force, mais il a réussi à s'échapper. Arrivé chez lui, il s'est caché dans un placard ; le groupe l'a suivi et a tué sa femme d'un carreau d'arbalète en plein front. Puis ils ont trouvé Valori et ont voulu le traîner jusqu'à la Seigneurie...

— Ce qui était stupide, s'ils voulaient lui faire du mal, remarqua mon mari. Il y aurait trouvé un refuge.

La voix de Benedetto devint glaciale.

— Peut-être pas.

Il se tut un instant pour laisser sa remarque faire son effet, puis continua.

— Sur la route de la Seigneurie, ils ont rencontré Vicenzo Ridolfi et Simone Tornabuoni...

Je connaissais ces noms. Ces hommes étaient des parents de

deux des condamnés à mort, Lorenzo Tornabuoni et Niccolo Ridolfi.

— On ne peut pas les blâmer d'avoir voulu se venger sur Valori, lui qui avait fait campagne pour que leurs parents soient décapités. Ils étaient descendus dans la rue, comme beaucoup d'autres, dans l'espoir de voir Savonarole arrêté. Tornabuoni s'est servi d'un ébranchoir…

Je fermai les yeux.

— … et a fracassé le crâne de Valori en deux, tandis que Ridolfi criait : « Tu ne gouverneras plus jamais. » Autant que je sache, le corps de Valori gît toujours dans la rue.

— Pourquoi me dites-vous cela ? demanda mon mari d'un ton qui me parut étonnamment compréhensif.

— Comme vous le savez, le temps de la session actuelle, la Seigneurie est divisée en deux, entre votre parti et le mien. Si l'on s'en tient à cette scission, il n'y aura aucun moyen légal de résoudre la question de Savonarole. La décision se prendra dans la rue, dans une grande effusion de sang, et tous les citoyens en souffriront. Mais si…

Mon mari lui coupa la parole.

— Si un seul prieur *piangione* pouvait changer de camp et se rallier aux *arrabiati*…

— Exactement. La justice pourrait être administrée promptement, et de nombreuses vies épargnées.

— Sieur Benedetto, dit mon mari avec l'amabilité qu'il manifestait à tous ses hôtes de marque, je vais réfléchir à ce que vous venez de dire. Je vous donnerai ma réponse demain matin, quand la Seigneurie se réunira.

— Ne tardez pas, dit Benedetto.

Je perçus la menace dans sa voix, et j'en fus ravie. Je voulais que frère Jérôme périsse dans les flammes. Mieux, je voulais que Domenico meure calciné avec lui.

Le lundi matin, mon mari demanda que les domestiques préparent la maison en prévision de la visite d'un invité prestigieux qui allait séjourner chez nous quelques semaines ; il partit ensuite pour la Seigneurie. Bien que les rues eussent retrouvé leur calme, grâce aux petites troupes de quartier préposées au maintien de la paix, il ne s'y rendit pas seul. Il demanda à Claudio de l'emmener, et à deux hommes armés de l'accompagner dans le carrosse.

Sans personne pour me conduire, je ne pouvais quitter la maison. En cas de besoin urgent, Zalumma et moi pouvions toujours sortir à cheval – mais il était plus prudent d'avoir un homme avec nous, surtout par des temps aussi troublés. Or les serviteurs susceptibles de nous servir de chaperon étaient beaucoup trop occupés à préparer le palais pour notre invité.

J'étais impatiente de voir mon père. Dès que Francesco reviendrait, j'insisterais pour lui rendre visite afin de m'assurer qu'il allait bien. J'imaginai la conversation avec Francesco : son refus, sous prétexte que ce n'était pas prudent, et mon insistance, disant que j'aurais Claudio et les deux hommes armés pour me protéger.

Nous allâmes, Zalumma et moi, chercher Matteo dans sa chambre pour l'emmener au jardin, puisque le temps était beau. Nous nous amusâmes à le poursuivre ; le tenant par les poignets, je le faisais tourner autour de moi jusqu'à ce que ses pieds quittent le sol.

Je ne nous ménageais pas. C'était la meilleure façon de me changer les idées. Mais pour la première fois, Matteo s'avoua vaincu le premier. La tête ballante, il s'endormit dans mes bras. Il était presque trop lourd maintenant pour que je puisse le porter ainsi – et je marchai au côté de Zalumma le long des rosiers.

— Que penses-tu qu'il adviendra de Savonarole ? demanda Zalumma à voix basse.

— Je crois que Francesco va se rallier aux *arrabiati*, dis-je, et que Savonarole périra. Brûlé sur le bûcher, exactement comme ma mère l'avait prédit.

— Je n'ai pas oublié.

Perdue dans ses souvenirs, Zalumma regarda au loin une oliveraie sur une colline.

— Elle se trompait rarement.

Sa voix se durcit.

— Je serai heureuse de le savoir mort.

— Cela ne changera rien, dis-je.

Elle tourna brusquement la tête pour me regarder d'un air incrédule.

— Que veux-tu dire ? Cela changera *tout* !

Je soupirai.

— Ce sont les mêmes qui gouverneront Florence. Cela ne changera rien.

Quand Matteo se fut endormi dans sa chambre et que tous les domestiques furent réunis dans la cuisine pour prendre leur repas, je me rendis dans le bureau de Francesco.

Ce n'était pas raisonnable, en pleine journée, mais je ne tenais plus en place, taraudée par une inquiétude grandissante. D'ailleurs, je n'avais même pas réfléchi à la manière dont je rejoindrais Léonard si je trouvais une nouvelle lettre.

Le moment est venu de rallier les arrabiati *et de sacrifier le prophète. Nous avons déjà mis en application votre suggestion d'attirer Piero à Florence, et d'en faire un exemple. Le peuple est toujours en colère ; nous lui livrerons un deuxième bouc émissaire. Faute de quoi, Savonarole disparu, ils pourraient se calmer et pencher en faveur des Médicis. Nous suivrons le modèle du plan de messire Iacopo : je prendrai le traître sur le fait, le conduirai sur la place pour le donner en spectacle au peuple, et les mercenaires viendront en renfort. Il y a des années, ces mercenaires ont fait défaut à messire Iacopo – mais ce ne sera pas le cas pour les nôtres, je vous l'assure.* Popolo e libertà !

Trouvez des seigneurs prieurs pour nous soutenir dans cette action. Récompensez-les généreusement. Garantissez-leur des rôles de premier plan dans le futur gouvernement ; mais vous seul serez mon second.

Ne réduisons pas le spectacle au seul Piero. Nous devons l'élargir à tous les frères Médicis – si un seul survit, nous ne serons jamais délivrés de la menace. Le cardinal Giovanni est celui qui présente le moins de risques, et mes agents vont essayer de traiter avec lui à Rome, où il restera certainement.

Mais le plus jeune est le plus dangereux, avec toute la perspicacité et l'intelligence politique qui font défaut à son frère. Et vous avez chez vous l'appât idéal pour le ramener à Florence.

Je me laissai choir sur le sol en silence, comme poignardée. Je restai assise là, le souffle coupé, mes jupes étalées autour de moi et la lettre sur les genoux. J'étais trop stupéfaite pour tenter de retenir son contenu. Je ne l'osais pas. Antonio avait raison : si je connaissais toute la vérité, Francesco et Claudio la liraient sur mon visage, dans le moindre de mes gestes.

Pour le salut de mon père et de mon enfant, je décidai de me replier sur moi-même. Je ne pouvais pas me permettre de réfléchir ou d'avoir le moindre sentiment. Je ne pouvais pas me permettre d'espérer, de me mettre en colère.

Je me relevai, les jambes tremblantes, puis repliai la lettre et la remis dans l'enveloppe. Je remontai jusqu'à ma chambre. Lentement, je pris un livre dans le coffre et le posai sur ma table de chevet, où Isabella ne manquerait pas de le voir.

Des pas rapides résonnèrent dans l'escalier, le couloir ; j'allais ouvrir la porte quand Zalumma entra.

Elle ne s'aperçut même pas de ma pâleur, de mon regard apeuré. Son visage était marqué par le chagrin.

— Loretta, dit-elle. De chez ton père. Elle est là. Viens vite.

Il était mourant, dit Loretta. Trois jours auparavant, ses selles étaient devenues rouges de sang ; depuis, il ne pouvait plus ni manger ni boire. La fièvre le faisait délirer. Ce n'était pas la peste, insista-t-elle. La peste ne lui aurait pas occasionné cet écoulement de sang. Depuis deux jours, il me réclamait.

Et chaque fois que Loretta s'était présentée au palais, Claudio, Francesco ou l'un des gardes l'avaient renvoyée.

Loretta avait conduit elle-même le chariot pour venir. Je ne pris pas le temps de réfléchir ; je ne dis rien à personne. Je me dirigeai vers le chariot et y grimpai. Zalumma me suivit. Loretta s'installa sur le siège du cocher, puis nous partîmes.

Le trajet fut pénible, qui nous mena par le Ponte Santa Trinità au-dessus des eaux boueuses de l'Arno, dans lesquelles Julien était supposé s'être noyé. J'eus beau m'efforcer de ne pas rabâcher les termes de la lettre, c'était en vain.

« Le plus jeune est le plus dangereux… »

« Et vous avez chez vous l'appât idéal. »

— Impossible, dis-je à voix haute.

Zalumma me regarda avec inquiétude, mais resta silencieuse. La lettre devait être un piège ; Francesco avait découvert que je fouillais son bureau, à moins qu'Isabella n'ait perdu son sang-froid et tout raconté. C'était impossible : le monde ne pouvait pas savoir qu'il était vivant, et ne pas me l'avoir dit.

J'inspirai profondément, puis me remémorai que mon père était mourant.

Le sol s'était dérobé sous mes pieds et je cherchais quelque chose à quoi me retenir.

Pour la première fois de ma vie, je pénétrai dans la chambre à coucher de mon père. Il était midi ; une brise fraîche soufflait au-dehors. Il faisait sombre et chaud dans la pièce, où brûlait un feu. L'odeur était pestilentielle.

Antonio reposait nu sous une couverture râpée ; son lit était humide d'un récent nettoyage. Il gardait les yeux fermés ; dans la faible lumière qui filtrait par les volets à demi fermés, il paraissait blême. Je ne n'avais pas mesuré à quel point il était devenu maigre ; sur son torse nu, ses côtes ressortaient de façon si proéminente qu'on aurait pu les compter. Son visage n'avait plus que la peau sur les os.

Comme je m'approchais du lit, il ouvrit les yeux. Son regard était vague et fiévreux, le blanc des yeux jaune.

— Lisa, murmura-t-il.

Son haleine était abominablement douceâtre.

— Père, répondis-je.

Loretta approcha une chaise. Je la remerciai et lui demandai de nous laisser, mais j'insistai pour que Zalumma reste avec nous. Puis je m'assis et pris la main de mon père ; il était trop faible pour me rendre ma pression.

Sa respiration était précipitée.

— Comme tu ressembles à ta mère… mais tu es encore plus belle.

Je voulus le contredire, mais il fronça les sourcils.

— Oui, plus belle…

Il balaya la pièce du regard.

— Matteo est là ?

Je me sentis coupable ; comment avais-je pu lui refuser ce qui était sa grande joie, son petit-fils ?

— Je suis désolée, dis-je. Il dort.

— Bien. Ce n'est pas un endroit pour un enfant.

Sans un regard pour Zalumma, je conservais les yeux fixés sur lui.

— Ils vous ont empoisonné, n'est-ce pas ? dis-je.

— Oui. Je ne croyais pas que cela arriverait si vite...

Il cligna des yeux.

— Je te vois à peine. Les ombres...

Un spasme douloureux le fit grimacer, après quoi il me regarda comme s'il voulait me demander pardon.

— Je voulais nous faire quitter Florence. J'avais un contact dont je pensais qu'il pourrait nous aider... Ils lui ont donné plus d'argent. Je suis désolé de ne même pas pouvoir t'offrir cela...

Epuisé, il referma les yeux, à bout de souffle.

— Il y a au moins une chose que vous pouvez me donner, dis-je. La vérité.

Il entrouvrit les yeux et me jeta un regard oblique.

— Je sais que vous avez tué Julien l'aîné, dis-je.

Derrière moi, Zalumma laissa échapper une exclamation de colère ; mon père voulut demander pardon.

— Je vous en prie, ne vous agitez pas, je ne vous demande pas de vous justifier. Et je sais que vous avez tué Pic. Je sais que vous avez fait tout ce que Francesco vous a demandé pour me protéger. Mais nous n'en avons pas fini avec les secrets. Vous avez d'autres choses à me dire. A propos de mon premier mari. A propos de mon seul mari.

Son visage se tordit ; il laissa échapper un bruit sourd, terrible, qui pouvait être un sanglot.

— Ah ! ma fille, dit-il, cela m'a brisé le cœur de te mentir si cruellement.

— Alors c'est vrai.

Je fermai les yeux ; j'aurais voulu laisser éclater à la fois ma fureur, ma joie, ma douleur, mais j'étais incapable d'émettre le moindre son. Quand j'ouvris les yeux de nouveau, tout dans la pièce paraissait changé, différent.

— Si je te l'avais dit, chuchota-t-il, tu aurais essayé d'aller le rejoindre. Et ils t'auraient tuée. Ils auraient tué le bébé. S'il avait essayé de venir te voir, ils l'auraient assassiné.

— Julien, murmura Zalumma.

Je me tournai vers elle.

— Je ne savais pas, continua-t-elle. Je n'en étais pas certaine. Un jour, au marché, quelqu'un a dit quelque chose qui m'a fait penser que, peut-être... mais je préférai croire qu'il était fou. Et rares étaient les gens dans Florence qui auraient osé prononcer le nom de Médicis, sinon pour critiquer. Personne ne s'y serait risqué devant moi, ni devant toi, parce que tu avais épousé Francesco. Et il avait recommandé à tous les autres domestiques de ne jamais mentionner le nom de Julien, pour ne pas te bouleverser.

Je compris soudain combien ma vie avec Francesco avait été soigneusement organisée : je voyais les domestiques, les invités de mon mari et ses associés, l'intérieur des églises. Et personne ne m'avait jamais parlé de Julien. Personne, sinon Francesco, n'avait évoqué les Médicis devant moi.

Je regardai à nouveau mon père, incapable de taire ma souffrance.

— Pourquoi n'est-il pas venu me voir ?

— Il voulait le faire. Il a envoyé un homme ; Francesco l'a tué. Il a envoyé une lettre ; Francesco m'a demandé de lui écrire que tu étais morte. Je ne pense pas qu'il l'ait cru. Francesco prétend que quelqu'un est allé au baptistère pour consulter les registres de mariage.

Salai. Léonard. Peut-être Julien avait-il entendu parler de mon mariage et avait-il voulu en avoir confirmation ; peut-être pensait-il que je voulais qu'il me croie morte.

« Imaginez alors que vous avez retrouvé Julien, avait dit Léonard. Imaginez que vous lui présentez son enfant... »

— Tu veux connaître la vérité... murmura Antonio. Il y a encore une chose. La raison pour laquelle j'étais tellement en colère contre ta mère...

Sa voix faiblit ; je me penchai plus près.

— Regarde ton visage, mon enfant. Ton visage. Tu n'y reconnaîtras pas le mien. Et je t'ai regardée des milliers de fois sans jamais voir Julien de Médicis. Il y avait un autre homme...

Je ne pouvais pas croire ce dernier point : il devait délirer. D'ailleurs, il se mit à tousser. Une mousse sanglante apparut sur ses lèvres.

Zalumma s'approcha.

— Redresse-le.

Je le pris sous le bras, le soulevai en le penchant vers l'avant ; à cet instant, un jet de sang noir jaillit de sa bouche sur ses genoux. Zalumma alla appeler Loretta pendant que, d'un bras, je tenais mon père par les épaules et, de l'autre, lui maintenais la tête. Il eut un haut-le-cœur et laissa échapper un deuxième jet de sang. Cela parut le soulager ; il s'assit, respirant bruyamment. J'aurais voulu lui demander quel visage il reconnaissait dans le mien, mais je savais que nous n'en avions plus le temps.

— Je vous aime, lui dis-je à l'oreille. Et je sais que vous m'aimez. Dieu vous pardonnera vos péchés.

En m'entendant, il gémit et voulut me prendre la main, mais il n'en avait plus la force.

— Je vais bientôt partir avec Matteo, murmurai-je. Je trouverai un moyen de rejoindre Julien, car Francesco n'a plus vraiment besoin de moi maintenant. Vous ne devez pas vous inquiéter pour nous. Nous serons bientôt en sécurité, et nous vous aimerons toujours.

Il s'agita brusquement, secoua la tête. Il voulut parler, mais une quinte de toux l'en empêcha.

Loretta entra alors avec des serviettes ; nous le nettoyâmes de notre mieux avant de l'allonger de nouveau. Ses propos n'étaient plus cohérents. Ses yeux s'étaient voilés, il ne réagissait plus au son de ma voix. Peu de temps après, il ferma les yeux et parut s'assoupir.

Je le veillai tout l'après-midi. L'obscurité tomba peu à peu, puis la nuit. Quand Francesco arriva, furieux que je me soie échappée du palais et faussement compatissant, je refusai de le laisser pénétrer dans la chambre de mon père.

Il était une heure du matin quand je me rendis compte qu'il ne respirait plus. J'appelai Loretta et Zalumma, puis descendis jusqu'à la salle à manger, où mon mari était assis à boire du vin.

— Est-il mort ? demanda-t-il avec douceur.

J'acquiesçai. Mes yeux étaient secs.

— Je prierai pour son âme. Savez-vous de quoi il est mort ?

— Une fièvre, dis-je. Causée par un désordre des intestins.

Il m'observa attentivement et parut satisfait. Peut-être n'étais-je pas un si mauvais espion.

— Je suis vraiment désolé. Voulez-vous rester ici ?

— Oui. Jusqu'aux funérailles. Je devrai parler aux domestiques, leur trouver un nouveau travail chez nous, ou dans une autre famille. Et ce n'est pas tout...

— Je dois rentrer. J'attends des nouvelles concernant notre invité, et j'ai d'autres affaires à traiter concernant la Seigneurie.

— Très bien.

Je savais que Savonarole avait été arrêté grâce au ralliement opportun de Francesco aux *arrabiati*. Au moins, je n'aurais plus besoin de prétendre que mon mari et moi étions des gens pieux.

— Vous verrai-je aux funérailles ?

— Naturellement. Que Dieu nous donne à tous de la force.

— Oui, dis-je.

Je voulais avoir de la force. J'en avais besoin pour tuer Francesco.

66

Cette nuit-là, je dormis dans le lit de ma mère. Zalumma retourna au palais de Francesco afin de me prendre des effets personnels, ainsi qu'une robe de deuil et un voile pour les funérailles. Elle rapporta également, à ma demande, la grosse émeraude que Francesco m'avait donnée le premier soir, ainsi que les boucles d'oreilles en diamant et opale. Matteo resta avec la nourrice ; je n'avais pas le cœur de le faire venir dans un lieu aussi triste.

En attendant le retour de Zalumma, je ne voulus pas regarder Loretta laver le corps de mon père. J'allai dans son bureau et pris une feuille de parchemin, une plume d'oie et de l'encre.

Julien di Laurent de Médicis
Rome

Mon amour, mon amour,

On m'a menti, on m'a dit que vous étiez mort. Mais mon cœur n'a jamais changé envers vous.

Attention : Salvatore de Pazzi et Francesco del Giocondo projettent de vous attirer ici, ainsi que Piero, pour vous tuer. Ils sont en train de rassembler une armée à Florence. Ils veulent reproduire – cette fois, avec succès – le plan de messire Iacopo de Pazzi, et fomenter un soulèvement populaire contre les Médicis sur la place de la Seigneurie.

Ne venez surtout pas.

Je m'interrompis. Après tant de temps, comment pourrait-il être certain que cette lettre était bien de ma main ? Que pourrais-je lui dire qui l'assurerait de son authenticité ?

Je vous demande seulement, comme je l'ai fait précédemment : donnez-moi un endroit, dans une ville de votre choix, et une heure. De toute façon, je viendrai bientôt vous retrouver. Ne vous risquez pas à me communiquer cela par courrier régulier – votre lettre serait confisquée et lue, et votre fils et moi serions en péril.

J'ai été séparée de vous à cause d'un terrible mensonge. A présent que je connais la vérité, je ne supporterai pas la distance entre nous un instant de plus que nécessaire.

Votre épouse aimante,
Lisa di Antonio Gherardini

Quand Zalumma revint, je lui tendis le parchemin plié.

— Je ne peux pas l'envoyer par le courrier, dis-je. Le Conseil des Huit s'en saisirait et me condamnerait à être décapitée. Il faut que je trouve quelqu'un qui accepte, moyennant finance, de cacher la lettre sur lui et d'aller jusqu'à Rome pour la remettre en mains propres.

Je lui tendis l'émeraude et les boucles d'oreilles.

— Tu es la seule en qui je peux avoir confiance.

Alors que je croyais pouvoir me fier à Léonard, je maudissais son nom à présent. Il m'avait sciemment caché la seule vérité qui aurait guéri mon cœur.

« Julien… mort. Rares sont les gens qui le savent. La plupart le croient toujours en vie. »

Lors de notre première rencontre, il m'avait paru réticent, car il savait que j'avais épousé un autre homme alors que mon premier mari n'était pas mort. Il m'avait crue capable de la pire des trahisons – parce qu'il en était lui-même capable.

Zalumma rangea les bijoux avec précaution dans la poche dissimulée dans les plis de sa robe.

— A condition que cela soit possible, dit-elle, je m'assurerai que ce soit fait.

Elle partirait très tôt le matin à la recherche d'un messager de confiance, sous prétexte d'aller chez l'apothicaire chercher quelque chose pour calmer le chagrin qui m'accablait. Je ne voulais pas attendre le réveil du palefrenier pour préparer les chevaux ; je préférais l'envoyer à pied.

J'étais terrifiée à la pensée de lui confier une mission aussi dangereuse ; une chose m'inquiétait particulièrement.

— Je n'ai pas pris mon couteau, dis-je.

Sinon, je le lui aurais donné.

Elle eut un petit sourire rusé.

— Je l'ai pris.

Je ne veillai pas mon père cette nuit-là. Je restai allongée sur le lit de ma mère, sans dormir ; Zalumma était couchée à mes pieds, sur le divan que mon père n'avait jamais eu le courage d'enlever. Antonio mort, Francesco n'avait plus besoin de moi – sauf pour servir d'appât, un rôle que je ne jouerais pas. Le moment était venu de m'échapper ; mon ultime destination était Rome. J'examinai une dizaine de façons différentes de franchir les portes de la ville – mais aucune n'était sûre, ni même envisageable avec un garçon de deux ans turbulent.

Une seule chose était certaine : Zalumma, Matteo et moi partirions avant l'aube, après que Francesco serait rentré de ses fredaines, de façon que je puisse le tuer quand il serait couché, ivre.

La maison était calme. Tout le monde était encore endormi quand Zalumma partit. Je lui pris les mains et l'embrassai.

— Nous nous reverrons, promit-elle, pas plus tard qu'aux funérailles de ton père. Si je suis en retard, je vous retrouverai à l'église.

Elle se dirigea d'un pas léger vers la porte ; puis une pensée l'arrêta, et elle se retourna à demi pour me regarder.

— Tu as pardonné beaucoup de choses à ton père, dit-elle. Trop. Mais peut-être vais-je essayer de lui pardonner, moi aussi.

Quand elle fut partie, j'allai dans la chambre de mon père. Il avait l'air glacé et malheureux dans sa robe de lin blanc, les mains repliées autour d'une petite croix rouge. Je la lui pris pour la dissimuler dans la garde-robe, sous une pile de tuniques, où Loretta ne la trouverait pas ; ce faisant, je trouvai un stylet affûté à manche d'or, que je cachai dans ma ceinture.

Les funérailles eurent lieu à Santo Spirito juste après none, au milieu de l'après-midi. Loretta était partie de bonne heure pour organiser l'enterrement ; l'épidémie de peste s'étant calmée, il s'était avéré plus facile qu'elle ne l'avait pensé de trouver des fossoyeurs.

La messe pour mon père fut brève et triste. Francesco assista au service, visiblement impatient, puis partit brusquement, prétextant une urgence à la Seigneurie. Je fus soulagée ; il m'était dorénavant à peu près impossible de cacher mon dégoût pour lui.

Peu de gens assistèrent à la mise en terre : seulement oncle Lauro, sa femme et ses enfants, Loretta, le palefrenier de mon père, sa cuisinière et moi. Matteo resta à la maison avec sa bonne. Quand je jetai la première poignée de terre sur le cercueil de mon père, rangé à côté des anges de pierre de ma mère, je ne versai pas une larme.

Peut-être la peur m'empêchait-elle de pleurer : Zalumma n'était pas revenue. J'avais eu tort de la laisser partir ainsi, seule, avec des bijoux aussi précieux, surtout si tôt le matin, quand les rues étaient vides. Qui aurait pu l'entendre appeler au secours si elle avait rencontré un voleur ?

Le moment vint de regagner la maison de mon père pour le repas funèbre. Oncle Lauro et les autres voulurent me persuader de regagner à pied la maison de mes parents, mais je refusai. Je voulais passer quelques minutes seule auprès de mon père et de ma mère ; je voulais rester au cas où Zalumma reviendrait enfin.

Quand les autres furent partis, je ne demeurai pas longtemps seule.

Un moine augustin de Santo Spirito s'approcha, vêtu des habits traditionnels de son ordre, les plis de son capuchon rassemblés sur les épaules, le col relevé.

Je gardai les yeux fixés sur la tombe de mon père, sans la moindre envie de parler à quiconque. Mais il s'approcha et dit à voix basse :

— Madonna, je suis vraiment désolé.

Le son de sa voix me révulsa. Je détournai le visage.

— Vous avez indiqué avec le livre que vous aviez trouvé une lettre, dit-il. Ne vous voyant pas, je me suis inquiété. Je suis navré d'apprendre que la mort d'Antonio en est la raison.

— Allez-vous-en, dis-je d'une voix tremblante. Allez-vous-en, et ne revenez jamais.

Du coin de l'œil, je vis Léonard courber la tête.

— Vous avez raison d'être en colère : je n'ai pas été capable de le sauver, bien que vous m'en ayez supplié. Mais je n'ai pas trouvé le moyen. Je vous aurais mis en danger, Matteo et vous.

— Vous êtes un menteur, et cela depuis le début. Vous *saviez*.

Les mots m'étouffaient. Je me tournai brusquement vers lui.

— Julien est vivant. Et vous m'avez laissée vivre dans le chagrin, dans la douleur, pendant tout ce temps. Vous vous êtes servi de moi sans pitié, comme un bon espion !

Il releva le menton et se redressa.

— Je vous ai dit, il y a longtemps, que je ne pouvais pas tout vous révéler, car cela vous mettrait en danger. Je ne me suis pas servi de vous. Je tiens beaucoup plus à vous que vous ne le supposez.

— Je ne vous crois pas ! Vous me regardez pour retrouver sur mon visage les traits de Julien, votre cher disparu.

Il rougit à ces mots, et dut se reprendre.

— Comment avez-vous su qu'il était vivant ? Par la lettre ?

— Et de la bouche de mon père, avant sa mort.

Avec une étrange familiarité qui aurait pu être celle d'un mari ou d'un frère, il me prit le coude. Je voulus me dégager, mais il me retint fermement.

— Dans ce cas, il faut que vous me disiez à qui vous en avez parlé. Francesco peut-il se douter que vous savez ?

Je secouai le bras pour me délivrer, mais il resserra encore son étreinte.

— Non, dis-je. Je ne suis pas stupide à ce point. Pourquoi ne pas me l'avoir dit ? Pourquoi m'avoir laissée souffrir pendant tout ce temps ?

— Regardez-vous, dit-il avec une brusquerie et une froideur que je ne lui connaissais pas. Vous êtes la réponse à vos propres questions. Les gens tuent et meurent parce qu'ils ne sont pas capables de contrôler leurs émotions. Vous ne me connaissiez pas bien lorsque nous nous sommes rencontrés à Santissima Annunziata la première fois. Vous n'aviez aucune raison de me faire confiance. Si je vous avais dit que Julien était vivant, vous lui auriez écrit aussitôt. Ou vous auriez essayé de le rejoindre à Rome. Je n'aurais jamais pu vous en empêcher. Et vous, ou lui, ou tous les deux, vous seriez morts. Si jamais je lui avais dit que vous avez épousé Giocondo car vous le pensiez mort, il…

— Il serait venu à moi, n'est-ce pas ? Ainsi, vous lui avez menti, à lui aussi ! Pourquoi devrais-je avoir confiance en vous maintenant ?

Mon visage se crispa et les larmes si longtemps contenues ruisselèrent sur mes joues.

— Pourquoi devrais-je vous dire le contenu de la lettre ? Je veux l'avertir moi-même du danger…

— Seigneur, murmura-t-il, le visage à ce point décomposé par la peur que je me tus. Lisa… jurez-moi que vous n'avez pas essayé d'entrer en contact avec lui !

— Je refuse de jurer, dis-je d'une voix mauvaise. Ils ont l'intention de l'attirer ici, ainsi que Piero, et de les tuer. Ils veulent que les événements se répètent – soulever les gens contre les Médicis, comme sieur Iacopo avait voulu le faire, et cette fois y réussir. Me croyez-vous stupide au point de laisser Julien risquer sa vie ? Je lui ai dit de ne pas venir. Je lui ai dit de rester là-bas.

Je secouai le bras.

— Lâchez-moi.

Il me rattrapa ; je m'écartai de nouveau, retournant en direction des fossoyeurs.

— Lisa… ils vont le découvrir. Ils vous tueront.

— Ils ne trouveront rien. Je m'en suis assurée.

Au loin, j'entendis une voix m'appeler. Pivotant, j'aperçus Loretta qui accourait.

— Lisa, je vous en prie, dit-il, au comble du désespoir. Vous ne pouvez pas rentrer avec elle – ils vont vous prendre au piège, vous tuer, ou vous utiliser contre Julien. Que dois-je faire pour vous convaincre ? Tout ce que j'ai fait était destiné à garantir votre sécurité, ainsi que celle de votre enfant.

A mon grand étonnement, je vis ses yeux se remplir de larmes.

In petto, j'admirai la façon brillante dont il jouait la comédie. Loretta était encore trop loin pour nous entendre, mais assez près pour que je remarque son état de panique ; il fut contraint de lâcher mon bras pour qu'elle ne s'étonne pas du comportement étrange de ce moine.

— Vous n'avez plus que quelques instants pour me convaincre, parce que j'ai bien l'intention de rentrer chez moi.

Je me détournai et m'avançai en direction de Loretta.

— Lisa, je vous aime, dit-il très vite.

Je pivotai à demi pour le regarder.

— Pas autant que Julien, dis-je méchamment.

— Plus, dit-il. Plus encore que je n'aimais votre mère.

Je ralentis, m'arrêtai. Je levai les yeux vers lui.

— Julien de Médicis n'est pas votre père, dit-il. C'est moi.

— Madonna Lisa ! appela Loretta.

Elle était à la porte du cimetière, à bout de souffle, le visage rouge.

— Matteo est malade ! Il est malade, ils pensent que c'est la *moria* ! Claudio est là qui vous attend pour vous reconduire chez vous.

— Matteo est malade, lui dis-je.

Ouvrant la bouche, il voulut à nouveau me prendre le bras, mais avant qu'il puisse m'atteindre, avant qu'il puisse dire un seul mot, je soulevai mes jupes et me mis à courir vers Loretta.

Je me précipitai à l'intérieur de notre palais par la grande porte et m'apprêtais à gravir les escaliers quatre à quatre quand mon mari m'appela depuis la salle à manger.

— Lisa ! Venez saluer notre hôte !

Francesco sortit de la pièce avec son sourire patelin et me prit le bras.

— Venez, dit-il.

Il m'entraîna avant que j'aie eu le temps de protester.

Un homme était assis au centre de la grande table. A ma

vue, il se leva et s'inclina. De vingt ans plus jeune que Francesco, il mesurait facilement une tête de moins. Sa tunique courte, son bouc effilé, son accent : tout en lui indiquait qu'il venait de Rome.

— Madonna Lisa, n'est-ce pas ?

— Monsieur, dis-je, je vous demande de me pardonner. Mon fils est très malade. Je dois aller le voir.

Francesco ne se départit pas de son petit sourire.

— Rien ne presse. Venez vous asseoir avec nous.

Son air placide me semblait parfaitement déplacé ; je sentis la panique me gagner. Mon enfant était-il mort ? Francesco allait-il essayer de me consoler ? Cet étranger était-il un médecin venu me réconforter ?

— Où est Matteo ? demandai-je.

— En sécurité, dit-il.

Ce terme me parut curieusement choisi.

Il ne tenta pas de m'arrêter quand je me précipitai, affolée, en haut des escaliers, trébuchant dans mes jupes. J'ouvris la porte : la pièce était vide – sans aucune des affaires de Matteo ; la chambre de la nourrice était également vide. Il n'y avait plus de draps dans le berceau.

Je redescendis les marches comme une folle. Francesco m'arrêta sur le palier du premier étage, devant la porte menant à ses appartements.

— Où est-il ? suppliai-je, tremblante. Où l'avez-vous emmené ?

— Nous sommes tous dans le bureau, dit-il d'une voix calme.

Il me prit le bras à l'instant où j'allais me saisir de mon stylet.

Je parcourus la pièce du regard. Mon fils ne s'y trouvait pas. Notre hôte était assis à la petite table ronde au centre de la pièce, devant la cheminée. Deux hommes se tenaient à ses côtés : Claudio et l'un des soldats qui avaient gardé notre palais, juste après le Jugement par le feu.

Le soldat tenait un poignard contre la gorge de Zalumma.

— Comme pouvez-vous agir ainsi ? soufflai-je à Francesco. Comme pouvez-vous agir ainsi envers notre fils ?

Il prit une expression dégoûtée.

— J'ai des yeux pour voir. Il est comme sa mère : de provenance douteuse, dit-il d'un ton glacial.

Il me conduisit à une chaise juste en face de notre hôte ; je m'y laissai tomber, le regard rivé sur Zalumma. Elle se tenait très droite, le visage impavide. Je baissai les yeux. Devant moi, sur la table, se trouvait la lettre à l'intention de Julien, dépliée, de façon à ce qu'on puisse la lire sans peine. A côté, je vis une plume d'oie ainsi qu'un encrier et un morceau de parchemin vierge.

Francesco, qui était resté à côté de moi, posa la main sur mon épaule.

— Cette lettre pose un problème. Il faut qu'elle soit récrite.

Je refusai. Les yeux de Zalumma étaient deux miroirs insondables. Notre hôte estimé fit un petit signe au soldat, qui appuya le bout du poignard contre sa gorge blanche jusqu'à ce qu'elle suffoque. Un filet sombre s'échappa de la chair et s'accumula dans le creux à la base de son cou. Elle détourna les yeux ; elle ne voulait pas que je voie combien la perspective de la mort la terrorisait.

— Arrêtez, dis-je. J'écrirai ce que vous voulez.

Je jaugeai le soldat, Claudio et l'homme au bouc : il étaient tous de l'autre côté de la table ; je jetai un coup d'œil à Francesco à côté de moi. Si je sortais le stylet de ma ceinture, je n'aurais même pas le temps de contourner la table avant d'être arrêtée, et Zalumma serait tuée.

Francesco fit un geste aimable en direction de l'homme au bouc.

— Sieur Salvatore, dit-il. Je vous en prie.

Celui-ci posa les coudes sur la table et se pencha vers nous.

— Copiez les deux premières lignes, dit-il. La lettre doit sembler avoir été écrite par vous.

Je trempai la plume d'oie dans l'encrier et traçai les mots.

Mon amour, mon amour,

On m'a menti, on m'a dit que vous étiez mort. Mais mon cœur n'a jamais changé envers vous.

— Très bien, dit Salvatore.

Puis il commença à me dicter le reste de la lettre.

Votre fils et moi-même sommes en danger de mort ; nous avons été faits prisonniers par vos ennemis. Si vous et votre frère Piero ne venez pas le 24 mai à la grand-messe à Santa Maria del Fiore, ils nous tueront. Si vous envoyez des troupes à votre place, ou n'importe qui d'autre, nous mourrons également.

Votre épouse aimante,
Lisa di Antonio Gherardini

Il avait dit « Giocondo », mais je me refusai obstinément à ajouter ce nom.

Francesco plia la lettre et la tendit à Claudio, qui la glissa dans sa poche.

— A présent, dit mon prétendu mari en se tournant vers moi, si nous parlions de la façon dont vous m'avez espionné ?

— Je ne voulais pas vous espionner, dis-je. J'étais curieuse, et n'ai lu que la lettre…

— Curieuse. Cela ne correspond pas aux dires d'Isabella. Elle prétend que vous laissez un livre sur votre table de chevet comme signal, afin qu'elle dise à un certain Giancarlo que vous irez prier le lendemain.

Le ton de Salvatore était anodin, presque amical.

— Qui retrouvez-vous à Santissima Annunziata, Lisa ?

— Giancarlo, c'est tout, m'empressai-je de répondre. Je vais lui dire ce que contient la lettre.

— Elle ment, dit Francesco d'une voix brutale, celle qu'il avait employée lorsqu'il m'avait traitée de prostituée.

Salvatore restait imperturbable.

— Je crois que votre mari a raison, Madonna Lisa. Et je crois qu'il a raison quand il dit que vous êtes très attachée à votre esclave. Elle appartenait à votre mère, n'est-ce pas ?

Je gardai les yeux fixés sur la table.

— Je vais retrouver un espion, dis-je. Un homme âgé, avec des cheveux gris. Je ne connais pas son nom. J'ai surpris Giancarlo dans votre bureau une nuit, avec la lettre, et la curiosité m'a poussée à la lire.

— Quand était-ce ? demanda Salvatore.

— Je ne sais pas – il y a un an peut-être, ou deux. Il prétendait qu'il travaillait pour les Médicis. Aussi, j'ai décidé de faire ce qu'il me demandait – aller à Santissima Annunziata pour livrer au vieil homme le contenu des lettres.

Salvatore se retourna pour regarder le soldat qui maintenait Zalumma. Il leva un doigt.

Je suivis son regard. Le soldat fit un petit geste rapide avec son poignard sous la mâchoire de Zalumma. Un petit geste simple et rapide ; j'entendis jaillir un liquide. Elle serait tombée tout droit, mais il la retint et la fit glisser à terre. Elle toucha le sol dans un mouvement langoureux et gracieux, comme un cygne.

— Appelle un domestique, dit Salvatore au soldat. Qu'on vienne nettoyer tout cela.

Je poussai un hurlement et me levai ; Francesco me força à me rasseoir.

Salvatore me regarda dans les yeux.

— Vous mentez, Madonna Lisa. Vous savez parfaitement que le jeune homme ne s'appelle pas Giancarlo, mais Gian Giacomo. Et vous connaissez le nom de l'espion.

Je me mis à sangloter, en pleine hystérie, incapable désormais de me contrôler, de parler. Zalumma était morte et je voulais mourir moi aussi.

Francesco dut élever la voix pour couvrir mes sanglots.

— Allons, Lisa. Voulez-vous que j'envoie chercher le petit Matteo ? Nous pouvons l'amener ici, lui aussi. A moins que vous ne nous disiez le nom de votre espion ?

— Faites-le venir, dis-je d'une voix haletante. Faites-le venir pour me prouver qu'il est en vie. S'il est mort, vous serez contraints de me tuer aussi.

Francesco laissa échapper un soupir d'exaspération, mais Salvatore lui fit signe de sortir de la pièce. Il revint quelques instants après, suivi par la toute jeune bonne d'enfant à l'air terrifié, qui marchait courbée en tenant Matteo par la main.

Eclatant de rire, il voulut venir vers moi, les bras tendus. Mais quand il vit Zalumma sur le sol et sa mère qui sanglotait, il se mit à pleurer à son tour. Je voulus le prendre, mais

Francesco le souleva pour le rendre à la jeune fille ; juste avant, mes doigts effleurèrent le dos potelé de sa main.

— Très bien, gloussa Francesco en refermant la porte sur eux.

Salvatore et lui se tournèrent vers moi.

— Le nom, Lisa, dit Francesco.

Je ne voyais pas Zalumma qui était tombée derrière la table, mais je sentais son corps, comme on peut percevoir la chaleur d'un feu. J'inclinai la tête et dis à voix basse, en regardant mes mains :

— Léonard de Vinci.

67

J'évitai de regarder Zalumma quand ils m'emmenèrent hors de la pièce ; je ne voulais pas garder d'elle une image macabre, comme c'était le cas pour ma mère, dont je me souvenais les yeux ternes et couverte de sang. Francesco et Salvatore parlaient entre eux, tandis que Claudio m'entraînait ; Salvatore était énervé.

— Et maintenant, devrons-nous modifier le plan ? Si elle a dit cela à d'autres, à ce Léonard...

Francesco gardait son calme.

— Isabella a dit qu'elle n'avait pas eu le temps d'aller a Santissima Annunziata. Elle a découvert la lettre avant d'aller voir son père ; depuis, elle n'est allée nulle part, sinon chez lui et à ses obsèques.

Leurs paroles ne signifiaient rien pour moi. Elles prendraient un sens plus tard.

Les semaines suivantes, je restai enfermée dans ma chambre. Différents hommes prirent la garde dans le corridor, devant ma porte. Francesco dit aux serviteurs que j'avais été surprise en flagrant délit d'espionnage pour le compte des Médicis, et que la Seigneurie n'avait pas encore décidé si l'on me mettrait en accusation ; par pure bonté, ils lui avaient donné la permission de me garder dans notre palais, sous étroite surveillance.

Au cours du premier jour que je passai enfermée dans ma chambre, je me retrouvai seule pendant une heure et, malgré mon chagrin, je compris que je devais cacher le stylet de mon père avant d'être fouillée ou déshabillée. Je l'enfouis profondément dans la couche de plumes de mon matelas, du côté du mur ; ce soir-là, quand Elena vint avec un plateau de nourriture et manifesta l'intention de délacer ma robe, je l'affrontai sans crainte.

Son regard serein et son sourire avaient disparu ; elle était gênée en ma présence, incapable de me regarder en face.

Je fis un effort surhumain pour parler distinctement, sans pleurer.

— Je veux la laver, lui dis-je.

Elena posa le plateau près de la cheminée pour me regarder, puis baissa rapidement les yeux vers le sol.

— Comment ça, Madonna ?

— Je voudrais aider à laver le corps de Zalumma. Elle m'était très chère, et...

Ma voix faiblit.

— Je veux m'assurer qu'elle est correctement enterrée. Si tu pouvais demander à Francesco. Il pourrait me faire accompagner par un garde. Elle m'a vue naître. Je t'en prie... si tu voulais bien le lui demander...

Attristée, elle inclina la tête.

— Je le lui demanderai, Madonna. Il n'a pas de cœur et refusera, mais je le lui demanderai.

Assise devant la cheminée froide, je fermai les yeux et appuyai mes mains jointes contre mes lèvres, mais j'étais trop accablée pour prier. Elena s'approcha. Avec douceur, elle m'effleura le bras.

— Je ferai de mon mieux pour le convaincre, Madonna.

Elle hésita.

— C'est terrible, ce qu'ils ont fait à Zalumma. . Ils disent qu'elle était une espionne, qu'elle était dangereuse, mais je sais que c'est faux. Je n'ai pas toujours servi dans la maison de sieur Francesco. J'y suis venue avec ma maîtresse, Madonna Nannina. Je l'aimais profondément, et quand elle est morte...

Elle secoua la tête.

— Je voulais aller dans une autre maison. Je regrette maintenant de ne pas l'avoir fait. J'ai peur de lui.

— Et Matteo ? demandai-je d'une voix angoissée. Si je pouvais savoir si...

Elle s'anima et me regarda enfin dans les yeux.

— Votre enfant va bien. Ils ne lui ont fait aucun mal – je ne crois pas que la dureté de sieur Francesco aille jusque-là. Ils le gardent en bas, près des domestiques.

Le poids que j'avais sur la poitrine s'allégea. Je posai la main sur mon cœur.

— Et Isabella ? lui demandai-je, prise d'audace.

— Partie. Enfuie...

Elle s'interrompit, consciente du danger qu'elle pouvait encourir. Elle défit les lacets de ma robe, la rangea dans l'armoire et me laissa seule. Dehors, dans le corridor, j'entendis le frottement d'une chaise sur le sol et un corps lourd s'asseoir. Claudio, pensai-je, ou bien le soldat.

J'étais abrutie cette première nuit, accablée de chagrin. J'avais perdu tant de proches : ma mère, Julien, mon père... Mais Zalumma avait toujours été présente pour s'occuper de moi. Zalumma qui aurait su me réconforter, à présent qu'on m'avait enlevé Matteo. Je me répétai que si Salvatore voulait faire du mal à mon fils, Francesco ne le permettrait jamais. Mais la vie de mon enfant ne tenait qu'à un fil ténu ; si je m'y accrochais trop, il se casserait.

Je ne voulus pas me coucher dans le grand lit de plumes où était caché le stylet. Je me glissai dans la modeste couche de Zalumma et m'endormis en pleurant.

Comme je l'avais craint, Francesco refusa de me laisser assister aux préparatifs de l'enterrement de Zalumma ou à la messe ; ce qu'il advint de son corps demeura un cruel mystère pour moi.

Jusqu'à la mort de mon père et de Zalumma, jusqu'à ce que l'on m'enlève Matteo, je ne me rendais pas compte à quel point la haine pouvait envahir un cœur. Comme mon père Antonio à la pensée qu'on puisse lui ravir sa femme, je vécus dans l'obsession. Je rêvais de meurtre ; je savais que jamais je ne trouverais le repos avant de voir le stylet de mon père enfoncé, jusqu'à la garde, dans la poitrine de Francesco.

« Vous avez un tempérament brûlant, avait dit l'astrologue, une fournaise où devra se forger l'épée de justice. »

Je me moquais de la justice. Je réclamais vengeance.

Pendant mes longues heures de solitude, je tirais le stylet de sa cachette et le soupesais. Il était froid et lourd dans ma main ; je m'étais persuadée que c'était l'instrument du meurtre du premier Julien, et que mon père l'avait gardé pour entretenir son remords. « Tout recommence », avait chuchoté ma mère : je la comprenais enfin. Elle n'avait pas voulu dire que nous tomberions toutes deux amoureuses d'un homme prénommé Julien, ni que nous porterions un enfant illégitime, ni que nous nous sentirions prisonnières de notre mari.

« Vous vous trouvez prise dans un cycle de violence, de sang et de duplicité. Ce que d'autres ont commencé, vous devrez l'achever. »

Je posai le doigt sur la pointe du stylet, brillante et d'une finesse mortelle, et je me coupai. Du sang apparut, formant une perle sombre ; je mis mon doigt dans ma bouche pour ne pas tacher ma robe. Il avait le goût du métal, comme la lame. J'aurais voulu que ce soit le sang de Francesco.

Qu'est-ce qui allait recommencer ? Comment allais-je l'achever ?

Je m'efforçai de me remémorer ce que ma mère m'avait dit de la mort de Julien ; je passai chaque étape en revue.

Sous le Dôme, le prêtre avait levé le calice rempli de vin, l'offrant à Dieu pour qu'il le bénisse ; c'était le signal pour les assassins de passer à l'action.

Dans le campanile voisin, la cloche s'était mise à sonner ; c'était le signal pour messire Iacopo de se rendre à la place de la Seigneurie afin de proclamer la fin du règne des Médicis, où il serait rejoint par les soldats mercenaires qui devaient l'aider à s'emparer du palais de la Seigneurie, siège du gouvernement.

Le plan de messire Iacopo avait échoué parce que les soldats ne l'avaient pas rejoint, et que le peuple était resté fidèle aux Médicis.

Dans le Dôme, en revanche, le plan avait partiellement réussi.

Un instant avant que le signal du calice ne soit donné, mon père Antonio avait frappé, blessant Julien dans le dos. Le coup de Baroncelli avait suivi ; l'attaque brutale de Francesco de Pazzi était venue ensuite. Mais Laurent – de l'autre côté de l'église – s'était montré trop rapide pour ses meurtriers. Il n'avait essuyé qu'une blessure mineure ; il avait repoussé ses attaquants et réussi à s'échapper jusqu'à la sacristie nord.

Si Piero et Julien revenaient, ils joueraient le rôle des deux frères. Et je ne doutais pas que Francesco et sieur Salvatore avaient prévu de nombreux assassins à leur intention dans la cathédrale. Salvatore rêvait de jouer le rôle de messire Iacopo, entrant à cheval, victorieux cette fois, sur la place de la Seigneurie pour annoncer à la foule qu'il venait de sauver Florence des Médicis.

Mais quel allait être mon rôle ? Je n'allais pas rester passive et attendre d'être tuée ; je savais ma vie perdue, quelle que soit l'issue du plan. Comme la vie de mon fils, à moins que j'agisse pour éviter cela.

La solution m'apparut clairement : je serais le pénitent, celui qui serait mu par des motifs personnels et non politiques. Celui qui frapperait en premier.

Je pensais souvent à Léonard. Pendant ces jours, j'eus de multiples raisons de pleurer ; ma culpabilité de l'avoir trahi en était une. Isabella avait disparu du palais, et Elena ne voulut rien m'en dire ; j'espérais qu'elle s'était échappée et avait prévenu Salai et son maître, qu'ils avaient pu quitter Santissima Annunziata bien avant l'arrivée des hommes de Salvatore.

Je pensai à ses dernières paroles pour moi. « Julien de Médicis n'est pas votre père. C'est moi. »

« Lisa, je vous aime », avait-il dit. Son ton me rappelait quelqu'un d'autre, quelqu'un qui m'avait parlé bien longtemps auparavant ; il me fallut un moment pour retrouver de qui il s'agissait.

Laurent de Médicis était mourant, et je lui avais demandé pourquoi il avait été si bon envers moi.

« Je vous aime, mon enfant. »

Etait-il persuadé d'être mon oncle ? Ou bien Léonard lui avait-il dit la vérité ?

Je levai mon miroir. J'avais menti à Léonard quand je lui avais dit que je ne regardais pas souvent mon image. Quand j'avais eu connaissance de la liaison de ma mère avec Julien, j'avais longuement recherché sur mes traits des ressemblances avec le jeune homme souriant qui avait posé pour le buste en terre cuite. Je n'en avais jamais trouvé.

Maintenant, c'est Léonard qui me fixait dans le miroir, les traits tirés et hagards.

Je me réveillai tard le vingt-troisième jour de mai, la veille de celui où Julien devait me retrouver au Dôme. J'avais mal dormi car j'avais été réveillée par les pleurs étouffés de Matteo, en bas ; je m'étais mise à pleurer à mon tour et avais sangloté jusqu'à l'aube, avant de tomber dans un sommeil lourd.

Au réveil, j'allai sur le balcon ; le soleil me fit cligner des yeux. Il se trouvait à l'ouest : nous étions déjà dans l'après-midi. Le ciel était exceptionnellement bleu et pur, sauf pour une longue traînée de fumée noire s'élevant à l'est.

Je la fixai, comme hypnotisée, jusqu'à ce qu'Elena entre. Je retournai dans la chambre où elle venait de poser sur la table un plateau de fruits et de pain. Elle me regarda en se redressant, l'air grave.

— Vous avez vu la fumée.

— Oui, lui répondis-je, encore à moitié endormie, est-ce... ?

— Savonarole, dit-elle.

— Ils l'ont donc brûlé.

Je n'avais eu aucune nouvelle depuis plusieurs semaines, depuis que j'avais appris que Savonarole avait été arrêté. Mais j'avais su dès que j'avais vu la fumée.

— On l'a d'abord pendu, répondit-elle tristement. Sur la place, au même endroit que le Bûcher des vanités et le Jugement par le feu. J'y suis allée ce matin. Sieur Francesco nous a tous incités à nous y rendre.

— A-t-il dit quelque chose ?

— Frère Jérôme ? Non, pas un mot. Il n'avait gardé que sa chemise en laine. C'était affreux. Ils ont construit un échafaud circulaire pour le feu, l'ont rempli de petit bois et ont planté une poutre en bois au centre, tellement haute qu'il a fallu construire une grande échelle pour arriver jusqu'en haut. Le bourreau l'a porté en haut et lui a passé la corde autour du cou. Il s'est un peu débattu, et n'est pas mort tout de suite. Puis ils ont allumé le feu. Un imbécile avait mis des pétards dans le petit bois, qui ont effrayé tout le monde au début. Ils ont enchaîné les moines pour les empêcher de tomber dans le bûcher quand les cordes auraient brûlé, afin qu'ils puissent rôtir lentement. La Seigneurie voulait du spectacle.

Elle frissonna.

— Les moines ont commencé à noircir. Un *giovano* a jeté une pierre sur l'un d'eux, et ses entrailles ont jailli dans un jet de sang... Finalement, les flammes faisaient tellement rage et montaient si haut que les corps furent complètement cuits, et les bras et les jambes commencèrent à tomber...

Je fermai un instant les yeux.

— Oui, dis-je. Oui, bien sûr.

Je regardai Elena.

— Tu as dit « les moines »... Donc il n'était pas seul à être exécuté ?

— Non. Le gros frère, celui qui a initié le Jugement par le feu... comment s'appelait-il ? Domenico. Frère Domenico est mort avec lui.

— Merci, lui dis-je. Maintenant, je vais prendre mon petit déjeuner. Je t'appellerai quand je serai prête pour m'habiller.

Elle s'en alla. Je ne mangeai pas ; je retournai sur le balcon m'asseoir au soleil pour regarder la fumée monter au ciel. Savonarole disparu, frère Domenico serait devenu une gêne pour Salvatore et Francesco.

Zalumma aurait été contente.

68

Quand Elena vint m'habiller, le lendemain matin, elle portait une petite bourse en velours dont elle déversa le contenu sur la table. Il en tomba le collier de saphirs et le filet à cheveux orné de diamants que j'avais portés le jour de mon mariage avec Francesco.

Ils n'avaient pas été mis dans mon coffre. Je l'avais ouvert le deuxième jour de mon emprisonnement, et avais découvert que tous mes bijoux manquaient ; je les avais cherchés dans l'intention de m'en servir pour soudoyer Elena et fuir avec Matteo.

Francesco me connaissait bien. Mais il ne savait pas tout.

Elena alla à mon armoire dont elle tira ma robe de mariage en velours bleu vif, ainsi que ma plus belle *camicia*.

— Sieur Francesco a dit que vous deviez être particulièrement belle aujourd'hui.

J'allais donc servir d'appât.

Je ne dis rien pendant qu'elle laçait ma robe ; cette fois, je porterais la ceinture de brocart suffisamment bas pour pouvoir l'atteindre d'un mouvement rapide de la main.

Je restai également silencieuse pendant qu'Elena me brossait les cheveux. Mais quand elle se mit à les arranger soigneusement dans le filet scintillant, je lui dis :

— Tu ne m'aideras donc pas avec Matteo.

Je vis son visage plein de remords dans le miroir.

— Je n'ose pas. Souvenez-vous de ce qui est arrivé à Zalumma…

— Oui, répondis-je d'une voix dure. Je me souviens de ce

qui est arrivé à Zalumma. Ne crois-tu pas que la même chose risque de nous arriver, à mon fils et moi ?

Elle baissa le visage, honteuse, et ne voulut plus me regarder, ni me parler ensuite. Quand elle eut terminé, elle alla ouvrir la porte.

— Arrête, lui dis-je. Il y a une petite chose que tu pourrais faire pour moi J'ai besoin d'être seule un moment pour reprendre mes esprits.

Elle se tourna vers moi à contrecœur.

— Je ne dois pas vous laisser seule, Madonna. Sieur Francesco a dit précisément...

— Dans ce cas, ne me laisse pas seule, lui dis-je rapidement. J'ai oublié mon châle sur le balcon. Peux-tu aller le chercher, s'il te plaît ?

Elle avait compris. Elle poussa un petit soupir et se dirigea lentement vers le balcon, veillant à me tourner le dos.

Je me déplaçai plus rapidement, plus silencieusement que je ne pensais pouvoir le faire. Sortant le stylet de mon père des plumes du matelas, je le glissai dans ma ceinture.

Elena revint lentement du balcon.

— Votre châle n'y est pas, dit-elle.

— Merci d'avoir cherché.

Le soldat qui avait tué Zalumma – un jeune homme hostile aux joues couvertes de cicatrices – me conduisit au carrosse, où m'attendaient Francesco et Salvatore de Pazzi. Francesco était vêtu de sa plus belle robe de prieur, et pour la première fois depuis que je le connaissais, un long poignard luisait à sa ceinture. Salvatore portait un *lucco* d'un vert sombre – exactement le genre de tunique élégante mais austère que Laurent de Médicis aurait choisie. Lui aussi était armé, une épée à la hanche.

— Belle, belle, murmura Salvatore en me voyant.

Il se pencha en avant, se mettant à genoux dans le carrosse, et me tendit la main pour m'aider à monter ; je refusai et me débarrassai de l'emprise du soldat derrière moi. Saisissant le bord de la porte, je me hissai, ainsi que ma lourde robe à longue traîne, à l'intérieur.

— Un bien joli tableau, n'est-ce pas ? remarqua Francesco avec fierté, comme s'il m'avait créée de toutes pièces.

— Absolument.

Salvatore nous gratifia d'un sourire hautain.

Je pris place à côté du soldat. Claudio nous conduisit ; un second carrosse suivait, et je me penchai par la fenêtre pour voir qui était à l'intérieur. Je ne distinguai que des ombres.

— Asseyez-vous, Lisa, dit sèchement Francesco.

Je me retournai pour le regarder tandis que nous franchis sions la grille et arrivions dans la rue.

— Vous ne devriez pas vous montrer si curieuse. Bientôt, vous en saurez plus que vous n'auriez voulu en apprendre.

Ses yeux brillaient d'exaltation et de nervosité. Je le dévisageais, sentant le poids du stylet de mon père contre mon corps.

La journée était chaude – trop chaude pour porter une lourde robe en velours, mais je me sentais néanmoins transie de froid. La fumée du bûcher de la veille flottait encore dans l'air. La lumière était trop dure, les couleurs trop vives. Le bleu de mes manches me faisait mal aux yeux.

Sur la place du Dôme, il y avait peu de monde ; il devait y en avoir encore moins à San Marco ce matin-là. Encadrée par Francesco et Salvatore, suivie de mon soldat, je passai devant le baptistère Saint-Jean, où je m'étais mariée et où mon fils avait été baptisé. Francesco me prit par le bras pour me guider, afin que je ne puisse pas voir qui descendait du carrosse derrière nous.

L'intérieur du Dôme était sombre et frais. Quand je franchis le seuil, les contours de la réalité devinrent flous et se mêlèrent au passé. Je ne pouvais plus déterminer où s'arrêtait l'une et où commençait l'autre.

Nous empruntâmes une travée : Salvatore un peu plus loin sur ma gauche, Francesco juste à mon côté, le jeune soldat meurtrier à ma droite. Nous marchions d'un pas vif ; j'essayais de voir au-delà de mon pseudo-mari, au-delà de Salvatore. Je cherchais désespérément un visage aimé – priant pour le voir, priant pour ne pas le voir.

Mais je ne vis presque rien au cours de notre marche inexorable vers l'autel. Je glanai seulement quelques impressions : un sanctuaire aux deux tiers vide. Des mendiants, des nonnes en guimpe noire, des marchands ; deux moines essayant de faire taire une bande de gamins d'âges divers. En passant devant d'autres nobles pour prendre nos places – deuxième rang en partant de l'autel, sur le côté, près du chœur en bois – Francesco sourit, salua de la tête des connaissances. Suivant son regard, je vis des seigneurs prieurs, au nombre de six, placés à différents endroits autour de nous.

Je me demandai qui étaient les complices et qui étaient les victimes.

Nous nous arrêtâmes enfin sous la coupole monumentale. Prise entre mon mari et le soldat, je tournai la tête vers la droite pour voir les personnes qui s'avançaient vers nous.

Matteo. Matteo, marchant sur ses petites jambes musclées, cramponné à la main de sa bonne. Enfant têtu, il refusait de se laisser porter. Quand il s'approcha, je laissai échapper un petit cri. Francesco me saisit le bras, mais je tendis l'autre vers mon fils. Il me vit, m'appela, tout sourire, et je l'appelai aussi.

La bonne d'enfants le saisit, le souleva et le porta jusqu'au soldat, qui s'érigea en barrière entre nous. Matteo se débattit, essayant de se rapprocher de moi, mais elle le retint fermement, et le soldat fit un pas en avant pour m'empêcher de toucher mon enfant. Je me détournai, bouleversée.

— Nous avons pensé, me dit Francesco doucement, qu'une mère devrait pouvoir voir son fils. Savoir à tout moment où il est, de manière à pouvoir agir au mieux de ses intérêts.

Je regardai le soldat. Je l'avais cru là pour être à la fois mon gardien et mon assassin. A présent, je le voyais attendre, avec son grand poignard, à côté de mon fils ; la haine me fit tituber.

J'étais venue au Dôme dans un seul objectif . tuer Francesco avant que le signal ne soit donné. A présent, j'hésitais. Comment pouvais-je sauver mon enfant et voir mon tortionnaire mort ? Je ne pouvais porter qu'un seul coup. Si je frappais le soldat, Francesco me tuerait certainement, et Salvatore de Pazzi pouvait facilement atteindre l'héritier de Julien avec son épée.

Ton enfant est déjà mort, me dis-je, comme toi.

Nous n'avions aucun espoir de salut ; je n'avais qu'une seule possibilité – non pas secourir, mais me venger.

Je posai légèrement la main – celle que j'avais tendue vers

Matteo – sur ma taille, où le stylet était dissimulé. Je m'étonnai de me sentir prête à abandonner mon fils au profit de la haine , j'étais devenue comme mon père Antonio. Je me répétais avec obstination que lui n'avait subi qu'une seule perte. Moi, j'en avais souffert plusieurs.

Je touchai ma ceinture, indécise.

La messe commença. Le prêtre et ses assistants s'avancèrent vers l'autel sombre orné d'or et couronné par une sculpture du Christ en croix. L'encensoir dispensait une fumée d'encens dans la pénombre, brouillant encore davantage les formes et le sentiment de réalité. Le chœur chanta l'*Introït* et le *Kyrie.* Derrière nous, une bande d'orphelins dissipés se frayaient un chemin vers l'avant de l'église, se mélangeant à la noblesse offensée. Un des moines qui les suivaient les menaça de réprimandes. L'odeur de cette marmaille malodorante flotta jusqu'à nous ; Francesco, en signe de désapprobation, porta un mouchoir à son nez.

— *Dominus vobiscum*, que Dieu soit avec vous, dit le prêtre.

— *Et cum spiritu tuo*, répondit Francesco.

Tandis que l'assistant du prêtre chantait l'épître, je remarquai un mouvement du coin de l'œil. Un être masqué par un capuchon sombre s'était glissé à travers l'assemblée pour venir se placer derrière moi. Je m'imaginai entendre sa respiration, je la sentis sur mon épaule. Je savais qu'il était venu pour moi.

Il ne va pas frapper tout de suite, me dis-je, bien que l'envie de prendre mon arme fût très forte. Il ne me tuera pas avant que le signal soit donné.

Francesco regarda de côté, par-dessus son épaule, l'assassin encapuchonné ; je lus l'approbation dans ses yeux. Cela faisait partie de son plan. En se retournant, il me vit l'observer, et parut satisfait de constater ma frayeur. Il me fit l'honneur d'un sourire froid, faussement bienveillant.

Le chœur chanta le graduel : « Levez-vous Seigneur, dans Votre sainte colère. Opposez-Vous à la rage de mes adversaires. »

Plus loin, sur ma gauche, un murmure parcourut les rangs des prieurs et des nobles jusqu'à Salvatore de Pazzi. Il se tourna vers mon mari et chuchota quelque chose. Je tendis l'oreille pour l'entendre.

— ... ont aperçu Piero. Mais pas...

Francesco eut un mouvement de recul, et tendit le cou malgré lui pour examiner la foule sur sa gauche.

— Où est Julien ?

Je me raidis, avec la conscience aiguë de l'assassin dans mon dos et du soldat debout à côté de mon fils. Si Julien n'était pas venu, ils pourraient aussi bien nous tuer immédiatement. Deux gamins, derrière nous, riaient d'une blague ; le moine les fit taire.

Je n'écoutai pas l'Evangile. J'entendis le prêtre marmonner son sermon, mais ne pus interpréter ses paroles. Les doigts de ma main droite rôdaient sur le bord de ma ceinture. Si le soldat ou mon assassin avaient fait le moindre geste, j'aurais porté des coups aveugles.

Une nouvelle vague de chuchotements arriva aux oreilles de Salvatore. Murmurant quelque chose à Francesco, il désigna du menton un endroit éloigné, sur sa gauche.

— Il est ici...

Il est ici.

Ici, quelque part près de moi, sans que je puisse le voir, lui parler ou le toucher, à l'instant de ma mort. Je ne pleurai pas en en prenant conscience, mais cela me fit tituber. Je regardai le sol en marbre sous mes pieds, et priai. Sois sauf et vis. Sois sauf...

Le prêtre chanta l'*Oremus*, prit l'hostie et la leva en offrande vers le Christ crucifié.

— *Offerimus tibi Domine...*

Salvatore posa sa main sur le manche de son épée, se pencha vers Francesco. Ses lèvres esquissèrent un mot : « Bientôt ».

A cet instant, mon assassin se pencha vers moi doucement, marchant sur ma traîne pour m'empêcher de m'enfuir, et pressa ses lèvres contre mon oreille :

— Mona Lisa, chuchota-t-il.

S'il n'avait pas soufflé ces deux mots, j'aurais pris mon stylet.

— A mon signal, tombez.

J'en eus la respiration coupée. J'ouvris la bouche, inspirai, et regardai l'assistant du prêtre qui allait vers l'autel pour remplir le calice de vin. La main de Francesco s'approcha de son arme.

Le deuxième assistant s'avança avec une carafe d'eau.

— Maintenant, chuchota Salai.

Il appuya quelque chose de dur et de contondant dans mon dos, sous les côtes, pour donner l'impression qu'il assénait un coup fatal.

Sans mot dire, je m'écroulai sur le marbre froid.

A côté de moi, Francesco poussa un cri, et tomba à genoux au moment où il sortait son poignard ; celui-ci rebondit bruyamment sur le sol. Je me relevai pour m'asseoir. L'armée de Salai, composée de gamins des rues, se rua en avant, entourant le soldat. L'un d'eux le poignarda dans le dos et le tira en arrière pour en laisser un second lui trancher la gorge.

Le monde éclata en hurlements. Je me hissai sur mes pieds en criant le nom de Matteo et en maudissant mes jupes enchevêtrées. Les orphelins s'étaient agglutinés autour de lui et de sa bonne ; je sortis le stylet de mon père et m'élançai vers eux. Mon fils était lové dans les bras d'un des moines de l'hospice des enfants trouvés.

— Lisa ! cria-t-il. Lisa, venez avec nous.

Les cloches du campanile se mirent à sonner. Un noble affolé et sa femme passèrent devant nous en courant, manquant me faire tomber. Je réussis à rester debout tandis que suivait une vague d'autres fidèles, pris de panique.

— Léonard, prenez-le ! criai-je. Je suivrai, je suivrai, mais partez !

Il fit demi-tour à contrecœur et s'éloigna en courant. Je restai fermement à ma place, malgré la foule qui fuyait, et me retournai vers Francesco.

Il était tombé sur le côté ; Salai l'avait blessé et avait éloigné son arme d'un coup de pied. Il était sans défense.

— Lisa, dit-il.

Il avait un regard terrifié.

— A quoi cela servira-t-il ? A quoi ?

En effet, à quoi ? Je me baissai et m'approchai de lui, brandissant le stylet. Salai n'aurait pas approuvé la façon dont je le tenais. Mais je voulais le frapper comme Francesco de Pazzi avait frappé le frère de Laurent : brutalement, dans un accès de fureur, en provoquant un giclement de sang, en lui portant mille coups pour chacun de ses méfaits. Je n'aurais épargné aucun endroit de son corps.

Piégé mon père.

Assassiné ceux que j'aimais.

Volé ma vie et mon enfant.

— Vous n'êtes pas mon mari, lui dis-je avec amertume. Vous ne l'avez jamais été. Par amour pour mon véritable mari, je vais vous tuer.

Je me baissai.

Mais il frappa le premier. Avec une petite lame cachée dans son poing. Je sentis le coup, juste derrière mon oreille gauche, et il aurait vite fait le tour de ma gorge si je n'avais pas reculé précipitamment. Je m'assis par terre.

— Garce, dit-il d'une voix rauque. Avez-vous vraiment pensé que je vous laisserais tout gâcher ?

Il s'affaissa sur le sol et me regarda avec colère.

Je mis une main sur ma gorge, et la retirai aussitôt. Elle était de la couleur des grenats – un collier sombre, le dernier cadeau de Francesco.

Je vais saigner à mort ici, pensai-je. Mais je peux prendre ma revanche. Je peux tuer Francesco maintenant ; on me retrouvera morte sur son cadavre.

Je choisis de ne pas le tuer.

J'entendis un grondement dans mes oreilles, le son de la marée. Comme Julien, dans le mensonge de Francesco, je me noyais, aussi sûrement que si je m'étais jetée dans l'Arno depuis le Ponte Santa Trinità. Comme si j'étais tombée et avais coulé jusque dans les profondeurs. Et j'étais arrivée dans un endroit où, enfin, mes émotions s'étaient calmées.

Je ne me faisais pas de souci pour Matteo. Je savais qu'il était sain et sauf dans les bras de son grand-père. Je ne me faisais aucun souci pour moi-même ; je n'avais pas essayé de fuir ceux qui m'attaquaient, je n'étais plus leur cible. Je ne m'inquiétais pas pour Francesco, ni pour ma haine à son endroit. Je laisserais Dieu et les autorités s'en occuper ; ce n'était pas mon rôle. Je savais maintenant ce que je devais faire.

Mon Dieu, priai-je. Laissez-moi sauver Julien.

Par miracle, je pus me lever.

J'avais l'impression que mon corps était en plomb, avançant comme dans l'eau, mais je lui commandai de faire l'impossible. J'allai dans la direction qu'avait prise Salvatore de Pazzi pour rechercher mon bien-aimé. Le stylet était lourd ; ma main tremblait à force de le tenir.

J'entendis sa voix.

— Lisa ! Lisa, où êtes-vous ?

— Mon mari, j'arrive.

J'ouvris la bouche pour crier, mais ma voix n'était guère plus qu'un souffle, perdu dans le bruit du déluge.

Les eaux à l'intérieur de la cathédrale étaient boueuses ; je pouvais à peine distinguer les silhouettes vacillantes des combattants avec, en arrière-plan, une nuée d'innocents en fuite. Il y avait des orphelins – des gamins sales armés de petites lames luisantes – et des hommes brandissant des épées, des paysans, des prêtres, des nobles, mais je n'y comprenais rien. Mon ouïe diminua jusqu'à ce que je n'entende même plus les cloches qui sonnaient frénétiquement. Dans le fleuve, tout était silence.

Du soleil entra par la porte ouverte menant à la Via de Servi et, dans son rayonnement, je le vis : Julien. Il portait une robe de moine. Son capuchon était rejeté en arrière, découvrant ses boucles noires et une barbe que je ne lui connaissais pas. Dans sa main, une longue épée, la pointe vers le sol tandis qu'il accourait. C'était devenu un homme ; en mon absence, il avait vieilli. Ses traits, d'une irrégularité plaisante, étaient tirés et pleins d'amertume.

Il était merveilleux, et si beau que cela me redonna du courage.

Mais je n'étais pas là pour me laisser aller à mes émotions. J'étais là pour racheter les méfaits des autres. J'étais là pour faire ce qui aurait dû être fait depuis presque deux décennies : arrêter l'assassinat d'innocents.

Et je vis Salvatore, le fils de Francesco de Pazzi, se frayer un chemin à travers le flot des fidèles qui fuyaient, tenant son épée à son côté. Il avançait vers Julien.

Mais Julien ne le voyait pas. Julien ne voyait que moi. Ses yeux étaient comme des lumières sur une côte lointaine ; son visage était un fanal. Ses lèvres prononcèrent mon nom.

Je mourais d'envie d'aller vers lui, mais je ne pouvais pas reproduire les erreurs d'Anna Lucrezia, Léonard et Julien l'aîné. Je ne pouvais pas céder à ma passion. Je me forçai à détacher mon regard du visage de Julien pour le fixer sur Salvatore. Il était impossible d'avancer, et pourtant je réussis à le suivre en chancelant. Je parvins à rester debout malgré la foule qui m'entraînait. Dieu m'accorda un miracle : je ne tombai pas. Je ne m'évanouis pas, je ne mourus pas. Je réussis même à courir.

Quand je m'approchai des deux hommes, la joie de Julien tourna à l'inquiétude. Il voyait maintenant le sang couler de ma gorge, trempant mon corsage. Il ne voyait pas Salvatore s'approcher par le côté ; il ne voyait que moi, derrière lui. Il ne vit pas Salvatore à proximité, relevant son arme, prêt à le transpercer, à tuer le fils chéri de Laurent.

Mais moi, si. Si j'en avais eu la force, je me serais précipitée entre eux. J'aurais reçu le coup destiné à mon bien-aimé. Mais je ne pus l'atteindre à temps ; je ne pus m'interposer. Je ne pus que bondir en avant, faisant appel à tout mon souffle, pour m'approcher de Salvatore par-derrière.

Et, à l'instant où il levait son arme, juste au moment où il allait transpercer Julien, je tendis le bras le plus loin possible. Avec le stylet, je trouvai le point vulnérable sous ses côtes et enfonçai l'arme.

Je me remémorai le tableau sur le mur du Bargello, l'image de Bernardo Baroncelli. Je me remémorai le dessin à l'encre le représentant au bout de la corde, son air abattu, encore plein de remords. Et je chuchotai :

— Voilà, traître.

Soulagée, je laissai échapper un profond soupir. Julien était vivant, debout dans le soleil qui dardait ses rayons sur les rives de l'Arno, m'attendant, les bras ouverts. Je m'y jetai et m'enfonçai dans les profondeurs, là où l'eau est la plus noire.

Epilogue

Lisa

Juillet 1498

Je survécus, comme Francesco. Le coup que j'avais porté à Salvatore de Pazzi l'avait mis à terre et, pendant qu'il gisait dans son sang, quelqu'un d'autre l'avait occis.

Ses mercenaires, qui étaient entrés sur la place de la Seigneurie au moment où les cloches sonnaient, avaient rencontré une opposition farouche. En arrivant devant les hommes de Piero et en apprenant que Salvatore ne viendrait pas soulever la foule contre les Médicis, puis envahir le palais pour renverser la Seigneurie, les mercenaires avaient rompu les rangs et pris la fuite.

Messire Iacopo ne serait jamais vengé.

L'heure n'a pas encore sonné, m'a expliqué mon mari, où les Médicis reviendront au pouvoir à Florence ; le soutien de la Seigneurie n'est pas suffisamment acquis. Mais Piero a appris la patience : l'heure viendra. L'heure viendra.

A mon grand amusement, j'ai appris que Francesco raconte partout dans Florence que je suis toujours sa femme, que je suis partie à la campagne avec mon enfant pour soigner mes nerfs après la peur que j'ai éprouvée au Dôme. Il a fait appel à toutes les ressources de son intelligence et à ses relations pour échapper à l'échafaud, mais il est tombé en disgrâce. Plus jamais il n'occupera de poste dans le gouvernement.

Je suis enfin à Rome avec Julien et Matteo. Il fait plus chaud ici, avec moins de nuages et de pluie. Brumes et brouillards sont plus rares qu'à Florence, la lumière du soleil est plus crue.

Léonard est venu nous voir, maintenant que j'ai repris des forces. Je pose de nouveau pour lui – malgré le pansement sur mon cou – et je m'aperçois qu'il ne sera jamais satisfait du tableau. Il le corrige constamment, disant que mes retrouvailles avec Julien doivent se refléter dans mon expression. Il promet de ne pas rester à Milan pour toujours ; quand il aura rempli ses obligations envers le duc, il viendra à Rome, où Julien sera son mécène.

Peu après l'arrivée de Léonard, quand j'ai posé pour la première fois dans le palais romain de Julien, je l'ai interrogé sur ma mère. Dès l'instant où il m'avait dit que j'étais son enfant, je l'avais cru. Ayant toujours recherché le visage d'un autre homme dans mon reflet, je n'avais jamais vu le sien. Pourtant, je reconnaissais ses traits, en femme, chaque fois que je regardais mon image sur le panneau enduit de *gesso*.

Il avait en effet été épris de Julien jusqu'à ce que Laurent lui présente Anna Lucrezia. Il ne lui avait à aucun moment dévoilé ses sentiments, s'étant juré de ne jamais prendre femme, de peur que cela ne le gêne dans son travail ou ses études. Mais quand il s'était rendu compte que ma mère et Julien étaient amants – un soir dans la sombre Via de Gori, où il avait eu tant envie de la peindre – il avait été saisi d'une jalousie irrépressible. Il aurait pu, m'a-t-il confessé, tuer Julien à ce moment-là.

Le lendemain, au Dôme, cette jalousie l'avait empêché de percevoir le drame qui se tramait.

C'est pourquoi il n'avait jamais parlé à qui que ce soit de sa découverte, peu après être venu à Santissima Annunziata comme agent des Médicis : mon père était le pénitent du Dôme. Comment pouvait-il faire arrêter un homme qui avait cédé à la jalousie, alors que lui-même avait connu de semblables tourments ? Cela n'avait pas de sens ; et cela n'avait pas de sens non plus de me perturber avec cette information.

Après le meurtre, Léonard avait été anéanti. Le jour des obsèques de Julien à San Lorenzo, il avait quitté le sanctuaire, abattu, pour aller dans la cour de l'église et se laisser aller à sa douleur. Là, il avait rencontré ma mère en pleurs et lui avait confessé sa culpabilité, en même temps que son amour pour elle. La peine qu'ils partageaient les avait réunis, et ils s'étaient abîmés ensemble dans le chagrin.

— Voyez le malheur que ma passion vous a causé, à vous et à votre mère, m'a-t-il dit. Je ne pouvais pas vous laisser faire la même erreur. Je ne voulais pas vous dire que Julien était encore vivant : vous auriez été tentée d'entrer en contact avec lui, au risque de vous mettre tous les deux en danger.

J'ai regardé le soleil ardent par la fenêtre.

— Pourquoi ne pas m'avoir tout révélé depuis le début ? ai-je insisté. Pourquoi me laisser croire que j'étais la fille de Julien ?

— Je voulais que vous ayez tous les droits d'une Médicis ; ils pouvaient s'occuper de vous bien mieux qu'un pauvre artiste. Cela n'a fait de mal à personne, et a procuré une joie immense à Laurent sur son lit de mort.

Son visage est devenu triste.

— Et surtout, je ne voulais pas ternir la mémoire de votre mère. C'était une femme très vertueuse. Elle m'a confié que pendant le temps qu'elle avait passé avec Julien, elle n'avait jamais partagé sa couche, bien que tout le monde pensât le contraire. Avec une telle loyauté envers son mari, sa honte, quand elle a eu cette relation avec moi, n'en a été que plus grande. Pour quelle raison aurais-je dû confesser qu'elle et moi – un sodomite, qui plus est – étions amants, et risquer d'entamer le respect qui lui est dû ?

— Je ne la respecte pas moins pour autant, ai-je dit. Je vous aime tous les deux.

Il a eu un grand sourire.

Je rendrai le portrait à Léonard quand il retournera à Milan. Et si, par chance, il le termine, ni moi ni Julien ne l'accepterons. Je veux qu'il le garde.

Car il n'a que Salai. S'il prend le tableau, ma mère et moi serons toujours avec lui.

Moi, j'ai Julien et Matteo. Chaque fois que je me regarderai dans la glace, je verrai ma mère et mon père.

Et je serai comblée.

Remerciements

J'ai une dette immense envers les personnes suivantes :

Mon mari, qui non seulement a survécu cette dernière année à l'épreuve du cancer, de la chimiothérapie, et de quelques autres complications, mais a survécu aussi à la création de ce roman, avec une bonne humeur et une patience vraiment impressionnantes ;

Mes remarquables agents, Russell Galen et Danny Baror, qui, eux, ont survécu à l'épreuve de m'avoir comme cliente depuis plus de vingt ans ;

Mes amies Kathleen O'Malley et Anne Moroz, qui ont bravement parcouru ce manuscrit intimidant, et m'ont si gentiment fait leurs commentaires ;

Et surtout :

Mes éditeurs, Charles Spicer de St. Martin's Press et Emma Coode de HarperCollins UK, tous deux des professionnels talentueux et d'une patience infinie. Charlie et Emma ont tout fait pour que je puisse passer autant de temps que possible auprès de mon mari pendant sa maladie. Il en résulta pour le livre un retard abyssal. Les mots me manquent pour leur exprimer l'ampleur de ma gratitude, et je regrette qu'ils aient été poussés à l'extrême limite dans leur travail de préparation du manuscrit pour l'imprimeur. Pour eux, je n'ai que ces mots à dire : Merci, Charlie. Merci, Emma.

Achevé d'imprimer sur les presses de

BUSSIÈRE

GROUPE CPI

à Saint-Amand-Montrond (Cher)
en avril 2007

Composition et mise en pages : FACOMPO, LISIEUX

N° d'édition : C 06944. — N° d'impression : 071457/1.
Dépôt légal : mai 2007.

Imprimé en France